ÜBER DEN VERFASSER

Hans Eggers, geboren am 9. Juli 1907 in Hamburg, studierte Germanistik, Geschichte und Alte Sprachen an den Universitäten Hamburg und München. Von 1931 bis zum Kriegsausbruch 1939 Höherer Schuldienst. Im Herbst 1947 Wissenschaftlicher Assistent an der Universität Hamburg, wo er sich 1953 für das Fach Germanische Philologie habilitierte. Seit 1960 bis zu seiner Emeritierung im Jahre 1975 Inhaber des o. Lehrstuhls für Germanische und Deutsche Philologie an der Universität des Saarlandes in Saarbrücken.

Mehrmals wirkte er als Gastprofessor an Universitäten in den USA, war 1964 Gastprofessor an der Universität Auckland, Neuseeland, und nach der Emeritierung zweimal an der österreichischen Universität Klagenfurt. Ausgedehnte Vortrags- und Studienreisen führten ihn wiederholt in die skandinavischen Länder, 1964 an neuseeländische und australische Universitäten und 1967 in den Fernen Osten (Japan, Taiwan, Südkorea, Hongkong).

Seine Arbeitsgebiete sind neben der Literatur des deutschen und lateinischen Mittelalters die Sprachgeschichte, Soziologie der Sprache und die elektronische Sprachbearbeitung (automatische Analyse, Synthese, Übersetzung).

Hans Eggers starb im Mai 1988 in Saarbrücken.

Buchveröffentlichungen

Symmetrie und Proportion epischen Erzählens, Stuttgart 1956 / Deutscher Wortschatz von E. Wehrle, 12., völlig neu bearb. Aufl., Stuttgart 1961 / Vollst. lat.-ahd. Wörterbuch zur ahd. Isidor-Übersetzung, Berlin 1960 / Der althochdeutsche Isidor, Tübingen 1964 / Deutsche Sprachgeschichte, Bd. I–IV, Reinbek bei Hamburg (rde) 1963–1977 / Deutsche Sprache im 20. Jh., München 1973 (ins Japanische übers. von Eijiro Iwasaki, Tokio 1975) / Althochdeutsche Grammatik v. Wilh. Braune, 13., neubearb. Aufl., Tübingen 1975 / H. E. und Mitarbeiter, Elektronische Syntaxanalyse der deutschen Gegenwartssprache, Tübingen 1969 / SALEM, ein Verfahren zur automatischen Lemmatisierung deutscher Texte, Tübingen 1980.

Wichtige *Abhandlungen* sind gesammelt in H. E., Kleine Schriften, hrsg. von H. Backes, W. Haubrichs, R. Rath, Tübingen 1982.

Zum 65. Geburtstag wurde ihm eine *Festschrift* philologischen Inhalts gewidmet, hrsg. v. H. Backes, Tübingen 1972, zehn Jahre später die Festschrift ‹Sprachen und Computer›, hrsg. v. H. Fix, A. Rothkegel, E. Stegentritt, Dudweiler 1982.

HANS EGGERS

Deutsche Sprachgeschichte

BAND 2

Das Frühneuhochdeutsche und das Neuhochdeutsche

ROWOHLTS ENZYKLOPÄDIE

ROWOHLTS ENZYKLOPÄDIE

Herausgegeben von Burghard König

7.–9. Tausend April 1992

Veröffentlicht im Rowohlt Taschenbuch Verlag GmbH,
Reinbek bei Hamburg, Januar 1986
Umschlaggestaltung Jens Kreitmeier
Der vorliegende Band ist die überarbeitete und
ergänzte Neuauflage der 1969 und 1977 in der Reihe
«rowohlts deutsche enzyklopädie» erschienenen Titel
«Deutsche Sprachgeschichte III» und
«Deutsche Sprachgeschichte IV»

Gesamtherstellung Clausen & Bosse, Leck
Printed in Germany
1990-ISBN 3 499 55426 7

Inhalt Band 2

DRITTES BUCH: DAS FRÜHNEUHOCHDEUTSCHE

VIERTES BUCH: DAS NEUHOCHDEUTSCHE

Inhalt Band 1

Drittes Buch: Das Frühneuhochdeutsche

I. DIE PROBLEMATIK DES FRÜHNEUHOCHDEUTSCHEN

Die frühneuhochdeutsche Sprachperiode stellt den Sprachforscher vor andere und schwierigere Fragen als die beiden älteren Perioden. Das hat mancherlei Gründe. Schon die Masse des überlieferten Materials bereitet Schwierigkeiten. Denn es wird in dieser Zeit sehr viel mehr geschrieben als früher, und naturgemäß ist von dem, was in den alt- und mittelhochdeutschen Jahrhunderten aufgezeichnet wurde, bei weitem nicht so viel erhalten geblieben wie aus der neueren Zeit. Schon der neue, billige Schreibstoff, das Papier (seit etwa 1300 in Deutschland in geeigneter Qualität hergestellt, bis in das 16. Jahrhundert hinein aber auch in großen Mengen aus Italien eingeführt), kam der Schreibseligkeit der Zeit entgegen, und die Erfindung des Buchdrucks mit beweglichen und gegossenen Lettern durch JOHANNES GUTENBERG (s. unten S. 145 ff) eröffnete eine neue Ära des schriftlichen Sprachgebrauchs. Außerdem entstanden im Zuge der sich modernisierenden Verwaltung Hunderte von Kanzleien und Schreibstuben, in denen ein Heer von emsigen Schreibern tätig war, und die Dokumente, die sie täglich neu produzierten, wurden von eifrigen Archivaren in Verwahrung genommen. Vieles davon ist heute noch vorhanden. Manches ist erforscht, viel mehr Material aber harrt immer noch der gründlichen Untersuchung. Dabei bereitet dieses Material durch seine vielfältigen Inhalte, mehr noch aber wegen der verwirrenden Mannigfaltigkeit seiner dialektalen und orthographischen Formen, dem Sprachforscher die größten Schwierigkeiten.

Schwerer allerdings als die zum Teil noch nicht bewältigte Menge des Materials wiegen die innersprachlichen Wandlungen, die sich in dieser schriftlichen Hinterlassenschaft kundtun. Denn zu jeder Zeit dient die Sprache dem Menschen zur Kommunikation mit seinesgleichen; und wenn sich im Wandel der Zeiten Wollen und Wirken der Menschen, ihre Vorstellungen und Ideale ändern, so wird ihre Sprache davon betroffen. Nun trennt aber ein epochaler Einschnitt die beginnende Neuzeit von den Jahrhunderten des Mittelalters (s. Nachwort zu Bd. 1). Ganz neue politische und soziale Fragen tauchen auf und verlangen Antwort. Der mittelalterliche Ordo zerfällt, und es kommt zu einer langen Übergangszeit des Tastens und Suchens nach neuen Ordnungen.

Drei geschichtliche Vorgänge sind es vor allem, die das politische und soziale Leben tief beeinflußt haben: die Erweiterung des deutschen Einflußbereichs (und Sprachgebiets) nach Osten, der Niedergang der zentralen kaiserlichen Reichsmacht und das Aufkommen der Städte im Reich. Alle drei Entwicklungen haben um das Jahr 1350, den Zeitpunkt, den wir – nicht unbestritten – als den Beginn der frühneuhochdeutschen Periode ansetzen, bereits einen vorläufigen Abschluß gefunden. Aber die Sozial- und Verkehrsgemeinschaft der Menschen braucht Zeit, sich den neuen Verhältnissen anzupassen, und so sind zum mindesten die ersten anderthalb Jahrhunderte der frühneuhochdeutschen Periode von unsicherem Suchen nach neuen Ansätzen erfüllt, und das spiegelt sich auch in der Sprachgestaltung dieser Zeit wider. Zum Verständnis der sprachgeschichtlichen Entwicklung seien die historischen Vorgänge hier wenigstens in knapper Skizze dargestellt.

Ausweitung des Sprachgebiets

Entlang des Rheins, des Mains und der oberen Donau erstreckten sich die Kernlandschaften des mittelalterlichen deutschen Reiches, von denen in den beiden ersten Büchern unserer Sprachgeschichte fast ausschließlich die Rede war. Es hätte freilich schon früher auffallen können, daß bei Erwähnung der MECHTHILD VON MAGDEBURG und des MEISTERS ECKHART, der seine erste Ausbildung in Erfurt empfing, die Namen zweier Städte genannt wurden, die außerhalb jener Kernlandschaften liegen. Richten wir den Blick aber weiter nach Osten, so wären Städte wie Lübeck, Danzig, Riga, Breslau, Prag zu nennen, oder auch Krakau, wo im 14. Jahrhundert deutsch gesprochen und geschrieben wurde, um die Weite dieser östlichen Räume anzudeuten.

Als KARL DER GROSSE in einer Grenzbeschreibung die Siedlungen Magdeburg und Erfurt unter den Grenzposten zwischen Bardowick an der Elbe und Regensburg an der Donau aufzählte, waren es noch umstrittene Plätze in dem von slawischen Stämmen bedrohten Vorfeld des fränkischen Machtbereichs. Beim Regierungsantritt KARLS IV. (1346) lagen sie als blühende Städte und Kulturzentren tief im deutschen Binnenland. Das war das Ergebnis von fünf Jahrhunderten deutscher Ostkolonisation.

Deren erste Phase hatte schon in der Karolingerzeit begonnen und unter dem sächsischen Kaiserhause (919–1024) beträchtliche Fortschritte gemacht. Im Gegenstoß gegen die Ungarn, die im Jahre 955 auf dem Lechfelde besiegt worden waren, begannen die bayrischen Herzöge, das heutige Österreich zurückzuerobern und neu zu besiedeln. Im Norden setzte Kaiser OTTO I. (936–973) die Besiedlungspolitik seines Vaters, HEINRICHS I. (919–936), fort. Er gründete die Nordmark (die heutige Altmark), die Ostmark und die Mark Meißen, zu der damals auch Merseburg und das östliche Thüringen gehörten.

Im Jahre 968 stiftete er dann das Erzbistum Magdeburg mit Suffraganen in Merseburg, Zeitz, Havelberg und Brandenburg. Etwa zu gleicher Zeit kolonisierten fränkische Siedler die östlichen Mainlande. Im Jahre 1007 konnte dort die Gründung des Bistums Bamberg durch Kaiser HEINRICH II. (1002–1024) das Siedlungswerk krönen.

So war schon im 10. Jahrhundert ein Vorfeld christlicher und deutscher Kultur entstanden, das weit über die Grenzen des karolingischen Reichsgebiets hinausreichte. Im Norden waren es vor allem Siedler aus den sächsischen Altgauen und aus Friesland, aber auch schon aus den Niederlanden, die das Kulturwerk trugen. In Thüringen und der südlichen Mark Meißen waren außer den sächsischen Ostfalen auch Franken in größerer Zahl beteiligt. In den oberen Mainlanden waren die fränkischen und die bayrischen Nachbarn Kern und Stütze der Siedlerbewegung.

Die ältere Ostbewegung vollzieht sich vornehmlich in der Form der ‹Nachbarschaftssiedlung›, d. h. durch Ausgreifen auf Gebiete, die an den schon besiedelten Boden angrenzen. In sprachgeschichtlicher Sicht bedeutet das eine Gebietserweiterung der schon vorhandenen Mundarten. Auf diese Weise scheint z. B. schon im 12. Jahrhundert die Landschaft Thüringen vollständig in das deutsche Sprachgebiet einbezogen und die thüringische Mundart entsprechend ausgebreitet zu sein. Das deutlichste Beispiel aber ist die bairische* Kolonisationsbewegung, die in kontinuierlichem Strom seit der Karolingerzeit bis zur Mitte des 13. Jahrhunderts den ganzen weiten Donau-Alpen-Raum bis zur Ostgrenze der Steiermark und der Südgrenze Kärntens voll besiedelte. Infolge der homogenen bairischen Besiedlung, an der nur wenige Zuwanderer fränkischer Herkunft beteiligt waren, entstand ein sehr großer geschlossener Mundartraum, auf den sich die mittel- und südbairischen Dialektmerkmale des Stammlandes ohne große Veränderungen übertrugen.

Schon um das Jahr 1100 begann auch die zweite Phase der Ostbewegung, in der die ‹Fernsiedlung› überwog, d. h. die Einsetzung von Siedlern, die oft in weiter Ferne angeworben wurden. Zuerst kamen niederländische Siedler in die Wesermarschen, und der Erzbischof von Magdeburg siedelte Niederländer an der mittleren Elbe an. Bald holten auch der holsteinische Graf ADOLF VON SCHAUENBURG und die Markgrafen von Brandenburg und Meißen von fernher Siedler ins Land. Auch slawische Fürsten in Mecklenburg und Pommern, in Schlesien, Böhmen und Mähren warben deutsche Siedler an, in der begründeten Hoffnung, dadurch die Wirtschaftskraft ihrer Länder

* Zur Schreibung ‹bairisch› vgl. Band 1, Erstes Buch, S. 9

zu verstärken. Auch die Gründung des Ordenslandes Preußen geht auf die Einladung eines christlichen Slawenfürsten, des Herzogs KONRAD VON MASOWIEN, zurück. Im Jahre 1230 folgte der Großmeister HERMANN VON SALZA mit den Rittern des Deutschen Ordens seinem Ruf.

Die Siedlerzüge darf man sich keineswegs als planlose Abenteurerfahrten vorstellen. Die an der Besiedlung ihrer Ländereien interessierten Landesherren beauftragten vielmehr Unternehmer, sogenannte *locatores*, die einzelnen Siedlungsvorhaben zu planen und durchzuführen. Die Lokatoren warben im volkreichen Altland, später auch in den bereits länger besiedelten Koloniallandschaften, siedlungswillige Auswanderer an, führten ihren Wanderzug und verteilten im Neuland die Ländereien genau nach Plan. Noch heute zeugen die Waldhufendörfer des deutschen Ostens mit ihrer regelmäßigen Anlage von dieser planmäßigen Ansiedlung. Für die beträchtlichen Kapitalien, die zur Finanzierung der Werbung, des Siedlerzuges und der Hofgründung am Bestimmungsort erforderlich waren, wurde die Kredithilfe der finanzkräftigen Kaufleute in den großen Städten gewonnen. Auch deshalb waren gerade die Niederlande und das nördliche Rheinland die frühesten Rekrutierungsgebiete der Fernsiedler; denn dort hatte der städtische Frühkapitalismus seine ersten Erfolge. Es dauerte jedoch nicht lange, bis sich auch andere Landschaften des Altlandes und der älteren Kolonialräume mit Kredithilfe ihrer Städte der Werbung für die Ostsiedlung öffneten.

Daß Niederländer in die Weser- und Elbniederungen gerufen wurden, verdankten sie ihrer Erfahrung im Deichbau und dem Entwässerungswesen. Nach Böhmen und ins Vogtland wurden Bergleute aus Thüringen geholt, die es verstanden, die Bodenschätze auszubeuten. Die fürstlichen Auftraggeber, die die Siedler – meist unter Gewährung lockender Privilegien – in ihr Land kommen ließen, wußten die Zweckbestimmung und den wirtschaftlichen Nutzen der Kolonisation sehr genau einzuschätzen. Ja, mit den Siedlungsunternehmungen entstanden auch bereits frühe Formen der Landesplanung. So ist z. B. aus dem Ordenslande und aus Schlesien bekannt, daß zugleich mit den dörflichen Siedlungen auch Städte als Fabrikationsstätten, Markt- und Umschlagplätze angelegt wurden. Daher ist es begreiflich, daß die neuen großräumigen und planmäßig besiedelten Flächenstaaten des Ostens bald die Territorien des Altlandes an Wirtschaftskraft und dadurch auch an politischem Einfluß weit übertrafen. Daß mit dem politischen Gewicht auch die sprachlich entscheidenden Kräfte vom Altland auf den kolonialen Osten übergingen, ist das besondere Kennzeichen der frühneuhochdeutschen Zeit.

Böhmen, Mähren, Obersachsen, Schlesien und anfangs auch das Ordensland sind im ostmitteldeutschen Bereich die großen Territorien, die in der frühneuhochdeutschen Sprachgeschichte eine besondere Rolle spielen. Doch soll das der Sprache nach bairische Österreich nicht übersehen werden, noch auch das weite Ausgreifen des Niederdeutschen im Flachland entlang der Ostsee und in den Städtegründungen und Niederlassungen der Hanse. Herkunft und Wanderweg der Siedler sind selten genau zu ermitteln. Doch ist es möglich, aus gewissen Erscheinungen der jungen Kolonialmundarten wenigstens in großen Zügen auf die Herkunftslandschaften zu schließen, aus denen der Hauptteil der Siedler kommt. Der Wanderweg ergibt sich daraus allerdings nicht, und daher spricht die Mundartgeographie von ‹Siedlungsbahnen›, gedachten Linien, entlang deren sich, mit Abweichungen und Abzweigungen, die West-Ost-Bewegung vollzieht.

Sehen wir von der breitflächigen bairischen Ostsiedlung ab, so sind es drei Hauptlinien, denen die Wanderer folgen. Die nördlichste, niederdeutsche führt von Holland und dem Niederrhein durch Friesland, über Weser und Elbe und an der Ostsee entlang in das Oder- und das Weichseldelta. Kaufleute und Handwerker aus West- und Ostfalen gelangen auf diesem Wege auch von Lübeck aus über See nach Reval, Riga und in die anderen Ostseestädte.

Auch die zweite Siedlerbahn führt vor allem niederdeutsche Ansiedler nach Osten. Sie geht von der Landschaft um Köln und Aachen aus, führt durch West- und Ostfalen zunächst nach Magdeburg und von dort weiter nach Brandenburg und Pommern. Kleinere Züge gelangen von Magdeburg aus auch elbaufwärts nach Obersachsen und in Ausläufern nach Nordböhmen.

Für die hochdeutsche Sprachgeschichte ist aber am wichtigsten der dritte, breiteste Strom, der aus den Moselgegenden, Luxemburg, Eifel und Hunsrück, durch Hessen und Thüringen über Erfurt nach Sachsen und Schlesien, ja sogar bis ins ferne Siebenbürgen führt. Starke Abteilungen rücken auch in Böhmen ein. Dort treffen sie auf Einwanderer, die aus den Mainlanden über Bamberg, aus den oberen Donaugegenden über Nürnberg, aus Westbayern über Regensburg in das südliche Böhmen und besonders ins Egerland gelangen. Dorthin sowie nach Mähren und in das südliche Schlesien kommen vor allem aber auch Zuwanderer aus Österreich.

Es ist hier nicht der Ort, die Entstehung der Kolonialdialekte und ihre Herleitung aus Mundarten des Altlandes darzustellen – soweit beides überhaupt möglich ist. Wir müssen uns in dieser Hinsicht auf Literaturhinweise (vgl. bes. WALTHER MITZKA, Literaturhinweise – künftig abgekürzt LH – Nr. 73) beschränken. Wichtig werden in frühneuhochdeutscher Zeit die großen ostmitteldeutschen Mundarträume des Thüringischen, Obersächsischen, Schlesischen und des Böhmischen. Letzteres nimmt eine vermittelnde Sonderstellung ein. Denn infolge seiner zentralen Lage lockte das Königreich Böhmen Siedler von allen Seiten an. Sprachlich führte das in Nordböhmen zu einem Überwiegen der ostmitteldeutschen Elemente. In Südböhmen und in Mähren machen sich von Österreich her mittelbairische Dialekteinflüsse geltend, während das Egerland nordbairisch und ostfränkisch beeinflußt ist. In der Zentrale Prag können sich alle diese Strömungen begegnen, und so kommt es zu vermittelndem Ausgleich zwischen mittel- und oberdeutschen Spracherscheinungen.

Die Wanderbewegung muß im 13. und in der ersten Hälfte des 14. Jahrhunderts sehr viele Siedler in die neuen Räume geführt haben, bis ihr die verheerende Pest, ‹der schwarze Tod›, im Jahre 1349 für lange Zeit ein Ende setzte. Sie war also zu Beginn der frühneuhochdeutschen Periode eben abgeschlossen, und zu keiner Zeit hat sich das deutsche Sprachgebiet so weit erstreckt wie gerade damals. Bis dahin sind auch die neuen Mundarträume hinlänglich konstituiert, und nacheinander treten sie auch in der schriftlichen Hinterlassenschaft hervor. Thüringen macht schon um 1200 den Anfang, dann folgt, wenn man von verstreuten frühen Urkunden absieht, seit Anfang des 14. Jahrhunderts das Ordensland mit einer umfangreichen Literatur. Böhmen und Schlesien schließen sich um 1350 an. Mit den politischen Entwicklungen verlagert sich auch die sprachliche Weiterentwicklung aus dem Altland nach Osten. Die Bühne des Sprachgeschehens erhält einen neuen Hintergrund und wird von neuen Kräften besetzt. Um 1350 hebt sich der Vorhang zum zweiten Akt der deutschen Sprachgeschichte.

Die Landesfürsten

Die Ostsiedlung erschließt der deutschen Sprache neue Räume. Aber diese wären sprachgeschichtlich vermutlich unwirksam geblieben ohne das Streben der Landesfürsten nach politischer Macht und nach Selbständigkeit, d. h. nach Einschränkung der kaiserlichen Zentralgewalt. Längst hatten die Großen des Reichs nach Unabhängigkeit gestrebt, und seit der Zeit Kaiser Friedrichs II. (1212–1250) konnte von einer zentralen Reichsmacht nicht mehr die Rede sein. Es darf an die beiden Gesetze erinnert werden, die als die äußeren Marksteine dieser Umwälzung gelten. Im Jahre 1220 schloß der Kaiser die *Confoederatio cum principibus ecclesiasticis*, die ‹Einigung mit den geistlichen Fürsten›, und im Jahre 1232 folgte das *Statutum in favorem principum*, die ‹Rechtssatzung zugunsten der (geistlichen und weltlichen) Fürsten›. Durch diese beiden Gesetze erhielten die großen und kleinen Herren in Deutschland die volle Landeshoheit. Die alten Kronrechte, vor allem die Gerichtshoheit und das Recht zum Aufgebot des Heeres, dazu das Münz-, Markt-, Zoll-, Geleitrecht, das Jagdrecht und vieles andere, wurden den Fürsten zu eigener Machtvollkommenheit zuerkannt. Der Kaiser zog sich aus den fürstlichen Territorien zurück und konnte reale Macht nur noch ausüben, sofern er selbst als Landesherr aus eigenem Territorium über hinlängliche Machtmittel verfügte.

Das weite Reichsgebiet zerfiel jetzt in viele einzelne Landesherrschaften, große und sehr kleine, und jeder Landesfürst hatte in erster Linie seine eigenen territorialen Interessen im Auge. Eine rücksichtslose Heiratspolitik, ständige Erbauseinandersetzungen, Erbfolgekriege und oft genug die rohe Gewalt des Faustrechts waren die Mittel zu diesen politischen Zielen. Dabei schnitt das koloniale Neuland weit besser ab als das alte Reichsgebiet. Denn während hier auf Grund jahrhundertelanger Entwicklung viele kleine Territorien entstanden waren, hatten die fürstlichen Herren des kolonialen Ostens, teils aus deutschen, zum Teil auch aus heimischen Geschlechtern erkoren, große Flächenstaaten errichten können. Unternehmungslust und wirtschaftlicher Erfolg ihrer Siedler brachten Wohlstand, und eine gut organisierte, zentralistische Verwaltung wußte die Wirtschaftskraft der planmäßig angelegten ländlichen und städtischen Siedlungen voll auszunutzen. Dadurch gelangten die neuen Staatsgebilde, Österreich und Böhmen mit ihren Nebenländern, Schlesien, die wettinischen Lande, Brandenburg, und anfangs das Ordensland Preußen, zu großem politischen Einfluß, der sich auch auf die Sprachentwicklung auswirkte.

Mundartgrenzen von heute sind zu einem nicht geringen Teil identisch mit den Grenzen der im 13. und 14. Jahrhundert entstandenen Territorien (LH 3). Nichts könnte deutlicher die sprachbildende Kraft der territorialen Verkehrsgemeinschaften beweisen. Langdauerndes Zusammenleben schafft immer auch besondere sprachliche Konventionen; und schließt sich das Territorium nach außen ab, was bei der Eifersucht der Landesfürsten meist der Fall war, dann machen auch seine Sprachgewohnheiten an den Landesgrenzen halt.

Für die Mundartforschung sind solche historische Untersuchungen ein reizvolles Arbeitsgebiet. In einer Darstellung der schriftsprachlichen Entwicklung dagegen muß es genügen, auf die Zusammenhänge zwischen Territorium und Mundart hinzuweisen. Desto nachdrücklicher ist die politische Stellung der neuen östlichen Staatsgebilde zu betonen. Denn politisches Gewicht bedeutet auch sprachlichen Einfluß, und die in den jungen Territorien zwischen Elbe und Donau, Saale und Oder gepflegte Sprache wird zum Ausgangspunkt der neudeutschen Sprachentwicklung. Dieser sprachhistorische Vorgang vollzieht sich allerdings nicht von heute auf morgen, und zum mindesten die erste Hälfte der frühneuhochdeutschen Zeit bietet, auch im Sprachlichen, das verwirrende Bild eines Partikularismus, der die Auflösung aller schon erreichten Einheit erkennen läßt.

Die Städte

Die Ostkolonisation schafft den Raum für neue sprachliche Entwicklungen, die straffe Verwaltung der großräumigen Territorien bewirkt in ihren zentralen Kanzleien die Festigung und Durchschlagskraft des neuen Sprachgebrauchs. In den Städten, von denen jetzt zu reden ist, wird der Grund gelegt zu einer neuen Gesellschaft, die die Sprache von innen her umgestaltet.

Das mittelalterliche Europa hatte die Stadt als Siedlungsform besonderen Rechts aus der Antike ererbt. Auf altem Römerboden waren die Städte selbst in den Sturmzeiten der Völkerwanderung und in den ersten Jahrhunderten des Mittelalters niemals ganz untergegangen, obwohl die neuen germanischen Herren, an bäuerliche Lebens- und Staatsordnung gewöhnt, dem Städtewesen kein Verständnis entgegenbrachten. Immerhin wurden die aus Römerzeiten überkommenen Städte im Karolingerreich gern zu Bischofssitzen, manchmal auch als Mittelpunkt einer Grafschaft gewählt. Nicht durch Zufall blieben die drei bedeutendsten Römerstädte auf deutschem Boden, Trier, Mainz und Köln, während des ganzen Mittelalters die Sitze der drei führenden deutschen Erzbischöfe. Auch die später gegründeten Erzbischofssitze, z. B. in Hamburg, der bald nach Bremen zurückverlegt wurde, und Magdeburg, sowie die zahlreichen Bischofssitze entwikkelten sich meist rasch zu blühenden Gemeinwesen.

Irgendwelchen politischen Einfluß hatten die Städte zunächst allerdings nicht. Auch war ihre Zahl gering. Im karolingischen Deutschland einschließlich der Niederlande gab es um das Jahr 900 höchstens vierzig städtische Gemeinwesen, die meisten mit wenig mehr als hundert Einwohnern. Nur in wenigen niederländischen und rheinischen Städten fanden mehr als tausend Einwohner Heimstatt und Nahrung. Erst als ganz allmählich neben die autarke, geschlossene Hauswirtschaft der Grundbesitzer die arbeitsteilige Wirtschaft trat und damit auch der Handelsverkehr sich ausweitete, begannen die Städte aufzublühen. Im Altland war das seit dem 12. Jahrhundert der Fall. Nach der Eröffnung der weiten Ostgebiete mit ihren zunächst noch unerschlossenen Möglichkeiten des Handels und der Wirtschaft fanden städtischer Gewerbefleiß und kaufmännische Unternehmungslust ein erweitertes Feld. Rasch wurden auch Städte des Neulands, wie Lübeck und Riga, Leipzig und Breslau, zu einflußreichen Handelsplätzen. Dabei waren die bedeutendsten Städte des Altreichs infolge früherer politischer Entwicklungen zum großen Teil als ‹Freie Städte› keinem Landesherrn untertan. Im Neuland dagegen wurden sie zumeist den Territorien eingegliedert und verstärkten deren Finanz- und Wirtschaftskraft.

Einen besonders raschen Aufschwung nahm das Städtewesen im 13. und 14. Jahrhundert. Schon bis zum Jahre 1200 war die Anzahl der Städte, auch durch Neugründungen im Kolonialland, auf etwa 250 angewachsen. Allein im 13. Jahrhundert wurden dann 800 weitere Siedlungen zu Städten erhoben oder als Städte neu gegründet. Noch mehr waren es im 14. Jahrhundert, wenn auch seit etwa 1350, als die Pest in Europa wütete, die Entwicklung sich verlangsamte. Dennoch gab es um das Jahr 1500 in Deutschland und den Niederlanden nicht weniger als 3000 Städte.

Leicht macht man sich falsche Vorstellungen von der Größe der spätmittelalterlichen Stadt. Die große Masse – schätzungsweise 2500 Städte – beherbergte auch an der Schwelle der Reformationszeit nur 100–500 Einwohner. Weitere 350 Städte im weiten Raum zwischen Brügge und Riga, Zürich und Lübeck werden auf 500 bis 1000 Einwohner geschätzt, und nur 150 Städte zählten damals mehr als tausend Einwohner. Unter ihnen ragen die niederländischen Seehandelsplätze weit heraus. In Antwerpen sollen schon im 14. Jahrhundert 50 000 Menschen gewohnt haben, Gent erreichte diese Zahl um das Jahr 1500, Brügge folgte mit 35 000 Bewohnern. Löwen mit Tuchindustrie und ausgedehntem Überlandhandel konnte 25 000 Einwohner ernähren. Im deutschen Raum war um 1500 Köln mit 30 000 Einwohnern die weitaus größte Stadt. In abnehmender Reihe schlossen sich Lübeck, Straßburg, Nürnberg, Danzig, Ulm, Frankfurt, Zürich, Augsburg, Erfurt und Breslau an. Von ihnen liegt Erfurt am äußersten Grenzrain des alten Reichsgebiets, Nürnberg, Lübeck, Danzig und Breslau liegen auf kolonialem Boden.

Die kleineren Städte waren vornehmlich als Märkte für das umliegende Land von Bedeutung. Ihre Bewohner waren großenteils Ackerbürger, die allmorgendlich durch das Stadttor hinaus zur Feldarbeit zogen. Trotzdem hatten auch in ihnen Handel und Handwerk eine Stätte, und man weiß von erstaunlichen wirtschaftlichen Leistungen kleiner Städte mit einem Export der erzeugten Güter, der oftmals bis in weit entfernte Regionen führte. Schon aus dem 13. Jahrhundert stammen die ersten Zeugnisse einer Buchführung und des schriftlichen Verkehrs zwischen weit voneinander entfernten Handelshäusern. Diese fortan in zunehmender Zahl erhaltenen Dokumente bieten nicht nur für die Wirtschafts-, sondern auch für die Sprachgeschichte ein wertvolles Forschungsmaterial.

Ihren Platz in der mittelalterlichen Wirtschafts- und Sozialordnung hatten die Städte sich mühsam zu erkämpfen. Anders als die römische *civitas*, obwohl daraus hervorgegangen, waren die mittelalterlichen Städte zunächst nicht die administrativen und kulturellen Zentren für das umgebende Landgebiet. In der Adelsgesellschaft des deutschen Mittelalters hatten Stadt und Städter keinen Platz. Sie begannen erst eine Rolle zu spielen, als sie – allmählich wirtschaftlich erstarkend und mit straff organisierter innerer Verwaltung – von den deutschen Herrschern als Bündnispartner gegen die unbotmäßigen Fürsten herangezogen wurden. Das war seit dem 12. Jahrhundert der Fall. Seit dieser Zeit verbriefte der Kaiser in Erwartung oder zur Belohnung treuer Dienste vielen Gemeinwesen das Recht der ‹Freien Städte›, die von den Fürsten der umgebenden Landschaft unabhängig und dem Kaiser unmittelbar verantwortlich waren. Die Stadtstaaten Hamburg und Bremen sind heute die letzten Zeugen dieser kaiserlichen Politik.

Nachdem allerdings die wirtschaftliche Bedeutung und die Finanzkraft der Städte als politisch höchst wirksame Faktoren erkannt waren, suchten auch die einzelnen Landesherren durch Städtegründungen ihre Macht zu stärken. Daher spielt bei und nach der Entstehung der großen Territorien die planmäßige Gründung von Städten eine wichtige Rolle. Mehr und mehr wird nun auch die mittelalterliche Form der gutsherrlichen Hofhaltung abgelöst durch die Stadt als Sitz des Fürsten und seiner Verwaltung. Unvermeidlich mußte sich in den Städten entsprechend den besonderen Lebensverhältnissen auch eine neuartige Gesellschaftsform herausbilden, eine Gesellschaft, die wirtschaftliches Gewicht hatte und eigene kulturelle Ansprüche durchzusetzen vermochte. Davon wird in anderem Zusammenhang zu handeln sein (s. unten S. 38 ff).

Frühneuhochdeutsch als Gegenstand der Forschung

Die großen Wandlungen des öffentlichen Lebens, die sich zum Teil schon in mittelhochdeutscher Zeit vollzogen haben, aber erst allmählich auch in der Sprachgestaltung sichtbar werden, stellen schon für sich allein den Sprachhistoriker vor schwierige Probleme. Sie sind aber überhaupt erst nach und nach in den Gesichtskreis der Forschung getreten und daher noch keineswegs gleichmäßig und zur

Gänze in sprachhistorischer Hinsicht durchgearbeitet worden. Infolgedessen gehen auch heute noch die Sprachhistoriker von sehr verschiedenen Standpunkten aus, was eine Gesamtdarstellung der frühneuhochdeutschen Sprachperiode zur Zeit noch sehr erschwert, wenn nicht fast unmöglich macht. Immer muß man fürchten, Gesichtspunkte, die sich als sehr wichtig erweisen könnten, außer acht zu lassen.

Schon mit der Terminologie beginnen die Schwierigkeiten. Die deutsche Philologie des 19. Jahrhunderts hat lange gezögert, die Bezeichnung ‹Frühneuhochdeutsch›, die erst relativ spät auftauchte, anzuerkennen. Die Forschung stand noch ganz im Banne der von JACOB GRIMM getroffenen Dreiteilung in eine alt-, eine mittel- und eine neuhochdeutsche Periode. Diese war an der damals üblichen Einteilung der allgemeinen Geschichte in Mittelalter (Alt-, Mittelhochdeutsch) und Neuzeit (Neuhochdeutsch) orientiert, und die Neuzeit ließ man mit der Reformation um 1500 beginnen. In der Vorrede zur zweiten Ausgabe seiner ‹Deutschen Grammatik›. Göttingen 1822, S. XI, hatte der junge JACOB GRIMM die Sprache MARTIN LUTHERS ‹für kern und grundlage der neuhochdeutschen sprachniedersetzung› erklärt und gemeint, man dürfe ‹das neuhochdeutsche als den protestantischen dialect bezeichnen›. Mit diesem Fehlurteil waren LUTHER und seine Reformationstat sehr entschieden an den Anfang der neuhochdeutschen Sprachperiode gesetzt worden.

Die germanistische Forschung, stark unter dem Einfluß gerade des jungen GRIMM stehend, hat es lange nicht zur Kenntnis genommen, daß der Altmeister selbst mit wachsender Einsicht in das Werden der deutschen Sprache sich später von dieser Auffassung seiner Anfänge distanzierte. Im Jahre 1854 schrieb er in der Vorrede zum ‹Deutschen Wörterbuch›, Bd. I, S. XVIII: ‹Erst mit dem jahre 1500 oder noch etwas später mit LUTHERS auftritt den neuhochdeutschen zeitraum anzuheben, ist unzulässig.› Er ist also von der Überschätzung der Rolle LUTHERS abgerückt, dem zwar innerhalb des Zeitraums eine hervorragende Stellung zukommt, der aber dennoch nicht der Begründer einer neuen Sprachepoche war.

Dies ist heute allgemein anerkannt. Aber es gibt zuweilen in der Wissenschaft überholte Auffassungen, die sich mit einer unverständlichen Zähigkeit halten. So sind die meisten Philologen des 19. Jahrhunderts bei GRIMMS Einteilung von 1822 stehengeblieben, und noch der hochverdiente HERMANN PAUL hielt in seiner ‹Deutschen Grammatik› (Band I, Halle 1916, S. 93 f) an der Epochengrenze beim Jahr 1500 fest. Hingegen hatte schon VICTOR MICHELS in seinem ‹Mittelhochdeutschen Elementarbuch› (1. Aufl. Heidelberg 1900), offenbar mit Rücksicht auf GRIMMS Standpunkt von 1854, die Zeit seit 1350 zur neuhochdeutschen Periode gerechnet, ohne allerdings für deren erste Jahrhunderte die Bezeichnung ‹frühneuhochdeutsch› zu verwenden.

Diese Möglichkeit war inzwischen von WILHELM SCHERER zur Diskussion gestellt worden, der in der zweiten Auflage seines Buches ‹Zur Geschichte der deutschen Sprache›. Berlin 1875, S. 13, eine ‹Übergangs- oder frühneuhochdeutsche Zeit› (1350–1650) als vorbereitende Stufe des Neuhochdeutschen angesetzt hatte. Der Sache nach hatte er sich offenbar durch AUGUST KOBERSTEIN anregen lassen, der in seinem ‹Grundriß der Geschichte der deutschen National-Literatur›. Bd. I (Leipzig 1847), S. 291, erstmalig eine besondere deutsche Literaturperiode ‹von der Mitte des vierzehnten bis zum Ende des sechzehnten Jahrhunderts› angenommen hatte. SCHERER übertrug KOBERSTEINS Periodeneinteilung von der Literatur- auf die Sprachgeschichte, setzte der Periode hier einen anderen Endpunkt und prägte dafür die Bezeichnung ‹frühneuhochdeutsch›.

KONRAD BURDACH und sein Schülerkreis (LH 29–37) griffen SCHERERS Einteilung bald auf. Aber sie und ebenso der Verfasser der bisher einzigen und unvollendet gebliebenen ‹Frühneuhochdeutschen Grammatik›, VIRGIL MOSER, (LH 19) betrachten das Frühneuhochdeutsche doch nur als eine Vor- und Übergangsstufe zum eigentlichen Neuhochdeutschen. Dagegen hat neuerdings ARNO SCHIROKAUER (LH 50, Sp. 858) sehr stark die Eigenständigkeit des Frühneuhochdeutschen unterstrichen. Nach ihm ist ‹es falsch, Frühneuhochdeutsch in die Frühgeschichte des Neuhochdeutschen einzubeziehen. Es ist eine souveräne Sprachepoche›. Mit Vorbehalten, die später zu erörtern sind (s. unten S. 24 f), stimmen wir ihm zu und sind geneigt, den Begriff der ‹Epoche›, der schärfere Grenzen setzt als der der ‹Periode›, wenigstens hinsichtlich des Neubeginns um 1350 stark zu betonen. Der Übergang zum eigentlichen Neuhochdeutschen vollzieht sich dann ohne scharfe Einschnitte. Ist man bereit, die oben angedeutete Unterscheidung von ‹Epoche› und ‹Periode› anzunehmen, dann ergäbe sich eine Einteilung der hochdeutschen Sprachgeschichte in zwei Epochen, nämlich ‹Altdeutsch› und ‹Neudeutsch›, und auf jede dieser beiden Epochen würden zwei Perioden, nämlich alt- und mittelhochdeutsch einerseits, und auf der anderen Seite frühneuhochdeutsch und neuhochdeutsch, entfallen. Für die Annahme eines epochemachenden Einschnitts um 1350 sprechen gute Gründe. Wir können darauf erst nach Klärung weiterer Vorfragen zurückkommen (s. unten S. 56 ff).

Verschweigen wir auch nicht, daß es Gegengründe gibt. So hat HUGO MOSER (LH 68) 1951 in einer leider undiskutiert gebliebenen Arbeit neue Auffassungen über die Periodisierung der deutschen Sprachgeschichte vorgetragen. Auch er kommt zu der Annahme von zwei Hauptepochen, Altdeutsch (etwa 770 bis Anfang des 16. Jahrhunderts) und Neudeutsch (seit etwa 1520), zu der ich unabhängig von Moser auf Grund andersartiger Überlegungen und mit anderer Zeitgrenze gekommen bin. (Daß Moser auch das Niederdeutsche einbezieht, welches wir außer Betracht lassen – s. unten S. 77 ff –, sei beiläufig erwähnt.) Aber gerade die zeitliche Grenzziehung ist bemerkenswert: Moser bezeichnet eine Periode von 1250 bis 1520, also vom Ausklang der höfischen Zeit bis zum Auftreten Luthers, als ‹spätmittelalterliches Deutsch›. Er betont also stark den Zusammenhang mit dem Hochmittelalter (mhd. Blütezeit, ca. 1170–1250) und zieht die Epochengrenze dort, wo schon der junge Jacob Grimm sie sah (und von der er später abwich).

Schärfer noch als Moser, aber wohl von seiner Auffassung beeinflußt, rückt Peter von Polenz (LH 5, S. 66) vom Begriff des Frühneuhochdeutschen ab. Auch er sieht den Übergang vom hoch- und spätmittelalterlichen Deutsch zum Neuhochdeutschen und sucht den epochemachenden Einschnitt um 1460 bei der Erfindung des Buchdrucks. Andere Sprachhistoriker, wie z. B. Adolf Bach (LH 1), halten an der Eigenständigkeit der frühneuhochdeutschen Sprachperiode fest und folgen ähnlichen Bahnen, wie wir sie in diesem Buch einschlagen. Aber der Leser sollte nicht im Zweifel darüber sein, daß wir uns auf umstrittenem Gebiet bewegen.

Ansatzpunkte der Forschung

Darüber jedenfalls, daß irgendwo zwischen 1250 und 1520 ein tiefer sprachgeschichtlicher Einschnitt liegt, sind sich heute fast alle Forscher einig, mögen sie nun ein ‹Frühneuhochdeutsch› als selbständige Periode oder als Übergangsstufe anerkennen oder den unmittelbaren Übergang vom Mittel- zum Neuhochdeutschen behaupten. Es ist allerdings leicht einzusehen, daß dieser Einschnitt nur auf der kultursprachlichen Ebene, also auf dem Gebiet der Schriftsprache bzw. der vorausliegenden Schreibsprachen (darüber s. unten S. 63 ff) gemacht werden kann. Denn die gesprochenen Dialekte entwickeln sich kontinuierlich fort, abgesehen davon, daß in den weiten Kolonialräumen des Ostens neue Dialekte entstanden sind und sich allmählich festigen.

Der Einschnitt ist erkannt, und damit ist die alte Auffassung einer ungebrochen fortlaufenden Entwicklung der deutschen Schriftsprache von der Karolingerzeit bis auf unsere Tage (vgl. dazu Karl Müllenhoff, LH 69, S. XIV ff) endgültig abgetan. Daß die heutige deutsche Schriftsprache auf ganz anderen Grundlagen erwuchs als die alt- und mittelhochdeutsche Literatursprache, wird von niemandem mehr bestritten; auch daß diese Grundlagen anders als in alt- und mittelhochdeutscher Zeit auf dem Kolonialboden des deutschen Ostens zu suchen sind, ist nicht zweifelhaft. Gerade diese geographische Verlagerung der Schwergewichte bedingt den Unterschied zwischen Altdeutsch und Neudeutsch und ist einer der Hauptgründe für den Ansatz einer neuen Sprachepoche.

Wie aber diese Grundlagen beschaffen sind und welche Linien von ihnen aus zur heutigen Schriftsprache führen, darüber herrscht keineswegs Einigkeit. Die Diskussion ist noch im Fluß, die Fronten sind vielfach miteinander verzahnt, und die Erarbeitung einer gemeinsamen Auffassung dürfte noch in weiter Ferne liegen.

Aus der Erkenntnis, daß am Ausgang der mittelhochdeutschen Periode ein starker sprachhistorischer Einschnitt liegt, zog als erster KONRAD BURDACH seine Konsequenzen. Es ist sein bleibendes Verdienst, daß er die Erforschung des Frühneuhochdeutschen energisch begonnen hat, auch wenn seine Auffassungen zum großen Teil nicht mehr haltbar sind. Er betrachtete die frühneuhochdeutsche Periode ganz unter geistesgeschichtlichem Aspekt, hielt die Prager Kanzlei Kaiser KARLS IV. (1346–1378) für die Wiege der neuhochdeutschen Schriftsprache und sah in dem Kaiser und den an seinem Hofe wirkenden Persönlichkeiten mit ihren frühen humanistischen Interessen die geistigen Väter der neuen Sprache. Nicht nur in ihren Lauten und Formen unterscheide sich die Prager Kanzleisprache, sondern vor allem strebe sie in ihrer Stilistik unter lateinischem Einfluß neue Ausdrucksmittel an und weise sich damit als Sprache eines neuen kulturellen Strebens aus. Diese am Prager Hof entwickelte Sprachform sei von der Meißner Kanzlei der Wettiner übernommen, und deren Sprache habe LUTHER aufgegriffen und durch die Wirkung seiner Bibelübersetzung und seiner Schriften überallhin verbreitet.

Von mehreren Seiten her wurde im weiteren Verlauf der Forschung BURDACHS Auffassung angegriffen und endlich erschüttert. Ganz offensichtlich hat er den Einfluß des italienischen Frühhumanismus eines COLA DI RIENZO und PETRARCA auf das Prager Geistesleben weit überschätzt. Das ergab sich vor allem aus der gelehrten Diskussion um den ‹Ackermann aus Böhmen› vgl. unten S. 89 ff), jenes Meisterwerk der frühen Prager Sprachkultur, das BURDACH zum krönenden Zeugnis für seine Auffassungen erklärt hatte. Es hat sich aber erwiesen, daß viel Mittelalterliches darin steckt, das aus deutscher Tradition erklärt werden kann, und daß das zweifellos Neue, das sich in der individualistischen Einstellung des Ackermanns zum Tode zeigt, nicht aus dem Einfluß der italienischen Humanisten erklärt zu werden braucht. Auch führt – um das gleich hier zu erwähnen – kein direkter Weg vom Prager Frühhumanismus zu den deutschen Humanisten des ausgehenden 15. Jahrhunderts. Es ist daher auch nicht an die geistige, von Prag ausgehende Kontinuität zu denken, die nach BURDACH, der darin noch von MÜLLENHOFF beeinflußt war, in der deutschen Sprache vom Prag des 14. Jahrhunderts bis in die Gegenwart weitergewirkt hätte.

Grundsätzlich anderer Auffassung als BURDACH waren die Wortführer der Mundartforschung. Diese entwickelte sich erst nach dem Ersten Weltkrieg zu einem fruchtbaren Zweig der deutschen Philologie, und ihre Auffassungen von der Entstehung des Neuhochdeutschen sind noch keineswegs ausdiskutiert. Vor allem THEODOR FRINGS (LH 76, vgl. auch LH 3) und einige seiner Schüler (so noch RUDOLF GROSSE, LH 51) wollten die Entstehung der neuhochdeutschen Schriftsprache ganz und gar aus den gesprochenen Mundarten des östlichen Kolonialraums und vor allem aus der meißnisch-obersächsischen Mundart erklären. Zum Verhältnis zwischen gesprochener und geschriebener Sprache wird erklärt: ‹Die Volkssprache hat die Kanzlei erobert, nicht umgekehrt› (LH 43). Nur der Umkehrung, daß die Kanzlei nicht die Volkssprache erobert habe, kann man zustimmen, und auch nur unter dem Vorbehalt, daß ‹Volkssprache› als ‹Mundart› verstanden werden soll. Denn auf die übermundartliche Umgangssprache übt die Schriftsprache und übte vorher die Sprache der Kanzleien zweifellos einen Einfluß aus. Daß aber die Volkssprache die Kanzlei erobert habe, ist schlechthin unrichtig. Keine einzige Kanzleisprache – und es gibt deren sehr viele zu Beginn der frühneuhochdeutschen Zeit – spiegelt unmittelbar die Mundart ihrer Umgebung wider. Immer mischt sich Fremdes und Übermundartliches ein, schon in den Lauten und Formen. Dabei soll die mundartliche Grundlage nicht geleugnet werden. Der Sprachstil dagegen ist notwendigerweise im Schreibgebrauch der Kanzleien stets von dem der gesprochenen Mundart weit entfernt. Insofern ist BURDACHS Standpunkt, dem es ja vor allem auf den Stil als Ausdruck einer geistigen Haltung ankam, von der Mundartforschung aus nicht zu widerlegen, und so reduziert sich die Kontroverse BURDACH–FRINGS auf die äußerlichen Sprachformen und die Frage, ob Prag oder Meißen die Dialektgrundlage geliefert habe.

Aber selbst in dieser Hinsicht hat sich die Auffassung von FRINGS als zu eng erwiesen. Nach ihm sind ‹die Mark Meißen und die Wettinischen Lande der naturgegebene Ort, wo eine neue sprachliche Einheit wachsen konnte› (LH 2, S. 31). Man hat aber den gesamten mitteldeutschen Raum, einschließlich des altländischen Westens, mit seiner natürlichen Mittelstellung zwischen Ober- und Niederdeutsch, in Betracht zu ziehen. (Vgl. hierzu besonders RUDOLF SCHÜTZEICHEL, LH 56, mit reichhaltigen Literaturangaben.)

Vor allem aber muß sich, wo es um die Geschichte der Schriftsprache geht, das Interesse auf die geschriebenen Zeugnisse richten, und in dieser Hinsicht sind die Kanzleien unsere besten Zeugen. So gilt denn auch heute das sprachhistorische Interesse vor allem der Erforschung der Kanzleisprachen. Hinsichtlich der Meißner Kanzlei, die in FRINGS' Überlegungen eine so große Rolle als die Mittlerin zwischen gesprochener und geschriebener Sprache spielt, hat sich allerdings herausgestellt (LH 42 und 45), daß sie nicht zu jeder Zeit so sehr von Prag beeinflußt war, wie BURDACH angenommen hatte. Eine Zeitlang gewährte sie der obersächsischen Mundart viel Raum. Erst seit etwa 1450 machten sich oberdeutsche Einflüsse deutlich geltend (besonders im Übergang der Vokale *î, û, iu* zu den neuen Zwielauten *ei, au, eu*; vgl. auch unten S. 65 ff). Aber die Anregung dazu gab jetzt die Kanzleisprache von Nürnberg, das in regen Handelsverbindungen mit Leipzig stand.

Auch war die Prager Kanzleisprache keineswegs so stark normiert, wie BURDACH es wahrhaben wollte. Das konnte L. E. SCHMITT (LH 61) zeigen, der außerdem nachwies, daß von den führenden Prager Kanzleibeamten eine nicht geringe Anzahl aus dem ostfränkischen Gebiet um Nürnberg–Bamberg–Würzburg und noch mehr aus dem mittelfränkischen Raum Trier–Luxemburg stammte. Daß sie auch Spracheinflüsse mitbrachten und daß diese von Prag aus weitere Verbreitung finden konnten, liegt auf der Hand. Schon deshalb sind westmitteldeutsche Spracheinflüsse nicht unwahrscheinlich.

Die Uneinheitlichkeit im einzelnen, die SCHMITT nachgewiesen hat, kann allerdings nicht darüber hinwegtäuschen, daß die Prager Kanzleisprache doch ihr besonderes Gepräge hat. Trotzdem ist sie nicht, wie BURDACH meinte, Prager Eigenschöpfung. Neueste Forschungen, an denen der tschechische Gelehrte EMIL SKÁLA besonders stark beteiligt ist, beweisen vielmehr, daß auch sie bereits in einer Traditionslinie steht, die sich vorher schon in den Kanzleien von Nürnberg und Eger und vielleicht sogar in Regensburg zeigt (LH 67 und mündliche Mitteilungen). Das bedeutet von Anfang an auch oberdeutsche Züge in der Prager Kanzleisprache. Allerorten haben zwar auch die jeweiligen Mundarten Einfluß. Aber gerade weil es um die Entwicklung der Schriftsprache geht, ist es wichtig zu betonen, daß als stärkere Kraft eine von Kanzlei zu Kanzlei sich ausbreitende, von den Ortsmundarten unabhängige Schreibtradition die Entwicklung beeinflußt.

Wir werden darzustellen haben (s. unten S. 45 ff), daß besonders zu Beginn der frühneuhochdeutschen Zeit jede einzelne Kanzlei ihre eigenen Wege sucht. Allmählich entstehen daraus mehrere unterschiedliche, landschaftsgebundene Schreibsprachen, die allerdings in sich sowenig einheitlich sind wie die Sprache der Prager Kanzlei. Später kommen die Druckersprachen, auch diese zunächst landschaftlich verschieden, als stabilisierendes Moment hinzu, und die Handelsinteressen der Buchdrucker fördern das Streben nach größerer Einheitlichkeit. Daß in dieser Entwicklung die Prager Kanzlei eine wichtige, wenn auch – gegen BURDACH – nicht die entscheidende Rolle spielt, liegt am Geschichtsverlauf. Hätten die Herrscher aus dem Luxemburger Hause von ihrem Stammsitz im Westen aus das Reich regiert, so wäre die sprachliche Weiterentwicklung vermutlich anders gelaufen. Wie aber die Dinge lagen, wurde Prag zeitweilig zum Mittelpunkt des Reiches.

So sehen wir die Prager Kanzlei zunächst als ein Sammelbecken schon vorgeformter Schreibtraditionen. Als Kanzlei des Kaisers hatte sie eine besondere Strahlkraft, und das mag festigend auf Eger und Nürnberg zurückgewirkt haben. Weiter zu untersuchen wäre vor allem die Nürnberger Entwicklung, wie die spätere Einwirkung auf die Wettinische Kanzlei beweist. Man darf auch nicht übersehen, daß in Nürnberg zwischen 1350 und 1520 mehr deutsche Reichstage stattfanden als in irgendeiner anderen Stadt. Sicher führen Verbindungslinien von Prag zur Reichskanzlei, nicht zur Grazer Hauskanzlei, FRIEDRICHS III. (1440–1493) und MAXIMILIANS I. (1486–1519). (Vgl. dazu unten S. 141 f.) Ist außerdem noch ein unmittelbarer Nürnberger Einfluß anzunehmen? Dieser ist jedenfalls in der Meißnischen Kanzleisprache deutlich, und ihrem Schreibgebrauch schloß sich MARTIN LUTHER an. Wenn er aber – nicht mit vollem Recht – meinte, dies sei die Sprache, *welcher nachfolgen alle Fürsten und Könige in Deutschland,* so beweist das doch, daß die wichtigsten Kanzlei- und Schreibsprachen sich zu seiner Zeit einander angenähert hatten.

Am Begriff der ‹Kanzleisprache› hat neuerdings L. E. SCHMITT (LH 54) berechtigte Kritik geübt. Bei den Kanzleien, mit deren Sprache wir uns befassen, handelt es sich nicht oder doch nicht allein um ‹Beurkundsstellen› (Urkundensprache), sondern um Zentralstellen der Landes- oder Stadtverwaltung für das gesamte Schreibwesen. Dazu gehören neben Urkunden auch Aktenstücke, Rechts-, Geschäfts- und Rechnungsbücher, ein ausgedehnter Schriftverkehr und anderes mehr, an dem nicht nur die Kanzleien beteiligt sind. Um die gesamte ‹nichtliterarische schriftliche Überlieferung› zusammenfassend zu bezeichnen, wählt SCHMITT den auch früher schon gelegentlich verwendeten Ausdruck ‹Geschäftssprache›.

Hatte BURDACH die Erforschung des Frühneuhochdeutschen als die eines geistesgeschichtlichen Phänomens betrachtet, war FRINGS von der gesprochenen obersächsischen Mundart ausgegangen und wollen die Anhänger der geschäftssprachlichen Forschungsrichtung die

Herkunft der einzelnen Spracherscheinungen aus der Kanzleitradition ermitteln, so hat neuerdings ARNO SCHIROKAUER (LH 50) die philologischen Fragen ganz beiseite geschoben und betont einseitig die soziologische Betrachtungsweise in den Vordergrund gestellt. Ihm kommt es wieder wie BURDACH, aber unter anderem Blickwinkel, auf die ‹innere› Sprachform an. Das Frühneuhochdeutsche gilt ihm als die Sprache des Stadtbürgers, und ‹die Geschichte des Frühneuhochdeutschen ist die Geschichte der Konsolidierung des Städtertums› (a. a. O., Sp. 858). Eine solche Gleichsetzung vereinfacht nun allerdings die Verhältnisse in unzulässiger Weise. Das wird vor allem aus dem kürzlich erschienenen ersten Band der sehr groß angelegten Sprachgeschichte von LUDWIG ERICH SCHMITT (LH 54) klar, der die Personalverhältnisse der thüringisch-obersächsischen Kanzleien und ihrer Umgebung zum Gegenstand hat.

SCHMITT befolgt die ‹prosopographische› Methode (griech. *prósopon* ‹Antlitz›), d. h. er bemüht sich, Herkunft, Bildungsgang, Lebensweg, Verwandtschafts- und Freundschaftsverhältnisse des Kanzleipersonals aufzuhellen. Daraus ergibt sich nun als soziologisch relevante Erkenntnis, wie stark der Anteil des hohen und besonders des niederen (Ministerial-)Adels unter den oberen Beamten der Kanzleien ist, ferner auch, wie eng ländlicher Adel und städtisches Patriziat untereinander verbunden sind, sei es durch Heiraten, sei es dadurch, daß städtischer und ländlich-adliger Besitz sich auf verschiedene Zweige der Familie verteilen, oder sei es sogar in der einzelnen Persönlichkeit, die die Zugehörigkeit zum ländlichen Adel und städtisches Bürgerrecht auf sich vereinigt.

Dennoch ist es offenbar, daß sich in den frühneuhochdeutschen Jahrhunderten eine neue Gesellschaft formiert, in der städtische Lebensformen eine sehr einflußreiche Komponente bilden. Von diesem Geschehen legt auch die sprachliche Entwicklung Zeugnis ab, und wir werden es zu berücksichtigen haben.

Der eigene Standpunkt

Es ist mein erklärtes, schon früher (vgl. z. B. Bd. 1, S. 21 u. ö.) begründetes Ziel, die Geschichte der deutschen Schriftsprache unter soziologischem Gesichtspunkt zu betrachten. Insoweit bin ich mit SCHIROKAUER einig, glaube aber stärker differenzieren zu sollen, als er es tut. Die neue stadtbürgerliche Gesellschaft ist in sich weit vielschichtiger, als es auf den ersten Blick erscheinen mag, und auch die alte, vom ländlichen Adel beherrschte Gesellschaftsordnung verschwindet nicht einfach, sondern gelangt allmählich zu neuen Formen. Selbst die ausgesprochene Hofkultur lebt in gewandelten Formen weiter. In allen Gesellschaftsschichten zeigt sich übereinstimmend ein Zug zum Realismus, zu nüchterner Alltäglichkeit und zum praktischen Nutzen. Es wird zwar angenommen, daß dies Neigungen seien, die in der auf Erwerb und Erfolg gerichteten stadtbürgerlichen Gesellschaft besonders gut gedeihen. Aber muß man deshalb auch annehmen, daß Hof und Adel, wenn sie dieselben Interessen zeigen, ‹verbürgerlicht› seien? Sosehr ich selbst geneigt bin, den stadtbürgerlichen Anteil am geistigen und sprachlichen Geschehen der Zeit zu betonen, halte ich es doch für wichtig, die Unterschiede nicht von vornherein zu verwischen.

Es wird uns darauf ankommen, die Sprache der frühneuhochdeutschen Zeit als Spiegel der Geistigkeit dieser Zeit zu erkennen, wobei auf die sozialen Schichtungen geachtet werden soll. In den Sprachinhalten und in den Formen der Rede, d. h. im Wortschatz, in Satzbau und Stil, wird der Geist am ehesten wahrnehmbar. Dem Anteil, den verschiedene Schichten der Gesellschaft an dieser Entwicklung haben, werden wir besondere Aufmerksamkeit widmen. Aber die Entwicklung der äußeren Formen darf nicht unberücksichtigt bleiben. Deshalb muß immer wieder die schreibsprachliche Leistung der Kanzleien ins Blickfeld rücken. Die subtilen Einzeluntersuchungen, die auf diesem Gebiet geführt wurden und weiterhin erforderlich sind, können allerdings nur den Fachmann interessieren. Im Rahmen dieses Buches darf die Darstellung sich darauf beschränken, den Gang der Entwicklung in seinen allgemeinen Zügen erkennen zu lassen.

II. DIE SPRACHLICHE LAGE IN FRÜHNEUHOCHDEUTSCHER ZEIT

Im Jahre 1235 erließ Kaiser FRIEDRICH II., der dem Herrscherhaus der Hohenstaufen angehörte, das erste Reichsgesetz in deutscher Sprache. Auf einem Reichstag in Mainz kam es unter Mitwirkung der versammelten Fürsten zustande. Es sollte dem überhandnehmenden Faustrecht, dem gesetzlosen Gebrauch der Gewalt wehren und die Grundlagen des geordneten Rechtsgangs wiederherstellen. Da es also dem friedlichen Zusammenleben dienen und im ganzen Reich Geltung haben sollte, wird es etwas umständlich als ‹der Mainzer Reichslandfriede von 1235› bezeichnet. (Vgl. die Textprobe Nr. I des Anhangs.)

Daß erstmalig ein umfangreiches Gesetzeswerk neben seinem lateinischen Text auch offiziell in deutscher Sprache verkündet wurde, hat unter Historikern mit Recht Aufsehen erregt, und gelegentlich sind Stimmen laut geworden, die bereits mit diesem epochalen Ereignis den frühneuhochdeutschen Zeitraum beginnen lassen wollten. Wir halten diesen Ansatz für verfrüht. Wohl aber beginnt mit diesem Gesetz eine Entwicklung, die für die frühneuhochdeutsche Sprachgeschichte zu größter Wichtigkeit ausschlagen sollte.

Der Mainzer Reichslandfriede ist nicht nur das erste deutschsprachige Gesetz, er ist überhaupt eine der ältesten erhalten gebliebenen Originalurkunden in deutscher Sprache (Nr. 4 in FRIEDRICH WILHELMS chronologisch geordnetem Urkunden-Corpus; LH 83). Seit dieser Zeit mehrt sich auch in Deutschland die Zahl der in der Muttersprache abgefaßten Urkunden, während schon gegen Ende des 11. Jahrhunderts in der Provence von der lateinischen Urkundensprache abgewichen und bald nach 1200 auch Frankreich von dieser Bewegung ergriffen wurde. Rasch folgten auch die Niederlande und England. Immerhin sind aus der Zeit von 1230 bis 1300 nur wenig mehr als 4000 deutsche Urkunden gegenüber etwa 500 000 lateinischen (LH 84, S. 20) vorhanden. Erst im 14. Jahrhundert, in dem die Zahl der Urkunden noch beträchtlich zunimmt, steigt der prozentuale Anteil der deutschen Urkunden stark an.

Daß das Urkundenwesen schon seit dem Ende des 12. Jahrhunderts so stark anschwillt, hängt mit dem Übergang vom mündlichen zum schriftlichen Rechtsverfahren und vom Zeugenbeweis zum Beweis durch Urkunden zusammen. Aber damit wird der Übergang zur volkssprachigen Urkunde nicht erklärt; zunächst nehmen auch die lateinischen Urkunden viel rascher an Zahl zu. Für Deutschland ist ferner in Betracht zu ziehen, daß zugleich mit den ersten deutschen Urkunden auch das erste Rechtsbuch in deutscher Sprache erscheint. Um 1230 veröffentlichte der anhaltische Schöffe EIKE VON REPGOW den

‹Sachsenspiegel›. Er hatte das Werk zunächst in der lateinischen Sprache der Juristen abgefaßt, und erst sein Gönner, der Graf Hoyer von Falkenstein, hatte ihn zur Übersetzung ins Deutsche gedrängt, was ihm schwere Mühe verursachte. Eike schreibt darüber in der Reimvorrede:

do ducht in daz zu swere,
daz her iz an dutisch wande.
Zo lest her doch genande
des arbeids unde dede
greven Hoyers bede.

(‚Da dünkte es ihn allzu schwierig, das Buch ins Deutsche zu übersetzen. Aber schließlich faßte er doch Mut zu der mühseligen Arbeit und erfüllt die Bitte des Grafen Hoyer.') Auch hier also ein Ringen zwischen Lateinisch und Deutsch, in dem der Wunsch des Auftraggebers den Ausschlag zugunsten des Deutschen gibt.

Noch hat die Wissenschaft keine zureichende Erklärung für das plötzliche Auftauchen der Volkssprachen in Urkunden und Rechtsbüchern gefunden. Jedenfalls ist es nicht allein ein deutsches, sondern ein übernationales Phänomen. Bald sollte sogar im Mutterland der Latinität, in Italien, kein Geringerer als Dante Alighieri das Italienische in den Rang einer Kultursprache erheben. In seiner 1305 erschienenen Abhandlung *‹De vulgari eloquentia›* begründete er den Gebrauch der Volkssprache dann auch theoretisch.

Man hat geglaubt, daß der erwachende Nationalstolz der europäischen Völker den Gebrauch der Volkssprachen im offiziellen Schriftverkehr hervorgerufen habe. Für die deutschen Verhältnisse wird dabei auf Kaiser Ludwig den Bayern (1314–1347) hingewiesen. Seit seinem tiefen Zerwürfnis mit dem Papst urkundet er nur noch im Verkehr mit der Kurie lateinisch, im übrigen aber deutsch (vgl. Anhang II). Daß hier ein gewisser Nationalstolz im Spiele war, ist nicht ausgeschlossen, aber auch nicht beweisbar.

Ebensowenig ist der soziologische Erklärungsversuch ausreichend, daß die Volksschichten, die des Lateinischen nicht mächtig waren, den Gebrauch der deutschen Sprache durchgesetzt hätten. Man denkt dabei an den niederen Adel und vor allem an die Stadtbürger. Aber beide Schichten urkunden häufiger lateinisch, und gerade in vielen Städten gab man der lateinischen Sprache im Urkundenwesen und sogar in der Korrespondenz des Kaufmanns noch lange Zeit den Vorzug. Man könnte allenfalls an eine allmähliche Abkehr von veraltenden Bildungsvorstellungen denken, und auch das wäre soziologisch zu interpretieren. Wie in der heutigen Zeit in aller Welt das Interesse an einer humanistischen Bildung durch die alten Sprachen beständig abnimmt, so könnte vielleicht auch damals eine sich wandelnde Gesellschaft im Wandel der Zeit, handfester Praxis zuneigend, den Gebrauch des Lateinischen als umständlichen Umweg eingeschätzt haben.

Wir müssen die Frage nach den Ursachen in der Schwebe lassen. Jedenfalls ist uns seit etwa 1230 eine deutsche Rechts- und Urkundensprache überliefert. Das Mainzer Landfriedensgesetz ist dafür ein eindrucksvolles Zeugnis. Es beginnt mit den Worten: *Diz ist der fride und ez gesetze, daz der keiser hat getan mit der fursten rat uber alle diutschiu rich.* Das ist gutes, klares Mittelhochdeutsch. Ein Hauch von gesprochener Sprache, wie er überhaupt die Texte der Zeit belebt, weht in dem *ez gesetze,* wo die Schreibregel *daz gesetze* verlangen würde. Und vergleicht man den weiteren Text (Anhang I), so verraten Schreibungen wie *chlage, dinch, schuldech* gewisse oberdeutsche Einflüsse. Ein an ‹normalisiertes› Mittelhochdeutsch gewöhntes Auge erwartet *clage, dinc, schuldec.* Anderseits findet man in *muse, gut* neben ‹korrekten› *muoz, tuot* leichte westmitteldeutsche Einschläge. Im wesentlichen aber kann die Sprache dieser Urkunde als dialektfrei bezeichnet werden.

Man erinnere sich, daß um 1235 die großen höfischen Dichter eben erst dahingegangen waren. Wir stehen noch tief in der mittelhochdeutschen Periode. Die Dichter hatten in idealistischem Geistesflug und in strenger sprachlicher Zucht eine Literatursprache geschaffen (vgl. Bd. 1, S. 382ff). Für ihre Verallgemeinerung zeugt – neben manchem anderen Stück gepflegter Gebrauchsprosa – auch dieses Gesetz. Natürlich muß die Sprache des Rechts in ihrem Ausdrucks- und Formelschatz eine andere sein als die der hohen Dichtung. Aber in ihrer weitgehenden Vermeidung mundartlicher Besonderheiten und in ihrer geregelten Rechtschreibung schlägt diese Urkunde doch den Weg ein, den die Dichter gewiesen hatten. Gerade die Kanzleien der Kaiser scheinen sich darum bemüht zu haben. Rund hundert Jahre nach dem Mainzer Landfrieden entstand in der Kanzlei LUDWIGS DES BAYERN unter vielen gleichwertigen Urkunden jene für Gelnhausen, die wir als Nr. II des Anhangs abgedruckt haben, in ihrem klaren Stil ein hervorragendes Zeugnis gepflegter Urkundensprache. In der Orthographie zeigen sich schon einige jüngere Formen (*Ludowich, enbiten, luten* statt *Luodowic, enbieten, liuten* und andere), auch einige (merkwürdigerweise alemannische) Mundartmerkmale (*ir siend, huldent, swerend; alder*). Aber wenigstens ersteres kann man als lebendige Fortentwicklung ansehen, und in ihrem ganzen sprachlichen Habitus zeigt die Urkunde, daß auf dem von den Dichtern gelegten, in der Kanzlei FRIEDRICHS II. gefestigten Grunde allmählich eine Schriftsprache hätte erwachsen können.

So jedenfalls ist in Frankreich und in England die Entwicklung verlaufen. Die von den altfranzösischen und den mittelenglischen Dichtern in Wechselwirkung mit den Kanzleien und Schreibstuben geprägte Kultursprache wurde zur sicheren Grundlage aller weiteren sprachlichen Entwicklung. Auch in den Niederlanden legte der gelehrte Dichter JACOBUS VAN MAERLANT (ca. 1225–1291), der gleichzeitig Stadtschreiber, d. h. Vorsteher der städtischen Kanzlei in Damme war, den Grund, auf dem die niederländische Kultursprache erblühte.

In Deutschland allerdings war die Entwicklung von Anfang an nicht so günstig verlaufen. Man braucht nur LUDWIGS Urkunde von 1330 mit der KARLS IV. von 1349 (Anhang III A) zu vergleichen, um zu erkennen, daß in der Zwischenzeit auch in den Urkunden der Reichskanzlei ein Bruch eingetreten ist. Doch lehrt schon ein flüchtiger Blick in das Urkunden-Corpus (LH 83), daß bereits in der zweiten Hälfte des 13. Jahrhunderts von Einheitlichkeit keine Rede mehr sein kann. Auch hier begegnet uns eine ungebändigte Vielzahl von Dialekt- und Schreibformen.

Literarische Zeugnisse

Im Keim war diese Entwicklung schon in der Blütezeit der mittelhochdeutschen Dichtung zu bemerken gewesen. Denn die Bemühung der großen Dichter um eine einheitliche Literatursprache blieb auch zu ihrer Zeit regional beschränkt. Diese Dichter stammten aus oberdeutschen Landschaften, und in Oberdeutschland konnte die von ihnen gestaltete Literatursprache zum Vorbild für einige führende Kanzleien werden und konnte auch auf manches Stück Gebrauchsliteratur eine regelnde Kraft ausüben. Aber ihr Einfluß reichte nur in seltenen Fällen über die Grenzen der oberdeutschen Mundarten hinaus.

Ein starkes Gegengewicht entstand vor allem in Thüringen, wo sich am Hof der Landgrafen ein zweites Literaturzentrum ausprägte. Schon die andersartigen Interessen – antike und historische Stoffe statt Artus-Epik und höfischer Minne –, aber auch das Eigengewicht einer großen Literaturlandschaft hinderten hier die Annäherung an die oberdeutsche Literatursprache. Es kommt hinzu, daß nicht wenige niederdeutsche Dichter in Thüringen ihre Gönner fanden, Dichter, die mit der dort geltenden Sprache einigermaßen vertraut werden, aber für die oberdeutsche Sprachregelung kaum Verständnis aufbringen konnten.

Bezeichnend ist in dieser Hinsicht die Entschuldigung des Niederdeutschen ALBRECHT VON HALBERSTADT, der im Jahre 1210, also zur mittelhochdeutschen Blütezeit, eine Bearbeitung der ‹Metamorphosen› OVIDS herausgab:

,Der Dichter dieses Werkes ist'

enweder dirre zweier,
weder Swâp noch Beier,
weder Dürinc noch Franke
des lât û sîn zu danke,
ob ir vundet in den rîmen,
die sich zeinander lîmen,
valsch oder unrecht:
wan ein Sachse, heizet Albrecht,
geboren von Halberstadt
û ditze bûch gemachet hât
von latîne zu dûte.

(LH 86, S. 2)

(,Der Dichter gehört keiner von beiden Dialektgruppen an. Er ist weder Schwabe noch Bayer, d. h. Oberdeutscher, noch Thüringer oder Franke, also Mitteldeutscher. Daran wollt bitte denken, wenn ihr die Fügung seiner Reime nicht ganz korrekt findet. Denn ein Niedersachse, Albrecht, geboren in Halberstadt, hat euch dieses Buch aus dem Lateinischen ins Deutsche übertragen.') Ein fehlerhaftes Hochdeutsch scheint dem Dichter immer noch besser geeignet als seine angestammte Mundart. Er kennt auch den Unterschied zwischen Ober- und Mitteldeutsch. Aber er selbst bedient sich einer thüringisch gefärbten Schreibsprache, für die er die Vorbilder am landgräflichen Hofe fand.

Dort scheint ein landschaftsgebundenes, um nicht zu sagen: partikularistisches, Sprachbewußtsein geherrscht zu haben. So jedenfalls interpretieren wir das betonte Festhalten am Thüringischen, das bei EBERNAND VON ERFURT erkennbar wird, dem ersten nachweisbar bürgerlichen Dichter der höfischen Zeit. Sein Epos ‹Kaiser und Kaiserin›, eine legendenhafte Lebensbeschreibung Kaiser HEINRICHS II. und seiner Gemahlin KUNIGUNDE, verfaßte er sicher nach 1204, vermutlich etwa zwischen 1215 und 1230. Er äußert sich über seine Sprache folgendermaßen:

Ich bin ein Durenc von art geborn.
Hêt ich die sprâche nû verkorn
und hête mîne zungen
an ander wort getwungen,

war zuo wêre mir daz guot?
Ich wêne, er effenlîche tuot,
der sich der sprâche zucket an,
der er nicht gefuogen kan.

(LH 87, 4467–74)

(,Was nützte es mir, wenn ich als Thüringer auf meine eigene Sprache verzichtet und meine Zunge zu einem anderen Idiom gezwungen hätte? Der scheint mir wie ein törichter Narr zu handeln, der sich einer Sprache bedient, die er nicht beherrscht.') Aus diesen Worten spricht Opposition. Weshalb sollte dieser Dichter überhaupt ein Wort über seine thüringische Mundart verlieren, hätte er nicht gewußt, daß anderes möglich war und von einem Teil seines Publikums vielleicht sogar erwartet wurde?

Dieses andere kann aber in jener Zeit nur die von den staufischen Dichtern entwickelte Literatursprache sein. Daß es sich dabei um ein möglichst dialektfreies, über den Mundarten stehendes Deutsch handelte, hat allerdings keiner der Zeitgenossen begriffen. Auch die großen Dichter selbst werden es kaum verstanden haben, daß sie bereits den Weg eingeschlagen hatten, der zu einer einheitlichen deutschen Schriftsprache führen konnte. Jener Zeit war ‹deutsch› noch eine Abstraktion, die sich nicht anders als in zahlreichen Mundarten, damals *lantsprachen* genannt, verwirklichte. Wenn daher irgendwo im weiten Land der Gebrauch einer gehobenen Literatursprache nach Art der staufischen Dichter erwartet wurde, so erschien das dem kleinen Geist, wie EBERNAND einer war, als Aufforderung, eine ihm fremde Mundart anzunehmen. Das konnte aber nach dem Verständnis der Zeit nur die schwäbische Mundart sein. Denn die höfischen Dichter hatten sich in erster Linie um den Kaiserhof geschart, und die Staufer waren ein schwäbisches Geschlecht. Darum gilt auch die Dichtersprache, obwohl sie alles Mundartliche zu meiden sucht, als ‹schwäbisch›.

Der Ruhm des vermeintlich Schwäbischen verbreitete sich weithin und wirkte lange nach. Noch an der Schwelle der frühneuhochdeutschen Zeit läßt sich der bürgerliche Spruchdichter HEINRICH DER TEICHNER, der am Wiener Hof wirkte, von einem fingierten Zuhörer raten:

... ez waere kluoc,
swaz er ret von manegen sachen,
kunde erz niuwan swaebisch machen
nâch der lantsprâch ûf und ab.

(LH 88, Nr. 183, 26–29)

(‚Alles, was der Dichter über beliebige Gegenstände sagt, wäre gescheit, wenn er es nur verstände, es ganz und gar in der schwäbischen Mundart auszudrücken.‘) Was hier im vornehmen, selbstbewußten Wien ‹Schwäbisch› genannt wird, ist die Dichtersprache, die man für Schwäbisch hält. Es gibt viele Zeugnisse des 13. und 14. Jahrhunderts, in denen die ‹Schwaben› und das ‹Schwäbische› als vorbildlich hingestellt werden. Damit können nicht das schlichte Volk und seine derbe Mundart gemeint sein. Vielmehr leuchtet hier der alte Glanz noch nach, den die Hofhaltung der Staufer ausstrahlte. Des Dichters Zuhörer täuscht sich allerdings wie alle, die damals das *Swaebische* loben, über die Eigenart dieser höfischen Sprache, die, wie wir sahen, auch in die kaiserliche Kanzlei Eingang gefunden hatte. Sie ist ja gerade nicht *lantsprâche,* bemüht sich vielmehr mit Erfolg, das mundartlich Begrenzte zu meiden und das Gemeingültige aufzusuchen. Aber um 1350 war diese hohe Sprache nicht mehr zu erreichen, und der TEICHNER selbst, der seinen dilettantischen Ratgeber nicht eben als einen erleuchteten Geist hinstellt, nimmt ironischen Abstand von einem schon veralteten Sprachideal. Immerhin muß es aber noch in Ansehen gestanden haben; sonst wäre die Polemik ohne Spitze.

Vielleicht wäre es in der Zeit von 1200 bis 1250 möglich gewesen, die Sprachpflege der hohen Literatur zu verallgemeinern, wenn die zweite Garnitur der Dichter, zu der EBERNAND und seinesgleichen gehören, dies als Aufgabe begriffen hätten. Zur Zeit des TEICHNERS war es dazu längst zu spät. Zu spät war es sogar schon, als sich im Jahre 1300 ein Dichter noch einmal über dieses hochsprachliche Ideal seine Gedanken machte. Schon damals war der Zug der lebendig weiterentwickelten Tradition abgerissen. Um 1300 schrieb der gelehrte Bamberger Schulmeister HUGO VON TRIMBERG, auch er ein Mann bürgerlichen Standes wie EBERNAND, ein großes moralisches Lehrgedicht, den ‹Renner›. Gegen Schluß des Werks gedenkt er noch einmal des Ideals einer einheitlichen Dichtersprache:

Swer tiutsche will eben tihten,
der muoz sîn herze rihten
ûf manigerleie sprâche

(LH 89, 22253–255)

(‚Wer in allgemein verständlichem Deutsch dichten will, der muß sein Augenmerk auf mancherlei Mundarten richten.‘) Das kann nur bedeuten, daß ein Dichter viele Mundarten kennen muß, um zu wissen, was ihnen allen gemeinsam ist. Sonst kann er kein ‚ebenes, ausgeglichenes Deutsch‘ schreiben. Dann gibt HUGO die vielzitierte Charakteristik der deutschen Mundarten:

Swâben ir wörter spaltent,
die Franken ein teil si valtent,
die Beier si zerzerrent,
die Düringe si ûf sperrent,
die Sahsen si bezückent,
die Rînliute si verdrückent,
die Wetereiber si würgent,
die Mîsener si vol schürgent,
Egerlant si swenkent,
Oesterrîche si schrenkent,
Stîrlant si baz lenkent,
Kernde ein teil si senkent.

(22265–276)

Wir wollen uns hier nicht auf die schwierige Frage einlassen, wie HUGO diese Charakteristik verstanden wissen wollte. (Vgl. den Deutungsversuch LH 4, S. 129.) Jedenfalls hatte der gelehrte Schulmeister eine deutliche Vorstellung von der Verschiedenheit der deutschen Dialekte, unter denen in dieser Liste erstmalig auch zwei junge Kolonialmundarten, das Meißnische und das Egerländische, genannt werden.

Bei Erwähnung des Fränkischen, von dem HUGO das Rheinische und das Wetterauische (beides fränkische Mundarten) unterscheidet, hat er seinen eigenen ostfränkischen Dialekt der Landschaft um Würzburg und Bamberg im Sinn. Zwar bemüht er sich, ein gemeinverständliches Deutsch zu schreiben. Aber es gelingt nicht ganz, und entschuldigend sagt er:

ein ieglîch mensche sprichet gern
die sprâche, bi derz ist erzogen.
sint mîniu wort ein teil gebogen
gên Franken, nieman daz sî zorn,
wan ich von Franken bin geborn.

(22332–336)

(‚Ich bin ja ein Ostfranke. Nehme deshalb niemand Anstoß daran, wenn meine Sprache einige ostfränkische Eigentümlichkeiten aufweist.')

HUGO ist noch ein Mann alter Schule, und anders als der Erfurter EBERNAND bemüht er sich um eine reine, dialektfreie Sprache, wenn er auch zugibt, dieses Ziel nicht ganz erreichen zu können. Aber er ist einer der letzten, die das überhaupt noch anstreben. Vier Jahrzehnte später, um 1340, erklärt NIKOLAUS VON JEROSCHIN, der Verfasser der Deutschordenchronik, mit nüchternen Worten sein Unvermögen:

Und want ich tummer sinne bin
meisterlîcher kunste wan,
dar zû lutzil dûtschis kan
ôt als die mich lârte
der spune mich ê nârte.

(LH 90, 302–306)

Die Bescheidenheitsformel, daß der Dichter einfältig und ohne meisterliche Kunst sei, braucht man nicht allzu ernst zu nehmen. Sie entspricht mittelalterlicher Gepflogenheit. Was er aber über seine Sprache sagt, ‚ich kann nur soviel Deutsch, wie mich meine Mutter lehrte, deren Brust mir einst die Nahrung gab', trifft offenbar zu. Er schreibt eine anspruchslose Sprache und gebraucht die auf thüringischer Grundlage weiterentwickelte Schreibsprache des Ordenslandes.

Überraschend frühzeitig – das sei beiläufig vermerkt – taucht in diesen Versen die Vorstellung einer ‹Muttersprache› auf. Diese heute mit gemütvollen, oft sentimentalen Assoziationen belastete Bezeichnung stammt dennoch nicht aus der schöpferischen Kraft der Volkssprache, sondern ist gelehrte Übersetzung aus dem mittellateinischen *materna lingua.* Die ältesten lateinischen Belege auf deutschem Boden sind um 1175 nachweisbar. Etwa 200 Jahre später taucht die deutsche Übersetzung auf, z. B. ungefähr gleichzeitig mit JEROSCHIN bei dem Regensburger Domherrn KONRAD VON MEGENBERG († 1374), der seine bairische Mundart als *meine müeterleichen däutsch* (‚mein mütterliches Deutsch') bezeichnet. Unser heutiges Substantiv ist zuerst im Jahre 1424 in der Form *modersprake* in einer niederdeutschen Chronik belegt. Erst LUTHER bürgert das Wort ins Hochdeutsche ein (1525). Auch bei ihm bedeutet es noch, wie vorher im Niederdeutschen, ‹Mundart›. Wenn er aber schreibt: *Es ist ye die rechte muttersprache, vnd so redet der gemeyne man ynn deutschen landen,* so begreift man, wie sich von hier aus die Bedeutung ‹allgemeine Sprache des Volkes› entwickeln konnte.

TRIMBERG und JEROSCHIN erwähnen ein ‹Deutsch›, von dem sie zugeben, es nicht zu beherrschen; bei TRIMBERG ist es ostfränkisch gefärbt, bei JEROSCHIN fünfzig Jahre später durch die ‹Muttersprache›, d. h. seinen Dialekt, verdrängt. Doch verdient es festgehalten zu werden, daß beide eine Idealvorstellung von einer ‹deutschen› Sprache haben. Diese Vorstellung bleibt auch weiterhin lebendig und strebt späterhin zur Verwirklichung als ‹gemeines Deutsch› (s. unten S. 152). Soviel wenigstens hatten die großen mittelhochdeutschen Dichter durch ihr sprachliches Vorbild erreicht. In der Praxis allerdings herrscht auf lange Zeit hinaus kleinlicher Provinzialismus.

An die Stelle der hohen Poesie treten, je länger, desto deutlicher, dialektale Dichtungen, die nur noch mit regionaler Verbreitung rechnen können, da sprachliche Schranken ihre Fernwirkung verhindern. Damit verliert die Dichtung, die sprachschöpferische Macht der mittelhochdeutschen Zeit, für mehrere Jahrhunderte ihren Einfluß auf die weitere Sprachentwicklung.

Frühneuhochdeutsche Literatur

EBERNAND VON ERFURT will sich schon in der mittelhochdeutschen Blütezeit der Pflege einer überregionalen Literatursprache nicht anbequemen. NIKOLAUS VON JEROSCHIN gibt zu, daß er nur seine Mundart beherrsche, KONRAD VON MEGENBERG spricht mit einigem Stolz von seiner bairischen Mundart, in der er sein ‹Buch der Natur› schreibt. Das sind nur wenige Beispiele; aber sie kennzeichnen die sprachliche Lage. Die Einheit des klassischen Mittelhochdeutsch hat sich aufgelöst. An ihre Stelle treten ‹heillose Unordnung und Regellosigkeit, ... Formendickicht und Lautgestrüpp›, wie SCHIROKAUER (LH 50, Sp. 856) schreibt. Zwar will er damit ältere Auffassungen ironisieren, die die Erforschung eines solchen Sprachzustandes für unergiebig hielten. Aber sachlich trifft sein Urteil dennoch zu. Jede Abschrift älterer Literaturwerke, jedes neue Literaturprodukt, jede Urkunde und jedes Aktenstück des 14. Jahrhunderts zeigt ein eigenes, mundartlich in verschiedenstem Maße gefärbtes Lautgewand. Die Schreiber kennen zunächst nur ihre eigene Mundart oder richten sich nach lokalen Vorbildern. Die vielen großen und kleinen Kanzleien, die im Zeitalter des Partikularismus bei den Landesherren und in den Städten entstehen, schreiben zunächst alle ihre eigene Sprache und ihren eigenen Stil. Man hat gesagt, daß die Zeit des schrecklichen politischen Interregnums (1254–1273) in der deutschen Sprache bis 1350 nachgewirkt habe, und soviel ist jedenfalls richtig, daß frühestens um 1350 die ersten schüchternen Ansätze sichtbar werden, aus denen – viel später – eine neue Ordnung erwachsen kann. Etwa um 1350 lassen sich wenigstens schon landschaftliche Einigungstendenzen nachweisen, und so ist es auch von dieser Seite her berechtigt, mit dem Regierungsantritt KARLS IV. eine neue Sprachepoche beginnen zu lassen. In einer Zeit der Auflösung der alten Sprachnormen machen sich erste Gegenwirkungen und ordnende Kräfte bemerkbar.

Allerdings hat die damit beginnende frühneuhochdeutsche Sprachperiode ihre zwei Seiten. Die ordnenden Kräfte liegen in den Kanzleien und Ämtern. Die Sprache des Rechts, der Verwaltung und auch des Handels, dem an ordnungsgemäßem Ablauf des Geschäftsverkehrs gelegen ist: das sind Bereiche, in denen die äußere Regelmäßigkeit gefördert wird. Hier werden ‹Formendickicht und Lautgestrüpp› gelichtet. Daß aber auch die eigentliche Sprachkunst, eine neue Prosa ausgefeilten Stils, in erster Linie den Kanzleien zu verdanken sei, kann trotz BURDACH, der nur die Prager Kanzlei im Auge hatte, nicht mehr behauptet werden. Auf diesem Gebiet haben z. B. die Humanisten des 15. und 16. Jahrhunderts viel mehr zur Hebung der Sprache beigetragen.

Die Gegenstände der amtlichen Verlautbarungen sind sachlich beschränkt. Immer geht es nur um Rechtsangelegenheiten, mithin auch um einen einigermaßen begrenzten Wort- und Ausdrucksschatz und um eine weitgehend formelhaft festgelegte Sprache. Die ganze Fülle des Lebens hingegen spiegelt sich in dem breit fließenden Strom der Literatur dieser Zeit, wobei wir den Begriff ‹Literatur› in einem sehr weiten Sinne fassen. Nur weniges davon hat hohen literarischen Rang, wie etwa jener auf einsamer Höhe stehende ‹Ackermann›. Vieles, ja das meiste ist nüchtern, derb und alltäglich platt. Neben den schon erwähnten Aktenstücken finden sich Rechtshandbücher, zahlreiche sachlich und fachlich belehrende Schriften (wir würden sie heute als populärwissenschaftliche und Fachliteratur bezeichnen), dazu religiöse Erbauungsschriften, die zumeist den hohen Gedankenflug der Mystik, von der sie sich ableiten, zu platt moralisierender Alltagsverständlichkeit niederziehen. Sehr beliebt wird die Legende, jetzt meist in Prosa abgefaßt. Eine derb realistische Erzählliteratur gesellt sich hinzu, die durch grobgezeichnetes, vordergründiges Geschehen der Sensationslust eines anspruchslosen Publikums entgegenkommt.

Die aus mittelhochdeutscher Zeit bekannten Literaturgattungen gehen nicht ganz unter, zollen aber ebenfalls durch Veräußerlichung und hausbackene Trivialität der neuen Zeit ihren Tribut. Die ritterliche Epik wird, wenn auch in gewandeltem Geist, bis zum ‹Theuerdank› Kaiser MAXIMILIANS, der 1517 erstmals gedruckt wurde, fortgeführt. Die höfische Minnelyrik geht über in eine derb sinnliche Liebesdichtung und zu Dichtungen, die die Freuden der Ehe preisen. Die Spruchdichtung, ihrem Charakter nach schon immer lehrhaft, ergeht sich großenteils in populären Alltagsweisheiten. Daneben steht freilich, noch wenig erforscht, eine andere Richtung voll skurriler Gelehrsamkeit, die sich an anspruchsvollere Kreise, vor allem wohl die Hofgesellschaft und das städtische Patriziat, wendet. Die breitesten Schichten des Stadtvolkes sucht dagegen das geistliche Drama, auch Mysterienspiel genannt, das in frühneuhochdeutscher Zeit aus dem heiligen Raum des Gotteshauses auf den offenen Marktplatz verlegt, in krassem Gegeneinander erschütterndes Passionsgeschehen mit burlesken Nebenszenen abwechseln läßt und das die Stadtbürger, aus deren Kreis auch die Rollen der Stücke besetzt werden, in oftmals mehrtägigen Fortsetzungen rund um den Schauplatz versammelt. Intimer, aber auch derber, oft voller Zoten, sind die Fastnachtsspiele, die der Jahreszeit entsprechend in geschlossenen Räumen mit beschränktem Personal aufgeführt werden müssen, auf der Diele des Kaufmanns, auch wohl auf der Tenne des Bauern und im Wirtshaus.

Fassen wir damit eine sehr populäre, auf das primitive Vergnügen ganz unliterarischer Kreise gerichtete Unterhaltung, so beginnt doch um die Mitte des 15. Jahrhunderts auch eine satirische Literatur, die – grobianisch nach Art der Fastnachtsspiele – die menschlichen Schwächen aller Stände und die Gewohnheiten der Zeit geißelt und durch derb komische Verzerrung des Gegenteils moralisch zu belehren und zu bessern sucht. Etwa zur gleichen Zeit taucht auch eine neue, zunächst aus Übersetzungen aus dem Lateinischen, Italienischen, Französischen gespeiste Prosaliteratur von hohem stilistischen Ehrgeiz auf. Sie führt hinüber in das umfangreiche Schrifttum des Humanismus und in die reformatorische Literatur, unter der LUTHERS Bibelübersetzung die weitaus größte Bedeutung, Verbreitung und Wirkung hat.

Inzwischen hat auch das Nachdenken über die Würde der eigenen deutschen Sprache begonnen, und ausgehend von Rechtschreiblehren und ‹Sprachkünsten› für den Kanzleigebrauch und die Abfassung von Privatbriefen kommt es am Ende der frühneuhochdeutschen Periode zu der ersten systematischen Grammatik, der ‹Teutschen Sprachkunst› des J. G. SCHOTTELIUS von 1641 (s. unten S. 199).

Es ist nicht möglich und auch nicht notwendig, im engen Rahmen einer Sprachgeschichte die gesamte üppig wuchernde Literatur der frühneuhochdeutschen Zeit Revue passieren zu lassen. Sie ist sehr unterschiedlich in den Ansprüchen, die die Autoren an sich selbst und an ihr Publikum stellen. Aber jedenfalls ist sie vorhanden und verlangt auch Berücksichtigung hinsichtlich ihrer sprachhistorischen Bedeutung. Es ist richtig, daß die Prosa in dieser Zeit bei weitem überwiegt, während die poetische Kunst des zuchtvoll bemessenen Verses dem Mittelhochdeutschen das Gepräge gab. Unrichtig aber ist, was viele sprachgeschichtliche Darstellungen einander nachsprechen, daß allein Verwaltung, Handel und Recht die sprachformenden Kräfte der frühneuhochdeutschen Zeit gewesen seien. Das trifft vielleicht auf die äußerliche Regelung zu. Hier folgen als regelnde Instanzen die Urkunden-, Geschäfts- und Druckersprachen aufeinander. Was aber die Sprachinhalte und die innere Form der Sprache angeht, so ist z. B. ein LUTHER nicht aus der Tradition der Kanzleien und der Buchdrucker zu verstehen, wohl aber aus dem Sprachgeist, der sich zu seiner Zeit in der gelehrten und der volkstümlichen Literatur ausprägt. Auch die Sprachgesellschaften des 17. Jahrhunderts und die damaligen Grammatiker übernehmen die äußerlichen Regeln, die von Kanzleischreibern und Druckern geschaffen wurden. Wo sie aber Sprachkritik üben, setzen auch sie sich mit der Literatur auseinander, wobei oft – ausgesprochen oder nicht – die Sprache LUTHERS als das bewunderte Vorbild gilt.

Eine neue Gesellschaft

Es ist üblich geworden, die frühneuhochdeutsche Epoche als die Zeit des aufstrebenden Bürgertums, ihre Sprache als ‹Bürgerdeutsch›, ‹Städtedeutsch› oder ähnlich zu charakterisieren. Solche Vereinfachungen haben ihre Gefahren, und bei weitem nicht alle literarischen Erscheinungen – um von dem eben skizzierten Beispiel auszugehen – wird man als schlechthin ‹bürgerlich› begreifen können.

Daß die Stadt und ihre Bewohner in der frühneuhochdeutschen Zeit eine sehr wichtige Rolle spielen, ist nicht zu leugnen. Aber der Begriff des ‹Bürgers›, im heutigen Sprachgebrauch festgelegt auf eine relativ geschlossene Gesellschaftsschicht des 19. Jahrhunderts, mit den Opposita ‹Junker› und ‹Proletarier›, kann allzu leicht irreführen, wenn man damit eine längst vergangene historische Epoche bezeichnen will. Aber selbst wenn man das Wort im mittelalterlichen Sinne versteht, läuft man Gefahr, eine Einheit zu vermuten, die den wirklichen Verhältnissen nicht gerecht wird. Die ‹Stadt› heißt mhd. *burg*, und davon abgeleitet ist die Bezeichnung mhd. *burgaere*, frühnhd. *burger, bürger*, die nichts weiter bedeutet als ‹Stadtbewohner›. In diesem Sinne ist ‹Bürger› sowohl der ritterbürtige Patrizier, dessen nächste Verwandte ringsum auf Burgen und Gütern ein ländliches Herrenleben führen, wie der Geistliche – gleich welcher Herkunft –, dem die Stadtkirche Lebensaufgabe und Pfründe bietet, oder der Schreiber, den Zufälligkeiten des Broterwerbs in die Stadt verschlagen haben (er könnte ebensowohl Kaplan oder Erzieher auf einem der ländlichen Adelshöfe geworden sein), oder auch der Knecht des Ackerbürgers, der eben erst zugleich mit der Flucht in die Stadt seine persönliche Freiheit gewonnen hat. Es ist also eine äußerst vielschichtige Gesellschaft, und der Sammelname ‹Bürger› täuscht eine Einheitlichkeit vor, die unter keinen Umständen der Wirklichkeit entspricht. In der Literatur der Zeit sehen wir die Interessen der verschiedenen Schichten des Stadtvolks gespiegelt. An die ganze breite Masse wenden sich das geistliche Drama mit seinen religiösen Stoffen und das derbe Fastnachtsspiel. Wir haben allerdings Zeugnisse, daß auch

Fürstlichkeiten sich nicht zu gut fanden, solchen Schaustellungen beizuwohnen. Aber beweist das ihre ‹Verbürgerlichung›? Sind die Tausende, die heute einem Fußballspiel zusehen, alle ‹Sportler›? Die Handwerker nehmen Interesse an den Fachbüchern. Die moralisierende Literatur der Sprüche und Satiren, die erbaulichen Legenden und religiösen Traktate mögen eine auf Reputation bedachte mittlere Schicht der Städte besonders angesprochen haben, aber auch im Patriziat und draußen auf den Adelshöfen wurden sie gelesen. Das gilt auch für die zahlreichen historischen Darstellungen. Die Hof- und Tischzuchten und auf anderem Gebiet die mancherlei Briefsteller, Titulier- und Formelbücher richten sich an aufstrebende Kreise, nicht nur in den Städten, die gern der ‹großen Welt› zugerechnet werden möchten, und Schriften wie der ‹Ackermann› oder die ‹Translatzen› des Niklas von Wyle, aber auch die Spruchdichtung eines Heinrich von Mügeln verlangen gebildete Leser, die an Fürstenhöfen wie im städtischen Patriziat zu suchen sind.

Auf jeden Fall hat man zu differenzieren. ‹Den› Bürger gibt es nicht. Wohl aber wird die städtische Gesellschaft durch ihre neuen Lebensformen zu einer Einheit, die außerhalb der hergebrachten Agrargesellschaft steht. Doch übt sie auf diese je länger, desto intensiver eine stark anziehende Wirkung aus. Eine neue soziale Gruppe, durch die große Zahl der Stadtbewohner Beachtung heischend, durch Tatkraft und wirtschaftlichen Erfolg einflußreich, beginnt eigene Kulturformen zu entwickeln, die von der Stadt, ihren Erfordernissen und Möglichkeiten bestimmt sind. Sie entwickelt eine eigene Dynamik, die zunächst ganz auf die Bewältigung des städtischen Alltags gerichtet ist, dann aber – spätestens mit dem Einsetzen humanistischer Bestrebungen und der Verbreitung der ersten gedruckten Bücher – auch zu einer neuen, städtisch orientierten Geisteskultur gelangt. Die alte Adelsgesellschaft sieht sich durch das aufstrebende Bürgertum bedroht. Entsprechend laut sind anfangs die Klagen konservativer Kreise über den Verfall von Kultur, Kunst und feiner Sitte. Aber die idealistische Hochspannung, in der ihre führenden Schichten zur Zeit der höfischen Blüte gelebt hatten, war ohnehin zu sinnentleerten Formen erstarrt, und bald fühlte sich auch der ländliche Adel auf seinen Burgen und Höfen, schon weil er vielfach mit dem patrizischen Stadtadel verwandtschaftlich verbunden war, von den Möglichkeiten städtischen Lebens und städtischer Kultur angezogen.

So wird durch Dasein und Anspruch der neuen städtischen Gesellschaft die ständische Sozialordnung des Mittelalters unterhöhlt. Einst waren die Geistlichkeit, ihrer Herkunft nach überwiegend adlig, der weltliche Adel und die Bauernschaft die drei Säulen der gesellschaftlichen Ordnung gewesen. Der Stadtbürger hatte darin keinen Platz gehabt. Auch jetzt noch und auf lange Zeit hinaus wurde er der Geistlichkeit und dem Adel nachgeordnet, doch entsprach diese äußere Ordnung keineswegs dem inneren Gewicht des neuen Standes, zumal da viele Adlige begannen, das städtische Leben zu bevorzugen. In zunehmendem Maße wird in frühneuhochdeutscher Zeit die Stadt zum kulturbestimmenden Raum und die geistige Elite der Städte, aus allen Ständen zusammengesetzt, zum Kulturträger.

Nur in diesem sehr eingeschränkten Sinne sind die Kultur der Epoche und ihre Sprache als ‹bürgerlich› zu bezeichnen. Noch sind die alten sozialen Stände vorhanden. Aber aus dem Adel haben sich als führende Schicht die über ein Territorium herrschenden Fürsten herausgelöst, und sie nehmen, besonders im Neuland, ihren Fürstensitz mit Kanzlei und Hofkultur gern in oder nächst bedeutenden Städten. Die hohe Geistlichkeit hatte längst in Städten residiert, und je ausgeprägter die Stadtkultur sich entfaltete, desto leichter wurde es den geistlichen Herren, städtische Lebensformen anzunehmen.

Was uns aus der Literatur der frühneuhochdeutschen Zeit entgegentritt, ist ein ungemein vielstimmiger Chor. Manche ritterliche Herren hören wir einer längst vergangenen idealen Welt nachtrauern, während andere im Strome der neuen Zeit schwimmen. Wir sehen Hofkreise und Patrizier einerseits für Formen und Gehalte einer neuen Literatur aufgeschlossen. Ein Rest ihrer Standesgenossen kann sich aber auch noch für eine Sagenwelt begeistern, in der jetzt Siegfried, Parzival und König Artus wie Kriegshauptleute agieren. Den Handwerker sehen wir auf den Amboß schlagen, Häute gerben und Farben reiben, und wir hören den Pöbel, wie er grölend die unflätigsten Zoten belacht. All das gehört zum sprachgeschichtlichen Bild. Betrachtet man aber, was geblieben ist, was wirklich Sprachgeschichte gemacht hat, so sind es einerseits die Kanzleien mit ihren vielseitigen Geschäften, die die äußere Form der Sprache, zum andern die Schriften der Humanisten, die ihre Inhalte und ihren Geist bestimmt haben.

Was aber gab den Schreibern und den ebengenannten Humanisten die Kompetenz, sprachgeschichtlich wirksam zu werden? Sie formen eine neue soziologische Gruppe, eine Bildungsschicht, die es in dieser Art im Mittelalter nicht gegeben hatte. Vor allem darf man sich über den Stand des ‹Schreibers› nicht täuschen. Hinter dieser Berufsbezeichnung verbergen sich oft hochgebildete und politisch einflußreiche Männer. Denn die Kanzleien, denen sie vorstehen (ihre Untergebenen heißen ‹Substituten› oder ‹Schreiberknechte›), sind die obersten Verwaltungsbehörden des Fürstentums oder der Stadt, und ‹Kanzler› (im Fürstendienst) und ‹Stadtschreiber› sind die Behördenleiter. In kleineren Städten kann der Stadtschreiber auch zugleich Schulmeister sein oder aus einer Stellung in die andere wechseln. Denn Größe und Bedeutung der Kanzleien hängen von der Bedeutung der Obrigkeit ab, der sie dienen. In kleinen Gemeinwesen muß man sich nach der Dekke strecken, in den großen Kanzleien dagegen spielen die führenden Kräfte die Rolle von Ministern. Sie bekleiden oft hohe geistliche Ämter oder treten nach ihrer Kanzleitätigkeit in Bischofs- und Erzbischofswürden ein. Das ist ein Hinweis auf die Zählebigkeit der Tradition. Denn im Mittelalter stammten alle Kanzleibeamten aus den Reihen der Geistlichkeit. Zum mindesten ein Umstand daraus wirkt noch lange nach: Auch in der beginnenden Neuzeit wurden die fürstlichen Kanzlisten gern aus geistlichen Pfründen besoldet, und zuweilen war die Bischofs- oder Erzbischofswürde nicht mehr als ein mit beträchtlichen Einkünften verbundener Titel. Die hohen Kanzleibeamten können zeitweilig Prinzenerzieher sein. Sie und die Stadtschreiber werden auch zu politischen Missionen entsandt, haben oft einen internationalen gelehrt-geselligen Verkehr und zeichnen sich auch durch eigene gelehrte Tätigkeit aus.

Diese Kreise vor allem – wenn auch nicht ausschließlich – sind es, die durch literarisches Wirken den Geist der Sprache in frühneuhochdeutscher Zeit bestimmen und die als oberste Behördenleiter in den Schreibstuben auch auf ihre äußere Form Einfluß nehmen. Auch der Buchdruck bringt darin zunächst keine Änderung. Denn die Drukker waren entweder selbst von Universitäten graduierte Leute, oder sie zogen doch solche als Berater und Mitarbeiter heran.

Eines freilich trifft zu: Die literarisch und sprachlich tonangebenden Kräfte waren nicht mehr Exponenten der agrarischen Adelsgesellschaft. Sie mochten der Herkunft nach von Adel sein – bei vielen ist es nachweisbar –, aber ihre Bildung war nicht mehr die des Adels, und ihre Ideale konnten nicht mehr die längst vergangenen höfischen sein. Auch war die Bildung, die sie genossen, kein Adelsvorrecht mehr, sie war auch dem Bürger und sogar dem Bauernsohn zugänglich.

Die Universitäten

Vermittelt wurde diese neue – eine gelehrte – Bildung durch die Universitäten, und deren Gründer waren die Landesfürsten, nicht die Stadtbürger. Wir hatten früher schon (Bd. 1, S. 476ff) zwei neuartige Bildungsstätten zu erwähnen, nämlich das Studium Generale der Dominikaner in Erfurt und in Köln. Es wird berichtet, daß an diesen Hohen Schulen gleichzeitig bis zu tausend junge Geistliche studierten, und von Erfurt ist bekannt, daß dort die vier Fakultäten bereits vorhanden waren, die später die gelehrte Körperschaft der Universitäten ausmachten. Schon durch diese Gliederung und die große Studentenzahl war der Rahmen der alten Klosterschule mit einem Schulhaupt und wenigen Gehilfen völlig gesprengt. Aber auch das ist symptomatisch, daß sich diese Hohen Schulen in bedeutenden Städten aufgetan hatten, in denen schon der wache Geist der neuen Zeit seine Schwingen regte.

Der Drang nach einem neuen, freieren Geistesleben war ebenso stark wie der Bedarf der modernen Territorialstaaten an umfassend gebildeten Kräften für alle Gebiete der Staatsverwaltung. Beides mußte zusammenwirken, um die rasch aufeinander folgende Gründung zahlreicher Universitäten zu rechtfertigen. Den Anfang machte Kaiser Karl IV., indem er im Jahre 1348 mit päpstlicher Zustimmung die Universität Prag gründete. Der päpstliche Segen zu dieser wie auch zu den weiteren Universitätsgründungen bis zur Reformation (und in katholischen Ländern noch weiterhin) weist darauf hin, daß das Bildungswesen ursprünglich ganz in der Hand der Geistlichkeit gelegen hatte. Auch die Professoren waren anfangs Geistliche, und erst allmählich fanden auch Gelehrte weltlichen Standes Zutritt zu den Lehrkanzeln.

In rascher Folge wurden die Universitäten Wien (1365) und Heidelberg (1386) gegründet, und das Studium Generale in Köln wurde 1388, das in Erfurt 1392 in eine Universität umgewandelt. Der Auszug der deutschen Professoren und Studenten aus Prag, veranlaßt durch den Druck der Hussiten, führte im Jahre 1409 zur Gründung der Universität Leipzig. Es folgten Rostock (1419), Löwen (1426), Greifswald (1456), Freiburg im Breisgau (1457), Basel (1460), Ingolstadt (1472), Mainz (1477), Tübingen (1477), Wittenberg (1502) und Frankfurt an der Oder (1506).

Nicht weniger als 16 Universitäten wurden also im Verlauf von anderthalb Jahrhunderten vor Beginn der Reformation gegründet. Nichts kann deutlicher die Wende bezeichnen, die das Geistesleben an der Schwelle der Neuzeit genommen hatte. Zwar sind diese Hohen Schulen von weltlichen und geistlichen Fürsten ins Leben gerufen. Aber sie liegen alle in bedeutenden Städten, sind ohne deren Wirtschaftskraft, die die Stifter zu nützen wußten, nicht denkbar und hätten sich ohne den auf Eroberung der geistigen Welt bedachten Sinn der neuen Gesellschaft kaum so rasch entwickeln können.

Die neuen Universitäten standen jedem unbescholtenen jungen Mann aus ehrbarer Familie offen. Sie dienten nicht mehr, wie die alten Dom- und Klosterschulen, allein der Ausbildung des geistlichen Nachwuchses, und sie kannten bei der Zulassung und im Bildungsgang keine Standesvorrechte. Das stadtbürgerliche Element war unter Professoren und Studenten stark vertreten, und die Gelehrsamkeit, aus der Klostereinsamkeit in die großen Städte verpflanzt, wurde fortan vom Bürgersinn mitgetragen und mitgeprägt. Auch insofern hat es eine gewisse Berechtigung, vom ‹bürgerlichen› Zeitalter zu reden. Man sollte aber doch erkennen, daß es vor allem eine neue Bildungsschicht ist, die den Geist der Zeit und auch seine Sprache prägt, eine Schicht, in der die alten Standesunterschiede gegenstandslos werden. Wohl aber taucht ein neuer Gegensatz auf, der zwischen ‹gelehrt› und ‹ungelehrt›, ‹gebildet› und ‹ungebildet› unterscheidet. Die aber den Geist der neuen Zeit schreibend kundtun und dadurch an der Gestaltung der neuen Sprache mitwirken, das sind die ‹Gelehrt-Gebildeten›, mögen sie nun in freier städtischer Berufsausübung oder im Fürstendienst wirken.

Zuzugeben ist ferner, daß der Geist dieser Zeit auf nüchterne Realität gerichtet ist, auf praktische Belehrung, auf handfeste Moral, auf Erbauung und auf derbe, aus dem Alltag geschöpfte Belustigung. Es mag sein, daß das alles Züge sind, die im geschäftigen, auf Erwerb gerichteten Treiben der Stadt besonders gut gedeihen. Doch besteht berechtigter Anlaß zu der Vermutung, daß selbst in der Zeit mittelalterlicher Hochkultur und höchster Literaturblüte weite Kreise der damaligen Adelsgesellschaft – allerdings nicht die kulturell führenden – ganz ähnliche Alltagsinteressen hatten. Nur das ist nicht zu leugnen: Ohne die Stadt als Lebens- und Kulturgemeinschaft wäre eine solche Wende, wie sie sich in der Geisteskultur und der von ihr geprägten Sprache ausdrückt, kaum denkbar, und Stadtbürger sind es zum großen Teil, denen wir die Sprachdenkmäler der Zeit verdanken.

Ein weiteres kommt hinzu: Die Elementarbildung findet in frühneuhochdeutscher Zeit eine viel weitere Verbreitung als bisher. Viele schlichte Menschen, die keinerlei Anlage und Absicht zu einem geistigen Beruf haben, lernen jetzt lesen und schreiben. Die Städte kommen dem Bedürfnis ihrer Bürger durch die Einrichtung deutscher Elementarschulen entgegen, und so sind es abermals die Stadtbürger, die als neues Lesepublikum in Betracht kommen und auf deren literarischen Geschmack vermutlich manche Autoren, gewiß aber die Buchdrucker, geflissentlich Rücksicht nehmen.

Aus Gründen solcher Art und weil eine die Vielfalt aller Erscheinungen knapp zusammenfassende Formel fehlt, mag es zulässig sein, das Frühneuhochdeutsche als ‹Sprache des Stadtbürgertums› mehr abzustempeln als treffend zu bezeichnen. Man betont damit das Auftreten der neuen, städtischen Gesellschaftsschichten in Literatur und Sprache, darf aber nicht übersehen, daß auch die alte Adelsgesellschaft, wenn auch in gewandelten Formen, im Geistesleben immer noch eine nicht geringe Rolle spielt. Im übrigen ist zu beherzigen, was SCHIROKAUER (LH 50, Sp. 871) in Auseinandersetzung mit FRINGS (LH 2, S. 32) sagt. Dieser hatte behauptet, daß nur in einem traditionslosen

Raum wie dem ostdeutschen die neuen Sprachformen entstehen konnten. Demgegenüber betont SCHIROKAUER: Die Traditionslosigkeit ‹gilt in erster Linie für den geistigen Raum, den die deutsche Sprache im 13. Jahrhundert zu gewinnen hat›. An dieser Gewinnung neuer geistiger Räume ist zunächst vor allem der Verwaltungsjurist, Kanzler und Stadtschreiber beteiligt, der Literat gesellt sich später hinzu. Dieser aber ist wie jener auf Universitäten gebildet. Die gelehrte Bildungsschicht gestaltet das neue Deutsch.

III. GESTALT UND EIGENART DES FRÜHNEUHOCHDEUTSCHEN

Das äußere Bild des Frühneuhochdeutschen wirkt, wie bereits mehrfach betont, verwirrend vielfältig. Man braucht nur die zeitlich nahe beieinanderstehenden Urkundentexte Nr. II, III A und III B des Anhangs, die uns in diesem Kapitel vor allem beschäftigen sollen, und die weiteren im Anhang abgedruckten Texte durchzusehen, um diese Behauptung bestätigt zu finden. Noch vor Beginn der frühneuhochdeutschen Periode hatte der sprachliche Partikularismus zur Auflösung jeglicher Ordnung geführt, so daß sozusagen jeder Ort, ja jeder Schreiber seine eigene Auffassung von deutscher Sprache zur Geltung brachte. Man darf in diesem Zusammenhang von dem zähen Festhalten einzelner bevorzugter Kanzleien und Schreibstätten an tradierten mittelhochdeutschen Schreibgewohnheiten absehen (starke Spuren davon noch in der Urkunde II des Anhangs). Dieser Strom zerrann allmählich; er hatte keine Zukunft mehr.

Mundart, Schriftdialekt, Schreibsprache, Schriftsprache

Man ist leicht geneigt, in dieser regellosen Fülle die Spiegelung der verschiedensten Mundarten und Untermundarten zu erblicken. Da es aber in der vorliegenden Darstellung vor allem auf die Entwicklung der Schriftsprache ankommt, ist es angebracht, das Verhältnis zwischen mündlichem und schriftlichem Gebrauch der Sprache zu erörtern.

Sicher sind zunächst die sprechenden und nicht die schreibenden Mitglieder der Sprachgemeinschaft die Träger der kontinuierlichen Sprachentwicklung. Das ist die ganze große Masse der Sprachgenossen. In so großen Räumen wie dem weiten deutschen Sprachgebiet ist dabei die Sonderentwicklung zahlreicher Mundarten nur natürlich, vor allem wenn man an die politische Zerklüftung denkt, die zur Ausbildung vieler kleiner, sich abkapselnder Verkehrsgemeinschaften führt. Es ist daher mit Sicherheit anzunehmen, daß die deutsche Mundartkarte der frühneuhochdeutschen Zeit – ganz abgesehen von der kolonialen Gebietserweiterung – sehr viel bunter aussehen muß als etwa in der Karolingerzeit mit ihren großräumigen Stammesgebieten.

Aber schon der Mundartsprecher verfügt über verschiedene Schichten seines Idioms, und wir dürfen sicher sein, daß auch in altdeutscher Zeit der Fischer am Bodensee und der Winzer an der Mosel, wenn sie mit dem Amtsvogt oder dem Bischof zu sprechen hatten, sich um andere, gewähltere Sprachformen bemühten, als wenn sie mit ihresgleichen derb und unbedenklich die Ereignisse ihres kleinen Alltags beredeten. Gewisse soziologisch bedingte Ausdrucksunterschiede darf man zu jeder Zeit auch bei Mundartsprechern voraussetzen (vgl. z. B. Bd. I, S. 236 f). Ein Gefühl für den Unterschied zwischen alltäglich nachlässiger und einer – wenn auch nur durch den sozialen Respekt erzwungenen – sorgfältigeren Redeweise muß daher auch dem schlichten Sprecher der Mundart innewohnen. Größere Sorgfalt und die Meidung alles allzu Groben darf man im übrigen mit Sicherheit für den Mundartgebrauch der gehobenen Schichten voraussetzen, und bis tief in das 15. Jahrhundert hinein gehört, wer schreiben kann, solchen Schichten an.

In dem Augenblick, da es galt, das gesprochene Wort schriftlich niederzulegen, mußte solche Sorgfalt nur noch deutlicher in Erscheinung treten, schon weil die Schreibenden lateinisch geschult waren. Damit hatten sie sich an die geregelten lateinischen Sprachformen gewöhnt, und das mußte auch ihr deutsches Schreiben beeinflussen. Sie konnten sich weder mit den Nachlässigkeiten der mundartlichen Aussprache zufriedengeben noch mit dem farbigen, aber regional beschränkten Ausdrucksschatz der Alltagsmundart. Geschriebene Sprache drängt stets auf Regelung und Auswahl. Wo nun, wie vor und zu Beginn der frühneuhochdeutschen Zeit, der Partikularismus auf die Spitze getrieben wird, bleibt freilich die mundartliche Grundlage des Geschriebenen breit und deutlich erhalten. Da aber gesprochene und geschriebene Sprache selbst in diesem Falle niemals identisch sind, stehen den gesprochenen Mundarten die gebändigten Gestalten der ‹Schriftdialekte› gegenüber.

Es ist nun gerade in den ersten beiden frühneuhochdeutschen Jahrhunderten deutlich zu beobachten, daß in den einzelnen Landschaften ein Streben nach Vereinheitlichung und Ausgleich einsetzt. Es entstehen ‹Schreibsprachen›, neben anderen z. B. eine mittelrheinische, eine hochalemannische, eine ostmitteldeutsche, die zunächst innerhalb der Landschaft bestrebt sind, örtliche Dialektunterschiede zu unterdrücken, bald aber auch nach überregionalem Ausgleich trachten. Solche Bewegungen betreffen zunächst allerdings nur Einzelerscheinungen, aber sie summieren sich im Laufe der Zeit. Das ergibt z. B. eine Untersuchung von Rudolf Schützeichel (LH 55, bes. S. 75–78), deren Ergebnisse hier stellvertretend für zahlreiche Arbeiten über verschiedenste Regionen zusammengefaßt seien. Der Autor untersucht die Urkundensprache des Raumes um Koblenz, in der zunächst ein rein mittelrheinischer Schriftdialekt vorherrscht. Schon gegen Ende des 13. Jahrhunderts stellen sich hier die ersten südlichen, vom Oberrhein vordringenden Sprachformen ein. Neben die heimischen Wörter *dat, up, bit, as, inde,* die freilich noch lange Zeit vorkommen, treten die südlichen Formen *daz, uf, mit, als, und,* neben die mittelrheinischen Typen *lev* und *broder* die südlichen *lieb, bruder,* neben *geven* kommt *geben,* neben *berch* kommt *berg* auf. Durch das 14. und 15. Jahrhundert hindurch läßt sich eine ständige Zunahme im Gebrauch dieser und das Eindringen weiterer südlicher Formen beobachten. Im 16. Jahrhundert dringt dann die neuhochdeutsche Diphthongierung ein (vgl. unten S. 49 ff); die Typen *mîn, hûs, liute (lüte)* werden durch *mein, haus, leute* ersetzt. Damit ist eines der wichtigsten äußeren Merkmale der neuhochdeutschen Schriftsprache aufgenommen. Je mehr solche südlichen Züge im Verlauf von drei Jahrhunderten in der mittelrheinischen Schreibsprache hervortreten, desto weiter entfernt sie sich von den in ihrem Gebiet geltenden Mundarten. (Es sei schon hier angemerkt, daß diese überlandschaftlichen Schreibsprachen von den Druckern benutzt und weiterer Vereinheitlichung entgegengeführt werden; s. unten S. 144 ff.)

Als ‹Schriftsprache› endlich bezeichnen wir die für das ganze deutsche Sprachgebiet verbindliche Regelung, nach der wenigstens in der Rechtschreibung und im Gebrauch der grammatischen Formen kaum noch landschaftliche Unterschiede wahrzunehmen sind. Theoretisch wird dieses Ziel gegen Ende der frühneuhochdeutschen Zeit angesprochen: aber erst im 18. Jahrhundert beginnen allgemeingültige Regeln sich auch praktisch durchzusetzen. Sie haben allerdings bis heute nicht die völlige Einheit gebracht und werden vermutlich niemals ganz dahin führen. Abgesehen von geringfügigen orthographischen Unterschieden (man denke etwa an gelegentliche Abweichungen zwischen West- und Ost-Duden oder an einige Sonderregelungen in Österreich oder der Schweiz) läßt sich die landschaftliche Herkunft der deutsch schreibenden Autoren in gewissen Nuancen des Wortschatzes, der Redensarten und der Ausdrucksweise niemals ganz verbergen. Dennoch ist das Bestehen einer sehr weitgehend geregelten deutschen Schriftsprache heute Tatsache geworden.

Es ist klar, daß es im Mittelalter eine deutsche Schriftsprache in diesem Sinne noch nicht gegeben hat. Warum die hoffnungsvollen Ansätze dazu scheiterten, wurde im vorhergehenden Kapitel dargestellt. Auch in frühneuhochdeutscher Zeit gibt es, was die geschriebene Sprache angeht, nur Schriftdialekte und Schreibsprachen. (Die so oft beredeten ‹Kanzleisprachen› lassen sich stets einer dieser beiden Gruppen zuordnen.) Wir werden darzustellen haben, wie sich in lang andauernden, schwierigen Ausgleichs- und Einigungsbestrebungen aus dieser schon gebändigten Fülle allmählich die Ansätze zu einer einheitlichen Schriftsprache herausbilden.

Es fügt sich, daß wir jene Schreibsprache, die zur Grundlage der neuhochdeutschen Schriftsprache werden sollte, um das Jahr 1350 bereits in einem ziemlich weit fortgeschrittenen Ausbildungszustand erfassen können, und zwar in den Urkunden der Prager Reichskanzlei des Kaisers KARL IV. Zwar wissen wir heute, daß auch die Sprache dieser Kanzlei bei weitem nicht so einheitlich war, wie man früher gern geglaubt hat (LH 61), und daß sie anderseits nicht selbschaffen ist, sondern bereits in einer Tradition steht (Eger, Nürnberg; auch wohl Regensburg), einem Traditionszusammenhang, an dessen Aufklärung noch gearbeitet wird (s. oben S. 22). Aber jedenfalls tritt diese Schreibsprache erst durch das repräsentative Medium der Reichsurkunden weithin sichtbar hervor, und obwohl es nicht strikt beweisbar ist, darf man doch annehmen, daß von hier die ersten überlandschaftlichen Wirkungen ausgehen. Es ist daher erlaubt, an der Geschäftssprache der Prager Kanzlei jene Kennzeichen aufzuzeigen, durch die sich die neudeutsche Sprachentwicklung von der ausklingenden altdeutschen unterscheidet. Nur muß man sich bewußt bleiben, daß das, was späterhin zu den lautlichen Charakteristika des Neuhochdeutschen werden sollte, einstweilen nur in dieser einzigen Schreibsprache gesammelt vorkommt und daß daneben noch eine Menge ganz anders charakterisierter, landschaftlicher Schreibsprachen sehr lebendig vorhanden ist (s. unten S. 63 ff).

Zum Ausgangspunkt diene eine Urkunde des Königs und nachmaligen Kaisers KARL IV., die in seiner Kanzlei geschrieben und am 27. Dezember 1349 in Dresden ausgestellt wurde (s. Nr. III A des Anhangs). Die Urkunde beginnt mit den Worten: *Wir Karl, von Gots gnaden Romischer kunig, zu allen zeiten merer des reichs, und künig zu Beheim, verjehen offenlich mit disem brief und tun kunt allen ...* Wer das Mittelhochdeutsche kennt, dem fallen sofort einige neue Lautgestalten auf, die sich in der Orthographie dieser Urkunde widerspiegeln. Sie gehören zu jener Gruppe, die als charakteristisch für das Neuhochdeutsche gilt. Zwei andere, zeitlich nahestehende Texte, die Urkunde Kaiser LUDWIGS DES BAYERN für Gelnhausen vom Jahre 1330 (Anhang Nr. II) und sogar eine Urkunde KARLS IV. von 1346 aus seiner Lützelburger Kanzlei (Anhang Nr. III B) haben dagegen noch den ‹mittelhochdeutschen› Lautstand, der allerdings in der Lützelburger Urkunde (III B) ziemlich stark mundartlich gefärbt ist. Hier haben wir das Beispiel einer mittelrheinischen Schreibsprache. Dagegen weist die in München ausgestellte Urkunde LUDWIGS DES BAYERN einige schwäbische Mundarteinflüsse auf (z. B. das Wort *alder* ‚oder' und die Endung der 2. Person des Plurals: *ir huldent, swerend, wurdent, siend,* also auf *-ent,* wo III B in *ir kumet, dinet, sullet* das regelmäßige *-et* hat).

Durch den Vergleich der drei Texte werden die lautlichen Unterschiede deutlich, die das neue Hochdeutsch vom Mittelhochdeutschen unterscheiden und die in der Urkunde von 1349 bereits deutlich hervortreten. Es sind vor allem vier große Lautveränderungen, die Erörterung verdienen, die Diphthongierung alter Langvokale, der die Monophthongierung einiger Zwielaute gegenübersteht, und die Dehnung von Kurzvokalen in offener, betonter Silbe, neben der eine Kürzung von Langvokalen in geschlossener Silbe zu beobachten ist.

Diphthongierung

Geht man den Mainzer Landfrieden von 1235 durch (Anhang Nr. I), so findet man darin bekannte mhd. Wörter wie *lîb, drî, ûz – erziuge, liute,* die nhd. *Leib, drei, aus – er-, bezeuge, Leute* lauten. Darin zeigt sich die Regel der Diphthongierung, nach der die mhd. langen Vokale *i, u, ü* (meist *iu* geschrieben; vgl. Band 1, S. 298) zu den nhd. Diphthongen (Zwielauten) *ei, au, eu (äu)* werden. Die Entwicklung dieses Lautwandels (neben anderen) verläuft in den deutschen Mundarten ganz unterschiedlich, und in die landschaftlich gebundenen frühneuhochdeutschen Schreibsprachen der Kanzleien und später der Drucker dringt die Diphthongierung, die für die neuhochdeutsche Schriftsprache charakteristisch werden soll, zu sehr verschiedenen Zeiten ein.

Die Urkunde Ludwigs von 1330 zeigt in dieser Hinsicht noch völlig den mhd. Zustand. Man findet darin z. B. *ziten, rich, riches, riche, wise, sinen – (Geylen)husen – iuch, driuzehen* (mhd. *dri* – s. oben – ist Maskulinum, *driu* ist Neutrum) oder mit anderer Schreibung, aber ebenfalls den *ü*-Laut meinend: *lute.* Man erkennt darin leicht die nhd. Wörter *Zeit, Reich, Weise, sein – (Geln)hausen –, euch, Leute.* (Lautgesetzliches *dreuzehn* ist nhd. durch Analogie zum Maskulinum zu *dreizehn* umgestaltet worden.) Nur das Wort *getrewen* (sprich *getreuwen*) verrät in dieser Urkunde schon die Diphthongierung. In der bairischen Mundart freilich muß in dieser Zeit die Diphthongierung, die vom Südosten des deutschen Sprachgebiets ausging, bereits voll wirksam gewesen sein. Die Urkunde, die nur ein einziges Mal, eben in *getrewen,* dem mündlichen Sprachgebrauch nachgibt, läßt also auf einen konservativen Schreiber schließen.

Völlig andere Lautverhältnisse trifft man dagegen in der Urkunde Karls IV. von 1349 (Anhang III A) an. Hier finden sich *zeiten, reichs, reiche, beynamen* (aus mhd. *bînamen*) – *auf, gotzhaus – leuten, neun, dreutzehen, neuwe,* und nur orthographisch abweichend *newen, getrewen.* Hier ist also die Diphthongierung völlig durchgedrungen, und nur in der Datierungsformel ist einmal ein altes *î* stehengeblieben, nämlich in *wihenachten* = nhd. *Weihnachten.* Niemand wird glauben, daß in den knappen zwanzig Jahren, die zwischen den Urkunden Ludwigs und Karls liegen, ein so rapider Lautwandel eingetreten sei. Hier liegt vielmehr der Unterschied in der sprachlichen Haltung offen zutage: Bei dem Bayern, dessen Staatsgebiet im Altland liegt, die traditionelle, noch auf das Mittelalter zurückblickende Sprachhaltung (doch vgl. die Einschränkungen unten S. 52), bei dem Lützelburger, der mit dem Königreich Böhmen einen modern organisierten Territorialstaat auf Kolonialboden ererbt, auch sprachlich die Abkehr von der Tradition und ein auf Gegenwart und Zukunft gerichteter Blick. In der Prager Reichskanzlei weht eine frischere Luft, und man wagt es, eine neue, auf regionaler Basis erwachsene Schreibsprache selbst in den Kundmachungen des Herrschers über das ganze, weite Reich zu verwenden. Dabei verdient es Beachtung, daß die in Dresden ausgefertigte Urkunde Rechtsverhältnisse im fernsten Südwesten des Reichsgebiets regeln soll, einer sprachlich besonders konservativen Landschaft, die um 1350 noch durchaus mittelhochdeutsch spricht und schreibt.

Daß hinter der Abkehr von alter Tradition ein kulturpolitisches Programm steht, ist glaubhaft. Ob es vom Kaiser selbst entworfen wurde oder von den führenden Männern der Prager Kanzlei, die zugleich die führenden Politiker waren, das wird sich schwer entscheiden lassen. Wenige Jahre vorher jedenfalls hatte der Herrscher in seiner gräflich luxemburgischen Kanzlei in einer ganz anderen, ausgesprochen regionalen und auf mittelrheinischer Tradition beruhenden Schreibsprache geurkundet (Anhang III B). Was die Diphthongierung angeht, so findet sich in der Luxemburger Urkunde – ganz im Einklang mit den mittelfränkischen Mundarten – keine Spur davon. Dort finden sich *richs, wile, sines, glicher,* und mit orthographischer Bezeichnung der Länge des *î*: *zijt, wijs,* ferner *uff, gebruchen, dusent* und, mit dem Lautwert des langen *ü*: *uch, uwer, enbudet, druhundert* für nhd. *Reich, Weile, sein, gleich, Zeit, Weise, auf, gebrauchen, tausend, euch, euer, entbietet, dreihundert* (wobei die beiden letzten Wörter im Nhd. nicht lautgerecht entwickelt sind, sondern einen Vokalausgleich in Analogie zu anderen Formen zeigen).

Die drei verglichenen Urkunden zeigen also in ihrer schreibsprachlichen Gestaltung und vor allem – worauf es hier ankommt – in ihrem Verhalten gegenüber der Diphthongierung große Unterschiede. Aber nur die aus der Prager Kanzlei stammende Urkunde von 1349 (der man allerdings gleichzeitige und ältere Nürnberger und Egerer

Parallelen an die Seite stellen könnte) zeigt schon den Stand der Diphthongierung, die als Merkmal des Neuhochdeutschen gilt. Die Diphthongierung ist sogar, da es sehr viele Wörter mit den alten Langvokalen *î*, *û* und *iu* gab, die auffallendste Lautveränderung auf dem Wege zum modernen Hochdeutsch.

Eine Besonderheit sei hier noch erwähnt, die das Verhältnis der neu entstandenen zu den älteren Zwielauten berührt. Die Reihe der mhd. Zwielaute *ei, ou, öu* erscheint in der nhd. Schriftsprache als *ei (ai), au* und *eu (äu)*. Wörter wie mhd. *heilig, keiser, boum, gelouben, böugen, vröude* werden zu *heilig, Kaiser, Baum, glauben, beugen, Freude*. In der Schriftsprache fallen also die alte und die neue Reihe der Zwielaute zusammen. In den meisten Mundarten ist das nicht der Fall, und dementsprechend bleiben in den landschaftsgebundenen frühneuhochdeutschen Schreibsprachen die beiden Reihen zunächst meist voneinander getrennt. Ihr allmählicher Zusammenfall und besonders die Aufnahme der Diphthongierung sind ein Gradmesser für das Vordringen der Schriftsprache. Darauf wird weiter unten gelegentlich hinzuweisen sein.

Monophthongierung

Während die langen Extremvokale *i, u, ü* diphthongiert werden (die mittleren Vokale *a, e, o* bleiben davon unberührt), werden im Neuhochdeutschen die alten Zwielaute *ie, uo, üe* zu den einfachen Langvokalen *i, u, ü*. Auch dies gilt allerdings in erster Linie für die Schriftsprache und die sogenannte ‹Hochlautung›. Die Mundarten verhalten sich unterschiedlich, und dementsprechend sind auch in den frühneuhochdeutschen Schreibsprachen die Verhältnisse verwickelt.

Unsere drei Urkunden weichen auch hier voneinander ab, liefern aber nur zur Entwicklung des *ie* ausreichendes Material. In der Prag-Dresdner Urkunde III A findet man zunächst die Schreibungen *brifes, virzigsten* und *gebiten* (nhd. *gebieten*), die alle im Mhd. *ie* (diphthongisch als *i-e* zu sprechen) hatten. Die drei Formen beweisen also den Übergang vom Zwielaut *ie* zum langen *i*. Demnach wird auch in *brief, niemand* derselben Urkunde das lange *i* zu sprechen sein. Wir haben es nur mit traditioneller Schreibung zu tun. Diese hat sich ja schließlich wieder völlig durchgesetzt, und in der neuhochdeutschen Rechtschreibung ist *ie* das graphische Zeichen für den langen *i*-Laut, einerlei ob er aus mhd. *ie* oder durch Dehnung eines kurzen *i* (s. unten S. 54) entstanden ist.

Bemerkenswert ist das Verhalten der Luxemburger Urkunde von 1346. Im disponierenden Teil machen Schreibungen wie *liben, crig, dinen, dinet, wi* für mhd. *lieben, krieg, dienen, wie* völlig klar, daß die Monophthongierung eingetreten ist. In diesem Teil findet sich *ie* nur in dem Ortsnamen *Triere,* und das ist eine festgelegte historische Schreibung. Im Rahmenwerk der Eingangs- und Schlußformeln dagegen steht mit gleicher Ausschließlichkeit *gebieden, enbieden, brief, viertzig,* also nur die traditionelle Schreibung. Sie entspricht nicht mehr der gesprochenen Mundart, auch nicht der 1346 geltenden Schreibsprache, sondern beweist, daß für den Urkundenrahmen ältere Formulare abgeschrieben wurden.

Betrachtet man endlich die Münchener Urkunde von 1330, so beweisen die *enbiten, liben, dinste, brif, gebiten,* denen kein einziges *ie* gegenübersteht, die Monophthongierung. Das ist bei der konservativen Haltung dieser Urkunde um so auffälliger, als die Monophthongierung von Westen her vordringt und man ihre konsequente Berücksichtigung im Süden um diese Zeit noch kaum erwartet. Aber jedenfalls beweisen alle drei Urkunden den Eintritt der Monophthongierung des *ie* zu langem *i.*

Verwickelter liegt es mit dem Übergang des *uo* zu *u.* Die Urkunde III A enthält nur zwei beweisende Wörter, nämlich *zu* und *tun* statt mhd. *zuo, tuon.* Doch darf man unterstellen, daß der Übergang zum Langvokal schon stattgefunden hat. Die Luxemburger Urkunde enthält die alten Formen *zuo, duon* wieder nur im Rahmen, dessen traditionell altertümliche Schreibung, wie wir sahen, nichts beweist. Sonst kommt nur ein einziges monophthongiertes *zu* vor, aber auch das beweist nur das Eindringen südlicher Formen, denn die mittelrheinischen Mundarten kennen das *uo* gar nicht; statt dessen findet sich dort das lange *o,* wie in dem Worte *voize* der Urkunde (mit Dehnungszeichen *i*; zu lesen ist *vôze*), der mundartlichen Form des mhd. *vuoze.* Dagegen sehen wir in der Münchener Urkunde von 1330 das alte *uo* noch voll bewahrt. Das beweisen Formen wie *guot, guotes, Uolrich, cheysertuomes.* Hier wird also der Unterschied zwischen der bairischen und der Prager Schreibsprache wieder deutlich.

Für den Übergang von mhd. *üe* zu nhd. *ü,* wie mhd. *güete, gemüete* zu nhd. *Güte, Gemüt* gewähren die drei Urkunden kein einziges Beispiel. Es darf aber auf die Form *volfuret* des Landfriedens von 1235 aufmerksam gemacht werden. In regelrechtem Mittelhochdeutsch müßte sie *volfüeret,* ‚vollführt' lauten. Hier ist also der Übergang schon eingetreten, wie denn überhaupt die Urkunde von 1235 schon Spuren der Monophthongierung zeigt.

Soweit es sich aus den wenigen Textzeilen ergibt, steht jedenfalls die Dresden-Prager Urkunde, auf die es hier vor allem ankommt, mit der Monophthongierung der alten Zwielaute schon auf der Seite des Neuhochdeutschen, ebenfalls die Luxemburger Urkunde für die Entwicklung des *ie* zu langem *i*, während die Münchener Urkunde sich zwiespältig verhält. Sie hat bereits das nhd. *i*, aber noch das mhd. *uo*.

Dehnung kurzer Vokale in offener Tonsilbe

Diphthongierung und Monophthongierung verraten sich in den Schreibsprachen durch eine entsprechend gewandelte Orthographie. Bei weitem nicht so stark fällt ein anderer Lautwandel ins Auge, der sich in der Orthographie kaum ausprägt und auf den man beim Durchsehen geschriebener und gedruckter Texte, deren originale Lautung man ja nicht mehr hört, nicht aufmerksam wird. Trotzdem gibt er dem Neuhochdeutschen seit frühneuhochdeutscher Zeit recht eigentlich das vom Mittelhochdeutschen abweichende lautliche Gepräge. Gemeint ist die Dehnung kurzer Vokale in betonter, offener Silbe zu langen Vokalen. Schon im Vorwort zur ‹Sprachgeschichte› (Bd. 1, S. 9) war zu betonen, daß jeder nicht ausdrücklich durch ein Längezeichen gekennzeichnete Vokal im Althochdeutschen kurz auszusprechen ist, und diese Regel gilt auch noch für das Mittelhochdeutsche der staufischen Dichter. Bei ihnen hatten Wörter wie *vater, leben, loben, disen* alle noch den kurzen Stammvokal, den beim Lesen mittelhochdeutscher Texte auszusprechen uns wegen unserer neuhochdeutschen Sprachgewohnheiten anfangs Schwierigkeiten macht. In diesen Wörtern, und in Tausenden gleicher Art, ist die betonte Stammsilbe offen, d. h. der nachfolgende Konsonant gehört schon zur nächsten Silbe, während z. B. in *gol-den* ein Konsonant die Silbe schließt, die daher geschlossen heißt. Es ist nun ein durchgehendes Gesetz der neuhochdeutschen Schriftsprache und der meisten Mundarten, daß die alten Kurzvokale in offener, betonter Silbe gedehnt werden, während sie in geschlossener Silbe ihre Kürze bewahren. Nur ausnahmsweise wird die Vokallänge orthographisch bezeichnet, wie etwa in *fahren* oder *Seele*. Das sind neuhochdeutsche orthographische Regelungen, die im Frühneuhochdeutschen äußerst selten anzutreffen sind. Im 15. Jahrhundert tauchen hie und da Doppelschreibungen zur Bezeichnung der Vokallänge auf (*beeten, weege* ‚beten, Wege', *froo* ‚froh'); erst im 16. Jahrhundert wird auch das Dehnungs-*h* häufiger (*ehre, nehmen*). Ein ausgesprochen landschaftsgebundenes, nämlich mittelfränkisches Dehnungs-*i* zeigt die Urkunde III B mit *noit, hait, voize* (mhd. *nôt, hât, vuoze*, das mfr. *vôze* lautet). Hier handelt es sich allerdings um lauter alte Langvokale, so daß daraus für die Dehnung kurzer Vokale nichts hervorgeht.

In den allermeisten Fällen jedoch bleibt bis heute die Länge des Stammvokals unbezeichnet (vgl. z. B. *Va-ter, lo-ben, re-den, ge-ben,*

O-fen), weil uns jede offene Silbe ohnehin als ‹lang› gilt. Nur für das *i* hat sich die Längenbezeichnung *ie* eingebürgert; mhd. *vile, wise* wird nhd. *viele, Wiese* geschrieben, und diese Schreibgewohnheit läßt sich hie und da schon im 14. Jahrhundert beobachten. Man konnte die langen durch Dehnung entstandenen *i* nicht von denen unterscheiden, die aus der Monophthongierung von *ie* hervorgingen, und die historische Schreibung mit *ie,* die bei diesen bewahrt blieb, wurde auch auf die gedehnten *i* übertragen.

Da die Orthographie über die Dehnung gemeinhin keine Auskunft gibt, lassen sich den drei Urkunden keine Hinweise darauf abgewinnen. Doch gibt es andere philologische Mittel, diese Erscheinung nachzuweisen. Wenn z. B. sorgfältig reimende Dichter Wörter vom Typ mhd. *vrâgen : sagen* aufeinander binden, so beweist das, daß in *sagen* die Dehnung bereits eingetreten sein muß; sonst wäre die Reimbindung auf *vrâgen* mit altem langen *a* nicht zulässig. Aus Beobachtungen solcher Art weiß man mit Sicherheit, daß die Dehnung um die Mitte des 14. Jahrhunderts bereits im ganzen deutschen Sprachgebiet mit Ausnahme des Hochalemannischen in der Schweiz durchgedrungen ist. Man darf daher in der Urkunde von 1349 Wörter wie *verjehen, sehen, haben, lesen* bereits mit der neuhochdeutschen Länge des Stammvokals ansetzen.

Im Hinblick auf die Entwicklung des neuhochdeutschen Lautstandes sei gleich einiger weit verbreiteter Ausnahmen gedacht. Vor allem vor *m* und *t* tritt die Vokaldehnung in vielen Fällen nicht ein. In der Urkunde von 1349 z. B. sind die Wörter *genomen* und *Gots* (mhd. *gotes*) mit kurzem *o* zu lesen. Später bürgert sich dafür die Schreibung *genommen, gottes* ein, und der Doppelkonsonant dient zum orthographischen Zeichen, daß der vorhergehende Vokal kurz gesprochen werden soll. Allerdings ist die Regel, daß *t* und *m* die Vokaldehnung verhindern, nicht unverbrüchlich. Man braucht nur auf das Nebeneinander von *vater* und *vetter* in III B hinzuweisen und darauf, daß heute neben *Vater* die mundartliche Form *Vatter* steht. Von Landschaft zu Landschaft und sogar von Wort zu Wort kann in dieser Hinsicht die Entwicklung verschieden sein. Selbst die heutige Schriftsprache verfährt hier nicht einheitlich. Was sie aufnimmt, ist zum Teil durch sprachhistorische Zufälle bestimmt, wie gerade die heutigen Formen *Vater* und *Vetter* zeigen. Denn im Mittelhochdeutschen hatten beide Wörter kurzen Vokal in offener Silbe: *vater, veter.*

Auch vor *sch* und *ch* bleiben die Kurzvokale erhalten, hier mit gutem Grund, weil diese Laute ursprünglich Doppelkonsonanten, die Stammsilben also geschlossen waren (ahd. *fis-ka, sah-ha*). So ist der Kurzvokal z. B. in *fische, tische, zwischen, leschen,* (‚löschen'), *michel* (‚groß'), *sache, brechen* u. ä. zu erklären.

Schließlich sei noch erwähnt, daß schon das erste Wort der Urkunde, *wir*, anders als im Mhd. mit langem *i* zu lesen ist; denn im ganzen hochdeutschen Sprachgebiet ist spätestens im 13. Jahrhundert der Kurzvokal vor *r* auch in geschlossener Silbe gedehnt worden. Deshalb müssen z. B. frühnhd. *er, der, wer, mir, dir, wir, ir* (‚ihr'), *tor, urteil* mit langem Vokal gelesen werden. Es gibt noch weitere Dehnungserscheinungen, die hier nicht erwähnt zu werden brauchen. Jedenfalls aber ist die Dehnung der mhd. Kurzvokale und vor allem die Ausmerzung aller kurzvokaligen offenen Tonsilben, da Tausende von Wörtern davon betroffen sind, die weitaus wichtigste Erscheinung der frühneuhochdeutschen Sprachentwicklung. Sie berührt allerdings die Rechtschreibung nur wenig und wird deshalb, da man sich an geschriebene Texte halten muß, in ihrer Bedeutung oft verkannt.

Kürzung von Langvokalen in geschlossener Stammsilbe

Ähnliches gilt von der Kürzung langer Stammsilbenvokale, die in der Orthographie nur in den seltensten Fällen sichtbar wird. Die Kürzung kann natürlich nur in geschlossenen Silben eintreten, da für die offenen Silben ja das Gesetz der Dehnung gilt. Aus dem Urkundentext von 1349 sind in dieser Hinsicht die Wortformen *bedacht* und *bracht* zu erörtern, die beide im Mittelhochdeutschen ein langes *â* hatten. Nicht in den oberdeutschen Dialekten, wohl aber im östlichen Mitteldeutschland, woher die Urkunde stammt, ist die Vokalkürzung vor *cht* schon weit verbreitet. *Bracht, brachte, dachte, andacht, tacht* (‚Docht') sind dort um diese Zeit bereits mit kurzem Vokal zu lesen. Wir erwähnen diese nicht gleichmäßig verbreitete Kürzungserscheinung vor allem, weil sie in der heutigen Hochsprache zur festen Regel geworden ist. Es kann uns jedoch nicht darauf ankommen, einen ganzen Katalog von Vokalkürzungen auszubreiten, etwa auf Wörter wie *Klafter, Lerche, horchen* einzugehen, die im Mittelhochdeutschen noch lange Stammvokale hatten. Erwähnt sei nur, daß vor *m* und *t*, die die Dehnung kurzer Vokale verhinderten, in Verfolg der gleichen Tendenz Langvokale gern gekürzt werden. Aus mhd. *jâmer, blâter, nâter* wird daher *Jammer, Blatter, Natter.* Diese Kürzung macht nicht einmal vor den Langvokalen halt, die eben erst aus alten Diphthongen entstanden sind. Darum wird aus mhd. *muoter* über die Zwischenstufe *muter* (mit langem *u*) im Frühneuhochdeutschen Mitteldeutschlands die heute noch geltende Form *Mutter.*

Was andere Lauterscheinungen angeht, so bietet die Urkunde von 1349 Anlaß, auf den allmählich eintretenden Zusammenfall der beiden *s*-Laute hinzuweisen, die im Mittelhochdeutschen streng auseinandergehalten wurden. Der Schreiber gebraucht die herkömmliche Schreibung *daz*, aber ohne Unterschied auch den Genitiv *dez*, der mhd. *des* lautet, und statt mhd. *strâze* schreibt er *strasse*. Auch hier verhalten sich die einzelnen Landschaften und in ihnen die Schreiber unterschiedlich (vgl. LH 95), und die Urkunde III B hält zwar die einfachen Laute sorgfältig auseinander, schreibt aber bei Doppellauten anstatt mhd. *gesezzen* und *rosse* jetzt einheitlich *geseszen* und *rosze*. Aus der Gewohnheit, *sz* zu schreiben, ist übrigens in frühneuhochdeutscher Zeit das Schriftzeichen *ß* entstanden.

Die Form *versweig* der Urkunde III A regt an, auf den Übergang von *s* zu *sch* im Wortanlaut vor Konsonanten hinzuweisen. Mhd. *slange, smecken, snelle, swîgen* werden nhd. zu *Schlange, schmekken, schnell, schweigen.* (Derselbe Lautübergang auch in *stên, sprâche,* doch wird er bei *st* und *sp* nicht orthographisch ausgedrückt.) Um 1350 ist im Südwesten des Sprachgebiets der Übergang schon vollzogen. Aber erst gegen Ende des 15. Jahrhunderts setzt er sich auch im Ostmitteldeutschen durch; der bairisch-österreichische Südosten schließt sich erst später an.

Abgrenzung des frühneuhochdeutschen Zeitraums

Die Sprache der Urkunde von 1349 ist mit den obigen Darlegungen keineswegs hinlänglich beschrieben. Vor allem bot sich keine Gelegenheit, auf das Nebeneinander ostmitteldeutscher und oberdeutscher Elemente einzugehen. Es sollte nur deutlich werden, daß die vier durchgehenden lautlichen Charakteristika des Neuhochdeutschen bereits in der Sprache dieser Urkunde unmittelbar nachweisbar sind (Diphthongierung und Monophthongierung) oder doch erschlossen werden dürfen (Vokaldehnung und -kürzung). Mit der Feststellung dieser Lautwandlungen und nachdem im vorigen Kapitel bereits die politischen, wirtschaftlichen, sozialen und kulturellen Fragen erörtert wurden, ist nunmehr eine Stellungnahme zu der umstrittenen Periodeneinteilung (s. oben S. 18) möglich.

Schon früher (vgl. Bd. I, S. 22) haben wir uns zu jener Auffassung bekannt, die die frühneuhochdeutsche Periode auf die ungefähren Zeitgrenzen von 1350 bis 1650 festlegt. Daß gegen diese Grenzziehung Bedenken geltend gemacht werden, wurde oben S. 18 eingeräumt. Hier ist nicht der Ort, das Für und Wider ausführlich zu erörtern; wir müssen uns auf die knappe Begründung unseres Standpunktes beschränken. Da fällt es zunächst schwer ins Gewicht, daß zuerst in Urkunden der Reichskanzlei die wichtigsten neuen Lauterscheinungen deutlich erkennbar werden. Das geschieht um das Jahr 1350 und nachdem ein neues Herrscherhaus, das der Lützelburger, auf den Kaiserthron gelangt ist. Beides halte ich für wichtig, und ich teile nicht die Skepsis einiger moderner Sprachhistoriker, die die weiterwirkende Kraft der in der führenden Kanzlei gepflegten Sprache leugnen.

Schon um 1350 ist in der Prager Geschäftssprache die ostmitteldeutsche Grundlage mit oberdeutschen Elementen untermischt. Obwohl ein kontinuierliches Fortwirken der Prager Einflüsse nicht behauptet werden kann, ist es doch eine Tatsache, daß hier zum ersten Male solche Ausgleichsbestrebungen zwischen Mittel- und Oberdeutsch zu erkennen sind, wie sie später auch die äußere Sprachform LUTHERS bestimmen (s. unten S. 172) und danach im Neuhochdeutschen wirksam werden. Ob die Auffassung der Mundartforscher, bei der Entstehung der neuhochdeutschen Schriftsprache hätten die ostmitteldeutschen Dialekte die entscheidende Rolle gespielt, angesichts der Nürnberg-Egerer schreibsprachlichen Einflüsse gewisser Einschränkungen bedarf, muß die weitere Forschung lehren. Jedenfalls wird um 1350 in Prag die neue, in die Zukunft weisende Entwicklung erstmalig erkennbar. Damit aber ist der entscheidende Riß in der deutschen Sprachgeschichte aufgebrochen. Während das Alt- und Mittelhochdeutsche auf den uralten Stammesmundarten des Altlandes beruhten, geht die neuhochdeutsche Entwicklung von den jungen Mundarten des Koloniallandes aus. Um 1250 ist diese Entwicklung noch nicht sichtbar, ja nicht einmal vorauszusehen. Als dagegen LUTHER seit etwa 1520 der Entwicklung zur neuhochdeutschen Schriftsprache die endgültige Richtung weist, kann er auf Grundlagen bauen, die seit 1350 gelegt und immer fester gefügt worden waren.

Gegenüber der Annahme, daß eine tiefe Kluft die beiden Sprachperioden trenne, betont neuerdings LUDWIG ERICH SCHMITT (LH 54) wieder sehr stark die Kontinuität der Entwicklung. Diesen Standpunkt gewinnt er in erster Linie aus seiner prosopographischen Methode (s. oben S. 24), mit deren Hilfe er beweisen kann, daß z. B. der sehr einflußreiche Erzbischof BALDEWIN von Trier, ein Lützelburger Graf und Oheim des Kaisers KARL, der eine wichtige Rolle in der Reichspolitik spielte, manchen bedeutenden Kopf seiner eigenen Kanzlei nach Prag abgab, wie anderseits hohe Kanzleibeamte aus Thüringen im Kanzleidienst BALDEWINS nachzuweisen sind. Man muß das

Buch selbst studieren, um zu erkennen, wie beträchtlich zwischen den verschiedenen Kanzleien dieser personale Austausch war, an dem das ganze Reichsgebiet, einschließlich Niederdeutschlands und der Niederlande, ja selbst Frankreich und Italien beteiligt waren.

Eine personale Kontinuität ist also zweifellos vorhanden. Wie sollte es auch anders sein? Es wäre ohnehin absurd, daß ein Lützelburger Graf, dem Prag zum königlichen Herrschersitz wird, sich ausschließlich mit neuen Leuten umgeben würde; selbstverständlich zieht er Ratgeber und Personal aus seiner früheren Umgebung an sich. Außerdem bringt das vielfältige Netz der politischen Beziehungen am Kaiserhofe und allerorten auch weiträumige Personalbewegungen mit sich. Aber neben den altvertrauten Persönlichkeiten tauchen neue auf, und die langjährig führende Gestalt an Hof und Kanzlei KARLS IV. ist ein ‹neuer Mann›, JOHANN VON NEUMARKT, aus dem deutschen Adel Böhmens stammend und aus geistlichem Amt in Schlesien an den Prager Hof berufen. Bedeutet es ‹Kontinuität›, wenn ein solcher Mann in seinen Anfängen zeitweilig in wettinischen Diensten gestanden hat?

Aber selbst, wenn man vom Zugang neuer Kräfte absehen und die personale Kontinuität sehr stark betonen wollte, so bedeutet das noch nicht sprachliche, vor allem nicht schreib- oder schriftsprachliche Kontinuität. SCHMITT selbst beobachtet (a. a. O., S. 98), ‹daß thüringische Berufsschreiber, die nach dem Rhein-Mainischen hinüberwechseln, sich in ihrer deutschen Schreibe sehr stark dem dortigen Gebrauch angleichen, was bei dem Weg nach Osten (Meißen usw.) nicht der Fall ist›. Ein deutlicheres Argument gegen die schreibsprachliche Kontinuität kann es kaum geben. Im Westen, wo Schreibsprachen bereits ausgebildet sind, verläßt der thüringische Schreiber seine eigene, auf jüngerer Entwicklung beruhende Schreibsprache. Nach Osten hin, nach Meißen, Obersachsen, Schlesien kann er bei ihr verharren, weil einerseits die Mundarten nicht allzu verschieden sind, anderseits eine ostmitteldeutsche Schreibsprache sich erst entwickelt. Davon aber muß man die böhmisch-egerländisch-nürnbergische Schreibsprache, die in Prag gepflegt wird, abheben. Sie ist nicht in demselben Sinne ‹ostmitteldeutsch›. Wenn es auch dort eine Kontinuität gibt – und das soll nicht geleugnet werden –, so beruht sie auf der schreibsprachlichen Eigenentwicklung eben dieses Raumes. Das aber bedeutet neue dialektale Grundlagen, von denen im Mittelhochdeutschen noch keine Rede sein konnte.

Die neudeutsche Sprachentwicklung geht von kolonialen Mundarten und Schreibsprachen aus. In dieser Verlagerung der sprachwirksamen Zentren aus dem Alt- ins Neuland liegt der Bruch, die Unterbrechung der Kontinuität. Es gibt in der Prager Kanzlei keine Urkunden ‹trierischen› oder ‹thüringischen› oder anderen Gepräges. Zwar machen sich hie und da Mundarteinflüsse und frühere Schreibgewohnheiten der Schreiber, die aus anderen Landschaften kommen, geltend. Aber alle sind doch bestrebt, die Schreibsprache der Prager Kanzlei zu gebrauchen. Sie fügen sich ‹in ihrer deutschen Schreibe dem dortigen Gebrauch›. Die Behauptung einer Kontinuität, die nur im Personalen, nicht aber im Schreibgebrauch besteht, kann deshalb nicht gegen die Ansetzung einer Periodengrenze um das Jahr 1350 ins Feld geführt werden.

Allenfalls könnte sich aus der älteren, auf Eger und Nürnberg zurückweisenden Tradition der Prager Geschäftssprache ein Einwand gegen die Datierung auf 1350 ergeben. Aber dem wäre entgegenzuhalten, daß das, was sich in der relativen Verborgenheit städtischer Schreibstuben von langer Hand vorbereitet hat, erst durch die Prager Reichskanzlei ins Licht einer breiten Öffentlichkeit tritt.

Weil wir die Anhaltspunkte für die Periodeneinteilung der deutschen Sprache in erster Linie der Sprache selbst zu entnehmen suchen, können wir auch Hugo Moser (etwa 1250–1520 ‹Spätmittelalterliches Deutsch›, s. oben S. 19 und LH 68 und 49) nicht zustimmen. Zum mindesten in den äußeren sprachlichen Formen und in der Verlagerung der weiteren Entwicklung von West nach Ost liegt der entscheidende Einschnitt beim Regierungsantritt Karls IV. (1346). Auch daß die ‹mittelhochdeutsche› Tradition der Kaiserurkunden mit Ludwig dem Bayern zu Ende geht, liegt auf dieser Linie.

Aber auch in geistesgeschichtlicher und soziologischer Sicht sind wir nicht überzeugt, daß ‹der Einschnitt um 1250 wichtiger› ist. Nach 1250 schreibt Mechthild von Magdeburg ihre visionären Erleuchtungen in der *hovesprache* der mittelhochdeutschen Minnesänger nieder. Und in den ersten Jahrzehnten des 14. Jahrhunderts ist der ritterbürtige Meister Eckhart, ein Thüringer, noch einmal ein beredter Zeuge aristokratischen Denkens und einer sprachlichen Schöpferkraft, die ganz auf mittelhochdeutschen Grundlagen beruht. Anderseits mischt sich in die Sprache eines Berthold von Regensburg, noch bevor im Jahre 1254 der letzte Staufenherrscher stirbt, der Widerhall von Markt und Gassen. Aber dennoch führen von ihm und anderen volkstümlichen Predigern seiner Zeit die Traditionslinien auf lateinische Predigten des 11. und 12. Jahrhunderts zurück.

Zugeben muß man auch, daß die großen historischen Entwicklungen, die für die weitere Sprachgeschichte so wichtig werden, um das Jahr 1350 bereits abgeschlossen sind. In der Ostkolonisation folgt gerade damals auf die Phase stürmischer Ausdehnung eine Zeit des Stillstandes und der inneren Konsolidierung: die Territorialfürsten haben sich als Landesherren konstituiert, und die Städte haben die erste Höhe ihrer Macht erreicht, der Bürgerstand ist zum Bewußtsein seiner selbst gelangt. Aber die Wurzeln aller dieser Entwicklungen liegen in viel früherer Zeit. Selbst das einschneidende Ereignis der politischen Geschichte, das Interregnum (seit 1254), ist nur die Konsequenz von längst vorbereiteten Entwicklungen. Die Jahre um 1250 bedeuten hier keinen Einschnitt, wohl aber 1350 einen gewissen Abschluß.

Jede Periodisierung bedeutet Willkür, und im Strom der Ereignisse versinkt Älteres nur ganz allmählich, braucht Neues eine lange Zeit des Auftauchens, bis es deutlich sichtbar wird. Wer die Sprachgeschichte von 1250 bis 1500 unter dem Sammelbegriff ‹spätmittelalterlich› zusammenfaßt, richtet den Blick auf das nur langsam Versinkende; wer ‹frühneuhochdeutsch› sagt, betont das Kommende, eben erst Auftauchende. Gerade deshalb aber greift, wer so sieht, nicht bis zum Jahre 1250 zurück. Das Jahrhundert von 1250 bis 1350 sehen wir literarisch als Ausklang, sprachlich wegen seiner zahllosen Schriftdialekte als Zeit der Auflösung des Mittelhochdeutschen. Das Neue, wohl schon um 1250 hie und da sporadisch aufblinkend, braucht eine Weile, bis die schemenhaft verfließenden Umrisse so deutlich werden, daß man sie einigermaßen als zusammenhängend erkennen kann. Dieser Augenblick aber kommt nach unserer Auffassung erst um 1350, nicht nur in den Urkunden, sondern auch in der literarischen Produktion der neuen Zeit.

Noch ein Argument ist in diesem Zusammenhang wichtig. Was an der inneren Sprachentwicklung des Frühneuhochdeutschen sprachgeschichtlich fruchtbar wird, das gestalten Doctores und Magistri, gelehrte, auf Universitäten gebildete Männer. Es ist in mancherlei Hinsicht berechtigt, obwohl man damit nicht die ganze Fülle der Erscheinungen trifft, Frühneuhochdeutsch als die Sprache des akademischen Bürgers zu bezeichnen. Die erste deutsche Universität aber wurde 1348 in Prag gegründet. Ort und Zeit dieses für die deutsche Geistesgeschichte wichtigen Ereignisses stimmen auf das genaueste mit dem ersten weithin sichtbaren Auftauchen jener Sprachform überein, in der die neue Geistigkeit ihre Ausdrucksmöglichkeiten suchen wird. Wir halten daher an der Zeit um 1350 als dem Beginn der neuen Sprachperiode fest, ja wir sind sogar überzeugt, daß hier eine neue Epoche der deutschen Sprachgeschichte beginnt (s. oben S. 18).

Aus dem Gesagten ergibt sich von selbst, daß wir der Annahme eines Perioden-Einschnitts um 1520, vor dem Auftreten LUTHERS, nicht zustimmen können (vgl. auch unten S. 62). Im Gegenteil, wir sehen Dr. MARTIN LUTHER im Mittel- und Höhepunkt dieses Zeitraumes stehen. Das Ende der frühneuhochdeutschen Zeit wird neuerdings gern auf die Jahre um 1620 gelegt. Aber auch das bedarf der

Erörterung. Vom politischen Geschehen her zieht die Katastrophe des Dreißigjährigen Krieges (1618–1648) den Trennungsstrich, und soziologisch bezeichnet die glanzvolle Entfaltung einer neuen, höfisch gesinnten Fürstengesellschaft, in deren Dienst sich die gelehrt-gebildeten Bürger stellen, den Beginn der eigentlich neuhochdeutschen Periode. Ob man den Periodeneinschnitt an den Beginn oder an das Ende des großen Krieges legt, das kommt auf die jeweiligen Gesichtspunkte an. Denn sprachlich und literarisch gibt es auch hier nur gleitende Übergänge. In der kraftvollen, derb-farbigen Prosa eines GRIMMELSHAUSEN (1625–1676) klingt Frühneuhochdeutsches nach, in den Bestrebungen der Sprachgesellschaften (seit 1617), in MARTIN OPITZ (1597–1639) und manchen seiner Altersgenossen kündigt sich das sprachliche Hochziel der neuen Zeit schon kräftig an.

Das Ziel ist die bewußte Erarbeitung einer sprachlichen Hochform, einer einheitlich geregelten, kultivierten Schriftsprache. Sprachgeschichtlich nimmt in diesen Bestrebungen der Grammatiker JUSTUS GEORG SCHOTTEL (SCHOTTELIUS) mit seiner im Jahre 1641 erstmalig veröffentlichten ‹Teutschen Sprachkunst› eine Schlüsselstellung ein. Er kennzeichnet als erster klar den Unterschied zwischen Dialekt und Schriftsprache und entwirft ein vollständiges, sprachregelndes System der deutschen Schriftsprache. Wer darin den Aufbruch einer neuen Periode sehen will (was sich vertreten läßt, da SCHOTTEL viele Nachfolger findet), wird den Beginn der neuen Sprachperiode auf die Zeit vorher, also um 1620 legen. Wir stellen dagegen SCHOTTELIUS in Zusammenhang mit all den gelehrten Bemühungen um die deutsche Sprache, die schon im 15. Jahrhundert ihren Anfang nahmen. Er ist ihr Vollender und wird erst dadurch zum Ausgangspunkt neuer Bestrebungen, die auf höherer Ebene die alten Bestrebungen fortsetzen. Weil wir ihn als Endpunkt einer langen Entwicklung sehen, halten wir an der Periodengrenze um das Jahr 1650 fest.

Eigenständigkeit des Frühneuhochdeutschen

Bei Erörterung der lautlichen Entwicklung (oben S. 45 ff) wurde wiederholt dem Mittelhochdeutschen das Neuhochdeutsche gegenübergestellt, für das die Urkunde von 1349 als frühes Zeugnis bewertet wurde. Das könnte den Anschein erwecken, als sei die Ansetzung einer eigenen frühneuhochdeutschen Periode überflüssig. Richtig wäre daran aber nur soviel, daß einige wichtige Lautregeln, die noch heute im Deutschen gelten, bereits in der Prager Kanzlei um 1350 zu beobachten sind. Auf lautlichem Gebiet hat sich in der Schriftsprache seit jener Zeit tatsächlich nicht mehr allzuviel geändert.

Dennoch muß mit SCHIROKAUER (LH 50) nachdrücklich betont werden, daß die frühneuhochdeutsche Zeit nicht in erster Linie eine Periode des Übergangs ist, sondern daß sie durchaus einen eigenen und selbständigen sprachhistorischen Anspruch erhebt. Rein sprachlich gesehen, ist ja die Prager Kanzleisprache von 1350 nur eine von vielen miteinander im Wettstreit liegenden Schreibsprachen. Wie im Verlauf zahlreicher zunächst regionaler, später immer weiter ausgreifender Ausgleichsbestrebungen endlich jene schreibsprachlichen Elemente, die erstmalig in Prag sichtbar geworden waren, das Feld behaupten konnten, ist geradezu der Inhalt der frühneuhochdeutschen Sprachperiode. Mit SCHOTTEL wird das Ziel des völligen Ausgleichs wenigstens theoretisch erreicht, und damit steht das eigentliche Neuhochdeutsch (seit 1650) auf einer ganz neuen, verbindlichen Grundlage. Das Ringen um dieses Ziel aber ist eine eigenwertige Leistung, nicht bloß Vorbereitung und erst recht nicht Übergang. Auch das Althochdeutsche in seinem Ringen um die lateinisch-christlichen Denkinhalte sehen wir ja nicht als Vorbereitung auf das Mittelhochdeutsche, sondern als eine eigenwertige Periode.

Auch in der Geistigkeit, die sich in der Sprache ausdrückt, hat das Frühneuhochdeutsche sein eigenes Gepräge. Zu keiner Zeit ist so vielerlei geschrieben worden wie damals, und sei es nur, weil späterhin ein geläuterter Geschmack vieles unterdrückte, was die gärende junge Gesellschaft der frühen Neuzeit unbekümmert aussprach. In diese Zeit fällt aber auch die erste intensive Begegnung mit der Antike, und der Geist des Humanismus nimmt Denken und Sprache in strenge Zucht. Die religiöse Erregung, die in der Reformation gipfelt, bereichert die Sprache durch neue Gedankeninhalte und gibt ihr eine Welt der Gefühle zu bewältigen. Um den Mann auf der Straße, der inzwischen lesen gelernt hat, zum Teilhaber der religiösen Auseinandersetzung zu machen, vor allem aber, um ihm durch seine Bibelübersetzung das Wort Gottes nahezubringen, schafft LUTHER eine neue, schlichte Sprache, die zu jedermann spricht. Damit legt er den Grund zu einer allgemeinen Schriftsprache, für die die Zeit vor ihm den Boden bereitet hat und deren Gebäude die Zeit nach ihm auf dem von ihm geschaffenen Fundament errichtet. Die Schaffung der neuen Schriftsprache ist die Leistung der frühneuhochdeutschen Zeit; ihr Ausbau erfüllt danach die neuhochdeutsche Periode, bis in der Sprache der Klassiker um 1800 das höchste Ziel erreicht wird.

IV. GESCHÄFTSSPRACHEN IM 14. JAHRHUNDERT

Die ausführliche Würdigung der Prag-Dresdener Urkunde von 1349 im vorigen Kapitel darf nicht zu der Annahme verleiten, die Prager Kanzleisprache sei im 14. Jahrhundert die im Reich vorherrschende und vorbildliche gewesen. Immer wieder ist nachdrücklich zu betonen, daß sich infolge der vorausgehenden partikularistischen Bewegungen neben der Prager zahlreiche andere regionale und sogar lokale Kanzleisprachen entwickelt hatten. Zum Nachweis der Tatsachen müssen wir uns freilich an dieser Stelle auf eine sehr knappe Auswahl beschränken (vgl. Anhang Nr. IV A–I), und der Leser muß sich bewußt bleiben, daß die Fülle der verschiedenartigsten Erscheinungen darin nur eben angedeutet werden kann.

Sprachgebrauch in der Kanzlei

Wie kompliziert die sprachlichen Dinge schon in einer einzelnen Kanzlei liegen können, hat L. E. Schmitt in seiner Untersuchung der Prager Urkundensprache (LH 61) dargetan. Die einzelnen Urkunden lassen, je nach Herkunft und Schulung des Schreibers, je nachdem, ob das Konzept in Prag entworfen oder vom Empfänger eingereicht wurde, unterschiedliche Zustände der Laut- und Formentwicklung erkennen. Bald überwiegen, um nur das auffälligste Beispiel zu nennen, noch die alten Langvokale, bald die neuen Diphthonge. Erst mit dem Fortschreiten der Zeit treten die modernen Züge immer deutlicher hervor; dennoch wird bis zum Ende der Regierungszeit Karls IV. (1378) selbst in Prag noch keine volle Einheitlichkeit der dort gebrauchten Geschäftssprache erreicht.

Das ist kein Ausnahmefall. In jeder größeren Kanzlei, die mehrere Schreiber beschäftigt, ist das gleiche zu beobachten. Zwar bildet fast überall eine aus örtlicher oder regionaler Tradition erwachsene Schreibsprache die Grundlage, der sich auch die Schreiber fremder Herkunft anzupassen suchen; ebensooft aber mischen sich individuelle Abweichungen ein, die verschiedene Ursachen haben können. Die Vorlage kann in einer anderen Schreibsprache abgefaßt sein, aus der beim Abschreiben einzelne Eigentümlichkeiten unversehens übernommen werden. Wird eine alte Urkunde erneuert, d. h. abgeschrieben, so bleiben hie und da altertümliche Schreibformen bewahrt. Vor allem aber wird es die Schulung des Schreibers sein, die sich nirgends ganz verleugnen läßt.

Die mangelnde Einheitlichkeit möge hier durch einen Rückgriff auf die Münchener Urkunde von 1330 (Anhang Nr. II) verdeutlicht werden. Wir haben bisher verschwiegen, daß neben der abgedruckten, an die Bürgerschaft von Gelnhausen adressierten Urkunde noch zwei weitere, unter demselben Datum und in gleicher Angelegenheit ausgefertigte Originalurkunden erhalten geblieben sind. Die eine ist *dem burgreven und den burgmannen* zugeschrieben, also dem militärischen Personal des Kaisers in der Stadt, das natürlich von den veränderten Rechtsverhältnissen unterrichtet sein mußte. Die andere ist an beide Parteien, das Militär und die Bürger, gerichtet und stellt den verbindlichen Grundtext dar. Alle drei Urkunden stimmen im Wortlaut bis auf geringfügige Kleinigkeiten überein. Sie sind nach gleichem Konzept, aber von verschiedenen Schreibern geschrieben, und das zeigt sich an Unterschieden der Orthographie. Die an beide Partner gerichtete Fassung sei als 1, die an den Burggrafen und seine Mannen gerichtete als 2, die im Anhang abgedruckte an die Bürger als 3 bezeichnet.

Oben (S. 48) wurde festgestellt, daß die dritte Ausfertigung (Anhang II) die Diphthongierung der Langvokale *i, u, iu* noch nicht berücksichtigt, mit Ausnahme der einen Form *getrewen*. Gerade dieses Wort erscheint in 1 und 2 in der Form *getriwen* (lies *getriuwen* = *getrüwen*), also noch mit Langvokal. Auch in den verschiedenen Formen von *rîche, zît, sîn* herrscht noch die traditionelle Schreibung vor; im übrigen aber ist die Diphthongierung reichlicher bezeugt. Statt *den wisen bescheiden luten* 3 haben 1 und 2 *den weisen bescheiden laeuten*, statt der beiden *iuch* 3 steht *euch* 1, 2, statt *drizzigistem* 3 *dreizigestim* 1, 2 und statt der beiden schwäbischen (*ir*) *siend* 3 haben 1 und 2 einmal *sind*, die ältere schwäbische Form, einmal aber auch *seit*, das durch Diphthongierung aus dem mhd. *sît* entstanden ist. Die Ausfertigungen 1 und 2 lassen darin den Lautstand der bairischen Mundart ihrer Zeit stärker zur Geltung kommen, als es in 3 der Fall ist. Das gilt übrigens auch von der Schreibung *burgermaister* 1 (fehlt 2) gegenüber *burgermeister* 3; denn das alte *ei* hat sich im Bairisch-Österreichischen zu *ai* entwickelt. Doch geben 1 und 2 in allen anderen Fällen dieser mundartlichen Entwicklung nicht nach; sie schreiben wie 3 *bescheiden, gemeinlich(en), cheyser* usw.

Was anderseits die Monophthongierung angeht, die in 3 bei *ie* ausnahmslos durchgeführt ist (*enbiten, liben, dinste, brif, gebiten*, s. oben S. 52), so zeigen die anderen beiden Ausfertigungen keine Spur davon. Beide haben ebenso ausnahmslos *en-, gebieten, lieben, dienst, brief*. Dementsprechend ist auch das alte *uo* überall bewahrt. Auch das steht im Einklang mit der bairischen Mundart um 1330.

Überhaupt lassen die beiden ersten Ausfertigungen bairische Mundartmerkmale deutlicher durchschimmern als die dritte, im Anhang II abgedruckte. Darauf können wir nicht näher eingehen. Eine ungemischte Mundart zeigt keine der drei Fassungen. Wir haben es also nicht mit Schriftdialekten zu tun, sondern mit einer Schreibsprache, die in der Feder von Schreibern verschiedener Herkunft mehr oder minder starken Mundarteinflüssen unterliegen kann. Wenn z. B. die Fassungen 1 und 2 das Wort *oder* bieten, die dritte aber dafür *alder* hat, so darf man der alemannischen Herkunft dieses Schreibers sicher sein.

Am gleichen Tage wurden die drei Urkunden in der gleichen Kanzlei und zweifellos nach dem gleichen Konzept geschrieben. Nichts könnte klarer beweisen, daß in dieser Zeit eine völlige Einheitlichkeit innerhalb der Kanzlei nicht zu erreichen war. Wohl aber zeigen sich Tendenzen zur Vereinheitlichung. Schon haben sich Schreibgewohnheiten ausgebildet, denen sich alle Schreiber nach Vermögen fügen. So ist z. B. die Schreibung *cheyser* mit der anlautenden Affrikata (sprich *kch*) und dem *y* keineswegs selbstverständlich. In einer bairischen Kanzlei kann zwar das der Mundart entsprechende *ch* nicht befremden, doch sollte man *ai* oder *ay* statt *ey* erwarten. Aber alle drei Fassungen schreiben einheitlich *cheyser, cheyserlich, cheysertuom.* Das ist die Schreibregelung der kaiserlichen Kanzlei LUDWIGS DES BAYERN, der die Baiern 1 und 2, aber auch der alemannische Schreiber folgen. Nur einmal entschlüpft diesem neben dem kanzleiüblichen *cheyserlich,* das er an anderer Stelle gebraucht, ein *keyserlich.* Mit dem anlautenden *k* gibt er seiner eigenen Schreibschulung und wohl zugleich der eigenen Mundart nach.

Sind aber schon innerhalb einer einzelnen, noch dazu gut organisierten Kanzlei die Unterschiede nicht unbeträchtlich, so läßt sich leicht ermessen, wie unterschiedlich das Bild gestaltet sein muß, wenn man verschiedene Schreibsprachen aus verschiedenen Landschaften miteinander vergleicht. Das mögen die folgenden Beispiele illustrieren.

Thüringisch

(Vgl. Anhang Nr. IV A.) Die thüringische Urkunde von 1341 ist deshalb besonders wichtig, weil sie zeigt, daß zu dieser Zeit noch sehr erhebliche Unterschiede zwischen der thüringischen Geschäftssprache (einschließlich der daraus abzuleitenden obersächsischen und schlesischen) und der Geschäftssprache Prags bestehen. Über Längung und Kürzung der Vokale in offener bzw. geschlossener Silbe freilich gibt die Urkunde IV A keine Auskunft, da sie im Schriftbild nur selten hervortritt. Nur die allgemeine philologische Erfahrung lehrt, daß Formen wie *geredit, lebit* mit langem, *herrin* dagegen mit kurzem Stammvokal zu lesen sind. Immerhin kommt die Regel, daß vor *m* die Längung meist nicht eintritt, in der Doppelschreibung des *m* in *ubirkommen* zum Ausdruck, während die Schreibung *Gode vatere* uns im Zweifel läßt, ob vor *t (d)* die entsprechende Regel wirksam ist. Hinsichtlich der Längung und Kürzung verhält sich aber die thüringische jedenfalls nicht anders als die Prager Geschäftssprache.

Anders ist es mit der Diphthongierung, die in der Prager Urkunde von 1349 (Anhang Nr. III A) fast ausnahmslos durchgeführt war. In der Thüringer Urkunde machen die *sin, ryches (=riches), blibin, lutin, dutschin (=lüten, dütschen* für mhd. *liuten, diutischen)* es völlig sicher, daß hier noch die alten, nicht diphthongierten Langvokale gelten. Die Urkunde bietet kein einziges Gegenbeispiel, und das entspricht dem Zustand der thüringischen Mundart um 1350. Umgekehrt – und auch das stimmt mit der gesprochenen Mundart überein – ist die Monophthongierung lückenlos durchgeführt. Dafür sprechen die *fire, brive, hirnach, thun, stules* (mhd. *viere, brieve, tuon, stuoles*) der Urkunde. In dieser Hinsicht besteht also wieder Übereinstimmung mit der Prager Kanzleisprache.

Die Erfurter Urkunde zeigt weitere thüringische Eigentümlichkeiten. Am meisten fällt wohl das *i* statt *e* in vielen Nebensilben auf, die *ratis, allin, lutin, lebit, sullin.* Das ist eine thüringisch-ostmitteldeutsche Schreibgewohnheit, während die meisten anderen Schreibsprachen das *e* des Mittelhochdeutschen (mhd. *râtes, allen, liuten, lebet, sullen*) vorziehen. Bloße Schreibgewohnheit ist ferner die Wiedergabe des z-Lautes durch die Schreibung *cz* (auch *zc* kommt vor), wie in *erczbischofe, Mencze, muncze, fumfczig.* Mundarteigentümlichkeiten hingegen, die sich in der Schreibsprache widerspiegeln, sind auch erkennbar. Da ist die Vorsilbe *ver-*, die thüringisch-omd. *vor* lautet (vgl. *unvorandert* = nhd. *unverändert*). Das kurze *i* der Stammsilben ist schon vor Eintritt der Dehnung in *e* übergegangen; daher findet man in der Urkunde *desim, gescrebin* statt mhd. *disem, gescriben.* Das Wort *uffinlichin* zeigt den mundartlichen Übergang des *o* zu *u.* In *were* aus mhd. *waere* ist die Entwicklung des Umlauts zum geschlossenen *e* zu erkennen. An thüringischen Besonderheiten, über die die Urkunde keine Auskunft gibt, wären vor allem noch die Formen der Pronomina *he, her* und *wi* statt *er* und *wir* zu erwähnen.

Im Vergleich mit den später zu erörternden oberdeutschen Schreibsprachen bleiben noch einige weitere Besonderheiten zu erwähnen, die das damalige Thüringisch-Ostmitteldeutsche mit der heutigen Schriftsprache gemeinsam hat. Die ererbten *ei* (z. B. in *meyster, heylig, eyne*) erscheinen niemals in der Gestalt *ai, ay,* wie sie besonders im Bairischen, aber auch im Schwäbischen des 14. und 15. Jahrhunderts vorkommt. Die *p* und *b, k* und *g* werden sorgfältig auseinandergehalten, während sie oberdeutsch oft in *p* und *k* zusammenfallen.

Vor allem aber bleiben die Mittel- und Endsilben bewahrt, was im Oberdeutschen nicht immer der Fall ist (vgl. *reichs* III A, aber *ryches* IV A).

Anzumerken ist, daß die ostthüringische und obersächsische Mundart seit etwa 1250 die alten *ei* und *ou* zu langem *e* und *o* monophthongiert (*meister, gelouben* werden zu *mêster, gelôben*). In die Geschäftssprache findet diese Erscheinung keinen Eingang.

Nürnberg

(Vgl. Anhang Nr. IV B). In das Nürnberger Stadtverbotsbuch wurden lange Jahrzehnte alle diejenigen eingetragen, denen wegen irgendwelcher Übeltaten das Betreten der Stadt auf Zeit oder Dauer verboten wurde. Unsere Auszüge daraus, so kurz sie sind, lassen doch erkennen, daß die Nürnberger Geschäftssprache schon 1349 gut ausgebildet war und sich in den drei Jahrzehnten bis 1383 in ihren Grundzügen nicht geändert hat. Voll durchgeführt ist vor allem die Diphthongierung. Dafür zeugen die *dergreift, meyl, herein, sein, schreyber, bey; newer (=neuer* oder *neuwer), freund* (mhd. *ergrîfet, mîle, herîn, sîn, scrîber, bî; niuwer, vriunt*). Auch die Eigennamen *Mertein* und *Tewfel* (mhd. *Martîn, Tiufel*) zeigen diese Entwicklung. Eine oberdeutsche Eigentümlichkeit ist es, daß die Diphthongierung wie in *kristenleichen* (mhd. *kristenlîchen*) auch auf schwach betonte Nebensilben übergreifen kann.

Der alte Diphthong *ou* hat sich zu *au* entwickelt, wie die Wörter *glauben, Stubrauch, Hawgen* (mhd. *gelouben, rouch, Hougen*) lehren. Das alte *ei* ist in dem Eigennamen *Heinrich* 1349 und 1383 bewahrt; es erscheint nach bairischer Weise als *ai* in den Namen *Flaischakker* (nhd. *Fleischhacker*).

Über den Stand der Monophthongierung ist aus dem spärlichen Material unseres Abdrucks keine Klarheit zu gewinnen. Die *Ortlib* und *gut* (mhd. *Ortliep, guot*) sprechen für ihr Vorhandensein, die *diener, dyebstal* (mhd. *diener, diepstal*) dagegen. Aber das kann historische Schreibung sein, und da in anderen Texten Schreibungen wie *gut, mut, tun, dinen, diner* gelegentlich vorkommen (mhd. *guot, muot, tuon, dienen*), darf man doch mit dem Eintritt der Monophthongierung rechnen. Dann beweisen aber die fast regelmäßigen *sie, die,* die ebenfalls mit langem *i* zu sprechen wären, eine bemerkenswerte Konstanz geregelter Orthographie.

Über Vokalkürzung und -dehnung gibt die Orthographie der Texte keine Auskunft. Dagegen zeigt sich auch hier die allgemeine Unsicherheit gegenüber den *s*-Lauten. Nach alter Weise werden *daz, biz* ‹richtig›, d. h. wie im Mittelhochdeutschen, geschrieben. Daß das aber lediglich orthographische Tradition ist, beweisen die *dez, waz* (mhd. *des, was* = ‚war'), in denen der z-Laut nicht berechtigt ist, ferner die *messer, vanknüzz,* die gerade umgekehrt im Mhd. als *mezzer, vanknusse, -nisse* erscheinen müßten. In der Aussprache sind die beiden Laute also zusammengefallen; davon zeugt die Verwirrung der Orthographie, die sich des nun überflüssig gewordenen z, zz (mit dem Lautwert des stimmlosen *s, ss* wie in nhd. *das, wasser*) noch nicht entledigt hat.

Auf eine weitverbreitete Mundarterscheinung weist das *Froger* des Eintrags von 1349 hin. Das mhd. lange *a* (mhd. *vrâger*) wird in vielen Gegenden zum langen *o.* Die Geschäftssprache Nürnbergs bevorzugt allerdings das der Mundart widersprechende *a.* Das beweist das *Frager* von 1483, sowie die *jar, darnach,* die in mundartlichen Texten als *jor, darnoch* vorkommen. Der *Froger* von 1349 ist also eine jener typischen Entgleisungen, wie sie den Schreibern dieser Zeit immer wieder unterlaufen. Als Lapsus des Schreibers dürfte auch *dergreift* statt *ergreift* mit der bairischen Form des Präfixes zu betrachten sein.

Häufiger begegnen in der Nürnberger Geschäftssprache andere oberdeutsche Eigentümlichkeiten, so geschärftes *p* in *verpürgt* und dem Vornamen *Prant* (für *verbürgt, Brant*), doch sind daneben die heimischen *b,* wie in *byschof,* nicht selten. Oberdeutsch ist auch die Lautform des Suffixes in *vanknüzz,* wo das Mitteldeutsche *-nis, -nisse* vorzieht. Zu erwähnen wäre endlich noch das Wort *urfeh,* wo das *h* den Lautwert eines *ch* hat. Auch das entspricht dem Stande oberdeutscher Mundarten. Dagegen ist bemerkenswert, daß der *k*-Laut (*Keglers, kneht, komen, vanknüzz*) niemals nach bairischer Weise als *ch* (sprich *kch*) erscheint. (Vgl. dagegen unten S. 85 *gevänkchnuss* in einem überhaupt viel stärker bairisch-österreichisch gefärbten literarischen Text aus Prag.)

Bairisch

(Vgl. Anhang Nr. IV C.) Die Münchener Urkunde von 1392 zeigt nicht eben viele bairische Eigentümlichkeiten. Vor allem die *ch* statt *k* in *bechennen, chunt, chnecht* sind Merkmale der bairisch-österreichischen Geschäftssprachen. Im übrigen fällt in dieser Urkunde die sorgsam geregelte Rechtschreibung auf. Für die beiden *s*-Laute kommt nur noch das Zeichen *s* vor (*das, wissen,* mhd. *daz, wizzen*); die Affrikata z wird regelmäßig durch *tz* wiedergegeben: *pfallentz, hertzog, dartzu, viertzigk* (vgl. dafür *cz* im Ostmitteldeutschen; oben

S. 66). Eine Ausnahme machen nur die *ze* und *zu*, wo das z im Anlaut steht.

Die Diphthongierung ist in den Stammsilben lückenlos durchgedrungen: *Rein, sein, bey, freyen; getrewn* (mhd. *Rîn, sîn, bî, frîen; getriuwen*). Speziell bairisch ist, daß auch das mhd. *iu* der Endungen von der Diphthongierung ergriffen wird: *unserew* (spr. *unsereu*) statt mhd. *unseriu*. Der alte Diphthong *ei* taucht bald in dieser Form (*einander, heilig*), bald in der bairischen Entwicklung (*überain, tailen, tailung*) auf. Die Monophthongierung ist bis auf die Dublette *die* neben *dy* restlos befolgt: *brif, virtzigk; tun, mut, zu, dartzu; geprüder* (mhd. *brief, vierzic; tuon, muot, zuo, darzuo; gebrüeder*).

Schwäbisch

(Vgl. Anhang Nr. IV D.) Die Urkunde des Grafen Eberhard von 1378 wirft durch ihren Inhalt ein interessantes Licht auf die finanzielle Bedrängnis des Fürsten. Er leiht von drei Juden 1000 Gulden und verpflichtet sich, 1250 Gulden zurückzuzahlen, also 25 % Zinsen zu geben. Er braucht das Geld, um ältere Schulden zu bezahlen, *die man vormals* (aus früherer Zeit) *den juden schuldig ist*. Ein alter Schuldbrief, vermutlich von denselben Geldgebern ausgestellt, wird also mit der neuen Anleihe ausgelöst: Aber darauf waren sogar 300 Gulden Zins, 30 %, fällig, und diese Summe wollten die Juden nicht kreditieren. So mußte der bedrängte Graf auch noch einen Bürger von Speyer anpumpen. Der hohe Herr scheint nicht recht kreditwürdig, und so verlangen die Gläubiger, daß seine Hauptstadt Stuttgart als Mitschuldner bürgt, wie sie auch schon bei dem früheren Handel Mitschuldner war.

Sprachlich wirkt die Urkunde des Grafen viel stärker regional beschränkt als die der bairischen Herzöge. Vielleicht herrschte in seiner Kanzlei keine bessere Ordnung als in seinen Finanzen. Die Orthographie ist nicht so fest geregelt (*meister* neben *maister, haiset* neben *haissen*, mhd. *meister, heizen*), die *s*-Laute gehen völlig durcheinander, und auch der formelhafte Rahmen der Urkunde ist nachlässig gestaltet.

Die Diphthongierung ist, im Einklang mit der schwäbischen Mundart, noch nicht nachzuweisen. Man findet *Spir* und *tusent*, wie im Mhd., und muß deshalb auch die *uch, uwer, dru* mit langem *ü* lesen wie mhd. *iuch, iuwer, driu*. Ebensowenig ist die Monophthongierung eingetreten. Die Urkunde bietet *brief; gruoz, guotes, zuo; güetlich* mit den alten mittelhochdeutschen Zwielauten. Mit dem Bairischen teilt das Schwäbische die Entwicklung von *ei* zu *ai*. Mit Ausnahme des einen schon erwähnten *meister* findet sich hier nur *ai*: *gemainlich, Maier, hochmaister, Haidelberg, ainen, haiset, haissen.*

Als ein sehr charakteristisches Merkmal des Schwäbischen ist die Entwicklung des alten langen *a* zu *au* zu verzeichnen, wie sie in *haun, nauch, aun* für mhd. *hân, nâch, âne* (= nhd. *ohne*) auftritt. Schwäbisch und darüber hinaus alemannisch ist die *nt*-Endung der 2. Person der Verba, die sich in *ir wöllent* (mhd. *wellet*) zeigt.

Schweiz (Hochalemannisch)

(Vgl. Anhang Nr. IV E.) Weit konservativer noch als das Schwäbische nehmen auch die Schweizer Mundarten und entsprechend die Geschäftssprachen weder an der Diphthongierung noch an der Monophthongierung teil. Statt der *ei, au, eu (äu),* wie sie damals schon in Bayern, Nürnberg und Böhmen (nicht in Thüringen) verbreitet waren, bietet das Stück aus dem Zürcher Stadtbuch von 1398 ausnahmslos *i, u, ü,* z. B. in *wite, pfiler, beliben; hus, mure, buwen* (nhd. *Mauer, bauen*); *nüwes.* Umgekehrt haben *brief, zuo, jetzuo* noch den alten Diphthong. Das alte *ei* bleibt überall erhalten (*meister, ein, geeinbert* usw.). Untypisch ist das zweimal vorkommende *raut* (‚Rat') neben *rathus, straffen* (mit langem *a*; ‚strafen'). In die an das Schwäbische angrenzenden alemannischen Mundarten ist *au* aus langem *a* zeitweise eingedrungen, doch hat es in den Schreibsprachen nie Fuß gefaßt.

Als alemannisches Merkmal wurde früher schon (oben S. 48) das Wort *ald* ‚oder' bezeichnet. Hinsichtlich des Wortschatzes gibt der Zürcher Text sonst zu Bemerkungen keinen Anlaß. Doch muß auf die Erhaltung der alten *i*-Endungen in *lengi* und *höchi* (‚Länge, Höhe') nachdrücklich hingewiesen werden. Damit bewahrt das Hochalemannische einen altertümlichen, an das Althochdeutsche gemahnenden Zug. In den anderen Mundarten lauten die Formen schon mittelhochdeutsch *lenge, hoehe.*

Elsaß (Niederalemannisch)

(Vgl. Anhang Nr. IV F.) Die Urkunde des Straßburger Bischofs von 1349, zeitlich ein halbes Jahrhundert vor unserem Zürcher Zeugnis liegend und schon deshalb nicht recht vergleichbar, wirkt in ihrer Sprache sehr viel provinzieller. Das liegt vor allem an der Verdumpfung des langen *a* zu *o* (*Strosburg, gnoden, worent, hie noch*), der die Geschäftssprachen selten nachgeben. Provinziell ist auch die Übertragung der *nt*-Endung auf alle Pluralformen des Verbs im Präsens und Präteritum. Sprachgeschichtlich berechtigt ist das *nt* nur in der 3. Person des Präsens. Berechtigt sind also *sie sehent, hoerent, hant* (‚haben') mundartlich beschränkt dagegen die *wir tunt, sie worent* (‚waren'), *offentent, erkantent, hettent* (‚sie hätten').

Was die großen Lautveränderungen angeht, so ist die Diphthongierung sicher nicht eingetreten, vgl. *wise, uffart,* mhd. *wîse, ûffart* zu nhd. *Weise, Auffahrt.* Der alte Diphthong *ei* bleibt unverändert (*gemeinlich, eid*), und auch die Monophthongierung ist höchstens in Spuren vorhanden, nämlich in dem einzigen *tunt,* das aber vielleicht einen Schreibfehler verrät. Alle anderen einschlägigen Wörter zeigen die alten Diphthonge: *brief, hie noch; huober, zuo, zuosamen.*

Köln

(Vgl. Anhang Nr. IV G.) Von den bisher skizzierten Schreibsprachen weicht die ripuarische (mittelfränkische) Geschäftssprache der Stadt Köln weit ab. Das liegt zum Teil an den besonderen Verhältnissen der Mundart, zum Teil auch an einer Schreibtradition, die sich mehr nach Nordwesten, zu den niederländischen Handelsstädten hin, als rheinaufwärts nach Süden orientierte.

Als mundartliche Besonderheiten sind vor allem die Ausnahmen von der hochdeutschen Lautverschiebung bemerkenswert. *Dit* und *dat* kommen im Text Anhang IV G wiederholt statt mhd. *diz, daz* vor. Denn das Endungs-*t* im Neutrum der Pronomina und Adjektiva bleibt im Mittelfränkischen unverschoben. Unverschobenes *p* zeigen *up, darup* (mhd. *ûf, darûf*). Das alte germanische *d,* das in den anderen hochdeutschen Mundarten zu *t* geworden ist, bleibt hier als *d* erhalten: *doin, dede, beboiden, wijden, raide, verdragen* usw. entsprechen mhd. *tuon, tete, beboten* (‚durch Boten benachrichtigen, holen lassen'), *wîten, râte, vertragen.* Das germanische *b* ist zwischen Vokalen stimmhafter Reibelaut geblieben: *geschreven, haven,* mhd. *gescriben, haben;* im Auslaut wandelt es sich zum stimmlosen Reibelaut: *lijf,* mhd. *lîp.* Der alt- und mittelhochdeutsche Diphthong *uo,* der aus germanisch *o* entstanden ist, hat im Ripuarischen seine alte Gestalt bewahrt (geschrieben *oi,* mit *i* als Längezeichen): *boiche, doin, boisse,* mhd. *buoche, tuon, buoze.* Von weiteren Eigentümlichkeiten der Mundart seien noch erwähnt die *he* und *wie, die* statt mhd. *er* und *wer, der* (Nominativ des Maskulinums), die Form *is* (ohne *t*) für *ist, van* für *von* und die Konjunktionen *ind, inde* für *und, unde, of, off* für *oder.* (Vgl. auch oben S. 47 und LH 55.)

In der Orthographie machen sich also vor allem Mundarteigentümlichkeiten geltend. Als eine sehr charakteristische Eigentümlichkeit der Rechtschreibung muß aber vor allem die Bezeichnung der Vokallänge durch ein nachgestelltes *i*, (*y*, *j*) erörtert werden. Im Text finden sich u. a.: *offenbaire*, *raide* (d. i. *-bâre*, *râde*), *doin*, *gehoirsam*, *boisse*, *beboiden* (*dôn* = *tuon*, *gehôrsam*, *bôsse* = *buoze*, *bebôden* = *beboten*) mit Dehnungs-*i*. Zu gleichem Zwecke steht ein *y* in *verloyren* (*verloren* = mhd. *verlorn*). Langes *i* wird durch *ij* bezeichnet, wie in *argelijst*, *sij* (‚sie'), *pijnen*, *lijf*. Auch *e* wird gelegentlich als Dehnungszeichen verwandt, so in *nae* (=*nâ* ‚nach'), und als ‹historische› Schreibung in *die*, *wie* (‚der, wer'), *niet*, *nyet*, Wörtern, in denen der alte Zwielaut längst monophthongiert ist.

Bemerkenswert ist, daß Wörter wie *beboiden*, *verloyren* mit Längenbezeichnung geschrieben werden. Sie haben altes kurzes *o*; hier beweist also einmal die Orthographie, daß die Vokaldehnung in offener Silbe eingetreten ist. Dehnung beweist die Rechtschreibung auch für *yem* (*îm*, mhd. *ime*, nhd. *ihm*), und *argelijst* (mhd. *arclist*) mit der mittelfränkischen Vokaldehnung vor *st*. Vokalkürzung in geschlossener Silbe ist dagegen aus dem handschriftlichen Befund nicht nachzuweisen.

Daß die Diphthongierung der alten *î*, *û*, *iu* nicht eingetreten ist, läßt sich aus dem Text nur für *î* belegen; hier reden die *lijf*, *pijnen*, *wijden* (mhd. *lîp*, *pînen*, *wîten*) usw. eine deutliche Sprache. Dasselbe gilt aber, aus anderen Texten nachweisbar, auch für die *û* und *iu*. Auch die Monophthongierung läßt sich, da *uo* und dessen Umlaut *üe* im Ripuarischen nicht vorhanden sind, nur am alten *ie* nachweisen. Im Text ist *sij* (mhd. *sie*) das einzige deutliche Zeugnis für Monophthongierung, die aber, wie sich anderweit ermitteln läßt, voll durchgeführt ist. (Das letzte Wort des Textes, *guet*, kann nicht als Gegenbeweis gelten. Es steht für mhd. *guot*, und eigentlich wäre *goit* oder *goid* zu erwarten; doch kommt auch sonst in ripuarischen Texten die Wiedergabe des langen *o*-Lautes durch *ue* gelegentlich vor.)

Überblick

Bevor wir an die Erörterung des Niederländischen und des Niederdeutschen gehen, ist ein zusammenfassender Rückblick auf die soeben behandelten hochdeutschen Geschäftssprachen angebracht. Zunächst muß betont werden, daß wenige Textzeilen, wie sie jeweils im Anhang geboten werden, natürlich nur einen allerersten, oberflächlichen Eindruck gewähren. Nur die verbreitetsten Erscheinungen lassen sich daran aufweisen, und Differenzen zwischen verschiedenen Schriftzeugnissen der gleichen Landschaft oder gar Schreibstube können nicht zur Sprache kommen. Außerdem konnten bei weitem nicht alle Beobachtungen erörtert werden, zu denen die einzelnen Texte Anlaß gegeben hätten. So mußten wir z. B. auf die Darstellung der sogenannten Apokope, das Schwinden des Endungs-*e*, das sich von Bayern aus über die oberdeutschen Mundarten ausbreitet, verzichten. Unser Augenmerk war hauptsächlich auf die vier großen Lauterscheinungen (s. Kap. III, S. 45 ff) gerichtet, die die neuhochdeutsche Schriftsprache gegenüber dem Mittelhochdeutschen charakterisieren.

Von diesen war die Diphthongierung, der Übergang von *î, û, iu* zu *ei, au, eu* in Prag, Nürnberg und Bayern zu beobachten, nicht dagegen in Thüringen, Schwaben, der Schweiz, dem Elsaß, in Luxemburg (wir ziehen die Urkunde Anhang Nr. III B nochmals heran) und in Köln. Anders fanden wir die Monophthongierung, die Entwicklung von *ie, uo, üe* zu langen *i, u, ü* verteilt. Sie zeigte sich völlig durchgeführt in den Texten aus Köln und Thüringen und merkwürdigerweise auch in der bairischen Urkunde, wo diese Erscheinung an der Mundart keine Stütze hat (doch vgl. schon die Urkunde Anhang Nr. II). Für Prag und Nürnberg durfte die Monophthongierung ebenfalls vermutet werden, und die Luxemburger Urkunde wies sie jedenfalls im eigentlichen Text auf, während der formelhafte Rahmen die Zwielaute bewahrt hatte. Deutliche Beweise der Dehnung von Kurzvokalen in offener Tonsilbe lieferte Köln; Prag (Anhang Nr. III A) hatte Hinweise darauf, für Thüringen durfte sie erschlossen werden. Bei den anderen Texten war aus dem Schriftbild keine Entscheidung möglich. Nirgends ließ sich die Vokalkürzung in geschlossener Silbe nachweisen, da sie in der Orthographie nicht erkennbar wird.

Die einzelnen Erscheinungen sind also, soweit die Texte ein Urteil zulassen, keineswegs gleichmäßig über das hochdeutsche Sprachgebiet verteilt. Das steht im Einklang mit der Erkenntnis, daß sprachliche Neuerungen, in diesem Falle also Lautveränderungen, oftmals ein beschränktes Ursprungsgebiet haben. Von dort können sie ausstrahlen und sich mit der Zeit über weitere Gebiete verbreiten, bis sie schließlich eine Grenze erreichen, an der die Kraft zu weiterer Ausbreitung erlischt. Man hat daher, wenn man sie historisch beschreiben will, nicht nur den geographischen Raum, sondern auch die Zeit zu berücksichtigen.

Für die Ausbreitung der Diphthongierung hat neuerdings Kaj Lindgren (LH 94) eine statistisch unterbaute Studie vorgelegt. Danach ist um das Jahr 1300 in Urkunden Kärntens und der Steiermark die Diphthongierung schon zu 81 % durchgeführt. Ober- und Niederösterreich folgen mit 73 %, danach Niederbayern mit 58 %, Oberbayern und Tirol mit 52 % und 40 %; mit weitem Abstand folgt Augsburg, das 17 % aufweist. Dabei beziehen sich die Prozentzahlen auf die Orthographie der Urkunden. 81 % in Kärnten bedeutet also, daß in soviel Fällen schon die Zwielaute geschrieben werden, während die Schreiber in 19 % der Fälle noch die Langvokale geschrieben haben.

Aus diesen Zahlen ergibt sich der Ausdehnungsweg bis 1300. Kärnten und Steiermark sind der Entstehungsherd der neuen Erscheinung. Von dort aus werden zuerst Ober- und Niederösterreich erfaßt. Entlang der Donau als einem wichtigen Verkehrsweg verbreitet sich die neue ‹Mode› weiter nach Niederbayern. Von dort dringt sie in Oberbayern ein und gelangt, schon abgeschwächt, nach Tirol. Im bairischen Einflußbereich liegt Augsburg, das um 1300 immerhin schon 17 % Diphthonge aufweist, während das übrige Schwaben mit nur 0,4 % sich davon noch nahezu unberührt zeigt. Stärker ist zu dieser Zeit schon die Strahlung von Niederbayern nach Norden: In Ostfranken (Nürnberg) beträgt der Anteil der Diphthonge 12 %.

Das ist die Lage um 1300. Nun wissen wir bereits, daß eine lange Zeit vergehen kann, bis mundartliche Veränderungen sich in der Orthographie abbilden. Nehmen wir also einmal eine Belegzahl von 50 % als Beweis, daß die Diphthongierung in der Mundart einer Landschaft durchgedrungen ist. Dann ergibt sich das folgende Bild: Um 1350 ist die Diphthongierung auch in Tirol durchgeführt, ebenso in Nürnberg, in Augsburg um 1400, im übrigen Schwaben, nach Südwesten abnehmend, frühestens um 1400, in Thüringen nicht vor 1500. Etwas früher wird Obersachsen von der Bewegung ergriffen.

Bemerkenswert ist der Befund aus Böhmen. Von zwei literarischen Texten, deren 1389 und um 1400 entstandene Abschriften LINDGREN untersucht (die Originale sind verloren), weist der erste im Schriftbild überhaupt keine Diphthonge auf, der zweite nur 10 %. Das ist sehr auffällig, und es wäre zu prüfen, ob sich die Texte innerhalb der mundartlich reich untergliederten böhmischen Sprachlandschaft genauer lokalisieren lassen. Entspräche es nämlich den damaligen Prager Mundartverhältnissen – was sich allerdings schwerlich erweisen läßt – oder auch nur einer literatursprachlichen Schreibtradition, dann wäre der Abstand der Prager Kanzleisprache mit weit über 50 % Diphthongierungen (SCHMITT, LH 61, S. 58) gegenüber der regionalen Schreibgepflogenheit erstaunlich groß. Der Einfluß Nürnbergs auf die Geschäftssprache der Prager Kanzlei (s. oben S. 22) würde dadurch in ein noch helleres Licht rücken.

Wohl unter dem Einfluß der Prager Geschäftssprache und vielleicht verstärkt durch unmittelbare österreichische Einwirkung beginnen seit etwa 1350 auch in Schlesien die fürstlichen Kanzleien, der Diphthongierung Einlaß zu gewähren; um 1400 folgen auch die städtischen Kanzleien (LH 72, S. 36).

Die alemannischen Mundarten, das Westthüringische, das Ripuarische und das Niederdeutsche und Niederländische sind bis heute nicht von der Diphthongierung ergriffen worden. (Westfälische und niederländische Diphthongierungs-Vorgänge beruhen auf anderer Grundlage.) Damit sind die Grenzen und der zeitliche Verlauf der Ausbreitung dieser Erscheinung, die vom äußersten Südosten des Sprachgebiets ihren Ausgang nimmt, einigermaßen bezeichnet.

Die Monophthongierung ist eine ursprünglich mitteldeutsche Erscheinung, deren Eintritt sich schon um 1200 im Mittelfränkischen und Hessischen, bald auch im Thüringischen nachweisen läßt. Von dort breitet sie sich einerseits über das Ostmitteldeutsche aus, anderseits ergreift sie das Rheinfränkische und Teilgebiete von Ostfranken und Nordbayern. In die übrigen bairischen und die alemannischen Mundarten drang sie nicht ein.

Die Dehnung kurzer Vokale in offenen Tonsilben beginnt im äußersten Nordwesten, im jetzt niederländischen Sprachgebiet, schon in althochdeutscher Zeit. Spätestens um das Jahr 1200 ist sie im Mittelniederländischen voll durchgeführt und hat auch bereits weite niederdeutsche Gebiete ergriffen. In der Reimsprache mitteldeutscher Dichter werden seit etwa 1200 die Dehnungsmerkmale erkennbar; erst im 14. Jahrhundert folgen, anfangs zögernd, auch oberdeutsche Dichter.

Die Übersicht läßt erkennen, daß man es bei den erörterten Erscheinungen mit ‹Sprachbewegungen› zu tun hat, die sich mehr oder minder rasch von einem Zentrum aus über weite Gebiete verbreiten. Die Mundartforschung war daher eine Zeitlang der Überzeugung, daß im böhmischen Raum die drei großen Sprachbewegungen um 1350 zusammengetroffen wären (Diphthongierung, Monophthongierung, Vokaldehnung), so daß hier zuerst der neuhochdeutsche Lautstand in der Mundart verwirklicht worden sei. Inzwischen hat man aber erkennen müssen, daß allenfalls die Reimsprache sorglos reimender Dichter gewisse Rückschlüsse auf den Zustand ihrer Mundart zu einer gegebenen Zeit erlaubt, daß dagegen die Geschäftssprachen keine zuverlässigen Kriterien ergeben. (Vgl. die der Mundart nicht entsprechenden Monophthonge in bairischen Urkunden und den völlig verschiedenen Stand der Diphthongierung in der böhmischen Literatur- und Geschäftssprache.) Allenfalls können, behutsam ausgewertet, Urkunden des 13. Jahrhunderts über den damaligen Zustand der Mundarten Auskunft geben. Denn in einer Periode des zügellosen sprachlichen Partikularismus sind sie oft in regional begrenzten Schriftdialekten abgefaßt. Im 14. Jahrhundert hingegen hat man, zumindest in den großen Kanzleien, bereits mit überregionalen

Schreib- und Geschäftssprachen zu rechnen. Hier gehen die Einflüsse von Kanzlei zu Kanzlei, und was z. B. in Prag oder in Augsburg geschrieben wird, braucht keineswegs mehr mit der Lokalmundart übereinzustimmen. Was wir also oben über die verschiedenen regionalen Geschäftssprachen ermittelt haben, trifft nur für diese selbst, nicht aber für die Mundarten der betreffenden Gebiete zu.

Niederländisch

(Vgl. Anhang Nr. IV H.) Auf die sprachliche Erörterung der Leidener Urkunde von 1359 wollen wir uns nicht einlassen. Sie wurde abgedruckt, um auf gewisse Zusammenhänge zwischen der Kölner und der holländischen Orthographie hinzuweisen (Dehnungs-*e* und *-i*, z. B. *daer, dair, voir* = mhd. *dâr, vor*; in *voir* liegt Vokaldehnung vor) und um einen ersten Eindruck von dieser Sprache zu geben, die an der hochdeutschen Lautverschiebung nicht teilgenommen hat (vgl. z. B. *betalen, scepene,* mhd. *bezaln, scheffen,* nhd. *bezahlen, Schöffen*). Damit ist die Eigenart dieser Sprache natürlich nur angedeutet.

Es soll aber in diesem Buch, in dem es uns um das Hochdeutsche und vor allem um die hochdeutsche Schriftsprache geht, von der Darstellung des Niederländischen ganz abgesehen werden. Zwar pflegt man die ältesten, noch aus dem 9. und 10. Jahrhundert stammenden niederländischen Schriftdenkmäler als ‹altniederfränkisch› zu bezeichnen, und das legt Gedanken an eine Unterabteilung der fränkischen Mundart nahe. Aber so einfach liegen die Dinge nicht. Die Franken waren ursprünglich ein Kampfverband kleiner Germanenstämme gewesen (vgl. Bd. I, S. 30), und sprachlich war das fränkische Gebiet nie zu voller Einheit gelangt. Man kann deshalb auch nicht behaupten, daß das Niederfränkische vom südlich anschließenden Mittelfränkischen nur durch die Nichtbeteiligung an der Lautverschiebung getrennt sei. Vor allem aber gab es schon vor der ‹Frankonisierung› eine seit langem ansässige nordseegermanische Bevölkerung, deren Sprache sehr viel Ähnlichkeit mit dem Altsächsischen gehabt haben muß. Daher gehen die westlichen Gebiete, West- und Ostflandern (um Brügge bzw. Gent), Brabant (um Antwerpen), in denen der fränkische Zustrom nicht so stark war, von Anfang an ihre eigenen Wege, während Limburg (Ostniederfränkisch) jedenfalls so lange stärker unter niederrheinisch-deutschem Einfluß steht, bis es 1288 an Brabant fällt und seitdem stärker nach Westen orientiert ist. Deutscher Einfluß ist auch in Utrecht spürbar, dessen Bischof dem Erzbischof von Köln unterstand. Erst 1539 wurde Utrecht selbst zum Erzbistum erhoben. Zum Bistum Utrecht gehörten kirchlich auch

Nord- und Südholland, so daß gewisse deutsche Spracheinflüsse auch bis dorthin ausstrahlten. Aber diese waren im ganzen gesehen doch gering.

War anfänglich, in einer Zeit, in die wir, was die Sprache betrifft, kaum Einblick haben, die mundartliche Gliederung des weiten niederländischen Raumes sehr buntscheckig (man muß außer dem in sich nicht einheitlichen Niederfränkisch auch noch sächsische und friesische Gruppen in Betracht ziehen und die Reste viel älterer germanischer Besiedlung), so richteten sich nach dem Aufkommen der großen Handelsstädte (Brügge, Gent, Antwerpen) Blick und Interesse der Landschaften mehr und mehr nach Westen. Das führte noch lange nicht zu einer sprachlichen Einheit, wohl aber zu immer deutlicherer Lösung vom deutschen Osten. Die niederländischen Schriftdialekte sind im 13. Jahrhundert nicht minder zahlreich als die deutschen. Aber wenigstens in Flandern entstand unter nachhaltigem Einfluß der poetischen Werke MAERLANTS eine Literatursprache, die im Laufe der Zeit für die gehobene Sprache einen gewissen Standard setzte. Über Brabant (Antwerpen) ging dieser Einfluß nach Holland (Amsterdam) und verdrängte auch in Utrecht die östlichen Strömungen. Das alles aber sind Vorgänge der niederländischen Sprachgeschichte, und diese nimmt ihren eigenen, selbständigen Verlauf, unabhängig – trotz mannigfachen Wirkens hinüber und herüber – von der Geschichte der deutschen Sprache.

Niederdeutsch

(Vgl. Anhang Nr. IV I.) Auch hinsichtlich des Niederdeutschen dürfen wir uns unter Hinweis auf die grundlegende Arbeit von WILLIAM FOERSTE (LH 102) kurz fassen. Deutlicher noch als das Niederländische, in dem jedenfalls fränkische Elemente von Anfang an vorhanden sind, ist das Altsächsische (der Ausgangspunkt des späteren Niederdeutschen) eine nordseegermanische Mundart (vgl. Bd. I, S. 32), die sich in Laut- und Formenbestand und -entwicklung sowie im Wortschatz (LH 102, Sp. 1732 ff), aber auch im Satzbau vom Hochdeutschen unterscheidet. Da die sächsischen Stammesgebiete anders als die Niederlande seit KARL DEM GROSSEN stets fest mit dem Reich verbunden waren, ist aber das Niederdeutsche weit stärker als das Niederländische vom Hochdeutschen beeinflußt worden und hat seinerseits auch dorthin gewirkt. Im übrigen läuft, bei ständiger gegenseitiger Einwirkung, die historische Entwicklung des Hoch- und Niederdeutschen nicht so parallel, daß man eine gleichmäßige Periodisierung für beide vornehmen könnte. Im Niederdeutschen läßt man vielmehr auf die altsächsische Zeit (ca. 800–1150) die mittelniederdeutsche Periode (ca. 1150–1600) folgen, die dann durch das Neuniederdeutsche abgelöst wird.

Von 1150 bis 1350 hat auch das Niederdeutsche in der Kolonisationsbewegung eine gewaltige Ausdehnung nach Osten erfahren. Dagegen wich es an seiner alten Südostgrenze vor dem andrängenden Thüringischen zurück. Zu den alten niederdeutschen Mundarten: Westfälisch, Ostfälisch, Nordniederdeutsch (Schleswig-Holstein) treten die jungen ostniederdeutschen Mundarten im Norden der Mark Brandenburg, in Mecklenburg, Pommern und dem Norden Preußens.

In der Schaffung einer Schriftsprache war Niederdeutschland dem hochdeutschen Gebiet weit voraus. Den Grund dazu hatte schon um 1230 Eike von Repgow mit seinen beiden großen Prosawerken, dem ‹Sachsenspiegel› und der ‹Sächsischen Weltchronik›, gelegt. Er verwendete in beiden Werken einen ostfälischen Schriftdialekt, und besonders der juristische Text wirkte auch sprachlich in die Weite. In dieser südostfälischen Schreibsprache wurde bald darauf auch das älteste Braunschweiger Stadtrecht niedergeschrieben, und von dort wurde sie auf das seit etwa 1265 aufgezeichnete Lübecker Stadtrecht übertragen, aus dem wir in Anhang IV I einen Paragraphen abgedruckt haben. Er zeigt eine klare, sorgfältig geregelte Orthographie und ostfälische Sprachformen wie z. B. das Wort *oder*, das in lübischer Mundart *ofte* lautet.

Allerdings zeigte sich auch in Lübeck das Leben stärker als die blasse Gelehrsamkeit. Die Sprache des Rechtsbuches war juristischer Import, übertragen von Kanzlei zu Kanzlei. Unter den lübischen Kaufmannsgeschlechtern war aber das westfälische Element sehr stark ausgeprägt, und in späteren Eintragungen in das Rechtsbuch, spätestens von 1300 an, erkennt man in Orthographie, Formengebrauch und Wortwahl zunehmend westfälische Einflüsse. Auch Brügge und Gent steuerten im Wege der sehr intensiven Verkehrsbeziehungen Einzelheiten bei. So folgen einige Jahrzehnte, in denen der Schreibgebrauch schwankt. Aber der aus Ostfalen übernommene Gedanke einer strengen Regelung setzt sich doch wieder durch, und spätestens seit 1350 verfügt Lübeck wieder über eine festgeregelte, auf westfälischer Schreibtradition aufgebaute Geschäftssprache.

Was in Lübeck entstand, wird als ‹mittelniederdeutsche Schriftsprache› bezeichnet, nicht ganz mit Recht, wenn man die heutigen strengen Maßstäbe anlegt. Anderseits reichte ihr Wirkungskreis viel weiter als der irgendeiner ‹Schreibsprache›, die wir aus dem späten Mittelalter kennen. Lübeck war der mächtige, hochangesehene Vorort der Hanse, und weithin eifert man dem lübischen Vorbild nach. So wird von Groningen bis Stockholm und Riga die lübische Geschäftssprache angewendet, zwar nicht nach einer völlig ausgeglichenen, überall identischen Norm, aber doch mit dem deutlichen Streben, es den Lübeckern gleichzutun. Nur die großen niederländischen Handelsstädte haben bereits ihre eigensprachliche Norm entwickelt. Dorthin reicht der sprachliche Einfluß Lübecks nicht.

Mit dem Niedergang der Hanse sinkt auch ihre Geschäftssprache dahin. Im Westen wurde der niederländische Einfluß stärker, im übrigen Gebiet der mitteldeutsche. Neben vielen anderen Umständen, z. B. dem Einfluß der mitteldeutschen Rechtssprache, wirkt vor allem das starke Interesse an der Reformation sprachlich zersetzend. Noch im Jahre 1494 war in Lübeck eine Bibel in guter lübischer Schriftsprache gedruckt worden. Aber nun wollte man LUTHERS Bibel kennenlernen. Schon 1533 wurde in Lübeck die erste Übersetzung gedruckt. Aber deren Sprache war nicht mehr niederdeutsch empfunden und gestaltet, sondern bedeutete im wesentlichen nur eine Umsetzung des Lutherdeutschen in ein niederdeutsches Lautgewand. Zudem kamen hochdeutsche Prediger und Beamte ins Land, die fürstlichen Kanzleien begannen hochdeutsch zu schreiben, und bald auch die städtischen. 1621 wird die letzte niederdeutsche Bibel gedruckt. Mit ihr erlischt, was von der mittelniederdeutschen Schriftsprache noch übrig war. Was danach niederdeutsch gedruckt wird, fällt wieder in die verschiedenen Mundarten zurück.

V. BÖHMISCHE KUNSTPROSA

Bislang hatten wir uns mit den historischen Voraussetzungen und mit den äußeren Formen der deutschen Sprache zu beschäftigen, wie sie sich, in zahlreiche Schreibsprachen zerspalten, zu Beginn der frühneuhochdeutschen Periode präsentiert. Im weiteren können wir uns nun ihrer inneren Form und ihren Gehalten zuwenden. Dabei wird sich zeigen, daß in den geistigen und sozialen Schichtungen die bisher beobachteten mundartlichen und schreibsprachlichen Unterschiede keine Rolle spielen. Nicht um der Schreibsprache willen kehren wir nach Böhmen zurück, sondern weil sich dort die Blüte einer neuen Sprachkunst entfaltet.

Prager Geistesleben

In dem halben Jahrhundert, das auf den Regierungsantritt KARLS IV. folgt, regt sich in Prag ein höfisch-kultiviertes Geistesleben, das seine Spuren auch in dem Bemühen um eine künstlerisch geprägte deutsche Sprache hinterlassen hat. Wir erwähnten schon (oben S. 20), daß COLA DI RIENZO (1313–1354) und FRANCESCO PETRARCA (1304–1374) sich zeitweilig am Prager Hofe aufhielten. Der Volkstribun lag von 1350–1352 in Raudnitz an der Elbe in milder Haft, der Dichter weilte im Jahre 1356 als Gesandter der VISCONTI in Prag. Der Kaiser pflegte mit beiden vertrauten Umgang, und seinen Kanzler JOHANN VON NEUMARKT verband mit PETRARCA, seit er ihm 1354 in Mantua begegnet war, eine gelehrte Freundschaft, der erst der Tod ein Ende setzte.

So wichtig diese Beziehungen sind, es hat sich doch erwiesen, daß BURDACH die Wirksamkeit der beiden Italiener am Prager Hof überschätzt und zu einseitig gesehen hat. Besonders PETRARCA fand im ganzen Abendland Bewunderer und stand zu vielen gelehrten Deutschen in engen Beziehungen. Sein frühhumanistischer Einfluß beschränkte sich nicht auf Prag.

Anderseits wurde das Prager Geistesleben nicht nur aus italienischen Quellen gespeist. Kaiser KARL war französisch erzogen, und schon am Prager Hof seines Vaters, des Königs JOHANN, hatte lange Zeit ein bedeutender französischer Dichter, GUILLAUME DE MACHAUT (ca. 1300–1377), gewirkt. Von 1316 bis 1346 ist er am Hof nachweisbar, anfangs als Notar, später als vertrauter Geheimsekretär des Königs (LH 54, S. 5 u. ö.). Zwar verließ er Prag nach dem Tode seines Gönners, aber damit erlosch dort der französische Einfluß nicht.

In seiner Dichtung, neben Versepen vor allem Lyrik, zu der er als einer der letzten Franzosen noch selbst die Sangweisen komponierte, ist GUILLAUME viel ‹mittelalterlicher› als PETRARCA, und das fügt sich gut zu dem Bilde, das man in Auseinandersetzung mit BURDACH von der Prager deutschen Literatur gewonnen hat, vor allem durch Überprüfung seiner Ansichten über den ‹Ackermann aus Böhmen›. Besonders ARTHUR HÜBNER (LH 113) hob das Deutsche im ‹Ackermann› stark hervor und wies nach, daß man fast alle Züge dieser Dichtung aus mittelalterlich-deutscher Tradition erklären könne, ohne dafür die Italiener bemühen zu müssen. Mag hier und vor allem in der Nachfolge HÜBNERS (LH 112) das Pendel auch allzu weit nach der anderen Seite ausgeschlagen sein, so steht doch fest, daß bei weitem nicht alles, was in Prag sichtbar wird, als Spiegelung italienischen Geistes aufgefaßt werden darf.

Heinrich von Mügeln

Man darf auch das eigenwüchsig deutsche Element am Prager Hof nicht unterschätzen. Das wird exemplarisch an der Gestalt HEINRICHS VON MÜGELN klar, mit dessen Werk sich die Forschung neuerdings intensiv beschäftigt hat. Dieser aus dem Meißnischen stammende Dichter hatte nach einer ansprechenden Vermutung am Erfurter Studium Generale studiert. Er hat danach am Hofe des Königs JOHANN VON BÖHMEN gewirkt, auf den er ein Preisgedicht verfaßte. Nach einer Zwischenstation am ungarischen Königshof muß er sich seit etwa 1353 längere Zeit am Hofe KARLS IV. aufgehalten haben. Anläßlich der Kaiserkrönung (1355) widmete er diesem ein umfangreiches allegorisches Mariengedicht mit dem Titel *‹Der meide kranz›* (‚Der Kranz der Jungfrau'). In der Anlage dieses Gedichts zeigt er sich von einem Loblied des GUILLAUME DE MACHAUT beeinflußt, das dieser etwa 1342 an König JOHANN gerichtet hatte. Es scheint aber, als hätte er auch ein von GUILLAUME erst 1349 am Hof von Navarra verfaßtes Preislied verwertet (LH 105). Das würde bedeuten, daß die Verbindung zu dem französischen Dichter, auch nachdem er Prag verlassen hatte, nicht abriß. Im übrigen beweisen die Loblieder und Widmungen an die Herrscher die enge Verbindung der Dichter mit dem Prager Hof und damit auch dessen literarische Interessen.

Man beginnt allmählich, das mittelalterlich Gebundene, aber auch das Neue in HEINRICHS Werk besser zu erkennen (LH 106 und 107). Neu ist sein Anspruch, *ein wârer meister* zu sein, den er nicht ohne Hochmut vertritt (vgl. auch Anhang Nr. V A). Er will damit ausdrücken, daß der Dichter die Gelehrsamkeit der Zeit, die besonders in der Spruchdichtung ausgebreitet wird, aus eigenem Studium beherrschen, daß er die Autoritäten kennen müsse, auf die sich das

Wissen gründet. Damit rückt er ab von dem nicht wissenschaftlich gebildeten Dichter, vornehmlich dem dichtenden Handwerksmeister, dem Meistersinger, der tradierte, ihm nur vom Hörensagen bekannte Weisheit verbreitet, ohne ihre wissenschaftliche Wahrheit ermessen zu können. Zugleich verbirgt sich hinter MÜGELNS Anspruch eine zeit- und sprachgeschichtlich interessante Polemik. Mhd. *meister* ist der an Wissen, Bildung, Intelligenz Überlegene, und das Wort bezeichnet meistens einen geistigen Rang als Gelehrter, Lehrer, Erzieher. Mit dem Aufblühen des Handwerks in der Stadtwirtschaft wird dieser Ehrentitel, der auch dem Könner in seinem Fach, dem Handwerksmeister, zukommt, banalisiert. Denn Meister des Handwerks gibt es unermeßlich viele, aber nur wenige, die auf Grund ihrer intellektuellen Leistung diesen Titel beanspruchen können. Daher – so meint MÜGELN – müsse man zwischen den Meistern schlechthin, den Handwerkern und den anderen, denen man, weil sie als Lehrer ihr Brot erwerben oder weil sie Verse schmieden, gewohnheitsmäßig den Titel gibt, und den wahren Meistern unterscheiden, die als *magistri* ihre akademische Bildung nachweisen können.

Im übrigen ist MÜGELN keineswegs der erste ‹gelehrte› Dichter. Wohl aber ist er der erste, der vom Dichter die gelehrte Bildung programmatisch fordert. Dieser Dichterbegriff, der modernen Anschauungen völlig fremd ist, ist doch aus der mittelalterlichen Auffassung von Kunst und Kunstübung folgerichtig entwickelt. Schon immer mußte der Dichter eine schulmäßige Fachausbildung haben, in den Regeln der Rhetorik und Dialektik ausgebildet sein. Zu HEINRICHS Zeit ist das Bildungswesen im Umbruch. In Italien und Frankreich florieren schon die Universitäten, in Köln und Erfurt sind sie im Keim angelegt, JOHANN VON BÖHMEN hatte bereits die Gründung einer Universität geplant. Hohe Bildung, immer schon für den Dichterberuf vorausgesetzt, bedeutet jetzt akademische Bildung, und das ist es, was HEINRICH VON MÜGELN fordert.

Wir pflegen von ‹gelehrten› Dichtern zu sprechen. Doch darf man diesen Begriff nicht allzusehr pressen. Dichter sollen keine ‹Professoren›, keine Fachgelehrten sein. Aber sie sollen auf der Höhe des Wissens ihrer Zeit stehen. Das wird in einer Zeit, der die Spezialisierung noch fremd ist, durch ein akademisches Studium erreicht. In der großen, 16 Bücher umfassenden Sammlung seiner lehrhaften Sprüche, will HEINRICH, wie er selbst schreibt, *beweisen, das vnmögelich vnd vngewerlich* (‚gefahrvoll') *sey einem leyen zcu tichten von gote, der ersten sache, von der heiligen driualtickeit, von dem heiligen lichnam Cristi vnnsers herren.* Er will aber auch von irdischen Wissenschaften sprechen, *die alle einem leyen vnmöglich sind tzu betichten, wann er sich mit eyme wortte lichte mochte vergessenn.*

Durch ein einziges Wort könnte er sich bloßstellen und dem verächtlichen Gelächter der Kundigen anheimfallen. (Vgl. auch Anhang Nr. V A.)

Sprachgeschichtlich ist hier das Wort *leye* bemerkenswert. Mhd. *leie* bedeutet den Menschen weltlichen Standes im Gegensatz zum Geistlichen. (Vgl. WALTHER VON DER VOGELWEIDE, *pfaffen unde leien.* ‚Geistliche und Weltliche', d. h. ‹alle Welt›.) In der Klosterschule wird oft vom Gegensatz zu den Laien draußen gesprochen worden sein. Auch zu MÜGELNS Zeit und in den Anfängen der neuen Universitäten waren die akademischen Lehrer immer noch Geistliche; auch den Studenten billigte man den Rang als (angehende) Geistliche zu, und sie gewöhnten sich, die ‹Leute draußen› als Laien zu bezeichnen. Aber viele der Studenten traten in weltliche Berufe ein, ohne daß sie sich deshalb ‹Laien› nennen mochten. Denn mit dem gewandelten Bildungssystem wandelte sich der Begriff ‹Laie› von ‹nicht geistlich› zu ‹nicht akademisch gebildet›.

HEINRICH VON MÜGELN hat bedeutende Werke in lateinischer und in deutscher Sprache geschaffen, und in beiden Sprachen beherrschte er die Kunst des Verses und der Prosa. Es wäre wichtig, seine deutsche Prosa zu den späteren Leistungen des Prager Kreises in Beziehung zu setzen. Aber das Prosawerk dieses Mannes, der erst neuerdings die Wissenschaft zu interessieren beginnt, ruht noch unerschlossen in den Archiven. In seiner besser bekannten Spruchdichtung zeigt er sich gewandt in allen jenen Stilkünsten, die uns bald in der Prager Kunstprosa begegnen sollen.

Jedenfalls ist heute schon zu erkennen, daß die Leistungen eines JOHANN VON NEUMARKT und nach ihm eines JOHANN VON TEPL nicht so isoliert von aller heimischen Tradition dastehen, wie es vor fünfzig Jahren noch scheinen mochte. Gerade, was die Kunst der Prosa angeht, gibt es Anzeichen dafür, daß sie nicht in Prag allein gepflegt wurde. Noch manches schlummert unbeachtet, vielleicht sogar unentdeckt, in den Handschriftenabteilungen der Bibliotheken. Kaum allerdings könnte ein Kunstwerk ebenso hohen Ranges wie der ‹Ackermann aus Böhmen› der Aufmerksamkeit der Forscher entgangen sein, wäre andernorts Gleichwertiges entstanden. Darin sehen wir die Berechtigung, uns im folgenden mit der böhmischen Kunstprosa zu befassen, und sei es nur, um ein Beispiel für sprachkünstlerische Bestrebungen zu geben, die vielleicht auch an anderen deutschen Kulturstätten ihre Pflege fanden.

Im Mittelpunkt des literarischen Kreises um KARL IV. steht des Kaisers Kanzler JOHANN VON NEUMARKT. Er stammte aus städtischer Familie, was, wie wir wissen, über adlige oder nichtadlige Abkunft nichts aussagt, und wurde um 1310 in Hohenmauth in Ostböhmen geboren. Nach einer gelehrten Ausbildung, über deren Stationen nichts bekannt ist, findet man ihn zunächst als Sekretär einer meißnischen Adelsfamilie und von 1344–1346 als Inhaber einer Pfarrpfründe in der schlesischen Stadt Neumarkt, nach der er sich später nennt. Nachdem er sich schon 1345 vorübergehend im Kanzleidienst König JOHANNS nachweisen läßt, urkundet er in der Kanzlei KARLS IV. erstmalig am 16. Oktober 1347 als Notar. 1352 wurde er Protonotar und in raschem Aufstieg 1353 Kanzler, zugleich mit der Ernennung zum Bischof von Leitomischl. Kanzler blieb er auch, nachdem er Bischof von Olmütz geworden war. Er starb im Jahre 1380.

Wie manche andere Männer seiner Zeit war der Kanzler und Bischof nicht nur Staatsmann, sondern der Kultur und Geselligkeit aufgeschlossen, für Literatur interessiert und selbst literarisch tätig, vor allem als Übersetzer von lateinischen Werken. Für den Kaiser übersetzte er eine pseudoaugustinische Schrift, der er den Titel ‹*Buch der liebkosunge*› gab, und gestaltete aus drei lateinischen Traktaten eine deutsche HIERONYMUS-Vita. Dabei verfuhr er nicht sklavisch, sondern übertrug die lateinischen Vorlagen frei in eine sehr gewandte und kunstvolle deutsche Prosa. Das gilt auch von einem umfangreichen Gebetbuch, welches er um das Jahr 1375 für die Markgräfin ELISABETH VON MÄHREN zusammenstellte (LH 34, Bd. 4). Für einen Teil der Gebete haben sich lateinische Vorlagen nachweisen lassen. Doch der gelehrte Kanzler, im Übersetzen ebenso geübt wie in der lateinischen und deutschen Stilistik, bindet sich nur gedanklich an die Vorlagen und gestaltet seine deutschen Gebetstexte ganz nach eigenem Stilwillen. In einem Tagzeitengebet vom Leiden Christi lautet der erste Abschnitt *Zu der metten*, d. h. zur *hora matutina*, der ersten Gebetsstunde am frühen Morgen, wie folgt (wir ordnen den in den Handschriften fortlaufenden Prosatext hier so an, daß die Gliederung möglichst deutlich wird):

Herr Jhesu Christe,
  des almechtigen vaters höchste tugent,
    in des macht hymel und erde geschaffen sind
  chlare weysheit,
    damit alle werlt geordent ist,
  obirste güte,

damit alle erwelte glid behalden werden,
du pist zu metten zeit gefangen,
all dein junger sind auf dieselb zeit von dir fluchtig worden,
und du pist gefangen allein und schamleich gefurt.

Davon pitt ich dein götleiche gute
das du mein arme sel
vor sundigen panden und vor allem gevänkchnuss der posen [geyste
in deinen gnaden behuetten und bewarn wellest,
und gib mir, herr, genad,
sunde zu fliechen,
gerechtikait zu behalden
und pey dir, meinem trostlichen herren, ewichleichen zu beleiben.

(Text nach LH 34, Bd. 4, S. 4 f)

Das gedankliche Grundgerüst läßt sich knapp fassen: ‚Herr Christus, du bist (beim Gebet auf dem Ölberg) gefangen worden und allein, von allen verlassen, schandbar in Gefangenschaft geführt. Ich bitte, daß du mich vor der Haft der Sünden behüten mögest, mich vor den Sünden entfliehen lassest und in dein Reich aufnehmest.' Die Vorstellung von Christi Gefangenschaft ruft in der Bitte zwei Gegenbilder hervor: Du warst verlassen – verlaß mich nicht, und: Du wurdest gefangen – erhalt mir die Freiheit (von Sünden), laß mich stets vor verstrickenden Banden fliehen.

Das ist ein ganz bewußter, im Bilde bleibender Aufbau, und der gehaltlichen Antithese entspricht die Zweiteiligkeit: Christus – der bittende Mensch. Die beiden Hauptteile, auch ihrerseits zweiteilig gebaut, sind sprachlich bis in alle Einzelheiten hinein nach den Regeln rhetorischer Stilkunst gestaltet. Am Anfang die Gottesanrufung, der in drei Appositionen die althergebrachte Trinitätsformel ‹Macht (*tugent* = Tüchtigkeit, Vermögen), Weisheit, Güte› folgt. Drei Relativsätze, je einer bei jeder Apposition, berufen Beginn, Verlauf und Ende der Heilsgeschichte: Schöpfung, Ordo des Weltlaufs, Gewährung des Seelenheils.

Dem rhetorisch prunkvollen Anredeteil folgt in schlichteren Worten der Leidensbericht, in drei Hauptsätze gegliedert. Der Dualismus Christus – alle Jünger (d. h. Gott – die Menschen) wird in diese Dreiheit überführt, indem der Gedanke vom leidenden Christus zum nicht leidensbereiten Menschen und zurück zum leidenden Christus gleitet. Dabei wird im dritten Satz der Inhalt des ersten bereichernd abgewandelt: 1) du bist gefangen – 3) du bist ganz allein und schandbar gefangen abgeführt. Durch dieses Stilmittel wird das sogenannte ‹Achtergewicht› geschaffen, die nachdrückliche Beschwerung des letzten Gliedes einer Reihe.

Der zweite Teil ist, entsprechend der Demutshaltung des Gebets, schlichter gebaut. Grammatisch besteht er aus zwei durch *und* verbundenen Hauptsätzen *pitt ich, das ... und gib mir genad, zu ...*, von denen der erste durch einen mit Doppelformeln (*panden und gevänkchnuss; behuetten und bewarn*) ausgezierten daß-Satz, der zweite durch drei Infinitive erweitert wird, von denen der dritte durch die Schlußanrede abermals achtergewichtig beschwert ist. Mit diesem *dir, meinem trostlichen herren* wird am Schluß das erste Wort des Gebets *herr* wieder aufgenommen und damit der Kreis geschlossen. Das Wort *trost* bedeutet ‚Stärkung, Zuversicht', die Stelle besagt also: ‹dir, meinem Herren, auf den ich meine Zuversicht setze›.

Dabei ist auch die rhythmische Abstufung wohlerwogen. Der starke Einsatz mit den beiden aufeinanderfolgenden betonten Silben *Hérr, Jhésu Chríste* hat Anrufcharakter, bezeichnet stark erregtes Gefühl. Im Schlußsatz hingegen klingt der Rhythmus, entsprechend der durch das Gebet erlangten Seelenruhe, ruhig aus. Überhaupt wird auf den rhythmischen Schluß der einzelnen Sinneinheiten großes Gewicht gelegt. Dieser sogenannte *Cursus*, in der Antike entstanden und dann besonders von der päpstlichen Kurie in ihren lateinischen Urkunden gepflegt, taucht auch in volkssprachlicher Prosa auf, wenn sie mit stilistischem Ehrgeiz gestaltet wird. Er ist nicht auf die Prager Prosa beschränkt, und man braucht seine dortige Verwendung nicht auf Petrarcas Anregung zurückzuführen, der allerdings den Cursus besonders sorgfältig beachtet.

Im obigen Gebet fallen etwa auf

erde geschaffen sind x́ x x x́ x x́
werlt geordent ist x́ x x́ x x́
glid behalden werden x́ x x́ x x́ x

mit einsilbig betontem Schlußwort in den beiden ersten, zweisilbigem Schlußwort im dritten Glied (vielleicht ist in der zweiten Zeile *werlde* zu lesen; dann wäre die rhythmische Übereinstimmung der beiden ersten Schlüsse vollkommen).

Umgekehrt sind die ein- und zweisilbigen Wörter im zweiten Unterabschnitt verteilt:

metten zeit gefangen x́ x x́ x x́ x
von dir fluchtig worden x́ x x́ x x́ x
allein und schamleich gefurt x x́ x x́ x x x́

Vielleicht ist auch der Zusammenstoß zweier betonter Silben an bedeutender Stelle

Herr Jhesu x́ x́ x
bewarn wellest x x́ x́ x

beabsichtigte Responsion. Denn vom Anfang bis zu diesem *bewarn wellest* ist der Beter Subjekt, Gott ist der Angerufene: *ich pitt dich.* Im Schlußteil, der einen ruhigeren Rhythmus hat, ist Gott Subjekt: *gib du mir, herre, genad.*

Man darf aus einer solchen Beobachtung, die nur ein Einzelstück berücksichtigen kann, keine weittragenden Schlüsse ziehen. Aber daß dieser Gebetstext das Ergebnis einer sehr bewußt geübten Sprachkunst ist, lassen die knappen Hinweise doch erkennen. Solche Kunst, die alle ihre Stilmittel bewußt und mit exakter Berechnung einsetzt, könnte recht frostig wirken. Das aber ist in diesem Gebet nicht der Fall, vielmehr durchwaltet ein starker Gefühlston das Ganze – wie auch die anderen Gebete JOHANNS. Das wird nächst dem schmiegsamen Rhythmus vor allem durch die affektbetonten Adjektive und Adverbien erreicht (*arme sel, sundigen panden, trostlichen herren; gefangen allein, schamleich gefurt, ewichleichen zu beleiben*).

Auch scheinbar zufällige grammatische Nachlässigkeiten tragen zu diesem Eindruck bei: *pitt dich, das du mein arme sel bewarn wellest, und gib mir genad.* Es sollte syntaktisch korrekt mit *das du mir genad gebest* weitergehen. Aber wie könnte ein inbrünstiges Gebet auf Sprachrichtigkeit Bedacht nehmen? Hier allerdings wird dieses dem schlichten Beter abgelauschte Sprachverhalten sehr bewußt als Stilmittel angewandt. Das beweist das wiederholte Vorkommen in den anderen Gebeten des Kanzlers.

Man hat keinen Grund, an der Echtheit und der Tiefe der religiösen Empfindungen zu zweifeln, die sich in den Gebeten äußern. Aber man sollte diesen Gefühlston nicht volkstümlich nennen, wie es geschehen ist. Zwar bleibt die kunstvolle Fügung der Worte unaufdringlich; sie gerät nicht zu papierener Verkünstelung. Jedermann, der beten will, kann sich die Worte zu eigen machen. Aber sie sprechen nicht die Sprache schlichter Beter. Ein Autor, der den Benutzern seiner Texte zumuten kann, Christus als *tugent, weysheit, güte* anzureden, und der statt ‹ich bitte dich› *pitt ich dein götleiche gute* schreibt, rechnet mit einem Publikum, das von Sprache mehr versteht und erwartet, als das einfältige Gemüt aussprechen, ein ungeschulter Verstand aufnehmen kann.

Dieses Publikum suchte der Verfasser in Hofkreisen. Die Widmung an eine Markgräfin beweist, daß das Werk zunächst für ihren und ihrer Hofdamen Gebrauch bestimmt war, eine Hofgesellschaft also, die mit dem Prager Kaiserhof durch Blutsbande und gleiche geistige Interessen verbunden war. Dem Kaiser selbst waren die anderen deutschen Werke JOHANNS gewidmet, und an seinem Hof wurden sie zuerst gelesen. Wir brauchen nicht zu untersuchen, ob ein Teil dieser Gesellschaftsschicht ‹bürgerlicher› Herkunft war – das ist ziemlich sicher –, die geistige Sphäre, in der diese Werke entstehen, ist jedenfalls die des Hofes, eines sehr modernen Hofes allerdings, mit einem neuen, hohen Bildungsideal, das Schul- und Hochschulerziehung voraussetzt.

Solche Bildung jedoch fand man nicht nur bei Hofe, und die zahlreichen Handschriften und frühen Drucke der Werke JOHANNS VON NEUMARKT (vom ‹Buch der Liebkosung› sind 17, von der Hieronymusvita etwa 30, vom Gebetbuch mehr als 60 Handschriften und Drucke, zum Teil als Bruchstücke, erhalten geblieben) beweisen, daß seine Sprachkunst in die Weite wirkte. Die Zahl der Handschriften muß einst weit größer gewesen sein. Das Gebetbuch war vor allem in Böhmen, Schlesien, Mähren, Österreich und Bayern verbreitet. Mehrere Handschriften stammen auch aus Nürnberg und Regensburg. Aber auch schwäbische (Augsburg) und alemannische (Basel) Handschriften sind nachgewiesen.

Offenbar machte das Beispiel JOHANNS im Prager Hofkreis rasch Schule. Denn in den Handschriften finden sich auch zahlreiche Gebete, die von anderen Verfassern aus diesem Kreise stammen. Ihnen allen ist gemeinsam, daß sie nicht von der Mystik eines MEISTER ECKHART und seiner südwestdeutschen Anhänger beeinflußt sind. Hier handelt es sich vielmehr darum, daß bekannte Gebete lateinischer Kirchenlehrer, bis zurück zu AUGUSTIN, für die Hofgesellschaft frei in eine anspruchsvolle deutsche Prosa übertragen werden. Sie nehmen dabei den Charakter des Privatgebets an, auch wenn die lateinischen Vorlagen zum Teil aus dem Brevier, dem Meßbuch und anderen liturgischen Texten stammen. Es ist also nicht nur die Mystik, die das unmittelbare Gespräch des Laien mit Gott fördert, man hat darin vielmehr das Zeichen einer sich wandelnden Zeit zu erkennen.

Mit der weiten Verbreitung des Prager Gebetbuches mußte auch die neue Sprache dieser Gebete weithin bekannt werden. Allerdings darf man nicht an eine Verbreitung der Prager Laut- und Schreibformen denken, die übrigens in diesem Text sehr viel stärker oberdeutsch gefärbt sind, als es gemeinhin in der Geschäftssprache der Prager Kanzlei der Fall zu sein pflegt. (Einige oberdeutsche Merkmale: Die Vertretung des alten *ei* durch *ai* in *gerechtikait*; die Entwicklung von langem *i* zu *ei* in Nebensilben: *schamleich, ewichleichen*; die Verschärfung des *b* zu *p*: *pist, pitt, panden, posen, pey; ch* [sprich *kch*] statt *k* in *chlare, gevänckchnuss*; hier auch die Ableitungssilbe *-nus* statt mitteldeutsch *-nis*). In den auswärtigen Abschriften überlagern die Schreibgewohnheiten die meist Prager Orthographie.

Auch vom Wortschatz kann keine besondere Wirkung ausgehen. Denn mit sicherem Gefühl für den Stil des Gebets hatte JOHANN und hatten seine Mitarbeiter und Nachahmer schlichte, allgemein verbreitete und unmittelbar zu Herzen gehende Worte gewählt. Ihr Wortschatz ist der im religiösen Gebrauch herkömmliche. Was sich etwa aus der Sprache der Mystik einmischt, ist vorher bereits Gemeingut geworden, und es fehlen die kühnen Neubildungen, die den Beter stutzig machen könnten.

Neu ist allein der Stil der Gebete, die kunstvolle Fügung. Sie sind abgefaßt in einer sprechbaren, durch Klang und Rhythmus wirksamen Prosa, und dies vor allem macht die sprachgeschichtliche Bedeutung der Prager Arbeiten aus. Nicht als ob ihre künstlerische Sprachbehandlung sofort Schule gemacht hätte. Es führt kein direkter Weg von Prag nach Weimar. Aber wer Ohren hatte zu hören, dem mußten solche Klänge im Gedächtnis haften, und wer Kraft hatte zu gestalten, der konnte in den kommenden Jahrhunderten hier wohl Anregungen für seinen eigenen künstlerischen Gebrauch der deutschen Sprache finden. Darin liegt die sprachliche Bedeutung JOHANNS VON NEUMARKT und der Prager Kunstprosa.

Der Ackermann aus Böhmen

Was JOHANN VON NEUMARKT geschaffen hatte, wozu die Anregungen von Dichtern wie HEINRICH VON MÜGELN, auch wohl von Frühhumanisten wie PETRARCA ausgegangen waren, was auf den Hohen Schulen geübt und in der Prager Geschäftssprache in den äußeren Formen gefestigt wurde, das wurde durch JOHANN VON TEPL auf die Höhe sprachkünstlerischer Vollkommenheit gehoben. Das beweist jenes Streitgespräch zwischen dem seinen Verlust beklagenden Menschen und dem Tod, das in den Literaturgeschichten unter dem Titel ‹Der Ackermann aus Böhmen› gefeiert wird.

Von dem Dichter dieses Prosakunstwerkes kannte man lange Zeit nur den Vornamen und gab ihm den Zunamen nach der böhmischen Stadt Saaz, die er in seiner Dichtung nennt. Erst im Jahre 1933 wurde ein Brief aufgefunden, in dem er sein Werk einem Freund widmet, und darin nennt er sich *Johannes de Tepla, civis Zacensis,* also JOHANN VON TEPL, Bürger von Saaz. Aus Tepl, einer damals nicht unbedeutenden Stadt mit guter Schule, halbwegs zwischen Eger und Pilsen gelegen, war er gebürtig. Dort war sein Vater, der (nach seinem vermutlichen Geburtsort, dem Dorf Schüttwa) HENSLINUS (das ist ‚Hänslein') DE SITWA genannt wird, zu Wohlstand gelangt. Der Sohn muß etwa um 1350 geboren sein. Er hatte die Freien Künste und die Rechte studiert, vielleicht schon an der jungen Universität Prag, und den akademischen Grad eines *Magister Artium* (M. A.) erlangt.

Schon vor dem Tode KARLS IV. (1378) wurde er zum Stadtschreiber in Saaz berufen. Spätestens im Jahre 1383 wurde er dort zugleich auch *Rector scholarum*, d. h. Schulhaupt der Gelehrtenschule mit dem Aufsichtsrecht über die anderen Schulen. Bis zum Jahre 1411 ist er in dieser Doppelstellung in Saaz nachweisbar. Dann siedelte er als Stadtschreiber in die Prager Neustadt über, wo er am 5. August 1411 ein Haus kaufte. In Prag ist er wohl im Jahre 1414 gestorben, da eine erhalten gebliebene Urkunde besagt, daß jenes Haus am 24. April 1415 von seiner Witwe CLARA und seinem Sohn GEORG verkauft wurde.

Mit CLARA war der Dichter in zweiter Ehe verheiratet. Denn der ‹Ackermann› war aus der Erschütterung über den Tod seiner ersten Frau MARGARETHA entstanden, die am 1. August 1400 starb. Der Dichter nennt Namen und Datum in seinem Werk. Trotz so genauer Angaben hat man geglaubt, der Dichtung den Erlebnishintergrund absprechen und in ihr eine glanzvolle rhetorische Schulübung erkennen zu sollen. Manche sahen diese Auffassung durch die Auffindung des Widmungsbriefes bestätigt; denn darin ist von dem *ager rhetoricalis iocunditatis*, dem ‹Felde rhetorischer Annehmlichkeiten› die Rede, ‹auf dem ich, wenn ich schon nicht die Ernte einbringen konnte, doch wenigstens Ährenlese gehalten habe›. Man spürt den Stolz auf die eigene Leistung, die sich in diesem Bescheidenheitstopos äußert. Kenntnisreich nennt der Dichter auch alle die Wort- und Redefiguren der literarischen Rhetorik, die er als ausgebildeter Latinist beherrscht. Was man davon in *hoc ydeomate indeclinabili*, ‚in dieser wenig schmiegsamen deutschen Sprache', anwenden könne, das habe er angewandt. Das ist die uralte Klage aller Lateiner, die schon OTFRID VON WEISSENBURG mehr als 500 Jahre früher erhoben hatte (vgl. Bd. I, S. 77). Sie richtet sich vor allem gegen die relativ starre Wortstellung des Deutschen. Ihretwegen muß man auf manche stilistische Feinheit verzichten, die das freiere Latein dem Stilkünstler anbietet.

Der Widmungsbrief bestätigt den Eindruck, den man aus der Lektüre des Werkes ohnehin gewinnt: Hier ist jeder Abschnitt, jeder Satz ganz bewußt gestaltet, jedes einzelne Wort mit voller Absicht gewählt. Aber das darf nicht dazu führen, das Ganze als ‹Stilübung› abzuwerten. So wie nach unserer Auffassung echte Frömmigkeit in den Gebeten JOHANNS VON NEUMARKT zum Ausdruck kommt, so zweifeln wir nicht an dem biographischen Charakter des ‹Ackermann› und an der tiefen seelischen Erschütterung, die der Dichter durchleidet. Uns Modernen freilich scheint unmittelbares Gefühlserleben unvereinbar mit der kühlen, verstandesmäßigen Berechnung, mit der es hier zu sprachlichem Ausdruck gebracht wird. Diese Antinomie besteht jedoch nicht für jene Zeit, und man versperrt sich die Wege zum Verständnis, wenn man mit modernen Maßstäben mißt, wenn man sich insbesondere nicht von dem Vorurteil frei macht, daß jede Art von Rhetorik der Unechtheit und Falschheit verdächtig sei. Über eine ebenso raffinierte Stilkunst hatten auch die mittelhochdeutschen höfischen Dichter verfügt, und ein so frommer, aufrichtiger Mann wie BERNHARD VON CLAIRVAUX hatte seinem tiefen Schmerz über den Tod des geliebten Bruders mit allen Mitteln rhetorischer Kunst erschütternden Ausdruck gegeben. (Man vergleiche die sechsundzwanzigste seiner Predigten über das Hohe Lied). Ungewöhnlich ist demgegenüber nur, daß JOHANN VON TEPL sich dieser Kunst ausdrücklich rühmt. Doch das ist ähnlich zu verstehen wie das Pochen HEINRICHS VON MÜGELN auf die wahre Meisterschaft. Man stellt sein Licht nicht mehr gern unter den Scheffel. Auf derselben Linie liegt es, daß der Dichter, der sich im Akrostichon des Schlußgebets selbst nennt, seinem Namen die Buchstaben M.A. (*Magister Artium*) hinzufügt. Er ist stolz auf den akademischen Titel.

Außerdem liegt in dieser Haltung, die den seelischen Schmerz im Kunstwerk zu bändigen sucht, ein bemerkenswertes Bekenntnis zum Frühhumanismus. Die Nachahmung antiker Kunstformen ist doch nur das Äußerliche; im Grunde geht es um die *Humanitas*, ein ethisch begründetes, maßvolles Menschsein nach dem Vorbild der Antike. *Lieb nicht alzu lieb, leid nicht alzu leid sol umb gewin und umb verlust bei weisem manne wesen* (Kap. 24, 1) läßt der Dichter den Tod sagen, der dem seelisch aufgewühlten, fassungslosen Ankläger als der abgeklärte Weise entgegentritt: ‚Freuden, doch nicht allzu große, Leid, doch nicht im Übermaß, sollen den Weisen in Glück und Unglück erfüllen'. Es ist viel von der stoischen Philosophie des Leidüberwindens eines SENECA und eines BOETHIUS in der Haltung des böhmischen Dichter-Gelehrten, und er hat die Werke dieser Philosophen gekannt, wie Zitate und Anspielungen im ‹Ackermann› bezeugen.

Ein merkwürdiges Spiel historischer Überlieferung bestätigt solche Literaturkenntnis auch unmittelbar. Es hat sich bis auf unsere Tage eine schmale Sammelhandschrift erhalten, nur 68 Blatt, also 136 Seiten Papier umfassend, in die lateinische Traktate von SENECA, AUGUSTINUS, BERNHARD VON CLAIRVAUX, RICHARD VON ST. VICTOR, BONAVENTURA sowie zwei Anonyma eingetragen sind. Darin findet sich auf der letzten Seite der lateinische Vermerk: ‚Auf dieses Buch hat Ulrich dem Johann von Tepl dreieinhalb Groschen geliehen'. Als der Rektor, Notar und Hausbesitzer noch ein armes Studentlein war, mag er manchmal um ein paar Groschen verlegen gewesen sein. Diesem Umstand verdanken wir den Nachweis, daß das Buch ihm gehört hat, und einen Einblick in seine Lektüre.

Dieser Hinweis stammt von Willi Krogmann (LH 117), der die entsprechenden Forschungsergebnisse des tschechischen Gelehrten Karel Doskocil in Deutschland bekanntmachte. Der Fund ist besonders wichtig; denn die beiden anonymen Schriften des Bandes sind ein ‹Totentanz›, der wegen des Themas beziehungsvoll ist, und ein ‹*Tractatus de crudelitate mortis*›, d. h. ‹über die Grausamkeit des Todes›, ein lateinisches Gedicht von 26 siebenzeiligen Strophen. Krogmann (a. a. O., S. 255–266) hat es abgedruckt und eine große Zahl von Parallelstellen aus dem ‹Ackermann› beigebracht. Auch dieses Gedicht verläuft zum Teil als Zwiegespräch zwischen dem Dichter und dem Tod. Eindrücke aus der Studentenzeit, philosophische wie literarische, haben nachgewirkt und dem reifen Mann den Gedanken zu seinem Werk eingegeben.

Die Dichtung ist dem gerichtlichen Prozeßverfahren nachgebildet. Der Geschädigte erhebt als Ankläger das Zetergeschrei, das ursprünglich den Nachbarn zu Hilfe rief und später gewohnheitsmäßig den Prozeß eröffnete (Kap. 1). Als der Angeklagte verwundert fordert: *sun, wer du bist, melde dich und lautmere* (‚tu kunt'), *was dir leides von uns widerfaren sei* (Z. 6), nennt sich der Kläger: *Ich bins genant ein ackerman, von vogelwat ist mein pflug, und wone in Behemerlande* (3. 1). Danach taucht schon im 15. Jahrhundert der Buchtitel ‹Der Ackermann› auf. Aus dem Fortgang der Dichtung geht hervor, daß der Dichter hier von sich selbst spricht. Wenn er sich aber als Ackermann bezeichnet, so ist das ein aus der Antike stammender literarischer Topos (vgl. die Nachweise bei Krogmann, LH 110, S. 12–16). *Vogelwat*, das ‹Vogelgewand›, ist die Feder. Wer mit diesem Pflug auf Pergament und Papier seine Furchen (Zeilen; in ältester Zeit abwechselnd von links und von rechts beginnend) ackert, ist der Schreiber, d. h. um 1400 noch der Gelehrte.

Als gelehrten Mann also gibt der Dichter sich zu erkennen. Aber mit großer Kunst weiß er darzustellen, wie der bittere Schmerz um die verlorene Gattin den klaren Blick trübt. Zügellos und ohne Maß sind anfangs seine Anklagen, und erst im Verlauf des Streits beruhigt er sich, wird Argumenten zugänglich und zwingt sich selbst zu vernünftiger Überlegung. Der Tod hingegen wird als zynisch und kalt geschildert; er kann spotten und lästern, immer aber bleibt er Herr seines kühlen Verstandes, und oft ist er voller abgeklärter Weisheit. Der Dichter ist auch ehrlich genug, die eigene menschliche Schwäche zuzugeben. Im 33. Kapitel, in dem Gott den Streit entscheidet, läßt er den obersten Richter sagen: *Den twinget leid zu kla-*

gen, disen die anfechtung des klagers, die warheit zu sagen. Die Wahrheit, das Wissen, um das die Meister ringen, ist auf seiten des Todes; den Ackermann zwingt sein Leid zu klagen. Er ward von seinen Gefühlen übermannt. Gottes Schiedsspruch lautet: *Darumb, klager, habe ere, Tod, habe sige* (hab den Sieg), *seit* (da) *jeder mensche das leben dem Tode, den leib der erden, die sele uns pflichtig ist zu geben.* Widerspruchslos fügt sich der Ackermann dem Richterspruch. Im Schlußgebet, dem 34. Kapitel, fleht er, ohne ein weiteres Wort der Anklage, um das Seelenheil der Verstorbenen. Ein einziges *Mich reuet,* ‚ich traure' um MARGARETHA, erinnert noch einmal, ganz am Ende des langen Gebets, wie nachzitternd, an den Aufruhr der Gefühle, der in der Anklage zum Ausbruch kam.

Das alles ist mit voller Beherrschung aller jener Stilmittel gestaltet, die auch schon in der Prosa JOHANNS VON NEUMARKT zu beobachten waren. Der Ackermann-Dichter kann den Prager Kanzler sehr wohl persönlich gekannt haben. Ihn geradezu als dessen ‹Schüler› zu bezeichnen, erlauben die lückenhaften biographischen Daten nicht, die auf uns gekommen sind. Aber jedenfalls kannte er das Werk des Älteren genau und macht davon ausgiebig Gebrauch. Vor allem das Schlußgebet des ‹Ackermann› ist auf weite Strecken hin geradezu als Paraphrase des 34. Kapitels aus dem ‹Buch der Liebkosung› angelegt. Dem zeitgenössischen Literaturkenner konnte das nicht verborgen bleiben, und nach mittelalterlicher Auffassung, die hier noch weiterwirkt, kann ein solches Zitat an bevorzugter Stelle, da das Werk damit abschließt, nur als ehrendes Bekenntnis zu einem großen Meister und Vorbild gemeint sein.

Die Gemeinsamkeit beider liegt vor allem in der kunstvollen Behandlung der Sprache. Beide beeindrucken durch den rhythmischen Redefluß und durch die sorgfältig beachteten rhythmischen Satzschlüsse. Während aber der Kanzler zum weitausholenden, vielfach gegliederten Periodenbau neigt, nähert sich die Kunstprosa des Saazer Magisters, dem Charakter seines Werkes entsprechend, den Ausdrucksformen des gesprochenen Dialogs. Er baut kurze Sätze und zieht die parataktische Anreihung der hypotaktischen Unterordnung vor (vgl. Anhang Nr. V B). Gerät ihm ein Satz lang, so meistens durch die Häufung emotionaler Ausrufe, die den Aufruhr der Gefühle spiegeln, oder – besonders in den Antworten des Todes – durch die rasche Folge rationaler Argumente, die durch ihre Vielzahl die intellektuelle Überlegenheit charakterisieren. Ausrufe, Aufforderungen, Fragen beleben, dem Thema angemessen und mündlicher Rede gemäß, den Prosastil des ‹Ackermann› in weit höherem Maße, als es in der Prosa des Kanzlers der Fall sein kann.

Überhaupt kommen bei JOHANN VON TEPL, der stärkeren Bewegung des ‹Ackermann› entsprechend, die rhetorischen Kunstmittel zu viel reicherer Entfaltung. Das bedeutet nicht, daß sie neu sind. Schon Heinrich von Mügeln, von dem der Ackermann-Dichter sehr viel gelernt hat, und vor ihm der Spruchdichter Heinrich von Meissen, genannt Frauenlob, dessen starker Einfluß ebenfalls nachweisbar ist, und überhaupt die mittelalterlichen Dichter hatten die rhetorischen Wort- und Redefiguren voll beherrscht. Neu ist allenfalls, wie schon oben bemerkt, daß diese poetischen Kunstmittel in der böhmischen Schule auf die Prosa übertragen werden, und hier bietet das Streitgespräch besonders reiche Entfaltungsmöglichkeiten.

Zur Erläuterung müssen wir uns mit wenigen exemplarisch gemeinten Andeutungen begnügen. Stark fallen durch das ganze Werk hindurch die in frühneuhochdeutscher Zeit besonders beliebten zwei- und dreigliedrigen Fügungen ins Auge. (Zahlreiche Beispiele in fast allen im Anhang abgedruckten Texten.) So lauten gleich die Anfangsworte: *Grimmiger tilger aller lande, schedlicher echter* (Verfolger) *aller werlte, freissamer* (furchtbarer) *morder aller menschen, ir Tod, euch sei verflucht!* Dabei sind auch der völlig parallele grammatische Bau und der gleichlaufende Rhythmus des Dreiergliedes bemerkenswert. An pathetischen Stellen, aber auch wo Argumente gehäuft werden, können auch lange, aufzählende Ketten vorkommen, auch diese inhaltlich oder durch Wortfiguren oder beides in sich reich gegliedert. Häufig sind auch die ebenfalls dem Zeitstil entsprechenden Genitivumschreibungen, meist in metaphorischer Wendung. Der weise Salomo wird zu *Salomon, der weisheit schrein* (Kap. 30), die geliebte Verstorbene war dem Dichter *meiner freuden hort, meiner selden haft* (2), *meines heiles sunne, meines heiles verneuender jungbrunne* (3), und der Gedanke ‚du hast mir mein Glück geraubt' wird umschrieben durch: *Ir habt meiner wünnen lichte sumerblumen mir aus meines herzen anger jemerlichen ausgereutet* (3). Ausmalende und gefühlsintensive Adjektiva (vgl. oben die Anfangsworte) beleben das ganze Werk mit mannigfachen Farben. Stabreim (*frut und fro*) und Binnenreim (*freudenreich, geudenreich*) können die Wirkung noch verstärken. Auffallend ist auch der lateinischen Einfluß verratende Gebrauch, den der Dichter von attributiven, oft zusammengesetzten Partizipien macht, vgl. die *starkriechend, lustgebend, feststeend, hochwachsend* usw. in dem folgenden Zitat. Wir wählen diesen Satz, der dem Tod in den Mund gelegt ist, um zu zeigen, wie außer schon erwähnten Stilmitteln auch andere (hier vor allem die Anapher, der gleichlautende Anfang) eingesetzt werden und wie einfach auch lange Sätze gegliedert sind, denen nur die parallele Anreihung einzelner Glieder die Fülle gibt. Zu besserer Übersicht gliedern wir den fortlaufend geschriebenen Text nach seinen Einzelfügungen:

Merke,
wie die leuchtigen rosen und die starkriechenden
lilien in den gerten
wie die kräftigen würze und die lustgebenden blu-
men in den auen,
wie die feststeenden steine und die hochwachsenden
baume in wildem gefilde,
wie die krafthabenden beren und die starkwaltigen
lewen (Bären und Löwen) *in entrischen*
(grauenvollen) *wustungen,*
wie die hochmachtigen starken recken,
wie die behenden, abenteurlichen, hochgelerten und
allerlei meisterschaft wolvermügenden
leute
und wie alle irdische creatüre,
wie künstig (kunstfertig),
wie listig (erfahren)
wie stark sie seien,
wie lange sie sich enthalten (aufrechter-
halten),
wie lange sie es treiben,
müssen zu nichte werden und verfallen allenthalben.
(aus Kapitel 10)

Beim ersten Hören (diese Prosa will laut gelesen werden) vernimmt man nur das dringende Pathos des zwölfmal wiederkehrenden anaphorischen *wie,* gegen Ende in knappen Fügungen sich rasch wiederholend, das dann in die lapidare Konsequenz *müssen zu nichte werden* führt. Genauer hinsehend erst erkennt man den sorgfältigen gedanklichen Aufbau des Satzes: Drei Glieder sind der vegetativen Natur gewidmet, jeweils zwei Beispiele werden genannt, und sie werden lokalisiert: in Gärten, auf den Auen (die zum Lustwandeln einladen), in der ungezähmten Natur. Man merke, wie sich die Bereiche vom Menschlichen zum Außermenschlichen hin staffeln. Das steigert sich noch in der letzten Angabe: in grauenhafter Wüstenei. Aber damit sind wir schon in die zweite Trias, die der animalischen Natur, eingetreten. Den Tieren wird, wie der vegetativen Welt, ihr Ort zugewiesen, und noch einmal werden zwei Musterbeispiele angeführt. Auch die stärkste tierische Kraft kann dem Tode nicht widerstehen. Dann richtet sich der Blick auf den Menschen; ihm braucht der Dichter keinen Ort zu geben, und die Zweiheit der Beispiele wird hier auf zwei anaphorische Fügungen verteilt: der starke Held, voll physischer Kraft wie Bären und Löwen, der gelehrte, zu vielen Künsten geschickte Mensch, der über die Kraft des Intellekts verfügt.

Die beiden Triaden werden zusammengefaßt in der siebenten Anapher: alle irdische Kreatur. Deren Potenzen werden abermals – in grammatischer Unterordnung mit verändertem Stellenwert des *wie* in einer anaphorischen Trias (*wie ... seien, wie ... enthalten, wie ... treiben*) dargestellt, wobei das erste Glied (*wie künstig, wie listig, wie stark*) nochmals triadisch gestaltet ist.

Mit äußerster geistiger Konzentration ist dieser Satz wie jeder andere im ‹Ackermann› durchdacht und sprachlich geformt. Das geht bis in die Einzelheiten hinein (z. B. ein Attribut bei Pflanzen und Tieren, zwei Attribute bei den heldenhaften Menschen, sie über die unvernünftige Kreatur erhebend, die doppelte Anzahl bei den ‹Intellektuellen›, die Vielseitigkeit der Verstandestätigkeit betonend). Selbst die Zwölfzahl des anaphorischen *wie* beruht nicht auf Zufall, Zwölf ist die Zahl der Vollkommenheit, und an dieser Stelle muß sie symbolisieren, daß alle irdische Vollkommenheit vor der Gewalt des Todes dahinfällt. Dabei sind die zwölf *wie* im harmonischen Verhältnis 7:5 voneinander abgesetzt, bewußtes Zahlenspiel mit der stilistischen Absicht, Eintönigkeit zu verhindern.

Was die Wort- und Ausdruckswahl angeht, so verfügt Johann von Tepl über eine sehr breite Skala, zu der seine umfangreiche Kenntnis deutscher und lateinischer Literatur und ihrer Stilkünste beiträgt. Das im Anhang Nr. V B abgedruckte Kapitel beweist seine Vertrautheit mit Vorstellungen des Minnesangs. Daher stammen die Gedanken des Frauendienstes, der erzieherischen Rolle edler Frauen, daher die Erwähnung des ‹Planes›, d. h. des weiten, ritterlichen Übungen dienenden Platzes vor der Burg, und des Hofes, von Turnier und Kriegsfahrt. An anderer Stelle sagt er mit Ausdrücken, die aus der höfischen Kultur stammen, von sich und seiner Frau: *ich was ir friedel, sie mein amei* (Kap. 5). Aber die höfischen Ausdrücke haben eine gewandelte Bedeutung angenommen. Schon das Wort *frau* (mhd. *vrouwe*), das einst ‚Herrin, Edelfrau' bedeutet hatte, wird hier als Gattungsbegriff für das weibliche Geschlecht verwendet, noch im Wechsel mit *weib* (mhd. *wîp*), dem früher diese Bedeutung zukam. Und ergab sich einst der Ritter in freiem Dienstverhältnis der Minneherrin, so ist es jetzt die Ehefrau, der deren ethische Aufgaben übertragen werden. Immer wieder ist es die mit allen lobenden Attributen ausgestattete Gattin, die wackere Hausfrau, die brave und stolze Mutter der Kinder, die im ‹Ackermann› – und überhaupt in der Dichtung der Zeit – als das Frauenideal gepriesen wird. Sie sichert und ist selbst die *hausere* (‚Hausehre'). Mit diesem Begriff, der seit dem Ende des 13. Jahrhunderts in der Spruchdichtung auftaucht, ist zunächst das Ansehen gemeint, das der Hausherr und sein ganzes Hauswesen genießen. Der Ackermann-Dichter und seine Zeit können so die Hausfrau selbst benennen. Wie sehr er die Frau durch die hausväterliche, ‹bürgerliche› Brille sieht, beweisen seine Worte: *Vür alles we und ungemach mein heilsame erzenei* (‚Arznei'), *meines gutes dienerin* (‚die dienende Hüterin meines Besitzes'), *meines willens pflegerin, meines leibes auswarterin* (‚Aufwärterin'), *meiner eren und irer eren tegelich und nechtlich wachterin was sie unverdrossen* (Kap. 11). Es ist die bürgerliche, alltägliche Tüchtigkeit der Hausfrau, die in dem ganzen Werk immer wieder als Ideal hingestellt wird. Das wird oft noch mit literarischen Prägungen aus ritterlicher Zeit dargestellt: *Ere, Zucht, Keusche, Milte, Treue, Maße, Fuge, Bescheidenheit wonten stets in irem hofe:* Das ist das Bild des Minnehofes, an dem die personifizierten höfischen Tugenden weilen. Aber ihr idealistisches Feuer wird hier auf die kleine Flamme hausbackener Moralbegriffe zurückgeschraubt, so wie *friedel* und *amei* (mhd. *âmîe*), die minnenden Liebenden, sich zu tugendstrengen Ehegatten gewandelt haben. Von diesem Bedeutungswandel zu alltäglich handfester Moralität bleiben auch die religiösen Begriffe nicht verschont: *Heil, Selde und Gelücke stunden mir bei durch iren willen.* Die oben erwähnte Personifizierung wird fortgesetzt; die Stelle ist wörtlich zu nehmen: ‚Die (allegorischen) Damen Heil, Glückseligkeit und Glück weilten ihr zuliebe in meiner Gesellschaft (standen bei mir).' Von der alten religiösen Bedeutung (mhd. *heil* = Seelenheil, *saelde* = irdisches, von Gott verliehenes Glück) ist hier nicht mehr viel zu merken. Nicht daß der Dichter unreligiös wäre; im Gegenteil, er ist von tiefer Frömmigkeit beseelt. Nicht nur das Schlußgebet beweist das. Aber auch diese Frömmigkeit nimmt die Züge rechtschaffener, moralischer Pflichterfüllung an.

Innerhalb dieser auf Tüchtigkeit gestellten Weltanschauung sind die Ausdrucksmittel des Dichters weit gespannt. Das Temperament und die Farbigkeit seiner Rede erwähnten wir schon. In seinem Wortschatz findet sich manches von der Sprache der Wissenschaft seiner Zeit, wie er denn auch (Kap. 26) die freien Künste, dazu *Philosophia, Physica,* aber auch *Alchimia* und ‹schwarze› Künste wie *Piromancia, Idromancia, Ciromancia* (‚Pyro-, Hydro-, Chiromantie', d. h. Wahrsagen aus dem Feuer, dem Wasser, den Linien der Hand) personifiziert auftreten läßt. Manches erinnert an die Mystik, so die Abstraktbildungen, die substantivierten Infinitive, zahlreiche Bildungen mit *un-, durch-* und *voll-*. Auch Wörter wie *wesen, eindruck, einfluß* fehlen nicht. Das macht JOHANN VON TEPL nicht zum Mystiker; es beweist nur, wie die Sprache der Mystiker (vgl. Bd. 1, S. 461 ff) ins Weite gewirkt hat.

Aber auch der alltägliche Wortschatz der Zeit wird in diesem Werk zu literarischem Rang erhoben. Dabei kann es zu umgangssprachlichen Wortbildungen kommen wie in dem letzten Gliede dieser Reihe: *würze, kraut, salben und allerlei apothekenpulverei.* Hier meint man, den Mann auf der Straße sprechen zu hören. Das ist auch bei vielen sprichwörtlichen Redensarten der Fall, die allerdings zum Teil in der Spruchdichtung vorgeprägt sind, dadurch aber, wie es scheint, zum Volksgut wurden: *Schelten, fluchen, wünschen künnen keinen sack gefüllen* (26); *du bist aus dem selben stempel gewürket* (‚aus demselben Holz geschnitzt', 32); *haue nicht über dich, so reren* (fallen) *dir die spene nicht in die augen* (6); *ga, ga, ga, snatert die gans, lamb, lamb sprichet der wolf, man predige, was man welle* (22). Dabei fällt an vielen Stellen die Derbheit der Ausdrücke auf: die Leiblichkeit des Menschen wird vom Tod u. a. als *ein kotfaß, ein stankhaus, ein stinkender leimtigel, ein übelriechender harnkrug* (24) bezeichnet. Viele grobe Schelten kommen vor: *böser lasterbalg, böser schandensack* sagt der Ackermann, und der Tod revanchiert sich: *stumpfer pickel, du kluger esel, Eselsdorf, du üppiger geuknecht.* Beiläufig sei angemerkt, wieviel bürgerlicher, vor allem handwerklicher Alltag aus dieser Vorstellungswelt spricht: Die Pulver des Apothekers, der Zimmermann, der nicht über sich arbeiten soll, die Werkzeuge und Gerätschaften wie *balg* und *sack, leimtigel, stempfel* (Stempel) und *pickel.*

Der Dichter kannte seine Zeit und wußte, was und wie sie sprach. Selbst bei den niedersten Gattungen der Volkspoesie machte er seine Anleihen. Die Frauenschelten des 26. Kapitels, aber auch andere Stellen, stammen aus dem Fastnachtsspiel: *Als balde ein man ein weib nimt, als balde ... hat er ein joch, ein kumat* (‚Kummet, Pferdegeschirr') ... *einen fegeteufel, ein tegeliche rosfeilen* (‚Roßfeile, Reibeisen'), *die er mit nichte nicht enberen mag* (‚die er mit keinen Mitteln wieder loswerden kann'). *Geboten ding nicht tun, verboten ding tun fleißet sie sich alzeit. Siech zu arbeit, gesund zu wollust ... ist sie, wann sie des bedarf* (‚wann immer es ihr paßt'). *Der nacht gebrechen* (enttäuschter sexueller Wünsche) *sei aller vergessen. Von alters wegen schemen wir uns* läßt der Dichter den Tod hinzufügen, und darin unterscheidet er sich vom Fastnachtsspiel, das mit Vorliebe gerade in dieser Sphäre ungemein deutlich wird.

Fassen wir zusammen: Was die böhmische Kunstprosa auszeichnet, ist im Geistigen die Forderung nach gediegener Gelehrsamkeit, nach der *waren meisterschaft.* Ihre Sprachbehandlung ist nur ein Teil davon. Denn *meisterschaft* verlangt auch die *inventio,* das Finden und die gedankliche Durchdringung des Stoffes im ganzen und bis hinein in seine kleinsten Einzelheiten, verlangt die *dispositio,* die sachgerechte Anordnung der Stoffmassen, verlangt dann auch die *elocutio*, die sprachliche Formulierung mit dem ganzen *ornatus*, dem rhetorisch-stilistischen Schmuck der Rede. Daß die Rede gleichermaßen in die Höhen philosophischer Weisheit wie in den Schmutz der Gosse greifen kann, ist ein Zug der Zeit, der uns immer wieder begegnen wird. Daß vulgäre Elemente bis in die Sphären hoher Kultur vordringen, scheint eine Eigentümlichkeit von Perioden zu sein, die sich im gesellschaftlichen Umbruch befinden. Gleiches ist in der römischen Antike und ist in unserer eigenen Zeit anzutreffen.

Der gesellschaftliche Umbruch aber wird im ‹Ackermann› recht deutlich. Der hochfliegende Idealismus der höfischen Kultur hat dem Streben nach Tüchtigkeit und rechtschaffener Bewährung in einer sehr realistisch gesehenen Welt den Platz geräumt. Dabei kann diese Dichtung, die an den Leser hohe Ansprüche stellt, nur an einen erlesenen Gesellschaftskreis gerichtet gewesen sein. Es ist vielleicht nicht die Hofgesellschaft, für die JOHANN VON NEUMARKT seine Werke geschrieben hatte. Aber eine Gesellschaft von hoher Bildung muß auch JOHANN VON TEPL im Auge gehabt haben, und das sind immerhin die vom Geist des Akademischen berührten Kreise, die im städtischen Leben die kulturelle Oberschicht bilden, aber auch an den Höfen, wie wir sahen, Eingang gefunden hatten. Obwohl in diese für eine Bildungselite bestimmte Dichtung neben anderem manches aus dem Alltag bescheidener Haushaltung und des Handwerks, einiges sogar aus den Lustbarkeiten des Pöbels eingeflossen ist, kann man sie nicht als ‹bürgerlich› bezeichnen. Sie ist Spiegelbild einer gewandelten Gesellschaft, für die wir keinen zureichenden Namen haben.

VI. WANDLUNG DER INNEREN SPRACHFORM

Faßt man die Laute und Formen einer Sprache und ihre Spiegelung in der Orthographie ins Auge, so hat man es mit der äußeren Sprachform zu tun. Im Kapitel IV zeigten wir am Beispiel der Geschäftssprachen regionaler Kanzleien, in wie unterschiedlichen äußeren Formen das Frühneuhochdeutsche in Erscheinung tritt. Es wäre aber nicht schwer, an denselben, äußerlich so verschiedenartigen Texten (Anhang Nr. IV) doch auch durchgehende Gemeinsamkeiten in Wortschatz und Satzbau nachzuweisen, kurz in allem, was man mit der Bezeichnung ‹Stil› eher zusammenfassend zu benennen als exakt zu definieren pflegt. Wo es um Stilfragen – im weitesten Sinne – geht, bewegt man sich auf dem Gebiet der inneren Sprachform. Diese soll uns, wie schon im vorigen Kapitel, auch weiterhin beschäftigen.

Im ‹Ackermann aus Böhmen› (das ältere Werk Johanns von Neumarkt darf fortan außer Betracht bleiben) fanden wir ein Sprachkunstwerk hohen stilistischen Ehrgeizes, in dem ein Dichter den bereits sehr besonderen Stil einer bestimmten Schule noch durch seinen persönlichen Ausdruckswillen überhöht. Damit blicken wir bereits in verschiedene Stilebenen hinein. Wir erkennen den ‹Personalstil›, den jeder Autor jeder Zeit in mehr oder minder starker Ausprägung besitzt. Dahinter steht hier ein regional entwickelter Sprachstil der böhmischen Schule. Daß außerdem noch jedes Sprachkunstwerk dem Stil der Gattung, der es zugehört, Rechnung zu tragen hat, wollen wir hier außer Betracht lassen. Wir werden uns im Verlauf dieser Auseinandersetzung noch mit einem Versepos und einem lyrischen Werk, beide von jüngeren Zeitgenossen Johanns von Tepl geschaffen, zu befassen haben, wollen aber auf die gattungsbedingten Stilunterschiede nicht eingehen. Wichtig ist nur zu erkennen, daß jeder gattungsbedingte und jeder noch so persönliche Stil eines Autors immer auf der Grundlage der allgemeinen Sprachgepflogenheiten seiner Zeit erwächst. Es gibt einen ‹Zeitstil›, und um den Zeitstil der frühneuhochdeutschen Periode soll es uns gehen, genauer gesagt, zunächst um den Stil der Zeit von etwa 1400 bis 1450, den wir aus dem Vergleich einiger großer Dichtungen zu erkennen hoffen. Denn wenn sich in der Kunstprosa des böhmischen gelehrten Stadtschreibers, in der Lyrik Oswalds von Wolkenstein, eines abenteuernden Ritters aus Tirol, und dem Epos des Schweizer Juristen Heinrich Wittenwiler Gemeinsamkeiten finden, dann dürfen wir vermuten, daß in Werken so verschiedener Gattung und Landschaft dieses Gemeinsame dem Zeitstil entspricht.

Das Allgemeine, das wir in der Dichtung zu finden hoffen, tritt in weniger anspruchsvollen Sprachdokumenten wahrscheinlich noch deutlicher hervor, wird dort nicht durch persönlichen Stilwillen überlagert und verdeckt. Wir beginnen deshalb mit der Betrachtung zweier Privatbriefe des jungen Königs und späteren Kaisers MAXIMILIAN I. Sie wurden beide erst im Jahre 1490 geschrieben. Was man aber an ihnen beobachten kann – abgesehen von der schon sehr gefestigten äußeren Form, vor allem der Orthographie des einen Briefes –, ist ebenso auch schon zu Beginn des 15. Jahrhunderts vorhanden. Außerdem zeigen sie, daß auch die Kanzlei ihren besonderen Stil hat, worauf wir bei Darstellung der Geschäftssprachen noch nicht eingehen konnten. Denn den einen Brief übertrug der König seiner Kanzlei zur Ausfertigung, den anderen schrieb er mit eigener Hand (LH 131, S. 22 f). Die Unterschiede, die sich daraus ergeben, sind lehrreich und wiegen den Nachteil der zeitlich späten Abfassung auf. Der erste Brief lautet:

Maximilian, von gots gnaden Romischer kunig, zu allenn zeiten merer des reichs etc. Hochgebornner, lieber vetter und furst. Wir vernemen, wie dein lieb (Anrede; vgl. Formeln wie *Euer Liebden*) *das wiltpret nit jagen, sunder auf unnser zükunfft* (‚Ankunft'), *damit wir des mitsambt dir dest mer schiessen und vellen mochten, ersparn welle, das unns doch in dheinen weg gemeint ist* (‚was doch in keiner Weise in unserer Absicht liegt'), *angesehen, daz des sovil ist, daz das nit mag so pald verjagt oder ausgereut* (‚ausgerottet') *werden. Demnach begern wir an dein lieb mit gar besonnderm, freundtlichen vleysse bittund, du wellest für und für* (‚zu jeder Zeit') *allenthalben nach deinem lust, willen und gevallen hezen* (‚hetzen'), *jagen und annder waydney* (‚Weidwerk') *treyben und der keins auf unns sparn* (‚unsertwegen aufschieben'). *Daran erzeigt unns dein lieb freunndtlichs wolgevallen.*

(LH 10, Nr. 422)

Dieser Brief wurde *ad mandatum domini regis proprium,* ‚im eigenen Auftrag des Königs', am 15. Juli 1490 in seiner Kanzlei geschrieben. Es ist, wie der Inhalt zeigt, ein Privatbrief, an den Erzherzog SIGMUND von Österreich gerichtet. Mit diesem energischen, im Waffen- und Weidwerk erfahrenen Mann, der etwa dreißig Jahre älter war, verband den jungen König eine enge Freundschaft. Die persönliche Teilnahme spricht selbst noch aus den gemessenen Worten, in denen ein Kanzleibeamter den Brief stilisiert hat.

Eine ganz andere Stilhaltung zeigt sich in dem am 13. Juni desselben Jahres aus Rottmann in der Steiermark mit eigener Hand geschriebenen Brief. Die pompöse Absenderformel am Eingang fehlt. Der Brief beginnt gleich mit der persönlich stilisierten Anrede:

Hochgeborner furst, freuntlicher, lieber veter und vater. Wier wolten geren eur liebe (,Euch') *neue maer schreiben, dy da ser guet weren. So warten* (,warteten') *wier altag der gnaden gottes.* Damit ist eine Entschuldigung für längeres Schweigen ausgesprochen. Offenbar ist von irgendeiner, vielleicht politischen Entwicklung die Rede, über deren Ausgang der Absender gern persönlich berichtet hätte. Über die laufenden Angelegenheiten habe er ja *durch dy canzley* mehrfach schreiben lassen. Es folgt dann der Bericht über ein neues Silberbergwerk, das der König besucht hat und das *inderhalb 5 oder sex jaren* reichen Ertrag verspricht. Dann wendet er sich in scherzhaftem Ton einigen Jagdvorhaben zu: *Wir werden margen* (,morgen') *gemsen jagen. Gott geb, das wier mugen ain mit unser hand vellen! Wier tragen besunderen haß van langen zeiten zu denselben wilden tieren. Und wier richten hie ain gejade zu* (,bereiten eine Jagd vor') *mit wilden wurmen* (,Ungeheuern'), *genant dy sbarzen peeren* (,schwarzen Bären'); *der seind gar vill hieumb. Wie es am baidwerg* (,Weidwerk') *gen wiert, auch sunst in unser rais* (,und überhaupt auf unserer Reise'), *der hofnung, darin wier altag leben* (abermals eine Anspielung auf das erwartete Ereignis), *wellen wier eur liebe alzeit verkunden, als unserem freuntlichen, lieben veteren und vater, dem wier alzeit zu dienen und wilfaren begierlich genaigt seind, den auch der almechtig gott alzeit frolich und gesunt sparen welle. Datum zu Ratenman am suntag nach corporis Christy anno dominy 90°. Eur liebe freuntlicher veter und sun per manum propriam* (,eigenhändig') *Maximilian, Romischer kunig etc.*

(a. a. O., Nr. 421)

Deutlich unterscheidet sich der persönliche Plauderton des eigenhändigen von dem gemessenen Kanzleistil des ersten Briefes. ,Den Gemsen, diesen wilden Tieren, sind wir seit Urväterzeiten feind' erinnert im Ton an den weinfrohen Zecher von heute: ‹Der Alkohol ist unser Feind; er muß vertilgt werden.› Mhd. *wurm* bedeutet ‹Drache›, ein schreckliches, gefürchtetes Fabelwesen. Die schwarzen Bären werden also, humorvoll übertreibend als ,Drachensaat' apostrophiert. In diesen nicht mehr zeitgemäßen Ausdrücken kommt übrigens MAXIMILIANS persönliche Vorliebe für die ritterliche Aventiure-Dichtung vergangener Tage zum Ausdruck, für die auch SIGMUND empfänglich war. So lockere Scherze hätte natürlich ein gestrenger Kanzlist nicht über sich gebracht.

Die Unterschiede sind auch sonst deutlich. Der König hat schreiben gelernt, aber seine Orthographie ist bei weitem nicht so gefestigt wie die der Kanzlei. Er gewährt der Mundart viel mehr Einfluß, enthält sich anderseits aber kanzlistischer Moden, wie der Verdoppelung des *n* (*allenn, unns*) und der Verwendung des *y* (*vleysse, treyben*). Was die innere Form betrifft, so fallen die langen verwickelten Sätze des Kanzleibriefes gegenüber den kurzen, anreihenden Fügungen des eigenhändigen auf. Allerdings wird auch hier, wo es am Ende zu Höflichkeit und guten Wünschen kommt, der Satzbau komplizierter, doch ohne die Verschränkungen des Kanzleibriefes. Am Ende verfällt der vorher lebhaft plaudernde Briefschreiber wieder in das Formelwerk des üblichen Briefstils.

Neben den Unterschieden weisen die beiden Briefe aber auch stilistische Gemeinsamkeiten auf. Vor allem sind es wieder die Doppel- und Dreifachformeln, die schon oben (S. 94) zu erwähnen waren: *schiessen und vellen, verjagt oder ausgereut* und mit Dreiergliederung gegen Ende des Briefes *nach deinem lust, willen und gevallen; hezen, jagen und annder waydney treyben* im ersten Schreiben, *veter und vater, dienen und wilfaren, frolich und gesunt, veter und sun* im zweiten. Auch die doppelten attributiven Adjektiva sind zu erwähnen: *mit gar besonnderm, freuntlichen vleysse* im ersten, *unserm freuntlichen, lieben veteren* im zweiten Brief. Adverbien drükken ein persönliches Engagement aus, so das *wier wolten geren* (,gern') *schreiben* und *wier sind begierlich genaigt* des zweiten Briefes, und in anspruchsvollerer Stilisierung im Kanzleibrief das *in dheinen* (mhd. *dehein* = ,kein') *weg gemeint* und *mit besonnderem, freuntlichen vleysse bittund.* Das sind, aus wenigen Zeilen herausgelesen, einige Charakteristika, die manches über die innere Form des Frühneuhochdeutschen aussagen.

Synonymik als Spiegel des Nominalismus

Die Doppel- und Dreifachformeln können, wie auch längere Aufzählungen, ohne tiefere Bedeutung als Redeschmuck verwendet werden. Dann wirken sie als rein formale Stilelemente. Aber es kann doch auch mehr dahinter stecken. Wenn z. B. *schiessen und vellen* zusammentreten, so wird zwischen ,zum Schuß kommen' (der nicht immer treffen wird) und ,zur Strecke bringen' unterschieden, bei *verjagt oder ausgereut* wird in Betracht gezogen, daß das Verschwinden des Wildes aus einer Gegend verschiedene Ursachen haben kann. *Hezen* und *jagen* sind verschiedene Arten der Jagd, und daß es weitere Methoden gibt, z. B. *birsen, beizen* (‹mit Spürhunden, mit Falken jagen›), wird durch das dritte Glied, *annder waydney treyben* angedeutet. Hinter *lust, willen und gevallen* verbirgt sich eine Psychologie *in nuce,* nämlich die ‹drei Seelenkräfte› triebhaftes Gefühl, Wille und ästhetisches Wohlgefallen, bei dem nach Auffassung der Zeit der erkennende Verstand eine wichtige Rolle spielt. *Frolich und gesunt* endlich bezeichnen seelisches und körperliches Wohlbefinden. In allen diesen Beispielen wird also eine oberbegriffliche Allgemeinvorstellung durch eine Gruppe von konkreteren anschaulicheren Einzelvorstellungen ausgedrückt. Darin spiegelt sich ein entscheidender Umbruch im Geistesleben, der sich in der Philosophie seit langem vorbereitet hatte. Im ‹Universalienstreit› des Mittelalters hatten die philosophischen ‹Realisten› behauptet, die Allgemeinbegriffe seien wirklich (*res* = ‚Sachen') und vor den Einzeldingen vorhanden, während die ‹Nominalisten› lehrten, sie seien nur *nomina* oder *voces,* Worte, Bezeichnungen, die nur innerhalb des sprachlichen Denksystems notwendig seien und keiner objektiv dinglichen Wirklichkeit entsprächen. Im elften Jahrhundert schon hatte dieser Streit die Gemüter sehr stark erregt und im Jahre 1092 auf einer Synode zu Soissons zum Verbot der nominalistischen Lehre geführt. Seither hatten die großen Lehrer der Kirche, besonders THOMAS VON AQUINO, an einem wenn auch gemäßigten Realismus festgehalten.

Erst zu Beginn des 14. Jahrhunderts hatte der Nominalismus wieder kräftig das Haupt erhoben. Sein stärkster Verfechter war der englische Franziskaner WILHELM VON OCKHAM (etwa 1290 bis 1349 oder 1350), der als Gegner des Papstes am Hofe LUDWIGS DES BAYERN Zuflucht suchte und mehr als zwei Jahrzehnte dort lebte, bis ihn der ‹schwarze Tod› hinwegraffte. Nur die Einzeldinge sind nach ihm das Wirkliche, die allgemeinen Begriffe sind Erzeugnisse des denkenden Verstandes. Der Erkenntnisweg führt daher über die äußere und innere Wahrnehmung zu immer zunehmender denkerischer Abstraktion nach den Gesetzen der Logik. Damit ist der Weg bereitet zur Trennung der Philosophie als einer Vernunftwissenschaft von der Theologie, die auf Offenbarung beruht. Denn die philosophische und die theologische Wahrheit gehören verschiedenen Sphären an, da die eine durch das Denken, die andere durch den Glauben gewonnen wird. Die Offenbarung allerdings ist notwendig, weil der Mensch das Göttliche nicht durch Vernunft erkennen und beweisen kann. Daher kann die Theologie auch keine Wissenschaft sein; es ist aber ein verdienstliches und für den Christen notwendiges Werk, das Unbeweisbare zu glauben. OCKHAM fand viele Nachfolger, die seine Gedanken weiter ausbauten. Vor allem die eben entstehenden deutschen Universitäten wurden zu Arenen, in denen der geistige Kampf zwischen Nominalisten und Realisten mit Leidenschaft ausgetragen wurde.

Es bedarf keines Hinweises, daß der philosophische Begriff ‹Realismus› des Mittelalters einen völlig anderen Inhalt hat als der moderne. So paradox es klingt: Gerade durch den Nominalismus, der den Allgemeinbegriffen die Realität abspricht, wird der moderne Realismusbegriff möglich, der erkenntnistheoretisch besagt, daß die Dinge der Außenwelt unabhängig vom erkennenden Ich bestehen. Wieder anderes bezeichnet das Wort als kunst- und literaturwissenschaftlicher Fachausdruck, wie wir ihn im folgenden verwenden müssen. In diesem Bereich ist damit die genaue Beobachtung und künstlerische Verarbeitung der Wirklichkeit gemeint.

Der Nominalismus als philosophische Welt-Anschauung erlaubt es, ja fordert geradezu, zuerst den Dingen der wahrnehmbaren Außenwelt das Interesse zu schenken. Wenn also, wie oben gezeigt, allgemeinere, d. h. abstraktere Vorstellungen als eine Mehrzahl von Einzelvorstellungen dargestellt werden, aus denen sich das Allgemeine erst durch einen abstrahierenden Denkvorgang ergibt, so ist das eine Folge des nominalistischen Denkens. Wir dürfen dabei die knifflige Frage in der Schwebe lassen, ob die Philosophie in dieser neuen Denkrichtung schrittmachend vorangeht – ihre Wirkung auf die Universitäten und durch sie auf die Humanisten des 15. Jahrhunderts ist unverkennbar – oder ob der ‹gesunde Menschenverstand› einer sich wandelnden, auf Realitäten eingestellten Zeit – man denke an Stadt und Städter – nicht auch die Philosophen veranlaßt, alte systemgebundene Positionen erneut zu durchdenken und im denkerischen Endergebnis aufzugeben.

Um zu den sprachlichen Erscheinungen zurückzukommen: In den Doppelformeln, von denen wir ausgingen, vereinigen sich mehrere Traditionsstränge. Zum Teil entstammen sie der altgermanischen Dichtersprache, besonders auch der poetisch eindringlich formulierten Sprache uralten Rechts. *Haus und Hof, Kind und Kegel* (d. h. ‚eheliche und uneheliche Kinder'), *Mann und Maus, Leib und Leben* stammen aus dieser Sphäre, obwohl sie nicht alle von gleich hohem Alter sind. Das einmal gefundene Ausdrucksmittel wird weiter angewandt. In mittelhochdeutscher Dichtung begegnen besonders häufig Formeln vom Typ *arm unde rîch, alt unde junc, wîp unde man, leien unde pfaffen* für ‚alle Menschen', *ritter unde vrouwen* für ‚die höfische Gesellschaft', *heide unde walt* für ‚die freie Natur'. Das sind stilistische Kunstmittel, die seit der Antike in den *artes poeticae* gelehrt werden. In ihrer formelhaft starren Zweiseitigkeit haben sie mit nominalistischer Beobachtung nichts zu tun.

Formeln dieser Herkunft leben auch im Frühneuhochdeutschen weiter. Aber sie werden seltener, und nicht von ungefähr fehlen sie in den beiden oben angeführten Briefen. Freilich stammen auch jetzt die Doppelformeln als reine Form aus der lateinischen stilistischen Tradition. Im Geist der neuen Zeit aber füllen sie sich mit neuem Gehalt, werden aus der alten Starrheit gelöst und erreichen – jedenfalls bei sprachbewußten Stilisten – eine neue Geschmeidigkeit zur Aufnahme vielseitiger Inhalte.

Zu den sprachlichen Folgen des Nominalismus gehört freilich mehr als nur die zergliedernde Nennung von Einzelvorstellungen. Man empfindet es überhaupt als notwendig, der Einzelerscheinung klare, eindeutige Bezeichnungen zu geben. So kommt es zu der Fülle von Synonymen, die für das Frühneuhochdeutsche charakteristisch ist. Sie können entweder dieselbe Sache unter verschiedenen Aspekten bezeichnen (vgl. die Liste der Schelten oben S. 98 mit dem Generalnenner ‹vergänglicher Mensch›) oder nahe verwandte Vorstellungen sprachlich differenzieren (wie oben *jagen, hezen, birsen, beizen*).

Die reiche Synonymik ermöglicht größere Genauigkeit des Bezeichnens. Damit hängt die Tendenz zum Eindeutigwerden einst vielschichtiger Bezeichnungen zusammen, der Hermann Kunisch (LH 26) nachgegangen ist. Mhd. *wîse, wîsheit* bezeichneten einst jede Haltung, die vor Gott und den Menschen bestehen kann, frühnhd. *weise* nimmt die eingeschränkte Bedeutung an, die es heute noch hat. *Hövesch*, einst Inbegriff ritterlichen Idealverhaltens und insofern *wîse* benachbart, wird auf das äußere Benehmen eingeengt. Auch Begriffe wie *tugent, êre, triuwe*, einst existenzbezeichnenden Ranges, werden jetzt zu eindeutig engen Moralbegriffen.

Jedes Ding, jede Erscheinung, jeder Vorgang soll seine Bezeichnung haben. Das zeigte sich – unter anderen Vorzeichen – bereits in der Sprache der Mystik (vgl. Bd. 1, S. 447ff), in der die zahlreichen Substantivierungen und Abstraktbildungen um das Aussagen des sprachlich kaum noch Darstellbaren gerungen hatten. Die frühneuhochdeutsche Zeit hat dem an Neubildungen nicht viel hinzugefügt. Indem sie aber den von der Mystik geprägten Wortschatz übernahm, entwertete sie ihn oft zu billiger Scheidemünze, indem sie, was bei Meister Eckhart Unsagbares umkreist hatte, als eindeutige Werte in ihr sprachliches Kalkül einbezog.

Dem Drang zu exakter Bezeichnung, allerdings auch zum Prunken mit Scheingelehrsamkeit, entspringt auch der Gebrauch zahlreicher neuer Fremdwörter. Zwar geht der französische Einfluß zurück, der in höfischer und nachhöfischer Zeit stark gewesen war. Nur werden zahlreiche Verba auf *-ieren, -isieren* neu gebildet. Aber sie stammen jetzt aus lateinischer, nicht mehr aus französischer Wurzel (vgl. *disputieren, approbieren, suspendieren*). Aus dem Lateinischen kommen jetzt überhaupt sehr viele neue Fremdwörter (LH 134, 135), die meisten aus dem Gebiet der freien Künste, vor allem aus der Musik, ferner aus der Medizin und der Rechtswissenschaft. Besonders die Meistersinger machen von dem fremden Putz gern und reichlich Gebrauch; aber es ist klar, daß er aus den Fachsprachen der Universität stammt. Die Gelehrten selbst verhalten sich unterschiedlich; unter den Humanisten gebrauchen manche das Fremdwort bedenkenlos, andere bekämpfen es.

Besonders auffallend ist im Frühneuhochdeutschen die Neubildung sogenannter *Nomina agentis*, d. h. Täterbezeichnungen. Allein im ‹Ackermann› habe ich an sechzig solcher Wörter auf *-er* gezählt (zu denen noch andere Bildungen hinzukommen) und etwa zwanzig weibliche auf *-erin*. Die wenigsten davon sind eingebürgerte Berufs- oder Standesbezeichnungen wie *meister, jeger, marner* ‚Schiffer', *meisterin, dienerin*, oder von Tätern, die durch besonderes Handeln ein für alle Mal charakterisiert sind wie *mörder, rauber, zaubrerin*. Die weitaus meisten Wörter, fast alles Neubildungen, betrachten einen mehr oder minder zufälligen Vorgang unter dem Aspekt des Ausführenden. Dahin gehören z. B. *besserer, einsacker, vernemer, loner, strafer, züchtiger, zusager; verantwürterin, messerin, schetzerin* und viele andere, darunter auch sogenannte Akkusativ-Komposita wie *banierfürer* ‚Bannerträger', *handhaber, traurenmacher; handreicherin, traurenwenderin*. In solchen Wortbildungen wird der Mensch in seinen vielseitigen täglichen Verrichtungen (Handwerker) und überhaupt als Handelnder in den verschiedensten Bezügen sprachlich bezeichnet, eine Besonderung ohnegleichen, die abermals den Hang zu Eindeutigkeit und Einzelheit beweist.

Individualismus

Als ein hervorstechender Zug der frühneuhochdeutschen Zeit wird immer wieder der Individualismus genannt. Er war ja schon in der Mystik stark hervorgetreten (vgl. Bd. 1, S. 479ff), in der der einzelne Mensch den unmittelbaren, eigenen Weg zu Gott gesucht hatte. Man darf dabei nicht übersehen, daß der mystische Strom des 13. und des beginnenden 14. Jahrhunderts, viel flacher geworden, aber nunmehr sehr breite Kreise ergreifend, durch die ganze frühneuhochdeutsche Periode weiterfloß. Sprachgeschichtlich ist er nur noch in den Niederlanden ergiebig; wir brauchen deshalb in unserem Zusammenhang auf die zahlreichen mystischen Traktate, Mystiker-Viten und die sehr umfangreiche Korrespondenz späterer Mystiker nicht einzugehen. Daß allerdings der mystische Wortschatz in frühneuhochdeutscher Zeit zum Gemeingut wird, war bereits mehrfach anzudeuten, aber auch die Verflachung, welche die mystischen Vorstellungen beim Übergang in den Alltagsgebrauch erlitten.

Individualismus zeigt sich aber auf religiösem Gebiet auch außerhalb des Mystikerkreises. Die vielen zu privatem Gebrauch bestimmten Gebetbücher der Zeit beweisen es. Ganz allgemein gesehen, weist schon die Fähigkeit des Lesens, die in frühneuhochdeutscher Zeit von so vielen Menschen erworben wird, in dieselbe Richtung. Wer selbst lesen kann, wer nicht mehr auf die Erzähler oder den Vorleser angewiesen ist, die doch meist viele Zuhörer um sich sammeln, isoliert sich durch sein stilles Lesen. Die Kunst des Schreibens, deren sich jetzt ebenfalls viele befleißigen, ist da in anderer Lage. Sie fördert zum mindesten, wie die überaus vielen Privatbriefe der Epoche beweisen, den Austausch zwischen dem Du und dem Ich.

Nun hatte freilich schon das ausgehende 12. Jahrhundert das Ich und das Du, mithin das Individuum entdeckt (vgl. Bd. 1, S. 389ff). Aber das Individuum wurde damals noch als ein Glied des Ganzen gesehen. Wenn der höfische Dichter sein eigenes Ich erkannte, so erkannte er sich als einen Ritter und sein seelisches Empfinden als das dem Ritterstande angemessene. Und wenn er seine *vrouwe*, die unerreichbare Minneherrin, pries, so sah er sie als das Ideal der Edelfrau, und niemals hätte er gewagt, sie durch Nennung ihres Namens aus der Schar aller Damen als einzelne herauszuheben.

Auch darin tritt ein Wandel ein. So selbstverständlich, wie es heute scheint, ist es nicht, daß JOHANN VON TEPL den Namen seiner Frau nennt. Insoweit hält sich der Lyriker HUGO VON MONTFORT (1357 bis 1423) noch an den alten Brauch, indem er keine Namen kennt. Aber die ‹Minneherrinnen› seiner Lieder waren ihm, der dreimal verheiratet war, nacheinander seine drei Ehefrauen, und an deren Identität läßt er keinen Zweifel aufkommen. Sein etwas jüngerer und als Dichter weit bedeutenderer Zeitgenosse OSWALD VON WOLKENSTEIN (1377? bis 1445) macht kein Hehl daraus, wie verhängnisvoll sein Liebesverhältnis zur *Hausmannin*, der Witwe des Brixener Bürgers HANS HAUSMANN, ausging, und wer von OSWALDS Tiroler Standesgenossen es wirklich noch nicht gewußt hätte, mußte aus diesem Lied erfahren, wer die Frau war, die ihn zweimal ins Gefängnis werfen ließ. Davon berichten andere Lieder, aber auch von sinnlichem Liebesglück:

In freuden si mir manig nacht
verlech ir ermlin blos
mit trauren ich das überwind,
seid mir die bein und arm beslagen sind

(Lied Nr. 1)

Empört und verzweifelt schreit der Dichter aus – Sohn einer neuen Zeit und jetzt gar nicht mehr höfisch –, wer die Frau war, die ihn erst mit ihren Armen umfangen, dann aber gefänglich in Eisen gelegt hatte.

In seinen werbenden Liedern für MARGARETHE VON SCHWANGAU, die dann seine Frau wurde, und in Liedern zum Preis seines Eheglücks hat er dann den Namen von Anfang an preisgegeben:

Gedenk, liebs Öselein an mich,
dein Gredlin sol erfreuen dich

(Lied Nr. 77).

Mit dem Kosenamen *Öselein* für *Oswald* läßt er sich in einem der ersten Margarethen-Lieder von seinem *Gredlin* (*Gretchen*) anreden.

Das Individuum wird nicht nur mit dem Namen deutlich bezeichnet. Es wird auch in seiner Einmaligkeit gesehen und genau beschrieben. Man vergleiche das Bildnis der Geliebten und das Selbstporträt des alternden Dichters im Anhang Nr. VI. Von Kopf bis Fuß wird MARGARETHE abgeschildert. In anderen Gedichten nimmt OSWALD das stolze Haupt seiner Frau wahr, das sich hell über schwarzem Kleide erhebt, oder den grünen Saum des Gewandes, der die schimmernde Brust umrahmt. Hier preist er die Schönheit. Er kann aber auch verwitterte alte Weiber zeichnen, und er schont sich selbst nicht, wenn er den Verfall seines Alters schildert.

In diesen Gedichten geht es um Darstellung des sinnlich Wahrnehmbaren. Aber der Dichter kann auch, wiederum bis in die Einzelheiten vordringend, Seelenzustände beschreiben, nicht zwar an den Frauen seiner Lieder. Da reflektiert er nicht, da packt er zu. Aber sich selbst kann er beobachten und nuancenreich schildern, was in ihm vorgeht. In der Marter des Gefängnisses, die ihm als gottgesandte Strafe für sein schuldhaftes Leben erscheint, singt er (Lied Nr. 7):

Der sorgen raiff
hat meinen leib zesamen vest gebunden,
von sorgen groß mein herz geswillt,
forcht, sorg, die hab ich funden:
durch sorg mein houbt genzlich erschillt,
graußliche sorg mir dick den slauf erwert.

‚Ich spüre die Sorgen leiblich, als schlösse ein eherner Reif mich ein, das Herz schwillt an in meiner Brust vor Sorgen. Jetzt weiß ich erst, was Angst und Sorge sind. Mein Kopf dröhnt mir von Sorge, und grausame Sorge verwehrt mir oft den Schlaf.' Stellen solcher Art, in denen seelisches Empfinden und dessen genau beobachtete

Symptome dargestellt werden, finden sich bei OSWALD in großer Zahl. Es sei des Vergleiches wegen bemerkt, daß auch JOHANN VON TEPL das Bild seiner Frau entwerfen und den Seelenzustand des Akkermanns, in dem er sich selbst darstellt, scharf beobachtend zergliedern kann.

Jetzt wird auch die Landschaft bewußt erlebt und zum erlebenden Individuum in Beziehung gesetzt. Auch hier muß ein knappes Beispiel anstelle vieler stehen. Im Lied Nr. 11 philosophiert der Dichter über die Vergänglichkeit des irdischen Glücks, und er nimmt den lebenerfüllten Turnier- und Festplatz zum Exempel:

Turnier und stich, louff, tanz und spring
auf einem weiten platz
mach kurzweil vil, treib hoflich ding,
verdrä dich als ein katz,
und wenn der schimpf all da ergat,
gee wider dar, so vindst ain öde stat

‚Treib alle ritterliche Lustbarkeit auf einem weiten, festlichen Platz. Beweg dich im Trubel geschmeidig wie eine Katze (d. h. genieß das bunte Gedränge, in dem du dich elegant bewegst). Und geh wieder hin, wenn die Kurzweil dort zu Ende ist: nichts findest du als eine kahle, leere Stätte.' Hier wird der ‚weite Plan', der in der höfischen mittelhochdeutschen Dichtung stets nur als Lustort geschildert wird, in der Gegensätzlichkeit des prangenden Festes und des nüchternen Alltags bewußt erlebt und dieses Erleben poetisch zum Ausdruck gebracht.

Realismus?

Ergrauend und glatzköpfig, mit blauen Lippen und bröckelnden Zähnen: so schildert OSWALD sich selbst; er pointiert sarkastisch, aber er stellt doch ein Stück Wirklichkeit dar. Diese unbefangene Wirklichkeitstreue durchzieht sein ganzes lyrisches Werk. Der weit umgetriebene Mann schildert seine Erlebnisse mit plastischer Eindringlichkeit, Raufhändel etwa, die derben Späße ritterlicher Reisegenossen, die Sinnlichkeit verliebter Abenteuer, und immer wieder die Schrekken der Kerkerhaft.

Kein anderer Dichter seiner Zeit erreicht den WOLKENSTEINER in seiner gewaltigen Ausdruckskraft. Aber sie alle beobachten genau und lieben es, das Beobachtete darzustellen. Die Literaturwissenschaft bezeichnet diese poetische Haltung gern als ‹Realismus› (das Wort natürlich im modernen und nicht im mittelalterlich-philosophischen Sinne gebraucht; s. oben S. 104). Nun ist leicht einzusehen, daß dieser literarische Realismus und der oben S. 103 ff erörterte philosophische Nominalismus nur zwei verschiedene Aspekte der gleichen Geisteshaltung sind: Ausgehen von den Einzelerscheinungen, scharfes Beobachten und denkendes Verarbeiten, abstrahierendes Schlußfolgern aus den Sinneseindrücken. Die Beobachtung der Einzelheiten, die wir oben den Doppelformeln der Privatbriefe entnahmen, ließe sich auch an den Doppelformeln der Dichtung – und natürlich nicht nur daran – nachweisen. Den abstrahierenden Denkschritt erkennt man etwa im ‹Ackermann› in der Klimax ‹Garten – Aue – Gefilde – Wüste› (oben S. 95), die einen Oberbegriff ‹Landschaft› in die Unterteilung ‹Kultur- und Naturlandschaft› zerlegt. Eine vergleichbare Abstraktion liegt Oswalds poetischem Bildsymbol ‹belebter und öder Turnierplatz› für ‹Vergänglichkeit irdischen Glücks› zugrunde.

Der ‹Realismus› ist also gekennzeichnet durch ein scharfes Beobachten der Umwelt, klares Erfassen des Mitmenschen in allen seinen Tätigkeiten und Funktionen, zergliedernde Beschäftigung mit dem eigenen Ich. All das führt zu einem Abschildern der Wirklichkeit, d. h. dessen, was der Mensch der damaligen Zeit als ‹Wirklichkeit› versteht; die religiöse Welt des Glaubens gehört noch durchaus dazu. Neben Liedern ungestümer Lebensfreude finden sich bei Oswald in großer Zahl religiöse Lieder zum Preis der Trinität und der heiligen Jungfrau, ferner Lieder voll bitteren Sündenbewußtseins und erbärmlicher Angst um das Seelenheil. Aber Oswald ist darin keine Einzelerscheinung. Bei vielen Dichtern des 15. Jahrhunderts prallen innige Frömmigkeit und wilde Weltlust, tiefster Ernst und groteske Tollheit unvermittelt aufeinander, ungeheure seelische Spannungen, deren die Menschen dieser Zeit noch nicht Herr werden (LH 128). Die Zeit ist im Umbruch. Begierig ergreift sie das Neue, die ganze Fülle des tätigen und strebenden, des diesseitigen lustvollen Lebens. Sie kann und will die Glaubenswirklichkeit der jenseitigen Welt nicht aufgeben, aber es gelingt ihr noch nicht, das gärende Neue in die überkommene Ordnung zu integrieren.

Der Reiz des Neuen, das die Zeit für sich entdeckt hat, zieht die Dichter in besonderem Maße an. Die unverhüllte Lebenslust schäumt in ihren Werken über. Sie ergehen sich in ausschweifender Schilderung des Triebhaften, des Fressens und Saufens und sexueller Lust. Dabei liebt die Zeit das Grelle, das Lärmende, das Groteske und das unerhört Phantastische. Das alles aber wird wie ganz reales, alltägliches Geschehen dargestellt, als handle es sich um miterlebte, genau beobachtete Ereignisse. Auch das gehört zum ‹Realismus› der frühneuhochdeutschen Literatur, und deshalb betont man, solange keine treffendere Bezeichnung gefunden ist, wenigstens durch Anführungszeichen gern den kritischen Abstand.

Hier ist es nun Zeit, eine auf ihre eigene Weise großartige Dichtung in den Kreis der Betrachtung einzubeziehen. Sie hätte schon für die früher erörterten Erscheinungen Belege liefern können, soll uns aber hier als Beispiel für das unvermittelte Nebeneinander der Gegensätze und anderseits für den grotesk übertreibenden, dennoch ‹realistischen› Darstellungsstil dienen. Sie wurde wohl um 1430 von Heinrich Wittenwiler geschaffen, einem ritterbürtigen Schweizer Adligen, der vermutlich in Konstanz als Jurist im Dienste des Bischofs stand und jedenfalls die städtische Lebensweise angenommen hatte. Er nennt sein Epos ‹Der Ring›, weil es wie eine Enzyklopädie (griech. *kyklos* = Kreis, Ring) alle Lebenskünste lehren will. Weil aber die Menschen ernste Dinge nicht gerne hören, wenn nicht auch Scherz dabei ist,

Dar umb hab ich der gpauren gschrei
gemischet unter diseu ler,
daz sei dest senfter uns becher

LH 123, 36–38)

‚Ich habe bäuerischen Lärm unter diese Lehre gemischt, damit sie uns um so angenehmer zum Guten anleite.' Wirklich hat Wittenwiler einen alten Bauernschwank ‹Von Metzen Hochzeit›, der ihm als Vorlage diente, zu einem sarkastisch derben, großen Epos ausgeweitet und seine ernsten Lehren darin eingereiht, ‹Spiegel›, wie die damalige Zeit sie nannte. Da finden sich unter vielen anderen eine Schülerlehre, die angibt, wie man sich in der Schule verhalten muß, um Bildung zu erlangen, eine Tugendlehre, eine Gesundheitslehre, eine Haushaltslehre und ein Katechismus, dessen einzelne Stücke, Glaubensbekenntnis und Beichte, Paternoster und Ave Maria, sogar in Prosa eingelegt werden, um ihren ernsten religiösen Gehalt nicht durch die Verskunst zu verfälschen. Zudem hat der Dichter in der Handschrift mit roten und grünen Randstrichen angedeutet, welche Partien ernst gemeint, welche scherzhaft aufzufassen sind. Krasser kann das unvereinte Nebeneinander kaum ausgedrückt werden.

Den breiten Rahmen für die ernste Lehre bildet also ein dreister Bauernschwank, der dadurch nichts an grotesker Komik verliert, daß die törichten Bauern von Lappenhausen am Schluß in einem mutwillig vom Zaun gebrochenen Krieg samt ihrem Dorf zugrunde gehen. Nur der Held der Geschichte, Bertschi Triefnas, entrinnt dem Gemetzel und bereitet sich als Einsiedler im Schwarzwald vor, *nach disem laid das ewig leben* (9696)

zu gewinnen. Aber auch diese Schlußpartie ist noch mit der grünen Narrenfarbe bezeichnet: Was immer der Mensch in seiner gebrechlichen Sterblichkeit vornimmt, ist Narrheit vor dem Ewigen.

Der Bauer wird seit NEITHART VON REUENTHAL (vgl. Bd. 1, S. 423 ff) in der Literatur mit Vorliebe als komische Figur und derber Narr dargestellt. Doch gibt sich WITTENWILER Rechenschaft darüber, daß diese närrischen Bauerntypen nichtexistent, daß sie literarische Fiktion sind. Er schreibt:

Doch vernempt mich, welt ir, eben!
Er ist ein gpaur in meinem muot,
der unrecht lept und läppisch tuot,
nicht einer, der aus weisem gfert
sich mit trewer arbeit nert.
Wan der ist mir in den augen
sälich vil, daz schült ir glauben (42 ff)

‚Doch versteht mich bitte richtig! Der ist nach meiner Vorstellung ein Bauer, der sein Leben nicht richtig einrichtet und töricht handelt, und nicht einer, der sich in kluger Lebensführung mit seiner Arbeit redlich ernährt. Denn dieser ist in meinen Augen vor Gott ausgezeichnet, das sollt ihr mir glauben.' Der bäuerliche Stand in seiner hart arbeitenden, ehrbaren Menge ist also nicht gemeint; er soll sich nicht getroffen fühlen. Hier ist der ‹Bauer› literarische Maske für den Tölpel, welchen Standes er auch sei. Das gilt auch für andere Dichtungen des 15. Jahrhunderts und sogar für das Fastnachtsspiel, dessen derbkomische Rüpel fast immer als Bauern bezeichnet werden. Auch hier ist nicht der Bauer *realiter* gemeint, sondern eine antitypisch zum Gebildeten stilisierte Schwankfigur wird nach literarischem Herkommen so genannt (vgl. LH 127, S. 263). Auch das ist zu bedenken, wenn von frühneuhochdeutschem ‹Realismus› die Rede ist.

Eine derb komische Szenenfolge möge ein Bild von dieser Dichtung und ihrer Sprache geben (Vers 1286 ff). Der Bauer *Bertschi Triefnas* ist in Liebe zu *Mätzi Rüerenzumpf* entbrannt (wie fast alle Gestalten der Dichtung tragen die beiden ‹redende› Namen, die ihre Rüpel- und Narrenrollen charakterisieren):

Des nahtes gie er alweg aus
und schlaich hin zuo irs vattern haus.
Den laim den raiss er von der maur
und peiss dar in: es was nicht saur.

Der schmachtende Liebhaber ‚riß den Lehmbewurf von der Mauer und biß hinein; es schmeckte ihm sogar'. Damit wird ein alter literarischer Topos, das Küssen der Tür der Geliebten, grotesk übersteigert. Er findet keinen Einlaß und beginnt zu singen:

Ich wil nach dir verderben,
nach dir so wil ich sterben.

Dieses ‚aus Sehnsucht nach dir verderben, sterben' ist Parodie des Minnesangs; im Mund des Bauernlümmels wird die Trivialität des Reims und des Gedankens besonders deutlich.

Damit so schiegt er hin zum laden,
ob ers gesehen da möcht haben

Aber dieses ‚ungeschickte Hintappen zum Fensterladen' nützt ihm nichts. Nun schleicht er sich

...zuo des pfeiffers haus
und sprach: Mein lieber gsell, ste auf
und hilf mir haint mit deiner chunst:
ich arbait in der minne prunst

‚Hilf mir heute Nacht, ich quäle mich mit brünstiger Liebe'. Das ist recht unverblümt gesagt, Minne im Narrenkleid. Der Erfolg bleibt aus; denn der Pfeifer

Gunterfai der snarchelt ser,
im traumpt, er fischet in dem mer.

Der Spielmann schnarcht nach schwerem Trunk; denn vom Meer träumt nach Meinung der Zeit der Säufer. Und der Hals war ihm völlig trocken, antworten konnte er gar nicht.

Bertschi trommelt nun an die Tür, zuerst mit Steinen, dann mit einem dicken Stock. Endlich erwacht der Spielmann

und wüst auf sam ein wilder has,

‚fuhr auf wie ein Feldhase'. Er meint, seine Frau habe ihn so erschreckt; er wirft sie aus dem Bett, und es entsteht ein wilder Ehestreit. Bertschi bekommt inzwischen Nasenbluten *von der minne gluot*. Als das vorüber ist, ruft er abermals den Spielmann. Nun kommt es zu einem lauten Wortwechsel durch die verschlossene Tür. Bertschi muß dem Trunkenbold gute Worte geben, obwohl er bei sich selbst ganz anders denkt:

Und betörft ich dein so nicht,
ich zerschlüeg dir kalb und kuo
und deinen ruggen auch dar zuo!
nu muoss ich singen, wie du wilt.

,Jetzt muß ich dir zu Munde reden!' Aber erst als er dem Spielmann mit ,süßer Schmeichelrede' sieben Heller Lohn verspricht, wird auch dieser plötzlich höflich, entschuldigt sich und steht endlich auf.

Die augen wüscht er mit dem stro.
Er suocht die pruoch: sei was verlorn.

,Mit dem Bettstroh wischte er sich die Augen aus und suchte seine Hose, aber er konnte sie nicht finden.' Die Hose braucht er aber; denn daran ist der Geldbeutel befestigt, in dem er seinen Lohn bergen will. Schließlich ruft der ungeduldige Triefnas

Chüm, la sten daz niderwat!
Ich gib dir phenning und die täschen.

,Komm endlich, laß doch die Hose; ich gebe dir das Geld mit dem Beutel.' Das ist das erlösende Wort. Der Spielmann

acht der prüech nicht umb ein ai
und cham her aus gestoben
mit seinem bekkin, daz was new.

Ohne Hosen also kommt er jetzt herausgestürzt, mit dem Becken, einem grotesken Begleitinstrument für die Serenade. So ziehen die beiden durch das Dorf, und

überal daz bekk erschal,
daz ez erchnal in perg und tal.

Es ,knallte' durch die Nacht.

Seu chomen hin zuo Mätzleins haus:
die pot den ars zum fenster aus,

mit einer Gebärde ablehnender Verachtung, wie sie auch in Fastnachtsspielen bei nächtlichen Ständchen vorkommt. Wie es dort geschieht, glaubt auch Bertschi, das holde Antlitz der Geliebten vor sich zu haben:

So wol mir, daz ich ie derchant
deinen amblick wol gestalt:
Halt her, liebes Mätzli, halt!

‚Wohl mir, daß ich deinen reizenden Anblick erkannt habe. Halt mir dein Mündchen her.' Zu weiterem, was die Fastnachtsspiele derb ausmalen, kommt es nicht. Denn inzwischen sind die Bauern aus ihrer Nachtruhe aufgestört und wollen den Spielmann verprügeln. Aber ein ganz Kluger sagt: ‚Zürnt ihm nicht',

mich dunkt, er hab ins pad geschlagen.

Wenn nämlich im dörflichen Badehaus das Wasser gewärmt war, wurden die Einwohner mit Beckenschlag zum Bade geladen. Die Lappenhäuser Bauern zeigen sich allerdings besonders töricht, wenn sie dieser Erklärung Glauben schenken,

wen seu in allen iren tagen
haiss pad chonden nie gehaben.

In ihrem Dorf gab es gar kein Badehaus. So rennen sie dem Beckenschläger und dem verhinderten Liebhaber nach, bis diese sich in der Dunkelheit verlieren.

Das Epos Wittenwilers ist voll von grotesken Szenen aller Art. Seine Realität ist die einer derbkomischen Phantasiewelt, seine Gestalten sind Geschöpfe eines Dichters, der in ihnen die Wirklichkeit menschlicher Schwächen und Torheiten ins Ungemessene übersteigert, der aber ihr Agieren so realistisch zu schildern weiß, als habe alles sich wirklich so abgespielt. Das ist der ‹Realismus› dieser Zeit.

Innere Erneuerung der Sprache

In Wittenwilers ‹Ring›, der lachend Lebenskunst lehren will, findet sich viel Spruchweisheit. Manches klingt in der Formulierung nach Lerngut der Schule, etwa:

Wer nicht haben mag en chnecht,
der dien im selber, daz ist recht (2917 f)

(‚..., der sei sein eigener Diener') oder:

Ist ein man auf hälem eis,
der ge vil gmach, so ist er weis (7731 f)

(,Auf schlüpfrigem Eis soll man langsam gehen').
Aus Gesundheitslehren stammt:

Nach dem essen macht du sten
oder dich en weng dergen (4258 f)

(,... sollst du stehen oder dich ein wenig ergehen').
Anderes klingt, als sei es von einem Spruchdichter formuliert:

Aigen haus und aigen chind
machend großeu müe ze wind
und kleineu fröd ze paradeis. (3355 ff)

(,... machen Mühe und Plage zu einem vorübergehenden Windhauch und kleine Freuden zum Paradies').
Volkstümlich formuliert sind:

Dein selbes aug daz vich macht faiss (,fett') (5126)
Alter part (,Bart') *hat weisshait* (3572)
Auf vollem pauch stet fröleichs haubt (5976)

Trait dein weib die pruoch,
sei wirt dein hagel und dein fluoch (5077 f)

(,Trägt dein Weib die Hosen, so wird sie ...')

Ein pfefferchorn vil rässer (,heißer') *ist*
dann ein grosser hauffen mist (7440 f)

Oft läßt sich die Quelle solcher Sprichwörter nachweisen. Vieles stammt aus der Bibel, anderes aus antiker Weisheit. Beides wird durch Schule und Kanzel vermittelt, und von vielen Sprüchen – besonders wenn sie weit verbreitet sind – darf man annehmen, daß sie lange vor dem 15. Jahrhundert zum Volksgut geworden sind. Anderes, was wir hier übergehen, mag zum Bildungsgut der Schule oder zur Weisheit der Spruchdichter gehören und nicht zum volkstümlichen Sprichwort geworden sein.

WITTENWILER jedenfalls trifft überall den volkstümlichen Ton, und sehr vieles schöpft er ganz sicher unmittelbar aus dem Volksmund. Das aber verbindet ihn mit JOHANN VON TEPL, der ebenfalls aus

Sprichwörtern schöpft (s. oben S. 98), wenn er sie auch in seiner Kunstprosa neu stilisiert. Wir verzichten darauf, den Nachweis für Oswald von Wolkenstein zu führen; auch er verarbeitet Sprichwörter, die aus dem Volksmund stammen.

Auch in ihrem Wortschatz greifen die drei Dichter tief in die urwüchsigen Mundarten des Volkes hinein, mit vorsichtiger Auswahl der Böhme, dem hohen Anspruch seiner Kunstprosa gemäß, derb zupackend der Tiroler und der Schweizer. Saft und Kraft ihrer Rede stammen aus der unverblümten Rede des Volkes.

Der gesprochenen Rede steht auch der schlichte, durchsichtige Satzbau der Dichter nahe; für Wolkenstein und Wittenwiler beweisen das schon die hier abgedruckten Proben zur Genüge. Aber es trifft auch für Johann von Tepl zu (s. oben S. 93), mag seine Kunstprosa das auch ein wenig verschleiern. Auch bei ihm herrscht die Nebenordnung vor, und das Gerüst seiner Sätze ist einfach; Fülle erlangen sie durch den rhetorischen Prunk verdoppelter und vervielfachter paralleler Glieder.

Volkssprache kommt, sofern sie nicht neue Sachen zu bezeichnen hat, mit dem überlieferten Wortschatz aus. Neue Wörter werden selten gebildet. Entsprechend halten sich auch die Wortbildungen der drei Dichter in engen Grenzen (s. oben S. 106 f und S. 112 ff). Eine Ausnahme muß allerdings zugegeben werden. Alle drei Dichter spielen gelegentlich, am häufigsten der Lyriker, mit künstlichen Neubildungen, die dem Klang zuliebe geschaffen und oft unübersetzbar sind. Alle drei, besonders der Tepler, spielen auch hier und da mit verwickelten und erkünstelten Wortfiguren. Das ist ein Zugeständnis an den ‹geblümten Stil›, in dem sich die Spruchdichter vor ihnen und auch noch die Meistersinger nach ihnen ergehen. Diese Stilart ist nur mit literaturwissenschaftlichen Maßstäben zu messen; auf die sprachgeschichtliche Weiterentwicklung hatte sie keinen Einfluß. Zum Stil einer ganzen Zeit konnte sie in ihrer Künstlichkeit nicht werden, sowenig wie der gedrechselte Kanzleistil, der nur in der Amtsstube gedeiht.

Für ‹Zeitstil› halten wir dagegen die Lebensnähe der Sprache dieser Dichter, ihren gesprochener Sprache angenäherten, schlichten Satzbau und ihren derben, dem Alltag entlehnten Wortschatz. Auch daß sie sich unverhüllt – aber ohne Lüsternheit – über die triebhafte Körperlichkeit des Menschen aussprechen und daß sie die Weisheit im Narrenkleide einhergehen lassen, gehört zum Stil der Zeit.

Nicht alles, was sie ungeschminkt aussprechen, gilt späterhin einem geläuterten Geschmack für literaturfähig. Aber bis weit über Luthers Tage hinaus wird diese Derbheit geduldet. Und gerade durch das derbe Zupacken wird die Sprache von innen her erneuert und erfrischt. Die höfische Dichtung hatte alles Gemeine gemieden, hatte erlesene Ausdrücke sorgsam gewählt und eine hohe Sprachkultur heraufgeführt. Aber in den Schreibfedern der Epigonen war diese hohe Sprache zu blutleerem, gehaltlosem Formalismus erstarrt. Auch die sprachliche Schöpferkraft der großen Mystiker ging nicht auf ihre Nachfolger über. Es bedurfte einer Erneuerung von unten her.

Soziologisch gesehen ist es die Sprache des Volkes in seinen breiten Schichten, die bei OSWALD VON WOLKENSTEIN, HEINRICH WITTENWILER und gleichzeitigen Dichtern minderen Ranges literaturfähig wird. (In der Prager Prosakunst liegen die Dinge anders.) Das unterscheidet die frühneuhochdeutsche von den beiden älteren Perioden. Denn das Althochdeutsche unserer Literaturdenkmäler schuf der gelehrte Geistliche; was uns am Mittelhochdeutschen sprachgeschichtlich bedeutend erscheint, waren die idealistische Sprache einer hochkultivierten höfischen Gesellschaft und die Sprache der Mystik, in der eine glühende Geistigkeit nach Ausdruck ringt. Selbst die Sprache der volkstümlichen Predigt schöpfte damals noch, trotz mancher Anleihen beim sprachlichen Alltag, aus literarisch vorgeprägten Sprachschichten.

Auch die Sprache der Kanzlei bleibt fern. Hier ließe sich vermutlich, was die innere Form angeht, eine kontinuierliche Entwicklungslinie – also immerhin: Weiterentwicklung – vom Mainzer Landfrieden durch die ganze frühneuhochdeutsche Periode hindurch verfolgen. Aber die Dichter – nicht alle freilich mit gleicher Energie – wenden sich dem Neuen zu. Sie erkennen die Kraft volkstümlicher Sprache. Allerdings ist ‹volkstümlich› ein schlecht definierter Begriff, und die Sprachwissenschaft schickt sich gerade erst an, die sozialen Schichtungen der frühneuhochdeutschen Sprache zu erforschen. Wie der Handwerker, der Kaufmann, der Gelehrte in ihren Fachbereichen geschrieben haben und gesprochen haben könnten, läßt sich in etwa aus den Fachbüchern entnehmen. Die Sprache des Bauern ist viel schwerer zu erkennen, da die Literatur dem Bauern die Maske des Rüpels umhängt. Aber auch die Sprache des Adels hat, wenn man dem WOLKENSTEINER trauen darf, im Alltag nicht eben zierlich und fein geklungen. Sicher hat es auch damals, in Hofkreisen und im Patriziat, in Gesellschaft edler Damen und ehrfurchtgebietender geistlicher Würdenträger gehobene Formen der Sprache gegeben, und in der Literatur finden sich Spuren davon.

Wenn in unserem Zusammenhang von ‹volkstümlicher› Sprache die Rede ist, so ist damit natürlich nicht die Mundart gemeint, obwohl die aus dem ‹Ring› gegebenen Textproben zu dieser Auffassung verleiten könnten. WITTENWILER stellt uns nämlich mit seiner Sprache vor ein ungelöstes Rätsel. Entgegen seiner eigenen Mundart faßt er seine Dichtung in einem ausgesprochen bairischen Kunstdialekt ab, in den er höchst raffiniert und mit voller Absicht alemannische Züge einmischt. Weshalb die bairische Grundlage und wozu die Mischung, das hat bis heute weder die Literaturforschung noch die Sprachwissenschaft beantworten können.

Hier geht es aber nicht um die äußere mundartlich gefärbte Sprachform. Die Sprache dieser und der anderen Dichtungen ist ihrer inneren Form nach ‹volkstümlich›. Damit ist nicht die Sprache der niedersten sozialen Schichten gemeint – obwohl die Dichter der Zeit sich nicht scheuen, gelegentlich auch im Unflat der Gosse zu wühlen. Gemeint ist vielmehr die allgemeine Sprache des Alltags, deren sich hoch und niedrig, wenn auch gewiß mit Abstufungen, bedienen. Entscheidend ist die Nähe der Literatursprache zum gesprochenen Wort, wie es auf dem Markt erklingt. In der Hinwendung zur lebendigen gesprochenen Sprache liegt das entscheidend Neue, der eigentliche Neuanfang der frühneuhochdeutschen Periode. Diese Erneuerung ist das Verdienst der Poeten – selbst noch in ihren abgeschmackten Produktionen. In dem Jahrhundert von 1350 bis 1450 wird der Grund zu der neuen deutschen Sprache gelegt.

VII. DER HUMANISMUS UND DIE DEUTSCHE SPRACHE

Um die Mitte des 15. Jahrhunderts geben drei Ereignisse, ein geistesgeschichtliches, ein politisches und ein technisches, dem kulturellen Leben Deutschlands eine neue Richtung: die Bewegung des deutschen Humanismus, der Übergang der Kaiserwürde von den Lützelburgern auf das Haus Habsburg und die Erfindung des Buchdrucks mit beweglichen Lettern. Auch das sprachliche Geschehen wird davon tief beeinflußt. Der Humanismus trägt Bedeutendes zu einer Erneuerung der Sprache von innen her bei. Mit dem Wechsel des Herrscherhauses ist eine Verlegung der Reichskanzlei von Prag nach Wien verbunden, was die bis dahin vornehmlich mitteldeutsch gefärbte Geschäftssprache der obersten Reichsbehörde österreichisch-süddeutschen Einflüssen öffnet. Der Buchdruck ermöglicht eine rasche und weite Verbreitung der Literatur und fördert – schon um des Absatzes willen – den Ausgleich zwischen den noch sehr unterschiedlichen Regionalsprachen. Wir wenden uns zunächst dem das Sprachgeschehen belebenden Einfluß des Humanismus zu.

Die sprachliche Lage um 1450

Äußerlich ist in dem seit 1350 abgelaufenen Jahrhundert der Zustand der anfangs herrschenden Sprachverwirrung einigermaßen dadurch gebändigt, daß regionale Geschäftssprachen entstanden sind, die doch alle bereits, in gewissen Grenzen zum mindesten, nach einem überregionalen Ausgleich streben. Aber hier hat uns zunächst die innere Entwicklung der Sprache zu interessieren. Sie ist um die Mitte des 15. Jahrhunderts noch keineswegs abgeschlossen. Immerhin sind aber die allgemeinen Züge des Zeitstils, die im vorigen Kapitel aus Werken der ersten Jahrhunderthälfte ermittelt wurden, bereits einigermaßen festgelegt. Wenn man vorher gelegentlich meinen kann, Zeuge eines Experimentierens mit den neuen Ausdrucksmitteln zu werden, so scheint in der zweiten Hälfte des 15. Jahrhunderts vieles schon verfestigt und zu routinierter Form erstarrt. Das gilt von dem silbenstecherisch-formalistischen Meistergesang ebenso wie von den konventionellen Formen des Gesellschaftsliedes, gilt aber ebenso von der einfältigen Prosa der erst um die Jahrhundertmitte aufkommenden Unterhaltungsromane und von der derben Sprache der satirischen Poesie. Auch die romantische Wiederbelebung der mittelalterlichen Ritterepik, die vor allem im Umkreis süddeutscher Höfe gepflegt wird und im ‹Theuerdank› des Kaisers MAXIMILIAN I. (zuerst gedruckt im Jahre 1517) ausläuft, ist nicht darauf angelegt, die sprachliche Entwicklung weiterzuführen. Die vielschichtige Unterhaltungsliteratur bringt, so interessant sie kultur- und literarhistorisch sein mag, für die Sprachgeschichte doch nur geringen Ertrag.

Immerhin darf man behaupten, daß die große Fülle der literarischen Produktion und ihre durch den Buchdruck begünstigte rasche Verbreitung jetzt – anders als in früheren Jahrhunderten – das Zeittypische stark in den Vordergrund treten lassen. Viel stärker als früher wird der Personalstil der einzelnen Autoren davon beeinflußt. Auch darin ist eine Ausgleichsbewegung auf dem Wege zu einer allgemeinen Schriftsprache zu erkennen, ein Ausgleich allerdings von weit subtilerer Art als die Annäherung in den äußeren Sprachformen und deshalb sehr viel schwerer exakt nachweisbar. Vor allem wirkt die weite Verbreitung der Unterhaltungsliteratur, insbesondere der Prosaromane und der Volksbücher, in dieser Richtung. Sie werden in ihrer populären Durchschnittlichkeit zu Stilmustern, denen sich der einzelne schwer entziehen kann. So verbreitet und festigt sich jene Sprachhaltung, die oben S. 119 als ‹volkstümlich› bezeichnet wurde. Sie ist auch an den auf ganz anderen geistigen Grundlagen erwachsenen Texten zu beobachten, von denen der Anhang Nr. VII einige Proben gibt.

Sehen wir von diesen Werken humanistischer Übersetzer zunächst ab, so ist im Sprachzustand der Unterhaltungsliteratur seit 1450 kein Fortschritt wahrzunehmen. Im Gegenteil: Die Sprache droht, in Trivialität zu versinken und zum Ausdruck tieferer Geistes- und Gefühlsregungen unfähig zu werden. Der Lyriker Oswald von Wolkenstein und der satirische Epiker Heinrich Wittenwiler finden keine kongenialen Nachfolger. Letzterer ist seiner Zeit sogar völlig unbekannt geblieben. Sein Name und sein Werk, das nur in einer einzigen, vielleicht für den Autor selbst bestimmten Handschrift überliefert ist, werden von keinem einzigen Zeitgenossen erwähnt. Die Dichtung hatte nicht die mindeste Nachwirkung und wurde erst von Ludwig Bechstein, dem Bibliothekar und Märchensammler, in der Meininger Bibliothek aufgestöbert und 1851 veröffentlicht. Aber auch Wolkenstein war anscheinend nur im Kreis seiner ritterlichen Standesgenossen als unterhaltsamer Mann geschätzt. Beide Dichter können, da sie keine Nachwirkung hatten, nicht als Schöpfer und Anreger der neuen Sprache gelten. Wenn sie trotzdem oben ausführlich gewürdigt wurden, so deshalb, weil an ihrem Werk der frühneuhochdeutsche Sprachzustand besonders deutlich wird. Beide sind nur hervorragende Exponenten einer literatursprachlichen Bewegung, die in einem immer breiter werdenden Strom das 15. Jahrhundert durchfloß.

Die Herkunft dieser gegenüber früheren Werken anspruchslosen Literatursprache ist noch nicht untersucht worden. Vieles verdankt sie sicherlich der gesprochenen Sprache ihrer eigenen Zeit, aber doch wohl auf dem Umwege über literarische Vermittlung. Zunächst hat man zu bedenken, daß auch schon in mittelhochdeutscher Zeit unterhalb der hohen Dichtung eine volkstümlich anspruchslose Erzählliteratur weit verbreitet war. Daß deren schlichte Stilformen sich – bei allen Unterschieden in vielen Einzelheiten – im Erzählstil des 14. und 15. Jahrhunderts fortsetzen, darf man annehmen. Aber damit ist gerade das Besondere der neuen Literatursprache nicht hinlänglich erklärt. Charakteristisch sind ihr sehr einfacher Satzbau und ihr saftig-derbes Vokabular, beides Kennzeichen einfacher, gesprochener Sprache. Dafür kommt das geistliche Spiel als literarischer Vermittler in Betracht. Im 13. Jahrhundert entstehen aus bescheidenen älteren Anfängen religiöse Dramen in immer wachsender Anzahl. Seit etwa der Mitte des 14. und während des ganzen 15. Jahrhunderts werden sie alljährlich und allerorten aufgeführt. In der schlichten sprachlichen Einfalt ihrer ernsten Partien konnten sie, weil überall bekannt, auch die Sprache einer nach ungekünsteltem Ausdruck suchenden Dichtung beeinflussen. In ihren burlesken Partien aber, die ebenso wie die noch viel derberen Fastnachtsspiele immer mehr an Beliebtheit gewannen, zogen sie ein gut Teil der komischen Wirkung aus dem Gebrauch derber Volkssprache. Zuschauer bei den Aufführungen war buchstäblich das ganze Volk, vom Fürsten und seinem Hofstaat hinab bis zur Bauernfamilie, die frommen Sinnes zum Festtag in die Stadt gezogen kam, und bis zum letzten Lehrbuben des städtischen Handwerks. Man kann sich den tiefen Eindruck, den diese Spiele hinterließen, nicht groß genug vorstellen. So mußte auch ihre Sprache alle diejenigen Dichter stark beeinflussen, die sich mit ihrem Werk, sei es unterhaltend oder belehrend, an ein aufnahmebereites, aber ungelehrtes Publikum richteten. Sogar eine Dichtung wie der ‹Ackermann› entzog sich nicht dem Einfluß des Fastnachtsspiels. War aber dieser Einfluß auf die erzählende Literatur so stark, so bedurfte es nicht der Nachwirkung eines WOLKENSTEIN oder eines WITTENWILER. Es gab vorher und neben diesen Dichtern schon eine breite volkstümliche Überlieferung, die zur Unterhaltungsliteratur der zweiten Jahrhunderthälfte führen sollte. Nur hatte es, wie gesagt, um die Jahrhundertmitte den Anschein, als mache es sich die Erzählliteratur allzu leicht, als sehe sie keine weiteren sprachlichen Aufgaben. Die schlichte, allgemein verständliche Sprache, *die gemeine Teutsch*, wie die Zeitgenossen sie nannten, drohte in Banalität zu versinken. Daß in dieser Zeit die innere Entwicklung der deutschen Sprache einen neuen Aufschwung nahm, verdankt sie der großen geistesgeschichtlichen Bewegung des Humanismus, der um 1450 auch die deutschen Geister mit Macht ergriff.

Der deutsche Humanismus

‹Humanismus›, als ein geistesgeschichtlicher Epochenbegriff verstanden, ist die gelehrte und literarische, sich auf die Formung eines neuen Menschenbildes, auf Bildung und Erziehung auswirkende Seite der Renaissancekultur. Dem oberflächlichen Blick fällt dabei vor allem die Wiederbelebung des klassischen Altertums ins Auge. In dieser Hinsicht sollte man allerdings beachten, daß auch das Mittelalter die Antike nie vergessen hatte. Nur war sie in die christlich-mittelalterliche Bildung so vollkommen integriert, daß sie nicht mehr in ihrem Eigenwert erkannt wurde. In tausend Rinnsalen strömte antikes Bildungsgut durch das Mittelalter, und man hatte es sich so sehr zu eigen gemacht, daß man die Quellen aus dem Blick verlor.

An die Quellen zurückzukehren, war das Bestreben der neuen Zeit, nicht nur des Humanismus, wenn man darunter allein die Beschäftigung mit der antiken Literatur und die Rückkehr vom lebendig weiterentwickelten Mittellatein zur formstrengen klassischen Latinität verstehen will. Die deutschen Humanisten entwickeln aber auch ein lebhaftes Interesse an der ältesten Nationalgeschichte, stark angeregt durch die Wiederentdeckung der *‹Germania›* des TACITUS, so wie für die italienischen Humanisten die Entdeckung der römischen Antike zu einer nationalen Aufgabe geworden war. Und wenn man zu derselben Zeit die reinen Formen des Urchristentums zu erkennen und wiederherzustellen sucht, wenn man von der lateinischen Vulgata weg zum griechischen Neuen und dem hebräischen Alten Testament zurückstrebt, so sind auch das gleichgerichtete geistige Strömungen.

Die eigentliche, treibende Kraft des Humanismus ist aber die ethische Leidenschaft, mit der er um die Bildung des sittlichen Menschen zur *humanitas,* der harmonischen Entfaltung seiner Anlagen, ringt. Er entdeckt den Eigenwert des Individuums und erhebt dessen selbstverantwortliche Freiheit zu seinem Programm. Damit wird er zu einer eminent pädagogischen Bewegung, und die philosophische Ethik der Antike wird ihm Richtschnur der Erziehung zum freien Menschen. Die Beschäftigung mit den antiken Schriften dient diesem Ziel. Man beginnt aber auch, sie zu übersetzen, um auch diejenigen an der neuen Bildung teilhaben zu lassen, die die klassischen Sprachen nicht verstehen.

Es wäre nun falsch, wollte man die deutschen Humanisten ausschließlich als der Antike und allenfalls der Wiederbelebung der eigenen nationalen Vergangenheit zugewandt sehen. In ihren philosophischen Bestrebungen waren die italienischen Humanisten den deutschen mindestens ein Jahrhundert voraus. Und die modernen Italiener, die bereits seit DANTE ALIGHIERI die Antike lehrten und nachlebten, übten zunächst auf die deutschen Humanisten eine viel stärkere Faszination aus als die Antike selbst.

Auf zwei Wegen gewinnt das Italien der Renaissance Einfluß auf die deutschen Humanisten. Die italienischen Universitäten zogen in wachsendem Maße deutsche Studenten an, die ihre in Deutschland begonnenen Studien dort abschlossen. Viele erwarben ihre akademischen Grade in Italien und ließen sich von dem idealistischen Schwung mitreißen, der dort die neue Gesellschaft beflügelte. Diese Begegnung mit dem modernen Italien, mit seinen Dichtern und Denkern und begeisterten Kündern einer neuen Bildung muß zunächst jedenfalls eine noch viel mitreißendere Wirkung ausgeübt haben als das Interesse am Antiquarischen. Gerade in der ersten deutschen Humanisten-Generation, die sprachgeschichtlich für uns von besonderer Bedeutung ist, spielt das moderne italienische Geistesleben eine viel wichtigere Rolle als die Antike. Man hoffte, sich dieser zu bemächtigen, indem man jenem nacheiferte. In den modernen Italienern erblickte man die unübertrefflichen Lehrmeister des klassisch-lateinischen Stils, und inhaltlich spiegelten sich in ihren Schriften, die fortwährend auf antikes Geistesgut zurückgriffen, die Philosophie und Ethik der Alten.

Die Schriften und Briefe PETRARCAS (1304–1374) und BOCCACCIOS (1313–1375), der führenden Humanisten des 14. Jahrhunderts, wurden eifrig studiert; ihr lateinischer Stil wurde den deutschen Humanisten zum Vorbild. Auch GIAN-FRANCESCO POGGIO (1380–1459), berühmt als Entdecker vieler mittelalterlicher Handschriften antiker Autoren (PLAUTUS, QUINTILIAN, acht Reden CICEROS), als Geschichtsschreiber und als witziger Erzähler, erregte Aufmerksamkeit. Aber kein anderer übte einen so starken und nachhaltigen Einfluß aus wie AENEAS SILVIUS DE' PICCOLOMINI (1405–1464), der feingebildete Humanist und Diplomat, der am Basler Konzil teilgenommen hatte, 1442 auf einem Reichstag in Frankfurt zum Dichter gekrönt wurde, seit 1443 als Geheimsekretär Kaiser FRIEDRICHS III. in der Wiener Kanzlei tätig war, 1456 Kardinal wurde und 1458 als PIUS II. die päpstliche Tiara empfing. Dreiundzwanzig Jahre lang lebte er, gleichmäßig der Diplomatie und den humanistischen Studien hingegeben, in Deutschland; elf Jahre war er in der kaiserlichen Kanzlei tätig. Er war der lebendigste und bedeutendste Vermittler des neuen Geistes, der sich in Deutschland zunächst von der Kaiserstadt Wien aus verbreitete.

Wir dürfen uns im Rahmen dieses Buches nicht allzu tief in die Entwicklung des Humanismus einlassen, können auf das umfangreiche und weithin wirkende literarische Werk des AENEAS SILVIUS, der ein viel bewundertes Latein schrieb, nicht eingehen und müssen auch darauf verzichten, die vielen deutschen Humanisten zu nennen, die auf den verschiedensten Wegen der neuen Geistesrichtung zum Durchbruch verhalfen. Erwähnt seien immerhin der Friese RUDOLF AGRICOLA (1443–1485), der Niederländer ERASMUS VON ROTTERDAM (1466–1536), die beide vor allem das Studium des Griechischen in Deutschland förderten, und der Schwabe JOHANN REUCHLIN (1455–1522), der sich besonders des Hebräischen annahm. Im übrigen beschränken wir uns auf die wenigen, die als Angehörige der ersten Humanisten-Generation durch ihre deutschen Werke Einfluß auf die sprachliche Entwicklung genommen haben. Es sind der Schweizer NIKLAS VON WYLE, der Schwabe HEINRICH STEINHÖWEL und der Ostfranke ALBRECHT VON EYB.

Niklas von Wyle

NIKLAS VON WYLE (das *y* ist als langes *i* zu lesen) stammte aus Bremgarten im Aargau. Er mag um 1410 geboren sein. Nach Studien in Italien war er Schulmeister in Zürich gewesen, war danach Stadtschreiber in Radolfzell und kurze Zeit in Nürnberg. Sein literarisches Wirken fällt vor allem in die 22 Jahre von 1447 bis 1469, die er als Stadtschreiber in Eßlingen zubrachte. Dann wurde er zweiter Kanzler beim Grafen ULRICH V. von Württemberg, in dessen Diensten er bis 1478 nachzuweisen ist. Bald darauf wird er gestorben sein. Schon während seiner Tätigkeit in Eßlingen stand er mit mehreren Fürsten in politischer und literarischer Verbindung und gelangte im Jahre 1463 für längere Zeit an den Kaiserhof FRIEDRICHS III. Außerdem ging er mehrmals als Gesandter nach Italien. Mit AENEAS SILVIUS stand er spätestens seit 1452 in einem regen Briefwechsel. Damals sprach der Italiener die Hoffnung aus, WYLE möge der Erneuerer des guten Stiles in Deutschland werden. Damit war dem künstlerisch begabten Mann, der sich auch als Maler betätigte, eine Aufgabe gestellt, die ihn nicht mehr losließ.

In seinen 18 *Translatzen* (*Translationen, Teutschungen,* d. h. ‚Übersetzungen'), die er seit 1461 einzeln in Druck gab und 1478 bei KONRAD FYNER in Eßlingen gesammelt erscheinen ließ, bearbeitet er – sehr bezeichnend – keinen antiken Autor, sondern gibt einen Querschnitt durch die lateinischen Werke der damals modernen italienischen Autoren. Eine Novelle und drei traktatähnliche Briefe des

Aeneas Silvius sind dabei, fünf Abhandlungen des Poggio, eine Novelle Boccaccios, aus der lateinischen Fassung des Petrarca ins Deutsche übersetzt, ferner die freie Bearbeitung eines Dialogs von Petrarca. Aus dem Altertum stammt lediglich Lukians ‹Goldener Esel›, den Wyle aber aus der humanistischen, lateinischen Version des Poggio übersetzte. Von anderen Arbeiten sei nur noch die Sammlung aller Briefe des Aeneas Silvius, die Wyle erreichen konnte, erwähnt. Sie wurde in Straßburg, vermutlich 1464, gedruckt.

Als Eßlinger Stadtschreiber war Wyle zugleich auch der Schulmeister der Stadt, und aus pädagogischem Interesse hatte er die Übersetzungen begonnen, um seinen Schülern die lateinischen Inhalte verständlich zu machen. Noch als er, etwa 1464, den Lehrbrief des Aeneas Silvius über humanistische Bildung übersetzte (Nr. 10 seiner Sammlung), schrieb er in seinem Widmungsbrief an Markgraf Karl von Baden, sie sei zur Unterweisung seiner drei Söhne bestimmt. Er sende den lateinischen Text mit seiner Übersetzung *vndertenig bittende, daz üwern gnaud dar ob sin wöll: daz denselben üwern gnauden sünen minen gnedigen herren sölich schriften zuo gebürlichen zyten für gehalten werden vnd so sy durch das tütsche dise latinische epistel verstanden haben: Sy ouch als dann den leren vnd vnderwysungen dar inne begryffen* (‚die darin enthalten sind') *nachkoment vnd da mite zuo gelerten fürsten gerautent* (‚geraten, werden'): *ander fürsten vnser landen an kunste vbertreffende.* (LH 137, S. 198) Er erinnert den Markgrafen dann daran, *wie grosz vnd vile Ir yetz dar umb geben wölten: daz ir der latine so vil gelert weren: daz ir die poeten vnd oratores versteen möchten.* Hier schimmert nun der wahre Grund für seine Übersetzungen durch, die nur zum kleinen Teil für die Schule geeignet sind: Dem, der nicht lateinkundig ist, soll doch die bildende lateinische Literatur vermittelt werden. Die Humanisten selbst bedurften solcher Hilfsmittel nicht, die vielmehr viele von ihnen verachteten. Und wenn man später auch danach trachtete, Bildung unter allen Volkskreisen zu verbreiten – schon Niklas' eigene Sammelausgabe weist darauf hin –, so sind es doch zunächst Hofkreise, die sich für dieses neue Bildungsgut interessieren. Karl I. von Baden, Eberhard V. von Württemberg, vor allem aber die Pfalzgräfin Mechthild aus dem Heidelberger Hause (1419–1482), die mit Ludwig von Württemberg († 1450) und Albrecht VI. von Österreich († 1463) verheiratet gewesen war und in Rottenburg am Neckar Hof hielt, waren die Empfänger seiner Widmungen. Dabei soll nicht unerwähnt bleiben, daß die Pfalzgräfin auch der ritterlichen Literatur (s. oben S. 121) ihr großes Interesse schenkte, wie übrigens auch am bayrischen, am Innsbrucker und am Wiener Hof Ritterromantik und Humanismus nebeneinander bestehen konnten.

Niklas von Wyle pflegt einen nicht unschönen, doch eigenartigen Übersetzungsstil. Manches davon läßt sich dem folgenden knappen Zitat entnehmen. Im Jahre 1461 übersetzte Wyle für die Pfalzgräfin Mechthild den Lehrbrief des Aeneas Silvius gegen schändliche Liebe. Er beginnt wie folgt (Die Zeichensetzung habe ich modernisiert): *Eneas Silvius poet enbüt Niclausen Wartemberger vil hails. Du haust dich der vorigen nachte* (,am gestrigen Abend') *beclagt, wie du in liebe einer buolschaft arbait habest* (,dich mit einer buhlerischen Liebe plagtest') *Vnd hier inne din ingefürtes* (,in die Sache verstricktes') *gebunden gemüt nit mugest ledigen noch enpinden. Vnd sagtest darby dich liebhaben* (,daß du liebhabest') *weder ain Jungfrouwen noch ain vermechelte noch ain witwe, sunder ain frouwen, wie wol sy hüpsch wer, yedoch sich selbst vmb lones willen ainem yetklichen vnderwürffig machende. Vnd redtest dir sölichs laid sin vnd gern wöllen die liebe zuo rugk schlachen; vnd dich doch nit wissen* (,und daß du doch nicht wissest') *weg vnd mausz* (,Maßnahmen'), *dadurch du frye vnd sölicher liebe entlediget werden möchtest.* (A. a. O., S. 95) Der Lateinkundige bemerkt sofort, wie eng sich der Übersetzer an das lateinische Vorbild hält, am auffallendsten in der Konstruktion des Akkusativs mit dem Infinitiv (*dich liebhaben ain Jungfrouwen – dir sölichs laid sin – dich nit wissen*). Auch die lateinischen Partizipialkonstruktionen behält er bei (*din ingefürtes gebunden gemüt – vnderwürffig machende*) und ebenso die verschränkte lateinische Satzstellung, hier am besten an dem eingeschobenen *wie wol sy hüpsch wer* wahrzunehmen. Er beruft sich zur Rechtfertigung seines Stiles auf den *hochgelerten wyt verrümpten* (,gerühmten') *redner hern gregorien haimburg, beder rechten doctor,* (den Nürnberger Humanisten Gregor Heimburg),... *der uf ain maul* (,der irgendwann einmal') *zuo mir redt, daz er in der latinischen rethorick wenig ützit* (,kaum etwas') *fund zuo zierung vnd hofflichkait* (,Eleganz') *loblichs gedichtes* (,Schriftsatz') *dienende, daz nit in dem tütsche ouch statt haben vnd zuo zierung sölicher tütscher gedichten als wol gebrucht werden möcht als in dem latine.* (A. a. O., S. 9 f) Was im Lateinischen möglich ist, ziert nach Wyles Meinung auch das deutsche Werk. Dieser Auffassung sind auch viele seiner Zeitgenossen, die ebenfalls in ihrer Kunstsprache die ganz undeutschen Konstruktionen des Lateinischen nachahmen. Wyle ist nicht einmal der extremste der kunstreichen Übersetzer, die die deutsche Literatursprache nach dem Muster der lateinischen zu gestalten trachten; aber er ist besonders einflußreich. Seine Übersetzungen geraten stets sehr wortreich (vgl. Anhang Nr. VII A); denn die dem Zeitstil entsprechenden Doppel- und Dreifachformeln finden sich bei ihm in besonders großer Zahl. Allerdings sind sie mit Bedacht gewählt. Denn Wyle erklärt –

was jeder Übersetzer aus eigener Erfahrung bestätigen wird –, daß sich sehr oft der volle Inhalt eines lateinischen Wortes nicht durch ein einziges deutsches Wort wiedergeben lasse. Da er außerdem die Konstruktionen und den verschachtelten Satzbau des Lateinischen übernimmt, sind seine Übersetzungen nicht eben leicht zu lesen. Dennoch sind seine Mühen, indem sie das elegante Latein humanistischer Literaten zur Richtschnur nehmen, für die Ausbildung einer gehobenen deutschen Literatursprache von großer Bedeutung. Zum mindesten darf sein strenger Stil als ein Mittel angesehen werden, die deutsche Sprache in Zucht zu nehmen und ihre Ausdrucksfähigkeit zu erproben.

Es gibt viele Beweise, daß seine Art zu übersetzen als vorbildlich anerkannt wurde. Mehrere Lehrbücher der Rhetorik schöpften aus seinem Werk, und er fand auch einige literarische Nachahmer, unter denen der Schweizer Humanist ALBRECHT VON BONSTETTEN (ca. 1445–1509) aus Maria Einsiedeln der bedeutendste ist. Dieser schrieb vornehmlich in lateinischer Sprache, die er dann nach den Richtlinien WYLES ins Deutsche übersetzte. Sein Deutsch wäre ihm in freiem Schaffen gewiß besser geraten. Daß er trotzdem den Umweg über das Lateinische wählte, beweist, wie sehr ihm – wie seinen humanistischen Zeitgenossen – an der Schaffung einer neuen Kunstprosa nach dem Muster der lateinischen Stilkunst lag.

Heinrich Steinhöwel

Ein Zeitgenosse WYLES war der Humanist HEINRICH STEINHÖWEL (sprich Steinheuel; vgl. frühnhd. Schreibungen wie *getrewer, getröwer* für *getreuer*), der, aus Eßlinger Patrizierfamilie stammend, in Weil an der Würm geboren wurde und von 1412 bis 1482 lebte. Sein humanistischer Bildungsweg führte ihn an die Universitäten Wien, Heidelberg und Padua; hier erwarb er 1442 den medizinischen Doktorgrad. Von 1443 bis 1450 war er Stadtmedikus in Eßlingen. Dann ging er in gleicher Eigenschaft nach Ulm, wo er bis zu seinem Tode wirkte.

Es kann als sicher gelten, daß STEINHÖWEL in Eßlingen mit WYLE bekannt wurde. Ihr gleichgerichtetes literarisches Streben mußte sie zusammenführen; auch haben sie teilweise die gleichen Beziehungen zu humanistisch interessierten Fürstenhöfen. Mit der Gräfin MARGARETHE von Württemberg, einer italienischen Prinzessin, dem Erzherzog SIGMUND von Tirol (s. oben S. 101) und seiner Gemahlin ELEONORE aus dem schottischen Hause STUART, denen STEINHÖWEL viele seiner Werke widmet, stand auch WYLE in literarischem Verkehr. Allerdings hat sich STEINHÖWEL nicht wie WYLE der lateinischen Schriftsteller seiner eigenen Zeit angenommen. Abgesehen von seinen selbständigen deutschen Schriften bearbeitet er in seinem Übersetzungswerk Stoffe, die meist schon im Mittelalter bekannt und beliebt waren, so den spätantiken Roman ‹Apollonius von Tyrus› (1461) und vor allem die ‹Fabeln des Aesop› (vor 1480 gedruckt), in denen er die antike Überlieferung um mittelalterliche und noch jüngere Fabeln vermehrte. An Stoffen des 14. Jahrhunderts übersetzte er die Griseldis-Novelle aus BOCCACCIOS *‹Decamerone›*, wobei er wie WYLE die lateinische Bearbeitung des PETRARCA zugrunde legte. Auch BOCCACCIOS damals viel beachtetes lateinisches Werk *‹De claris mulieribus›* (‹Von berühmten Frauen›), aus dem auch WYLE und EYB einzelne Partien übernommen hatten, verdeutschte er und ließ es 1473 unter dem Titel *‹Von den sinnrychen erluchten Wyben›* drucken.

Den größten Erfolg hatte STEINHÖWEL mit der Übersetzung der Fabeln. Bis zum Jahre 1730 wurde sein ‹Aesop› immer wieder neu aufgelegt, und das Werk wurde zur Grundlage zahlreicher moderner Fabelsammlungen. Gemessen an WYLES Stoffen mutet STEINHÖWELS literarischer Geschmack altmodisch, sein Interessengebiet aber umfassender an. Auch seine Übersetzungstechnik, die nicht Wort aus Wort, sondern Sinn aus Sinn wiederzugeben trachtet, mag zu seiner Zeit ebenfalls weniger modern gewesen sein als WYLES strenge Übersetzungskunst. Aber ihm geht es vor allem um Wiedergabe des Inhalts, den er in angemessenes, mühelos verständliches Deutsch überträgt. Als Probe seiner Sprachkunst ist im Anhang Nr. VII C eine Fabelübersetzung mit der lateinischen Vorlage abgedruckt. Man erkennt leicht, wie geschmeidig STEINHÖWELS deutsche Prosa dem Lateinischen folgt und den Sinn genau wiedergibt, ohne sich sklavisch an den lateinischen Text zu binden oder der Muttersprache Gewalt anzutun. Da STEINHÖWEL jeder deutschen Fabel eine lateinische Prosa vorausschickt und eine lateinische Versbearbeitung folgen läßt, konnte dieses Werk im Unterricht geradezu als ein Lehrbuch der Übersetzungskunst und als Schule des deutschen Stils verwendet werden und hat auf diese Weise weithin gewirkt.

Albrecht von Eyb

Als dritter Humanist dieser Generation ist ALBRECHT VON EYB (1420 bis 1473) zu nennen. Er stammte aus einer einflußreichen Adelsfamilie und war in der Nähe von Ansbach beheimatet. Von 1436 bis 1459 verbrachte er eine lange Studienzeit in Erfurt, Pavia und Bologna. Allerdings erhielt er schon früh eine Domherrenpfründe in Bamberg, weshalb er seine Studien in Italien unterbrach und etwa von 1451–1453 in Bamberg lebte. Dort verfaßte er auch seine ersten, von humanistischem Geist getragenen lateinischen Schriften. In Pavia wurde er 1459 zum Doktor beider Rechte (des weltlichen und geistlichen) promoviert, und da er inzwischen auch Domherr in Eichstätt geworden war, nahm er dort seinen Wohnsitz. Spätestens um diese Zeit trat er in den gelehrten Kreis ein, den der Eichstätter Bischof Johann von Eich († 1464) um sich geschart hatte. Der Bischof war Professor für Kirchenrecht in Wien gewesen und hatte schon seit dem Basler Konzil mit Aeneas Silvius in freundschaftlicher Beziehung gestanden. Aus Wien hatte er auch seinen Kanzler Johann Mendel († 1484) mitgebracht, der dort durch seine Vorlesungen über antike Literatur neue Perspektiven eröffnet hatte.

Albrecht von Eyb ist nicht in demselben Maße Übersetzer wie Wyle und Steinhöwel. Wie schon in seinen Anfängen bevorzugte er auch weiterhin die lateinische Sprache und veröffentlichte, eben in Eichstätt angekommen, noch 1459 als Frucht seiner klassischen Studien die ‹*Margarita Poetica*›, ein Lehrbuch der lateinischen Rhetorik. Erst gegen Ende seines Lebens ging er auch zur Schriftstellerei in deutscher Sprache über. Davon zeugen sein ‹Ehebüchlein› von 1472 (vgl. Anhang Nr. VII B) und der ‹Spiegel der Sitten›, den er in seinem letzten Lebensjahr verfaßte. Zu beiden Werken benutzte er seine eigenen lateinischen Arbeiten und brachte unter anderem in Übersetzungen eine Fülle von Zitaten aus den antiken Klassikern. Dieses Zitieren war in den ersten Jahrzehnten des deutschen Humanismus außerordentlich erwünscht, da vollständige Texte der Alten noch recht selten waren. In seinen ‹Sittenspiegel› reihte er auch die Übersetzungen zweier Komödien des Plautus ein, die ersten vollständigen Übersetzungen antiker Literaturwerke. Sie wurden allerdings erst 1511, als der ‹Spiegel der Sitten› erstmalig gedruckt wurde, bekannt, und bis dahin war schon eine ganze Anzahl von Übersetzungen klassischer Texte erschienen.

Sein ‹Ehebüchlein› bereicherte Eyb durch die Übersetzung zweier Novellen des Boccaccio. Ein günstiger Zufall will es, daß eine davon auch von Niklas von Wyle übersetzt wurde. Den Anfang beider Fassungen bringt der Anhang Nr. VII A und B im Paralleldruck. Daraus geht die souveräne Art hervor, in der Eyb gegenüber dem von Wort zu Wort übersetzenden Wyle verfährt. Er beherrscht seinen deutschen Stil ebenso sicher wie den lateinischen, und so entsteht ein eingängiger Text, der sich von dem schwerblütigen Bemühen Wyles wohltuend abhebt. Gleichwohl ist zu betonen, daß in dieser Phase der Sprachentwicklung Wyles sorgsame Genauigkeit sehr notwendig war und daß noch mehrere Generationen in seiner strengen Art geschult werden mußten, ehe sie die Souveränität erwarben, mit der ein ästhetisch feinfühliger Mann wie Albrecht schon früh den neuen deutschen Stil meisterte.

Wyle ist der strenge Lehrmeister der kommenden Generation, Steinhöwel und Eyb wirken eher als bewunderte Vorbilder. Alle drei zeigen im reichlichen Gebrauch von Formeln die zeitgenössischen Züge der damaligen Sprache, die beiden letzten finden auch in ihrem Satzbau einen guten Kompromiß zwischen dem lateinischen Periodenstil und dem parataktischen Stil deutschen Erzählens. Dabei macht Steinhöwel die größeren Zugeständnisse an die volkstümliche Ausdrucksweise. Alle drei aber halten sich fern von den Derbheiten der gleichzeitigen deutschen Unterhaltungsliteratur, obgleich sie aus den modernen Novellen italienischer Herkunft oft recht verfängliche Situationen zu übernehmen hatten und dies auch ohne Scheu taten. Es bahnt sich bei ihnen eine neue Sprachästhetik an, die weiterwirkend am Ende der frühneuhochdeutschen Sprachperiode das Ihre zur Begründung einer deutschen Schriftsprache beitragen sollte.

Nachwirkungen Johanns von Tepl

Die drei Humanisten der Jahrhundertmitte sind nicht allein Übersetzer. Alle drei sind auch mit eigenen deutschen Werken hervorgetreten, in denen jeder auf seine Art die Kunst der Prosa pflegt. Die Frage nach Beziehungen zum Prager Frühhumanismus und seinen deutschen Werken liegt deshalb nahe, und es ist bekannt, daß Albrecht von Eyb in seinem ‹Ehebüchlein› von 1472 Partien aus dem ‹Ackermann› benutzt hat. Dies ist das früheste Zeugnis einer Nachwirkung Johanns von Tepl. Bald danach verwendet der seit 1479 in Nürnberg nachweisbare Meistersinger Hans Folz Stellen aus dem ‹Ackermann› in zwei Meistergesängen und in einem Fastnachtsspiel. Geiler von Kaisersberg benutzt in zwei 1508 und 1510 gedruckten Predigtsammlungen das böhmische Werk, und noch 1556 und 1557 macht Jörg Wickram in seinem ‹Irrenden Pilger› Gebrauch davon, verlegt sogar den Ausgangspunkt der Handlung nach Prag und sagt von seinem Pilger: *Sein weib mit todt abgangen ist; des traurt er noch zu aller frist.* (Alle Nachweise bei Krogmann, LH 110, S. 78–80.)

Wenigstens inhaltlich hat also der ‹Ackermann› lange nachgewirkt. Damit steht die reiche Überlieferung im Einklang. Nicht weniger als 16 Handschriften und 17 Drucke sind auf uns gekommen. Zweierlei ist dabei bemerkenswert: Nicht ein einziger der 33 Textzeugen stammt aus Böhmen, nur drei aus dem benachbarten Ostmitteldeutschland; die andern dreißig sind in Süd- und Südwestdeutschland entstanden. Außerdem muß bei einem späterhin so beliebten Werk und in dieser viel schreibenden Zeit die Tatsache überraschen, daß die älteste erhaltene Handschrift erst 1449 geschrieben wurde, fast fünfzig Jahre nach der Entstehung des Werkes. Im Jahre 1460 wurde es dann in Bamberg zum ersten Male gedruckt, und dann erst setzt der nunmehr reichlich fließende Überlieferungsstrom ein. Dabei gehen sämtliche 33 Fassungen über Zwischenstufen auf einen einzigen stark fehlerhaften Archetypus zurück. Das läßt sich schlagend dadurch beweisen, daß alle Texte an den gleichen Stellen Textverwirrungen aufweisen. Diese können nur durch falsches Einordnen loser Blätter in jene (jetzt verlorene) Vorlage entstanden sein. In Böhmen dürfte, was allenfalls an Handschriften schon entstanden war, den seit 1407 tobenden hussitischen Kämpfen zum Opfer gefallen sein. Nur ein einziges Exemplar, so scheint es, wurde durch Zufall gerettet, und dieses mag mehrere Jahrzehnte zerrissen und unbeachtet in einem Winkel gelegen haben, bis um die Jahrhundertmitte ein Mann der eben aufbrechenden humanistischen Generation darin Geist von seinem Geiste erkannte.

Der triumphale Siegeszug des Werkes begann recht eigentlich erst mit dem Bamberger Druck von 1460. Da Albrecht von Eyb, der es kannte und benutzte, in Bamberg bepfründet war und sich dort aufhielt, wäre es verlockend, ihn mit den beiden Bamberger Drucken von 1460 und 1463 in Verbindung zu bringen. Doch das ist unbewiesen. Jedenfalls aber ist durch Albrecht ein lockeres Band zwischen dem Prager Frühhumanismus und dem späteren, für die deutsche Sprachgeschichte wichtigen süddeutschen Humanistenkreis geknüpft. Die Männer dieses Kreises mußten, ihren eigenen geistigen und ästhetischen Interessen gemäß, sich von dem tiefen Gehalt des Werkes ebenso angezogen fühlen wie von seiner leidenschaftlichen, großartig stilisierten Sprache. Die Wertschätzung der Humanisten für den ‹Ackermann› ist auch daraus zu entnehmen, daß in einigen Sammelhandschriften der ‹Ackermann› mit humanistischen Werken der zweiten Jahrhunderthälfte vereinigt ist und daß sich zum Teil dieselben Fürsten als Besitzer der Handschriften nachweisen lassen, die auch als Gönner der deutschen Humanisten bekannt sind.

Die erste Generation der deutsch schreibenden Humanisten hat sich das große Verdienst erworben, eine Erneuerung der Sprache von innen her anzustreben. Drohte die Muttersprache im papierenen Stil der Kanzleien in Pedanterie zu erstarren, im seichten Geplätscher der Unterhaltungsliteratur zu verflachen, so erreichte sie hier in der Begegnung mit der Latinität Italiens und der Antike eine neue Ausdruckskraft und Tiefe. Der Weg zu dieser humanistischen Kunstprosa mußte allerdings schwer erkämpft werden; die Bemühungen Wyles zeigen das mit eindringlicher Deutlichkeit. Eine unmittelbare stilistische Anknüpfung dieser Generation an die Sprachhaltung des ‹Ackermann›, der auf dem Wege der Kunstprosa vorangegangen war, ist nicht nachzuweisen. Zwar ist auch sein Stil von lateinischer Rhetorik tief beeinflußt, doch hatte er nicht aus dem Lateinischen übersetzt. Gerade dies aber war die Aufgabe, die die neue Generation der Humanisten sich nach 1450 stellte.

Zwei Wege standen ihr zu diesem Ziele offen. Den schwierigeren, aber auch gewaltsameren beschritt Niklas von Wyle, indem er seine deutsche Prosa nach dem lateinischen Muster zu modeln suchte. Den gelehrten Zeitgenossen imponierte dieser Versuch, und mehr als ein Jahrhundert lang hat Wyle unter den Übersetzern Nachahmer und Nachfolger gefunden. Eyb und entschiedener noch Steinhöwel beschritten den anderen Weg. Sie suchten den Glanz der lateinischen Eloquenz auf die deutsche Sprache zu übertragen, ohne deren Eigenstruktur zu vergewaltigen. Auch sie schreiben, wie Wyle, eine Kunstprosa, aber ihre Sprache steht dem deutschen Sprachgebrauch doch näher. Von ihrer Sprache aus lassen sich Brücken schlagen zu der viel schlichteren volkstümlichen Prosa. Sie und ihre gleichgesinnten Nachfolger konnten daher eher als allgemein anerkannte Vorbilder gelten. Während die Bestrebungen der Gelehrten vom Schlage Wyles letztlich unfruchtbar blieben, weil sie der deutschen Sprache Gewalt antaten, führte der Weg der Eyb und Steinhöwel schließlich zur Synthese, in der sich die lateinischen Einflüsse harmonisch mit der volkstümlich-heimischen Traditionen verbanden.

VIII. AUF DEM WEGE ZUM ‹GEMEINEN DEUTSCH›

Wir kehren wieder zur äußeren Geschichte der Sprache zurück und betrachten einen Brief (keine Übersetzung) an den Ulmer Ratsherren HANS HARSCHER, den NIKLAS VON WYLE seinen Translationen angereiht hat (LH 137, S. 349–364). Darin äußert er sich über Kanzlei- und Schreibgebräuche: *So haben sich vnser väter vnd dero altfordern in schwauben* (,Schwaben') *yewelten her* (,seit Menschengedenken') *bis vf vns gebrucht in Irem reden vnd schriben des diptongos ai für ei, burgermaister schribende, nit burgermeister, nain vnd nit nein, flaisch vnd nit fleisch etc. Aber yetz garnauch* (,nahezu') *in allen schwebischen cantzlien der herren vnd stetten schribent die schriber ei für ai, burgermeister sprechende vnd nit burgermaister, wysheit vnd nit wyshait, daz ain grosse vnnütze endrung ist vnsers gezüngs* (,unserer Sprache'), *dar mit wir loblich gesündert* (,abgesondert') *wauren von den gezüngen aller vmgelegnen landen, das vns yetz laidet* (,mißfällt') *vnd fremdes liebet* (,gefällt'). *Ich bin bürtig von bremgarten vsz dem ergöw* (,Aargau') *vnd hab mich anefangs, als Ich herus in swauben kam, grosses flysses gebruchet, daz ich gewonte* (,mich gewöhnte'), *zeschriben ai für ei. Aber yetz were not, mich des wider ze entwennen* (,entwöhnen'), *wo Ich anders mich andern schribern wölt verglychen. das ich aber nit tuon wil* (a. a. O., S. 351).

Dieser Bericht ist in mehrfacher Hinsicht aufschlußreich. Der Schweizer WYLE hat umlernen müssen, als er aus seiner Heimat in ein anderes Mundartgebiet mit anderer Schreibtradition überwechselte. Das scheint man überall erwartet zu haben, zumindest überall dort, wo eine feste Schreibtradition bereits bestand. Es gibt auch genügend Beweise, daß Schreiber, deren Herkunft wir kennen, sich von früher erworbenen Schreibgewohnheiten getrennt, sich den neuen Anforderungen gefügt haben und nur selten aus Unaufmerksamkeit die älteren Gewohnheiten durchblicken lassen. Aber die Tradition ist nicht unwandelbar. Fast in allen schwäbischen Kanzleien werde jetzt *ei* statt *ai* (das bei weitem nicht so alt ist, wie er annimmt) geschrieben, sagt WYLE, und er führt noch eine Reihe von weiteren Neuerungen an, die jetzt Mode werden. Er selbst ist allerdings konservativ gesinnt: *Mich wundert, daz etlich Stattschriber mir bekant* (,die ich kenne') *sölichs von jren substituten* (,Untergebenen') *lyden tuont, so bald sy etwas nüwes sechen usz ains fürsten cantzlie vsgegangen, ob es wol nit grundes haut vnd vnrecht ist, noch dann das bald vffassent* (,aufnehmen') *vnd sich des gebruchent wie die affen* (a. a. O., S. 352).

Von einer Kanzlei zur andern also gehen die Einflüsse, und die fürstlichen Kanzleien sind es, so meint WYLE, die den Ton angeben. Für die kleineren städtischen Kanzleien, die er von Eßlingen aus überblickt, mag dies auch zutreffen. Große Stadtkanzleien wie die von Nürnberg, Augsburg, Wien haben aber nachweislich auch ihrerseits auf die fürstlichen Kanzleien eingewirkt. Mag ein solcher Austausch auch niemals systematisch sein und immer nur einzelne Erscheinungen betreffen, so wirken diese doch, zusammengenommen, im Sinne einer Ausgleichsbewegung, in deren Verlauf die krassesten Absonderlichkeiten der einzelnen Geschäftssprachen verschwinden. Von einer schriftsprachlichen Einheit bleibt freilich die frühneuhochdeutsche Periode noch weit entfernt; aber das allzu Enge, Provinzielle wird doch allmählich zurückgedrängt. Die Schreibsprachen kommen einander näher, und dadurch verstärkt sich bei den Zeitgenossen das Gefühl für das Gemeinsame.

Allerdings vollzieht sich der Ausgleich in den verschiedenen Ebenen der Sprachstruktur in sehr unterschiedlichem Maße. Am ehesten ist Übereinstimmung im orthographischen System zu erzielen, und auf diesem Gebiet macht denn auch die Ausgleichsbewegung einigermaßen rasche Fortschritte. Schwieriger ist es schon, auf dem Gebiet der grammatischen Formen, also bei Deklination und Konjugation, Übereinstimmung zu erreichen. So hatte etwa der Plural des Präsens beim Verbum im Mittelhochdeutschen die Endungen *-en, -et, ent (wir geben, ir gebet, sie gebent).* Im bairisch-österreichischen Mundartgebiet gehen diese Formen im 15. Jahrhundert nur langsam zurück, im Alemannischen, und nicht ganz so deutlich im Schwäbischen und im Rheinfränkischen, zielt eine starke Tendenz auf die Einheitsform *gebent* für alle drei Personen, im Ostmitteldeutschen (Thüringisch, Sächsisch, Schlesisch), im Böhmischen und Nürnbergischen überwiegt schon bei weitem die Neigung zur neuhochdeutschen Regelung *wir geben, ir gebet, sie geben.* Natürlich läßt sich das alles nur an Schriftdenkmälern ablesen, und wenn z. B. in der Druckerstadt Augsburg ziemlich früh schon die ostmitteldeutsch-nürnbergische Regelung vordringt, so steht das kaum mit der geltenden Mundart in Einklang. Ausgleichsbewegungen sind jedenfalls auch auf dem Gebiet der Formenlehre zu beobachten. Aber in dieser Hinsicht ist der einzelne Schreiber sehr viel stärker von der Mundart geprägt, in der er aufgewachsen ist. Einzelheiten mag er willkürlich abändern können; ob einer *gebent* oder *geben* schreibt, ist letztlich Sache der Gewöhnung und Umgewöhnung. Aber viele Hunderte von weniger auffälligen Unterschieden kann man schon deshalb nicht ausgleichen, weil sie kaum bemerkt werden. Und werden sie bemerkt, so fehlen doch meist die Richtlinien für die Entscheidung.

Während deshalb in den einzelnen Schreibsprachen die Wortformen ein recht buntes Bild bieten, scheinen die Satzbaugewohnheiten einigermaßen übereingestimmt zu haben. Hier lagen die Schwierigkeiten eher im Gebiet der jeweiligen Stilebene, ob es sich nämlich um Urkunden- oder Geschäftsstil, um humanistische oder volkstümliche Literatursprache handelte (s. unten S. 153 f). Die größten Unterschiede bestanden indessen auf dem Gebiet des Wortschatzes. Hier ist Einheitlichkeit am schwersten zu erreichen, und je alltäglicher die Wörter sind, desto mehr weichen die Landschaften voneinander ab. Man denke nur an die heutige regionale Verteilung von Handwerkerbezeichnungen wie *Metzger, Fleischer, Fleischhauer, Schlachter,* wie *Schornsteinfeger, Kaminkehrer,* an Unterschiede wie *Sonnabend, Samstag,* oder wie *Weihnachts-, Christ-, Tannenbaum,* um zu ermessen, wie weit wir selbst heute noch auf dem Gebiet des täglichen Wortschatzes von schriftsprachlicher Einheit entfernt sind.

Schließlich und vor allem ist zu bedenken, daß die Schriftsprache sich nur an das Auge wendet. Mag auch – damals wie heute – das Schriftbild überregionale Einheit vortäuschen, so stimmt die Lautgestalt doch nicht in allen Landschaften überein. Wenn z. B. in einer Gegend, die *î* spricht, etwa in Basel oder Straßburg, die Schreiber ziemlich plötzlich dazu übergehen, *mein* statt *mîn* zu schreiben, und sich damit dem von Osten her vorrückenden Schreibgebrauch fügen, so hat der Vorleser vermutlich trotzdem sein *i* gesprochen, und Wyle hat gewiß keinen Unterschied in der Aussprache gemacht, einerlei ob er nun *fleisch* oder *flaisch* in seinen Papieren fand. Vollends unberührt von schriftsprachlicher Regelung bleibt die Intonation des Satzes, und wie stark in dieser Hinsicht auch heute noch die landschaftlichen Unterschiede sind, weiß jedermann aus eigener Erfahrung.

Gerade weil in diesem Kapitel von zunehmender Einheitlichkeit zu reden sein wird, ist es wichtig, zu differenzieren und zu erkennen, daß Annäherung und Ausgleich zuerst auf dem Gebiet der Rechtschreibung erfolgen, wo sie auch am leichtesten zu beobachten und nachzuweisen sind. Noch einmal stellen wir dieses Gebiet in den Mittelpunkt der Erörterung und verfolgen zunächst die weitere Entwicklung der Reichskanzlei.

Sprachentwicklung in bedeutenden Kanzleien

In der Prager Kanzlei des Kaisers Karl IV. waren, wie oben (S. 59) schon erörtert, die schreibsprachlichen Einflüsse Nürnbergs stark wirksam gewesen. In beiden Bereichen waren die zwei Vokalreihen *î, û, iu* und *ei, ou, öu* zusammengefallen und zu *ei, au, eu* entwickelt, die diphthongische Reihe *ie, uo, üe* war monophthongiert worden.

Allerdings muß daran erinnert werden, daß diese Entwicklung nicht so ausnahmslos erfolgte, wie es die Auswertung nur eines einzigen Textzeugen leicht vortäuschen kann. Auch in KARLS Kanzlei kommen die alten *i, u, iu* noch vor, und aus der zweiten Reihe gelegentlich noch das alte *ou* statt *au*, manchmal sogar omd. *e* für *ei* (z. B. *helig* für *heilig*), eine mundartliche Lautentwicklung, die selbst in thüringischen und sächsischen Schreibsprachen meistens vermieden wird.

Aber ziehen wir zum Vergleich auch die Sprache der wettinischen Kanzlei in Meißen und die der österreichischen Kanzleien der Habsburger heran. Im Schreibgebrauch der Wettiner bleiben bis gegen Ende des 15. Jahrhunderts die beiden ersten Vokalreihen noch getrennt, also *i, u, ü* (doch wird der Umlaut selten bezeichnet) und *ei* (gelegentlich *e*), *ou* (auch *o*), *eu* (*ew*). Im Österreichischen ist *ei* aus *î*, *ai* aus *ei* entstanden, so daß die Reihen bis auf die erste Stelle zu *ei* bzw. *ai, au* und *eu* zusammenfallen. Aus der dritten Reihe, den Diphthongen *ie, uo, üe,* sind in Prag und Nürnberg genau wie in Meißen die Monophthonge *i* (meist *ie* geschrieben), *u* und *ü* (der Umlaut bleibt meist unbezeichnet) geworden. Allerdings sind in der Schrift in Prag und Nürnberg die diphthongischen Zeichen ů, ű nicht ganz selten. In Österreich bleiben die Diphthonge erhalten. Zu erwähnen ist, daß die Ableitungssilbe mhd. *-lîch* in der Meißener Schreibsprache als *-lich*, in Österreich als *-leich* auftritt. In Prag und Nürnberg kommen beide Formen nebeneinander vor, ein Zeichen, daß die dortigen Schreibsprachen in dieser Hinsicht zwischen nördlichen und südlichen Zügen noch keine Entscheidung getroffen haben; allerdings überwiegen die *-lich* bei weitem.

Ferner seien einige weitere Merkmale erwähnt. Der Umlaut des *a* wird in Meißen immer, in Prag meistens durch *e* wiedergegeben: *veter* (‚Väter'), *mechtig, rete* (‚Räte'). Im Bairisch-Österreichischen herrscht *ä* vor (*väter, mächtig, räte*). Nürnberg nimmt hier eine zwiespältige Stellung ein.

Bemerkenswert, allerdings nicht immer ganz eindeutig, ist das Verhalten der Schreibsprachen zu mhd. kurzem *u*. Besonders vor Nasalen besteht im Meißnischen Neigung zum Übergang zu *o*: Aus mhd. *kunic, sune, sumer, wunne, mugen* werden dort *konig, son, sommer, wonne, mogen* (‚mögen'). Diese Neigung, *u, ü* in *o, ö* übergehen zu lassen, rückt von West nach Ost im Mitteldeutschen vor; die oberdeutschen Mundarten und die dortigen Schreibsprachen halten dagegen noch lange am *u* fest; in Prag und Nürnberg ist unentschiedenes Schwanken zu beobachten.

Wichtig sind auch gewisse Unterschiede im Gebrauch der Konsonanten. Besonders auffallend ist im Bairisch-Österreichischen das *kch* bzw. *ch*, also die Affrikata, gegenüber dem mitteldeutschen *k* (*chaiser, dankch* gegenüber *keiser, dank*). Die Meißner Kanzlei schreibt immer *k*, so meistens auch Prag und Nürnberg, doch sind dort die oberdeutschen *ch, kch* nicht ganz selten. Eine weitere bairisch-österreichische Eigenart ist die Schärfung des *b* zu *p*: *pringen, prant, pereit*, wo man in Thüringen-Meißen *bringen* (häufiger *brengen*), *brand, bereit* findet. Im allgemeinen folgen auch Prag und Nürnberg dem ostmitteldeutsch-thüringischen Schreibgebrauch, doch kommen auch die *p* einigermaßen häufig vor.

Das *h* zwischen Vokalen ist ein weiteres Unterscheidungszeichen. Es war ursprünglich einmal Reibelaut und ist als solcher im Bairisch-Österreichischen bewahrt. Dort findet man *fachen* (‚fangen'), *ziechen, hocher* usw., während dieser Laut im Mitteldeutschen zum Hauchlaut geworden ist. In Meißen, Prag, Nürnberg lauten die Formen daher *fahen, ziehen* (*ie* = langes *i*), *hoher*. Ausnahmen kommen gelegentlich in Prag und Nürnberg vor. In Nürnberg werden die *geschechen* usw. zu Beginn des 16. Jahrhunderts noch einmal häufiger.

Wir dürfen hier darauf verzichten, weitere Merkmale hervorzukehren, müssen dagegen nochmals betonen, daß auch in jeder einzelnen Kanzlei der Schreibgebrauch Schwankungen unterworfen ist. Die großen Züge, wie sie hier dargestellt wurden, stehen dennoch fest. Daraus ergibt sich nun zunächst die weitgehende Übereinstimmung zwischen Prager und Nürnberger Kanzleigebrauch, obwohl Nürnberg gelegentlich, wie nicht anders zu erwarten, mehr zum Süden tendiert. Jedenfalls aber stehen Prag-Nürnberg in der Mitte zwischen dem bairischen Südosten und dem sächsisch-thüringischen Mitteldeutsch. Für LUTHER wird späterhin seine Vermittlerrolle zwischen dem Niederdeutschen (in dessen Grenzgebiet er aufgewachsen war) und dem Hochdeutschen geltend gemacht. Sie bleibt unbestritten, aber man muß sehen, daß anderthalb Jahrhunderte vorher zunächst einmal auf hochdeutschem Sprachgebiet die Vermittlung zwischen dem Oberdeutschen und dem Mitteldeutschen erforderlich war, und hier zeigen Nürnberg und Prag die Wege zu schreibsprachlichem Ausgleich.

Die Reichskanzlei in Wien

Nach dem Tode des letzten Lützelburgers, des Kaisers SIGISMUND († 1437), ging mit der Führung des Reiches auch die Reichskanzlei an die Habsburger über. Unter Kaiser FRIEDRICH III. (1440–1493) hat sie ihren Sitz in Wien, zuweilen auch in Wiener Neustadt. Die führenden Persönlichkeiten der Prager Kanzlei werden übernommen, so der Kanzler Kaspar Schlick, Sohn eines Egerer Kaufmanns († 1459), und die Protonotare Peter Kalde aus der Aachener Gegend, Hermann Hecht aus Flandern und Marquard Brisacher, ein Patriziersohn aus Konstanz. Da die Oberbeamten ihr eigenes Schreiber-Personal, oft jüngere Verwandte und Schützlinge, anzustellen pflegten, ist anzunehmen, daß auch die Mehrzahl der Notare und Schreiber mit den vier führenden Persönlichkeiten aus Prag nach Österreich übersiedelte. Auch österreichisches Personal ist von Anfang an nachzuweisen, doch gewinnt es, ebenso wie Notare aus anderen Landschaften, die nach und nach hinzukommen, erst im Laufe der Zeit zunehmenden Einfluß.

Nun ist es seit langem bekannt, daß die Prager Kanzleisprache nach Karl IV. stärkere Neigung zu ostmitteldeutschen Sprachformen zeigte, und Noordijk (LH 149), der die Herkunft der obengenannten Beamten ermitteln konnte, stellte fest, daß sie alle aus *i*-Gegenden stammten, d. h. aus Mundartgebieten, in denen die erste Vokalreihe des Mittelhochdeutschen unverändert geblieben war. Auf ihren Einfluß möchte er deshalb die mitteldeutschen Züge der Prager Kanzleisprache unter Sigismund zurückführen. Aber das ist zu einseitig gesehen. Wenn Kalde und Hecht in den Prager Urkunden sonst keine Spuren ihrer niederdeutschen bzw. niederländischen Herkunft hinterlassen haben und Brisacher keine alemannischen, wenn außerdem die sonstigen Prager Neuerungen nach Thüringen weisen, dann wird man auch die in den Urkunden vorkommenden *i, u, ü* nicht als Relikte der Schreiber-Mundart ansehen dürfen. Sie sind in Prag aus benachbarten Kanzleisprachen, vor allem aus dem Thüringischen der Wettiner, aufgenommen.

Die Auffassung Noordijks, daß Herkunft und Mundart der Schreiber über die Sprachgestaltung entscheiden, hat auch heute noch ihre Anhänger, und wieder einmal zeigt sich, wie sehr die Erforschung des Frühneuhochdeutschen noch im Fluß ist. Schmitt (LH 54) und besonders nachdrücklich Boesch (LH 64) haben gegenüber dieser Auffassung die Wichtigkeit der örtlichen Tradition hervorgehoben, der zugewanderte Schreiber sich erstaunlich gut anzupassen wissen.

Wenn trotzdem beim Übergang der Reichskanzlei nach Wien noch ein Jahrzehnt lang die jüngsten Prager Schreibgewohnheiten erhalten bleiben, so hat das zwei Gründe. Das Prager Personal wurde vollständig übernommen, und die Habsburger selbst waren bis dahin mit ihren regional beschränkten Hauskanzleien ausgekommen. So hatte der Prager Kanzleibrauch zunächst in Wien freies Feld. Sogar die alten *i* und *u*, in Österreich seit zwei Jahrhunderten durch *ei* und *au* verdrängt, wagen sich noch einmal wieder hervor, zu schweigen von anderen ostmitteldeutschen Merkmalen. Aber im Verlauf der ersten zehn Jahre tritt immer mehr österreichisches Personal in die Kanzlei ein, und allmählich müssen sich auch die noch verbleibenden Prager Kanzlisten den neuen Wiener Gepflogenheiten anbequemen.

Aber hier vollzieht sich nun eine bemerkenswerte Entwicklung. Kaiser FRIEDRICH III. verfügt nicht nur über die Reichskanzlei, sondern gleichzeitig auch, für die Angelegenheiten seiner habsburgischen Erblande, über eine in Graz beheimatete Hauskanzlei. Während nun diese in ihrer Schreibsprache die derb mundartlichen Züge niemals verleugnet, befleißigt sich die Reichskanzlei einer gezügelten übermundartlichen Schreibart, die alles Nur-Mundartliche zu meiden sucht. Diese überregionale Schreibsprache aber war, wie NOORDIJK nachweisen konnte, schon ausgeprägt, bevor die Reichskanzlei nach Wien verlegt wurde, nämlich in der Wiener Stadtkanzlei.

Noch einmal wiederholt sich, was bereits ein Jahrhundert früher zu beobachten war. Damals hatte eine reiche Handelsstadt mit weiten wirtschaftlichen und kulturellen Verbindungen, nämlich Nürnberg, eine überregionale Schreibsprache entwickelt, an deren Errungenschaften die Prager Reichskanzlei anknüpfen konnte. (Nochmals sei daran erinnert, daß auch Nürnberg in weiteren Bezügen steht und daß das Städtedreieck Nürnberg-Eger-Regensburg den Kern einer durch lebhafte Handelsbeziehungen einflußreichen Schreiblandschaft darzustellen scheint; LH 67.) Jetzt wurde die Schreibsprache der Stadt Wien zum Vorbild. Die neue Metropole des Reiches hatte sich seit langem reger Verkehrsbeziehungen erfreut, und sie barg in ihren Mauern eine bedeutende Universität, die von nah und fern die berühmtesten Gelehrten anzog. Mit ihnen gehen am Wiener Hof Diplomaten, Künstler, Dichter aus aller Welt aus und ein. Das Geistesleben blüht, und in solcher Atmosphäre nimmt auch die Sprache einen ausgeglichenen Charakter über aller Mundart an. Früh lassen sich in der Wiener Stadtkanzlei, bald auch in der Reichskanzlei unter dem Personal Doctores und Magistri der Wiener Universität nachweisen, und es ist klar, daß die Schreibsprache der Weltstadt Wien zum Vorbild auch der Reichskanzlei wird, und nicht etwa die provinzielle Rückständigkeit der Grazer Hauskanzlei.

In vielen Einzelheiten weicht diese Wiener Schreibsprache von der in der Stadt gesprochenen Mundart, aber auch von der Schreibsprache der Hauskanzlei FRIEDRICHS III. ab. (Vgl. zum folgenden die Angaben über Prag, oben S. 137.) Während in Graz noch, der Mundart folgend, die alten Diphthonge *uo, ue, (üe)* geschrieben werden, schreibt man in Wien gegen die Mundart *u, ü (hut, gut, hüten* usw. für mhd. *huot, guot, hüeten*). Das mhd. *ei* erscheint in den anderen österreichischen Kanzleien regelmäßig als *ai* (*stain, hail, maister*), und das ist auch in Wien nicht selten. Aber hier dringen doch in zunehmendem Maße die *ei* (*stein, heil, meister*) vor. Dem Prager Einfluß ist es wohl zuzuschreiben, wenn hinfort in Wien der Umlaut des *a* ziemlich regelmäßig durch *e* wiedergegeben wird (*gest, phert, decher* ‚Gäste, Pferde, Dächer'), während in Graz das *ä* herrscht oder der Umlaut unbezeichnet bleibt (*gäst, phart*).

Sehr auffällig ist seit etwa 1470 in der Wiener Reichskanzlei das Vordringen von *o* statt altem *u* vor Nasal und Nasalverbindung: *son, besonders, gewonnen, gönnen* statt älterem *sun, besunders, gewunnen, günnen,* auch *sollen, solch* für *sullen, sulch (suln, sulich).* Diese *o* für *u,* die später für das Neuhochdeutsche charakteristisch werden, sind den österreichischen Mundarten völlig fremd. Es handelt sich hierbei um einen im Westmitteldeutschen bereits alten Lautübergang, der allmählich nach Osten und Süden vordringt (s. oben S. 138). Wenn diese Schreibgewohnheit in Wien entgegen der Mundart aufgenommen wird, so darf das als ein besonders deutliches Anzeichen der Ausgleichsbestrebungen gewertet werden.

Ähnliches gilt auf dem Gebiet der Konsonanten für den Gebrauch der Affrikata *kch* (meist *ch* geschrieben, aber *k-ch* zu sprechen). Auch hier hält sich die Wiener Schreibsprache nach 1450 entgegen der Mundart zurück. Zwar findet man zuweilen noch Schreibungen wie *chomen, bechant,* aber weitaus häufiger sind doch die *komen, bekant,* und sie nehmen mit der Zeit zu, vor allem im Anlaut als der auffälligsten Stelle im Wort. Im In- und Auslaut setzt sich der Übergang von Schreibformen wie *glokchen, volch* zu *glocken, volk* erst in den siebziger Jahren durch. Ferner meidet die Wiener Stadtschreibe, und mit ihr die Reichskanzlei, die intervokalischen *ch* der Grazer Hauskanzlei und der anderen bairisch-österreichischen Kanzleien. Wie in Prag und Nürnberg schreibt man *ziehen, zehen, slahen* (‚ziehen, zehn, schlagen'), und nicht wie in Graz *ziechen, zechen, slachen.*

Als wichtige Einzelheiten der Wiener Schreibsprache wären noch die folgenden anzumerken: Die Verba *haben* und *lassen* kommen nur in dieser Form, nicht in den kontrahierten mundartlichen Formen *han, lan* vor. Die Endung der Verben in der 3. Person des Plurals im Indikativ des Präsens hat nur noch selten die alte Endung *-ent* (*si habent, si koment*). Seit 1450 und späterhin in immer zunehmendem Maße herrscht die Endung *-en (sie haben, sie komen):* für das Partizip setzt sich statt der bairisch-österreichischen Endung *-und* immer energischer das *-end* durch; neben *wissund, lautund* finden sich mehr und mehr *wissend, lautend* usw.

Wir verzichten darauf, auch die mancherlei bairisch-österreichischen Mundartmerkmale zu erörtern, die immer noch vorhanden sind. Das kann in dieser Zeit noch nicht anders sein. Wichtig ist dagegen die Feststellung, daß die Wiener Schreibsprache der kaiserlichen und der städtischen Kanzlei sich deutlich von der gesprochenen Stadtmundart abhebt. Sie folgt ihren eigenen Gesetzen und nimmt Anregungen auf, die von anderen bedeutenden Kanzleien ausgehen. Wieder sind wir schlecht unterrichtet. Die Kanzleien bedeutender Handelsstädte, wie Augsburg, Basel, Straßburg, und politisch einflußreicher Erzbischöfe, etwa Trier und Mainz (Köln nimmt seine eigene Entwicklung), auch der Sprachgebrauch der Universitäten können nicht völlig ohne Einfluß bleiben, und Mainz und Trier mögen schon unter KARL IV. auf Prag gewirkt haben. Das alles ist heute noch kaum erforscht. Auffällig jedoch ist abermals die Übereinstimmung des Wiener Schreibgebrauchs, in der Stadt- wie in der Reichskanzlei, mit vielen Eigentümlichkeiten der Nürnberger Kanzleisprache. Diese zwischen Mitte und Süden vermittelnde Schreibsprache macht also abermals, wie einst auf Prag, auch auf Wien ihren Einfluß geltend.

Die Wiener Entwicklung sei noch etwas weiter verfolgt. Unter Kaiser MAXIMILIAN I. (1486–1519) bleibt die alte Tradition im wesentlichen bewahrt; allerdings wird der bairisch-österreichische Einschlag in der Schreibsprache etwas stärker. Der Kaiser, selbst mit dem ‹Theuerdank› und dem ‹Weiskuning› als Dichter hervorgetreten und ein Sammler und Förderer der deutschen Literatur, war auch um die Gestaltung der Sprache bemüht, darin lebhaft unterstützt von seinem Kanzler NIKLAS ZIEGLER. Die Sprache, die sie pflegten, wurde als das ‹Donauische› oder die ‹Donausprache› bekannt und galt weithin als Vorbild. Dabei dürften die Bewunderer die mundartlichen Züge, die dieser Sprache eigneten, nicht so sehr beachtet haben wie die Orthographiereform, die ZIEGLER durchsetzte. Bis zu seiner Zeit war die Unsitte der Doppelschreibung von Konsonanten, über die bereits WYLE sich beklagt, mächtig ins Kraut geschossen. ZIEGLER setzte sich für Vereinfachung ein (z. B. *Helfershelfer, Zeiten* statt *Hellffershellffer, Czeyten;* LH 173, S. 31) und lenkte damit die weitere Entwicklung in vernünftigere Bahnen. Dies vor allem scheint den Ruhm von MAXIMILIANS Kanzleisprache begründet zu haben. Jedenfalls waren sich die Zeitgenossen bewußt, daß von der kaiserlichen Kanzlei starke Impulse ausgingen.

Unter den anderen großen Kanzleien spielt, wie schon mehrfach erwähnt, die Meißnische die bedeutendste Rolle. Die Ausbreitung ihres Einflußbereichs im 15. Jahrhundert ist bemerkenswert. Im Jahre 1423 war FRIEDRICH DER STREITBARE, Markgraf von Meißen, aus dem Hause Wettin, Erbnachfolger der askanischen Kurfürsten und Herzöge von Sachsen-Wittenberg geworden. Während seither der Markgraf den Titel eines Kurfürsten von Sachsen führte, haftete doch seinem stark erweiterten Territorium noch auf lange Zeit der Name Meißen an. Das blieb auch so, als in einer der zahlreichen wettinischen Erbteilungen die Kurwürde und der thüringisch-westsächsische Landesteil an FRIEDRICH DEN WEISEN (1486–1525) fielen. Die eigene Kanzlei, deren er bedurfte, wurde von der Meißnischen abgetrennt und nach Torgau verlegt. Eine ständige Zweigstelle wurde im kurfürstlichen Schloß in Wittenberg errichtet. Im Gebrauch der Kanzleisprache besteht aber zwischen Meißen und Torgau-Wittenberg kein Unterschied, auch die gemeinsame Bezeichnung ‹Meißner Kanzlei› blieb erhalten. LUTHER bezieht sich auf die Wittenberger Zweigstelle; aber es ist der Ruhm des gesamten wettinischen Kanzleiwesens, den er verkündet.

Kurfürst FRIEDRICH DER WEISE, Begründer der Universität Wittenberg, nahm lebhaften Anteil an der Reichspolitik, stand bei Kaiser MAXIMILIAN I. in hohem Ansehen und wurde von diesem als Reichsverweser eingesetzt, als er 1496 nach Italien zog. Diese Beziehungen konnten nicht ohne Einfluß auf die beteiligten Kanzleien bleiben, zumal da das Meißnische längst einen hohen Ruf genoß. Anderseits war auch vorher schon in Meißen eine Tendenz zur Anlehnung an kaiserlichen (und Nürnberger) Schreibgebrauch spürbar gewesen. So ging auch hier die Entwicklung auf einen Ausgleich hin, wenn auch in Meißen zahlreiche thüringisch-sächsische Eigenheiten bewahrt blieben.

Wenn diese thüringisch-sächsische Komponente in der weiteren Entwicklung der deutschen Schriftsprache deutlicher hervortrat, so ist das nicht allein dem Wirken LUTHERS zu verdanken. Politische Konstellationen, wie das Reichsverweseramt des Kurfürsten FRIEDRICH, hatten schon vorher dazu beigetragen. Auch ein anderes politisches Ereignis ist in diesem Zusammenhang zu erwähnen. Im Jahre 1480 war der Wettiner ALBRECHT Erzbischof von Mainz geworden. Zwar hat er das Amt nur kurze Zeit ausgeübt, hat aber doch durch seinen Kanzler Dr. SPIGEL und kursächsisches Kanzleipersonal die Mainzer Kanzleitradition beeinflußt. Auch hier bahnen sich Ausgleichsbewegungen an. Im übrigen wurden die meisten ‹Reichsabschiede›, in denen der Kaiser die Beschlüsse der Reichstage verkündete, in Mainz gedruckt. Auch diese wichtigen politischen Papiere hatten Einfluß auf die weitere Sprachentwicklung.

Druckersprachen

So arbeiten die einflußreichsten Kanzleien, ohne dafür ein klares Programm zu haben, doch auf den Ausgleich der Schreibgewohnheiten hin. Aber längst sind sie nicht mehr die einzige Kraft auf diesem Gebiet. Schon hatte sich der Buchdruck als eine gewaltige, die Sprache beeinflussende Macht erwiesen. Die Erfindung des JOHANNES GUTENBERG, der Druck mit beweglichen Lettern, hatte eine neue Epoche heraufgeführt. Sein erstes Buch von nur 14 Blättern, die Wiedergabe einer älteren Dichtung vom Jüngsten Gericht (vgl. Anhang Nr. VIII a) war etwa 1445 oder 1446 erschienen. Den Durchbruch brachte die berühmte 42-zeilige Bibel von 1455, die – von GUTENBERG begonnen – allerdings erst durch seinen Geldgeber JOHANNES FUST, der den Meister zum Bankrott getrieben hatte, und seinen Schwiegersohn PETER SCHÖFFER fertiggestellt wurde. Die neue Kunst versprach jedem nach Bildung Strebenden einen Anteil am geistigen Leben. Bis dahin war dies ein Vorrecht derer gewesen, die wohlhabend genug waren, sich die teuren Handschriften kaufen zu können oder abschreiben zu lassen, oder die Zugang zu den wohlbehüteten Bibliotheken hatten. Wie ungeheuer groß das Verlangen nach geistiger Nahrung gewesen sein muß, läßt sich am besten aus der unglaublich raschen Verbreitung des Buchdrucks ermessen, die bald ganz Europa erfaßte. Schon im Jahre 1500 gab es schätzungsweise 1120 Druckereien, die in 260 europäischen Städten betrieben wurden. Man hat berechnet, daß in dem ersten halben Jahrhundert etwa 40000 Drucke entstanden, vom Flugblatt bis zum dickleibigen Folianten. Das bedeutet bei einer durchschnittlichen Auflagenhöhe von 250 Exemplaren die Herstellung von etwa zehn Millionen Druckschriften. Soviel Lesestoff, wie in diesem ersten Halbjahrhundert unter die Leute kam, hatten die gelehrten Schreiber des Mittelalters trotz eifrigen Abschreibens in vielen Jahrhunderten nicht zustande gebracht.

Zunächst diente die neue Kunst noch vornehmlich gelehrten Zwekken, und die Mehrzahl der Drucke war den lateinischen Werken gewidmet. Aber auch die Zahl der volkssprachlichen Drucke nahm von Jahrzehnt zu Jahrzehnt zu, und die Drucke in deutscher Sprache sind es, die uns im sprachgeschichtlichen Zusammenhang besonders interessieren. Im Anhang Nr. VIII sind einige (leider nur sehr knappe) Proben aus frühen deutschen Drucken wiedergegeben. Sie vermitteln einen Eindruck davon, daß die Druckersprachen zunächst noch landschaftlich gebunden waren, besonders deutlich der Kölner Druck von 1499 (Nr. VIII D); aber anderseits lassen sie doch auch ein hohes Maß von Übereinstimmung erkennen. Um das Jahr 1500 hebt sich eine Anzahl von führenden Druckerstädten aus der Masse der übrigen heraus. Man kann sie landschaftlich gruppieren, und es zeigt sich zunächst innerhalb der einzelnen Landschaften ein deutliches Streben nach möglichst übereinstimmender Gestaltung von Sprache und Orthographie. Dabei machen sich die Drucker gern unabhängig von den rückständigen Schreibgewohnheiten der kleinen lokalen Kanzleien. Sie richten sich lieber nach der Sprache der führenden Kanzleien und nach den angesehensten Druckern in den großen Städten. Das Ergebnis dieser Bemühungen sind die sogenannten Druckersprachen. In Augsburg, und weiterhin in Ulm und Tübingen, gilt die schwäbische Druckersprache, in München, Ingolstadt und Wien die bairisch-österreichische. In Nürnberg wird in jener oberdeutsch-ostmitteldeutschen Kolonialsprache gedruckt, die wir bereits bei Erörterung der Kanzleisprachen kennengelernt haben und für die eine einheitliche Dialektbezeichnung fehlt. Ostmitteldeutsche Druckorte sind vor allem Wittenberg und Leipzig, westmitteldeutsche Köln (wo auch niederdeutsch gedruckt wird), Frankfurt, Mainz und Worms, oberrheinische (alemannische) sind Straßburg und Basel. Sehr viel stärker tritt die alemannische Mundart allerdings in der innerschweizerischen Druckersprache hervor, wie sie besonders in Bern und Zürich gebraucht wird. Ferner seien als wichtige niederdeutsche Druckorte außer Köln noch Lübeck und Magdeburg, später auch Braunschweig und Hamburg genannt. Eine blühende Wissenschaft und einen hervorragenden Druckerfleiß gab es auch in den Niederlanden, wo neben vielen anderen Druckorten vor allem Zwolle, Deventer und Utrecht, Brügge, Antwerpen, Brüssel und Löwen zu nennen sind.

Die ersten Buchdrucker waren zum großen Teil hochgebildete Männer, die fast alle auf Universitäten studiert und vielfach akademische Grade erworben hatten. Nicht wenige waren wirkliche Gelehrte, die ebensosehr aus Liebe zur Wissenschaft und um das Licht der Bildung zu verbreiten wie wegen des Gelderwerbs sich der neuen Kunst verschrieben. Kein Wunder also, daß zunächst die lateinischen Druckwerke die deutschen bei weitem an Zahl überwogen. Auch jenes Werk, das recht eigentlich den Ruhm der Druckkunst begründet hatte, Gutenbergs 42-zeilige Bibel, war ja eine lateinische Bibel. Aber es ist doch kennzeichnend, daß sein erster Druck – gleichsam die Probe auf die junge Meisterschaft – eine (nicht eben bedeutende) religiöse Dichtung in deutscher Sprache wiedergab (vgl. Anhang VIII A). Das Zeitalter des Humanismus war nicht nur bemüht, eine neue Geisteskultur zu erwecken; die deutschen Humanisten entwickelten auch einen beträchtlichen Nationalstolz und ein sozialpädagogisches Bildungsstreben, das möglichst vielen einen Anteil an den neuen Bildungsgütern vermitteln sollte. Das konnte aber nur mit Hilfe der deutschen Sprache geschehen, und so fanden die humanistischen Gelehrten wie auch die frei gesinnten Theologen in dem jungen Buchdruck das erwünschte Mittel, ihre Gedanken auch in der Volkssprache möglichst weit zu verbreiten.

Es ist recht bezeichnend, daß sehr früh auch schon gedruckte Bücher erschienen, die versprachen, jedermann *auf das kürtzist* die Kunst des Lesens beizubringen. Zur Förderung des Absatzes bedurfte die junge Buchdruckerkunst der Leser. Aber es war doch nicht das eigene Geschäftsinteresse allein, das solche Lehrbücher hervorbrachte. Das Stadtvolk hatte sich einigermaßen konsolidiert. Es war auch in seinen mittleren Schichten, den Handwerkern, bildungswillig und bildungshungrig geworden und verlangte selbst danach, an dem neuen Geistesleben Anteil zu nehmen, religiöse und moralische Belehrung zu empfangen. Städtische Schulen lieferten dazu die Bildungsgrundlage.

Es war allerdings keineswegs nur lehrhafte Literatur, was die Drucker in deutscher Sprache auf den Markt brachten. Man begann auch, die alten Ritterepen des Mittelalters in abenteuerlich unterhaltsame Prosadrucke umzuwandeln, so daß bald aus diesen und anderen Quellen eine üppig wuchernde Unterhaltungsliteratur entstand. Auch Tagesereignisse, diplomatische Streitigkeiten und religiöse Erörterungen und mit demselben Eifer auch Moritaten und Mordgeschichten wurden durch rasch gedruckte Flugblätter unter die Leute gebracht. Die sprachlichen Ansprüche, die so verschiedenartige deutsche Druckerzeugnisse zu erfüllen hatten, waren sehr mannigfaltig. Aber gerade dadurch trugen die Drucker zur Lösung einer Aufgabe bei, die die Kanzleien nicht erfüllen konnten. Diese konnten wohl die Orthographie regeln – und die Drucker waren froh, wenn sie von den Kanzleien einigermaßen feste Regeln übernehmen konnten –, aber die allgemeine Sprache konnten die Kanzleien nicht gestaltend beeinflussen. Dazu waren ihr Formelwerk, ihre Urkunden und ihr Juristendeutsch zu einseitig.

Hier liegt nun die große sprachgeschichtliche Bedeutung des frühen Buchdrucks. Indem er sich aller nur erdenklichen Stoffe bemächtigte und indem er mit seinen Erzeugnissen bald den Hochgelehrten, bald jeden einfachen Mann auf der Straße zu erreichen suchte, mußte er notwendig zu Gestaltung und Durchbildung der deutschen Sprache in allen ihren der Schrift zugänglichen Schichten beitragen. Im ständigen, vielseitigen Gebrauch erst erlangt diese Sprache ihre Unabhängigkeit vom Stile der Kanzleien und ihre allgemeine Verwendbarkeit.

Zu den vielseitigen Inhalten der Druckwerke mit ihren wechselnden Anforderungen an die Sprache kam noch das Geschäftsinteresse der Drucker hinzu. Ihnen, die ihre Drucke auf Märkten und Messen vertrieben, mußte daran gelegen sein, auch Sprachform und Rechtschreibung so zu gestalten, daß sie weithin ohne Schwierigkeiten verstanden werden konnten. Auch dieses Streben mußte in Richtung auf einen allgemeinen Ausgleich wirken. So kommt es denn auch allmählich zu immer stärkerer Annäherung der bairisch-österreichischen, der Nürnberger, der schwäbischen und der oberrheinischen Druckersprache, und aus dem westmitteldeutschen Gebiet folgen Frankfurt, Mainz und Worms dieser allgemeinen Richtung. Köln allerdings mit seiner andersartigen und seit langem gefestigten Tradition geht völlig andere Wege (vgl. Anhang VIII D). Abseits halten sich anfangs auch die ostmitteldeutschen Drucker in Leipzig und Wittenberg. Sie können sich auf die gesicherten Traditionen stützen, die von den wettinischen Kanzleien ausgehen, und sind, zumal seit dem Beginn der Reformation, so stark mit dem Druck der in ihrem Sprachraum entstehenden Schriften beschäftigt, daß sie gar keine Zeit finden, sich nach anderen Sprachgewohnheiten umzutun. Aber die Unterschiede zwischen der ostmitteldeutschen Schreibtradition und dem nürnbergisch-süddeutschen Schreibgebrauch sind bei weitem nicht so gravierend wie etwa der Abstand der Kölner oder der innerschweizerischen Tradition von beiden.

Die philologische Einzelforschung allerdings muß Schritt für Schritt das Werden der einzelnen Schreibsprachen verfolgen (vgl. z. B. LH 60, 65, 66, 150). Ihr werden sogar die Unterschiede im Schreibgebrauch der einzelnen in der Kanzlei tätigen Schreiber bedeutungsvoll, und erst recht natürlich die besonderen Schreibgebräuche der einzelnen Schreib- und Druckstätten. Damit muß das Trennende ins Blickfeld rücken. Wer hingegen die großen Linien der Gesamtentwicklung nachzuzeichnen bemüht ist, wird, ohne die Ergebnisse der Spezialforschung aus dem Auge zu verlieren, den Blick doch mehr auf das Verbindende und Gemeinsame richten. Dann aber wird er gewahr, daß der Einfluß der großen Schreibstätten, denen auch die Drucker sich anzuschließen trachten, vereinheitlichend wirkt.

Diese Tendenz zur Vereinheitlichung läßt sich z. B. schon aus den knappen Textproben des Anhangs Nr. VIII ablesen. Natürlich fallen bei genauem Zusehen auch die Unterschiede ins Auge. So haben z. B. der Mainzer, Straßburger, Basler und Kölner Druck (A – D) noch die alten Langvokale, die sie erst von etwa 1520 an zugunsten der Diphthonge aufgeben, der Augsburger, Nürnberger und Leipziger (E – G) die neuen Diphthonge. B und C zeigen bei der dritten Person Plural des Verbs die Endung *-ent* (*sollendt, möchtent*), die anderen Drucke haben *-en*. In den Texten vom Oberrhein und aus Augsburg ist ein häufiger Ausfall des Endungs-*e* zu bemerken (*sorg, solchs, wär, lon, ir werd* ‚werdet'), das im allgemeinen in den mitteldeutschen Texten aus Mainz und aus Leipzig bewahrt bleibt. Diese beiden (und Köln) schreiben *sal* = ‚er soll', wo die südlicheren

Texte *sol* schreiben. In dem Leipziger Druck (G) taucht gelegentlich noch die Wiedergabe des Endungsvokals durch *i* auf (*stettin, hawbin* = ‚Städten, Hauben'), ein Charakteristikum älterer ostmitteldeutscher Orthographie. Auch in sich selbst sind die Texte nicht ganz einheitlich. So schreibt der Leipziger bald *halten*, bald *halden*, schreibt *diner*, aber *dienerin*. Im Nürnberger Druck (F) ist das Schwanken zwischen süd- und mitteldeutschen Schreibgewohnheiten charakteristisch. Neben md. *ei* (*zeyten, geystlichen, heyligen*) schleicht sich einmal *ai* ein (*layden*), und neben *b* (*bawm* = ‚Baum') findet sich das geschärfte *p* des Oberdeutschen (*Praunaw, pitter* = ‚Braunau, bitter').

Wessen Auge für solche Unterschiede nicht geschult ist, der muß jedoch Aufmerksamkeit anwenden, um sie zu entdecken. (Über die unterschiedliche Rechtschreibung der einzelnen Drucker vgl. LH 151.) Nur der Kölner Druck fällt auch dem Unkundigen als völlig abweichend auf. Bei den anderen überwiegt im allgemeinen doch das Gemeinsame. Oder, wenn wir vorsichtiger formulieren: Die verschiedenen Druckersprachen, außer der Kölner, sind einander soweit angenähert, daß jedermann allerorten das Gedruckte ohne Schwierigkeit aufnehmen kann, ohne sich der Unterschiede bewußt zu werden.

Zeitgenossen über ihre Sprache

Allerdings war man sich auch um 1500 darüber klar, daß es im deutschen Sprachgebiet eine Anzahl von verschiedenen Dialekten gab. Hoch- und Niederdeutsch wußte man seit alter Zeit zu unterscheiden, und an der Wende vom Mittelhochdeutschen zum Frühneuhochdeutschen spricht z. B. Berthold von Regensburg in einer Predigt von den *Oberlendern* und *Niderlendern* und der Verschiedenheit ihrer Sprachen. In einer 1485 erstmalig in Antwerpen gedruckten lateinischen Grammatik, dem ‹*Exercitium puerorum grammaticale*›, heißt es: *Teutonicum diversificatur per altum et bassum et medium* (‚Im Deutschen unterscheidet man Ober-, Nieder- und Mitteldeutsch', LH 177, S. 18); aber diese Unterscheidung muß viel älter sein, denn schon im Jahre 1343 redet der Verfasser einer Evangelienübersetzung von einer *ubirtragunge in daz mittelste dutsch.* Von Anfang an muß wohl auch die engere Zusammengehörigkeit des Mittel- und Oberdeutschen gegenüber dem Niederdeutschen, wozu die Zeit stets auch das Niederländische rechnet, erkannt worden sein. Ausführlich geht darauf allerdings erst ein Autor vom Ende des 16. Jahrhunderts ein, nämlich Sebastian Helber, dessen ‹Teütsches Syllabierbüchlein› im Jahre 1593 zu Freiburg im Üchtland gedruckt wurde (LH 155,

S. 24). Der bemerkenswerte Passus sei hier abgedruckt: *Viererlei Teütsche Sprachen weiß ich, in denen man Büecher druckt, die Cölnische oder Gülichische, die Sächsische, die Flämmisch oder Brabantische, vnd die Ober oder Hoch Teütsche.* Die Köln-Jülichsche, die Niederdeutsche und die Niederländische Druckersprache werden hier also je in ihrer Besonderheit erfaßt, und alle drei werden von der hochdeutschen unterschieden. Hier unterteilt der Verfasser nun weiter: *Vnsere Gemeine Hoch Teütsche wirdt auf drei weisen gedruckt: eine möchten wir nennen die Mitter Teütsche, die andere die Donawische, die dritte Höchst Reinische: (dan das Wort Oberland nicht meer breüchig ist.) Die Drucker so der Mittern Teütschen aussprach, als vil die Diphthongen ai, ei, au etc. belangt, halten, verstee ich die von Meinz, Speier, Franckfurt, Würzburg, Heidelberg, Nörnberg, Straßburg, Leipsig, Erdfurt, vnd andere, denen auch die von Cölln volgen, wan sie das Ober Teütsch verfertigen. Donawische verstee ich alle in den Alt Baierischen vnd Schwebischen Landen, den Rein vnberührt. (Alt Baierische seind die, so vorzeiten all vnder eim Fürsten waren, nämlich jeziges Hörzogthumb Baieren, Ost- oder Oesterreich nid vnd ob der Ems, Kärnten, Steier, Tirol, Krain, Saltzburgerland, samt der Ambergischen oder Obern Pfaltz mit iren anstössen, etc.). Höchst Reinische lestlich die, so vor iezigen jaren gehalten haben im Drucken die Sprach der Eidgenossen oder Schweitzer, der Walliser, vnd etlicher beigesessener im Stifft Constantz, Chur, vnd Basel.*

Der Verfasser geht bei dieser Dreiteilung freilich nur vom Gebrauch der Diphthonge aus. Dabei beobachtet er, daß die Schweizer in früheren Jahren eine Sonderstellung einnahmen. Im Laufe des 16. Jahrhunderts sind sie nämlich, zuerst Basel, dann Zürich und um 1575 auch Bern zur Diphthongierung übergegangen und haben sich jener Schreibweise angeschlossen, die HELBER als *die Mitter Teütsche* bezeichnet. Hier sind altes *î* und *ei* in *ei*, altes *û* und *ou* zu *au* zusammengefallen. Davon hebt sich das *Donawische*, d. h. das Bairische und unter dessen Einfluß auch das Schwäbische, insofern ab, als auch gegen Ende des 16. Jahrhunderts gelegentlich noch *ai* für altes *ei* gedruckt wird. Hier sieht HELBER also noch alten Schreibgebrauch fortwirken. Aber bezeichnend ist doch, daß er einen breiten Landstrich von Straßburg bis Leipzig zu einer druckersprachlichen Einheit zusammenfassen kann, zu der er zu seiner Zeit auch bereits das *Höchst Reinische* rechnet, das *vor iezigen jaren* noch als besondere Gruppe betrachtet werden mußte.

So weit fortgeschritten war allerdings ein Jahrhundert früher die sprachliche Einigung noch nicht. Nun darf man allerdings LUTHERS Ausspruch (in den ‹Tischreden›, Bd. 5, Nr. 6146) nicht allzu ernst nehmen, wo er sagt: *Deutschland hat mancherley Dialectos, Art zu re-*

den, also, daß die Leute in 30 Meilen Weges nicht wol können verstehen. Die Österreicher und Bayern verstehen die Thüringer und Sachsen nicht. usw. Hier denkt LUTHER natürlich an die gesprochenen Mundarten und besonders an deren lautliche Verschiedenheiten. Diese aber kommen in der Schrift zum großen Teil überhaupt nicht zum Ausdruck. Darum konnte er sich im Hinblick auf seine Schreibsprache ganz anders äußern. Ebenfalls in seinen ‹Tischreden› (Bd. 1, Nr. 1040) hat er den berühmten Ausspruch getan: *Ich habe keine gewisse, sonderliche, eigene Sprache im Deutschen, sondern brauche der gemeinen deutschen Sprache, daß mich beide, Ober- und Niederländer verstehen mögen. Ich rede nach der sächsischen Canzeley, welcher nachfolgen alle Fürsten und Könige in Deutschland; alle Reichsstädte, Fürsten-Höfe schreiben nach der sächsischen und unsers Fürsten Canzeley, darum ists auch die gemeinste deutsche Sprache. Kaiser Maximilian, und Kurfürst Friedrich, Herzog zu Sachsen etc. haben im römischen Reich die deutschen Sprachen also in eine gewisse Sprache gezogen.*

Durch sein *ich rede nach der sächsischen Canzeley* darf man sich nicht irreführen lassen. LUTHER spielt nicht auf seine gesprochene Mundart an. Die Kanzleisprache ist eine Schreibsprache, und natürlich meint LUTHER die Sprache seiner Schriften, wie es denn weiterhin auch heißt: *schreiben nach der sächsischen ... Canzeley.* Objektiv ist es freilich nicht richtig, daß alle Schreibstätten in Deutschland der sächsischen Kanzleisprache folgen. Aber die historische Entwicklung hatte dahin geführt, daß die Schreibsprache der Reichskanzlei und die der zu LUTHERS Zeit besonders einflußreichen wettinischen Kanzlei einander nahe gekommen waren. Kaiser MAXIMILIAN und Kurfürst FRIEDRICH DER WEISE hatten auch nicht, wie LUTHER meint, durch bewußtes Einwirken *die deutschen Sprachen in eine gewisse Sprache gezogen.* Aber sie waren die politisch führenden Fürsten, und durch ihre Kanzleien taten sie ihren Willen kund. So konnte man den Herrschern zusprechen, was in ihren Schreibstätten in langen Zeiträumen entwickelt war.

LUTHER weiß also seinen Schreibgebrauch gedeckt und gerechtfertigt durch die Schreibgewohnheiten der Wettinischen Kanzlei, denen er sich anschließt. Andere sind nicht in so glücklicher Lage. Vor allem die Lehrmeister der deutschen Rechtschreibung, deren es nach 1500 viele gibt, erkennen die Schwierigkeiten. In dem ‹Schriftspiegel›, der 1527 in Köln gedruckt wurde, schreibt der ungenannte Verfasser (LH 9, S. 383): *Ein schriver, wilcher land art der in duytzscher nacioin geboren is, sal sich ... flyssigen, dat he ouch ander duitsch, dan als men in synk land synget, schriven, lesen und vurnemen mag.* In welchem deutschen Mundartgebiet also ein Schreiber auch geboren sein mag, er soll auch andere Dialekte schreiben, lesen und – im mündlichen Gespräch – verstehen können. Denn *eynem berömden schriver* laufen viele Leute zu, und wenn er dann nur *wulde syngen, als ym der snavel gewassen were, so bedörfft men wail tussen eynem Beyeren und Sassen eyn tolmetsch.* Auch hier gehen wieder Sprechen und Schreiben durcheinander; aber auf das Schreiben kommt es dem Verfasser an. Und wenn er vom guten Schreiber fordert, daß er mehrere Schreibarten beherrsche, so scheint diese Praxis auch wirklich geübt worden zu sein. Das jedenfalls würde erklären, wie es kommt, daß sich zugewanderte Schreiber so leicht fremdem Kanzleigebrauch anpassen. Andere, wie FABIAN FRANCK aus Aslau in Schlesien (s. u. S. 181 ff), sehen zwar auch Unterschiede. Aber stärker empfinden sie wie LUTHER das Gemeinsame der führenden Schreib- und Druckstätten.

Das gemeine Deutsch

Das Verbindende ist den Zeitgenossen bewußt, aber, wie die zitierten Äußerungen zeigen, auch das Trennende. Was also ist ‹das gemeine Deutsch›, von dem in damaliger Zeit oft gesprochen wird? Ist das Empfinden für das Gemeinsame bereits so stark? Darf man den Ausdruck wirklich, wie es moderne Germanisten getan haben, als ‹Gemeinsprache› verstehen?

FABIAN FRANCK, der die Muster für gutes Deutsch herausstellt und der sich Fortschritte auf dem Wege zu Reinheit und Ausgleich erhofft, nennt doch die Sprache *bey den hochdeutschen nicht einhelig* und gibt ihr keine einheitliche Bezeichnung. Am Ende des Jahrhunderts sagt HELBER sogar, daß *vnsere gemeine Hoch Teütsche* sich in drei deutlich unterschiedenen Druckersprachen darstelle. Das macht es schlechterdings unmöglich, an ‹Gemeinsprache› zu denken. Was heute im Rückblick als Kern und Grundlage einer solchen erscheint, nennt HELBER *die Mitter Teütsche.*

Auch LUTHERS oben zitiertes und viel erörtertes Wort kann nicht in diesem Sinne verstanden werden. Wenn er sagt *Ich rede nach der sächsischen Canzeley,* so kann er damit nicht eine gesprochene Sprache gemeint haben. Man muß verstehen ‹ich rede in meinen Schriften›, d.h. ‹ich schreibe, wie es Kanzleibrauch ist›. Auch dieses aber kann sich nur auf Rechtschreibung und Formengebrauch beziehen. Denn der Reformator, der ‹dem Volk aufs Maul schaute›, wußte nur zu genau, daß sein Wortschatz und sein schlichter Satzbau, seine ganze urwüchsige, dem Volk abgelauschte Sprachgestaltung dem Kanzleistil völlig fremd waren. Was aber die Rechtschreibung angeht, so hat er zwischen der kurfürstlichen und der kaiserlichen Kanzlei keine Unterschiede gesehen, oder doch nur geringfügige, die man außer acht lassen durfte. In diesem Sinne meint er, Kaiser und Kurfürst *haben die deutschen Sprachen* – die vielen – *in eine gewisse Sprache gezogen,* d. h. ein gewisses, ein sicheres Regelwerk geschaffen, an das man sich halten kann. *Darum ists auch die gemeinste Sprache:* Der Superlativ bedeutet aber eine Einschränkung! Die Sprache der beiden führenden Kanzleien ist nicht etwa die deutsche Gemeinsprache, sondern nur die allgemeinste, die am weitesten verbreitete von allen deutschen Schreibsprachen. Hinsichtlich der Rechtschreibung und – das dürfte eingeschlossen sein – der Vermeidung grob dialektaler Formen gibt es bereits eine Regelung, die kraft der Autorität der führenden Schreibstätten und wegen der weiten Verbreitung dieser Regeln als *die gemeinste Sprache* bezeichnet werden darf.

In einem ganz anderen Sinne aber ist das Wort *gemein* verwendet, wenn LUTHER vorher sagt: *Ich habe keine gewisse, sonderliche, eigene Sprache im Deutschen, sondern brauche der gemeinen deutschen Sprache.* Auch dieses Wort kann sich nicht auf die Sprechsprache, sondern nur auf die Schreibsprache beziehen, und es wurde im allgemeinen dahin verstanden, daß LUTHER hier auf das Bestehen einer übermundartlichen Gemeinsprache anspiele. Daß das Wort ganz anders verstanden werden muß, hat vor einigen Jahren STANLEY N. WERBOW nachgewiesen (LH 154). Zunächst gelang es ihm, den bisher ältesten bekannten Beleg für den zur Lutherzeit häufigen Ausdruck *die gemeine Teutsch,* der aus dem Jahre 1464 stammt, durch den Nachweis eines um 80 Jahre älteren zu überholen. Im Jahre 1384 übersetzte der Wiener Lesemeister LEOPOLD STAINREUTER eine theologische Schrift, das ‹*Rationale divinorum officiorum*›. In der Einleitung dazu schreibt er, er wolle in der Übersetzung bei der Kunst Rhetorica bleiben *vnd die selbe mazze behalten* (‚dieselben Kunstregeln beachten'), *die in latein geschriben ist.* Das werde den kunstverständigen Lesern willkommen sein. Man solle darum *versten, ob ich etwenn an dem ersten setze ein wort oder einen sinn* (‚eine Wortgruppe'), *der in gemeinen teutsche an daz leste gehoret, oder an daz leste daz zevor gehoret,* wenn ich also gegen die Wortfolge des ‚gemeinen Deutsch' verstoße, *wenn daz tuon ich nach der ordenung der schrifte, die in latein mit rechter mazze geschriben ist.* Bevor noch JOHANN VON TEPL seinen ‹Ackermann› schreibt und lange vor NIKLAS VON WYLE und seinen humanistischen Genossen bemüht sich hier also ein Wiener Frühhumanist um eine deutsche Kunstprosa, die im Banne der lateinischen Stilkunst steht. Wenn er diese von dem ‚gemeinen Deutsch' abhebt, so natürlich nicht hinsichtlich der Orthographie und der Formenlehre. Er erstrebt vielmehr ein latinisiertes

Deutsch, das sich von der allgemeinen, üblichen und volkstümlichen Ausdrucksweise befremdlich weit entfernt.

Es handelt sich dabei nicht um die Marotte eines Sonderlings, vielmehr um das Bemühen der ersten deutschen Vorläufer des Humanismus, Kunstformen ihrer eigenen deutschen Sprache zu entwickeln, für die sie das Vorbild, wie die Dinge damals lagen, nur in der lateinischen Stilistik suchen konnten. Dieselbe unbeholfene, das Deutsche vergewaltigende Kunstsprache wie STAINREUTER haben auch andere geübt. WERBOW macht auf den Wiener Hofkaplan ULRICH VON POTTENSTEIN aufmerksam, der eine Fabeln-Übersetzung in genau demselben verschrobenen Stil schuf. Aber er verfaßte um das Jahr 1406 auch eine umfangreiche religiöse Schrift zur Belehrung des Volkes. In der Einleitung sagt er: *Nu hab ich den gemainen lauf dewtscher sprach nach des lanndes gewonheit für mich genommen,* d. h. ‚In dieser Schrift habe ich mir die allgemeine deutsche Ausdrucksweise, wie sie hierzulande üblich ist, zur Richtschnur genommen'. Denn zu einem volkstümlichen Werk *mag sich an allen stetten aigne dewtsch nach der latein als sie lawtet vnd nach dem text liget* (‚nach dem Wortlaut und der Wortfolge des lateinischen Textes') *weder geschikchen noch gefügen. wann umbred* (‚umformende Übersetzungen') *bringen... mer nuczes vor dem gemainen volkch dann aignew deutsch, als es die gelehrten wissen.* WERBOW (a. a. O., S. 49 f) hat erkannt, daß hier ein Fachausdruck für die Kunstsprache verwendet wird: *Die eigene deutsch,* die von jedem einzelnen humanistischen Gelehrten individuell gestaltete Kunstprosa, wird hier der allgemeinverständlichen, ungekünstelten Sprache gegenübergestellt.

Genau diesen Fachausdruck gebraucht aber auch LUTHER: *Ich habe keine gewisse, sonderliche, eigene Sprache im Deutschen,* d. h. ‚Wenn ich deutsch schreibe, so bediene ich mich nicht einer eigenen und besonderen Kunstprosa', *sondern brauche der gemeinen deutschen Sprache,* ‚benutze die allgemein verbreitete, schlichte und ungekünstelte Sprache des Volkes'. Gehen wir dem Lutherwort auf den Grund, so ist damit also gesagt: ‹Ich schreibe keinen gedrechselten Stil, sondern eine schlichte Sprache, die jedermann versteht, Hoch- und Niederdeutsche› (die das Hochdeutsche erst lernen müssen und mit einer verkünstelten Sprache besondere Schwierigkeiten hätten). ‹Im übrigen verwende ich die weitestverbreiteten Schreibregeln und erleichtere auch dadurch das Verständnis.›

Der Gang der Darstellung hat uns in die Zeit LUTHERS geführt und von der in ihren äußerlichen Regeln nach Vereinheitlichung strebenden Sprache der Kanzleien und auch des Druckes wieder zur inneren Sprachform. Das Reformationszeitalter, das die Sache des Glaubens zur Angelegenheit aller macht, dessen humanistische Gelehrte auch die Schätze ihres Wissens und ihrer Einsichten jedermann zugänglich machen möchten: diese Zeit braucht ein ‹gemeines Deutsch›, eine Sprache, die nicht nur zu dem Gelehrten spricht. Die Stimmen derer, die *gemainem nutz zu gut* (so JOHANNES REUCHLIN; 1455–1522) antike Texte und moderne Abhandlungen verdeutschen, vereinen sich gegen Ende des 15. Jahrhunderts zu einem lauten Chor. Aber man bleibt beim Übersetzen nicht stehen. Aus der geistigen Welt, wie sie sich dem Humanisten erschließt, und vor allem auch aus der Kritik an der eigenen, unzulänglichen Zeit und aus dem Reformwillen der führenden Geister entwickelt sich eine neue deutsche Literatur, die sich an alle richtet, die ihren Ruf vernehmen wollen.

Die Zeit schreit nach Reformen, und um die korrupten Zustände der Gegenwart, aber auch die Schwächen der Menschen in dieser Zeit zu geißeln, bietet sich die Satire an. Es ist überhaupt eine Hoffnung des humanistischen Zeitalters, den Menschen durch Aufdecken des Schlechten und Verkehrten auf den rechten Weg bringen zu können. Eine große Zahl humanistischer Schriftsteller nahm sich dieser Aufgabe an, und einige von ihnen müssen hier wegen ihrer Bedeutung für die innere Entwicklung der deutschen Sprache genannt werden. Sie haben vor allem durch die Volkstümlichkeit und die weite Verbreitung ihrer Werke Bedeutung erlangt.

Zunächst ist SEBASTIAN BRANT (1458–1521) zu nennen, von dem wohl auch die stärkste Wirkung ausging. Geboren in Straßburg und ausgebildet in der berühmten Schlettstädter Schule, die wenige Jahre vorher auch JOHANNES REUCHLIN, den späteren großen Philologen, zu ihren Schülern gezählt hatte, bezog er im Jahre 1475 die Universität Basel. Dort wurde er 1477 zum Baccalaureus, 1484 zum Licentiaten und schließlich 1498 zum Doktor beider Rechte promoviert. Er gehörte dem Lehrkörper an und war mehrmals Dekan der Juristenfakultät, bis er 1503 zum Stadtschreiber (Erzkanzler) seiner Vaterstadt berufen wurde. Dieses Amt, das ihm trotz mancher diplomatischen Mission genügend Muße für seine humanistischen Studien ließ, hat er bis zu seinem Tode bekleidet.

Während er noch in Basel Professor war, veröffentlichte er im Jahre 1494 das ‹Narrenschiff›, seine berühmte, lehrhaft-satirische Dichtung, in der er die Torheiten und Gebrechen der Zeit geißelt (vgl. Anhang

Nr. VIII H). Das Buch erregte größtes Aufsehen, erlebte in rascher Folge sechs Auflagen und wurde schon 1497 ins Niederdeutsche (Lübecker Druck), ins Lateinische und aus diesem ins Niederländische, Englische und Französische übersetzt. Über den poetischen Wert des Werkes, das hinter bissigem Spott einen sehr ernsten Willen zur sittlichen Erneuerung erkennen läßt, ist hier nicht zu urteilen. Wichtig ist die sprachliche Wirkung, die bei einer so weit verbreiteten Satire, die bald in aller Ohr und Munde war, nicht gering zu veranschlagen ist. Statt der ernsten Prosa, die dem gelehrten Humanisten soviel näher liegt, gelangt hier der Knittelvers zu neuen Ehren, und angesprochen ist der Herr Jedermann. Ernste ethische Absicht kleidet sich in ein gefälliges Gewand. Im übrigen verdankt das Werk seinen großen Erfolg nicht zum wenigsten den vorzüglichen Holzschnitten, die jedem der 117 Kapitel vorangestellt sind und die eindringlich auch zu den schlichtesten Gemütern reden.

Bei der sprachlichen Wirkung des ‹Narrenschiffs› denken wir nicht so sehr an das äußere Lautbild. Darin schließt sich das in Basel gedruckte Buch der oberrheinischen Druckersprache an (vgl. S. 146). Wichtiger ist die innere Form der Sprache. In schlichten Sätzen und unbekümmerten Reimen trägt der Verfasser vor, was er zu sagen hat. Seine Sprache ist derb und scheut sich nicht, die Dinge beim rechten Namen zu nennen. Aber es ist eine ehrliche, offene Sprache. Niemals ergeht sie sich in halb verhüllten Schlüpfrigkeiten. Zwar weicht sie dem Schmutz nicht aus; aber sie wühlt nicht darin, wie es sonst in dieser Zeit oft genug geschieht. In seiner Geradheit kann BRANT auch Verfängliches unverfänglich aussprechen. Seine Meinung erläutert er mit Beispielen aus der Bibel und aus der Antike. Meist steht die Erwähnung des Namens für eine ganze Geschichte (vgl. Danae, Penelope, Helena, Dido im Anhang Nr. VIII H). Damit kann er höchstens den gebildeten Leser erreichen. Doch verwendet er auch viel sprichwörtliche Volksweisheit, die jeden anspricht. (In der Textprobe z. B. die Anspielung auf den Pflüger, dessen Pferd seinen Zuruf nicht hören kann.) Dieses eigenartige Verfahren, gelehrtes Gut ganz unbefangen vorzutragen, als sei es jedermanns geistiger Besitz, und es mit der Volkserfahrung auf die gleiche Stufe zu stellen, darf als zeittypisch betrachtet werden. Darin spiegelt sich der ehrliche Wille der Humanisten, die ganze weite Bildungswelt zum Gemeingut aller zu machen, und zugleich ihre optimistische Vorstellung, daß dieses Ziel erreichbar sei.

Zugleich mit seinem geistigen Einfluß übte das ‹Narrenschiff› auch durch seine sprachliche Haltung auf die Zeitgenossen eine starke Wirkung aus. Einen der vielen Zeugen dafür sehen wir in dem Franziskanermönch THOMAS MURNER (1475–1537). Er setzt das Werk seines Vorgängers in verwandtem satirischen Geist und in einer ähnlich klaren, wenn auch grobschlächtigeren Sprache fort. Der berühmte Doktor der Theologie und beider Rechte, der bei den Gelehrten seiner Zeit in hohem Ansehen stand, blieb doch immer der Mann aus dem Volke. Als er Pfarrpriester seines Geburtsortes Oberehnheim geworden war, glaubte er sein irdisches Ziel erreicht, und in diesem elsässischen Dorf ist er auch gestorben. Eine mitreißende, volkstümliche Beredsamkeit zeichnete ihn aus, die seinen Ruf weit über seine Dorfgemeinde hinaustrug. Aber weiter als das gesprochene Wort reichten seine satirischen Schriften, von denen nur die ‹Narrenbeschwörung› und die Gaunerschelte seiner ‹Schelmenzunft› (beide 1512 erstmals gedruckt) erwähnt seien. Sprachlich wandelt er in den Bahnen, die BRANT geebnet hatte. Allerdings greift er tiefer in den Ausdrucksschatz der Umgangssprache hinein und erlaubt sich Derbheiten, gegen die BRANTS städtisch verfeinerter Geschmack sich gesträubt hätte. Bedrängt von der Überfülle seiner Einfälle wirft er sie oft in allzu sorgloser stilistischer Gestaltung aufs Papier. Aber in seiner klaren Diktion ist er doch seinem Vorgänger verwandt. Übrigens war MURNER ein Gegner der Reformation. LUTHERS Parteigänger titulierten den erfolgreichen gegnerischen Publizisten als den MURNAR (‚Murr-Narr'). Dafür rächte er sich in seiner derben Satire ‹Von dem großen lutherischen Narren› (1522). Hier reißt der Zorn ihn gelegentlich zu Grobheiten hin, die in ihrer Drastik an unflätige Fastnachtsspiele erinnern. (Aber die lutherische Partei verfuhr oftmals auch nicht feiner.)

Erst an dritter Stelle sei hier JOHANN GEILER VON KAISERBERG (1445 bis 1510) genannt, obwohl er älter ist als die beiden Satiriker. Mit SEBASTIAN BRANT war er befreundet, und sein ‹Narrenschiff› beeindruckte ihn so stark, daß er als Domprediger am Straßburger Münster darüber im Winter 1498/99 einen Zyklus von 142 Predigten hielt (in lateinischer Fassung 1511, in deutscher 1520 gedruckt). Den scharfsinnigen Theologen, der an der Universität Freiburg Professor und Rektor gewesen war, beseelte ein glühender Reformeifer, und griffen andere zur Satire, so machte er die Kanzelrede zur geschliffenen Waffe seines Zornes. Die Wirkung seiner Predigten muß sehr groß gewesen sein. Aber er hat auch oft genug in Versen und in Prosa zur Feder gegriffen. Dabei zeichnet er sich durch eindeutige, feste und klare Sprache aus, die für alle verständlich ist. Diese Sprache und auch den sittlichen Ernst, der aus ihr hervorleuchtet, läßt die Textprobe Anhang VIII I wenigstens ahnen. Sie gibt zugleich ein Beispiel von dem Wesen dieses Mannes, der in offener Predigt erklärt hatte, die Ratmannen Straßburgs samt Vorfahren und Nachkommenschaft ‹seien alle des Teufels›. Zur Rede gestellt, bekennt er sich zu diesem Wort und arbeitet zum Beweis seiner Behauptung in nüchterner Sachlichkeit die ‹21 Articul ... betreffend die Veränder- und Verbesserung in christ- und weltlicher Sachen› aus, deren Prolog unser Text entnommen ist.

Soziologische Beobachtungen

Kein Zweifel: Die Sprache der drei Genannten ist ‹gemeines Deutsch›, in dem Sinne, daß sie allen dreien unverkünstelt aus der Feder fließt, so daß jeder ihren Gedanken folgen kann. Dennoch gibt es Unterschiede. Die Sprache GEILERS, der aus vornehmer Familie stammte, könnte man in ihrer phrasenlosen, vom Ernst getragenen Klarheit aristokratisch nennen. BRANT kennt die Sprache des Marktes und der Gassen, aber er trifft mit empfindlichem Geschmack seine Auswahl. Aus seiner Diktion spricht der gebildete Städter. MURNER hingegen, der diese Sphäre ebenfalls beherrscht, läßt sich doch zu der derben Sprache niederer Volksschichten hinreißen.

Daß es in der alltäglichen Sprache der damaligen Zeit solche Schichtungen gab, wird uns durch zeitgenössische Äußerungen vielfach bestätigt – wenn es überhaupt eines Beweises bedürfte. Wir erfahren von den Unterschieden zwischen bäuerlicher und städtischer Sprache und auch davon, daß innerhalb der Städte die Sprache der Oberschicht, ‹der Kaufleute und Gelehrten› wie es heißt, als feiner galt, also jedenfalls anders war als die der Handwerker oder gar der übrigen Bevölkerung. Das entspricht gewiß überall und zu jeder Zeit den Ordnungen der menschlichen Gesellschaft.

Demgegenüber trägt die neue humanistische Aristokratie des Geistes ausgesprochen demokratische Züge. Nur die geistige Leistung entscheidet über die Aufnahme in die Gelehrtenrepublik; das Herkommen zählt gar nichts. So finden sich denn unter den Humanisten manche Sprößlinge hochstehender Familien (WYLE, STEINHÖWEL, EYB, REUCHLIN, KAISERSBERG) brüderlich verbunden mit einer überraschend großen Anzahl von Männern geringerer Abkunft. Nur einige Namen seien genannt. Der Historiker AVENTINUS (JOH. TURMAYR, 1477–1534) aus Abensberg war der Sohn eines Gastwirts wie später der Straßburger SEBASTIAN BRANT. Der hochangesehene SEBASTIAN FRANCK (1499 bis 1542) stammte von armen Eltern in Donauwörth. CONRAD CELTIS (1459–1508) war Sohn eines Winzers aus der Schweinfurter Gegend. HEINRICH BEBEL (1472–1518) wuchs wie THOMAS MURNER als armer Bauernjunge auf. ERASMUS VON ROTTERDAM (1466–1536) war der illegitime Sohn eines entlaufenen Mönchs. Zum Handwerkerstand gehörten der Vater MELANCHTHONS, ein Waffenschmied, und der LUTHERS, ein Bergmann mit bescheidenem Besitzanteil an einer Grube.

Man hat diesen Verhältnissen bisher wenig Beachtung geschenkt, und hier ist nicht der Ort, darauf einzugehen. Jedenfalls ergibt sich das Bild einer vielschichtigen sozialen Herkunft. In ihrem Berufsleben und zum größten Teil auch schon während ihrer Schul- und Studienzeit haben diese Gelehrten vornehmlich Latein gesprochen und geschrieben. Manch einem wohlgesinnten, aber ungeschickten Übersetzer merkt man auch an, welche Mühsal ihm der Gebrauch der deutschen Sprache bereitete. Es wäre eine reizvolle Aufgabe, die Zusammenhänge zwischen sozialer Herkunft und Sprachgebrauch dieser Männer zu untersuchen. Wenn manche Gelehrte dieser Zeit in ihren deutschen Schriften den volksnahen Ton besonders gut treffen und wenn der eine oder andere auch in grobes Schimpfen verfallen kann, so ist das vielleicht nicht nur der Stil der Zeit. Oft genug mag es die sprachliche Erfahrung der eigenen Kindheit gewesen sein, die im persönlichen Schreibstil Spuren hinterlassen hat.

Soviel jedenfalls steht fest: In der humanistischen Bewegung, die das 15. und einen Teil des 16. Jahrhunderts erfüllt, begegnen und mischen sich, was die deutsche Sprache betrifft, verschiedene Ströme. Da ist einerseits der unbefangene Gebrauch volksmäßiger Alltagssprache, der schon in den Predigten der Bettelmönche und literarisch in den derben Schwänken des 13. Jahrhunderts greifbar wird. Dieser Strom kann in einer Welt, die in Unordnung geraten ist, groben Unflat mit sich führen, wie es nicht nur viele Fastnachtsspiele beweisen. Der andere Strom geht von den Gelehrten aus, die eine deutsche Kunstprosa nach lateinischem Vorbild anstreben. Johann von Neumarkt und Johann von Tepl sind frühe Beispiele. Im 15. Jahrhundert fließt er in den Bemühungen der humanistischen Übersetzer fort. Manche überspannen den Bogen, zwingen die deutsche Sprache in ein lateinisches Prokrustesbett. Von ihnen sagt Aventinus: *dan unser Redner und Schreiber, voraus so* (‚vor allem diejenigen, die') *auch Latein künnen, biegen, krümpen unser Sprach . . . machens mit großen umbschweiffen unverstendig, ziehens gar von irer auff die Lateinisch art mit schreiben und reden. das doch nit sein sol, wan ein ietliche sprach hat ir aigne breuch und besunder aigenschaft.* Die Sprache Wyles ist von solchem ‹Biegen und Krümmen› nicht weit entfernt. Und dennoch hat sein und der anderen Übersetzer Bemühen einen Sinn. Es zwingt zum Nachdenken über die eigene Sprache, verlockt dazu, ihre Möglichkeiten zu erproben, und bedeutet auf jeden Fall bewußte Formung.

Durch die Synthese der beiden Strömungen erhebt sich zu Beginn des 16. Jahrhunderts das ‹allgemeine Deutsch› auf eine höhere Stufe. Es hat die Allgemeinverständlichkeit volksnaher Sprache und zieht seine Kraft aus der derben, farbigen Sprache des Alltags. Aber diese neue deutsche Sprache ist geläutert durch humanistische Sprachästhetik, wird geformt nach den ihr innewohnenden Gesetzen, die in Auseinandersetzung mit den klassischen Sprachen als *ir aigne breuch und besunder aigenschaft* erkannt worden sind. Dieses ‹gemeine Deutsch› ist nicht die Sprache des Volkes selbst, aber es ist eine Sprache, die das Volk versteht.

IX. MARTIN LUTHER

Wir wöllen nicht der Papisten schuler noch jünger, sonder yhre meister und richter sein ... Sie sind doctores? Ich auch. Sie sind gelert? Ich auch. Sie sind Prediger? Ich auch. Sie sind Theologi? Ich auch. Sie sind Disputatores? Ich auch. Sie sind Philosophi? Ich auch ... Sie schreiben bücher? Ich auch. Und wil weiter rhümen: Ich kan Psalmen und Propheten außlegen, Das künnen sie nicht. Ich kan dolmetzschen, das können sie nicht. Ich kan die heiligen schrifft lesen, Das können sie nicht. Ich kan biten(,beten'), *Das können sie nicht. Und das ich herunter kome* (,und um von Geringerem zu sprechen'): *Ich kan yhr eygen Dialectica und Philosophia bas denn sie selbs allesampt. Und weiß dazu fur war, das yhr keiner yhren Aristotelem verstehet.*

Diese aggressiv polemischen Worte stehen im ‹Sendbrief vom Dolmetschen› (LH 160, S. 274 f), den MARTIN LUTHER im Jahre 1530 veröffentlichte. Aus den knappen, hämmernden Sätzen, in denen er sich an eine Stelle im zweiten Korintherbrief (Kap. 11, 22 f) des PAULUS anlehnt, spricht nicht nur die selbstbewußte Sicherheit des Mannes, sie verraten auch einiges von der suggestiven Kraft, die von ihm ausging und die ihn schon längst zum Führer der Reformationsbewegung hatte werden lassen.

Das vielseitige Können, dessen er sich in den obigen Worten rühmt, entspricht seinem Lebens- und Bildungsgang. Am 10. November 1483 wurde er in Eisleben geboren. Sein Vater HANS LUTHER († 1530) entstammte einer Bauernfamilie in Möhra bei Eisenach, suchte aber als nicht erbberechtigter jüngerer Sohn seinen Lebensunterhalt als Bergmann; seine Mutter MARGARETHA, geb. ZIEGLER († 1531) war aus Eisenach gebürtig. Schon 1484 verzogen die Eltern nach Mansfeld an den östlichen Hängen des Harzes. Dort ist MARTIN LUTHER aufgewachsen, und dort hat er, etwa von 1488 bis 1497, auch die städtische Schule besucht. Ein Jahr lang ging er dann in Magdeburg zur Schule, und dann noch von 1498 bis 1501 in Eisenach. Für sein späteres sprachliches Wirken ist es von Bedeutung, daß die Schulsprache in Mansfeld damals höchstwahrscheinlich, in Magdeburg sicher das Niederdeutsche war, während in Eisenach ostmitteldeutsch (thüringisch) gesprochen wurde. Freitische erleichterten dem unbemittelten Jungen den Schulbesuch und führten ihn zugleich in Gesellschaftskreise ein, die sein Bildungsstreben anregen konnten. Ob er darüber hinaus als Kurrendesänger seinen Lebensunterhalt gewinnen mußte, bleibt umstritten. Als er im Jahre 1501 die Universität Erfurt bezog, konnte ihn jedenfalls sein Vater, der es mit Energie und zähem Fleiß zu bescheidenem Wohlstand gebracht hatte, ‹vom Segen seines Bergguts› unterstützen.

In Erfurt begann LUTHER zunächst ein Studium der scholastischen Philosophie, machte sich mit den lateinischen Klassikern vertraut und wurde, wie es der Studiengang verlangte, in den sieben freien Künsten, darunter auch in der Kunst des Disputierens, ausgebildet. Schon damals zeigten sich seine Geistesgegenwart und Schlagfertigkeit, sein festes Beharren bei einer einmal für recht erkannten Sache, allerdings auch derbe Lust am Spott und eine rechthaberische Geringschätzung des Gegners. Das verraten ja auch die eingangs zitierten Worte. In der Artistenfakultät machte der junge Student rasche Fortschritte. Schon ein Jahr nach seinem Eintritt wurde er als Jahrgangsbester Baccalaureus und im Jahre 1505 Magister Artium. Damit erlangte er das Recht, in der Artistenfakultät als Lehrer zu wirken.

Ohne besondere Neigung begann er im Frühjahr 1505 nach dem Willen des Vaters das juristische Studium. Aber ein ‹Schrecken vom Himmel›, den er am 2. Juli 1505 auf der Fußreise von Mansfeld nach Erfurt erlebte, führte die Wende herbei. Ein Blitzschlag streckte ihn bewußtlos zu Boden. Ein in dieser Not getanes Gelübde und ein überwältigendes Sündenbewußtsein, das sein Gemüt erschütterte, veranlaßten ihn, am 17. Juli 1505 in das Erfurter Augustinerkloster einzutreten. Dort wurde er am 2. Mai 1507 zum Priester geweiht. Aber die Ruhe des Gewissens stellte sich nicht ein, und Gewissensnot trieb ihn im Kloster zu einem intensiven Bibelstudium, vor allem der paulinischen Schriften, und zum Studium der Kirchenväter, unter denen ihn besonders AUGUSTINUS beschäftigte.

Zwar wurde er 1508 auf Empfehlung seines Ordensprovinzials JOHANN VON STAUPITZ als Lehrer der Philosophie an die Universität Wittenberg berufen und begann dort mit Vorlesungen über ARISTOTELES. Aber auch dadurch wurde sein religiöses Suchen nicht beschwichtigt, und immer wieder stellt er sich die verzweifelte Frage: ‹Wie kriege ich einen gnädigen Gott›. Im Jahre 1509 wurde er Baccalaureus ad Biblia, wurde als Professor der Moralphilosophie nach Erfurt zurückberufen, reiste 1510/11 in Ordensangelegenheiten nach Rom, wo er tiefe Einblicke in die zerrütteten Zustände der Kurie tat, und kehrte dann nach Wittenberg zurück. Im Oktober 1512 wurde er zum Doktor der Theologie promoviert, überraschend jung für diesen als den höchsten geltenden Doktorgrad, den die meisten Zeitgenossen, wenn überhaupt, nur in sehr viel höherem Alter erwarben. In der Beschäftigung mit den Psalmen, über die er seit 1513 Vorlesungen hielt, keimten in ihm die ersten reformatorischen Gedanken, und sie verstärkten sich, als er 1515 die erste Vorlesung über den Römerbrief hielt und sich fortan immer stärker mit den Lehren des PAULUS beschäftigte.

Der Ablaßstreit des Jahres 1517 löste dann die gewaltige Reformationsbewegung aus, die LUTHER selbst nicht erwartet hatte. Seine 95 Thesen gegen den Ablaßkrämer TETZEL, in denen er die Buße als einen inneren sittlichen Vorgang und Voraussetzung für die Sündenvergebung darstellte, waren als Grundlage einer theologischen Disputation ausgearbeitet. Aber die öffentliche Erregung über die auf Gelderwerb ausgerichteten Praktiken der römischen Kirche war in ganz Deutschland bis zu solchem Grade gestiegen, daß die Gedanken des Wittenberger Mönchs wie der Funke wirkten, der das Pulverfaß zur Explosion bringt. In kürzester Zeit waren die Thesen, von mehreren Druckern wider LUTHERS Willen nachgedruckt, in ganz Deutschland verbreitet, und als LUTHER im März 1518 in deutscher Sprache seinen ‹Sermon von Ablaß und Gnade› im Druck herausgehen ließ, erreichte sein Wort alle Schichten des Volkes. Nun hörte jedermann auf ihn, und seine drei großen Reformationsschriften des Jahres 1520, ‹An den christlichen Adel deutscher Nation von des christlichen Standes Besserung›, ‹Von der babylonischen Gefangenschaft der Kirche› (diese für Gelehrte bestimmte Schrift war lateinisch abgefaßt) und ‹Von der Freiheit eines Christenmenschen›, fanden die weiteste Verbreitung. Sie erschienen nicht mehr als teure gebundene Bücher, sondern als wohlfeile Flugschriften, die jeder erwerben konnte, und erzielten einen bis dahin nie erreichten Absatz. Die Erstauflage der Schrift ‹An den Adel› in Höhe von 4000 Exemplaren war sofort ausverkauft, und schon nach fünf Tagen wurde eine Neuauflage notwendig. Außerdem wurden von geschäftstüchtigen Drukkern in aller Eile unberechtigte Nachdrucke hergestellt, die LUTHERS Werk und Wort noch weiter verbreiteten.

Der Bildungsgang des Reformators war der eines angehenden Gelehrten, der die zu seiner Zeit übliche akademische Ausbildung erhielt und sich darin vor anderen durch hervorragende Geistesgaben auszeichnete. Ihn aber stürzten dieselben religiösen Zweifel, die auch viele seiner Zeitgenossen anfochten, in die allertiefste Beunruhigung, und da er die Gabe des mitreißenden Wortes besaß, vermochte er viele wachzurütteln. Seine gelehrte Bildung war die Grundlage, sein selbständiges, tiefdringendes Nachdenken über den Glauben die Ursache für seine neue Theologie, und seine Überzeugungskraft bewirkte die weltweite Erregung der Geister, die der Reformation zum Durchbruch verhalf. Diese Kraft durchglüht auch seine Sprache, und darin, daß diese Sprache in ihrer weiten Verbreitung vielen zur Richtschnur wurde, liegt seine sprachgeschichtliche Bedeutung.

LUTHERS weitere Lebensschicksale im stürmischen Verlauf der Reformationsgeschichte müssen hier außer Betracht bleiben. Nur einige für die Sprachgeschichte wichtige Tatsachen seien noch erwähnt. Im September 1522 erschien die Übersetzung des Neuen Testaments, die rasch die allerweiteste Verbreitung fand. Allein in Wittenberg wurden innerhalb von zwei Jahren 14 Neuauflagen nötig. In der gleichen Zeit erschienen in anderen Städten nicht weniger als 66 Nachdrucke. Sein ‹Sendbrief vom Dolmetschen› (1530) wurde schon erwähnt, und im Jahre 1534 ließ LUTHER erstmals die vollständige Bibel drucken, das gesamte Alte und Neue Testament. Am 18. Februar 1546 ist der Wittenberger Reformator gestorben. Der Tod ereilte ihn auf einer Reise, und das Schicksal wollte es, daß er in Eisleben, wo er geboren war, auch sein Ende fand.

Die neue Übersetzersprache

Fragt man, wie es kam, daß LUTHER wie kein anderer vor oder nach ihm einen so bedeutenden Einfluß auf die Weiterentwicklung der deutschen Sprache hatte, so ist zunächst der weiten Verbreitung seiner deutschen Schriften und ihrer begierigen Aufnahme zu gedenken. Aber bei aller tiefen Erregung der Zeit hätten seine Schriften doch niemals ein so weites Echo finden können, hätte er nicht die Gabe besessen, das, was seine tiefste und wahrhafte Überzeugung war, auch kraftvoll und gemeinverständlich auszusprechen oder niederzuschreiben. Nur ein klarer, deutlich vernehmbarer Ton konnte ein so gewaltiges Echo erzeugen. LUTHER, der Bergmannssohn, hatte von Kindheit an gelernt und erfahren, wie ‹der gemeine Mann› redete, und da seine neue Lehre für alle geschaffen war, schrieb und sprach er auch die Sprache des gemeinen Mannes, der Mutter im Hause und der Kinder auf den Gassen (vgl. das Zitat S. 165).

Aber man darf diese Worte nicht mißverstehen. Zwar kann LUTHER in seinen Streitschriften derb und unverhüllt schelten. Dennoch ist es kein Abklatsch der Gassensprache, den er verwendet, nicht die Sprache der niedersten Gesellschaftsschichten. Zwar weiß man noch wenig über die soziologische Schichtung des deutschen Wort- und Ausdrucksschatzes zur Zeit LUTHERS. Soviel aber steht fest: Auch die hohen Herren (und Damen), Fürsten, Gelehrte, Patrizier konnten bei Gelegenheit höchst unverblümt schimpfen. Was LUTHER auf Markt und Gassen hörte, klang zuweilen in Palästen und Patrizierhäusern, die auch sein Ohr hatten, nicht viel anders. Gewiß denkt der Reformator mit besonderer Neigung an das schlichte Volk, aber er schrieb in der gleichen Sprache auch an den christlichen Adel. Er will von jedermann verstanden werden, und der ‹gemeine Mann›, von dem er spricht, ist der ‹ungelehrte Mann›. Man muß die Parallele zum ‹gemeinen Deutsch› (s. oben S. 152 ff) sehen. Das hatten vor ihm schon andere geschrieben. Aber die theologischen Streitfragen waren bis dahin entweder in der Gelehrtensprache, dem Lateinischen, ausgetragen worden, oder in einem verkünstelten Deutsch, das nur der Lateinkundige verstehen konnte. Ebenso unverständlich war auch die Sprache der vorlutherischen Bibelübersetzungen geraten. Dagegen läuft LUTHER Sturm. Er will auch auf diesem Gebiet die unverständliche Büchersprache durch eine neue, dem täglichen Leben abgelauschte, darum lebendige und gemeinverständliche Sprache verdrängen.

Dabei ist LUTHERS neue Sprache keineswegs kunstlos. Er war durch die Schule der lateinischen Rhetorik gegangen, und deren Kunstmittel weiß er auch in seinem Deutsch zu verwenden. Er hat auch fleißig an seiner eigenen Sprache gearbeitet. Die immer erneute Besserung an seiner Bibelübersetzung beweist es zur Genüge, und im ‹Sendbrief vom Dolmetschen› betont er nachdrücklich, *was fur kunst, fleiß, vernunfft, verstandt zum gutten dolmetscher gehöret* (vgl. Anh. Nr. IX A). Weil er sich aber immer des allgemeinen Sprachgebrauchs bewußt bleibt, klingt seine Sprache stets volkstümlich, auch wo sie sorgsam nach rhetorischen Regeln gestaltet ist. So wird es dem oberflächlichen Betrachter auch nicht bewußt, daß LUTHER mit seiner Bibelübersetzung eine neue Kunstprosa geschaffen hat, die in Wortwahl und Satzbau, im Einsatz aller Stilmittel, im Fluß, Rhythmus und Klang der Sprache ohnegleichen ist. Seine Bibelprosa gibt sich viel schlichter als etwa die prunkvolle Kunstprosa des ‹Ackermann›-Dichters; aber sie ist ebenso sorgfältig erarbeitet und geht eben durch ihre Schlichtheit auch dem einfältigsten Hörer zu Herzen.

Auch davon spricht LUTHER im ‹Sendbrief vom Dolmetschen›: *Ich hab mich des geflissen ym dolmetzschen, das ich rein und klar teutsch geben möchte, Vnd ist vns wol offt begegnet, das wir viertzehen tage, drey, vier wochen haben ein eyniges wort gesucht vnd gefragt, habens dennoch zu weilen nicht funden. Im Hiob erbeiten* (‚arbeiteten') *wir also,..., das wir yn vier tagen zu weilen kaum drey zeilen kundten fertigen. Lieber, nu es verdeutscht vnd bereit ist, kans ein yeder lesen vnd meistern, Laufft einer ytzt* (‚jetzt') *mit den augen durch drey, vier bletter vnd stost nicht ein mal an, wird aber nicht gewar, welche wacken vnd klötze da gelegen sind.* (LH 160, S. 276) Aus den zahlreichen Beispielen, die er dann für seine Art des Übersetzens anführt, sei das folgende herausgehoben: *Als wenn Christus spricht: ‹Ex abundantia cordis os loquitur.› Wenn ich den Eseln sol folgen, die werden mir die buchstaben furlegen vnd also dolmetzschen: ‹Auß dem Vberflus des hertzen redet der mund.› Sage mir, Ist das deutsch geredt? Welcher deutsche verstehet solchs?... sondern also redet die mutter ym haus vnd der gemeine man: ‹Wes das hertz vol ist, des gehet der mund vber›, das heist gut deutsch geredt, des ich mich ge-*

flissen vnd leider nicht all wege erreicht noch troffen habe, Denn die lateinischen buchstaben hindern aus der massen seer, gut deutsch zu reden (a. a. O., S. 277). Das Beispiel zeigt, wie ‹frei› LUTHER übersetzt hat, wie er trotzdem den Sinn des lateinischen Textes (der dem griechischen entspricht; Matth. 12, 34) genau trifft und eine Übersetzung findet, die in ihrer Treffsicherheit und knappen Fügung wie ein volkstümliches Sprichwort wirkt.

Berühmt geworden ist der Streit um LUTHERS Übersetzung der Stelle Röm. 3, 28: *(Arbitramur enim iustificari hominem) per fidem (sine operibus legis).* Er übersetzte *allein durch den glauben,* und an diesem *allein* nahmen die Gegner, die damit die Rechtfertigung durch Werke gefährdet sahen, lautstarken Anstoß. LUTHER weist, um seine Übersetzung zu stützen, auf PAULUS-Stellen hin, die ihm recht geben, und sagt: *vnd hilfft hie das wort ‹Allein›..., das es ein vollige Deutsche, klare rede wird.* In diesem Zusammenhang fallen seine berühmten Worte: *man mus nicht die buchstaben inn der lateinischen sprachen fragen, wie man sol Deutsch reden, wie diese esel* (seine Gegner) *thun, sondern man mus die mutter jm hause, die kinder auff der gassen, den gemeinen man auff dem marckt drumb fragen vnd den selbigen auff das maul sehen, wie sie reden, vnd darnach dolmetzschen, so verstehen sie es den vnd mercken, das man Deutsch mit jn redet* (a. a. O., S. 277).

‹Ich weiß es auch, daß im lateinischen und griechischen Text das Wort *solum* (allein, nur) nicht steht›, sagt LUTHER, *vnd hetten mich solchs die papisten nicht dürffen leren* (‚zu lehren brauchen'). Aber so spricht eben der Deutsche, und LUTHER will so ungezwungen natürlich schreiben, wie die Rede vom Munde geht. Er ist der erste, von dem solche dem Lateinischen fehlenden Modalwörter – man hat sie auch Würzwörter genannt – in der Übersetzersprache bewußt angewendet werden. Im Gleichnis vom Verlorenen Sohn schreibt er *Vnd habe dein gebot noch nie vber tretten* (Luk. 15, 29), und auch das *noch* fehlt im Lateinischen. Diese Kleinwörter, die *ja, doch, denn, nun, nur, allein, sonst, schon* usw., setzen seelische Akzente, geben dem gedruckten Text den warmen Hauch lebendigen Sprechens. In ihrer Anwendung war LUTHER ein Meister, der sich darin weit über die im vorigen Kapitel genannten Satiriker und Prediger erhebt. Das ergibt zusammen mit seinen ungekünstelten Wörtern und dem einfachen Satzbau die Volkstümlichkeit dieser Sprache, die von der Mühsal ihrer Gestaltung nichts mehr ahnen läßt. Daß er sich aber fortwährend auch um diese Seite seiner Übersetzerkunst bemüht hat, beweisen Beobachtungen wie die folgende: Im 1. Korintherbrief 8, 11 ist die Rede von dem schwachen Bruder, *vmb wilches willen Christus gestorben ist.* So steht es im Septembertestament und den weiteren

Drucken, bis LUTHER in der ersten Ausgabe von 1530 drucken läßt: *vmb wilches willen doch Christus gestorben ist.* Dieses *doch*, das an das Mitverständnis des Lesers appelliert, gibt der Stelle ein viel wärmeres Leben. Man könnte viele Beispiele ähnlicher Art anführen.

Beständig hat LUTHER daran gearbeitet, die Sprache seiner Bibelübersetzung zu verbessern, sie lebendiger zu gestalten. Zu Psalm 46,4 hatte er, dem hebräischen Text folgend, zunächst übersetzt: *Ob auch seyne wasser wueteten vnd zu haüff plumpten.* Darüber steht in seinem Manuskript: *Wenn gleich desselben wasser tobeten vnd zu haüff fallen.* Auch diese Wendung hat er verworfen und dafür geschrieben: *Wenn gleich das meer tobete vnd auff eynen hauffen fure.* So steht es in allen Drucken seiner Psalmen, bis er in der Ausgabe von 1531 die bleibende Fassung fand *Wenn gleich das meer wütet vnd wallet,* die er dann nicht mehr verändert hat. (Das Beispiel ist der wichtigen Arbeit von FRITZ TSCHIRCH, LH 168, S. 65, entnommen, die auch für unsere weitere Darstellung manche Anregungen gegeben hat). Überhaupt hat LUTHER, solange er lebte, immer aufs neue an der Bibelsprache gearbeitet, und immer mit dem Ziel, *das es ein vollige Deutsche klare rede wird.* Im 1. Buch Mose 40,7 hatte er anfangs drucken lassen *warumb sehet yhr heutte so vbel?* Seit 1534 ersetzt er diese papierdeutsche Wendung durch *Warumb seid jr heute so traurig?* und trifft damit den schlichten deutschen Ausdruck. Erst in dem ersten Bibeldruck von 1541, der überhaupt viele sprachliche Besserungen aufweist, findet er zu 1. Sam. 30,10 die Verdeutschung (sie) *waren zu müde, vber den bach Besor zu gehen,* wo in den früheren Auflagen *hatten sich verseumet* stand.

Ohne jemals am Sinn des Originaltextes zu deuteln, befreit sich LUTHER, was den Wortlaut betrifft, mehr und mehr von dem Zwang seiner Vorlagen. (Die folgenden Beispiele aus LH 170.) In der Weihnachtsgeschichte (Luk. 2,6,7) heißt es im Neuen Testament von 1522: *Vnnd es begab sich, ynn dem sie daselbst waren, kam die zeyt das sie geperen sollte, vnnd sie gepar yhren ersten son.* Dagegen lautet der Vers seit der ersten Ausgabe von 1530: *Vnd als sie daselbs waren, kam die zeit, das sie geberen solte. Vnd sie gebar jren ersten Son.* Hier ist vor allem der umständliche Satzbau vereinfacht, ohne daß am Sinn etwas geändert wurde. Oft werden die Substantiva, die noch aus dem griechischen und lateinischen Text stammen, späterhin verbal ausgedrückt. Luk. 21,16 lautet 1522: *vnd sie werden ewr ettlichen zum tod helffen.* Seit August 1530 heißt es: *vnd sie werden ewer etliche tödten.*

Gemeinverständliches, klares Deutsch zu schreiben, blieb immer LUTHERS dringlichstes Anliegen. Aber er war, wie schon gesagt, in lateinischer Rhetorik und Stilistik geschult. Je freier sich nun seine

Übersetzerkunst entfaltete, desto mehr war er bemüht, seine Sprache zu regeln. So begann er immer konsequenter, das Verbum im Nebensatz an das Ende zu stellen, wie es noch heute schriftsprachlicher Brauch ist. Das war im Deutschen nicht ungewohnt, aber auch nicht die Regel. Höchstwahrscheinlich hat LUTHER sich hier nach der lateinischen Stilistik gerichtet. In der ersten Ausgabe von 1522 hatte er noch geschrieben (Luk. 7, 3): *da er aber horet von Jhesu, sandt er die Elltisten der Juden zu yhm, vnd batt yhn, das er keme, vnd macht seynen knecht gesund*; dagegen in der zweiten: *Da er aber von Jhesu höret, sandte er die eltesten der Jüden zu jm, vnd bat jn, das er keme, vnd seinen Knecht gesund machet.* Unter lateinischem Einfluß wird auch späterhin oft die Nebenordnung, die aus volkstümlich gesprochener Rede stammt, durch Unterordnung ersetzt, jedoch niemals so, daß daraus der stark verschachtelte Papierstil der Kanzleien entsteht. 1522 schreibt LUTHER (Mark. 15, 25): *Vnd es ware vmb die dritte stund, vnd sie creutzigeten yhn.* Seit 1530 heißt es: *Vnd es war vmb die dritte stunde, da sie jn creutzigten.* Die Beispiele lassen erkennen, daß der Übersetzer einerseits nach Vereinfachung (Luk 2, 6) und Ausmerzung papierener Formen (Luk. 21, 16) strebt, wie er aber anderseits, von der gesprochenen Sprache ausgehend, zu Regelungen kommt, die der Schriftsprache besser anstehen und doch leicht zu durchschauen sind (Luk. 7, 3; Mark. 15, 25). (Nur beiläufig sei darauf hingewiesen, daß – wie die Beispiele zeigen – auch die Orthographie immer einheitlicher geregelt wird.)

Es ist nicht unwichtig, auch auf die poetische Klangschönheit der Sprache LUTHERS hinzuweisen. Fast jedes der oben angeführten Beispiele von sprachlicher Glättung ergibt zugleich auch einen gefälligeren rhythmischen Fluß der Sprache. Besonders die alte Lehre von den rhythmischen Satzschlüssen (s. oben S. 86) wirkt hier nach, wird aber ganz überlegen und mit reicher Abwechslung gehandhabt. Der Wohllaut des Rhythmus wird dabei oft unterstützt durch den Gleichklang der Laute, z. B. durch stabreimenden Anlaut. So hieß es anfangs in der Passionsgeschichte (Mark. 14, 33): *Vnd fieng an zu ertzittern vnd zu engsten.* Seit der Ausgabe von 1530 schreibt LUTHER dann: *zu zittern vnd zu zagen.* Auch das Spiel der Vokale beherrscht er meisterhaft. So tönen die vielen hellen *i* in der Weihnachtsgeschichte die frohe Botschaft wider: *jr werdet finden das Kind in windeln gewickelt, vnd in einer Krippen ligen* (Luk. 2, 12).

Luthers ‹gemeines Deutsch›

Eine solche Kunst in der Gestaltung *des gemeinen Deutsch* hatte es vorher noch nicht gegeben. Zwar wäre es ein Irrtum zu glauben, daß LUTHER als erster die Bibel ins Deutsche übersetzt habe. Schon seit dem Ende des achten Jahrhunderts wurden einzelne Bibelbücher, vor allem der Psalter, immer wieder übertragen, oder es wurden die schon vorliegenden Übersetzungen bearbeitend abgeschrieben. Aus dem späten Mittelalter gibt es auch Spuren vollständiger deutscher Bibelhandschriften. Die erste gedruckte hochdeutsche Bibel erschien im Jahre 1466 bei dem Drucker JOHANN MENTELIN in Straßburg (die sogenannte Mentel-Bibel), und vor 1522 wurden nicht weniger als 14 hochdeutsche, vier niederdeutsche und vier niederländische Bibeln gedruckt. Einige davon scheint LUTHER gekannt und gelegentlich zu Rate gezogen zu haben. Aber er läßt sie alle weit hinter sich durch seine eingängige deutsche Sprache, die kein Übersetzer vor ihm in gleicher Weise gemeistert hatte. Die im Anhang Nr. IX B parallel abgedruckten Texte sprechen für sich selbst; es ist nicht zuviel gesagt, daß erst LUTHER den Deutschen ihre Bibel geschenkt hat.

Die tiefgreifende Wirkung, die von MARTIN LUTHER ausging, muß gewiß in allererster Linie auf die Kraft seines Glaubens, auf seine Standhaftigkeit und darauf zurückgeführt werden, daß er aussprach und unerschütterlich verteidigte, was andere bis dahin kaum zu denken gewagt hatten. Mag dabei die Ausdruckskraft seiner Sprache auch nur ein Hilfsmittel gewesen sein, so wirkte sie doch in die Weite und bestimmte den Weg der kommenden Entwicklung. Die alte Dichtersprache der mittelhochdeutschen Periode hatte den Stürmen der sich wandelnden Zeit nicht trotzen können. Ihr Hochstand war der Alltäglichkeit oder dem Papiergeraschel der Kanzleien zum Opfer gefallen. Den Wiederaufstieg hatten die besten Köpfe aus fünf Generationen vorbereitet. Aber erst LUTHER war es vergönnt, durch seine Sprachgewalt eine Literatursprache zu schaffen, in der sich hohe Kunst und die ungezwungene Natürlichkeit volkstümlicher Alltagsrede vereinigen.

Was lehrbar war an dieser Sprachkunst, das hatte der junge LUTHER auf den Schulen gelernt. Doch mußte seine geniale Sprachbegabung das Beste dazu tun. Diese Begabung erlaubte es ihm, alle Anregungen aufzunehmen, die ihm von allen Seiten zuflossen. So ist zu vermuten, daß er schon als Schüler in Eisenach bei den großen Kaufmannsfamilien der SCHALBE und COTTA, die ihn unterstützten, andere Gesprächsthemen und eine andere Sprachschicht kennenlernte, als er sie von Hause gewohnt war. Er selbst sagte einmal (‹Tischreden›, Bd. 4, Nr. 4018), daß es *in der deutschen Sprache viel Dialecti, unterschiedne Art zu reden* gibt, und daß Deutsche aus Nord und Süd sich oft nicht verstehen können, *sonderlich die nicht gewandert sind*. Er selbst aber war schon als junger Mann viel gewandert. Die Reisen nach Rom, nach Köln, nach Heidelberg und dann zu den Reformationsreichstagen legte der arme Mönch zu Fuß zurück. Dabei lernte er Land und Leute – und ihre Sprache kennen. Späterhin erhielt er Briefe, viele Briefe, von hoch und niedrig und von überallher. Auch das mußte das Sprachgefühl eines Mannes schärfen, der ein besonderes Organ für Sprache hatte. Schließlich las er viel, und nicht nur lateinische oder griechische Texte. Schon in Magdeburg war er mit der in den Niederlanden und in Niederdeutschland weit verbreiteten volkstümlichen Mystik der ‹Devotio moderna› in Berührung gekommen, und spätestens um die Zeit des Ablaßstreits hatte er auch die hochdeutsche Mystik, z. B. die Predigten des JOHANNES TAULER, kennengelernt, die ihn sehr stark beschäftigten. Aus dem Wortschatz der Mystik ist vieles in die Bibelübersetzung und vor allem auch in seine Reformationsschriften eingegangen, Wörter und Wendungen, die er der Volkssprache nicht entnehmen konnte. Das gibt seiner Sprache, die in ihrem Erscheinungsbild so schlicht und volkstümlich bleibt, den geistigen Tiefgang, der ihr den Rang einer voll entwickelten Kultursprache verleiht. Für die innere Weiterentwicklung der deutschen Sprache hat dieser Brückenschlag zwischen ihren verschiedenen sozialen Schichtungen eine besondere Bedeutung. Zum ersten Male wird im Werk des Reformators die ganze Breite und Tiefe ermessen, deren diese Sprache fortan fähig bleibt. Die Intensität des religiösen Denkens führt zu einer neuen Besinnung auf die Gehalte des intellektuellen und des gemüthaft emotionalen Ausdrucksschatzes, der zum Teil in LUTHERS Feder neue Bedeutungen annimmt. Das kämpferische Temperament gewinnt aus der Redeweise des Volkes Feuer und Farbe, und selbst der Lyrik, die freilich nicht des Reformators stärkste Seite ist, gibt er durch das Kirchenlied neue sprachliche Anregungen. Seine sprachhistorische Wirkung wird dadurch verstärkt, daß viele seiner altgläubigen Gegner sich der ihm abgelauschten sprachlichen Mittel bedienen. Nur desto mehr wird dadurch in der Folgezeit die Entwicklung durch die Sprache LUTHERS beeinflußt.

Die Forschung, die sich nicht damit begnügen will und kann, alle historische Wirkung allein mit Leistung und Kraft eines einzigen Mannes zu erklären, pflegt auf die äußeren Umstände hinzuweisen, die eine solche Wirkung begünstigten. Dabei spielt vor allem das Argument eine Rolle, daß das Ostmitteldeutsche, dem LUTHERS thüringische Mundart zuzurechnen ist, eine natürliche Mittelstellung zwischen Nord und Süd und wohl auch zwischen den südöstlichen Donauländern und dem rheinischen Nordwesten einnimmt. Sicher entbehren solche Beweisgründe nicht jeder Berechtigung; sie dürfen aber auch nicht überschätzt werden. In den dreißiger Jahren unseres Jahrhunderts wurden sie von der Forschung jedenfalls überbewertet. Man rechnete mit einer ausgeglichenen Verkehrssprache, die unter den Siedlern in den weiten Räumen des kolonialen Ostens entstanden und dann auch in die Kanzleien eingezogen sei, unter denen die Meißner Kanzlei den vornehmsten Platz beansprucht habe. LUTHER hätte sich demnach dieser ostmitteldeutschen Verkehrssprache in den von der Meißner Kanzlei geregelten Formen bedient.

Diese Auffassung ist beim heutigen Stand der Forschung nicht mehr aufrechtzuerhalten. Das Vorhandensein jener hypothetischen ‹Verkehrssprache› läßt sich nicht nachweisen, und die ostmitteldeutschen Mundarten sind doch untereinander sehr verschieden, wenn auch jede einzelne ein größeres Gebiet in Anspruch nehmen kann, als es im dialektal zerklüfteten Altland der Fall ist. Überhaupt ist LUTHERS Sprache nicht von irgendeiner Mundart her zu erklären, obwohl er die natürliche Lebendigkeit gesprochener Sprache in seine Schreibsprache einbringt. Es kommt vielmehr auf die Schriftlichkeit an, und der Weg führt nicht von den Mundarten, sondern von den Schreibsprachen der Kanzleien und der Drucker zur Schriftsprache. Gewiß spiegeln auch diese Schreibsprachen – in gemilderter und geläuterter Form – die Mundartverhältnisse ihrer Landschaft wider. Wichtiger ist aber doch der schreibsprachliche Ausgleich von Kanzlei zu Kanzlei. In einer ungemein gründlichen Arbeit hat jüngst WERNER BESCH (LH 176) den Sprachausgleich im 15. Jahrhundert, also bereits vor LUTHER, untersucht. Er gelangt zu der Feststellung, daß im Osten und Südosten, d. h. über das Bairische, Ostfränkische und Ostmitteldeutsche hin, sich eine relativ einheitliche Schreiblandschaft erstreckt, mit fließenden Grenzen und vielen Übergängen, die schon im 15. Jahrhundert keine Sonderung mehr erlauben. Eine Sonderstellung nimmt damals noch die alemannische Schreiblandschaft ein, ferner auch die ripuarische Schreiblandschaft um Köln, die in starken niederfränkischen und niederdeutschen Bindungen steht. Für Hessen und Rheinfranken stand dem Verfasser kein vergleichbares Handschriftenmaterial zur Verfügung, und er enthält sich über diese Landstriche des Urteils. Man darf aber aus früheren Befunden erschließen, daß sich diese Landschaften mit fortschreitender Zeit mehr und mehr den östlichen Einflüssen öffneten, wohl auch gelegentlich, von Mainz und Frankfurt aus, Einflüsse dorthin geltend machten, so daß sie zu LUTHERS Zeit im großen ganzen zu der weiten östlich-südöstlichen Schreiblandschaft gezählt werden dürfen. Nicht um mundartlich gegliederte Sprachlandschaften handelt es sich dabei; das sei noch einmal betont. Sondern es sind Schreiblandschaften, die geprägt werden durch den Schreibgebrauch der Kanzleien und späterhin der Buchdrucker. Was im 15. Jahrhundert schon klar hervortritt, hat im 16. bereits festere Formen angenommen. Das zeigt sich exemplarisch an der Kanzleisprache der Stadt Eger, die ja bereits von Anfang an unsere Aufmerksamkeit fesselte. Emil Skála hat kürzlich überzeugend nachgewiesen (LH 67), daß alle die Schreibungen, die sich bei Luther erst nach 1522 festigen, in Eger schon um 1500 voll ausgebildet sind. Das kann natürlich nicht bedeuten, daß Luther sich nach der Egerer Kanzleischreibe gerichtet hat; es beweist vielmehr den stark vereinheitlichenden Einfluß, der von der großen ostfränkisch-bairischen Sprachlandschaft ausging, zu der auch Eger gehörte. Es beweist ferner, daß Luther seit 1522 über die engeren, von der Meißner Kanzlei gezogenen Grenzen hinauszublicken begann. Aber auch die Meißner Kanzlei, der er auch später noch zu folgen glaubte, gehört trotz einiger Abweichungen in die großflächige östliche Schreiblandschaft. Luthers Schreibgepflogenheiten stießen deshalb in weiten Räumen auf unmittelbares Verständnis.

Sprachausgleich

Allerdings ist auch ein anderes zu bedenken. Ein Mann wie Luther, der dem Volk aufs Maul schaut, der von jedermann verstanden werden will, hat die Gabe des inneren Ohres; er ‹hört›, was er schreibt. Wenn er also angibt, er rede nach der sächsischen Kanzlei (s. oben S. 151), so richtet er sich nicht allein nach ihren Schreibformen, sondern er setzt gleichzeitig auch ihre Sprache in den natürlichen Fluß mündlicher Rede um. Daß er auf diese Weise, durch seine Stilkunst, die Kanzleisprache auch sprechbar macht, ist das Entscheidende. Dabei kann es gleichgültig bleiben, wie weit er selbst in seinem Sprechen der eigenen Mundart nachgibt. Soweit im mündlichen Vortrag seiner Texte, sei es bei öffentlichem Vorlesen seiner Streitschriften oder bei der Schriftverkündigung am Altar, nichtmundartgerechte Formen und Wörter vorkommen, müssen jedenfalls die engen Grenzen der Mundart durchbrochen werden. Damit wird jener langwierige Weg eingeschlagen, der schließlich zur Konzeption einer gesprochenen, über den Dialekten stehenden Hochsprache führen soll, zum ‹Reden nach der Schrift›.

Im übrigen hatte Luther – und keineswegs er allein – von der Sprache seiner Heimat eine recht hohe Meinung. In den ‹Tischreden› sagt er einmal (Bd. 5, S. 512, Nr. 6146): *Die oberländische Sprache ist nicht die rechte deutsche Sprache, nimmt den Mund voll und weit, und lautet hart. Aber die sächsische Sprache gehet fein leise und leicht ab.* Er gibt also seiner eigenen mitteldeutschen Mundart den Vorzug, und wirklich steht sie in Tonfall, Lautgestalt und Formenvorrat vermittelnd zwischen dem Niederdeutschen, das Luther aus seiner Jugendzeit in Mansfeld und Magdeburg kannte, und den

Mundarten des Südens, die er auf seinen Reisen und durch mancherlei persönliche Kontakte ebenfalls kennengelernt hatte. Mit dem Niederdeutschen hat das Ostmitteldeutsche die Monophthongierung der alten Diphthonge und vor allem die Erhaltung des *e* in unbetonten Silben gemein (*behalten, Gesang, rufet, gutes*) sowie die des ungedeckten Endungs-*e* (*Briefe, habe, öde*), besonders auch das Dativ-*e*. (Allerdings behandeln weder alle niederdeutschen noch alle hochdeutschen Mundarten das *e* in gleicher Weise; doch ist die Bewahrung des *e* im Norden und in der Mitte viel weiter verbreitet als im Süden.) Mit dem Oberdeutschen hingegen ist das Ostmitteldeutsche durch die Diphthongierungen (*ei, au, eu*) verbunden, an denen das Niederdeutsche keinen Anteil hat, ferner auch, neben manchen anderen Erscheinungen, durch die Formen auf *-r* und *-ch* bei den Personalpronomina (*er, wir, mir, mich* gegen nd. *he, wi, mi* usw.) Aber auf solche mundartlichen Unterschiede kommt es nur an, soweit sie sich in den Kanzleisprachen niederschlagen. Dem Wenigen, das die Meißner Kanzlei an ostmitteldeutschen Merkmalen enthält, z. B. der Bewahrung der unbetonten *e*, wird durch die weite Verbreitung der lutherischen Schriften ein solches Übergewicht verliehen, daß es bei der Entstehung der neuhochdeutschen Schriftsprache die abweichenden Schreibgewohnheiten anderer Kanzleien verdrängt. Auf diesem Wege kann gelegentlich die mundartliche Besonderheit einer Sprachlandschaft die ganze große Schreiblandschaft beeinflussen.

Weniger Unterschiede als im Bereich der Laute und Formen gab es im Satzbau. Zum mindesten die volkstümliche Prosa der deutschen Sprachlandschaften stimmt in dieser Hinsicht weitgehend überein. Hier besteht Luthers Bedeutung vor allem darin, daß er – mehr in der Kunstprosa seiner Bibel als in den anderen Schriften – das Vorbild für einen klaren, durchsichtigen Stil schuf. Damit stellte er sowohl dem verschrobenen Kanzleistil wie auch den Schriften latinisierender Humanisten ein Vorbild gegenüber, das weithin wirken konnte.

Am stärksten widersetzt sich auch heute noch der Wortschatz dem Ausgleich zwischen den einzelnen Sprachlandschaften. Tägliche Gewohnheit und Übung lassen sich nur schwer überwinden. Dennoch hat Luthers Bibelübersetzung auch im Bereich des Wortschatzes eine ausgleichende Wirkung zum mindesten angebahnt. Darauf ist es zurückzuführen, daß gegen Ende des Dreißigjährigen Krieges und der frühneuhochdeutschen Sprachperiode endlich ein einigermaßen übereinstimmender Wortgebrauch in der gehobenen deutschen Literatur festzustellen ist. Hierzu bietet der reiche Bibelwortschatz die Grundlage. Neuschöpfungen, z. B. *Feuereifer, friedfertig, gastfrei, Herzenslust, Morgenland, übertüncht, wetterwendisch* und viele andere

(s. die Liste LH 166, S. 460 ff), alte, aber durch die Reformation mit neuem Gehalt erfüllte Begriffe, wie *Glaube, Gnade, gerecht, fromm, evangelisch* u. a. (ebda. S. 451 ff), Wörter aus LUTHERS eigener Mundart wie *heucheln, lagern, tauchen* oder niederdeutsches Gut wie *schüchtern, stäupen, Lippe, Pfote, Schlacke* (ebda. S. 445) sind durch Vermittlung der Lutherbibel in die neuhochdeutsche Schriftsprache gelangt, und dasselbe gilt wohl auch für Wortprägungen der Mystik, wie *Einfluß, geistreich, wohlgefällig, Gnadenwerk* (ebda. S. 447). Vielleicht wären sie in Vergessenheit geraten, hätte nicht LUTHER sie aufgegriffen und durch seine Schriften der neuen Zeit überliefert.

Schon die knappe Auswahl zeigt aber, daß es sich bei diesen durch LUTHER geschaffenen oder vermittelten Wörtern im wesentlichen um einen Literaturwortschatz aus dem religiösen, sittlichen und intellektuellen Bereich handelt. Die geistige Auseinandersetzung der Reformation und der folgenden Zeit hat sich seiner bedient, und so ist er in den deutschen lexikalischen Bestand eingegangen. Anders steht es mit dem alltäglichen Wortschatz, dessen jedermann ständig bedarf und der auch in der Bibel, z. B. bei den vielen Berichten und Gleichnissen aus dem täglichen Leben, breiten Raum einnimmt. Hier konnte LUTHER, indem er aus dem Wortschatz seiner engeren Heimat schöpfte, keineswegs überall auf Verständnis hoffen. Das ist leicht einzusehen, wenn man bedenkt, daß auch heute noch die Bezeichnungen für Haus und Hof, für Gerätschaften und Dinge des täglichen Bedarfs, für Handwerker und ihre Verrichtungen in den deutschen Sprachlandschaften stark voneinander abweichen. Diese unterliterarischen Wortschichten entziehen sich dem literatursprachlichen Ausgleich, und das war auch zu LUTHERS Zeit nicht anders (s. auch oben S. 137).

So kam es, daß die zahlreichen oberdeutschen Nachdrucker von LUTHERS Bibelübersetzungen zwar nur selten wagten, in die Textgestaltung des Reformators einzugreifen, daß sie aber ihren Bibeldrukken Wörterverzeichnisse beigaben, in denen die fremden mitteldeutschen Wörter erklärt wurden. Auf diesen Gedanken verfiel gleich der Basler Buchdrucker ADAM PETRI, der LUTHERS ‹Septembertestament› schon im Dezember 1522 nachdruckte. Die ersten Exemplare gingen ohne Erläuterungen heraus, aber schon im Januar 1523 gab er der Restauflage eine Wortliste bei, die *die ausländigen Wörter auf unser Teutsch anzeigt.* (Vgl. hierzu und zu der folgenden Wortliste LH 173, S. 105 ff). Darin finden sich z. B. : *Ähnlich: gleich; Anstoß: ergernuß; Auffschub: verzug; Beben: bidmen; Besudlen: verunreinen; Betaget: alt; Darben: not, armuot leyden; Erndten: schneiden; Fewreyfer: feuriger ernst; Flehen: bitten; Fülen: empfinden; Gesteupt: mit ruotten gestrichen; Heuchler: gleißner; Küchlin* (‚Küken'):

junge hünlin; Lappen: stuck, platz, lump; Meüchelmörder: heimlich mörder; Morgenlandt: auffgang der sonnen; Qual: pein; Rasen: toben; Schwelgerei: überfluss in essen und trincken; Schwulstig: auffgeblasen; Splitter: spreiß; Stachel: eisene spitz an der stangen; Tauchen: tunken; Teuschen: triegen; Trenen: zehern. Diese Liste – wir geben nur einen sehr knappen Auszug – wurde alsbald in eine Anzahl von Nachdrucken des Neuen Testaments in Straßburg, Augsburg und Nürnberg übernommen. Sie beweist, wie groß die Unterschiede zwischen dem mittel- und oberdeutschen Wortschatz zur Reformationszeit noch waren, läßt aber auch erkennen, wieviel von LUTHERS damals befremdlichem Wortgut seither zu schriftsprachlichem Gemeinbesitz geworden ist.

Arbeit an den äußeren Sprachformen

Wir haben noch auf die Orthographie und einige Sprachformen LUTHERS einzugehen. Sie erschienen den Zeitgenossen und den nachfolgenden Generationen als eine festgefügte Einheit. Überblickt man aber seine gesamte sprachliche Hinterlassenschaft, so wird doch in der Reihenfolge seiner Schriften eine deutliche und offenbar bewußt vollzogene Entwicklung sichtbar. H. BACH (LH 164), der diesen Fragen besonders aufmerksam nachgegangen ist, stellt drei Perioden fest. Im Anfang seines Schaffens, etwa von 1517–1521, schenkt LUTHER der äußeren Form seiner Sprache nur geringe Aufmerksamkeit. Er schreibt nach gewissen intuitiven Vorstellungen und überläßt den Wittenberger Druckern die äußerliche, orthographische Gestaltung seiner Schriften. In seiner Orthographie herrscht damals noch das *y* für *i*, vor allem in der Verbindung *ey* statt *ei;* der Umlaut wird außer beim *a* fast nie bezeichnet; wenn ein *ü* vorkommt, so steht es für *u* oder *ü*, die Tüttel sollen den Vokal nur von einem nebenstehenden *n* unterscheiden. Es findet sich noch sehr häufig die Doppelschreibung von Konsonanten, und in den Wortformen folgt LUTHER noch oft der eigenen Mundart (*brengen, forcht, nit* statt *bringen, furcht, nicht* und viele weitere Beispiele).

Die zweite Periode beginnt mit der Arbeit am Septembertestament und reicht bis etwa 1531. Es sind die Jahre, in denen LUTHER bereits an der Übersetzung des Alten Testaments arbeitet, die er in einzelnen Büchern veröffentlicht. Je mehr er sich in diese Arbeiten vertieft, desto stärker wird sein Wille, auch die äußere Sprachform nach möglichst konsequent angewandten Regeln zu gestalten. Er sucht die Rechtschreibung der Lautform anzupassen und besonders auch solche Sprachformen auszuscheiden, die er als dialektal beschränkt auffaßt. In derselben Zeit befinden sich aber auch die Kanzlei- und die Druckersprachen bereits auf dem Wege zu stärkerer Vereinheitlichung, so daß eine allgemeine Strömung der Zeit dem Streben des Reformators entgegenkommt. LUTHER ist ja ein bewanderter Mann. Er kann den mundartlichen und schriftlichen Sprachgebrauch der anderen Landschaften beurteilen. Davon zeugen auch die Regelungen, die er jetzt anstrebt. Im allgemeinen läßt sich sagen, daß er aus seiner eigenen Mundart das bestätigt fühlt, was in Ostfranken, im Nürnberger Raum, und in den angrenzenden Landstrichen Bayerns gleichfalls Geltung hat, aus den eigenen Meißner Schriftformen, was durch die kaiserliche und durch die Nürnberger Kanzlei gesichert wird. Wo diese Bestätigung ausbleibt, entscheidet er sich selten für die Form seiner eigenen Mundart, häufiger für die oberdeutsche. Anfangs auftretende Doppelformen werden später vermieden. So schreibt er z. B. *künig* und *könig* nebeneinander. Doch nimmt seit 1522 seine mitteldeutsche Form *könig* zu, und 1529 findet sich das letzte oberdeutsche *künig* in seinen Schriften. Zwischen *twingen* und *zwingen* entscheidet er sich schon sehr früh gegen seine Mundart für das oberdeutsche *zwingen*. Ebenso schreibt er nur im Anfang das Wort *werlt* gemäß seiner Heimatmundart; schon seit 1520 geht er konsequent zur oberdeutschen Form *welt* über. (Vgl. dagegen ndl. *wereld*, engl. *world*.) Statt der heimatlichen Wörter *dicke, frömd, geweschen* schreibt er seit der zweiten Periode *offt, fremd, gewaschen*. Entgegen dem Meißner Kanzleigebrauch hatte er anfangs sein mundartliches *gahn* und *stahn* geschrieben. Auch später noch unterlaufen ihm diese Formen, besonders im Reim (*Das wort sie sollen lassen stahn* im Reim auf *plan;* 1529), doch bemüht er sich seit 1521, *gehn* und *stehn* zu schreiben, wie es die Meißner, die kaiserliche und die Nürnberger Kanzlei tun.

Alle diese Regulierungen gehören der zweiten Schaffensperiode an. Die dritte Periode beginnt etwa 1531 mit den Vorbereitungen zur ersten vollständigen Bibelausgabe und reicht bis zum letzten Bibeldruck und LUTHERS Tod im Jahre 1546. In dieser Zeit geht es um die konsequente Durchführung der Regeln, die LUTHER sich vorher selbst gesetzt hat, und in der Bibel um die Ausmerzung von Inkonsequenzen, die aus früheren Jahren noch stehengeblieben sind. Die eigentliche Entwicklung ist abgeschlossen. In diesen fünfzehn Jahren bleibt er im wesentlichen bei der Sprache, die er sich bis 1531 geschaffen hat.

Dieses Lutherdeutsch, so hinreißend modern es seinen Zeitgenossen erscheinen mochte, mutet uns doch in vielen Zügen noch recht altertümlich an (vgl. Anhang IX). Im Lautstand (und natürlich erst recht in der Orthographie) ist der neuhochdeutsche Sprachzustand erst zum Teil erreicht. Vor allem aber zeigt auch die Formenlehre noch altertümliche, aus dem Mittelhochdeutschen ererbte Züge. (Zu Einzelheiten vgl. LH 164.) Hier sei nur auf die starken Verba hingewiesen, die im Mittelhochdeutschen im Singular und Plural des Präteritums verschiedene Stammvokale hatten. Im Gegensatz zum Neuhochdeutschen ist dieser Zustand bei LUTHER noch bewahrt. Es heißt bei ihm zum Beispiel: *ich fand, wir funden; er starb, sie storben; ich bleib* (‚blieb'), *wir blieben.* Bei sehr vielen grammatischen Erscheinungen findet sich ein starkes Schwanken, so etwa beim Plural der neutralen Substantive. LUTHER hat z. B. die alte endungslose Form: *die bret, die heupt, die kind, die thier;* daneben Formen auf *-e: heupte, bilde,* aber auch solche auf *-er: bretter, heupter, kinder, thirer.* Dies und vieles andere sind Anzeichen einer Übergangszeit, in der ein altes Sprachsystem vergeht, ein neues im Entstehen begriffen, aber noch nicht gefestigt ist. Schwankungen dieser Art hat LUTHER auch bis ans Ende seines Lebens nicht völlig zu beseitigen gewußt; hier blieb er bei allem Streben nach einheitlicher Regelung, das ihn sonst auszeichnet, unsicher.

Derlei Unsicherheiten sind allerdings noch lange zu beobachten. Auch der Grammatiker SCHOTTELIUS (s. unten S. 199), der am Ende der frühneuhochdeutschen Periode alles, was bis dahin erreicht ist, in Regeln faßt, muß noch viele Doppelformen anerkennen. Es war eben ein sehr langer und mühseliger Weg, der von der Vielzahl der Schriftdialekte über mancherlei Ausgleichsstufen überregionaler Schreibsprachen endlich zur Ausbildung einer relativ einheitlichen Schriftsprache führen sollte. Mitten in dieser Bewegung, die lange vorher begonnen hatte, steht MARTIN LUTHER. Ihre Träger waren – kaum ihrer Leistung bewußt – die großen Kanzleien gewesen, und seit Anfang des 16. Jahrhunderts mehr und mehr auch die Buchdrucker. Im weiteren Verlauf treten diese in den Vordergrund, die Kanzleien verlieren an Einfluß auf die Sprachgestaltung.

Wie weit der einigende Ausgleich bei LUTHERS Auftreten schon fortgeschritten war, lassen neuerdings die Untersuchungen von BESCH, KETTMANN und SKÁLA (LH 176, 150, 67) sehr deutlich erkennen. Er betrifft natürlich nur die äußeren Sprachformen, nämlich gewisse Tendenzen zur Vereinheitlichung der Orthographie und die Bevorzugung bestimmter Laute und Formen vor anderen. In seinen frühesten Schriften fehlt dem jungen LUTHER noch die Erfahrung, so daß er sich um die von den Kanzleien erstrebten Normen noch wenig kümmert. Von 1521 an ist er jedoch bestrebt, die Normen immer sorgfältiger zu beachten, und das verhilft ihnen durch die weite Verbreitung seiner Schriften zu einem weitaus stärkeren Einfluß, als ihn die Kanzleien selbst jemals ausüben konnten. Auch den Druckern, die an verschiedenen Orten wirkten und die in unterschiedlichen Schreibtraditionen standen, bot hinfort die Sprache LUTHERS ein Regulativ, ohne das der allgemeine Ausgleich sehr viel schwieriger zu erreichen gewesen wäre.

WERNER BESCH (LH 176, S. 340 ff) gibt bemerkenswerte Hinweise auf die Nachwirkung LUTHERS. Seine Orthographie und Lautgebung sowie die von ihm gewählten Formen und Wörter setzen sich immer dann in der Schriftsprache durch, wenn sie mit der Schreibsprache der großen Kanzleien des Ostens und Südostens übereinstimmen. Es ist dann nur eine Frage der Zeit, bis auch die west- und südwestlichen Landschaften sich fügen. So setzen sich *erbarmung* und *barmherzikeit* gegen alem. *erbermde* durch, *geschlecht* gegen alem.-rheinisch *künne, liebe (lieben, liebhaben)* gegen westliches *minne (minnen)*. Wo LUTHER dagegen Formen oder Wörter wählt, die in der großen östlich-südöstlichen Schreiblandschaft keine Stütze haben, bleibt der Ausgang ungewiß. Meist werden sie späterhin nicht in die allgemeine Schriftsprache aufgenommen, oder es kommt zu Unsicherheiten. So schreibt LUTHER z. B. sein mundartliches *hulfe* (d. i. *hülfe*), wo die bairisch-ostfränkisch-nürnbergische Schreiblandschaft *hilfe* bevorzugt. (Die Meißner Kanzlei schwankt zwischen beiden Formen.) Protestantische Schriftsteller haben sehr lang an LUTHERS *Hülfe* festgehalten, der katholische Süden hat ebenso zäh die Form *Hilfe* bewahrt. So bestanden beide Formen bis in das 20. Jahrhundert hinein nebeneinander, und erst der Duden von 1929 erklärt *Hilfe* für allein zulässig. Anders ging es mit dem niederdeutsch-mitteldeutschen Wort *hoffnung*, das LUTHER anstatt des damals gleichbedeutenden oberdeutschen Wortes *zuoversicht* gebraucht. *Hoffnung* steht so zentral in seiner Glaubenslehre, daß das Wort sich aus der Schriftsprache nicht mehr verdrängen ließ. Vielen hochdeutschen Mundarten ist es allerdings bis heute fremd geblieben. Doch bewahrte auch *Zuversicht* seinen Platz in der Schriftsprache, nur daß es eine Bedeutungseinschränkung hinnehmen mußte.

Die wenigen Beispiele deuten an, worin die Wirkungsmöglichkeit von LUTHERS Sprache lag. Gemeingut der Schriftsprache wurde, was schon von langer Hand im Schreibgebrauch der östlichen und südöstlichen Schreiblandschaft vorbereitet war. Alles das sammelte sich im Brennpunkt seiner Schriften und strahlte von dort in alle deutschen Lande aus. Dabei wurde seine Strahlkraft unermeßlich verstärkt durch die neue innere Form, die LUTHER der deutschen Sprache gab. Sein starker Wille, der Heiligen Schrift im Deutschen eine Gestalt zu verleihen, die sich mit den fixierten Ordnungen der lateinischen Bibel messen konnte, führte zur Festlegung sprachlicher Regeln, die dem allgemeinen Ausgleichsstreben eine sehr willkommene Handhabe bieten mußten. Die innere Kraft dieser deutschen Bibelsprache, ihre Schlichtheit und klangvolle Schönheit wurden zu Vorbildern, nach denen die Folgezeit sich richten konnte. So steht LUTHER noch mitten in den Entwicklungen der frühneuhochdeutschen Zeit. Aber seine Sprache weist den Weg in die Zukunft, in das Neuhochdeutsche.

X. VON DEN SCHREIBSPRACHEN ZUR SCHRIFTSPRACHE

An der gewaltigen reformatorischen Bewegung, die LUTHER ausgelöst hatte, nahm das gesamte deutsche Volk Anteil. Die Gelehrten freilich erörterten in ihren Disputen auch diese Fragen in ihrem gewohnten Latein. Da aber alle Schichten von der gleichen Erregung erfaßt waren, wurde der geistige Kampf vor allem in deutscher Sprache ausgetragen. Sendschreiben und Streitschriften beider Parteien, Flugblätter, Pamphlete und bissige Satiren verließen in vorher nicht gekannter Zahl die Druckereien und fanden überall reißenden Absatz. Aber man besann sich auch auf die religiösen Grundlagen des Kampfes. Deutsche Bibeln, Predigtsammlungen, Erbauungs- und Andachtsbücher kamen diesem Bedürfnis entgegen. Nie zuvor hatten so viele Menschen so viel und so begierig gelesen.

Die sprachgeschichtliche Bedeutung dieser ersten Jahrzehnte nach 1517 kann gar nicht hoch genug eingeschätzt werden. Eine Sprache, die sich über die Kommunikationsnotwendigkeiten des Alltags hoch erhebt und die dennoch für jedermann verständlich sein soll, wird zum allgemeinen Bedürfnis. LUTHER hat sie geschaffen, und fortan müssen sich auch seine Gegner ihrer bedienen, um den Reformator mit seinen eigenen Waffen zu bekämpfen. Auch jetzt noch freilich bleiben Schreiben und Drucken in gewissem Sinne ein Vorrecht. Es sind vor allem die auf Hohen Schulen Gebildeten, die zur Feder greifen. Aber diese Doctores und Magistri, die sich aus den verschiedensten sozialen Schichten zum Bildungsstande vereinigt haben (s. oben S. 158), müssen sich nun nach LUTHERS Vorbild auf die gesunden Grundlagen des heimischen Sprachgebrauchs besinnen. So lernt diese Generation, auch in der geistigen Auseinandersetzung die Muttersprache zu gebrauchen, so wie sie in jedem Haus verstanden wird. Vielen gelingt es dabei, sich von der Zwangsjacke des Lateinischen, das dem Denken der schreibenden Schicht ja immer noch nahelag, zu befreien. Es ist ein bedeutsames Symptom, daß auch die Wissenschaft sich jetzt gelegentlich der deutschen Sprache bedient, z. B. in Vorlesungen auf Universitäten (TILEMAN HEVERLING schon 1501 in Rostock, THOMAS MURNER 1519 und PARACELSUS 1527 in Basel; auch LUTHER griff gelegentlich zum deutschen Wort; LH 173, S. 158 f). PARACELSUS veröffentlichte auch einen Teil seiner wissenschaftlichen Schriften in deutscher Sprache.

Es soll im übrigen nicht verkannt werden, daß bei weitem nicht alles Geschriebene und Gedruckte aus akademischer Feder floß. Man braucht nur an den Handwerker, Meistersinger und Dichter HANS SACHS (1494–1576) zu denken und an viele seines Standes, die ihn allerdings an literarischer Fruchtbarkeit nicht erreichten. Auch die zornige Wut der Bauernaufstände zwang manchem die Feder in die Hand, die eher des Pfluges und des Schwertes gewohnt war. Sozial- und Literaturgeschichte können an diesen Erscheinungen nicht vorübergehen, für die Sprachgeschichte aber stehen sie am Rande, und zumal die Entwicklung der Schriftsprache wird von ihnen nicht beeinflußt.

Dem Leseeifer der Reformationszeit kann man freilich ebenfalls keine unmittelbare Wirkung auf die Sprachentwicklung zuschreiben, wohl aber eine mittelbare. Wenigstens dem aufmerksamen Leser müssen sich gewisse Sprachmuster einprägen, ein Gefühl für Anlage und Gliederung deutscher Texte, für wiederkehrende Wendungen und Ausdrucksweisen, für Satzbau und Wortwahl. Auch Unterschiede im Schreibgebrauch können der Aufmerksamkeit nicht entgehen, und einer Zeit, die das ‹gemeine Deutsch› als Ziel erfaßt hat, muß daran gelegen sein, nicht nur eine gemeinverständliche, sondern auch eine nach allgemeinen Grundsätzen geregelte Sprache anzustreben. Für solches Streben gibt es eine bemerkenswerte Fülle von Beweisen. So entsteht in der Reformationszeit eine ganze Anzahl von Anweisungen zur Rechtschreibung. Zwar stimmen sie keineswegs miteinander überein, vor allem ist die Gebundenheit an landschaftliche Schreibsprachen deutlich erkennbar, aber im Prinzip wird doch auf eine weitgehend einheitliche Regelung abgezielt.

Fabian Franck

Besonders lehrreich ist in dieser Hinsicht eine Schrift des schlesischen Magisters Fabian Franck. Er war ein Zeitgenosse Luthers, etwa 10 Jahre jünger als dieser, wirkte von etwa 1520–1525 als Prinzenerzieher im kurfürstlich Brandenburgischen Hause und ist später als Bürger in Bunzlau nachzuweisen, wo er vielleicht in der städtischen Kanzlei oder als Lehrer tätig war. Dort hat er die beiden uns erhaltenen Bücher geschrieben, ein ‹Cantzley und Titelbüchlin›, wie es deren viele gab, und die ‹Orthographia deutsch›, die einen Ehrenplatz unter den sprachgeschichtlich wichtigen Schriften verdient. Nach 1535 folgte er einem Ruf des Kurfürsten Johann II. Hektor von Brandenburg, um in Frankfurt an der Oder *eine Ordentliche deudsche schul fur die gemeine jugent* einzurichten. Dort weilte er noch 1539; weitere Nachrichten fehlen.

Die ‹Orthographia deutsch› (vollständig abgedruckt bei Müller, LH 9, S. 92–110) wurde im Juli 1531 bei dem Buchdrucker Nickel Schirlentz in Wittenberg gedruckt und erlebte noch in demselben

Jahr Nachdrucke in Frankfurt und Köln und eine zweite Auflage in Wittenberg, der schon 1532 die dritte folgte. Dort heißt es im ersten Paragraphen: *ANfenglich ist zumercken / Das die Deutsche sprach / hie geteilt wird in zween vnderschied / als / Ober vnd Niderlendisch* (‚nämlich in Hoch- und Niederdeutsch') *Was nu hie gehandelt oder geschrieben / wird / von oberlendischer verstanden. Vnd wiewol diese sprach an jr selbs rechtfertig* (‚regelrecht') *vnd klar / so ist sie doch in vil puncten vnd stücken / auch bey den hochdeutschen nicht einhelich* (‚einhellig'). *Denn sie in keiner jegnit* (‚Gegend') *oder lande / so gantz lauter vnd rein gefurt / nach* (‚noch') *gehalden wird / das nicht weilands* (‚zuweilen') *etwas straffwirdigs* (‚Tadelnswertes') *oder misbreuchiges darin mitlieffe / vnd gespürt würde.* (S. 94) Selbstverständlich werden Hoch- und Niederdeutsch unterschieden. Das Hochdeutsche wird als eine geregelte und klare Sprache verstanden, die aber in keiner einzigen hochdeutschen Mundart voll verwirklicht wird. Überall schleicht sich *straffwirdigs oder misbreuchiges* ein. Wir würden von mundartlichen Besonderheiten reden, die überall vorhanden sind.

Solche Abweichungen vom korrekten Gebrauch sollen überwunden werden. Deshalb lehrt Franck: *WEr aber solche misbreuch meiden / vnd rechtförmig deutsch schreiben / odder reden wil / der mus deutscher sprachenn auf eins land vnd brauch allenthalben nicht nachfolgen* (‚der darf nirgends dem Dialekt und Sprachgebrauch einer einzigen Landschaft folgen'). Allerdings ist die Kenntnis möglichst vieler Mundarten wünschenswert: *Nützlich vnd gut ists einem jdlichen / vieler Landsprachen mit jren misbreuchen zuwissen / da mit man das vnrecht* (‚das Unrichtige') *möge meiden.* Was Luther, der Bewanderte, praktiziert hat, wird hier von seinem Zeitgenossen theoretisch formuliert: Wer viele Mundarten kennt, kann das Weitverbreitete verallgemeinern, das örtlich Begrenzte abstoßen. So verfährt Luther seit dem Septembertestament, und Franck gebührt das hohe Verdienst, dieses Verfahren erkannt und beschrieben zu haben. Er gibt damit die theoretische Grundlage zur Schaffung einer Schriftsprache, die *rechtfertig vnd klar* ist, aber *in keiner jegnit gantz lauter vnd rein gehalden wird.* Die Schriftsprache ist also mit keiner einzigen Mundart identisch, entsteht vielmehr durch abstrahierende, sichtende Auswahl aus den Mundarten und steht über ihnen.

Franck weist auch die Wege, auf denen man zu solchem allgemeinen Sprachgebrauch gelangt: *Aber das fürnemlichst / so zu dieser sach förderlich vnd dienstlich / ist / das man gutter exemplar warnehme* (‚gute Beispiele beachte') / *das ist / gutter deutscher bücher vnnd verbriefungen* (‚Urkunden') / *schriefftlich odder im druck verfast vnd ausgangen / die mit vleisse lese / vnd jnen jnn dem das an-*

zunehmen vnd recht (‚richtig') *ist / nachfolge. Vnder welchen mir etwan / des tewern* (‚teuren') *(hochlöblicher gedechtnis) Keiser Maximilianus Cantzley vnd dieser Zeit / D. Luthers schreiben / neben des Johan Schonsbergers von Augsburg druck / die emendirsten vnnd reinisten zuhanden kommen sein.* Hier werden also Muster empfohlen, und wie LUTHER die Sprache der meißnischen und der kaiserlichen Kanzlei in einem Atem nennen konnte, so werden jetzt die kaiserliche Kanzleisprache, die (meißnische) des Reformators und die des berühmtesten Druckers der Zeit als eine Einheit gesehen. Im Rückblick erkennt man heute Unterschiede nicht nur zwischen den drei Autoritäten, sondern auch Schwankungen im eigenen Sprachgebrauch einer jeden. Wer aber zu Beginn des 16. Jahrhunderts lebte, dem mußte aus täglicher Erfahrung noch bewußt sein, in welcher mundartlichen und orthographischen Vielfalt Schriftstücke und Drucksachen sich präsentieren konnten. So mußte ihm dann an Schriftwerken, denen er Autorität zumaß, das Übermundartliche und Übereinstimmende wohl mehr ins Auge fallen als die relativ geringfügigen Unterschiede, die bei genauerer Prüfung auch hier noch vorhanden sind.

Allerdings fügt FRANCK eine für seine Zeit recht bezeichnende Warnung hinzu. Nur die Originalwerke der genannten Autoritäten seien brauchbar, *die aus jren Cantzleyen odder werckstеten / Erstlich new ausgangen / Von andern vnuleissigen vnd vnuerstendigen* (‚unfleißigen und unverständigen') *nicht anderweit vmbgeschrieben / odder nach gedruckt sein.* Damit spielt er darauf an, daß viele Schreiber und Drucker immer noch dem regional beschränkten Brauch folgen, den sie erlernt haben und für richtig halten, und daß sie bedenkenlos die Vorlagen nach ihren eigenen Auffassungen umgestalten.

FRANCK hält es allerdings für möglich, daß dem provinziell Beschränkten die regulierte Sprache *jnn seinen Ohren nicht klüng* und daß es anderseits fortschrittliche Sprachgenossen gebe, denen seine Lehre nicht *allenthalben gnug thet,* ‚nicht weit genug gehe'. Damit gibt er zu erkennen, daß er selbst einen Mittelweg einhalten will, nicht allzu konservativ, das heißt hier: partikularistisch, aber auch nicht zu stürmisch reformierend. Das ist eine Haltung, die dem verständigen Sprachpfleger auch heute noch gemäß ist. Seine Lehre hält er jedenfalls für nützlich: *weil wir sehen / das sich viel jnn kurtzen jaren* (‚in den letzten paar Jahren') *auff diese sprache bevleissigen / Bey vielen auch merglich gewachssen vnd zugenohmen hat / Wollen wirs ... für lieb vnd danckbar annehmen / Vnd gentzlich darfür halten* (‚und der festen Meinung sein') */ sie werd nach von tag zu tage jhe scheinbarer / auch endlich gantz rein balirt vnd ausgestrichen* (‚poliert und geglättet') *werden.* Zweierlei geht aus dieser wichtigen Bemerkung hervor: Der aufmerksame zeitgenössische Beobachter stellt erstens fest, daß die sich anbahnende allgemeine Schriftsprache bereits *in kurtzen jaren* merklich zugenommen habe. Vielleicht sieht er LUTHER nicht als denjenigen, der die Bewegung auslöst, sondern stellt ihn in den größeren Zusammenhang der in den Kanzleien und bei den Druckern schon vorher feststellbaren Bestrebungen. Aber er betont (an anderer Stelle) LUTHERS Bedeutung, und immerhin sind beim Erscheinen der ‹Orthographia deutsch› erst weniger als neun Jahre seit dem Septembertestament verstrichen. FRANCK sieht sich also zweitens inmitten einer sehr rasch fortschreitenden sprachlichen Entwicklung stehen, und ihrem weiteren Verlauf sieht er mit Optimismus entgegen. Als außenstehender Beobachter sieht er weiter als der Praktiker LUTHER, der sich zwar seiner eigenen sprachlichen Tat bewußt ist, aber die Weiterentwicklung nicht ins Auge faßt.

Auch das sieht FRANCK, daß zum *Recht deutsch schreiben* mehr gehört, als er selbst in seinem Buche darstellt, nämlich die stilistischen Regeln des Satzbaus, der Wortwahl und des Redeschmucks. Aber dafür scheint ihm die Rhetorik zuständig, es ist *jnn der Redkündiger schule gehörig / da wirs auch bleiben lassen* (S. 95). Er selbst will nur lehren, wie *ein jdlich wort / mit gebürlichen buchstaben recht und rein geschrieben wird / also / das kein buchstab müssig* (‚unnütz') *odder zuuiel noch zu wenig / – Welchs sonst die Latiner vnd Krichen / Orthographiam / wir aber / Recht buchstäbig Deutsch schreiben / nennen wollen.* In der Theorie wird also hier ein Ziel erkannt, das in der Praxis erst vier Jahrhunderte später, durch die Orthographie-Konferenzen von 1876 und 1901, durchgesetzt wurde. Auch FRANCKS eigenes Buch bleibt von dem, was er theoretisch erkannt hat, noch weit entfernt. Dabei ist schwer zu entscheiden, wieweit er selbst noch in die herkömmlichen Mißbräuche verfällt (z. B. durch unnötige Doppelbuchstaben in *auff, unnd, lannd,* durch mundartliches *a* für *o* in *nach,* durch falsches *ie* in *schriefftlich*), oder ob der Wittenberger Drucker dafür verantwortlich ist, der dem Brauch der Meißner Kanzlei folgt.

Aber wenn auch in der Praxis das Ziel noch keineswegs erreicht wird, so ist doch hier erstmalig eine Forderung ausgesprochen, die auf einheitliche Regelung abzielt. Wenn außerdem die Schrift wiederholt aufgelegt und andern Orts nachgedruckt wird, so äußert sich darin das Bedürfnis der Zeit nach Vereinheitlichung des Sprachgebrauchs. FRANCK ist kein Sonderling, kein einsamer Rufer, sondern er findet Gehör und weist Wege, die auch andere einschlagen. Es sei ferner erwähnt, daß er auch Anweisungen gibt, wie die Laute, die ja in der Schrift durch Buchstaben nur symbolisch darstellbar sind, *sollen rein ausgesprochen werden.* Damit macht er sich auch bereits Gedanken über die ‹Hochlautung›, also ein dialektfreies Sprechen, das freilich –

wie jeder weiß – noch viel schwerer zu erreichen ist als ein einheitliches Schriftsystem.

Franck hat eine hohe Meinung von Rang und Würde der deutschen Sprache. Darin folgt er der Auffassung älterer Humanisten und weiß sich auch mit vielen Zeitgenossen einig. Er erkennt auch, daß seine eigenen Bemühungen nur ein beschränktes Gebiet betreffen und erklärt, daß es *hoch von nöten / weer / Das ein gantze Grammatica hierinn beschrieben würd / wie jnn Krichischer / Latinischer vnd andern sprachen gescheen / Denn so wir ansehen den emssigen vleis / so die Latiner allein / jnn jrer zungen fürgewandt / vnd vnsern vnuleis* (‚Unfleiß') / *bey der vnsern / da gegen stellen / solten wir billich schamrot werden / das wir so gantz ablessig vnd sewmig* (‚nachlässig und säumig') *sein / Vnser edle sprach so vnwert vnd verachtlich halten.* (S. 93) Auch mit der Forderung nach einer deutschen Grammatik spricht Franck ein allgemein empfundenes Bedürfnis aus, wie denn überhaupt sein Werk ebensosehr als Zeichen der Zeit wie als persönliche Leistung betrachtet werden muß.

Die sprachliche Lage nach Luthers Tod

Es war ein ‹glücklicher Irrtum› (LH 183, S. 46), daß Franck die Schriftsprache schon als geschaffen ansah. Denn wenn auch die wirkliche Entwicklung seinem Wunschbild nicht entsprach, so hatte er doch in theoretischer Erkenntnis ein Ziel angesprochen, das fortan wenigstens in der mittel- und niederdeutschen Sprachlandschaft immer im Blickpunkt blieb.

Zunächst sah es sogar so aus, als stände die Verwirklichung dessen, was Franck bereits verwirklicht sah, nahe bevor. Schon 1527 war das Septembertestament auf einem merkwürdigen Umweg auch in die Hände der katholisch gebliebenen Bevölkerung gelangt. Auch in diesen Kreisen müssen die religiöse Unruhe und das Verlangen nach der deutschen Bibel groß gewesen sein, und die geistliche und weltliche Obrigkeit sah sich zum Nachgeben gezwungen. Als erster ergriff der altgläubige Herzog Georg von Sachsen (geb. 1471, regierte von 1500 bis 1539; nach seinem Tode Einführung der Reformation im Herzogtum Sachsen) die Initiative. Er betraute seinen Sekretarius Hieronymus Emser (1477–1534), Domherrn in Meißen und Dresden, mit der Aufgabe, eine katholische Bibel zu schaffen. Dieser übte zwar heftigste Kritik an Luthers Übersetzung. Aber damit lenkte er nur von der Tatsache ab, daß seine angebliche eigene Übersetzung des Neuen Testaments (Dresden 1527) zum weitaus größten Teil aus Luthers Werk abgeschrieben war. Wenn Luther im ‹Sendbrief vom

Dolmetschen› schrieb *(sie) stelen mir also meine sprache,* so war vornehmlich EMSER damit gemeint.

Wichtiger für die Verbreitung von LUTHERS Sprachform war ein anderes Ereignis. Schon im Jahre 1535 druckte der Straßburger Verleger WENDEL RIHEL die Vollbibel von 1534 nach. Er war so überzeugt von LUTHERS *teutscher Wolredung vnd Dolmetschung,* daß er sich entschloß, seine *besunder Wörter und Orthographei* beizubehalten, obwohl sie *mehr auf Meißnisch denn auf vnser* (Straßburger) *Hochteutsch gepreuchlich* seien. Denn, fügte er hinzu, *die Übung wird solchs auch wol verständig* (‚verständlich') *vnd gepreuchlicher machen.*

Aber solche Erscheinungen blieben doch Ausnahmen. Die Nachdrucker bewahrten zwar LUTHERS Satzbau. Aber viele gestatteten sich doch Veränderungen im Wortschatz, und in der Rechtschreibung folgten sie meist dem Gebrauch ihrer eigenen Landschaft. So kam es zunächst – und auf lange hinaus – noch nicht zu der Einhelligkeit, die FABIAN FRANCK sich erhoffte. Es ist zu vermuten, daß vor allem eine weitverbreitete katholische Bibel dem Zug zur werdenden Spracheinheit hemmend entgegenwirkte. Wie der Herzog von Sachsen waren auch die bayrischen Herzöge bestrebt, den Bedürfnissen ihrer Untertanen entgegenzukommen. Sie beauftragten den schärfsten Widersacher LUTHERS, den Ingolstädter Professor Dr. JOHANN ECK (1486–1543), mit der Schaffung einer katholischen deutschen Bibel, deren erste Auflage 1537 in Ingolstadt erschien. Zwar zollte auch ECK dem Reformator seinen Tribut. Denn zur Grundlage seiner ‹Übersetzung› des Alten Testaments wählte er LUTHERS Bibel von 1534, für das Neue Testament EMSERS Plagiat, also eigentlich nochmals LUTHER. Aber er änderte überall dort, wo die katholische Kritik an LUTHER Anstoß genommen hatte, und – was wichtiger ist – er setzte den gesamten Text in bairische Sprachformen um. Bei ihm tauchen daher die alten *ai, uo, üe* wieder auf, kommen wieder die aus *b, d, g* verschärften *p, t, k* vor und fallen die auslautenden *-e* weg. Am gründlichsten aber beseitigt er alle Wörter, die den *Oberländischen nit gemain* sind. (Wieder taucht hier die Bezeichnung *gemein* im Sinne von ‚gemeinverständlich' auf.) Aus der *grentze* wird bei ihm eine *landmarck,* aus dem *hügel* ein *bühel.* Der *heuchler* heißt bei ihm *gleißner,* der *töpfer* heißt *hafner.* Aus *fliegen* werden *mucken,* aus dem *ziegenbock* ein *gaißbock.* Fremdwörter, die LUTHER fast ganz vermieden hatte, werden in großer Zahl eingeführt. Dr. ECK (der DRECK, wie LUTHER Titel und Namen zusammenzog) schrieb *glori* für *herrlichkeit* und *prophetisiren* für *weissagen.* So entstand eine Bibel, die zwar in ihrer Satzfügung lutherische Züge aufwies und ebenso gemeinverständlich war, deren Wortlaut aber und deren orthographisches Gewand weit von LUTHER abwichen. Indem sie im katholischen Südosten zu einem Sprachvorbild wurde, wirkte sie der sich schon anbahnenden Spracheinheit entgegen.

Schon zog auch das Zeitalter der Glaubenskriege herauf. Kurz nach LUTHERS Tod brach 1546 der Schmalkaldische Krieg aus. Die Gegenreformation bestimmte das weitere Geschehen. Ihre politischen Häupter waren die Habsburger und die bayrischen Herzöge, ihre geistlichen Vorkämpfer die Jesuiten. Deren im Jahre 1534 von dem Spanier IGNATIUS VON LOYOLA gestifteter Orden wurde 1540 vom Papst bestätigt und nahm alsbald auch in Deutschland seinen Kampf um Festigung und Ausbreitung des katholischen Glaubens auf.

Die nunmehr schroff betonte Glaubensspaltung zog auch einen scharfen Schnitt durch die große östlich-südöstliche Schreiblandschaft. Das ‹Meißnische› – so bezeichnete man auch LUTHERS Schreibsprache – wurde als die Sprache der Protestanten abgestempelt. Für den bayrisch-österreichischen Südosten ergab sich daraus ein Rückfall in den sprachlichen Partikularismus. Zwar wollte man auch hier *das gemeine Deutsch* pflegen, aber Richtschnur sollte ganz allein die Sprache der kaiserlichen Kanzlei sein, die ‹Reichssprache›, wie man damals zu sagen pflegte. Doch auch die großen Kanzleien, nunmehr politisch und ideologisch verfeindet, begannen noch einmal, ihre eigenen Wege zu gehen. In den sächsischen Kanzleien erhielten ostmitteldeutsche Besonderheiten mehr Raum, in der kaiserlichen und vor allem in den bayrischen Kanzleien gewannen die dortigen mundartlichen Züge noch einmal die Oberhand. Erst gegen Ende des 18. Jahrhunderts, also tief in der neuhochdeutschen Periode, begann auch der deutsche Südosten, sich der inzwischen weit fortgeschrittenen allgemeinen schriftsprachlichen Richtung wieder anzunähern.

Man hat zu bedenken, daß LUTHERS Sprache bei allem Streben nach Gemeinverständlichkeit doch viele ostmitteldeutsche Besonderheiten zeigt. In einer weitverbreiteten Schreibsprache brauchte das nicht aufzufallen. Mit den gesprochenen oberdeutschen Mundarten hatte sie dagegen kaum Berührungspunkte. Bei starker Gefühlsbindung an die lutherische Sache hätte sich diese Kluft wohl überbrücken lassen. Die Gegenreformation konnte jedoch nun Abwehr gegen die Sache und auch gegen ihre Sprache erzeugen. Galt es doch selbst für die süddeutschen Protestanten nicht als ausgemacht, daß man der Sprache LUTHERS zu folgen habe. So zeigte sich noch im Jahre 1578 der schwäbische Grammatiker HIERONYMUS WOLF, der sogar in Wittenberg studiert hatte, zwar von der Notwendigkeit einer Gemeinsprache (*communis lingua*) überzeugt. Aber er denkt nicht an das Vorbild LUTHERS. Die Gemeinsprache soll vielmehr aus allen Mundarten das Beste – das nicht definiert wird – auswählen, und Richtschnur soll die Sprache des kaiserlichen Hofes sein. Hier geht es allerdings um das Vorbild einer gesprochenen Sprache und nicht etwa um eine Kanzleischreibe.

Durch das Auseinanderklaffen der ostmitteldeutschen Schreibsprache und der heimischen Mundart wird auch die Sonderstellung der Schweiz verständlich. Nichts verbindet die schweizerdeutschen Mundarten, die weder diphthongieren noch monophthongieren und die auch heute noch sehr altertümliche Züge bewahren, mit der Bibelsprache LUTHERS. So ist auch die erste Zürcher Bibel von 1530, an deren Entstehung ZWINGLI (1484–1531) starken Anteil hatte, zwar in mancher Hinsicht von LUTHER beeinflußt, ist aber doch in einem schweizerdeutschen Schriftdialekt abgefaßt. Als der Druck von 1537 zu den Diphthongen übergeht, geschieht es, um ZWINGLIS Bibel weitere Verbreitung zu ermöglichen. In Basel gingen zwar die Buchdrucker schon seit 1520 mehr und mehr zur Verwendung diphthongierter Formen über; aber die Zürcher und Berner Drucker folgten nur zögernd, und die Kanzleien der innerschweizer Städte hielten noch bis tief ins 17. Jahrhundert an ihren Schriftdialekten fest. Im übrigen war die Trennung zwischen Mittel- und Südostdeutschland schon vollzogen, als die Schweiz zum Gebrauch der Gemeinsprache überging. Naturgemäß schloß man sich der oberdeutschen und nicht der mitteldeutschen Richtung an.

Ganz eigene Wege ging das Niederländische. Schon seit langer Zeit nur noch in lockerer Verbindung mit dem Reich, hatte sich dort schon im Mittelalter eine eigenständige Literatur mit eigener Sprache ausgebildet. In der volkstümlichen Mystik des 14. und 15. Jahrhunderts hatten die Niederländer auch ihre eigene religiöse Sprache gefunden, und da sie, soweit sie nicht am alten Glauben festhielten, in der Reformationszeit zum Calvinismus übertraten, konnte LUTHER weder in Glaubensdingen noch durch seine Sprache besonderen Einfluß auf sie ausüben. Nach der Besetzung der südlichen Niederlande durch die Spanier verlagerte sich der kulturelle Schwerpunkt nach Holland (Leiden, Amsterdam), und von dort nahm die Entwicklung der modernen niederländischen Schriftsprache ihren Ausgang.

Die wichtigste sprachgeschichtliche Folge der Reformation war es, daß der ganze weite niederdeutsche Norden für LUTHERS Sprache gewonnen wurde. Zunächst mußte man zwar noch das Septembertestament ins Niederdeutsche übersetzen, und auch die Gesamtbibel von 1534 erlebte 24 niederdeutsche Ausgaben, die letzte 1621 in Goslar. Aber schon zu Beginn der Reformation erscheinen die ersten hochdeutschen Kirchenordnungen. Bald wird auch hochdeutsch gepredigt, und nach 1600 ertönt nur noch in entlegenen Landgemeinden das niederdeutsche Wort von der Kanzel. Außer den Geistlichen, die oft in

Wittenberg studiert hatten, brachten auch andere studierte Leute Kenntnisse des Hochdeutschen mit nach Hause, und es fand sich auch unter dem Personal der Höfe und unter den hohen fürstlichen und städtischen Beamten manch Zugewanderter aus hochdeutschem Sprachgebiet. Im privaten Verkehr blieb freilich auch in gehobenen Gesellschaftsschichten, z. B. in den senatorischen Familien der Hansestädte, das Niederdeutsche die Umgangssprache. Aber im Schriftverkehr setzt sich schon etwa um 1600 das Hochdeutsche völlig durch. Bald nach 1650 bricht ein gelehrter Niederdeutscher in die Klage aus, ‹daß es einem niederdeutschen Schreiber nunmehr schwerer fällt, recht niederdeutsch als hochdeutsch zu schreiben und zu lesen› (LH 173, S. 141). Man hat sich des niederdeutschen Schreibens entwöhnt. Die hochentwickelte niederdeutsche (lübische) Schriftsprache der Hansezeit ist völlig in Vergessenheit geraten. Die niederdeutschen Mundarten leben im wesentlichen in schriftloser Überlieferung weiter. Geschrieben wird in ganz Niederdeutschland ein Hochdeutsch lutherischer Prägung.

Die Gewinnung Niederdeutschlands für die lutherische Schreibsprache war das entscheidende sprachgeschichtliche Ereignis des späteren 16. Jahrhunderts. Mochte sich auch der gesamte Süden ablehnend oder doch abwartend verhalten, so entstand in der Mitte und im Norden doch eine Schreiblandschaft von einflußreichem Gewicht. Im Osten fiel ihr das konfessionell gemischte Schlesien zu. Auch die protestantische Reichsstadt Nürnberg schloß sich an, und nach Westen und Südwesten das hessische Land. Von Frankfurt aus gewinnt die Luthersprache auch Mainz und dringt allmählich auf Straßburg vor. Es ist nur eine Frage der Zeit, bis auch das nördliche Rheinland, vor allem Köln, das durch die Eigenentwicklung des Niederländischen und den Übergang des Niederdeutschen ganz isoliert steht, in der großen mitteldeutschen Schreiblandschaft aufgeht. In diesem weiten und sich fortwährend ausweitenden niederdeutsch-mitteldeutschen Raum vollzieht sich in dem Jahrhundert nach LUTHERS Tod die Entwicklung zur deutschen Schriftsprache.

Zurücktreten der Kanzleisprachen

Im vorhergehenden waren noch ein paarmal die großen Kanzleien zu erwähnen. Aber sie wurden nur als Repräsentanten der Schreiblandschaften genannt, und es darf nicht der Eindruck entstehen, als seien sie noch von besonderer Bedeutung für die weitere Sprachentwicklung gewesen. LUTHER freilich hatte die Meißner und die kaiserliche Kanzlei noch in einem Atemzuge als sein Sprachvorbild hinstellen können. Aber schon Fabian Franck redet 1531 von *des tewern (hochlöblicher gedechtnis) Keiser Maximilianus Cantzley* (s. oben S. 183) als von etwas Vergangenem, und ähnlich äußert sich Dr. Eck 1537 in dem Widmungsschreiben, das er seiner Bibel vorangestellt hat: *So auch etwas an rechter form zuo schreiben vnd Ortographei gelegen im teütschen, hab ich mich deren geflissen vnd mich die gemain Cantzler schreiber nit jrren lassen, die lützel auffmerckens vnd Judicii* (‚Urteilsfähigkeit') *darauff haben, wie dann treffenlich Herr Niclas Ziegler bey Kaiserlicher Maiestat hochlöb- vnd vntödtlicher* (‚unsterblicher') *gedächtnus Kaiser Maximilian das teütsch nach rechter art vnd regulariter Ortographi her für bracht hat* (LH 173, S. 33). Wenige Jahre nach Kaiser Maximilians Tod ist also Zieglers Werk der Orthographiereform bereits verwässert. Landschaftliche Sonderbräuche und Schreiberunarten zersetzen die auf Einheitlichkeit zielende Regelung. Ähnliches gilt auch für die Kanzleien der Wettiner. Aber ohnehin war die Rolle, die die Kanzleien bis etwa 1520 für die äußere Regelung der Sprache durch Auswahl der Wortformen und durch ihre Orthographie gespielt hatten, mehr und mehr den einflußreichen Buchdruckern zugefallen. Sie boten durch die weite Verbreitung ihrer Drucke fortan die Vorbilder für geregeltes Schreiben.

Aber die zeitgenössische Kritik an der Sprache der Kanzleien zielt tiefer. Sie geißelt besonders den übertriebenen Gebrauch von Fremdwörtern. Das macht z. B. der schweizerische Historiker Ägidius Tschudi (1505–1572) *den naswisen Kanzlern vnd consistorischen Schribern* zum Vorwurf. Die Fremdwörterei und den verschrobenen Stil der Kanzleien rügt auch der Satiriker Johann Fischart (ca. 1550 bis 1589). Er nennt ihre Sprache *Dintenteutsch*. Hier taucht zum ersten Male die Bezeichnung ‹Tintendeutsch› auf, die wir heute durch ‹Papierdeutsch› ersetzt haben. Hinter dieser spöttischen Bezeichnung Fischarts verbirgt sich die Einsicht, daß gutes geschriebenes Deutsch von dem warmen Hauch lebendiger Rede beseelt sein muß. Davon war in den Kanzleisprachen nichts zu spüren. Es ist Luthers bleibendes Verdienst, durch seine Schriften einen der Rede nahestehenden Schreibstil geschaffen zu haben. Insofern ist die Behauptung berechtigt, Luther habe das Ansehen der Kanzlei gebrochen. Die Kanzleien bleiben nicht länger das sprachliche Vorbild, auch wenn sie immer wieder einmal ihrer Rechtschreibung wegen gerühmt werden. Auf lange Zeit hinaus wird Luther zum Lehrmeister für deutsche Sprache und deutschen Sprachstil. Selbst von denen, die in Glaubensdingen seine Gegner sind, wird er als der große Sprachmeister anerkannt. Aber unbefangener als die Partei der Gegenreformation können Luthers Parteigänger seinem Vorbild auch in sprachlicher Hinsicht folgen. Das mag neben anderen Gründen dazu beigetragen haben, daß nach dem Tode des Reformators für etwa zwei Jahrhunderte Mittel- und Norddeutschland die literarische Führung übernehmen und damit auch in den Mittelpunkt der weiteren sprachgeschichtlichen Entwicklung rücken. Die Zukunft wird auf lange Zeit hinaus vom ‹Meißnischen› bestimmt. Denn so nennen die Zeitgenossen die Sprache dieser weiten Sprachlandschaft.

Geschriebenes und gesprochenes Meißnisch

Gemeint war mit dieser Bezeichnung in erster Linie die Sprache LUTHERS. Aber deren Ruhm färbte auf die Sprache der ganzen Landschaft ab. *Meichsneren* und *meißenzen*, d. h. nach meißnischer Art schreiben oder reden, wurden zu gängigen Ausdrücken, die je nach dem Standpunkt, den der Sprecher einnahm, Lob oder Tadel enthalten konnten. Auch der niederdeutsche Ausdruck *missingsch*, später zu *messingsch* entstellt, bedeutet nichts anderes als *mißnisch, meißnisch* und besagt, daß einer hochdeutsch schreibt oder spricht, (was oftmals unvollkommen genug ausgefallen sein mag). Beiläufig sei erwähnt, daß dieses Meißnisch sich im literarischen Gebrauch allmählich wandelte und die ostmitteldeutschen Züge darin mit der Zeit stärker hervortraten (nicht nur in der Durchsetzung der Verkleinerungssilbe *-chen*, an deren Stelle LUTHER das Oberdeutsche *-lin, -lein* bevorzugt hatte); aber es blieb in den Augen der Zeitgenossen die Sprache LUTHERS, und von ihm nahm sie ihr Ansehen. Der Schlesier MARTIN OPITZ schrieb 1628 an einen Straßburger Freund, (wir übersetzen das Latein seines Briefes): ‹Ich verwende meinen schlesischen Dialekt nicht, und Du kannst Deinen elsässischen nicht anwenden. Denn es gibt eine Art deutscher Sprache ähnlich dem Attischen innerhalb des Griechischen. Nenne sie meinetwegen lutherisch. Gebrauchst Du sie nicht, dann schreibst Du kein richtiges Deutsch.›

Zwar war die Erkenntnis, die FABIAN FRANCK gehabt hatte, daß LUTHERS Deutsch keine Mundart, sondern eine von den Dialekten unabhängige Sprache darstelle, nicht zum Gemeinbesitz geworden. Einem niederdeutschen Geistlichen, der hochdeutsch gepredigt hatte, wurde 1584 sogar vorgeworfen: *Du führest hoche meißnische Sprache, bist freilich woll in Meißen nie gewesen, sondern hast die Sprache etwan aus einer Postille gefasset* (LH 173, S. 222 f). Aber das war der Vorwurf eines Unkundigen; denn dieses Meißnisch war eine Literatur-, eine Buchsprache. So wie es geschrieben wurde, sprach man es nirgendwo, und es fehlt nicht an zeitgenössischen Stimmen, die die Meißner und überhaupt die obersächsische Mundart kräftig verspotten. Gleichwohl anerkennen sie das meißnische Schriftvorbild.

Überhaupt erwacht um die Mitte des 16. Jahrhunderts das Verständnis dafür, daß gesprochene und geschriebene Sprache nicht identisch sind. Je mehr sich Schreibnormen wie die meißnische durchsetzen, desto offenbarer wird die Kluft zwischen ihr und allen gesprochenen Mundarten. Aber auch hinsichtlich der gesprochenen Sprache tritt ein Wandel ein. Der nächste Anlaß dazu liegt wohl in der Tatsache, daß weite Gebiete Niederdeutschlands zum Gebrauch des Hochdeutschen meißnischer Prägung übergehen. Hochdeutsch ist ihnen eine fremde Sprache, und die Mehrzahl der Niederdeutschen lernt sie aus Büchern, vornehmlich aus LUTHERS Bibel und geistlichen Schriften. Aber sie sehen sich gezwungen, diese Sprache, die jeder Hochdeutsche beim Lesen in seine Mundart umsetzt, auch so zu sprechen, wie sie geschrieben steht; denn sie verfügen über keine hochdeutsche Mundart. So gerät ihr gesprochenes Hochdeutsch sozusagen dialektfrei. Es ist daher nicht als Zufall zu betrachten, daß der erste bedeutende Grammatiker des Hochdeutschen, JUSTUS GEORG SCHOTTEL (s. unten S. 199) aus Niederdeutschland stammt, das Hochdeutsche also von außen her betrachten kann.

Aber auch die soziologische Situation hat sich geändert. Konnten LUTHER und seine Zeitgenossen noch für jedermann reden und schreiben, so erlahmt im Zeitalter der Gegenreformation das Interesse der breiten Volksschichten an den großen Fragen der Zeit, oder es wird gewaltsam unterdrückt. Die Haarspaltereien der Gelehrten beider Parteien, die zudem wieder mit Vorliebe zum Gebrauch des Lateinischen übergehen, sind zu subtil für einfache Gemüter. Damit aber verliert der einfache Mann, auf den man nun keine Rücksicht mehr zu nehmen braucht, auch seine Bedeutung als sprachbeeinflussender Faktor. Er wird nicht mehr angeredet, also braucht man auch nicht länger seine Sprache zu sprechen. Wenn trotzdem das gesprochene Deutsch einstweilen auch für den Schreibstil noch Vorbild bleibt, so ist es doch die Sprache der gehobenen Schichten, die zum Muster genommen wird. Es mehren sich seit der Mitte des 16. Jahrhunderts die Stimmen, die die Sprache der Gebildeten von der der unteren Volksschichten abheben. Dabei ist es deutlich eine gehobene, sich von den Dialekten entfernende Sprechsprache, die solche Beobachter im Auge haben. So urteilte der katholische Oberpfälzer KASPAR SCHOPPE (1576 bis 1649) in einer lateinischen Schrift von 1626: ‹Es gibt ein Deutsch, das man als Gemeinsprache bezeichnen kann, deren Ausdrucksweise oder Sätze vor allem bei den Meißnern zu finden sind.› Damit ist ein Schreibstil lutherischer Prägung gemeint. Aber gesprochen wurde diese Gemeinsprache in keiner deutschen Landschaft. ‹Man lernt sie am leichtesten zu Speyer› (am Sitz des Reichskammergerichts) ‹oder am kaiserlichen Hofe. Denn dorthin strömen viele Menschen aus allen Teilen Deutschlands zusammen, und sie hüten sich, nicht durch die Besonderheiten ihrer Heimatmundart aufzufallen und von der Gesellschaft verspottet zu werden.› Auf meißnischer Seite wurde ebenso der Sprachgebrauch der vornehmen Leute am Dresdner Hof und in den Städten empfohlen. Zwar ist es schwer, sich vom Klang dieses über den Dialekten stehenden Hochdeutsch eine rechte Vorstellung zu machen. Aber zweifellos wird in gebildeten Kreisen eine an der Schrift orientierte Aussprache angestrebt. (Vgl. auch unten S. 201.)

Ständische Schichtung und Sprache um 1600

In der Tatsache, daß die Sprache der einzelnen Volksschichten unterschieden wird, spiegeln sich der Wandel der soziologischen Verhältnisse und ihre bewußte Beobachtung durch die Zeitgenossen. Erinnern wir uns, daß durch das Aufblühen der Städte zu Beginn der frühneuhochdeutschen Zeit die alte ständische Ordnung des Mittelalters empfindlich gestört worden war (s. oben S. 16). In der Hierarchie von Geistlichkeit, Adel und Bauernschaft hatte der Stadtbürger zunächst keinen Platz gefunden. Sein Anspruch auf ständische Geltung, stark unterstrichen durch Volkszahl und Wirtschaftskraft des städtischen Gemeinwesens, hatte zunächst zur Verwirrung aller alten Ordnung geführt. Sprachlich sehen wir das gespiegelt in der hemmungslosen Zuwendung auch der Hof- und Adelskreise zu der derben, ungezügelten Art der Sprache, die im Alltag der Städte herrschte. Diese verwilderte Sprache wurde erneut in Zucht genommen. Frühe Humanisten wie WYLE, STEINHÖWEL, EYB und manche andere trugen dazu bei, und LUTHER verschmolz, was echt war an der Sprache des Stadtvolkes mit dem, was die sprachliche Zucht der Humanisten an Gutem geleistet hatte.

Aber auch die Gesellschaft konstituierte sich erneut. In neuen Formen setzte sich der Ordo-Gedanke wieder durch: Fürsten – Adel – Städter – Bauern, das war die Grundlage der neuen ständischen Gliederung. Aber die mittelalterliche Gebundenheit durch das Lehnssystem, das Herren und Mannen zu gegenseitiger Treue und Rücksicht verpflichtet, ist verschwunden. An ihre Stelle tritt spätestens seit der Mitte des 16. Jahrhunderts ein Obrigkeitsdenken, das in dem fürstlichen Herrn den absoluten Herrscher sieht, dem der Untertan Gehorsam schuldet. Die gesamte Gesellschaft von der höchsten Spitze bis zu den niedersten Schichten formiert sich nach diesem Schema von Befehl und Gehorsamspflicht, von Macht und Ergebenheit. Eine neue höfische Gesellschaft entsteht. Die Höflinge, die von der Gnadensonne des absoluten Fürsten oder eines mächtigen Adligen bestrahlt werden, dünken sich hoch erhaben über alles andere Volk.

Auch in den Städten, vor allem in den Residenzstädten der vielen deutschen Fürsten, nimmt die Gesellschaft entsprechende Strukturen an. Von dem Stadtadel über die einflußreichen bürgerlichen Familien, auf die noch gelegentlich ein Strahl des höfischen Glanzes fällt, und über die Kaufleute, die Händler, die Krämer weiter hinab zu den Handwerkern mit ihrer Rangordnung der Meister, Gesellen und Lehrbuben bis zu den Handlangern und Tagelöhnern ergibt sich eine vielfach abgestufte Pyramide von Autorität und Untertänigkeit.

Einen besonderen Platz und Rang hatten sich in dieser Gesellschaft die späthumanistischen Gelehrten errungen. Einerlei, welcher Herkunft sie waren, fühlten sie sich durch ihre wissenschaftliche Bildung hoch über die Menge hinausgehoben, und die Menge in ihrem Autoritätsglauben erkannte ihnen wie jedem anderen Höherstehenden einen entsprechenden Rang zu. Wer zum Doktor promoviert war – was allerdings bei weitem nicht alle Gelehrten erreichten; viele mußten sich mit dem Magistergrad begnügen –, genoß alle Vorrechte des Adels. Er hatte einen besseren Stand vor Gericht, war von Steuern und Abgaben befreit und hatte wie der Geburtsadel Zugang bei Hofe. Je mehr aber der alte Ständestaat sich in einen vom Willen des Fürsten gelenkten Beamtenstaat verwandelte, desto mehr bedurfte es auch für die Leitung der Staatsgeschäfte und der Behörden gelehrter Theologen und Juristen. Ein ebenso hohes Ansehen genossen die Professoren der Universitäten und die Rektoren der Lateinschulen. Als Vertreter der Geistesmacht nahmen die Gelehrten innerhalb der städtischen Gesellschaft unbezweifelt den höchsten Rang ein, und sie standen – einerlei ob durch Promotion geadelt oder nicht – den Höfen näher als jede bürgerliche Gesellschaftsschicht.

Wenn nun in den Schriften der Zeit so oft ein Unterschied zwischen der Sprache des ‹Pöbels› und der Gebildeten gemacht wird, so wird bei der gehobenen Sprache an die der Hofgesellschaft und der Gelehrten und allenfalls noch jener großbürgerlichen Kreise gedacht, die es der Hofgesellschaft möglichst gleichzutun bestrebt waren. Diese Kreise sind es, die etwa ein Jahrhundert lang, bis zum Ausgang des Dreißigjährigen Krieges, den Gang der Sprachgeschichte bestimmen.

Zu einer weiteren Einigung der großen Sprachlandschaften kommt es in der Zeit nach 1550 nicht, nur daß das Meißnische, wie oben geschildert, nach Norden und Westen weiter an Boden gewinnt. Aber die höfische Sprache weist doch in allen Teilen des Sprachgebiets übereinstimmende Züge auf. Gemeinsames Kennzeichen ist überall die Sucht, mit Fremdwörtern zu prunken. Die späthumanistischen Gelehrten gingen viel exklusiver als die Generation ihrer Vorgänger wieder zum Gebrauch der lateinischen Sprache über. Untereinander reden und schreiben sie nur lateinisch und überbrücken damit in ihrem Kreise die internationalen Sprachgrenzen. Wo aber gelehrte Beamte die täglichen Staatsgeschäfte führen, gehen auch in ihren sprachlichen Alltag und von dort aus in ihre Umgebung allerhand lateinische Brocken über. Die Sprache der Hofgesellschaft selbst begann ebenfalls, sich mit fremdem Flitter aufzuputzen. Kaiser KARL V. (1519–1556) hatte nur französisch gesprochen, sein Nachfolger FERDINAND I. (1556–1564) hatte Zeremoniell und Sprache aus Spanien mitgebracht. Gegen Ende des Jahrhunderts wurde der französische Einfluß immer stärker, einerseits durch die Bildungsreisen der jungen Adligen nach Frankreich, die zum höfischen Erziehungsprogramm gehörten, und dadurch, daß viele französische Hugenotten in Deutschland Zuflucht suchten, und anderseits durch den steigenden Glanz des französischen Hofes, der mehr und mehr zum Vorbild höfischer Kultur, aber auch aller Moden in Gesellschaftssitten, Kleidung und Sprache wurde. Zeitgenössische Kritiker der sogenannten Alamodezeit in den Jahrzehnten um 1600 werden nicht müde, die kulturelle und sprachliche Überfremdung der Hofgesellschaft zu geißeln. Trotzdem nahm bis zum Ende des Dreißigjährigen Krieges der Gebrauch fremder Wörter und Sprachbrocken immer noch zu.

Der Höhepunkt dieser Entwicklung war noch lange nicht erreicht, als SIMON ROTH im Jahre 1571 das erste deutsche Fremdwörterbuch erscheinen ließ. Das geschah in wohlmeinender Absicht, weil die fremden Wörter, *so mit der Weil inn teutsche Sprach kommen seind, oft mancherlei Irrung bringen.* Mehr als 2000 Fremdwörter hat der Verfasser gesammelt, und er will unsicheren Sprachgenossen damit eine Hilfe bieten. Solche Hilfe wäre späterhin in weit größerem Umfang nötig gewesen. Denn die Fremdwörterei des Alamode-Wesens nahm weiter zu und erreichte ihren Höhepunkt im Dreißigjährigen Krieg. Erst unter dem Einfluß des Pietismus (s. u. S. 281 ff) ging sie allmählich wieder zurück.

Die Sprachgesellschaften

Doch gab es auch Gegenbewegungen. Noch im 16. Jahrhundert entstand manche scharfe Satire gegen die alamodische Sprache, und der Kampf gegen die sprachliche Überfremdung wurde im 17. Jahrhundert verschärft fortgeführt, ohne allerdings die gesprochene Gesellschaftssprache und den privaten Briefstil, in dem sich das gesprochene Deutsch widerspiegelt, beeinflussen zu können. (Vgl. zum damaligen Sprachzustand LH 173, bes. S. 183 bis 228.) Wichtiger war, daß die Sprache der Literatur und der Poesie neue Antriebe erhielt. Am Vorabend des Dreißigjährigen Krieges ging eine starke Welle deutschen Nationalstolzes vor allem durch die protestantischen Landesteile, und damit auch erneuter Stolz auf *die teutsche Uhr- und Hauptsprache.* Der junge MARTIN OPITZ (1597–1639) hielt 1617 beim Abgang vom Breslauer Gymnasium eine Abiturientenrede, die alsbald auch im Druck erschien. Zwar wurde sie, dem Schulbrauch entsprechend, auf lateinisch gehalten. Aber ihr Titel *‹Aristarchus sive de contemptu linguae Teutonicae›* (oder über die Verachtung der deutschen Sprache) läßt das vaterländische Thema erkennen. Er sieht die Vergangenheit, in der die Deutschen ihre Sprache immer rein gehalten hätten, in verklärtem Licht, beklagt die sprachliche Sorglosigkeit seiner Zeit und das Fremdwörterunwesen und ruft zu bewußter Pflege des Deutschen auf.

Seine eigenen Erfahrungen kann OPITZ nur in den obersten Schichten der stadtbürgerlichen Gesellschaft gemacht haben, und wenn er in jugendlicher Begeisterung zur Besinnung auf die echte, edle Muttersprache aufruft, so spricht er damit nur aus, was viele seiner Zeitgenossen empfanden. Aus ähnlichen Motiven gründete Fürst LUDWIG von Anhalt-Koethen (Regierungszeit: 1608–1650) in dem gleichen Jahre 1617 die erste der vielen Sprachgesellschaften, an denen das 17. Jahrhundert reich ist. Die Gründung von Geheimbünden, Orden und Logen gehört zu den gesellschaftlichen Moden der Zeit, und die ‹Fruchtbringende Gesellschaft›, auch ‹Palmenorden› genannt, fügt sich insoweit den damaligen Gebräuchen. Ihre Mitglieder ergänzte sie durch Zuwahl und fast ausschließlich aus Adelskreisen. Nur ganz selten wurden besonders angesehene Gelehrte bürgerlichen Standes aufgenommen. Auch daß die Mitglieder geheimnisvolle Gesellschaftsnamen führten, gehört zum üblichen Brauch solcher Vereinigungen. Das Besondere aber war, daß sich die Fruchtbringende Gesellschaft die Pflege der Muttersprache zum Ziele setzte. Mit ähnlichen Zielen werden 1633 in Straßburg die ‹Aufrichtige Gesellschaft von der Tannen›, 1643 in Hamburg die ‹Teutschgesinnte Genossenschaft›, 1644 in Nürnberg der ‹Hirten- und Blumenorden an der Pegnitz› (die ‹Pegnitzschäfer›) gegründet. Mehrere weitere Gründungen folgten noch in der zweiten Hälfte des 17. Jahrhunderts.

Als Zeichen der Beschäftigung gewisser Gesellschaftsschichten sind diese Vereinigungen bemerkenswert; doch darf man ihre Bedeutung nicht zu hoch einschätzen. Die meisten hatten nur kurze Dauer, und ihr Wirkungskreis blieb beschränkt. Ihr Ruhm stammt hauptsächlich daher, daß einzelne ihrer Mitglieder kraft ihrer Persönlichkeit sprachhistorische Bedeutung erlangten. Das gilt zum Beispiel von MARTIN OPITZ, der, obwohl schon als Förderer der deutschen Sprache berühmt, doch nur unter Schwierigkeiten und erst, nachdem ihm im Jahre 1627 ein Adelsprädikat verliehen war, unter dem Gesellschaftsnamen ‹der Gekrönte› in die Fruchtbringende Gesellschaft aufgenommen wurde. Sein ‹Buch von der Deutschen Poeterey›, Breslau 1624 (vgl. Anhang Nr. X A), leitet eine neue Epoche der deutschen Literatur ein. Es enthält nicht mehr und nicht weniger als eine neue deutsche ‹*Ars poetica*›. Hier weist OPITZ den Weg von der lateinischen Dichtung der späten Humanisten zu einer deutschen Poesie entsprechender Formen und Gehalte. Aber er löst sich vom silbenmessenden Prinzip der Lateiner und fordert dagegen, dem Charakter der deutschen Sprache entsprechend, den Wechsel betonter und unbetonter Silben, ein Gesetz, gegen das er selbst (er führt Beispiele an) früher verstoßen habe. Durch dieses Buch wird er zum Theoretiker, durch seine Dichtungen zum Schöpfer einer vaterländischen, deutschsprachigen Gelehrtenpoesie, einer Kunstübung, der das folgende Jahrhundert gehören sollte. In der äußeren Gestaltung seiner Sprache folgt er dabei dem Beispiel LUTHERS (s. oben S. 191). Als ihn 1641 in Danzig die Pest dahingerafft hatte, wurde er allerorten als *Erretter deutscher Sprache* gerühmt.

Die Regeln der Dichtkunst, die OPITZ in der ‹deutschen Poeterey› aufgestellt und die er in seinen eigenen Dichtungen energisch befolgt hatte, wurden allerdings in den Sprachgesellschaften lebhaft diskutiert und von den vielen Poeten, die zu ihren Mitgliedern zählten, sorgfältig beachtet. So fand die neue Poetik ein weithin hallendes Echo, das sich ohne die Sprachgesellschaften vielleicht nicht so rasch und so einmütig ausgebreitet hätte. Zu erwähnen wäre auch, daß diese Gesellschaften – oder einzelne ihrer Mitglieder – sehr bemüht waren, die vielen Fremdwörter durch geeignete deutsche Neubildungen zu ersetzen. Zum Teil entstanden dabei recht abgeschmackte Kunstprodukte, die rasch der Lächerlichkeit anheimfielen. Aber die deutsche Sprache wurde damals doch auch durch manche glückliche Schöpfung bereichert. Von PHILIPP VON ZESEN (1619–1689) stammen z. B. *lustwandeln, Augenblick, Verfasser, letzter Wille, Sinngedicht* für *spazieren, Moment, Autor, Testament, Epigramm,* von dem Nürnberger GEORG PHILIPP HARSDÖRFFER (1607–1658) *Briefwechsel* für *Korrespondenz*

Aber das waren doch nur Einzelerfolge, und für die deutsche Sprachgeschichte ist eigentlich nur die Fruchtbringende Gesellschaft von Bedeutung, und dies auch nur, solange Fürst LUDWIG ihr die Ziele setzte und energisch für deren Erfüllung eintrat. Wichtig war es bereits, daß ihre Mitglieder, die ausnahmslos Protestanten waren, fast alle aus Mittel- oder Norddeutschland stammten. Dadurch fanden die Sprache LUTHERS und deren Fortsetzung, das Meißnische, hier entscheidende Förderung. Außerdem hatte die Fruchtbringende Gesellschaft das in ihrer Satzung festgelegte Ziel, nicht nur die deutsche Sprache von Fremdwörtern zu reinigen, sondern vor allem, nach der besten ‹Aussprache› des Hochdeutschen ‹im Reden und Schreiben› zu streben. Damit wurde ganz offiziell die Schreibsprache der Bücher auch als Vorbild für das gesprochene Deutsch auf den Schild erhoben. Dieses Hochdeutsch verlangte allerdings nach genauer Regelung, und es ist das bleibende Verdienst des Fürsten LUDWIG von Anhalt, stets besondere Aufmerksamkeit auf die deutsche Grammatik gerichtet zu haben. Man darf annehmen, daß er schon auf die sogenannte ‹Koethener Sprachlehr› von 1619 Einfluß genommen hat, die, wenn sie nicht von dem Grammatiker WOLFGANG RATICHIUS (1571 bis 1635) aus Wilster in Dithmarschen stammt, jedenfalls aus seiner lateinischen *‹Grammatica universalis›* übersetzt ist. Vor allem aber veranlaßte er den Halleschen Rektor CHRISTIAN GUEINTZ (1592 bis 1650), ein Mitglied der Fruchtbringenden Gesellschaft, zur Abfassung einer deutschen Grammatik. Sie erschien 1641 in Koethen unter dem Titel ‹Deutscher Sprachlehre Entwurf›. Weitaus wichtiger ist allerdings die ‹Teutsche Sprachkunst› SCHOTTELS (s. unten S. 199), die ebenfalls 1641 erschien. Auch SCHOTTEL stand mit dem Fürsten LUDWIG in Verbindung; aber sein Werk war nahezu vollendet, als diese Beziehungen sich herstellten, und kann nicht der Fruchtbringenden Gesellschaft zum Verdienst angerechnet werden.

Schriftsprache

Wir haben es bisher sorgfältig vermieden, das Deutsch der ausklingenden frühneuhochdeutschen Zeit als ‹Schriftsprache› zu bezeichnen. Entgegen der in vielen sprachgeschichtlichen Darstellungen üblichen Terminologie halten wir LUTHERS Deutsch und das ihm verpflichtete ‹Meißnisch› genau wie die süddeutsche ‹Reichssprache› doch nur für Schreibsprachen bestimmter, allerdings sehr weiträumiger Schreiblandschaften. Nicht daß uns die Zweizahl (wenn wir von anderen Schreibsprachen wie den in Köln oder in der Schweiz gepflegten ganz absehen) bedenklich erschiene; sie blieb, wie früher schon gesagt, bis tief ins 18. Jahrhundert bestehen. Aber ‹Schriftsprache› verlangt unseres Erachtens nicht nur die Sanktionierung durch einen weithin geltenden Gebrauch, sondern vor allem ein theoretisches Regelwerk, durch das sie bestimmt und gelenkt wird, kurz: eine Grammatik.

Daran aber hatte es lange Zeit gefehlt, und erst das Werk SCHOTTELS brachte die Erfüllung. Zwar gehen die Anfänge grammatischer Beschreibung der deutschen Sprache bis tief ins 15. Jahrhundert zurück (LH 9), und LUTHERS Zeitgenosse FABIAN FRANCK hatte erklärt, *das eine gantze Grammatica hoch von nöten weer* (s. oben S. 185). In der zweiten Hälfte des 16. Jahrhunderts erscheint denn auch eine Anzahl von grammatischen Versuchen, von denen drei in lateinischer Sprache abgefaßte Werke hier zu erwähnen sind. LAURENTIUS ALBERTUS (geb. um 1535, gestorben nach 1583) legte seiner ‹Teutsch Grammatick oder Sprach-Kunst›, Augsburg 1573, die ‹Reichssprache› der Habsburger Kanzlei zugrunde. Im gleichen Jahre erschien in Straßburg der ‹Vnderricht der Hoch Teutschen Spraach› von ALBERT ÖLINGER, wozu die Straßburger Druckersprache die Normen liefert. Während diese beiden Werke nur geringe Verbreitung fanden, erlebte die *‹Grammatica Germanicae Linguae›* des JOHANNES CLAJUS (JOH. CLAY aus Herzberg in Sachsen, 1535–1592), die 1578 in Leipzig erschien, bis 1720 elf Auflagen. Die erste Auflage gibt im Untertitel an, daß sie *Ex bibliis Lutheri Germanicis et aliis eius libris collecta,* also auf Grundlage der deutschen Bibeldrucke LUTHERS und seiner anderen Schriften erarbeitet worden sei. Wenn auch seit der zweiten Auflage von 1587 dieser Vermerk fehlt (Rücksicht auf gegenreformatorische Kreise), so ändert sich an Inhalt und Beispielen doch nichts.

Den drei genannten Grammatiken, die unbezweifelte Verdienste haben, haften doch alle Schwächen und Lücken erster Versuche an, und vor allem sind sie für praktische Zwecke, vornehmlich für die Unterweisung von lateinkundigen Ausländern bestimmt. Eine vollständige grammatische Beschreibung streben sie nicht an. Die mancherlei mehr oder weniger gelungenen Versuche der Folgezeit einschließlich der unzulänglichen Sprachlehre des oben S. 198 erwähnten CHRISTIAN GUEINTZ dürfen wir hier übergehen (über die gesamte Entwicklung vgl. LH 183). Wir wenden uns gleich jenem Manne zu, dem als erstem der Name eines deutschen Grammatikers und Sprachforschers gebührt.

JUSTUS GEORG SCHOTTEL(IUS) wurde 1612 in Einbeck geboren und verbrachte sein Leben fast ganz in Niederdeutschland. Er besuchte die Lateinschulen in Hildesheim und Hamburg und studierte dann Rechtswissenschaft in Leiden. Nach kurzem Aufenthalt in Wittenberg wurde er dann zunächst Prinzenerzieher in Braunschweig, gelangte als Jurist im Dienste des Herzogs zu Würden und hohem Ansehen und starb dort im Oktober 1676. Das Werk, das seinen philologischen Ruhm begründete, war die ‹Teutsche Sprachkunst›, Braunschweig 1641. Sie wurde ergänzt durch eine ‹Teutsche Vers-

oder Reim-Kunst›, Wolfenbüttel 1645. Damit wird die Prosodie (Lehre von den Silbenmaßen), die nach antiker, von den Humanisten aufgenommener Tradition einen Bestandteil der Grammatik bildet, nachgeliefert.

Die ‹Sprachkunst› gliedert sich in drei Bücher, deren erstes neun *Lobreden* (eine zehnte kam später hinzu) *von der Uhralten Teutschen Haubtsprache* enthält. Darin werden Wert und Würde der deutschen Sprache gepriesen, sprachgeschichtliche Erörterungen angestellt, Anlaß und Anlage des Werkes geschildert und die grammatischen Kunstausdrücke erklärt. Das zweite Buch, *Wortforschung der Teutschen Sprache* betitelt, befaßt sich mit der Wortlehre im weitesten Sinne. Hier werden Wortbildung, Flexion, Etymologie, auch Orthographie und Interpunktionslehre behandelt. Das dritte Buch, *Wortfügung / Das ist: Von kunstmessiger Zusammenfügung der Teutschen Wörter*, enthält syntaktische Regeln. Die ‹Sprachkunst› erlebte 1651 eine stark erweiterte Neuauflage, die ‹Verskunst› wurde 1656 neu aufgelegt.

Unermüdlich arbeitete SCHOTTEL an der weiteren Vervollkommnung seines Lehrgebäudes, und 1663 erschien in Braunschweig seine ‹Ausführliche Arbeit von der Teutschen Haubtsprache›. Dieses ca. 1500 Seiten starke Werk ist in fünf Bücher eingeteilt. Davon können die ersten drei als abermals überarbeitete Neuauflage der ‹Sprachkunst›, das vierte als dritte Auflage der ‹Verskunst› gelten. Das fünfte Buch enthält sieben ‹Traktate›, unter denen ein alphabetisch geordnetes Verzeichnis der *Stammwörter der Teutschen Sprache* der wichtigste ist. (Die Zitate sind im Folgenden aus der ‹Ausführlichen Arbeit› entnommen; aber sie geben den Standpunkt wieder, den SCHOTTEL schon 1641 erreicht hatte.

SCHOTTEL ist der erste, der den Unterschied zwischen Mundarten und Schriftsprache klar erkennt und beschreibt, ohne allerdings die Bezeichnung ‹Schriftsprache› zu verwenden. (Sie läßt sich erst 1782 bei WIELAND nachweisen.) Er schreibt: *Die Hochteutsche Sprache ist kein Dialectus, auch nicht die Niederteutsche Sprache / sondern haben ihre Dialectos* (S. 152). Dabei ist er allerdings der irrigen Meinung, daß die Dialekte aus der ursprünglich einheitlichen Sprache durch Entstellung und Nachlässigkeit entstanden seien. Die terminologische Schwierigkeit, in der er sich wegen des Fehlens der Bezeichnung ‹Schriftsprache› befindet, wird an anderer Stelle deutlich, wo er zu einer lateinischen Umschreibung greift: *Die Hochteutsche Sprache / worauff dieses Buch zielet, ist nicht ein Dialectus eigentlich, sondern lingua ipsa Germanica*, (‚ist nicht ein Dialekt im engeren Sinne, sondern die deutsche Sprache selbst'; S. 174). Umständlich erklärt er in diesem Zusammenhang, es gehe ihm um *die Hochteutsche*

Sprache / oder die rechte Hochteutsche Mundart (d. i. die Schriftsprache) / *welche die Teutschen / sonderlich aber das Teutsche Reich selbst / in den Abschieden / in den Canzeleyen / Gerichten und Trükkereyen bishero von Jahren zu Jahren angenommen und gebraucht hat... Weil auch nunmehr ein durchgehende Kunstrichtigkeit darin hervor bricht / und... man zu dieser Mundart / mit hinterlassung der Landrede* (‚unter Zurückstellung der Dialekte') / *sich angeschikket* (‚sich ihr zugewendet hat') / ... *richten wir uns nunmehr in gantz Teutschland darnach.* Mit der Berufung auf die ‹Reichssprache› ist es ihm ernst. Zwar geben LUTHER und die ostmitteldeutsche Weiterentwicklung für seine Sprache und ihre grammatische Darstellung den Grundstock ab, aber er berücksichtigt doch auch oberdeutsche Sprachelemente, soweit sie in seine grammatische Theorie passen. ‹Die Meißner sollen nicht denken›, fügt er lateinisch hinzu, ‹daß die deutsche Sprache immer nur in ihrem Dialekt vollkommen und völlig rein vorhanden sei.› Damit macht er sich eine Auffassung zu eigen, die vorher schon HARSDÖRFFER geäußert hatte. Im übrigen bezeugt auch SCHOTTEL, daß es eine über den Dialekten stehende Sprechsprache – man nennt sie heute ‹Hochsprache› – gebe, und hier räumt er den Meißnern einen Vorrang ein: *Die rechte Meißnische Ausrede* (‚Aussprache') / *wie sie zu Leipzig, Merseburg, Wittenberg, Dresden üblich / ist lieblich und wollautend / und hat in vielen Wörteren das Hochteutsche sich wol darauf gezogen* (‚hat sich nach der Meißner Aussprache gerichtet') / *wie breit und verzogen aber der Meisnische Dialectus auf dem Lande und unter den Bauren sey / ist nicht unbewusst. Man weiß auch nunmehr wol / wie das Teutsche zusprechen / und recht zuschreiben* (S. 159). Als Vorbild für die richtige Aussprache werden wichtige sächsische Städte genannt, und natürlich ist dabei an die führenden Schichten der Bevölkerung gedacht. Es gibt Schriftsprache in gesprochener wie in geschriebener Form. Die Mundarten erlernt jeder durch Gewohnheit und täglichen Gebrauch. Die Schriftsprache dagegen verlangt ein gründliches Studium, und man kann sie nicht erlernen, *ehe und bevor... in einer Sprache die Grammatic gründlich aufgebracht / und zu allgemeiner Genehmhaltung* (‚Anerkennung') *kommen (ist)* (S. 173 f).

Eine solche Grammatik hat SCHOTTEL geschaffen. Gewiß, es hatte schon vorher anerkennenswerte Versuche gegeben, – die wichtigsten wurden oben S. 199 genannt. Aber eine so klare Systematik, auch ein so umfangreiches, exaktes Regelwerk und so zahlreiche Beispiele waren vor ihm nicht erreicht worden. Auf sein grammatisches System einzugehen, ist hier nicht der Ort. Auch seine recht glückliche grammatische Terminologie, seine *teutschen Kunstwörter* müssen unerörtert bleiben. Aber zu erwähnen ist, daß er bei aller Betonung der

Wichtigkeit der Sprachregeln, die er aus der Beobachtung des besten Sprachgebrauchs ableitet, in minder wichtigen Dingen Toleranz walten läßt. So sagt er z. B. zum *Hülfwort* (Hilfsverb) ‹sein›: *Das Stammwort* (der Imperativ, der als endungslose Form den Stamm darstellt) *heisset Sey oder Biß / denn also wird es hin und wieder von guten Authoren gebraucht*; und als dritte Person der *Vielweis* (Mehrzahl) nennt er *sie sind / oder seyn* (S. 551). Dadurch, daß er nicht ausschließlich die Meißnische Schreibsprache zur Richtschnur macht und daß er in Zweifelsfällen keine einseitige Entscheidung trifft, findet er auch in jenen deutschen Landschaften Anerkennung, in denen wegen der dort eingebürgerten ‹Reichssprache› eine oftmals scharfe Opposition gegen das ‹Meißnische› herrscht. So kann SCHOTTELS Grammatik zu einem versöhnenden und verbindenden Werk werden. Die Schreibsprachen der beiden Hauptlandschaften bestehen noch ein Jahrhundert weiter, aber ein Regelwerk für die Schriftsprache ist geschaffen. Es ist die Leistung der neuhochdeutschen Periode, die von SCHOTTEL konzipierte Schriftsprache immer einheitlicher zu gestalten.

Das Ende der frühneuhochdeutschen Sprachperiode

Die heutigen Philologen, soweit sie das Frühneuhochdeutsche überhaupt als eine sprachhistorische Periode anerkennen, sind sich nicht einig, ob man ihr Ende beim Jahre 1620 oder 1650 ansetzen soll. Diese Unsicherheit ist verständlich. Denn die Sprachentwicklung setzt sich ohne merkliche Übergänge aus dem Frühneuhochdeutschen ins Neuhochdeutsche fort. Es ist also vielleicht ein Streit um nichts, ob man einen ohnehin nicht spürbaren Einschnitt dreißig Jahre früher oder später ansetzt. Trotzdem glauben wir gute Gründe zu haben, an der Begrenzung bei 1650 festzuhalten, wie sie einst WILHELM SCHERER angegeben hat.

Man sollte zunächst den Gang der politischen Geschichte nicht außer acht lassen. Das Zeitalter der Religionskriege, das 1546 mit dem Schmalkaldischen Krieg begann, endet mit dem Dreißigjährigen Kriege (1618–1648). Nicht der Kriegsbeginn, sondern sein Ende setzt die Grenze. Die deutschen Verhältnisse beginnen sich zu konsolidieren. Jetzt erst findet die absolutistische Herrschaftsform, die sich von langer Hand angebahnt hatte, ihre völlige Ausprägung.

Auch soziologische Gründe sprechen weder für das Jahr 1620 noch gegen das Jahr 1650 (1648). Der Niedergang der Städte und die höfisch-obrigkeitliche Ausrichtung der Gesellschaft hatten schon mitten im 16. Jahrhundert eingesetzt. Der Kriegsbeginn bedeutet auch in dieser Hinsicht keinen Einschnitt. Eher darf man auch hier nach 1648

Festigung und Erstarrung der vorher sich erst bildenden Formen erkennen.

Für den Einschnitt um 1620 werden vor allem MARTIN OPITZ und sein Werk ins Feld geführt, und es ist nicht zu bestreiten, daß dichtungsgeschichtlich mit ihm eine neue Periode beginnt. Aber seine sprachgeschichtliche Bedeutung ist bei weitem nicht gleich wichtig. Daß er, der Schlesier, sich der Meißnischen Schreibsprache anschließt, ist nichts Besonderes. Das haben andere vor ihm und nach ihm ebenfalls getan. Sprachlich steht er in der Tradition seiner Zeit; er setzt keine Periodengrenze.

Ganz anders SCHOTTEL! Von ihm nimmt eine neue Entwicklung ihren Ausgang. Deshalb läßt SCHERER mit ihm die neuhochdeutsche Periode beginnen, als deren erstes Monument er die ‹Ausführliche Arbeit› von 1663 ansieht. Wir legen umgekehrt auf die ‹Sprachkunst› von 1641 das größere Gewicht, in der alle grundlegenden Gedanken des späteren Werks schon enthalten sind. Zwar erkennen auch wir, daß ihr Verfasser die Fundamente legt, auf denen die neuhochdeutsche Zeit ihr Sprachgebäude errichtet. Aber er ist kein Neuerer. Sein Werk ist für die Zukunft unentbehrlich, aber es weist nicht schon selbst in die Zukunft. Viel bedeutsamer erscheint SCHOTTEL uns als der Vollender dessen, was sich in der frühneuhochdeutschen Periode sehr langsam angebahnt hatte und durch LUTHER seine endgültige Richtung bekam. Vollender ist er auch insofern, als die patriotische Sprachliebe der frühen und der späten Humanisten in seinem Werk ihre Krönung findet. Man mag es dabei für symbolkräftig halten, daß dieser Mann und sein Werk, wenn man das Jahr 1650 (1648) als Periodengrenze ansieht, aus der älteren in die neuere Periode hinüberwirkten. Es ist eben kein scharfer Schnitt zu führen.

Sehen wir aber SCHOTTEL als den Vollender, so können wir jetzt rückblickend den Inhalt der frühneuhochdeutschen Sprachperiode genauer bestimmen, als es zu Beginn unserer Darstellung möglich war: Es ist diejenige Zeit der deutschen Sprachgeschichte, die von völliger Zersplitterung über zahllose Schriftdialekte zu landschaftlichen Schreibsprachen, deren bedeutendste immer größere Räume erobern, und endlich zur deutschen Schriftsprache führt.

ANHANG: TEXTPROBEN AUS FRÜHNEUHOCHDEUTSCHEN QUELLEN

I. Aus dem Mainzer Reichslandfrieden vom Jahre 1235

(Text nach Friedrich Wilhelm, Corpus der altdeutschen Originalurkunden bis zum Jahr 1300. Band I, Lahr 1932, S. 13. Aus der ältesten erhaltenen Fassung, geschrieben um 1250)

Der keiser hat gesetzet und geboten: swaz schaden iemen an deheiner slahte dinge gesche, daz er des selbe niht en reche, ern chlagez e sinem rihter und volge siner chlage ze ende, als da reht ist, ez en si als verre, daz er zehant da si und erziuge, daz er durh sinen lib oder sin gut ez muse tuon ze notwere. Swer sich anders richet denne hie geschriben ist, swaz schaden er drumbe tuot, den sol er im zwivaltech gelten, und swaz schaden im geschehn ist, der sol verlorn sin, und sol niemer deheine chlage nah dem gewinnen. Swer aber sine chlage volfuret, als da geschriben ist, wirt im niht geriht und muoz er durh not sinem viende widersagen, daz sol er tuon bi tage; und von dem tage, so er im widersaget hat, unz an den vierden tag so ne sol er im deheinen schaden tun weder an libe noh an gute; so hat er dri tage fride. Der selbe dem da widersaget wirt, der en sol och an libe noh an gute unz an den vierden tag dem, der im widersaget hat, deheinen schaden tuon. An swederm daz gesetzede gebrochen wirt, der sol fur sinen rihter varn und sol jenen bechlagen, derz im getan hat. dem sol der rihter furgebieten selbe oder mit sinem boten. Mag sich der selbe, der da angesprochen ist, niht entschuldigen selbe sibende sentbare liute vor dem rihter, so si er elos und rehtlos ewichliche, also daz er niemer muge widerchomen ze sinem rehte.

Der Kaiser hat festgesetzt und geboten: Welcher Schaden auch immer jemandem in irgendeiner Hinsicht zugefügt wird, den soll er nicht selbst rächen, sondern er soll zunächst vor seinem zuständigen Richter Klage erheben und den Abschluß des Verfahrens nach dem Rechtsgang abwarten, es sei denn, daß er zum Schutz seines Lebens oder seines Besitzes in Notwehr gehandelt hat. Dann soll er sofort vor dem Richter erscheinen und dies bezeugen. Wer seine Rache auf anderm Wege sucht, als hier vorgeschrieben ist, der soll allen Schaden, den er dabei anrichtet, zwiefach ersetzen; für den Schaden aber, der ihm zugefügt wurde, soll er keinen Ersatz erhalten, und er soll keine Klage darum mehr anstrengen können. Wenn aber dem, der seine Klage wie vorgeschrieben führt, kein Recht wird und wenn er notgedrungen seinem Feind die Fehde ansagen muß, dann soll er es bei Tage tun. Und von dem Tag der Ansage an bis zum vierten Tag soll er seinem Gegner weder an Leib noch an Gut einen Schaden zufügen; drei Tage soll er Frieden halten. Auch derjenige, dem die Fehde angesagt wird, soll dem Ansagenden bis zum vierten Tag keinen Schaden an Leib und Gut zufügen. Derjenige von beiden, an dem diese Bestimmung gebrochen wird, soll vor seinem zuständigen Richter erscheinen und Klage gegen den andern erheben, der das Gesetz gebrochen hat. Den soll der Richter in eigener Person oder durch seinen Boten vor Gericht laden. Kann sich der so Vorgeladene nicht selbst mit sieben rechtsfähigen Männern vor dem Richter rechtfertigen, so soll er für immer rechtlos sein, so daß er niemals wieder seine Rechtsfähigkeit erlangt.

II. Urkunde Ludwigs des Bayern vom 25. April 1330 aus München über die Verpfändung der Stadt Gelnhausen

(Text nach Monumenta Germaniae, Constitutiones Band VI, Teil I, herausgegeben von Jacob Schwalm, Hannover 1914–1917, S. 633 f)

Wir Ludowich, von Gotes genaden Römischer cheyser, ze allen ziten merer des riches, enbiten den wisen bescheiden luten, dem schultheissen, dem burgermeister, den scheffen, dem rat und den burgern allen gemeinlich ze Geylenhusen unser hulde und allez guot. Als (da) *iuch wol furkomen* (bekannt geworden) *ist, daz wir dem edeln manne Uolrich von Hanowe* (Hanau), *unserm liben getrewen, und sinen erben umb di dinste, di er uns und dem rich getan hat, und den schaden, den er bi uns* (um unsertwillen) *genomen hat, versetz habn iuch und unser burg und unser stat ze Geilenhusen in pfhandes wise, als di brif sagent, di er von uns daruber hat, besigelt mit unserm cheyserlichen insigel, gebiten wir iuch vestichlich bi unsern hulden und wellen ouch, daz ir im zehant und unverzogenlich* (sofort und unverzüglich) *ane alle irrunge* (ohne Behinderung) *und widerred huldent und swerend* (huldigt und schwört) *und im gehorsam siend in pfhandes wise. Und darumb sagen wir iuch iwer eides ledich ouch in phandes wise, als lange bis wir alder* (oder) *unser nachkomen an dem riche* (unsere Nachfolger in der Herrschaft) *iuch von im alder von sinen erben erlösen* (loskaufen) *umb als vil guotes, als di brif sagent, di er von uns hat. Darnach wenn daz geschiht, wollen wir, daz ir dem rich in alle wege wider gehorsam und undertenich siend als emals, e* (ehemals, bevor) *ir versetz wurdent von dem riche. Des ze urkunde geben wir iuch disen brif.*

Der geben ist ze Munichen, an sand Marcus tage, do man zalt von Christes geburt driuzehenhundert jar, darnach in dem drizzigistem jar, in dem sehzehendem jar unser riches und in dem dritten des cheysertuomes.

III. Zwei Urkunden Karls IV.

(Text nach Monumenta Germaniae, Constitutiones Band VIII, herausgegeben von Karl Zeumer und Richard Salomon, Hannover 1910–1926, S. 744 und S. 124)

A. Urkunde vom 27. Dezember 1349 aus Dresden: Verbot der Errichtung neuer Zölle

Wir Karl, von Gots gnaden Romischer kunig, zu allen zeiten merer dez reichs, und künig zu Beheim, verjehen (bekunden) *offenlich mit disem brief und tun kunt allen den, di in sehen, horen oder lesen, daz wir bedacht haben und mit unseren kuniglichen genaden sunderlich betrachtet, daz neuwe zölle, wo di auf bracht* (eingeführt) *werden, dez reichs strassen, landen und leüten und unsern getrewen alleweg schedlich sind. Darumb wollen wir und gebiten ez vesticlich, daz von der Lantquar untz an die Luver* (Flüsse in Graubünden; *untz* = bis) *niemand deheinen newen zol auf setze* (errichte) *oder neme in den zilen* (in jenen Gebieten), *wann daz gotzhaus von Kur* (nur das Gotteshaus = der Bischofssitz von Chur soll nehmen) *zwen zolle, di ez von alder her genomen hatt. Und nemen abe* (heben auf) *mit unserm kuniglichen gewalt beynamen* (Beteuerungsformel; unwiderruflich; eigtl.: beim Namen Gottes) *den zol, den wir graf Friderichen von Toggenburg und seinen erben verschriben hatten, ze nemen zu Strasberch obe Kur oder ze Lentz, sünderlich* (besonders) *dar umbe, daz er uns versweig, daz daz geleit und herschaft da selben daz gotzhaus von Kur an gehöret und von keysern und kunigen von alder her braht het. Mit urkund ditz brifes versigelt mit unserm küniglichem insigel.*

Der geben ist zu Dresden, do man zalt von Christus gepürt dreutzehenhundert jar, darnach in dem neun und virzigsten jar, an dez heiligen herren sand Johanstag zu Wihenachten, in dem dritten jar unserer reiche.

B. Urkunde vom 20. September 1346 aus Luxemburg: Militärische Hilfe für Erzbischof Balduin von Trier

Wir Karle, von Gocz gnaden zuo Romischen kuninge erwelt, alle zijt merer des richs, kuning zuo Beheim und greve zuo Luczillinburg, gebieden und enbieden uch allen unseren mannen und undertanen, edeln und unedeln in unser graschaft von Luczillinburg geseszen, sementlichen und sunderlichen (allen zusammen und jedem einzelnen), *daz ir dem erwerdigen in Gode vater, unserm liben vettern, hern Baldewin erczbischove zu Triere, beide zu rosze und zu voize* (zu Fuß) *mit alle uwer macht, wanne und wi dicke* (wann immer und wie oft) *er uch daz enbudet* (entbietet), *zuo helfe kumet und yme dinet, die wile er des noit hait* (nötig hat) *und uwer bedarf, uff unser koste und verluste, als verre* (sofern) *die noit, darumb er uch besente (besenden* = durch Boten einberufen), *her queme und treffe* (herkomme und eintreffe) *von des Beyers wegen, der sich keyser nennet* (Kaiser Ludwig der Bayer, 1314–1347), *wider den derselbe unser vetere umb unsern willen sich in crig gemenget* (in den Krieg eingemischt) *hait. Wa aber unser vetere vorgenant umb sins und sines stiftes noit uwer bedorfte, dar sullet ir yme komen glicher wijs zuo rosse und zuo voize und yme dinen uff sine kost und verlust, als gewenlich ist* (wie es üblich ist). *Und des zuo urkunde han wir unser heimelig ingesigel* (Landessiegel) *von unser marggraschaft zu Meren* (Mähren), *des wir zuo disen male gebruchen, an disen brief duon henken.*

Der gegeben ist zuo Luczillinburg, duo man zalte nach Cristus geburte dusent druhundert ses und viertzig jar, uff sente Matheus abent des heiligen aposteln und evangelisten.

IV. Beispiele regionaler Schreibsprachen des 14. Jahrhunderts

A. Thüringen. Pachtung der Münze in Erfurt 1341

(Text nach Quellen z. ält. Gesch. des Städtewesens in Mitteldeutschland, hrsg. vom Inst. f. dt. Landes- und Volksgesch. d. Univ. Leipzig, Teil I, Weimar 1949, S. 133)

Wir, die . . . ratis meystere, der . . . rat, die . . . fire von der gemeinde (vier Gemeindevertreter) *und de . . . burgere gemeynlichin der stat zu Erforte thun kunt allin lutin unde bekennen uffinlichin* (öffentlich) *an desim brive, daz wir geredit habin unde ubirkommen sin* (übereingekommen sind) *mit dem erwirdigin in Gode vatere und herrin, unserme herrin hern Heinriche, des heyligin stules zu Mencze* (Mainz) *erczebischofe und erczekanczelere des heyligin ryches in dutschin landin, alle der stucke, die hirnach gescrebin sten. Von erstin, daz die muncze und die pfenninge, die unsirs herrin munczmeyster yczunt slet* (schlägt), *sullin unvorandert blibin als lange, als unsir vorgenanter herre lebit, iz inwere dann mit unserme willen* (es sei denn, daß wir mit einer Änderung einverstanden sind), *so mag man eyne andere muncze und pfenninge slan, der fumfczig schillinge gen sullin vor eyne lotige* (vollgewichtige) *mark sylbers.* usw.

B. Nürnberg. Aus dem Stadtverbotsbuch. 1349, 1383

(Text nach Werner Schultheiss, Quellen u. Forschungen z. Gesch. d. Stadt Nürnberg, Bd. 2, Nürnberg 1960)

Nr. 731 (S. 89), 3. Januar 1349:
Pfaff (dem Priester) *Hartman Graser ist di stat verboten hundert jar, darumb daz er wider kristenleichen glauben gepredigt hat, und dergreift man in, so wil man in dem byschof von Bamberg antworten* (überantworten, ausliefern). *Actum* etc.
Froger (Frager, d. h. Bürgermeister): *Hanse Ortlib, Heinrich goltsmid.*

Nr. 853 (S. 105), 15. Februar 1383:
Dem Hader, dez Werrers Flaischakkers kneht, Heinrich Stubrauch, dez Rüdel Otnantz kneht, und Ludwigen, dez Keglers kneht, ist die stat verboten 3 jar und 5 meyl hindan (fünf Meilen im Umkreis) *darümb, daz sie messer und swert zukten zuo Gotzen Hawgen* (gegen G. H.), *und süllen niht darnach* (nach dieser Zeit) *herein kommen, biz daz ir iglicher 5 lb newer hl* (fünf Pfund neuer Heller) *gibt. Actum* etc.
Frager: Prant Grozz et Mertein Haller.

Nr. 856 (S. 106), 6. April 1383:
Clase Münch, der Gorgen dez Hallers diener waz, den sein schreyber umb dyebstal gevangen het, über den er verpürgt het, hat sich geurteilt (der

Schreiber hat sich für den Übeltäter verbürgt, dieser hat sich selbst das Strafmaß gesetzt) *von der stat 10 jar und 8 meyl hindan und hat urfeh* (Urfehde, Verzicht auf Rache) *gesworn, daz er aller der gut freund welle sein, die an seiner vanknüzz schuldig sein, und hat sich geurteylt also hindan von der stat bey dem halse* (bei Todesstrafe).
Testes (Zeugen): *Hanse Tewfel* (Teufel), *Michel Gruntherre et Martein Haller. Actum* etc.

C. Bayern. Urkunde der drei Herzöge über Teilung des Landes, München, d. 19. November 1392

(Text nach Landshuter Urkundenbuch, bearb. von Theo Herzog, Bd. 2, Neustadt a. d. Aisch 1963, S. 586)

Wir Stephan, Fridrich vnd Johannes, geprüder, von gotes genaden pfallentzgrauen (Pfalzgrafen) *bey Rein vnd hertzogen in Beyrn etc. bechennen vnd tun chunt offenlich mit dem brif fur vns, fur all vnser erben vnd nachkomen, das wir mit wolbedachtem mut, rechter wissen vnd guter vorbetrachtung, dartzu mit willen, gunst vnd rat aller vnser getrewn, freyen lantherrn, ritter vnd chnecht* (junge Ritter), *stet vnd markgt* (Städte und Märkte) *von namhafter sach vnd notdurft wegen* (aus wichtiger Ursache und Notwendigkeit) *vberain* (überein) *worden sein, vnserew lannd zu obern vnd nydern Beyern* (in Ober- und Niederbayern) *mit einander ze tailen, dartzu wir virtzigk vnser getrewn, dy hernach benant sind, erwelt vnd gebeten haben, dy vns zu den heiligen habent gesworn, solich tailung vnser egenanten lannd ze machen, vnd die auch gemacht habent, als hernach geschriben stet ...*

D. Schwaben. Urkunde des Grafen Eberhard von Württemberg über Schuldangelegenheiten. Stuttgart, d. 9. November 1378

(Text nach Adolf Rapp, Urkundenbuch der Stadt Stuttgart, Stuttgart 1912, S. 55)

Eberhard comes de Wirttenberg. Unser gruoz ste vor, vogt und die rihter gemainlich ze Stugarten. Wir lazen uch wissen, daz wir ietzo zu Spir (Speyer) *erlehent haun umbe diz* (geliehen haben von diesen) *nauch geschriben juden, meister Maiern, hohmaistern zu Haidelberg, Mennel von Blankenberg und Kirssen von Bergzabern tusent gulden houptguotes* (Kapital), *davon wirt man geben dritthalbhundert gulden* (250 Gulden Zinsen), *alzo daz es werdent ze samen geschlagen drutzehendhalbhundert gulden, damit* (d. h. mit den geliehenen 1000 Gulden) *wir ietzo ander schuld wolten bezaln, die man vormals den juden schuldig ist, darumbe ir och werschuld* (Bürgen, Mitschuldner) *mit uns sind. Och haben wir ietzo ze Spir umbe* (von) *ainen burger erlehent, haiset Peter Kebsche, druhundert gulden, di wir ietzo zuo Spir an unser zins* (als Zinszahlung) *wolten geben. Bitten und haissen wir uch ernstlich, daz ir unser mitschuldner wöllent werden und uwer stat insigel wöllent henken zuo dem unsern an die schuldbrief, wann wir uch guetlich aun schaden wöllen lözen* (lösen, bezahlen) . . .

E. Schweiz. Zürcher Strafdrohung gegen Gegner des Rathausbaues. 2. April 1398

(Text nach H. Zeller-Werdmüller, Die Zürcher Stadtbücher. Bd. I, 2, Leipzig 1899, S. 326)

Umb dz (das) *nuw rathus. Wir, der burgermeister, die rät, zunftmeister und der gross raut . . . syen mit einhelligem raut über ein komen und haben üns geeinbert* (vereinbart)*: als wir jetzuo ein nüwes rathus haben angefangen ze buwen, wie do dz selb hus jetzuo angefangen ist mit muren, mit lengi, mit wite, mit höchi, mit pfileren, mit gestreb, in dem wasser ald ob* (oder über) *dem wasser, ald wie daz vorgenant hus fürbz* (fürbaß, weiterhin) *noch gebuwen ald geordnet werd von uns, von ünseren bumeistern ald von unseren werchmeistern, da bi sol es beliben. Wer aber, dz jeman, wer der wer* (Wäre es aber, daß jemand, wer es auch wäre), *hie wider wurb ald täte, . . . denselben oder die sol man dann straffen und halten* (verantwortlich machen), *als der gesworn brief wiset* (wie . . . anweist), *den man zuo dem münster swert* (in der Kirche beschwört). *Actum* etc.

F. Elsaß. Urkunde für das Kloster Eschau nahe Colmar. 1349

(Text nach Jacob Grimm, Weisthümer. Bd. 5, Neudruck Darmstadt 1957, S. 384 f)

Wir Bertholt von gottes gnoden bischof zu Strosburg tunt kunt allen den, die disen brief sehent oder hoerent lesen, das in deme jar, do man zalte von gotz geburte MCCCIL jare, an deme uffartetage unsers herren (Christi Himmelfahrt) *in deme dinghofe* (Hof mit Gerichtssitz) *zuo Rufach, der da hoeret deme kloster zuo Eschouwe, vor uns worent die huober* (Lehnbauern) *alle gemeinlich desselben dinghofes und offentent und erkantent sich offenlich vor uns, das sie alle die reht und ordenunge desselben dinghofes an dem nehsten zinstage* (Dienstag) *vor deme egenanten uffarttage, do inen zuosamen geboten was* (als ihnen befohlen war zusammenzukommen) *in den dinghof, erkant und gesprochen hettent uf iren eid, den sü deme hofe gesworn hant, in alle die wise und ordenunge, alse hienoch* (hiernach) *von worte zuo worte geschriben stat.* (Folgen die Rechtsbräuche).

G. Köln. Aus dem Eidbuch von 1341, hier ein Nachtrag von ca. 1375

(Text nach Walther Stein, Akten z. Gesch. u. Verwaltung der Stadt Köln. Bd. I, Bonn 1893, S. 115)

Dit is dat pünte, dat ynme eytboiche geschreven steit antreffende die gehoirsamcheit: Vort were sache, dat yeman, he were, wie he were, dit brechen weulde off herweder doin weulde ind nyet gehoirsam en were heymlichen of offenbaire, mit eyncher argelijst off behendicheit, den soilen sij zerstünt vür sich beboiden, ind wilger van dem engen off wijden raide des gewar würde, die sall dat melden up synen eyt ind soilen sementligen darup sprechen ind beverdragen synre boissen ind pijnen, nae deme dat he gebrucht hedde, ind setzen yem syne boysse ind besserunge up yren eyt, ee he van yn scheide, ind were sache, dat he des nyet en dede of ungehoirsam were, so seulde he lijf ind guet verloyren haven.

Dies ist der Punkt, der im Eidbuch den Gehorsam betreffend geschrieben steht. Weiterhin: Sollte jemand, wer es auch sei, dies brechen oder zuwider handeln und ungehorsam sein, heimlich oder öffentlich, aus Arglist oder mit Winkelzügen, den sollen sie sofort vor sich entbieten. Und wer vom engeren oder weiteren Rat etwas Derartiges gewahr werden sollte, der soll es auf seinen Eid vorbringen, und alle gemeinsam sollen darüber verhandeln und die Geld- und Leibesstrafen beschließen, je nachdem er sich vergangen hat, und sollen ihm auf ihren Eid Buße und Besserung festsetzen, ehe er aus der Verhandlung entlassen wird. Sollte er aber das ihm Auferlegte nicht tun oder ungehorsam sein, so soll er Leib und Gut verlieren.

H. Niederländisch. Schuldurkunde aus Leiden. 11. November 1359

(Text nach N. W. POSTHUMUS, Bronnen tot de Geschiedenis van de Leidsche Textielnijverheid. s'-Gravenhage 1910, S. 5 f)

Wi Pieter van Leyden ende Ysebrant Roetlarts sone, scepene in Leyden, doen cont alle luyden, dat quam voir ons Ghisebrecht van Zwyeten ende verwilcorde ende belovede Vranken Jans zone te betalen ses scilde ende enen halven scilt, dair Vranke enen scepenbrief of heft, twischen dit ende Kersavond naestcomende. Ende waer, dat hi des niet en dede, soe sal Vranke voirseyt hebben tien scellinghe Hollants jairlixe renten goits ghelts, te betalen alle jair tote Voirscoeter ende tote Valkenburgher marcten, te versien op dat huys ende erve, daer Ghisebrecht voirseyt nu terwilen in woend . . . ende voert te versien op Ghisebrechts huyse ende erve, daer nu ter tijt sine volrye in staet, . . . voert te versien op al siin goet, soe waer dat gheleghen is, roerende ende onroerende. In oirkonde desen brieve beseghelt mit onsen seghelen. Gheghеven int jair ons Heren MCCC ende neghen ende vijftich op Sente Martiinsdach in den winter.

Wir, Pieter von Leiden und Isebrant, Rotlarts Sohn, Bürgermeister von Leiden, machen allen Leuten kund, daß vor uns erschien Gisbert von Swieten, vertraglich vereinbarte und gelobte, dem Frank, Jans Sohn, 6½ Schild (Goldmünze hohen Wertes), über die Frank einen Schuldbrief besitzt, zwischen heute und dem nächsten Weihnachtsabend (Christabend) zu bezahlen. Und wenn er das nicht tun sollte, dann soll vorgenannter Frank zehn holländische

Schillinge in guter Münze als jährlichen Zins haben, auszuzahlen alljährlich (in zwei Raten) zum Voorschoter und zum Valkenburger Markttag. Dafür steht zu Pfande das Haus und der ererbte Boden, in dem vorgenannter Gisbert gegenwärtig wohnt, ... und weiter Gisberts Haus und Erbe, auf dem zur Zeit seine Wollmanufaktur steht, . . . und weiter all sein Besitz, wo immer er gelegen sei, bewegliche und unbewegliche Habe. Zur Urkunde diesen Brief mit unseren Siegeln besiegelt.

I. Niederdeutsch. Aus dem Lübecker Stadtrecht; der Artikel wurde um 1300 geschrieben.

(Text nach GUSTAV KORLÉN, Norddeutsche Stadtrechte. Bd. II, Lund-Kopenhagen 1951, S. 130)

Art. 163: *Dar echtelude gvt samene hebbet.*
So war man vnde wif an echtschap gvt to samene hebbet. Is dat deme manne not an leget, dat men ene dor schult to egene schal geuen, oder in openen orloge vangen wert in den heyden oder anderswor. Den schal men ledegen vnde losen mit al so daneme gvde alse se to samene hebbet, it si der vruwen medegift oder wo gedan gvt se hebbet. dar schal men ene mede losen. Wert oc de man vorvluchtich dor schult, vnde hebbet se kindere to samene, he vnde sin wif. Is de schult witlic, men schal gelden van al deme gvde, dat se beyde hebbet, it si erue oder kopschat. Ne hebbet auer se nene kindere to samene, vnde is de man vorvluchtich, so nimt se ere medegift to voren vt, van deme anderen gelt men. It ne si also, dat se mede hebbe gelouet. wan denne mot se mede gelden.

Wenn die Ehehleute gemeinsamen Besitz haben.
Wo immer Mann und Frau durch ihre Ehe gemeinsamen Besitz haben, wenn dann der Mann in Not gerät, daß man ihn wegen seiner Schulden in Leibeigenschaft geben will, oder daß er in offenem Kriege gefangen wird, es sei bei den Heiden oder anderswo, so soll man ihn befreien und loskaufen mit allem Gut, das sie gemeinsam besitzen. Sei es nun die Mitgift der Frau oder welche Art Gut sie besitzt, damit soll man ihn loskaufen. Wenn aber der Mann wegen seiner Schulden vor Vollstreckung flüchtig wird, und sie haben Kinder zusammen, er und seine Frau, und ist die Schuld urkundlich nachweisbar (*witlic* = mhd. *wizzelîch* ‚bekannt'), dann soll man sie bezahlen von allem Gut, das sie gemeinsam haben, es sei (ererbter) Landbesitz oder Ware. Haben sie aber keine Kinder zusammen, und der Mann ist flüchtig, dann nimmt sie ihre Mitgift zuvor heraus, und von dem andern bezahlt man, es sei denn so, daß sie sich mit verbürgt hat. Denn dann muß sie auch mitbezahlen.

V. Aus dem Prager Frühhumanismus

A. Ein Spruch Heinrichs von Mügeln

(Text nach Karl Stackmann, Die kleineren Dichtungen Heinrichs v. M. 1. Teilband, Berlin 1959, S. 2)

Wer tichtet vnd gesach ny warer kunste grunt,
ab sin gesang von meister straffen wirdet wunt,
so stehit sin ticht in schame sunder were.
wes die nature leuckent, des enpern müß
mensch vnde thir. des vorchte nicht Ikarius;
des muste er sterben in dem wilden mere.

Er vlog vnd was kein vogel nicht,
(h)er Dedalus ym smitte das gefider.
wie hoch ein man sin tzymmer richt,
ane kunste punt doch muß es vallen nyder.

Ab er von gote singen sal,
den mensche ny begreiff in keinen synnen,
wirt ym syns hertzen steg tzu smal,
hoch ist sin val vß valscher kunste tzynnen.

Er sal ein warer meister sin, der vor den fürsten tichte.
ir milde richet ware kunst nach adels gunst.
welch man nicht rechter kunste kan, der fisch in wage sichte.

Wenn einer dichtet und nie den wahren Wissenschaften (*kunste* = die sieben freien Künste und andere wie Medizin, Physik, Recht u. a.) auf den Grund kam, wenn dessen Lied durch Rügen der Meister (Gelehrten) versehrt wird, so steht er beschämt ohne Möglichkeit der Abwehr. – Was die Natur nicht schenkt (verleugnet; hier: wem sie keine gelehrte Bildung ermöglicht), das müssen Mensch und Tier entbehren. Ikarus fürchtete das (diese Beschränkung) nicht; er mußte dafür im ungestümen Meer ertrinken.

Er flog und war doch kein Vogel. Herr Dädalus hatte ihm das Gefieder geschmiedet. Wie hoch aber ein Mensch sein Bauwerk errichtet, ohne festes Gefüge, das nur das Wissen gibt, muß es doch zusammenbrechen.

Wenn er im Lied von Gott künden will, den nie ein Mensch mit allen seinen Sinnen begriffen hat, und wenn ihm dann der Steg, auf den sein Herz ihn erhebt, zu schmal wird, so ist sein Fall aus der Zinne seiner betrügerischen Kunst (seines ungenügenden Wissens) besonders tief.

Der muß ein wahrer Meister sein, der es wagt, für Fürsten zu dichten. Ihre Freigebigkeit macht wahre (auf sicherem Wissen beruhende) Kunst reich, wie es dem Adel vergönnt ist. Wer aber die wahre Kunst nicht beherrscht, soll lieber im seichten Wasser (*wag* = Woge) kleine Fische fangen.

B. Aus dem ‹Ackermann aus Böhmen›, Kapitel 29

(Text nach Willy Krogmann, Der ackerman. Wiesbaden 1954, S. 132 f; vgl. auch Krogmanns Erläuterungen S. 210 f)

Frauen schender müssen geschendet werden, sprechen der warheit meister. Wie geschicht euch dann, herre Tod? Eur unvernünftiges frauen schenden, wie wol es mit frauen urlaub ist, ist werlich euch schendlich und den frauen schemlich. In maniges weisen meisters geschrifte findet man, das one weibes steure niemand mag mit selden gesteuret werden; wan weibes und kinder habe ist nicht das minste teil der irdischen selden. Mit solcher warheit hat sein trostbuch ein Römer Boecius hin geleget. Philozophia, die weise meisterin, und jeder abenteurlicher und sinniger man ist mir des zeuge: kein mannes zucht kan wesen, sie sei dann gemeistert mit frauen zuchte. Es sage, wer es welle: ein züchtiges, schönes, keusches und an eren unverrucktes weib ist vor aller irdischer eugelweide. So menlichen man gesach ich nie, der rechte mutig wurde, er würde dann mit frauen troste gesteuret. Wo der guten samenung ist, da sihet man es alle tage; auf allen planen, auf allen hofen, in allen turnieren, in allen herferten tun die frauen je das beste. Wer in frauen dienste ist, der muß sich aller missetat anen. Rechte zucht und ere leren die werden frauen in irer schule. Irdischer freuden sint gewaltig die frauen; sie schaffen, das in zu eren geschicht alle hübscheit und kurzweil auf erden. Einer reinen frauen fingerdroen strafet und züchtiget vür alle waffen einen frumen man. One liebkosen mit kurzer rede: aller werlte aufhaltung, festung und merung sint die werden frauen. Jedoch bei golde blei, bei weize raden, bei allerlei münze beislege und bei weibe unweib müssen wesen. dannoch die guten sullen der bösen nicht engelten. Das glaubet, haubetman von kriege!

Wer die Frauen schmäht, muß Schande haben, sagen die Meister, die die Wahrheit wissen. Wie geht es euch dann, Herr Tod? Euer unverständiges Lästern [im Kap. 28], obwohl ihr die Frauen um Verlaub gebeten habt, ist wahrhaftig für euch eine Schande und für die Frauen entwürdigend. In der Schrift manches weisen Meisters kann man lesen, daß niemand ohne der Frauen Führung zum Glück geführt werden kann; denn Frau und Kinder zu besitzen, ist nicht die geringste der irdischen Glückseligkeiten. Mit dieser Wahrheit hat jener berühmte Römer Boethius sein Trostbuch ausgestattet. Philosophie, die weise Meisterin, und jeder in Taten bewährte, verständige Mann ist mir dafür Zeuge: Mannes Zucht kann nicht sein, sie sei denn zur Meisterschaft gebracht durch Frauenzucht. Man sage, was man wolle: Ein wohlerzogenes, schönes, keusches und ehrenfestes Weib geht über alle irdische Augenweide. Ich habe nie einen noch so mannhaften Mann gesehen, der wirklich herzhaft wurde ohne den Rückhalt an einer Frau. Wo die Guten sich sammeln, da sieht man es alle Tage: Auf dem Plan und bei Hofe, bei Turnier und Heerfahrt, immer wirken die Frauen das Beste (indem der Mann in ihrem Dienste seine Taten vollbringt). Wer im Frauendienst steht, muß sich aller Missetat abtun. Wahre Zucht und Ehre lehren die edlen Frauen in ihrer Schule. Sie walten aller irdischen Freuden. Alle Höflichkeit und alle Kurzweil auf Erden lassen sie sich zu Ehren geschehen. Droht eine reine Frau mit dem Finger, so fühlt sich ein wackerer Mann dadurch mehr gerügt und zurechtgewiesen als durch alle Waffen. Mit kurzen Worten und ohne Schmeichelei: Aller Welt Erhaltung, Festigung und Mehrung sind die edlen Frauen. Allerdings: beim Golde gibt's Blei, beim Weizen Unkraut (Kornraden), bei jeglicher Münze Fälschungen, und beim Weibe muß das Unweib sein. Doch für die Bösen sollen die Guten nicht büßen. Das glaubt mir, ihr Inbegriff der Rechthaberei.

VI. Zwei Gedichte Oswalds von Wolkenstein

(Text nach Karl Kurt Klein, Die Lieder Oswalds von Wolkenstein. Altdt. Textbibl. Nr. 55, Tübingen ^{2}1975)

A. Bild der Geliebten (Lied Nr. 110)

Ich hör, sich manger freuen lat
ain jegklich frau geboren hoch;
auß welchem land, sloß oder stat
die bürtig sei. das wierf ich roch
ze rugk auß meines herzen grund,
was ich der land ie hab erkunt.
dafür liebt mir ain rotter mund
von Swaben her, wort, fort, geper,
person, gestalt gemainiklich.

Ain stolze Swäbin das bewärt,
an der ich nie kain tadel vand,
die meinem herzen ist vermert
für alle, die ich ie erkant.
Ir öglin, nas, mund, kinn und kel
formieret schon, darob das fel
rot, weiß, ain klein verblichen hel,
ir ermlin, hend, brüst lüst an end,
hert, weiß, vermalt gar rainiklich.

Klain in der mitt, ain dicken sitz,
keif, rund verwelbt, schon underspreutzt,
zwai diechlin waidelicher hitz
ze tal das bainlin unverscheutzt,
mit ainem füßlin, smal und klain,
klüg undersetzt. ir wandel rain
unstrefflich ist der welt gemain.
der rechten mäß mit sitt, tün, laß
hat si gewalt ganz ainiklich.

Mancher erfreut sich an jeder hochgeborenen Frau, aus welchem Land, welchem Schloß oder welcher Stadt sie auch stamme. Was ich jemals an fernen Landen kennengelernt habe, das verdränge ich alles aus meinem Herzen. Vor alle dem macht mir ein roter Mund aus Schwaben Freude, ihr Wort, *fort* (?), Gebärde, Antlitz, die ganze Gestalt.

Eine stolze Schwäbin hat das bewirkt, die ich ganz ohne Tadel fand. Sie ist meinem Herzen teuer vor allen, die ich je gekannt habe. Ihre Augen, Nase, Mund, Kinn und Hals sind fein gebildet, die Haut darüber rot und weiß, von zierlich mattem Glanz (?), ihre Arme, Hände, Brüste – Lust ohne Ende – fest, weiß und klar abgezeichnet.

Zierlich in der Mitte, voll im Gesäß, fest, rund gewölbt und schön gespreizt, zwei Schenkel, weidlich erregend, das makellose Bein auf ein schmales, zierliches Füßchen gestellt. Ihren reinen, unsträflichen Wandel kennt alle Welt. In ihrer Sitte, im Tun und Lassen verfügt sie ganz einzigartig über das rechte Maß.

B. Selbstporträt des Alternden (Lied Nr. 5, Strophe 2)

Ain krauß, weiß har
von löcken dick hett ainst mein houbt bedecket,
dasselb plasniert sich swarz und graw,
von schilden kal durchschöcket;
mein rotter mund wil werden plaw,
darumb was ich der lieben widerzäm.
Plöd, ungevar
sind mir die zend, und slawnt mir nicht ze keuen,
und het ich aller werlde güt,
ich künd ir nicht verneuen,
noch kouffen ainen freien müt;
es widerfür mir dann in slaffes träm.
Mein ringen, springen, louffen snell
hat ainen widersturz,
für singen hüst ich durch die kel,
der autem ist mir kurz;
und gieng mir not der külen erd,
seid ich bin worden swach und schier unwerd.

Krauses, helles Haar mit dicken Locken bedeckte einst mein Haupt. Jetzt dunkelt's nach, wird grau, und ist mit kahlen Stellen gescheckt. Mein roter Mund beginnt sich blau zu verfärben; darum mißfiel ich meiner Liebsten. Stumpf und mißfarbig sind meine Zähne, ich hab's nicht mehr eilig beim Kauen. Und hätte ich alle Güter der Welt, ich könnte mir keinen einzigen neuen Zahn dafür einhandeln und auch keine frische Lebenslust dafür einkaufen. Höchstens träume ich noch im Schlaf davon. Aber mein Ringen, Springen, Laufen endet in Enttäuschung, wenn ich erwache. Will ich singen, so muß ich husten, und der Atem wird mir kurz. Ich sehne mich nach dem kühlen Grab, da ich so schwach geworden bin und schier zu nichts mehr nütze.

A/B: Aus Boccaccios Novelle ‹Guiscardus und Sigismunda›

A. Aus den ‹Translationen› des Niklas von Wyle (Gedruckt von Conrad Fyner, Eßlingen 1478)
(Text nach LH 137, S. 80)

Tancredus was ain fürst von salern, gütig vnd ainer senftmütigen nature. Wo er allain (Wenn er nur) *in dem alter sine hend nit vermaussiget* (befleckt; mhd. *mâse* ‚Fleck, Narbe') *hett mit bluot vergiessen zwayer liebhabenden menschen. Der selb hatt all sin lebtage kain kind ye gehept dann ain ainige tochter, da Im ouch vast* (viel) *besser gewesen wer, daz er dero nit gehept hett. Vnd als* (da) *die selb tochter ain ainig kind was, also hett er ouch sy ainig lieb, gegen Ir so Innerlichen in vätterlicher liebe entzündet. Wie wol vil Ir zuo der ee begerten, ye doch wyle* (weil) *er die vngern von Im schaiden lies, tett Er sy über die gebürlichen jaure by jm haimant beheben* (daheim behalten). *doch zuo letscht, als die des hertzogen sune von Campania vermechelt ward, ist sy darnauch bald, als der selb ir man gestarb, widerumb haim zuo Irem vatter komen. Dise was die gemaitescht* (zierlichste) *von lybe vnd die schönst von angesicht vnd voll aller natürlicher hüpschkait vnd besunder ouch von vernunft grösser dann villicht frouwen gebürlich ist. Als die nu also by Irem gütigen vatter wonet, glych ainer grossen frouwen mit vil wollusten* (Annehmlichkeiten) *vmbgeben, gedaucht sy ains mauls in Irem gemüt, wie gar wenig oder nützit* (nicht) *ir vatter geflissen wer, sy anderwerb* (zum zweiten Mal) *zeuermecheln, vnd ir zuo schande sin wurd, sölichs von Ime ze begeren. vnd satzt jr für, wo das mit*

B. Aus dem ‹Ehebüchlein› des Albrecht von Eyb (Gedruckt von Anton Koberger, Nürnberg 1472)
(Text nach LH 139, S. 268 f)

Ein hübsche histori, die Boccaccius geschriben hat, gibt zuuerstien (zu verstehen), *das man frawen vnd Junckfrawen zu rechter zeit menner geben soll, Ee das sie durch blödigkeit* (Schwäche) *des fleyschs vnd leichtuertigkeit des gemütes zu valle vnd schanden kumen mügen. dieselben histori will ich hiemit begreiffen* (in Worte fassen) *vnd setzen in kürtze, so es gesein mag, vnd lawtet* (lautet) *also: Es ist gewest ein fürste vnd herr, genant Tancredus, der hett ein einige tochter, Sigismunda genant, die im auß der maßen lieb was. vnd wiewol vil fürsten vnd herren sie begerten zu der ee, mocht sich der vater der tochter nit erwegen vnd behielt sie bey im über die rechten iar, das sie pillich ein man genumen solt haben. Doch über lange zeit gab er der tochter einen man, eines hertzogen son, der in wenig iaren mit tod abging, vnd kam Sigismunda wider zu irem vater ein wittbe* (als eine Witwe). *der wollt sie nit von im laßen aus lieb vnd lust der* (Liebe und Wohlgefallen an der) *tochter noch gedencken, ir einen andern man zugeben. Die tochter Sigismunda was von leib vnd gestalt gantz* (sehr) *hübsch vnd grösser synnen vnd vernüfftig, gedacht vnd nam ir für, wie sie in stille vnd geheim möcht haben ein liebhaber vnd pulen auß manchen edeln vnd vnedeln, als an der fürsten höfen gefunden werden. Als sie hat vermerckt ir aller wesen, sitten vnd gestalt, ward ir fuoge gesin möcht, das sy dann ir haimlich ainen buolen ains adellichen gemütz suochen wölt. Nu was irs vatters huse voll edler vnd vnedler, In maussen dann an der grossen fürsten höfen gewon ist. Vnd als sy dero aller sitten, leben vnd gestalt aigenlich erspecht, vermarckt vnd erwag, do warf sy zuo letst Ir gemüt vf ainen Jüngling mit namen gwiscardum von niderm geschlecht geborn, Aber von loblichen sitten över all ander wol edel. Den selben sy emsenklichen ansechend von tag zuo tag mer vnd mer bewarende Inbrünstenklichen anhuob lieb zehaben. Als aber der, von vernunft nit trege, der frouwen gemüt vermarckt, ward er In dero liebe so entzündet, daz er all ander sachen zuo rukg schlachende nützit anders tett Dann tag vnd nacht allain nauch jr gedencken.*

wolgefallen ein hübscher Jüngling, der da was einer nydern geburt, aber von guten sitten vnd eines edeln, hohen gemüts, des namen was Gwiscardus: denselben iüngling ward Sigismunda offt lieplich ansehen vnd in von tag zu tagen ye mere beweren (hochschätzen) *vnd lieb haben. deßgleichen der iüngling, als er vername* (wahrnahm) *die lieb vnd willen der frawen, wart widerumb in der lieb der frawen entzündet vnd gedacht tag vnd nacht, wie er ir möcht wolgefallen vnd gedienen.*

C. Aus Heinrich Steinhöwels ‹Aesop›
(gedruckt bei Johann Zeiner, Ulm, vor 1480)

(Text nach Lutz Röhrich, Erzählungen des späten Mittelalters, Bd. II, Bern-München 1967, S. 282 f)

Fabula de puero fure et eius matre

Qui in delinquendo ab initio non castigatur, facinorosior in diem efficitur. De hoc audi fabulam. Puer quidam e ludo litteratorio librum socio clam auferens sue matri tradidit illum, quem mater cum libenter accepisset, nec filium castigasset, rursus puer alii vestem clam abstulit atque matri quoque detulit. Quam cum mater etiam libenter accepisset, puer castigatione carens, cum plura in diem et maiora crescentibus annis furaretur, demum publice captus, ceu furti reus, per questores publice damnatus est morti. Sed cum ad lo-

Die fabel von dem stelenden kind und syner muoter

Welher im anfang umb syn mistuon nit gestraffet würt, der würt von tag ze tag ye böser. Dar von hör ain fabel. Ain knab, der in die schuol gieng, nam synem gesellen haimlich ain buoch und bracht es syner muoter. Die muoter nam es gern und strauffet in nit darumb. Dar nach nam er ainem andern syne klaider haimlich und bracht sie ouch syner muoter, die nam die muoter ouch gern. Und als der knab on alle strauff lebet, ward er ouch von tag ze tag ye lenger ye me und ye größers stelen. Ze letst ward er gefan-

cum iusticie duceretur eumque mater gemendo sequeretur, impetrata venia, ut matri ad aurem unum loqui verbum valeret, ad eam conversus atque os auri matris adhibens, uti quippiam secreto dicturus, aurem dentibus sibi abscidit. mater vero pro dolore exclamans, mala sibi imprecatur. tunc qui eum ducebant cum supra modum criminarentur non solum furti, sed quod tam impius fuerit in matrem, ille absque rubore inquit ad eos: Nemini vestrum sit mirum, quod aurem matris abscidi. Ipsa enim huius mee perditionis auctor et causa est, quippe si me castigasset, cum ei librum detuli, quem socio e scolis clam abstuli, omissis timore verberum furtis ad hoc in presentia genus turpissime mortis non pervenissem. Monet ergo fabula, ab initio pueros delinquentes esse castigandos.

gen, als ain kuntlicher dieb für offens gericht gefüret und verurtailet zuo dem tod. Do er aber uß ward gefüret zuo der stat des gerichtes und im syn muoter wainend nachvolget, nam er urloub, ain wort mit syner muoter haimlich in ir aur ze reden. Do im daz gegündet ward, keret er sich zuo ir und tett synen mund zuo ierem aur, als ob er ir ichts haimlichs sagen wölte, und biße ir daz aur ab. Die muoter ward schryen von dem schmerczen und dem sun fluochen, und die in fuorten, strafften in nit allain umb syn diepstal, sonder ouch dar umb, daz er so unmenschlich in syn muoter was. Er antwürt manlich unverschamt (mannhaft und ohne Scheu) *und sprach: Daz ich myner muoter daz aur ab gebißen hab, sol nieman wundern, wann sie ist mynes sterben ain ursach. wann hette sie mich gestrauffet, do ich daz buoch bracht, das ich mynem gesellen haimlich uß der schuolen truoge, so hette ich vor forchten der straich* (Schläge) *fürbas nit mer gestolen und wäre des schantlichen todes wol vertragen gewesen. Darumb sol man die mistuonden kind an dem anfang straffen, als dise fabel ußwyset.*

VIII. Aus den Anfängen des Buchdrucks

(Texte nach Alfred Götze, Frühneuhochdeutsches Lesebuch, Göttingen [4]1958. Die Orthographie ist nach Möglichkeit beibehalten, doch mußten aus typographischen Gründen übergesetzte Vokale nebengeordnet werden. Für *ů* schreiben wir *uo*, für *aͧ* steht *au*, *uͤ* wird durch *ü* wiedergegeben. Heute nicht mehr bekannte Kürzel wie das Zeichen für *er* sind aufgelöst; doch wurden die Nasalstriche, da sie dem heutigen Leser noch nicht ganz fremd geworden sind, beibehalten.)

A. Aus dem ersten deutschen Druck Johannes Gutenbergs, dem fragmentarisch erhaltenen ‹Sybillenbuch›, Mainz, ca. 1445/46 (a. a. O., S. 2)

Wer in dē hȳmelrich ist Der hat freude mit ihesu crist Der von dē hȳmel her nidder ist kōmen Vnd mentschlich natuer hat an sich gnōmē Vn̄ an der mentscheit ist erstorbē Vn̄ mit dem dode hat erworbē Dz wer do glaubē hat an en Mynne vn̄ zuuersiecht der sal zu ym wir sollē gantzē glaubē habē Daz wir von ihesu crist horē sagē Vnd sollē alle vnser werck vn̄ sȳne Czu christo kerē yn liebe vn̄ yn mȳne

B. Aus einem Traktat Geilers von Kaisersberg, gedruckt bei Martin Schott in Straßburg 1481 oder 1482 (a. a. O., S. 20)

Wie man sich halten sol by eym sterbendē mēschen. EJn getruwer warer frund eins siechē mēschen pfligt grossen fliß an zukerē wie er in by liplichem zergenglichem lebē behalten moge. wie vil me sollendt jn tringen got vn̄ cristenliche liebe besunder sorg zehaben zu dem heil siner sele. wenn in der letsten not des todes spurt man ein getruwen frundt In den todes notē mag er im die grosten fruntschafft bewisen vnd werck der barmhertzikeit an im erfullen.

C. Aus dem ‹Narrenschiff› Sebastian Brants, Druck von Johann Bergmann, Basel 1494 (a. a. O., S. 27)

Der ist eyn narr der buwen (bauen) *wil / Vnd nit vorhyn anschlecht* (vorher veranschlagt) *wie vil / Das kosten werd, vnd ob er mag / Volbringen solchs, noch* (nach) *sym anschlag / Vil hant* (viele haben) *groß buw geschlagen an / Vnd möchtent nit dar by bestan / Der kunig Nabuchodonosor / Erhuob jn hochfart sich entbor / Das er Babylon die grosse statt / Durch synen gwalt gebuwen hatt / Vnd kam jm doch gar bald dar zuo / Das er jm feld bleib, wie eyn kuo / Nemroth wolt buwen hoch jn lufft / Eyn grossen thurn für wassers klüfft / Vnd schluog nit an das jm zuo swär / Sin buwen, vnd nit möglich wär.*

D. Aus der ‹Cronica van der hilligen Stadt von Cölle›, gedruckt bei Johann Koelhoff d. J. in Köln 1499 (a. a. O., S. 31 f)

Van der boichdruckerkunst. ... item dese hoichwirdige kunst vurß (im folgenden mehrfach vorkommende Abkürzung für *vursteinde* = vorstehende, oben genannte) *is vonden* (gefunden) *allereirst in Duitschlant zo Mentz am Rine, ind dat is der duitscher nacion ein groisse eirlicheit* (Ehre), *dat sulche sinriche minschen sin dae zo vinden. ind dat is geschiet bi den jairen uns heren anno dni 1440, ind van der zit an bis men schreve 50* (von 1440–1450) *wart undersoicht* (untersucht, entwickelt) *die kunst ind wat dairzo gehoirt, ind in den jairen uns heren do men schreif 1450, do was ein gulden jair: do began men zo drucken ind was dat eirste boich, dat men druckde, die bibel zo latin ind wart gedruckt mit einre grover* (groben) *schrift, as is die schrift, dae men nu misseboicher* (Meßbücher) *mit druckt. item wiewail* (obwohl) *die kunst is vonden zo Mentz, als vurß, up die wise als dan nu gemeinlich gebruicht wirt, so is doch die eirste vurbildung* (Vorstufe, nämlich holzgeschnittene Tafeln ganzer Druckseiten) *vonden in Hollant ... mer* (aber) *der eirste vinder der druckerie* (d. h. mit beweglichen Lettern) *is gewest ein bur-*

ger zo Mentz ind was geboren van Straisburch ind hiesch jonker Johan Gudenburch. item van Mentz is die vurß kunst komen alre eirst zo Coellen, dairnae (danach) *zo Straisburch ind dairnae zo Venedige. dat beginne ind vortgank der vurß kunst hat mir muntlich verzelt der eirsame man meister Ulrich Zell van Hanauwe, boichdrucker zo Coellen noch zer zit* (noch jetzt) *anno 1499, durch den die kunst vurß is zo Coellen komen.*

E. Aus der vierten deutschen Bibel, gedruckt in Augsburg bei Günther Zainer 1475 (a. a. O., S. 15 f = Matth. 6,5–6)

HJttent (hütet) *euch das ir euwere gerechtigkeit icht thuot vor dē menschen das ir werd gesehē von in, oder ir habt nit lons bey euwerm vatter der in dē hymeln ist. darum so du thuost ein almuosen, nit wolst singen vor dir mit dem horn als die gleychßner thuond in den synagogen vnd in den gassen das sy werden geert vō den menschen. Furwar sag ich euch, sy habē empfangē iren lon, wañ so du gibst ein almuosen, Es sol nit wissen dein lincke hand was dings thuo deyn gerechte, das dein almuosen sein in verborgē, vñ dein vatter der es sicht in verborgen der vergilt dirs.*

F. Aus ‹Die Bruderschaft sancte Ursula›, gedruckt bei Ulrich Pinder in Nürnberg 1513 (Text nach Rolf Wallrath, Das schöne gedruckte Buch im ersten Jahrhundert nach Gutenberg, 3 Köln 1962, S. 84)

Solche bruderschafft hat anfang zu Cölen vor langen zeyten / Vnd ist yetzund auch angefangē worden in disen landen / von dem geystlichen herren Görg Ranschawer vō Praunaw (Braunau) */ Vicari zu Trosperg / In diser bruderschafft wirdt keinem heyligen die ere genomen / wañ sie ist ein bruderschafft aller heyligen* (d. h. alle Heiligen werden von ihr verehrt) */ allein das sant Vrsula außerwelt* (auserwählt) *ist zu einer Patronin vñ schiffrawen* (Schiffsherrin) */ in dem geistlichen schiflein vnd bruderschafft. Der Segelbawm* (Mastbaum) *dises schifleins ist das pitter layden Jesu christi / mit sein heyligen funff wunden / vnder dem Segelbawm Maria ein muter aller genaden / bey jr die heylig sant Vrsula / mit allen zwelffpotten / Martrern / Beychtigern* (Bekennern) */ Junckfrawen / vnd allen himellischen here.*

G. Aus der Wettinischen Landesordnung von 1482, gedruckt bei Marcus Brandis in Leipzig 1482 (Text nach Johannes Erben, Ostmitteldeutsche Chrestomathie, Berlin 1961, S. 11)

Die frawen, iungfrawen vnd meyde, die in den mergklichen (bemerkenswerten, größeren) *vnd namhaftigen stettin dienen, vnnd die hantwercks knecht mogen sich halden als der gemeinen burger frawen vnd burger. Die aber in den kleynen stettin vnd merckten dienen, die mogen sich auch halten, als sich der gemeine man vnd ire weiber dar halden. Keyn pawer ader pawerszknecht vnd pewerin* (Bäuerin), *ir diner vnd dienerin sollen keinerhand seyden dan zu brawthawbin* (außer zu Brauthauben) *vnd auch keyn auszlendisch gewant vnd leynwat tragen. Wir wollen hirmitte nymants seine cleyder, die er vor hatt* (vor diesem Erlaß besaß) *zutragen verbietten, dan* (sondern) *das nu hinfur* (von nun an) *nymands sal zewgen* (Zeug anfertigen) *vnd machen lassen noch tragen, das disser vnser gesatzten ordenung wider ist.*

H. Aus Sebastian Brants ‹Narrenschiff›
(Text nach LH 142, S. 50 f)

Der hütt der hewschreck an der sunn
Vnd schüttet wasser jn eyn brunn
Wer hüttet das syn frow blib frum

Wer seine Frau hütet, damit sie brav bleibt, der hütet Heuschrecken auf sonniger Wiese und gießt Wasser in einen Brunnen.

Darunter ein Holzschnitt, der drei Narren zeigt. Der eine steht mit dem Hirtenstab zwischen einer Schar forthüpfender Heuschrecken, der andere gießt Wasser aus einem schweren Krug in einen Brunnen, der dritte wäscht Lehmziegel mit Wasser ab, wodurch sie sich auflösen (nach einem lat., von Brant im Text nicht verwendeten Sprichwort). Eine Frau blickt aus einem Fenster im Hintergrund auf das närrische Treiben.

Von frowen huetten

Vil narren tag vnd seltten guot
Hat wer synr frowen hütten duot
Dann welch wol wil die duot selb recht
Welch vbel wil die macht bald schlecht
Wie sie zuo wegen bring all tag
Ir böß fürnemen vnd anschlag
Leitt man eyn malschloss schon dar für
Vnd blüßt all rygel tor vnd tür
Vnd setzt jnß huß der hütter vil
So gatt es dennaht als es wil
Was halff der turn dar jnn Danae ging
Dar für do sie eyn kynd entpfyng
Penelope was fry vnd loß
Vnd hatt vmb sich vil buoler groß
Vnd was jr man zwentzig jor vß
Bleib sy doch frum jn irem huß
Der sprech alleyn das er noch sy
Vor btrügniß syner frowen fry
Der hab syn frow ouch lieb vnd holt
Den syn frow nie betriegen wolt
Eyn hübsch frow die eyn närrin ist
Ist glich eym roß dem oren gbryst
Wer mit der selben eren will

Von Behütung der Frauen

Wer seine Frau bewachen will, hat viele närrische, aber wenig gute Tage. Denn die gut Gesinnte tut von selbst das Rechte; die aber das Böse will, die findet rasch die Schliche, wie sie, so oft sie will, ihre bösen Vorsätze und Anschläge zuwege bringt. Auch wenn man sorgfältig ein Vorhängeschloß anbringt und alle Riegel, Tore und Türen fest verschließt und viele Wächter ins Haus setzt, so geht es dennoch nach ihrem Willen. Was nützte der Turm, in den Danae sich einschloß, dagegen, daß sie doch ein Kind empfing. Penelope dagegen war frei und unbeschützt und hatte viele Buhler um sich. Zwanzig Jahre lang war ihr Mann unterwegs; sie aber, allein im Haus, blieb brav. Wer sich aber rühmen kann, daß seine Frau ihn noch nicht betrogen hat, der soll sie auch lieben und ehren, weil sie ihn nie betrügen wollte. Eine hübsche, aber törichte Frau ist wie ein Pferd, das nicht hören kann.

Der machet krumber furchen vil
Eyn fromme frow sol haben gberd
Ir ougen schlagen zuo der erd
Vnd nit hoffwort mit yederman
Tryben vnd yeden gäfflen an
Noch hören alles das man jr seitt
Vil kuppler gont jn schoffes kleydt
Hett nit Helen vf pariß gifft
Eyn antwürt geben jn geschrifft
Vnd Dydo durch jr schwester Ann
Sie werent beid on frömde mann

Wer mit ihr ackern will, der wird viel krumme Furchen ziehen. Eine wackere Frau soll Anstand haben, soll die Augen niederschlagen und nicht mit jedermann Komplimente wechseln. Sie soll nicht mit jedem äugeln und nicht auf alles hören. Denn viele Kuppler gehen im Schafspelz einher. Hätte Helena nicht auf die Gabe des Paris durch einen Brief geantwortet, und Dido durch ihre Schwester Anna, so hätten sie sich dem buhlerischen Manne entzogen.

I. Aus dem Prolog zu den XXI Artikeln Geilers von Kaisersberg (Text nach LH 140, S. 1 f)

Anno Domini 1500 umb martini schicktend die Räth einen botten zu mir. Sye hetten etwas mit mir zureden, solt innen (ihnen) *ein stundt bestimmen, so wolten sye zu mir inn mein hausz komen oder wer es mir gelegen* (oder ob es mir lieber wäre) *ze kommen inn die Cantzley. Entbott ich innen ich wolt ir wartten* (wollte sie erwarten) *im Creützgang zum Münster, ich wene* (ich glaube; wenn ich mich recht erinnere) *uff sant Martins tag. Also kamen sye nach der vesper ir zwen* (ihrer zwei), *nemlich Peter Arg der fünffzehener* (15 Ratsherren) *Meyster, und Obrecht Armbruster alt Ammeister* (der frühere Amtsmeister), *fiert sye* (ich führte sie) *inn die Capittel stuben. Do fieng der selb ammeyster anzureden unnd sprach: Also werre* (wäre) *sinen herren fürkomen* (zu Ohren gekommen) *das ich uff der cantzel gesprochen het sye weren alle des teüfels, und ir vorfahren und ir nachkomen. Wolten sye gern von mir bericht* (unterrichtet, aufgeklärt) *werden weszhalb das were. Sye wollten ungern thun das nit recht were, darum sye des teüffels werrent* (... nichts Unrechtes tun, durch das sie des Teufels wären). *Annttwurtt ich inen: Lieben herren es ist war, ich hab also geredt, unnd hab auch desz* (dieses) *geredt usz anschlag* (mit Vorbedacht), *und sindt mir die wort nit entfaren ongeverd* (von ungefähr) *und one bedacht. Was aber die ursach sey, unnd warumb ich das geredt hab, will ich eüch inn geschrifft uberanttwurtten* (schriftlich beantworten und aushändigen), *es wer zu lanng uff dis mal zu reden; geffiel innen die anttwurtt wol* (sie erklärten sich einverstanden), *und schieden also von dannen ...*

(In den 21 Artikeln begründet der Prediger, warum er das harte Wort gesprochen hat.)

IX. Martin Luther

A. Aus dem ‹Sendbrief vom Dolmetschen› (Text nach LH 160, S. 272 f)

Zum ersten. Wenn ich, D. Luther, mich hette mügen des versehen, das die Papisten alle auff einen hauffen so geschickt weren, das si ein Capitel yn der schrifft kündten recht und wol verteutschen, So wolt ich furwar mich der demut haben finden lassen (so hätte ich Demut bewiesen) *und sie umb hilff und beystand gebeten, das Newe Testament zuverteutschen. Aber die weil ich gewüst und noch vor augen sihe* (gewußt habe und auch heute noch sehe), *das yhr keiner recht weiß, wie man dolmetschen odder teutsch reden sol, hab ich sie und mich solcher mühe uberhaben* (überhoben). *Das merckt man aber wol, das sie aus meinem dolmetschen und teutsch lernen teutsch reden und schreiben, und stelen mir also meine sprache, davon sie zuvor wenig gewist, dancken mir aber nicht dafur, sondern brauchen sie viel lieber wider mich. Aber ich gan* (gönne) *es jn wol, den es thut mir doch sanfft, das ich auch meine undanckbare jünger, dazu meine feinde reden gelert habe.*

Zum andern mügt yhr sagen, das ich das Newe Testament verdeutscht habe auff mein bestes vermügen und auff mein gewissen, habe damit niemand gezwungen, das ers lese, sondern frey gelasen (gelassen) *und allein zu dienst gethan denen, die es nicht besser machen können. Ist niemandt verboten ein bessers zu machen. Wers nicht lesen wil, der las es ligen, ich bite und feyre* (feiere, schmeichle) *niemandt drumb. Es ist mein testament und mein dolmetschung und sol mein bleiben unnd sein. Hab ich drinnen etwa gefeilet* (gefehlt) *– das mir doch nicht bewüst, und freilich ungern einen büchstaben mütwilliglich wolt unrecht verdolmetschen –, darüber wil ich die Papisten nicht zu richter leiden, denn sie haben noch zur zeit zu lange ohren dazu, und yhr ‹ycka, ycka›* (der Eselsschrei) *ist zu schwach, mein verdolmetschen zu urteilen* (verurteilen). *Ich weiß wol, und sie wissens weniger denn des Müllners thier, was fur kunst, fleiß, vernunfft, verstandt zum gutten dolmetscher gehöret, denn sie habens nicht versücht.*

B. Aus der Bibelübersetzung (*a.* Aus der ersten, bei Johann Mentel in Straßburg 1466 gedruckten Bibel; Text nach William Kurrelmeyer, Die erste deutsche Bibel, Band I, Tübingen 1904, S. 79; *b.* Aus dem Newen Testament Deutzsch, dem Septembertestament; Text nach der Weimarer Lutherausgabe, Die deutsche Bibel, Band VI, Weimar 1929, S. 92; *c.* Aus der Ausgabe von 1546; Text nach Band VI der Weimarer Ausgabe, S. 93. Abgedruckt ist die Stelle Matth. 21, 12–17).

a.	*b.*
12 *Vnd ihesus gieng in den tempel gotz vnd warff aus von dem tempel alle verkauffer vnd kauffer: vnd verkert die tisch der wechsler: vnd die stule der die do verkaufften die tauben:*	*vnnd Jhesus gieng tzum tempel gottis hynneyn, vnd treyb eraus alle verkeuffer vnd keuffer ym tempel, vnnd sties vmb der wechsler tische, vnnd die stuele der tawben kremer,*
13 *vnd er sprach zuo in. Es ist ge-*	*vnnd sprach zu yhn, Es ist geschrie-*

schriben: mein haus ist geruofen ein
haus des gebets: wann ir habt es ge-
macht ein gruob der diebe.
14 *Vnd die blinden vnd die lamen*
genachten (näherten) *sich zuo im in*
dem tempel: vnd er gesunt sy.
15 *Wann die fursten der pfaffen vnd*
die schreiber die sachen die wunder
die er tet: vnd die kind rieffen im
tempel vnd sprachen: osanna der
sun dauids: sy verunwurdigtens
16 *vnd sprachen zuo im. Hörstu waz*
dise sagent? Wann ihesus sprach zuo
in. Ia. Lasst ir denn nit wann du
hast volmacht das lob von dem mun-
de der kinde vnd der saugenden?
17 *Er ließ sy vnd gieng aus auswen-*
dig der stat in bethania: vnd belaib
do vnd lert sy von dem reich gotz.

ben, Meyn haus soll eyn bett haus
heyssen, yr aber habt eyn morder
gruben draus gemacht,
vnd es giengen zu yhm, blinden vnd
lamen ym tempel, vnd er heylet sie.

Da aber die hohen priester vnd
schrifftgelerten sahen die wunder,
die er thett, vnnd die kinder ym tem-
pel schreyen, Hosianna dem son
dauid, wurden sie entrustet, vnd
sprachen zu yhm, Horistu auch, was
dise sagen? Jhesus sprach zu yhn, ia,
habt yhr nie gelesen, Aus dem mund
der vnmundigen vnd seuglingen
hastu lob zu gericht?
vnnd er lies sie da vnd gieng zur
stadt hynaus gen Bethanien, vnd
bleyb da vbir nacht.

c.

12 *VND Jhesus gieng zum tempel Gottes hin ein, vnd treib eraus alle Ver-*
keuffer vnd Keuffer im Tempel, vnd sties vmb der Wechsler tische, vnd die
stüle der Taubenkremer.
13 *Vnd sprach zu jnen, Es stehet geschrieben, Mein Haus sol ein Bethaus*
heissen, Ir aber habt eine Mördergruben draus gemacht.
14 *Vnd es giengen zu jm Blinden vnd Lamen im Tempel, vnd er heilete sie.*
15 *DA aber die Hohenpriester vnd Schrifftgelerten sahen die Wunder, die er*
thet, vnd die Kinder im Tempel schreien und sagen, Hosianna dem son
Dauid, wurden sie entrüstet,
16 *vnd sprachen zu jm, Hörestu auch was diese sagen? Jhesus sprach zu*
jnen, Ja, Habt jr nie gelesen, Aus dem munde der Vnmündigen vnd Seuglin-
gen hastu Lob zugericht?
17 *Vnd er lies sie da, vnd gieng zur Stad hinaus gen Bethanien, vnd bleib*
daselbst.

X. Übergang zum Neuhochdeutschen

A. Aus Martin Opitz, ‹Buch von der Deutschen Poeterey›, Breslau 1624 (Text nach dem Neudruck von Wilhelm Braune, ^{4}Halle 1913, S. 16 f)

(Schluß des Kap. 3): *Ich bin der tröstlichen hoffnung, es werde nicht alleine die Lateinische Poesie . . . vngeacht dieser trübseligen zeiten und höchster verachtung gelehrter Leute* (obwohl die Gelehrten sehr mißachtet werden), *bey jhrem werth erhalten werden; sondern auch die Deutsche, zue welcher ich nach meinem armen vermögen allbereit die fahne auffgesteckt, von stattlichen gemütern allso außgevbet werden, das vnser Vaterland Franckreich vnd Italien wenig wird bevor dörffen geben.*

Das IIII. Capitel. Von der Deutschen Poeterey.

VOn dieser Deutschen Poeterey nun zue reden, sollen wir nicht vermeinen, das vnser Land vnter so einer rawen (rauhen) *vnd vngeschlachten Lufft liege, das es nicht eben dergleichen zue der Poesie tüchtige ingenia könne tragen, als jergendt ein anderer ort vnter der Sonnen. Wein vnnd früchte pfleget man zue Loben von dem orte da sie herkommen sein; nicht die gemüter der menschen. Der weise Anacharsis ist in den Scitischen wüsten gebohren worden. Die Vornemsten Griechen sind in Egypten, Indien vnd Franckreich gereiset, die weißheit zue erlernen. Vnd, vber diß das wir so viel Vorneme Poeten, so heutiges tages bey vns erzogen worden, vnter augen können stellen, erwehnet Tacitus von den Deutschen in dem buche das er von jhnen geschrieben, das ob wol weder Mann noch Weib vnter jhnen zue seiner zeit den freyen künsten ob zue liegen pflegeten, faßeten sie doch alles was sie im gedächtniß behalten wolten in gewisse reimen vnd getichte. Wie er denn in einem andern orte saget, das sie viel von des Arminius seinen thaten zue singen pflegeten. Welches sie vieleichte den Frantzosen nachgethan haben, bey denen, wie Strabo im fünfften buche anzeiget, Dreyerley Leute waren, die man in sonderlichen ehren hielt: Bardi, Vates vnnd Druiden. Die Barden sungen Lobgetichte vnnd waren Poeten; Die Vates opfferten vnd betrachteten die Natur aller dinge; Die Druiden pflegten vber die* (außer der) *Natürliche Wissenschafft auch von gueten sitten zue vnterrichten . . . Das* (Darin daß) *ich der meinung bin, die Deutschen haben eben dieses im gebrauche gehabt, bestetiget mich, vber das* (bestärkte mich außer dem) *was Tacitus meldet, auch der alten Cimbrer oder Dänen ebenmäßiger* (gleichartiger) *gebrauch, die von jhren Helden schöne und geistreiche Lieder ertichtet haben, deren nicht wenig von alten jahren her in Dennemarck noch verhanden sind, vnd von vielen gesungen werden.*

B. Aus Justus Georgius Schottelius, ‹Ausführliche Arbeit von der Teutschen HaubtSprache› (Text nach Originalausgabe, Braunschweig 1663)

I) Aus der ersten Lobrede, S. 10 f: *Unsere Teutsche Sprache ist weiträumig / tief / rein und herrlich / voller Kunst und Geheimnissen / und wird nicht nach dero grundmessigen Vermögen / slumpsweis / aus dem gemeinen Winde / ersnappet* (die Grundlagen des deutschen Sprachsystems lassen sich nicht beiläufig aufschnappen, d. h. mit der Luft einatmen): *Sondern durch Fleis und Arbeit muß erlernet werden / wie man einen jeden unaltäglichen Conceptum oder Sinnbegriff in rechte natürliche Teutsche Zier einkleiden / und dem Anhörer beliebt und bekand machen könne: lest sich auch nicht das Werk so gar geswinde zuurteihlen / zumeistern / beherrschen / und nach form einer kaltsinnigen Gewonheit zurechtfertigen* (ihr Regelwerk läßt sich nicht ohne weiteres nach einem schon zur Gewohnheit gewordenen – d. h. nach dem lateinischen – grammatischen System erfassen). *Es sol und kan ja keiner über unsere Sprache uhrteihlen / welcher deroselben nicht gewiß und recht kündig ist: Es kan aber niemand deroselben gewiß und recht kündig seyn / er muß sie in ihren Gründen ersehen / ihre weite und breite Grentze ein wenig mit fleisse durchwandert / und nicht mit blinden Griffen nur hin-*

ein getastet / und nur das jenige erlernet haben / was die algemeine altägliche Gewonheit einem jeden in seinem Beruffe zur Hand wirft: Wer sich aber / vermittels gehörigen Fleisses / in Teutscher Sprache ein wenig ümgesehen / die überreiche Schätze nur von fernen erblikket / so gläube ich sicherlich / er wird mit voller Liebe / derselben / als einer hochgeachteten Muttersprache zugetahn / und denen abhold werden / welche Klüglinge der Sprachen sich schätzen / und gern alles verkleinern wollen / da denselben doch an rechter kündigkeit ein grosser Mangel beiwohnet.

Demnach übergehet man billich die unrichtigen Gewonheiten / welche weder Ursach noch Beyfall in wahrer Grundrichtigkeit der Sprache antreffen / und bleibet zufoderst (zunächst) *in Ausfertigung der Sprachkunst allerdings* (ganz und gar) *bei dem / dem ein algemeiner guter Gebrauch / der sich auf grundmessigen Lehrsaz bezihen kan / beystimmig ist / oder welches sonst seine unfehlbare richtige Ursach und Beweistuhm / in den natürlichen Gründen der Sprache zufinden vermag / und dem ein teutschgesinter Verstand mit fuge nicht abfällig seyn kan.*

II. Aus dem zweiten Buch, der ‹Wortforschung› (Erläuterungen und Beispiele sind ausgelassen), S. 231 ff: *Das vierdte Capittel. Von der Teilung des Nennwortes.*

1. Das Nennwort (Nomen) ist ein wandelbares Wort / ein Nahm oder Nennung eines Dinges / oder welches anzeiget ein Ding / ohn Zeit und Tuhn.

2. Das Nennwort wird erkant / weil es vor sich nimt und leiden kan / der / die / das / ein / eine / ein / als: ein Mann / der Mensch.

3. Das Nennwort wird haubtsächlich geteilet in das Selbstendige (Substantivum) und in das Beistendige (Adjectivum).

Das selbstendige Nennwort ist / wessen Andeutung an sich selbst bestehet / und dadurch ein Ding / ohne zutuhn eines andern Wortes ausgetrükket wird / als: ein Haus / ein Tiehr / ein Mensch.

4. Das selbstendige Nennwort wird daher erkant / weil man nicht zugleich daselbst vorsetzen kan: der / die / das. Oder / weil es nicht auf die drey Endungen er / e / es / kan verwandelt werden: oder / weil man nicht kan daselbst beysprechen Mann / Frau / Ding.

5. Das selbstendige Nennwort ist entweder eigen (Nomen proprium) oder gemein (Nomen Appellativum). Das selbstendige gemeine Nennwort ist / wessen Deutung vielen anderen Dingen / die eines Wesens sind / gemein ist / als: Mensch / Vater / Haus.

6. Das selbstendige eigene Nennwort ist / welches nur ein eintziges selbstendiges Ding bedeutet / dem es also eigen / und sonst keinem anderen gemein ist / Wie da sind die Namen der Länder / Berge / Stäte / Flüsse / Männer / Weiber / etc.

7. Das Beistendige Nennwort (Nomen Adjectivum) ist / welches ohne Beistand eines anderen Wortes keine völlige Deutung eines Dinges austrükket / als: Groß / schwartz / klein.

8. Das beistendige Nennwort wird erkant / wenn man kan zugleich davor setzen / der / die / das / und wenn es die Enderung in er / e / es / leiden kan / als: Groß / grosser / grosses. Der grosser / die grosse / das grosses.

Oder / wenn man kann darzu setzen Mann / Frau / Ding / grosser Mann / grosse Frau / grosses Ding.

9. Die völlig Erkäntniß des Nennwortes wird erforschet und erkant aus dessen acht Haubtstükken / nemlich des Nennwortes Enderung (Motione) / Ergrösserung (Comparatione) / Geschlechte (Genere) / Zahle (Numero) / Zahlendung (Casu) / Abwandelung (Declinatione) / Ableitung (Derivatione) / Doppelung (Compositione).

LITERATURHINWEISE ZUM DRITTEN BUCH

Vgl. auch die Abschnitte ‹*Gesamtdarstellungen*› und ‹*Grammatiken*› in den Literaturhinweisen zum ersten Buch: Das Althochdeutsche. Daraus werden nur diejenigen Titel wiederholt, die für die Erörterung des Frühneuhochdeutschen von besonderer Bedeutung sind.

Abgekürzt zitierte Zeitschriften und Sammelwerke

Aufr	Deutsche Philologie im Aufriß, hrsg. von Wolfgang Stammler, 3 Bde. und Registerbd., Berlin ^{2}1957–1969
DTM	Deutsche Texte des Mittelalters, hrsg. von der Deutschen Akademie der Wissenschaften, Berlin
DU	Der Deutschunterricht, Stuttgart
DVjS	Deutsche Vierteljahrsschrift für Literaturwissenschaft und Geistesgeschichte, Stuttgart
GRM	Germanisch-Romanische Monatsschrift, Heidelberg
MIÖG	Mitteilungen des Österreichischen Instituts für Geschichtsforschung, Wien
NdJb	Niederdeutsches Jahrbuch, Neumünster
PBB	Beiträge zur Geschichte der deutschen Sprache und Literatur (Pauls und Braunes Beiträge); (West) Tübingen, (Ost) Halle
Rh. Vjbll.	Rheinische Vierteljahrsblätter, Bonn
Teuth	Teuthonista, Zeitschrift für deutsche Dialektforschung und Sprachgeschichte, Bonn–Leipzig
Wortgesch	Deutsche Wortgeschichte, hrsg. von Friedrich Maurer und Friedrich Stroh, 2 Bde. und Registerbd., Berlin ^{2}1959, 1960
WW	Wirkendes Wort, Düsseldorf
ZfdA	Zeitschrift für deutsches Altertum und deutsche Literatur, Wiesbaden
ZfdB	Zeitschrift für deutsche Bildung, Frankfurt a. M.
ZfDk	Zeitschrift für Deutschkunde, Leipzig–Berlin
ZfdPh	Zeitschrift für deutsche Philologie, Berlin–Bielefeld–München
ZfMda	Zeitschrift für Mundartforschung, Wiesbaden

Sprachgeschichte

1 Bach, Adolf, Geschichte der deutschen Sprache. Heidelberg ^{8}1965

2 Frings, Theodor, Grundlegung einer Geschichte der deutschen Sprache. Halle ^{3}1957

3 –, Sprache und Geschichte. 3 Bde. Halle 1956

4 Moser, Hugo, Deutsche Sprachgeschichte. Tübingen ^{6}1968

5 Sperber, Hans, Geschichte der deutschen Sprache. Neu bearbeitet von Peter von Polenz (Slg. Göschen). Berlin ^{5}1966

6 Weithase, Irmgard, Zur Geschichte der gesprochenen deutschen Sprache 2 Bde. Tübingen 1961

7 SOCIN, ADOLF, Schriftsprache und Dialekte im Deutschen. Heilbronn 1888
8 HENZEN, WALTER, Schriftsprache und Mundarten. Bern ²1954
8a PHILIPP, GERHARD, Einführung in das Frühneuhochdeutsche. Heidelberg 1980

Textsammlungen

9 MÜLLER, JOHANNES, Quellenschriften und Geschichte des deutschsprachlichen Unterrichts bis zur Mitte des 16. Jahrhunderts. Gotha 1881
10 STEINHAUSER, GEORG, Deutsche Privatbriefe des Mittelalters. 2 Bde. Berlin 1899 und 1907
11 STAMMLER, WOLFGANG, Spätlese des Mittelalters. I. Weltliches Schrifttum, II. Religiöses Schrifttum. Berlin 1963, 1965
12 TSCHIRCH, FRITZ, 1200 Jahre deutsche Sprache; Die Entfaltung der deutschen Sprachgestalt in ausgewählten Stücken der Bibelübersetzung. Berlin 1955
13 VOLZ, HANS, Vom Spätmittelhochdeutschen zum Frühneuhochdeutschen. Tübingen 1963
14 GÖTZE, ALFRED, Frühneuhochdeutsches Lesebuch. Göttingen ⁴1958
15 ERBEN, JOHANNES, Ostmitteldeutsche Chrestomathie. Berlin 1961

Grammatik

16 PAUL, HERMANN, Deutsche Grammatik. 5 Bde. Halle 1916–1920, Neudruck Tübingen 1968
17 BEHAGHEL, OTTO, Deutsche Syntax. 4 Bde. Heidelberg 1923–1932
18 DAL, INGRID, Kurze deutsche Syntax. Tübingen ³1966
19 MOSER, VIRGIL, Frühneuhochdeutsche Grammatik. Bd. I, III. Heidelberg 1929, 1951
20 MOSER, HUGO und HUGO STOPP, Grammatik des Frühneuhochdeutschen, Bd. I 1–3. Heidelberg 1970, 1973, 1978
21 VON BADER, KARL, Grundlagen des neuhochdeutschen Lautsystems. Straßburg 1890

Wortschatz

22 JELINEK, FRANZ, Mittelhochdeutsches Wörterbuch zu den deutschen Sprachdenkmälern Böhmens (13.–16. Jh.). Heidelberg 1911
23 GÖTZE, ALFRED, Frühneuhochdeutsches Glossar. Berlin ⁷1967
24 MITZKA, WALTHER, Deutscher Wortatlas. Gießen 1951ff
25 TRIER, JOST, Der deutsche Wortschatz im Sinnbezirk des Verstandes. I. Heidelberg 1931
26 KUNISCH, HERMANN, Spätes Mittelalter (1250–1500). Wortgesch I, S. 205 bis 267
27 ÖHMANN, EMIL, Der romanische Einfluß auf das Deutsche bis zum Ausgang des Mittelalters. Wortgesch I, S. 269–327

28 von Bahder, Karl, Zur Wortwahl in der frühneuhochdeutschen Schriftsprache. Heidelberg 1925

Erforschung des Frühneuhochdeutschen

29 Burdach, Konrad, Vorspiel; Gesammelte Schriften zur Geschichte des deutschen Geistes. Bd. I, 1 Mittelalter, I, 2 Reformation und Humanismus. Berlin 1925
30 –, und Paul Piur, Briefwechsel des Cola di Rienzo. 5 Teile. Berlin 1912 bis 1929
31 –, und Alois Bernt, Der Ackermann aus Böhmen. 2 Teile. Berlin 1917
32 –, und Gustav Bebermeyer, Schlesisch-böhmische Briefmuster aus der Wende des 14. Jahrhunderts. Berlin 1926
33 –, Petrarcas Briefwechsel. Berlin 1933
34 Klapper, Josef, Schriften Johanns von Neumarkt. 4 Teile. Berlin 1930 bis 1939
35 Piur, Paul, Briefe Johanns von Neumarkt. Berlin 1937
36 Bindewald, Helene, Deutsche Texte aus Schlesischen Kanzleien des 14. und 15. Jahrhunderts. 2 Teile. Berlin 1935–1936
37 Bernt, Alois, Die Entstehung unserer Schriftsprache. Berlin 1934
(Die Titel 30–37 sind in der von Konrad Burdach herausgegebenen Reihe ‹Vom Mittelalter zur Reformation› erschienen.)
38 Joachimsen, Paul, Der Humanismus und die Geschichte des deutschen Geistes. DVjS 8 (1930), S. 419–480
39 Moser, Virgil, Grundfragen der frühneuhochdeutschen Forschung. GRM 14 (1926), S. 25–34
40 Bebermeyer, Gustav, Vom Wesen der frühneuhochdeutschen Sprache (1350–1600). ZfDk 43 (1929), S. 697–707
41 Newald, Richard, Probleme der neuhochdeutschen Schriftsprache. ZfdB 8 (1932), S. 177–185
42 Frings, Theodor, Die Grundlagen des meißnischen Deutsch. Halle 1936 (auch in: Sprache und Gesellschaft III – s. o. Nr. 3 – mit Vorwort: Einiges Grundsätzliche über den Weg zur deutschen Schriftsprache)
43 Schwarz, Ernst, Die Grundlagen der neuhochdeutschen Schriftsprache. ZfMda 12 (1936), S. 1–15
44 Schmitt, Ludwig Erich, Zur Entstehung und Erforschung der neuhochdeutschen Schriftsprache. ZfMda 12 (1936), S. 193–223
45 Frings, Theodor, und Ludwcg Erich Schmitt, Der Weg zur deutschen Hochsprache. Jahrb. d. dt. Spr. 2 (1944), S. 67–121
46 Moser, Hugo, Die Entstehung der neuhochdeutschen Einheitssprache. DU 3 (1951), Heft 1, S. 58–74
47 Stammler, Wolfgang, Zur Sprachgeschichte des 15. und 16. Jahrhunderts. In: Kl. Schriften z. Sprachgesch. Berlin 1954, S. 19–35
48 Bach, Heinrich, Die entstehung der deutschen hochsprache im frühneuhochdeutschen. ZfMda 23 (1955), S. 193–201
49 Moser, Hugo, Spätmittelalterliches Deutsch. Aufr I, Sp. 781–854
50 Schirokauer, Arno, Frühneuhochdeutsch. Aufr I, Sp. 855–930

51 GROSSE, RUDOLF, Die obersächsischen Mundarten und die deutsche Schriftsprache. SB. Sächs. Akad., phil.-hist. Kl. 105, Heft 5. Leipzig 1961
52 HOTZENKÖCHERLE, RUDOLF, Entwicklungsgeschichtliche Grundzüge des Neuhochdeutschen. WW 12 (1962), S. 321–331
53 GUCHMANN, MIRRA M., Der Weg zur deutschen Nationalsprache, 2 Bde. Berlin 1964, 1969
54 SCHMITT, LUDWIG ERICH, Untersuchungen zu Entstehung und Struktur der neuhochdeutschen Schriftsprache. I. Köln 1966
54a ADMONI, WLADIMIR, Zur Ausbildung der Norm der deutschen Literatursprache (1470–1730). Berlin 1980
55 SCHÜTZEICHEL, RUDOLF, Mundart, Urkundensprache und Schriftsprache; Studien zur Sprachgeschichte am Mittelrhein. Bonn 1960
56 –, Zur Entstehung der neuhochdeutschen Schriftsprache. Nassauische Annalen 78 (1967), S. 75–92
57 VANCSA, MAX, Das erste Auftreten der deutschen Sprache in den Urkunden. Leipzig 1895
58 BRANDSTETTER, RENWARD, Die Luzerner Kanzleisprache 1250–1600. In: Der Geschichtsfreund. Einsiedeln 1892, S. 225–318
59 GLEISSNER, KÄTHE, Urkunde und Mundart auf Grund der Urkundensprache der Vögte von Weida, Gera und Plauen. Halle 1935
60 WEINELT, HERBERT, Die mittelalterliche deutsche Kanzleisprache in der Slowakei. Brno (Brünn) 1938
61 SCHMITT, LUDWIG ERICH, Die deutsche Urkundensprache in der Kanzlei Kaiser Karls IV. (1346–1378). Halle 1936
62 BACH, HEINRICH, Die thüringisch-sächsische Kanzleisprache bis 1325. 2 Bde. Kopenhagen 1937, 1943
63 KLAPPENBACH, RUTH, Zur Urkundensprache des 13. Jährhunderts. PBB 67 (1945), S. 155–216, 326–356; 68 (1946), S. 185–264
64 BOESCH, BRUNO, Untersuchungen zur alemannischen Urkundensprache des 13. Jahrhunderts. Bern 1946
65 PFANNER, JOSEF, Die deutsche Schreibsprache in Nürnberg ... bis 1400. Mitt. d. Vereins f. Gesch. d. Stadt Nürnberg 45 (1954), S. 148–207
66 MASAŘÍK, ZDENĚK, Die mittelalterliche deutsche Kanzleisprache Süd- und Mittelmährens. Brno (Brünn) 1966
67 SKÁLA, EMIL, Die Entwicklung der Kanzleisprache in Eger 1310–1660. Berlin 1967; Auszug in: PBB (O) 86 (1964), S. 35–68
67a BESCH, WERNER, Schriftsprache und Landschaftssprachen im Deutschen, Rh. Vjbll. 43 (1979), S. 323–343

Weitere Literaturhinweise

zu Kapitel I:

68 MOSER, HUGO, Probleme der Periodisierung des Deutschen. GRM 32 (1950/51), S. 296–308
69 MÜLLENHOFF, KARL, Einleitung zu MÜLLENHOFF–SCHERER, Denkmäler deutscher Poesie und Prosa. 2 Bde. Berlin–Zürich [4]1964

70 KÖTZSCHKE, RUDOLF und WOLFGANG EBERT, Geschichte der ostdeutschen Kolonisation. Leipzig 1937
71 AUBIN, HERMANN, Die Ostgrenze des alten deutschen Reiches. Darmstadt 1959
72 WAGNER, KURT, Deutsche Sprachlandschaften. Marburg 1927
73 MITZKA, WALTHER, Die Ostbewegung der deutschen Sprache. ZfMda 19 (1943), S. 81–140
74 –, Deutsche Mundarten. Heidelberg 1943
75 –, Hochdeutsche Mundarten. Aufr I, Sp. 1599–1728
76 FRINGS, THEODOR, Sprache und Siedlung im mitteldeutschen Osten. SB. Sächs. Akad., phil.-hist. Kl. 84, 6. Leipzig 1932
77 SCHWARZ, ERNST, Sprache und Siedlung in Nordostbayern. Nürnberg 1960
78 RÖRIG, FRITZ, Die europäische Stadt. In: Propyläen-Weltgeschichte Bd. IV (1932), S. 279–392
79 –, Vom Werden und Wesen der Hanse. Leipzig 1940
80 ENNEN, EDITH, Frühgeschichte der europäischen Stadt. Bonn 1953
81 –, Die Stadt zwischen Mittelalter und Gegenwart. Rhein. VjBll. 30 (1965), S. 118–131
81a FLECKENSTEIN, JOSEF und KARL STACKMANN, (Hrsgg.), Über Bürger, Staat und städtische Literatur im Spätmittelalter. Göttingen 1980
82 SCHMITT, LUDWIG ERICH, Die sprachschöpferische Leistung der deutschen Stadt im Mittelalter. PBB 66 (1942), S. 196–226
82a STRASSNER, ERICH, Nürnbergs Beitrag zur Entstehung der nhd. Schriftsprache. Jahrb. f. Fränk. Landesforschung 34/35 (1975), S. 243–262

zu Kapitel II:

83 WILHELM, FRIEDRICH, Corpus der altdeutschen Originalurkunden bis zum Jahre 1300. 4 Bde. Lahr 1932–1963
84 –, Zur Geschichte des Schrifttums in Deutschland bis zum Ausgang des 13. Jahrhunderts. I, Von der Ausbreitung der deutschen Sprache im Schriftverkehr und ihren Gründen. München 1920
85 WAGNER, JOACHIM, Äußerungen des deutschen Nationalgefühls am Ausgang des Mittelalters. DVjS 9 (1931), S. 389–424
86 ALBRECHT VON HALBERSTADT, hrsg. von Karl Bartsch. Quedlinburg–Leipzig 1861
87 EBERNAND VON ERFURT, hrsg. von Reinhold Bechstein. Quedlinburg–Leipzig 1860
88 HEINRICH DER TEICHNER, Gedichte, hrsg. von Richard Niewöhner. 3 Bde. Berlin 1953–1956
89 HUGO VON TRIMBERG, Der Renner, hrsg. von Gustav Ehrismann. 4 Bde. Tübingen 1908–1911
90 NIKOLAUS VON JEROSCHIN, Kronike von Pruzinlant, hrsg. von Ernst Strehlke. Königsberg–Leipzig 1863

zu Kapitel III und IV:

91 KIENLE, RICHARD VON, Historische Laut- und Formenlehre des Deutschen. Tübingen 1960

92 LINDGREN, KAJ B., Die Apokope des mhd. *-e* in seinen verschiedenen Funktionen. Helsinki 1953
93 –, Über den oberdeutschen Präteritumschwund. Helsinki 1957
94 –, Die Ausbreitung der mhd. Diphthongierung bis 1500. Helsinki 1961
95 SCHULZE, URSULA, Studien zur Orthographie und Lautung der Dentalspiranten *S* und *Z* im späten 13. und frühen 14. Jahrhundert. Tübingen 1967
96 FEUDEL, GÜNTER, Das Evangelistar der Berliner Handschrift. Ms. Germ. 4° 533. Berlin 1961
97 KAUFFMANN, FRIEDRICH, Geschichte der schwäbischen Mundart. Straßburg 1890
98 HEINZEL, RICHARD, Geschichte der niederfränkischen Geschäftssprache. Paderborn 1874
99 DE VOOYS, C. G. N., Geschiedenis van de Nederlandse Taal. Groningen [4]1946
100 VAN LOEY, A., Schönfeld's historische Grammatica van het Nederlands. Zutphen [6]1959
101 LASCH, AGATHE, Vom Werden und Wesen des Mittelniederdeutschen. NdJb 51 (1925), S. 55–76
102 FOERSTE, WILLIAM, Geschichte der niederdeutschen Mundarten. Aufr I, Sp. 1729–1898

zu Kapitel V:

103 HEINRICH VON MÜGELN, Der Meide Kranz, hrsg. von Willy Jahr (Diss.). Leipzig 1908
104 Die kleineren Dichtungen HEINRICHS VON MÜGELN, hrsg. von Karl Stackmann. 3 Bde. Berlin 1959
105 GIERACH, ERICH, Ein Vorbild für Der Meide Kranz Heinrichs von Mügeln. PBB 67 (1945), S. 243–248
106 STACKMANN, KARL, Der Spruchdichter Heinrich von Mügeln. Heidelberg 1958
107 KIBELKA, JOHANNES, Der ware meister; Denkstile und Bauformen in der Dichtung Heinrichs von Mügeln. Berlin 1963
Der Ackermann aus Böhmen, hrsg. von Konrad Burdach und Alois Bernt, s. o. Nr. 31
108 –, hrsg. von Arthur Hübner. Leipzig [3]1965
109 –, hrsg. von L. L. Hammerich und Günther Jungbluth. Kopenhagen 1951
110 –, hrsg. von Willy Krogmann. Wiesbaden 1954
–, Übersetzungen von Hermann Kunisch, Freiburg 1940, Alfred Hübner, Hannover 1947, Felix Genzmer (Reclam), Stuttgart 1951
111 HEILIG, KONRAD, Die lateinische Widmung des Ackermanns aus Böhmen. MIÖG 47 (1933), S. 414–426
112 SCHAFFERUS, ELSA, Der Ackermann aus Böhmen und die Weltanschauung des Mittelalters. ZfdA 72 (1935), S. 209–239
113 HÜBNER, ARTHUR, Das Deutsche im Ackermann aus Böhmen. SB. Preuß. Akad., phil.-hist. Kl. 1935, 323–398
114 –, Deutsches Mittelalter und italienische Renaissance im Ackermann aus Böhmen. In: A. H., Kl. Schriften. Berlin 1940, S. 198–210

115 TSCHIRCH, FRITZ, Kapitelverzahnung und Kapitelrahmung durch das Wort im Ackermann aus Böhmen. DVjS 33 (1959), S. 283–308
116 BORCK, KARL HEINZ, Juristisches und Rhetorisches im ‹ackerman›. Zschr. f. Ostforschung 12 (1963), S. 401–420
117 KROGMANN, WILLY, Neue Funde der Ackermannforschung, DVjS 37 (1963), S. 254–265
118 HAHN, GERHARD, Die Einheit des Ackermann aus Böhmen. München 1963
119 THIEME, KLAUS DIETER, Zum Problem des rhythmischen Satzschlusses in der deutschen Literatur des Spätmittelalters. München 1965
120 SKÁLA, EMIL, Schriftsprache und Mundart im Ackermann aus Böhmen. In: Deutsch-tschech. Beziehungen im Bereich d. Sprache u. Kultur. Berlin 1965, S. 63–72

zu Kapitel VI:

121 Die Lieder OSWALDS VON WOLKENSTEIN, hrsg. von Karl Kurt Klein, mit Musikanhang von Walter Salmen. Tübingen [2]1975
122 Der Bauernhochzeitsschwank, hrsg. von Edmund Wießner. Tübingen 1956
123 HEINRICH WITTENWILERS Ring, hrsg. von Edmund Wießner. 2 Bde. Leipzig 1931, 1936
124 Fastnachtspiele aus dem 15. Jahrhundert, hrsg. von Adelbert von Keller. 4 Bde. Neudruck Darmstadt 1965, 1966
125 KLEIN, KARL KURT, Oswald von Wolkenstein; Forschungsergebnisse und Aufgaben. WW 13 (1963), S. 1–12
126 BOESCH, BRUNO, Zum Stilproblem in Heinrich Wittenwilers Ring. In: Festschr. Walter Henzen. Bern 1965, S. 63–79
127 CATHOLY, ECKEHARD, Das Fastnachtsspiel des Mittelalters. Tübingen 1961
128 RANKE, FRIEDRICH, Zum Formwillen und Lebensgefühl in der deutschen Dichtung des späten Mittelalters. DVjS 18 (1940), S. 307–327
129 STAMMLER, WOLFGANG, Mittelalterliche Prosa in deutscher Sprache. Aufr II, Sp. 749–1102
130 –, Kleine Schriften zur Literaturgeschichte des Mittelalters. Berlin 1953
131 –, Kleine Schriften zur Sprachgeschichte. Berlin 1954
132 EIS, GERHARD, Mittelalterliche Fachprosa. Aufr II, Sp. 1103–1216
133 WENZLAU, FRIEDRICH, Zwei- und Dreigliedrigkeit in der deutschen Prosa des XIV. und XV. Jahrhunderts. Halle 1906
134 MALHERBE, DANIEL F., Das Fremdwort im Reformationszeitalter. (Diss.) Freiburg 1906
135 MÖLLER, PAUL, Die Fremdwörter aus dem Lateinischen im späteren Mittelhochdeutschen und Mittelniederdeutschen. (Diss.) Gießen 1915

zu Kapitel VII:

136 Die Frühzeit des Humanismus und der Renaissance, hrsg. von Hans Rupprich. Leipzig 1938
137 NIKLAS VON WYLE, Translationen, hrsg. von Adelbert von Keller. Neudruck Hildesheim 1967
138 HEINRICH STEINHÖVELS Äsop, hrsg. von Herrmann Österley. Tübingen 1873

139 Deutsche Schriften des ALBRECHT VON EYB, Bd. I, hrsg. von Max Herrmann. Berlin 1890
140 GEILER VON KAISERSBERG, Die ältesten Schriften, hrsg. von L. Dacheux. Neudruck Amsterdam 1965
141 SEBASTIAN BRANT, Narrenschiff, hrsg. von Friedrich Zarncke. Leipzig 1854
142 –, hrsg. von Manfred Lemmer. Tübingen ^{2}1968
143 THOMAS MURNER, Deutsche Schriften. 9 Bde., hrsg. von Franz Schultz. Berlin 1918–1931
144 PEUCKERT, WILL-ERICH, Die große Wende; Das apokalyptische Saeculum und Luther. Neudruck Darmstadt 1966
145 NEWALD, RICHARD, Klassisches Altertum und deutsche Literatur. Aufr II, Sp. 2541–2554
146 ROSENFELD, HANS-FRIEDRICH, Humanistische Strömungen. Wortgesch I, S. 329–438
147 BIENER, CLEMENS, Veränderungen im deutschen Satzbau im humanistischen Zeitalter, ZfdPh 78 (1959), S. 72–82
148 STRECKENBACH, GERHARD, Stiltheorie und Rhetorik der Römer als Gegenstand der Imitatio im Bereich des deutschen Humanismus. Wittenberge 1932

zu Kapitel VIII:
149 NOORDIJK, DIRK GERARDUS, Untersuchungen auf dem Gebiete der kaiserlichen Kanzleisprache im 15. Jahrhundert. Gouda 1925
149a MOSER, HANS, Die Kanzlei Kaiser Maximilians I. 2 Teile. Innsbruck 1977
150 KETTMANN, GERHARD, Die kursächsische Kanzleisprache zwischen 1486 und 1546. Berlin 1967
151 GÖTZE, ALFRED, Die hochdeutschen Drucker der Reformationszeit. Berlin ^{2}1967
152 SCHIROKAUER, ARNO, Der Anteil des Buchdrucks an der Bildung des Gemeindeutschen. DVjS 25 (1951), S. 317–350
153 PAUL, HERMANN, Gemeindeutsch. PBB 12 (1887), S. 558–560
154 WERBOW, STANLEY N., ‹Die gemeine Teutsch›. ZfdPh 82 (1963), S. 44–63
155 SEBASTIAN HELBER, Teutsches Syllabierbüchlein (1593), hrsg. von Gustav Roethe. Freiburg–Tübingen 1882

zu Kapitel IX:
156 Die erste deutsche Bibel, hrsg. von William Kurrelmeyer. 10 Bde. Tübingen 1904–1915
157 BRODFÜHRER, EDUARD, Untersuchungen zur vorlutherischen Bibelübersetzung. Halle 1922
158 MAURER, FRIEDRICH, Studien zur mitteldeutschen Bibelübersetzung vor Luther. Heidelberg 1929
159 MARTIN LUTHER, Werke; kritische Gesamtausgabe (‹Weimarer Ausgabe›). Weimar 1883 ff. 1. Abteilung: Werke, bisher 58 Bände, 1883 ff; 2. Abt. Tischreden, 6 Bde., 1912–1921; 3. Abt. Die deutsche Bibel, bisher 12 Bde., 1906 ff; 4. Abt. Briefe, bisher 13 Bde., 1930 ff
160 LILJE, HANNS, Martin Luther in Selbstzeugnissen und Bilddokumenten (rowohlts monographien Bd. 98). Reinbek 1965

161 FRANKE, CARL, Grundzüge der Schriftsprache Luthers. 3 Bde. Halle [2]1913 bis 1922
162 DIETZ, PHILIPP, Wörterbuch zu Dr. Martin Luthers deutschen Schriften (A-H). Leipzig 1870
163 BACH, HEINRICH, Laut- und Formenlehre der Sprache Luthers. Kopenhagen 1934
164 –, Handbuch der Luthersprache I. Kopenhagen 1974
165 ERBEN, JOHANNES, Grundzüge einer Syntax der Sprache Luthers. Berlin 1954
166 –, Luther und die neuhochdeutsche Schriftsprache. Wortgesch I, S. 439 bis 492
167 –, Die sprachgeschichtliche Stellung Luthers. PBB 76 (1955), S. 166–179
168 TSCHIRCH, FRITZ, Die Sprache der Bibelübersetzung Luthers damals; Eine notwendige Auseinandersetzung mit den Thesen Arno Schirokauers. (s. o. Nr. 50) In: F. T., Spiegelungen. Berlin 1966, S. 53–67
169 –, Die Sprache der Bibelübersetzung Luthers heute. Ebda. S. 68–108
170 ARNDT, ERWIN, Luthers deutsches Sprachschaffen. Berlin 1962
171 STOLT, BIRGIT, Die Sprachmischung in Luthers Tischreden. Stockholm 1964

zu Kapitel X:

172 LINDMEYR, BERNHARD, Der Wortschatz Luthers, Emsers und Ecks Übersetzung des Neuen Testaments. Straßburg 1899
172a MÜSSELECK, KARL-HEINZ, Untersuchungen zur Sprache katholischer Bibelübersetzungen der Reformationszeit. Heidelberg 1981
173 KLUGE, FRIEDRICH, Von Luther bis Lessing. Leipzig [5]1918
174 STOLT, BIRGIT, Studien zu Luthers Freiheitstraktat (Stilmittel der Rhetorik). Stockholm 1969
175 GUMBEL, HERMANN, Deutsche Sonderrenaissance in deutscher Prosa im 16. Jahrhundert. Frankfurt a. M. 1930
176 BESCH, WERNER, Sprachlandschaften und Sprachausgleich im 15. Jahrhundert. München 1967
177 MÜLLER, ERNST ERHARD, Die Basler Mundart im ausgehenden Mittelalter. Bern 1953
178 –, Wortgeschichte und Sprachgegensatz im Alemannischen. Bern–München 1960
179 TRUNZ, ERICH, Der deutsche Späthumanismus um 1600 als Standeskultur. In: Deutsche Barockforschung. Köln–Berlin 1965, S. 147–181
180 MÜLLER, GÜNTHER, Höfische Kultur. Ebda. S. 182–204
181 HIRSCH, ARNOLD, ‹Politischer Roman› und ‹politische Lebensführung›. Ebda. S. 205–226
182 GUNDOLF, FRIEDRICH, Martin Opitz. Ebda. S. 107–143
183 JELLINEK, MAX HERMANN, Geschichte der neuhochdeutschen Grammatik von den Anfängen bis auf Adelung. 2 Halbbände. Heidelberg 1913, 1914
184 JUSTUS GEORGIUS SCHOTTELIUS, Ausführliche Arbeit von der Teutschen HaubtSprache. Braunschweig 1663

Viertes Buch: Das Neuhochdeutsche

I. EIN NEUES HOCHDEUTSCH – NEUHOCHDEUTSCH

Gott / der da überreich ist von Gnade unnd Barmhertzigkeit / hat endlich durch so viele heisse Seufftzer und Zähren frommer / und mit unnachlässigen Beten anhaltender Christen (‚im unablässigen Gebet verharrender Chr.') / . . . *sein zorniges Hertz lassen erweichen / daß er nunmehr daß höchstbedrängte / und in den letzten Zügen liegende Teutschland mit dem alleredelsten Frieden widerumb beseeliget / und nach so vielen außgestandenem grossen Jammer und Elende hat erfreuet.*

(LH 39, S. 241)

Mit diesen frommen Worten begrüßte JOHANN RIST (1607–1667), Pfarrer in Wedel/Holstein und Mitglied der Fruchtbringenden Gesellschaft, den im Jahre 1648 geschlossenen Westfälischen Frieden, der den Dreißigjährigen Krieg beendete. In Nürnberg verhandelten die Kriegsparteien noch zwei Jahre lang über die Ausführungsbestimmungen, und im Juli 1650 feierte man dort ein Friedensfest, dem die Anwesenheit der Fürsten und Stände sowie der ausländischen Delegationen Glanz und Pracht verlieh.

Politisch gesehen waren allerdings auch die folgenden Jahrzehnte noch vielerorts von Kriegslärm und -wirren erfüllt. Kaiser LEOPOLD I. hatte sich mit Reichshilfe der Türken zu erwehren, die 1683 zum zweiten Male Wien belagerten. Brandenburg-Preußen errang in Kriegen mit Schweden und Polen die Stellung einer europäischen Großmacht. LUDWIG XIV. führte seine Reunionskriege (1681 Wegnahme Straßburgs), und in den Spanischen Erbfolgekrieg (1701–1704) wurden außer den Habsburgern und Frankreich auch die Niederlande, Italien und England verwickelt. Abermals wurden weite Gegenden des deutschen Reichsgebiets zum Kriegsschauplatz. Erst mit dem Frieden von Rastatt (6. März 1714) trat für das geschwächte Reich eine Zeit relativer Ruhe ein.

Solche Wirren nennt RIST als einen der Gründe, warum er sein ‹Schau- und Freuden-Spiel, Das Friedejauchtzende Teutschland› (dem auch obiges Zitat entnommen ist) erst im Jahre 1653 drucken ließ: *Und zwar / so hat mich . . . die Ungewißheit des allgemeinen Friedens in Teutschland sehr zu rücke gehalten . . . Man betrachte doch nur den neuen Streit / welcher bald nach beschlossenem Frieden / zwischen den beyden Hochfürstlichen Häuseren / als dem Churfürsten zu Brandenburg / und dem Hertzogen von Neuburg / sich angesponnen! auß welchem Füncklein gar leicht ein grosses / und dem gantzen Teutschen Reiche hochschädliches Feuer aufs neue hätte entstehen können / wenn selbiges nicht durch zu thun der höhesten Häubter und Friedeliebenden Gemüther / bey guter Zeit gestillet / und . . . klüglich wäre geleschet worden* (a. a. O., S. 219f). Er spielt damit auf die niederrheinischen Händel an, die 1651 durch Eingreifen des Kaisers und Spaniens im Keim erstickt wurden.

Weltauffassung des Hochbarock

Allerdings braucht RIST die Erinnerung daran als Vorwand, um den späten Druck seines 1653 schon nicht mehr ganz aktuellen Bühnenwerkes zu erklären. Eine Welle erleichterten Aufatmens war nach dem Friedensschluß durch das Land gegangen. Überall wurde der Friede gefeiert, und wer einen deutschen oder lateinischen Vers zu schmieden wußte, trug in Vortrag und Druck das Seine zu dem vielstimmigen Jubelchor bei. Dabei ist es allein die erhoffte Rückkehr friedlicher und geordneter Zustände, die den Jubel auslöst; die politischen Folgen des Krieges werden von den zeitgenössischen Poeten nicht erkannt. RIST z. B. läßt sein als allegorische Frauenfigur auftretendes ‹Teutschland› in einem Atem und harmonisierend die drei Häupter der großen Kriegsparteien rühmen: *den Großmächtigsten / Höchstverständigsten / ansehnlichsten Ferdinand den dritten* (1637–1657), *das zwar junge / aber sehr frische Heldenblut Ludowig den 13.* (!) (LUDWIG XIV., geb. 1638; König 1643–1715) *und die fast übermenschliche und allertapfferste Heldinne Christina* (von Schweden; 1632–1654, nach Abdankung und Übertritt zur katholischen Kirche 1689 in Rom gestorben). Den Friedensschluß preist sie als eine *Brüderliche Vereinigung,* und RIST hängt noch dem mittelalterlichen Weltbild vom christlichen Weltreich an. Sein ‹Teutschland› spricht von *den dreyen mächtigen Monarchen und gewaltigsten Potentaten der Christenheit / die mich alle drey für ihre Mutter erkennen* (alle Zitate a. a. O., S. 425). Hier wird 400 Jahre nach dem Untergang des Stauferhauses immer noch der Kaiser als der Herr und Deutschland als das Kernland der Christenheit gesehen.

Wir können hier nicht untersuchen, wie stark diese alte Tradition im Bewußtsein der damaligen Zeit noch weiterlebte. Jedenfalls ist aber auch die Auffassung mittelalterlich, die Leid und Not des Krieges als Gottesstrafe für die Sünden der Menschen und den Friedensschluß als Erweis göttlichen Erbarmens betrachtet. Damit steht RIST nicht allein. Es ist auch die Anschauung SIGMUND VON BIRKENS (1626–1681) in seinem bei der Nürnberger Friedensfeier 1650 aufgeführten Festspiel ‹Teutscher Kriegs-Ab- und Friedens-Einzug›. Nicht anders denkt der Dichter JOHANN KLAI (1616–1656) in seinen oratorienhaften Festspielen ‹Schwedisches Frieden- und Freuden-Mahl› (1649) und ‹Geburtstag Deß Friedens› (1650), und nahezu alle Dichtungen der Zeit sind auf den gleichen Ton gestimmt. Das ist noch ganz die Auffassung des Mittelalters. In der deutschen Literatur wird schon im ‹Ludwigslied› (881/882; vgl. Sprachgesch. Bd. 1, S. 79) der Krieg als Strafe Gottes für die Sünden des Volkes dargestellt.

Wie im Mittelalter ist überhaupt das Leben des Menschen noch ganz auf Gott bezogen. Die ewige Seligkeit ist das oberste Ziel; das Diesseits bleibt das Jammertal, das der Christ, allen Anfechtungen ausgesetzt und sie ständig bekämpfend, zu durchschreiten hat. Umkehr und Buße, Askese und Weltflucht sind die sichersten Garanten für ein gottgefälliges, seliges Ende.

In dieser Haltung sind sich Katholiken und Protestanten einig. Paul Gerhardt (1607–1676) singt in einem seiner Kirchenlieder:

Die Welt die deucht uns schön und groß:
Und was für Guth und Gaben
Sie trägt in ihrem Arm und Schooß:
Das wil ein jeder haben:
Und ist doch alles lauter nichts:
Eh als mans recht geneust / zerbrichts /
Und geht im Huy zu Grunde.

(LH 37, S. 74)

Nicht anders meint es Angelus Silesius (Johann Scheffler; 1624–1677), der 1653 zum Katholizismus übertrat und 1661 die Priesterweihe empfing. In seiner Gedichtsammlung ‹Heilige Seelenlust› (1657; erweitert 1668) finden sich folgende Strophen:

Wie kurtz ist doch diß Fest, die Herrligkeit der Zeit!
Dem Schatten eines Manns gleicht jhre Lust und Freud:
Sie mindert für und für den Lohn der ewig währt /
Und führt den Menschen ab / daß er zum Abgrund fährt.
Halt ja nicht das für dein / was du noch kanst verliern
Denn was die Welt dir gibt / das tracht sie zu entführn:
Was droben ist bedenck / und sey jhm zugethan:
Glückselig wer die Welt genug verachten kan!

(LH 38, S. 299 f)

Auch in der weltlichen Lyrik des Hochbarock lauert die Weltangst im Hintergrund, und im ‹Simplicissimus›, dem bedeutendsten Roman der Zeit (LH 50), zieht sich der Held schließlich aus dem Weltgetümmel in eine Einsiedelei zurück. Erst im letzten Viertel des 17. Jahrhunderts beginnt sich eine weltzugewandte, säkularisierende Geisteshaltung kräftig durchzusetzen (s. unten Kap. III).

Sündhaft wie vieles andere erscheint einsichtigen Zeitgenossen, vor allem den Mitgliedern der Sprachgesellschaften (vgl. oben, S. 195ff), der Sprachgebrauch der Zeit. JOHANN RIST hatte schon vor dem obengenannten ‹Schau- und Freudenspiel› ein anderes ‹Schauspiel, Das Friede-Wünschende Teutschland› verfaßt. Es entstand 1647. Den Druck von 1649 widmete er der Fruchtbringenden Gesellschaft, in die er 1647 unter dem Ordensnamen ‹der Rüstige› aufgenommen worden war. In der Vorrede lobt er die Arbeit der Mitglieder im Dienste der deutschen Sprache. Sie hätten *unsere hochlöbliche Teutsche Mutter- und Heldensprache in Ihre uhralte Reinligkeit / Zierde und Auffnehmen geführet / von den unzeitigen Flikreden fremder Sprachen befreiet ... / daß man nun mehr allen anderen Sprachen / ... an Majestät / Reinligkeit / Zierde und Vollenkommenheit nichtes bevor gibt / ja kühnlich kan trotz bieten.* (LH 39, S. 10), und hier wird, wenn nicht der Erfolg, so doch das Streben der Gesellschaft gerecht gewürdigt. In dem Schauspiel selbst aber tritt die allegorische Figur eines äußerst hoffärtigen *Teutschland* auf, das endlich durch den Krieg für seine vielen Sünden gestraft wird. Ihre Rede ist – anders als in dem späteren Freudenspiel – mit Fremdwörtern gespickt, und sie ruft den Vorzeithelden *Ehrenvest* (Ariovist), *Herman* (Arminius), *Klaudius Civilis* und *Wedekind* (Widukind), die ihre Sprache nicht verstehen, höhnisch zu: *Mein Gott / was seid Ihr doch albere einfältige Schöpfe! Verstehet Ihr denn nicht drei wohrt Französisch? Wie gedenket Ihr arme Teuffel doch heute zu tage durch die Welt zu kommen?*

Heerzog Wedekind weist sie sofort zurecht: *O Teutschland / unsere Teutsche ist eine so tapfere / schöne und Majestätische Heldensprache / daß sie es allen anderen Spraachen weit zuvor thut / und ist es ... zubeklagen / daß eine ... Königinn sich nicht schämet Ihre so vollenkommene eigene Spraache zu einer Schlavinnen aller anderen / sonderlich aber der Französischen zu machen* (a. a. O., S. 67). Diese Mißachtung der eigenen Sprache ist nicht die geringste der strafwürdigen Sünden, die *Teutschland* auf sich lädt.

Weder mit der Verehrung der *Teutschen Heldensprache* steht RIST allein, noch mit der Verurteilung der Sprachmengerei und mit der Voraussage, daß aus der Sprachverderbnis ein allgemeines Verderben entstehen mußte. Statt sehr vieler Zeugnisse müssen wir uns hier mit einem einzigen begnügen. Auch SCHOTTEL (1612–1676; vgl. oben, S. 199ff) hatte ein ‹Freudenspiel, Friedens Sieg› verfaßt, das er als Prinzenerzieher schon 1642 von den Söhnen des Braunschweiger Herzogs und ihren Schulkameraden aufführen ließ, als das niederdeutsche Herzogtum nicht länger Kriegsschauplatz war. Das Spiel wurde 1648 in Wolfenbüttel gedruckt. Wie RIST läßt auch SCHOTTEL einige Vorzeithelden auftreten, nämlich *Harminius* (Arminius) und *Henricus Auceps* (Heinrich den Vogler). In einer Szene führt er sie mit *Bolderian, einem alamodo Cavalier,* zusammen, der sie mit *Vostre tres-humble Serviteur, Monsieurs* anredet und sie nach ihrer Herkunft fragt: *Sie perdoniren meiner curiosität, mich bedünket, sie nicht zu unserer armada gehören, denn die facon und modo ihrer Kleydung ist fast unmanierlich.* Diese Rede veranlaßt *Henricus* zu der Bemerkung: *Ich vernehme* (,verstehe') *diesen . . . nicht gantz. Die Rede ist verworren, es scheinet ein unteutsches geflikke* (LH 35, S. 47).

Es kommt zu einem längeren Gespräch, in dem der alamodische Wortschatz *Bolderians* den andern unverständlich bleibt. Als *Henricus* fragt, was ein *Cavalier* sei, ob etwa *ein Markgraf . . ., ein Feldhauptmann oder Obrister oder Ritter und Teutscher vom Adel, welcher seine Ahnen aufzuzeigen und sich also Thurnierfähig weis,* erwidert *Bolderian* aufgebracht: *Per ma foy, . . . also parliret man nicht, . . . und befindet sich ein jeder Cavalier nicht obligat, nach solchen chosen zu inquiriren, auch versteht man solche Wörter fast nicht mehr bey uns, und seyn dasselbe alberne Sachen* (a. a. O., S. 49f).

Mit den letzten Worten zielt *Bolderian* hauptsächlich auf Begriffe wie ‹Ahnenprobe› und ‹Turnierfähigkeit›, denen im 17. Jahrhundert keine Realität mehr entsprach. Das will aber offenbar weder SCHOTTEL noch sein *Henricus Auceps* wahrhaben. Dieser entgegnet: *Auf die Enderung der Sprache folget eine Enderung der Sitten. Verenderte Sitten pflegen gemeiniglich das gemeine Leben also zu enderen, daß Unglükk und Untergang auf dem fusse daher folget. Ich meine, man könne nicht ohne . . . grossen Schimpf des Vaterlandes die angeborne so Heldenhafte und gleichsam fromme Muttersprache ins Elend verstossen* (a. a. O., S. 50). Wie aus der weiteren Entwicklung des Gesprächs deutlich wird, sieht SCHOTTEL das Unheil der Fremdwörter darin, daß sie, obwohl nur oberflächlich bekannt (*über hin bekant*), doch in aller Munde sind und dazu dienen, das Unrechte zu verschleiern: *Was grosses Unheil . . . daher entstehet, wann Tugend und Laster nicht ihren rechten, alten Nahmen behalten* (a. a. O., S. 51). Auch hier wird zwischen den Zeilen der Krieg als Sündenstrafe aufgefaßt, und die Sünde wider die Sprache ist der Anfang des Unheils. Denn aus Sprachverderbnis folgt Sittenverderbnis, und daraus folgen Unglück und Untergang.

Dem Kampf um die Reinigung der deutschen Sprache von fremdem Gut, hier ethisch, sonst mehr historisch unter Berufung auf die Würde der Nation begründet, widmen die Fruchtbringende und andere Sprachgesellschaften einen großen Teil ihrer *Spracharbeit* (so bezeichnen HARSDÖRFFER und andere ihre Bemühungen). Auf den mündlichen Sprachgebrauch der Öffentlichkeit haben sie wenig Einfluß gehabt. Bis tief in das 18. Jahrhundert hinein geißeln bissige Satiren immer erneut die Fremdwörterei der Höflinge, der *Cavaliers* und *Officiers*, die ihre Rede mit italienischen und spanischen, vor allem aber mit französischen Brocken aufputzen. Fast ebenso lange wird auch die mit lateinischen Floskeln untermischte Rede der gelehrten und scheingelehrten Beamten der Höfe, Kanzleien und Verwaltungen verspottet.

Etwas mehr Erfolg hatten die Bestrebungen der Sprachgesellschaften auf dem Gebiet der Schriftsprache. Vor allem aus der lyrischen Dichtung ist um 1650 das Fremdwort schon fast ganz verbannt, abgesehen natürlich von dem noch für unentbehrlich geltenden Apparat der antiken Mythologie und den aus der antiken Anakreontik entlehnten Namen. Auch in der Kunstprosa wird das Fremdwort seltener, und selbst in gelehrten Schriften, soweit sie schon in deutscher Sprache abgefaßt werden, sind die Bemühungen spürbar, die griechischen und lateinischen Fachausdrücke durch neue, deutsche Prägungen zu ersetzen. Das gilt besonders für die Stillehren und die Grammatiken. So lobt GEORG PHILIPP HARSDÖRFFER (1607–1658) in seiner ‹Schutzschrift für die Teutsche Spracharbeit› (1644, LH 36, S. 371) die Leistung SCHOTTELS (Gesellschaftsname: ‹der Suchende›) für die Schaffung deutscher *Kunstwörter* (Fachausdrücke): *Die Römer haben ihre Kunstwort den Griechen abgeborget / als Grammatica, Orthographia, Etymologia, Syntaxis: Wir können es / wie auch alles andere / deutlich / klar / und wolvernemlich* (,gut verständlich') *ausreden / als: die Sprachkunst, die Rechtschreibung / die Wortforschung / die Wortfügung / wie hiervon der unvergleichliche Suchende in seinen Schriften ausführliche Nachrichtung ertheilet.* (Vgl. dazu die Textprobe aus SCHOTTELS ‹HaubtSprache›, oben, S. 226f.) Zwischen HARSDÖRFFERS Zeilen liest man, daß das Lateinische dem Deutschen, das fremder Anleihen nicht bedürfe, unterlegen sei. Übrigens darf man den Ausdruck *Kunstwörter* nicht im modernen Sinne als ‹künstlich geschaffene Wörter› mißverstehen. *Kunst* als Übersetzung von lat. *ars* bedeutet ‹Fachwissenschaft› (vgl. *septem artes liberales,* ,die sieben freien *Künste*' = Fachgebiete der Wissenschaft). *Kunstwörter* sind also ‹den *artes* zukommende Wörter›, eben ‹Fachausdrücke›.

Allerdings wären die Bemühungen um die Hebung der deutschen Sprache viel zu einseitig charakterisiert, wollte man allein den Kampf gegen die Fremdwörter betonen. Es geht um viel mehr. Wenn HARSDÖRFFER das Deutsche am Lateinischen mißt, so steht dahinter das Bestreben, eine deutsche Sprache der Wissenschaft zu entwickeln. Noch stärker wird allerdings die Konkurrenz zu den modernen Sprachen, besonders dem Französischen, empfunden, und wiederholt wird gefordert, der bereits hochentwickelten und vielbewunderten französischen Literatursprache eine gleich- oder gar höherwertige deutsche Schriftsprache entgegenzusetzen. Nicht allein auf die Reinheit, sondern ebensosehr auf die Richtigkeit und Schönheit der Sprache kommt es dabei an.

Als das Ziel der *Teutschen Spracharbeit* bezeichnet HARSDÖRFFER in der erwähnten Schrift:

I. *Daß die Hochteutsche Sprache in ihrem rechten Wesen und Stande / ohne Einmischung fremder ausländischer Wörter / auf das möglichste und thunlichste erhalten werde.* (Sprachreinheit)
II. *Daß man sich zu solchem Ende der besten Aussprache im Reden / und der zierlichsten gebunden= und ungebundener Schreibarten befleissige.* (Sprachschönheit)
III. *Daß man die Sprache in ihre grundgewisse Richtigkeit bringe / und sich wegen einer Sprache und Reimkunst vergleiche / als welche gleichsam miteinander verbunden sind.* (Sprachrichtigkeit)
IV. *Daß man alle Stammwörter in ein vollständiges Wortbuch samle / . . .* (Wörterbuch)
V. *Daß man alle Kunstwörter von Bergwerken / Jagrechten / Schiffarten / Handwerkeren / u. d. g.* (,und dergleichen') *ordentlich zusammentrage.* (Fachwörterbücher)
VI. *Daß man alle in fremden Sprachen nutzliche und lustige Bücher / ohne Einmischung fremder Flickwörter / übersetze . . .* (Gute Übersetzungen) (A. a. O., S. 361 f)

Dieses alles zu leisten ist viel mühesamer, schreibt HARSDÖRFFER, als der Uneingeweihte *in einem Nun erkennen und eilschwülstig* (,in aufgeblasener Eilfertigkeit') *beurtheilen kan.* Er weiß, daß ein so großes Werk *geraume Zeit / gesamte Handanlegung aller Teutschlieben-Gemüther / . . . / und dann grosser Herren gnädige Handbietung erfordert.* Damals wie heute die gleiche Situation: Große wissenschaftliche Unternehmungen erfordern Zeit, die Zusammenarbeit Gleichstrebender und die Finanzierung durch wohlwollende Geldgeber.

Die Forderungen, die Harsdörffer in seinen sechs Punkten anmeldet, ziehen die Summe aus den (zumeist im gelehrten Briefwechsel geführten) Diskussionen der Fruchtbringenden Gesellschaft, deren Mitglied er seit 1642 war. Was bis dahin durch Gelehrte wie Gueintz und Schottel und durch Literaturtheoretiker wie Opitz – um nur wenige Namen zu nennen – zum Teil gesichert, zum Teil auch nur zum Problem gemacht war, wird zum Ausgangspunkt für einen Katalog weiterhin erforderlicher Arbeiten. Harsdörffer konnte nicht ahnen, daß er damit ein Programm entworfen hatte, das die Leitlinien für die Spracharbeit fast der ganzen neuhochdeutschen Periode abgeben sollte. Denn als nächstes und höchstes Ziel schwebte den während des Dreißigjährigen Krieges Geborenen vor, die *Teutsche Haubt- und Heldensprache* zu einer den höchsten ästhetischen Ansprüchen genügenden Literatur- und Kunstsprache auszugestalten. Es sind weiterhin, wie schon in der frühneuhochdeutschen Periode, die Grammatiker, die dazu ihr Scherflein beitragen, allen voran Justus Georg Schottel(ius) mit seiner ‹Ausführlichen Arbeit Von der Teutschen HaubtSprache› von 1663 (vgl. LH 34, S. 128ff). Aber einen sehr wichtigen Anteil an der theoretischen Auseinandersetzung nehmen jetzt, in der Nachfolge von Martin Opitz (vgl. oben, S. 196f), auch die Theoretiker der Poetik und Rhetorik, die Stiltheoretiker; dabei sind es die Literaten – im Gegensatz zu den Kanzlisten und den Theologen der frühneuhochdeutschen Zeit –, in deren Schaffen die Weiterentwicklung sichtbar wird. Die unterschiedlichen Zeitströmungen und Geistesrichtungen haben in den drei Jahrhunderten der neuhochdeutschen Zeit auf sehr verschiedenen Gebieten zur deutschen Sprachentwicklung jeweils das ihnen Besondere beigetragen. Aber eine jede hat sich mit den Programmpunkten Harsdörffers auseinandersetzen müssen, und keinen der sechs Punkte kann man heute, gegen Ende des 20. Jahrhunderts, als abgeschlossen betrachten.

Über die Sprachreinheit (I), wenn man darunter wie Harsdörffer nichts anderes als die Meidung von Fremdwörtern versteht, ist seit damals immer wieder heftig gestritten worden. Zwischen engstirnigem Purismus und laxer Nachgiebigkeit ist es nicht zu allen Zeiten gelungen, die mittlere Linie zu finden. Jede Generation und jeder einzelne wird immer aufs neue vor diese Frage nach der Reinheit seiner Sprache gestellt.

Die Frage nach der Sprachschönheit (II) reduziert sich für Harsdörffer auf die Suche nach *der besten Aussprache und den zierlichsten ... Schreibarten.* Auch dies sind immerwährende Aufgaben. die ‹Bühnenaussprache› (Siebs 1898) mußte der ‹Hochlautung› (1969) weichen, und eine Stilistik von 1875 könnte 1975 nur noch bedingt als

Wegweiser zu einem guten, modernen Schreibstil gelten.

Am ehesten kann das Problem der Sprachrichtigkeit (III) als gelöst gelten. Für HARSDÖRFFER und seine Zeitgenossen ging es dabei einerseits um das Verhältnis zwischen Schriftsprache und Mundarten und anderseits darum, ob und wieweit man Normen durchzusetzen habe, die dem allgemeinen und besonders dem regionalen Sprachgebrauch widersprechen. Solche Fragestellung war dringend in einer Zeit, als ein ‹Hochdeutsch› nur als geistige Konzeption bestand, welcher der schriftliche Sprachgebrauch mit mehr oder minder Erfolg nahezukommen suchte, von der die gesprochene Sprache aber allerorten noch weit entfernt war. Man darf behaupten, daß die innere Form einer deutschen ‹Standardsprache› im 19. Jahrhundert erreicht wurde. Äußerlich ziehen die Vereinbarung einer für das gesamte deutsche Sprachgebiet gültigen Rechtschreibung durch die Orthographiekonferenz von 1901 und die ebenfalls auf Konferenzberatungen beruhende Regelung der Aussprache (Siebs, Bühnenaussprache, 1898) einen vorläufigen Schlußstrich unter die seit drei Jahrhunderten umkämpften Einheitsbestrebungen.

Dagegen ist die Schaffung eines allen Ansprüchen genügenden Wörterbuchs (IV), geschweige denn von Fachwörterbüchern (V) trotz STIELER, ADELUNG, CAMPE, GRIMM und anderen bis heute ein Desiderat geblieben. Allerdings haben sich auch die Zielsetzungen solcher Unternehmen im Laufe der Zeiten mehrfach gewandelt. Dem 17. Jahrhundert kam es vor allem darauf an, eine Sammlung der in gepflegter Literatursprache zulässigen *Stamm-Wörter*, ihrer *Ableitungen* und ihrer *Verdoppelungen* (Bildung von Komposita) anzulegen. Diesen Wunsch erfüllte KASPAR STIELER (1632–1707) mit seinem dickleibigen Wörterbuch, ‹Der Teutschen Sprache Stammbaum und Fortwachs oder Teutscher Sprachschatz›, das 1691 erschien. Dabei sind unter *Stammbaum* die Stammwörter, unter *Fortwachs* die Ableitungen und Zusammensetzungen zu verstehen, und die Methodik kann als ein früher, noch unentwickelter Vorläufer des modernen Strukturalismus betrachtet werden.

Der Wunsch nach Übersetzungen (VI) kann nur auf die Fortsetzung einer schon längst geübten Tätigkeit gerichtet sein. MARTIN OPITZ hatte unter anderem Werke des gelehrten französischen Dichters RONSARD (1524–1585) und des nicht minder gelehrten Niederländers HEINSIUS (1580–1655) übersetzt, und er hatte aus ihrer poetischen Sprache mancherlei stilistische Anregungen für seine ‹Deutsche Poeterei› übernommen. Seinem Beispiel folgten die Stiltheoretiker des 17. und auch noch des 18. Jahrhunderts (s. unten S. 260ff.). Insoweit war die Stilkunst der fremden Literatur Gegenstand der Belehrung auf dem Wege zur Ausbildung einer deutschen literarischen Kunstsprache. Sie gab einerseits Anlaß zu theoretischer Auseinandersetzung, forderte aber in der Praxis der Übersetzung zugleich zur Erprobung der ausländischen Stilmuster auf, sei es, daß man sie nachahmen konnte, sei es, daß sie wegen der andersartigen Strukturen der eigenen Sprache zu verwerfen waren. Weit darüber hinaus aber suchte man durch Übersetzungen, auch aus dem Spanischen, dem Italienischen, dem Englischen, die Weite der literarischen Welt zu erfassen und nationale Enge zu überwinden. Beide Ziele waren wichtig genug, um die Übersetzung fremder Literaturwerke als unerläßlich für die deutsche *Spracharbeit* zu erklären.

Sehr bemerkenswert ist in diesem Zusammenhang der Bedeutungswandel des Sprachbegriffs ‹hochdeutsch›. Das Mittelalter hatte innerhalb des deutschen Reichsgebiets *Oberlant* und *Niderlant* unterschieden und dazu die Sprachbegriffe *ober-* und *niderlendisch* gebildet. Diese Unterscheidung wird aber selten getroffen; meistens verwendet man die Allgemeinbezeichnung *diutsch.* Dazu kommen in frühneuhochdeutscher Zeit die Bezeichnungen *oberdeutsch* und *niderdeutsch.* Nur ganz selten wird noch weiter differenziert durch ein *mittleres deutsch,* das die geographische Ausdehnung des Oberdeutschen einschränkt. Mag dies oder mögen andere Beweggründe die sprachliche Ursache gewesen sein, jedenfalls kommt seit Mitte des 15. Jahrhunderts die Bezeichnung *hochdeutsch* gelegentlich vor, immer nur im Gegensatz gegen *niederdeutsch* und die Differenzierung *ober-* und *mittel-* aufhebend. Das Wort taucht zuerst in einer niederländischen Handschrift von 1457 auf. Sie enthält eine Übersetzung, die *is gethoghen* (‚gezogen') *van den hoghen duutsche int nederduutsche.* Eine ältere Handschrift des gleichen Textes bietet *vten* (‚aus dem') *ouerlantschen duutsche* (LH 39a, S. 239); die Handschrift von 1457 hat also modernisiert. Daß die beiden Sprachbezeichnungen synonym sind, beweist auch Geiler von Kaisersberg. Er sagt von einer Übersetzung, die er 1510 drucken ließ, er habe es unternommen, den Text *in oberlendisch oder hochdeutsch zu bringen* (LH 10, S. 70). Beides waren Sammelbezeichnungen, die auf sämtliche Dialekte paßten; hochdeutsch oder oberländisch waren sowohl das Elsässische oder das Bairische wie auch das Schlesische oder das Hessische.

So meint es auch noch Philipp von Zesen (1619–1689), der in seiner Poetik, dem ‹Hochdeutschen Helikon› von 1641, über die Reimkunst spricht und damals noch dialektale Reime zuläßt: *Wer einen guten Reim wil machen, der muß . . . die mundart dessen Landes, wo er ist, in acht nehmen: Ist er in Meissen, so braucht er die Meißnische, ist er in der Schlesie, so braucht er die Schlesische Mundart, doch geht die Meißnische, welche die rechte Hochdeutsche, allen andern vor* (zit. nach LH 14, S. 146). Zwar verdient das Meißnische Vorrang, aber es ist doch nur eine von vielen hochdeutschen Mundarten. Daher die Bezeichnung *deutsche Haubtsprache,* die uns in den Schriften des 17. Jahrhunderts so oft begegnet. Sie gilt für das über den Dialekten stehende, mit keinem Dialekt identische Deutsch, um dessen Schaffung die Sprachgesellschaften und die Gelehrten und Dichter sich bemühen.

Einer der ersten, wenn nicht überhaupt der erste, der nicht mehr die Gesamtheit der hochdeutschen Mundarten, sondern die ‹Hauptsprache› mit der neuen Bezeichnung benennt, ist ANDREAS TSCHERNING (1611–1659), ein Schlesier, der seit 1644 als Professor der Poetik in Rostock, also in Niederdeutschland wirkte, und der wie die meisten seiner gelehrten Zeitgenossen sich auch als Dichter einigen Ruhm erwarb. In der Einleitung seines 1658 verfaßten, 1659 gedruckten Buches ‹Unvorgreiffliches Bedenken über einige mißbräuche in der deutschen Schreib- und Sprachkunst› heißt es: *Wer wil mir auch sagen / wo die rechte Ausrede* (‚Aussprache') */ oder die reine hochdeutsche Sprache vollkommen zu finden sey?* Hier ist ‹hochdeutsch› aus einem geographischen Kollektivbegriff (‹die hochdeutschen Mundarten›) zu einem Qualitätsbegriff (‹das reine, mundartfreie Deutsch›) geworden, ein Deutsch allerdings, das noch nirgends verwirklicht, aber anzustreben ist.

Wenige Jahre später schreibt SCHOTTEL in seiner ‹Ausführlichen Arbeit Von der Teutschen Haubtsprache› (1663): *Die Hochteutsche Sprache . . . ist nicht ein Dialectus eigentlich, sondern Lingua ipsa Germanica . . . omnibus dialectis aliquid vitiosi inest* (‚sondern die deutsche Sprache selbst . . . Alle Dialekte enthalten Fehlerhaftes'). Noch deutlicher sagt es KASPAR STIELER, der seinem Wörterbuch von 1691 eine ‹Kurze Lehrschrift von der Hochteutschen Sprachkunst› anfügt. Hier heißt es einleitend: *Ich sage Hochteutsch, dieweil die andere teutsche Mundarten, sie seyen Niederländisch, Sächsisch, Schweizerisch, Oesterreichisch, Schwäbisch, Fränkisch, ja sogar Meißnisch, diese hochteutsche Sprache . . . nicht ist.* Mit Bedacht also setzt STIELER die Bezeichnung *Hochteutsch* in den Titel seiner Schrift, weil dieses *Hochteutsch* etwas anderes und Höheres ist als alle nieder- und oberdeutschen Mundarten. Allerdings idealisiert STIELER die realen Verhältnisse, wenn er schreibt, dieses Hochdeutsch sei die Sprache, *welche das Teutsche Reich auf Reichstägen, in Kanzeleyen und Gerichten, so wol die Geistlichkeit in der Kirche, auf öffendlichen Kanzeln und im Beichtstul, wie nicht weniger die Gelehrte in Schriften, und männiglich in Briefen, Handel und Wandel gebrauchen* (Zitate nach LH 14, S. 216). Zwar mag man es gelten lassen, daß gegen Ende des 17. Jahrhunderts eine gewisse Einheitlichkeit im schriftlichen Sprachgebrauch, vor allem in Nord- und im östlichen Mitteldeutschland, bereits erreicht war. Aber in der mündlichen Rede (Kanzel, Beichtstuhl) herrschte noch lange der Gebrauch der Mundart – bestenfalls in gemäßigter Form – vor.

Doch die Einigung war auf dem Wege. Dieses neue Hochdeutsch allerdings ging nicht aus einer der vielen Mundarten hervor; es war zunächst eine Abstraktion, entwickelt aus dem Streben nach einer Norm, die theoretisch gefunden und begründet werden mußte. An der Wiege dieser neuen Sprache standen die Grammatiker, die bestimmten, was als ‹sprachrichtig› zu gelten habe, und die Stiltheoretiker, die über die ästhetischen Fragen zu befinden hatten. Vor allem letztere beschränkten sich jedoch im allgemeinen nicht auf die Verkündung neuer Lehren, sondern sie traten auch selbst als Dichter hervor und bemühten sich, poetisch schaffend zu verwirklichen, was sie in ihren Lehrschriften theoretisch begründet hatten.

Nicht ohne Zögern hatten wir für das Ende der frühneuhochdeutschen und damit für den Beginn der neuhochdeutschen Sprachperiode die Zeit des Friedensschlusses nach dem Dreißigjährigen Kriege, um 1650, angenommen (vgl. oben, S. 202f). Manche Sprachhistoriker suchen ja den Einschnitt bereits bei Opitz, seinem ‹Aristarchus› (1619) und der ‹Deutschen Poeterei› (1624), also um das Jahr 1620. Erkennen wir aber, daß der Sprachbegriff ‹Hochdeutsch› erst einige Jahre nach dem Friedensschluß jene Bedeutung erhält, die er im allgemeinen Sprachgebrauch bis heute bewahrt hat, bedenken wir auch das Programm, das Harsdörffer erst kurz vor dem Kriegsende für die Entwicklung dieser neuen Hochsprache verkündet (1644), und ziehen wir schließlich den politischen und sozialen Wandel in Betracht, der sich nach 1648 mit der Ablösung der ständischen durch die absolutistische Staatsordnung durchsetzt (s. unten S. 252f) – was auch sprachliche Konsequenzen nach sich zieht –, so sehen wir uns in der Auffassung bestätigt, daß der sprachhistorische Einschnitt – mag der literarhistorische immerhin bei Opitz liegen – in der Tat in der Zeit um 1650 zu suchen ist.

Um und nach 1650 vollzieht sich der Übergang vom ‹Meißnischen Deutsch› zum ‹Hochdeutsch›, das über allen Mundarten steht. Es beruht auf natürlichen Grundlagen und ist gleichwohl eine künstliche Schöpfung, erforscht, ersonnen, normiert und geregelt von Gelehrten, die aber nicht in gelehrter Theorie verharren, sondern von Anfang an zugleich danach streben, die neuen Normen in der Sprache der literarischen Kunst auch praktisch zu bewähren. Es entspricht ganz dem Gesetz, nach dem diese neue Sprache antritt, daß von Anfang an und bis tief in das 19. Jahrhundert hinein Gelehrte und Dichter, die größtenteils auf Universitäten studiert haben und oft in akademischen Berufen stehen, die sprachliche Weiterentwicklung tragen.

Wir gehen in unserer Darstellung der deutschen Sprachgeschichte von der Überzeugung aus, daß im Laufe der Zeiten bald die eine, bald die andere soziale Schicht die sprachliche Führung übernimmt (vgl. Bd. 1, S. 18f). In althochdeutscher Zeit sahen wir den gelehrten Geistlichen als den Schöpfer der deutschen Kultursprache. In der mittelhochdeutschen Periode übernahm der ritterlich-höfische Adel die sprachliche Führung. Er wurde im Frühneuhochdeutschen durch den Stadtbürger abgelöst. Humanisten legten den geistigen Grund; Notare und Schreiber in den Kanzleien sowie die Buchdrucker, die selbst oft Humanisten waren, strebten im praktischen schriftlichen Sprachgebrauch eine neue Einheit an. Immer suchten wir den Wechsel der sprachlich führenden sozialen Gruppen aus politischen und soziokulturellen Wandlungen ihrer Zeit zu erklären. Wenn wir nun für das Neuhochdeutsche eine bestimmte bürgerliche Gruppe, nämlich eine Bildungselite, als die die weitere Sprachentwicklung tragende Schicht erkennen, so müssen abermals die sich wandelnden politischen und gesellschaftlichen Verhältnisse zur Erklärung dienen.

Um den politischen Wandel deutlich zu machen, knüpfen wir noch einmal bei JOHANN RIST an, dessen Weltsicht, wie wir schon oben S. 240 bemerkten, rückwärts gewandt ist. In seinem ‹Friedejauchtzenden Teutschland› schleppt *Wühterich*, der grausame Diener des *Mars*, drei in Ketten geschlossene Gefangene mit sich, *drey Personen*, wie die Bühnenanweisung sagt, *deren die erste wie ein Geistlicher / die andre wie ein fürnehmer Weltmann / die dritte wie ein Bürger oder Ackersmann bekleidet daher gehet*. Der Begleiter und Mentor der Dame *Teutschland*, namens *Wahremund*, erklärt ihr auf Befragen, die gräßlich Gefolterten seien *die drey Häubtstände deines großmächtigsten Reiches / als der Geistliche / Weltliche / und Hauß-Stand*. Dabei wird letzterer nach *Bürgern / Handelsleuten / Handwerckern / Ackersleuten und anderen Landsassen* unterschieden (LH 39, S. 242 und 251).

Bemerkenswert ist hier der Sprachgebrauch. *Geistliche* und *Weltliche* (gemeint ist der weltliche Adel) sind die traditionellen ‹Stände›, die im Reich als ‹Reichsstände›, in den Territorien als ‹Landstände› politische Rechte haben. Als *Hauß-Stand* werden die sozialen Gruppen bezeichnet, die keine öffentliche Rechtsstellung genießen. Denn nicht die Bürger selbst, sondern die Städte als Korporationen bilden durch ihre Vertreter den öffentlich-rechtlichen dritten Stand, und die nichtadelige Landbevölkerung, soweit sie nicht überhaupt in politischer Unfreiheit als Hintersassen des Adels lebt, ist in den Ständekammern nicht vertreten.

Die spätmittelalterliche Rechtsordnung, die RISTS Darstellung widerspiegelt, ist zu seiner Zeit schon in der Auflösung begriffen. Unter französischem Einfluß und nach dem Vorbild der Regierung LUDWIGS XIV. setzt sich auch in Deutschland in der zweiten Hälfte des 17. Jahrhunderts mehr und mehr das absolutistische Herrschaftssystem durch. Die deutschen Landesfürsten beginnen in ihren Territorien autokratisch zu regieren. Die Landstände werden ihres Rechts der Mitwirkung an politischen Entscheidungen beraubt. Dafür entschädigen die Landesherren die einflußreichen Adelsfamilien und, besonders in katholischen Ländern, die hohe Geistlichkeit durch repräsentative Hofämter und lassen sie auf diese Weise am Glanz des Hoflebens teilhaben. So entsteht allmählich innerhalb des Adelsstandes eine neue Schichtung. Der ‹Hofadel› lebt im Bannkreis des Landesfürsten und kann mit seinen bedeutenderen Vertretern in der Diplomatie des Landes eine Rolle spielen. Von ihm sondert sich der ‹Landadel›, der vom Fürstenhof unabhängig bleibt und den späterhin gemeinsame Interessen mit den gehobenen Schichten des Bürgertums verbinden können.

Denn auch der Bürgerstand unterliegt der Wandlung und läßt eine neue soziale Schicht entstehen. Eine soziologisch einheitliche Gruppe hatten die Städter allerdings auch vorher nicht gebildet. Die patrizischen Handelsherren hatten sich in Lebensauffassung und -führung von den kleinen Kaufleuten und Krämern unterschieden, diese von den Handwerksmeistern, und diese wieder von den Handwerksgesellen, den Handlangern und Tagelöhnern. Aber die Reichs- oder Landstandschaft der Stadt hatte doch über die sozialen Schranken hinweg alle ihre Bewohner zu gemeinsamen Interessen verbunden. Das wurde jetzt anders, und wenn RIST aus den *Handelsleuten* und *Handwerckern* die *Bürger* heraushebt und an erster Stelle nennt, so meint er damit neben den am Stadtregiment Beteiligten vornehmlich die Schicht der akademisch gebildeten Stadtbewohner, und gerade diese Gruppe war im absolutistischen Staat für die höheren Verwaltungsämter unentbehrlich.

Es ist kein Zufall, daß im 17. Jahrhundert und vermehrt im 18. Jahrhundert immer neue Universitäten gegründet wurden. Den älteren Gründungen (vgl. oben, S. 42) folgten schon im 16. Jahrhundert: Wittenberg (1502–1817; dann mit Halle vereinigt), Marburg (1527), Königsberg (1544), Dillingen (1551–1804), Jena (1558), Helmstedt (1576–1809), Olmütz (1576–1782), Herborn (1584–1817), Graz (1586). Das 17. Jahrhundert erlebte vierzehn, zum Teil kurzlebige Neugründungen: Gießen (1607), Paderborn (1614–1808), Molsheim im Elsaß (1618–1701), Straßburg (1621–1792; neu gegründet 1872), Rinteln (1621–1809), Salzburg (1622–1810; neu gegründet 1962), Altdorf (1623–1809), Osnabrück (1630–1633!), Kassel (1632–1652), Bamberg (1648–1803), Duisburg (1655–1818), Kiel (1665),

Innsbruck (1673–1810; neu gegründet 1826), Halle (1694). Neun weitere Gründungen kamen im 18. Jahrhundert hinzu: Breslau (1702), Fulda (1734–1805), Göttingen (1737), Erlangen (1743), Bützow (1760; 1789 mit Rostock vereinigt), Münster (1780–1818; neu gegründet 1902), Stuttgart (1781–1794), Lemberg (1784–1871), Bonn (1786–1797; neu gegründet 1818).

Die ältesten Universitäten (Prag, Wien, Heidelberg, Köln, Erfurt) hatten ganz im Dienste der Kirche gestanden; ihr vornehmstes Ziel war die Ausbildung von Theologen und von Juristen (Kirchenrecht) gewesen. Die Theologie (katholische, lutherische, kalvinische) stand auch noch nach der Reformation im Mittelpunkt der Universitätsausbildung. Aber die neuen Hohen Schulen waren Landesuniversitäten, von den Landesherren gegründet. In ihrer theologischen Ausbildung hatten sie sich auch im 17. Jahrhundert noch dogmatisch eng nach dem Bekenntnis des Landesfürsten zu richten. Aber neue Ausbildungsziele, immer noch in die Willensentscheidung des Fürsten gestellt, kommen hinzu. Denn der Herrscher des absolutistisch gelenkten Staats sieht die Aufgabe seiner Landesuniversität vor allem darin, aus seinen Landeskindern die für die Staatsverwaltung benötigte Beamtenschaft heranzuziehen. Wie selbstverständlich der Zeit gerade diese Aufgabe der Universität erscheint, geht aus einer Äußerung von Christian Thomasius hervor, die wir in anderem Zusammenhang erörtern wollen (s. unten S. 276). Selbst diesem freien Geist schwebt für die Universitätsausbildung kein anderes Ziel vor als das Interesse des Landesherrn und seines Personalbedarfs für Staatsverwaltung und Landeskirche.

Durch die zielbewußte und zweckbestimmte Ausbildung an den vielen neuen Universitäten entsteht eine elitäre Schicht des akademisch gebildeten Bürgers, die in dieser Breite und in dieser Bedeutung für das Staatswesen vor dem Dreißigjährigen Kriege noch nicht bestanden hatte. Ihre Dienste wurden hoch geschätzt, und viele Diener der absoluten Herrscher und ihrer Staaten wurden in den Adelsstand erhoben. Allerdings blieb dieser ‹Geistesadel› bürgerlicher Herkunft, wenn er auch dem fürstlichen Herrn loyal und nicht selten servil zu Diensten war, in seiner geistigen Haltung doch bürgerlich geprägt, und sieht man von absolutischen Grillen der Souveräne ab, so gestaltete sich das Leben an den Höfen der zahlreichen kleinen Duodezfürsten auch nicht anders als in großen Bürgerhäusern.

Unter den im sprachgeschichtlichen Zusammenhang im folgenden zu erwähnenden Persönlichkeiten stehen viele im Hof- oder Staatsdienst. Es sind die Absolventen der Gelehrtenschulen und der Universitäten, die Gymnasialrektoren, vor allem auch die Universitätsprofessoren für Poesie und Beredsamkeit (vgl. unten S. 260ff). Sie empfinden, ihren Berufen entsprechend, die Arbeit an der deutschen Sprache als ihre besondere Aufgabe, eine Verpflichtung, die sie von Generation zu Generation weitergeben. Theologen, Philosophen, Mathematiker und Juristen schließen sich der *Spracharbeit* an. Zugleich mit dem neuen Aufstreben ihrer Wissenschaften fördern sie auch die Entwicklung ihrer Fachsprachen und darüber hinaus die allgemeine Sprachentwicklung.

Das neue Hochdeutsch, mit keiner Mundart identisch, durch gelehrte Spekulation geschaffen, wird bestätigt und weitergebildet in einer mit bewußter Sprachkunst gestalteten Literatur. Man darf dieses Neuhochdeutsch, wenn man das oft mißbrauchte Wort nicht scheut, als die sprachliche Schöpfung von Denkern und Dichtern bezeichnen.

II. GELEHRTE UND DICHTER IM HOCHBAROCK
(ca. 1650 bis 1680)

Das neue Hochdeutsch wird geschaffen von ostmitteldeutschen und niederdeutschen Gelehrten auf Grund von Theorien, aus denen man Normen für den ‹richtigen› Sprachgebrauch ableitet. In diesem Ziel sind sich die Sprachtheoretiker des 17. und noch des 18. Jahrhunderts einig, und sie berufen sich auf die Sprache LUTHERS oder das damit weitgehend identifizierte ‹Meißnische› als die Grundlage ihrer Bestrebungen. OPITZ warnt 1628 einen elsässischen Freund davor, in seiner Mundart zu schreiben: ‹Es gibt, wie das Attische bei den Griechen, bei uns eine Schreibart, die du meinetwegen lutherisch nennen magst (*genus quod Lutheranum vocitare per me potes*). Wenn du ihr nicht nachstrebst, gerätst du zwangsläufig auf Abwege (*erres necesse est*)› (LH 14, S. 114). Aber OPITZ selbst und nach ihm viele andere Schlesier haben in ihrem Hochdeutsch den schlesisch-mundartlichen Einschlag nicht verleugnen können. Zwar schreibt OPITZ in jenem Brief: *ego Silesiaca dialecto non utor* (‚ich verwende nicht den schlesischen Dialekt'), aber das kann nur bedeuten, daß er sich nicht der derben Mundart des Volkes bedient. Denn seine Reime und überhaupt seine Sprachformen sind keineswegs mit dem Lutherisch-Meißnischen identisch. Reime wie *beginnen : können* (schles. *kinnen*) sind im Meißnischen unmöglich. Wenn Schlesier, Obersachsen, Thüringer die Hochform der neuen Schriftsprache suchen, so verlassen sie sich auf ihr Sprachgefühl. So lernen sie, Derbmundartliches zu meiden, aber meißnische Korrektheit ist auf diese Weise nicht zu erreichen.

Suche nach der Grundrichtigkeit

Anders die Niederdeutschen, an ihrer Spitze SCHOTTEL. Sie beherrschen das Hochdeutsche noch nicht aus täglicher Sprachgewohnheit, mögen sie auch in Wittenberg oder Jena oder Leipzig studiert haben. Ihr Hochdeutsch haben sie vornehmlich aus Büchern, und aus der Sprache der Bücher leiten sie die Regeln und Normen ab, ganz ähnlich wie es die klassischen Philologen tun müssen, die sich mit der Grammatik des Griechischen und Lateinischen befassen. Nur waren auch diese Bücher, an den verschiedensten Druckorten und nach je besonderen Sprachvorstellungen der Drucker entstanden, in sich noch keineswegs einheitlich, und es blieb der Spekulation überlassen, aus dieser Vielfalt die rechte Norm zu entbinden. Der Weg dahin führt über das Analogie-Prinzip. So verlangt SCHOTTEL die Plurale *Bürgere* und *Himmele*, weil die Maskulina im Plural auf *-e* oder auf *-en* enden sollen. Hier (und in manchen anderen Fällen) führt ihn das Analogiedenken irre. Übrigens beobachtet er auch Doppelformen, die er gelten läßt, wenn sie semantische Unterschiede bezeichnen. Er ist der erste, der die beiden Plurale *Worte* und *Wörter* erwähnt. *Wörter* bedeute *etzliche entzele* (‚einzelne') *Wörter; Worte* hingegen bezeichne *eine gantze Meinung, so in den Worten bestehet.*

Solche Erörterungen gehören nach Auffassung der Grammatiker des 17. Jahrhunderts in das Gebiet der Etymologia, d. i. Wortlehre, wozu sowohl die Flexion wie die Wortbildung gerechnet wird. Obigen Beispielen aus der analogischen Flexionslehre seien noch einige Analogie-Erwägungen aus der Wortbildungslehre angeschlossen. HARSDÖRFFER lehnt in seinem ‹Specimen Philologiae Germanicae› (1646) unter Berufung auf die *analogia linguae* die Wortbildung *Genossenschaft* ab und verlangt nach dem Muster von *Freundschaft* die Bildung *Genoßschaft.* Dabei kommt ihm entgegen, daß in seiner Nürnberger Mundart der Singular *Genoß* lautet. Ein anderer Theoretiker verwirft *himmlisch* und verlangt *himmelisch,* da es von *Himmel* und nicht von *Himml* abgeleitet sei. Derselbe tritt allerdings auch für *göttlich* gegenüber der altertümlichen Schreibung *götlich* ein wegen des Zusammenhanges mit *Gott.*

Man sucht für alle Entscheidungen eine *ratio,* d. h. eine vernunftmäßige Begründung, und dieses Prinzip, bei den niederdeutschen Sprachtheoretikern vorherrschend, ist auch den ostmitteldeutschen nicht fremd. Es wird aber gemildert durch die Beobachtung des Sprachgebrauchs, des *usus.* SCHOTTEL allerdings meinte einmal (1645), mittels der Analogia müsse die Sprachnorm, die *Grundrichtigkeit,* erst geschaffen werden, der Sprachgebrauch werde ihr späterhin folgen. Für einen Augenblick vergaß er die Leistungen und das Vorbild der Schriftsteller. Nüchterner urteilte HARSDÖRFFER (1646), der die Schriftsteller als *Autoritates,* Autoritäten, nennt. Stimmen sie überein, so hat man ihnen zu folgen. Erst wo sie uneins sind, hat *ratio* die rechte Norm zu ermitteln. Das führt nach vielem Pro und Contra schließlich dazu, daß z. B. obiges *himmelisch* als nicht dem *usus* entsprechend abgelehnt wird, daß man sich aber für jene Autoren entscheidet, die *göttlich* schreiben, weil die *ratio* darin das Grundwort *Gott* genauer abgebildet sieht. Auf diese Weise bleibt entgegen vielen gärenden Neuerungswünschen endlich doch die Kontinuität gewahrt. Man greift regulierend ein, wo es notwendig und sinnvoll ist, aber man bricht nicht mit der Tradition (z. B. in der Orthographie; aber auch nicht in Formen-, Wort- und Satzbildung), soweit sie sich mit dem neuen Normensystem vereinigen läßt. Hier ist nicht der Platz, auf Einzelheiten einzugehen. Mit GOTTSCHED (s. unten S. 297f, 310ff) ist diese erste Phase der Entwicklung abgeschlossen.

Im Anhang Nr. I (unten S. 384ff, A–C) sind drei Texte zusammengestellt, an denen dreierlei zu erkennen ist; 1. daß bereits eine weitgehende Übereinstimmung in sprachlicher und orthographischer Gestaltung erreicht ist, 2. daß gleichwohl gewisse landschaftliche Unterschiede bestehen, 3. daß in dem jüngsten der drei Texte gegenüber den beiden älteren die Orthographie deutlich modernisiert ist. Der aus Gryphius entnommene Text wurde 1657 in Breslau gedruckt, der Abschnitt aus Grimmelshausen 1668 in Nürnberg, und das Schelmenstück aus Abraham a Sancta Clara reichlich dreißig Jahre später, 1701 in Wien. Die Drucke seien im folgenden als B, N und W bezeichnet.

Das Analogiestreben macht sich in diesen Texten vor allem in der Rechtschreibung geltend. B schreibt *Zufälle, Umbstände,* und N hat *Gäns,* wo nach älterer Rechtschreibung *-felle, -stende, gens(e)* üblich war. Durch diese Neuerung wird der etymologische Zusammenhang mit den Singularformen *Fall, Stand, Gans* berücksichtigt. Gleichwohl hat B nach alter Weise *erzehlen, Erzehlung,* denn der etymologischen Zugehörigkeit zu *Zahl* widerspricht die semantische Beziehungslosigkeit. Gegen das Herkommen, den *usus,* war es aber oftmals schwer, die Analogieschreibung durchzusetzen. So hat B *wolten,* N *wolte, solte, konte,* und erst W schreibt *willst, könnte* mit *ll, nn,* wie es die Analogie fordert.

Anderseits bekämpfen manche Grammatiker schon früh die unnütze Doppelschreibung von Konsonanten in bestimmten Positionen, so die *ff, ss, tz, ck* und das *b* nach *m.* Trotzdem finden sich *auff* BN, *scharffes, Verlauff* B *Dorff, lieffen* N; *Gesell-, Kundschafft, schrifftlich, wahrhaffte* B, (in N fehlen Belege dieses Typs); *deß* BN, *biß, außstehen* B, deßwegen, *auß* N; *gantzen, Kurtzweilen* B, *kurtz, gantz, Hertz, Filtz, Krantz, Kräntzen, schwartzen, Grentze, schweitzerischen* N; *mercken* B (keine Belege in N); *frembd* BN, *Ambsterdam, Umbstände* B, *sampt* N. Gegenbeispiele mit vereinfachter Schreibung finden sich in B und N nicht. Umgekehrt hat in diesem Punkt W durchgreifend modernisiert, und dort fehlen Beispiele für die ältere Schreibung: *auf, hinauf, worauf, Kopf; Nachbarschaft; desgleichen, bis, heraus; Pfalz, Tanz, ganzer, hölzenen; merken, vermerkt; um.*

In anderen Fällen ist eine generelle Regelung noch nicht zu erkennen. Vor allem die Schreibung des *i* folgt offenbar in den drei Drucken verschiedenen Gewohnheiten. Neben *i, ie* kommt *y* vor, besonders im Diphthong: *bey* BNW, *Meynung* (aber sonst *ei: Theil, weil* usw.) B, *seyn* N, *tausenderley, Geschrey* W. Nur in W steht *y* auch zur Bezeichnung eines langen *i,* aber nur beim Verb *schrye, geschryen.*

Der Breslauer Druck hat außerdem beim Pronomen auch noch die Schreibung *jhr, jhnen,* die auf alter regionaler Tradition beruht. Auch sonst zeigen sich orthographische Besonderheiten in den einzelnen Drucken. B schreibt *stadt,* N hat *statt,* aber anderseits in *Endten* auch ein nicht motiviertes *dt.* Die Orthographie ist – das bemerkt man – auf dem Wege zu größerer Einheit, die aber doch bei weitem noch nicht erreicht ist.

Nicht auf orthographische, sondern auf sprachliche Unsicherheiten oder auch auf dialektale Unterschiede gehen andere Differenzen zurück. Ostmitteldeutsche Norm und Erfordernis der neuen Schriftsprache sind die *e* in End- und Mittelsilben. Aber nur B gebraucht sie, der schlesischen Mundart entsprechend, regelmäßig: *Freunde, nach Hause, Wege; angestellet, mitgetheilet, aufgesetzet, begehret;* hyperkorrekt auch *Verliebeten, Liebesten.* Auch die Regel, daß das *-e* vor vokalischem Anlaut zu tilgen sei, um den Hiat zu vermeiden, wird befolgt; daher *habe stat einer . . . Beschreibung,* aber *hab endlich versprochen.* Dem Breslauer Drucker fiel es leicht, sich den ostmitteldeutschen Normen zu fügen; nur einmal, in der Form *Begebnüß* statt des normgerechten *-niß,* gibt er seiner Mundart Raum.

Der Nürnberger und der Wiener Drucker haben mehr Schwierigkeiten. Die Erhaltung des *e* in End- und Mittelsilben ist ihren Mundarten nicht angemessen, und sie beherrschen die schriftsprachliche Norm nur unvollkommen. N druckt zwar korrekt *wäre, Ställe, Leute, betete,* setzt aber in *Viehe* auch einmal ein falsches *-e,* und ihm entschlüpfen auch Formen ohne *e* wie *Freud, Sorg, Thors,* die Plurale *Neben=Weg, Baurn=Höf, Gäns* und die Verbformen wie *lebte, machte* (für *lebete, machete*). Noch deutlicher tritt dies im Wiener Druck hervor, wo die *e* fast überall fehlen: *Weis, Stimm, Leut,* sogar *Gatn* (*Gadem*), *Tölpl; gemeldt,* (*-det*), *schütt* (*-tet,* oder *-tete*) u. a. Ob auch Fälle wie *Gesell, Gespött* hierhergehören, ist nicht zu entscheiden, da schon im Mittelhochdeutschen Formen mit und ohne *-e* nebeneinanderstehen.

In W sind auch sonst Dialektformen nicht selten. Neben korrektem *zieh* steht die 3. Person *ziecht (zieht,* omd. *ziehet*). Einmal schleicht sich auch dialektales *laßt* neben sonstigem *läßt* ein. Seine Unsicherheit zeigt sich ferner in *Knöbel, bündet, blüzlet* für *Knebel, bindet, bli(n)zelt.* Da nämlich die ober- und mitteldeutschen Mundarten *ö* und *ü* zu *e, i* ‹entrunden› (*ibel, megen* statt *übel, mögen*), wird oft fälschlich auch dort *ö, ü* geschrieben, wo *e, i* echt und alt sind. (Im heutigen Deutsch haben manche Wörter wie *zwölf, Löffel* – mhd. *zwelf, leffel* – durch solche Irrtümer des 17. Jahrhunderts fälschlich den gerundeten Laut erhalten.) Übrigens unterbleibt die Rundung in *Limmelshofen* statt *Lümmelshofen* (zu mhd. *lumm* ‚schlaff').

Besonders zu beachten ist der jüngste, der Wiener Druck von 1701, vor allem wenn man einen von ABRAHAM A SANCTA CLARA eigenhändig geschriebenen Text (Anhang I D) vergleicht. In der Handschrift finden sich zunächst die gleichen Rückständigkeiten, die an B und N zu beobachten waren: *warhafft, schläffrig, gworffen, tropff; umb, warumb, vmbgirtet, vndt, mundt, abendt.* Ferner Unregelmäßigkeiten der Schreibung wie *schluker* (‚Schlucker'), *ausezigen* (‚Aussätzigen'), Formen wie *wolt, solte, kunte,* das dialektale *kh* = *kch,* z. B. in *khene* (‚kenne'), *bekhen* (‚Becken'); *tuech* und *fiess* mit den aus *uo* bzw. *üe* entstandenen Zwielauten, die in der Normsprache zu *u* bzw. *ü* geworden sind. Auf den sehr häufigen Ausfall des *e* braucht nicht besonders hingewiesen zu werden, wohl aber auf die zahlreichen Entrundungen wie *megen* (‚mögen'), *Elberg* (‚Ölberg'), *schlissl* (‚Schlüssel'), *Jingling, sinder; demietigste, fiess* (‚Füße'); *leit* (‚Leute'), *erleichter* (‚Erleuchteter'), *baim* (‚Bäume'), dazu auch auf grob dialektale Formen wie *seint, gwest* (‚sind', ‚gewesen').

Das Manuskript des Predigers, das dem Wiener Drucker vorlag, wird nicht viel anders ausgesehen haben als diese Handschrift. Desto erstaunlicher ist es daher, daß W es verstand, trotz erkennbarer dialektaler Schwächen einen orthographisch stark normalisierten Text, der in dieser Hinsicht B und N übertraf, auf den Markt zu bringen. Denn bairisch-österreichische Handschriften der Zeit gleichen im allgemeinen dem oben besprochenen handschriftlichen Text ABRAHAMS. Die sprachliche Reformarbeit wurde im protestantischen Mittel- und Norddeutschland geleistet. Der katholische Süden nahm daran – von wenigen Ausnahmen abgesehen – keinen Anteil, verdächtigte sie sogar als lutherische Heimtücke. Von heimischen Gelehrten konnte der Wiener Buchdrucker also keine Hilfe erwarten. Als Geschäftsmann mußte ihm aber an der möglichst weiten Verbreitung seiner Bücher liegen. Daher schließt er sich nach Kräften der mitteldeutschen Norm an, die sich im Laufe der Zeit festigt. Wenn seine Rechtschreibung im Jahre 1701 fortschrittlicher ist als die der Texte B und N von 1657 und 1668, so dürfte das auf STIELERS Einfluß zurückgehen, dessen Wörterbuch und Lehrschrift (s. oben S. 247, 249) 1691 erschienen waren.

Von der deutschen Sprache Zierlichkeit

Sache der Grammatiker war es, Normen für die *Grundrichtigkeit* der Sprache aufzustellen und zu begründen. Neben Auseinandersetzungen über die Formenlehre (z. B. über die Flexionsendungen: *des Tags* oder *Tages, ich sah* oder *sahe,* oder über Ausgleich innerhalb des Paradigmas, wie *ich sang – wir sungen* oder *wir sangen*) gehörten dazu endlose Streitereien über eine normierte Rechtschreibung, und wie wichtig diese Frage im 17. und bis in das 18. Jahrhundert hinein war, lassen die obigen Textanalysen wenigstens ahnen.

Nicht minder wichtig aber waren die Auseinandersetzungen über die innere Form des werdenden Neuhochdeutsch. Hier hatten die zahlreichen Stillehrer ihre Domäne, die, angeregt durch MARTIN OPITZ und in seiner Nachfolge, sich mit Fragen der Poetik befaßten. Die metrisch-rhythmischen Erkenntnisse, die OPITZ in seiner ‹Poeterei› von 1624 vorgetragen hatte, insbesondere der geregelte Wechsel von betonten und unbetonten Silben anstatt des bis dahin oft geübten Silbenzählens, wurden unermüdlich immer aufs neue ausgeschrieben, z. T. auch diskutiert und weiterentwickelt. Diese Seite von OPITZ' Nachwirkung, wichtig genug für die *Dichtungs*geschichte, bedarf keiner Erörterung in unserer *Sprach*geschichte.

Sprachhistorisch wichtig ist es dagegen, daß OPITZ unter Berufung auf RONSARD und HEINSIUS (s. oben S. 247), die ihm darin für das Französische und das Niederländische vorangegangen waren, nun auch für das Deutsche eine Stilkunst forderte, die aus den griechischen und lateinischen Autoren zu entnehmen sei. Wenn er und seine Nachläufer auch betonen, daß die individuelle persönliche Begabung für den Dichter unerläßlich sei, so wird diese Erkenntnis doch nicht recht ernst genommen. Die Dichtkunst gilt als lehrbar, und da man ihre Technik aus den antiken Autoren zu erlernen hat, wird das Dichten zu einem gelehrten Tun. Die Dichter der zweiten Jahrhunderthälfte sind – mit wenigen Ausnahmen, zu denen GRIMMELSHAUSEN gehört – Gelehrte, und viele Gelehrte, besonders die Verfasser theoretischer Stillehren, versuchen sich auch in lateinischen und deutschen Dichtungen. Damit wird die heimische poetische Tradition aufgegeben. Neue Stoffe, neue Dichtungsgattungen und -formen treten auf; die sprachliche Gestaltung wird zu bewußt geübter Kunst. Weit mehr noch als wegen des Strebens nach grammatischer und orthographischer ‹Sprachrichtigkeit› wird das Neuhochdeutsche wegen des Ringens um die angemessene stilistische Gestaltung zur Kunstsprache, wird der Dichter zum Träger der sprachhistorischen Entwicklung (s. oben S. 250; vgl. auch unten S. 325).

Im folgenden soll einer dieser Gelehrten zu Worte kommen, der erste in einer langen Reihe derer, die als Nachfolger von OPITZ Lehrbücher der Poetik verfaßten, und selbst ein anregender Lehrer, von dem eine große Wirkung ausging. Ihn nennt PAUL FLEMING (1609–1640), der bedeutendste Lyriker des deutschen Barock, selbst ein gelehrter Magister Artium, der ebenso vollendet in lateinischer wie in deutscher Sprache dichtete, als er von MARTIN OPITZ' Tode erfuhr. In seinem Sonett auf den Verstorbenen heißt es: *Ist Buchner nur nicht tot, so lebet Opitz noch.* Das will etwa sagen: ‚Solange BUCHNER lebt und lehrt, wird, was OPITZ gelehrt hat, treulich bewahrt und weitergegeben.' FLEMING war selbstbewußt genug, um zu wissen, daß er in seinen eigenen Poesien OPITZ bei weitem übertroffen hatte. Er wollte mit dem zitierten Wort nicht den Dichter, sondern den Theoretiker einer neuen poetischen Formenlehre ehren, und im Lehramt sah er BUCHNER als den würdigsten Nachfolger des Meisters.

Augustus Buchner

Wer war dieser AUGUSTUS BUCHNER (1591–1661)? Er hatte nach bester Ausbildung in Schulpforta seit 1610 an der Universität Wittenberg angefangen, die Rechte zu studieren, war aber bald zum Studium der Philosophie und der Klassischen Sprachen übergegangen. Schon 1616 wurde er als Nachfolger seines Lehrers FRIEDRICH TAUBMANN in die Professur für Poesie berufen, und diese Aufgabe wurde 1632 erweitert durch die zusätzliche Berufung auf den neugegründeten Lehrstuhl für Redekunst (Rhetorik). Wie schon erwähnt, galt Poesie als lehrbar, und da sowohl Poetik wie Rhetorik auf der Grundlage der antiken Autoren studiert wurde, entsprach diese Kombination der beiden Lehrstühle etwa einem heutigen Lehrstuhl für Klassische Philologie, allerdings in der durch die Lehrstuhlbezeichnung angedeuteten speziellen Ausrichtung. Bei den Universitätsstudien auf diesen Gebieten stand nicht das Textverständnis im Mittelpunkt. Das brachten die Studenten von guten Schulen bereits mit. Es ging vielmehr um das Erkennen und Verstehen der stilistischen Gestaltung und zielte auf den Erwerb eines guten eigenen poetischen und oratorischen Stils. Die lateinischen Schriften und Dichtungen der gelehrten Humanisten des 16. und 17. Jahrhunderts bezeugen den Erfolg solcher Studien. Neu war es – und dazu hatte OPITZ den entscheidenden Anstoß gegeben –, daß diese Studien auch für den Gebrauch einer kunstgerechten deutschen Sprache fruchtbar gemacht werden sollten. Gerade dieses Neue war das Anliegen BUCHNERS in seinem zwiefachen Lehramt. Das macht seine Bedeutung aus; deshalb nennen sich so viele gelehrte Dichter seit der Jahrhundertmitte mit Stolz seine Schüler (wobei der Ruhm Wittenbergs zu seinem eigenen Ruhme beitrug), und deshalb findet sein Lehrbuch ‹Anleitung zur deutschen Poeterey› (1665; LH 47) so zahlreiche Nachahmer (vgl. LH 48).

Exkursweise seien hier einige Angaben zu BUCHNERS Lebenslauf gemacht, der als exemplarisch für viele Gelehrtenschicksale während des großen Krieges gelten kann. (Zum folgenden vgl. LH 59.) Wenige Monate nachdem BUCHNER, Sohn eines hochgestellten Ingenieur-Offiziers in kursächsischen Diensten, als Professor Poeseos seine materielle Lebensgrundlage für gesichert halten konnte, heiratete er die Tochter eines Wittenberger Theologieprofessors. Aus dieser Ehe gingen elf Kinder hervor. Aber schon bald nach Kriegsausbruch geriet er in materielle Not; die kurfürstliche Kammer stellte die Gehaltszahlungen auf lange Zeit hinaus – wie lange, ist nicht zu ermitteln – völlig ein. Auch die Zahl der Studenten nahm im Laufe der Kriegsjahre immer mehr ab. Denn die meisten waren durch kriegsbedingte Vermögensverluste, um überhaupt studieren zu können, auf Stipendien, Freitische oder Hauslehrerstellen angewiesen. Je länger aber der Krieg dauerte, desto rarer wurden solche Möglichkeiten des Unterhalts. Dadurch wurden dem Professor auch die Einnahmen aus Kollegiengeldern beträchtlich geschmälert, soweit es ihm sein christliches Ethos nicht überhaupt verbot, die geschuldeten Gelder von den notleidenden Studenten einzufordern. Aus vereinzelten brieflichen Äußerungen ist zu entnehmen, wie kärglich BUCHNERS Einnahmen jahrelang gewesen sein müssen. Sie kamen ihm zu aus gelegentlichen literarischen Auftragsarbeiten. Für Hochzeits-Carmina, Lob- und Leichenreden waren Wohlhabende und Emporkömmlinge bereit, um eigenen Ruhmes willen einige Dukaten springen zu lassen. Im Jahre 1627 erkrankte B. an Skorbut, jener typischen Mangelkrankheit, woraus sich ermessen läßt, wie schlecht und einseitig die Ernährung damals gewesen sein muß. 1634 verlor er einen Sohn, 1638 eine Tochter an der Pest oder einer anderen Seuche, wie sie während des langen Krieges immer wieder ausbrachen. Seinem ältesten Sohn konnte er 1639 nicht einmal die bescheidenen Mittel zum Studium an der Heimatuniversität gewähren. Trotzdem erfüllte er gewissenhaft seine Amtspflichten, war während der Kriegszeit zweimal (und später noch einmal) Rektor seiner Universität und sechsmal Dekan der Philosophischen Fakultät (ferner noch 1653 und 1659). Erst nach dem Friedensschluß besserte sich mit der Rückkehr geordneter Verhältnisse auch seine materielle Lage. Ein Einzelschicksal, das aber doch ahnen läßt, unter welchen Entbehrungen und mit welcher idealistischen Willenskraft viele kulturelle Leistungen jener Zeit errungen, ja geradezu ertrotzt werden mußten.

BUCHNERS Einfluß auf die Sprache der Dichtkunst beruht nicht erst auf seiner postum im Jahre 1665 in Wittenberg erschienenen ‹Anleitung zur deutschen Poeterey›, die von seinem Schwiegersohn und Nachfolger auf dem Lehrstuhl OTTO PRAETORIUS († 1668) herausgegeben wurde, nachdem bereits 1665 in Jena *auff vielfältiges Ansuchen der Studierenden Jugend* ein unberechtigter Druck erschienen war. Diese Begründung ist bemerkenswert. BUCHNER hatte die kleine Schrift nämlich schon 1632 zum Gebrauch in seinen eigenen Vorlesungen verfaßt, hatte sie in den dreißiger und vierziger Jahren wiederholt überarbeitet und ergänzt und hatte offenbar auch selbst eine Anzahl von Abschriften in Umlauf gebracht. Außerdem müssen Kollegnachschriften von Studenten existiert haben. Die Bemerkung des Jenaer Verlegers *Aus ezzlichen geschriebenen Exemplarien ergänzet* ist nicht der einzige Hinweis darauf.

BUCHNERS ungewöhnlich starke Wirkung auf die um 1640 studierende jüngere Generation (vgl. die – unvollständige – Nennung von Namen LH 59, S. 164 ff) kann nur auf seiner persönlich vorgetragenen Lehre, und diese nur auf dem Konzept von 1632 beruhen. Es ist angesichts der in deutscher Sprache abgefaßten Lehrschrift nicht ausgeschlossen, daß BUCHNER, entgegen dem Brauch seiner Zeit, auch schon in Vorlesungen teilweise die deutsche Sprache verwendet hat. Allerdings fehlen Beweise für diese Vermutung. Jedenfalls aber beruht sein Erfolg und seine nachhaltige Wirkung darauf, daß er sein Interesse genau im rechten Augenblick der deutschen Sprache zuwandte. Die Fruchtbringende Gesellschaft, die ihn 1641 als Mitglied aufnahm, ist ja nur ein Exponent der Teilhabe der Gelehrten und Gebildeten an der Förderung der deutschen Sprache, und OPITZ hatte der Zeitströmung die Richtung gewiesen.

BUCHNER selbst hatte anscheinend seine Lehrtätigkeit seit 1616 zunächst auf die Poetik der klassischen Sprachen gerichtet. Jedenfalls läßt sich bei seinen Studenten der zwanziger Jahre noch kein Interesse an deutscher Poetik beobachten. Dagegen muß, was er seit 1632 in der Auseinandersetzung mit OPITZ begann, geradezu sensationell gewirkt haben. Zum erstenmal wurde die Poetik der deutschen Sprache zum Gegenstand des akademischen Unterrichts, und erstmals erhielt die junge Studentengeneration Leitlinien für ein Streben, dem sie bis dahin nur gefühlsmäßig, aber ohne klare, rationale Erkenntnis zugetan war.

Das meiste, was BUCHNER zu sagen hat, ist gar nicht neu. Aber daß er es in einem Lehrbuch zusammenfaßt, daß dadurch über die Antike hinaus nun auch die *deutsche* Poetik und Rhetorik als Lehrgegenstand systematisch behandelt wird, darauf beruht sein hohes Ansehen und seine Wirkung. Wir versuchen im folgenden, durch ausführliche Zitate einen Eindruck von seiner Methodik zu geben. Dabei sehen wir, unserer Zielsetzung entsprechend, von seinen Erörterungen über Metrik und Reimtechnik ab und berücksichtigen nur seine Anweisungen zum Gebrauch der poetischen Sprache selbst.

Wie RIST, SCHOTTEL und die meisten Zeitgenossen (s. oben S. 242 ff) wendet sich auch BUCHNER gegen die alamodische, eitle Sprachmengerei: *Nicht weniger ist auch dieses bey einer reinen und zierlichen deutschen Rede* (d. h. wo man sich um ein gutes, reines Deutsch bemüht) *in acht zu nehmen / daß man sich aller Lateinischen / Französischen / Welschen / und dergleichen Wörter enthalte. Denn ob es zwar bräuchlich werden will / ein solches Gemenge zu machen / sonderlich bey den Höfen und denen Soldaten / da immer viel Eitelkeit vorzugehen pflegt / und jeder groß und gesehen seyn will / als were er vieler Sprachen kündig / so ist doch solches gantz ungegrün-*

det und tadelhaftig (LH 47, S. 33). Allerdings ist BUCHNER kein strenger Purist. Er will Fremdwörter wie *Firmament / Regiment / Reverentz / Cörper / Post / regieren* zulassen, weil sie *von männiglichen* (‚von den meisten') *wol verstanden werden,* und auch *weil man sonst andere* (d. h. deutsche Wörter) *nicht wol haben kann.* Sogar zur *Abwechslung* will er Wörter wie *Capitain / Soldat / Printz* und wenige andere zulassen, *ob man sie gleich auch deutsch geben kann,* fremde Wörter, die *zu rechter Zeit gebraucht / der Rede und Verse ein sonderliches Ansehen machen* (a. a. O., S. 34f). Der Gebrauch von Fremdwörtern wird also demjenigen, der damit umgehen kann, anheimgestellt, eine Toleranz, die den Barockdichtern willkommen sein muß, von den Reformern z. B. der Fruchtbringenden Gesellschaft, deren Mitglied er seit 1641 ist, aber kaum gebilligt wird.

Wenigstens in Ansätzen unterscheidet er bereits, was wir heute als ‹Textsorten› bezeichnen würden. Wenn er den *Philosophen* und den *Poeten* einander gegenüberstellt (vgl. Anhang II, unten S. 387), so will er damit den Unterschied zwischen lehrhafter Prosa, die klar und verständlich sein soll, und der poetischen, durch Metrum und Reim gebundenen Sprache ausdrücken. Diese muß außer der Verständlichkeit auch ästhetische Forderungen erfüllen, soll wohlklingend (*lieblich*) und durch ihre Besonderheit auffallend (*scheinbar*) sein. Zwar gibt es auch anspruchsvollere Arten der Prosa. Der Redner (dabei ist an die schriftliche Abfassung der Rede gedacht) und der Geschichtsschreiber zielen auf andere Zwecke als die nüchterne Sprache derer, *die da lehren.* Sie haben deshalb sorgfältiger *auf Schmuck und Ansehen* (Stillage) *der Wörter* zu achten. Als Verfasser von Prosatexten sollen sie aber doch der allgemein üblichen Sprache nahe bleiben. Die Sprache der Poesie hingegen muß sich hoch über die Gemeinsprache erheben. Sie bedarf kühnerer, ungewohnterer Ausdrucksweisen, soll *verblümter,* d. h. im ‹geblümten›, durch Metaphern, Vergleiche und sonstigen Schmuck erhöhten Stil einherschreiten, muß *mit einer sonderbahren Majestät* nach immer neuen, ungewöhnlichen und erhabenen Ausdrucksweisen trachten. Daß Poesie *mehr einem Göttlichen Ausspruch oder Orakel als einer Menschen=Stimme gleich scheine,* kann der fromme Protestant BUCHNER ganz ohne Blasphemie verlangen; die Barockdichtung ist daran gewöhnt, auch zur Zier tief religiöser Gedanken das gesamte mythologische Arsenal der heidnischen Antike aufzubieten.

Hinter der Unterscheidung von verschiedenen stilistischen Anforderungen steht die aus der Antike tradierte Lehre von den drei Stilarten. Die lehrhafte Prosa bedient sich des schlichten Stils (*genus humile*), die darstellende erzählende Prosa des mittleren (*genus mediocre*), die Dichtung des erhabenen Stils (*genus grande*). Dem Professor liegt daran, die Literatur in dieses Schema einzuordnen. Ihm werden die beiden unteren Stilarten zur Richtschnur für unterschiedliche Arten von Prosatexten, und das Gesamtgebiet der Poesie ordnet er dem hohen Stil zu. Die meisten Poetiken haben dagegen allein die Dichtung im Auge, und sie unterscheiden, wie es OPITZ in seiner ‹Poeterei› getan hatte: *Man muß zue niedrigen sachen schlechte* (‚schlichte, einfache'), *zue hohen ansehliche, zue mittelmässigen auch mässige vnd weder zue grosse noch zue gemeine Worte brauchen* (LH 46, S. 33). Dabei wird die mittlere Stillage, ganz wie BUCHNER sie für den Redner und den Geschichtsschreiber verlangt, noch genauer bestimmt: *Die mittele oder gleiche art zue reden ist, welche zwar mit jhrer ziehr vber die niedrige steiget, vnd dennoch zue der hohen an pracht vnd grossen Worten noch nicht gelanget* (a. a. O., S. 35).

Bei OPITZ werden die drei Stilarten in der bekannten, noch lange nachwirkenden Lehrmeinung mit der Tragödie und dem Sprachstil von Göttern und Königen sowie der Komödie und den darin auftretenden einfachen Leuten verbunden. Für den mittleren Stil weiß er keinen besonderen Stand zu nennen, kann auch nur ein Kleinepos des CATULLUS als Muster für diesen Stil anführen. Aber das Schema verlangt nach Ausfüllung. Man sucht nach einem Personenkreise, in dessen Sprache der mittlere Stil sich verwirklicht. So spricht HARSDÖRFFER von *dreyerley Haubtständen*, von den Königen, Fürsten und großen Herren, von dem gemeinen Bürgersmann und von den Bauern und Hirten. Jedem der drei Stände kommt im Leben und deshalb auch in der Poesie die ihm angemessene Stilart zu. Unfreiwillig komisch beteuert ein späterer Theoretiker, ALBRECHT CHRISTIAN ROTTH (1688), daß das nicht etwa an unterschiedlichem Intellekt, sondern allein an der verschiedenen Sprachgewohnheit liege: *Hirten und andere geringe Leut können zwar . . . auch von höchsten Sachen . . . reden / jedoch nach ihrer Art*, d. h. im niederen Stil (LH 57, S. 43). Die theoretische Unterscheidung zwischen dem mittleren und dem schlichten Stil ist in der poetischen Praxis nicht leicht zu treffen. Da man außerdem geneigt ist, den lateinischen Fachausdruck *genus humile* soziologisch zu interpretieren, äußert sich dieser ‹niedere Stil› in der Barock-Komödie oftmals darin, daß die Schicht der Bediensteten, Bauern und Hirten die Mundart, die Hauptpersonen bürgerlichen Standes aber ein schmuckloses Hochdeutsch sprechen.

BUCHNER ist an Fragen dieser Art nicht interessiert. Ihm kommt es darauf an, Stilkunst zu lehren und ‹Poeten› praktisch auszubilden. Dabei hat er in erster Linie den hohen Stil im Blick, und er wird nicht müde zu betonen, daß die Schreibweise *des Poeten . . . von der gemeinen nicht wenig unterschieden ist.* Ihr Zweck sei *zu belustigen*, d. h. ästhetisches Wohlgefallen zu erregen (lat. *delectare*), und das erreiche man am besten, *wenn man immer etwas neues hervorbringet.* Der Poet müsse deshalb seine *Rede auf viel und mancherley Weise ab-*

wechseln und verändern . . . / damit ob er gleich von einer Sache rede / dieselbe doch immer eine neue Gestalt gewinne.

Hier wird also Veränderung, Variation als ein Stilmittel empfohlen, und nun wird der angehende Poet mit lehrhaften Beispielen in die Schule genommen. Die Variation kann *theils schlechter Art nach* (‚auf einfache Weise') / *theils auch nach dem Sinn und des Gemüths Bewegung gestaltet werden; schlecht durch ein blosses bejahen oder verneinen . . . Als wenn ich sage:*

Der Mensch ist von Natur zum Bösen nur geneiget.

Oder welches eben so viel ist:

Der Mensch ist von Natur dem Guten abgewandt.

Das wäre eine schlechte Rede. Wenn ich es aber so setze:

Wie ist der Menschen thun zum bösen doch geneiget?

So wäre es nicht eine schlechte Rede / sondern es käme durch die Veränderung und aufschreyung ‹Wie ist› etc. eine Gemüths=Bewegung darzu. Und solcher gestalt kann man eine Rede vielfältig ändern. Denn also könte ich in gestalt einer Frage sagen:

Wer ist doch / sage mir / zum bösen mehr geneiget /
Als nur die Sterblichen?

Ich könte auch in gestalt eines beklagens also sagen:

Wir armen Sterblichen / wie sind wir allezeit
Zum bösen doch geneigt.

Und könnten dergleichen Arten mehr gefunden werden / doch soll man sich solcher beweglichen Rede nicht brauchen / als wo es von nöthen (LH 47, S. 48ff).

Die beiden ersten Muster, Bejahung und Verneinung, wären auch dem *genus humile* angemessen, das aber nach BUCHNER für die poetische Sprache nicht in Betracht kommt. Sie sind also, wie die Stilisierung als Frage, auch im *genus mediocre* zulässig. Mit der emotionalen Formulierung als Klage wird dagegen bereits die Grenze zum *genus grande* überschritten, und davor warnt der Verfasser.

Überhaupt ist er dem Übermaß abhold. Auch beim Gebrauch von Epitheta, die in der Stiltheorie des Barock eine wichtige Rolle spielen (LH 5, Sp. 967), rät er zu sorgsamer Anwendung. *So kann ich,* schreibt er, *erstlich ein jegliches Wort . . . ohn allen Zusatz und Verblühmung brauchen / als wenn ich* (‚wenn ich z. B.') *den Himmel / Himmel / die Erde / Erde / und so fort an nenne.* Das ist eine schlichte Sprachtatsache. Die Sprache läßt aber auch den Gebrauch von Epitheta zu: *Zum andern kann ich etwas hinzuthun . . . und also sagen: Der schöne Himmel / der blaue / der helle / der gestirnte Himmel / die flache, die trächtige Erde / etc.*

Doch ist beim Gebrauch solchen Redeschmucks auf die Textgattung Rücksicht zu nehmen: *Und ob zwar der Orator auch zuweilen etwas hinzusetzt / so kann er es doch nicht so ofte thun / als der Poet / die*

Zusätze auch / oder Epitheta an sich selbst müssen bey ihm anders beschaffen seyn. Denn wenn er sagen wolte: Die braune Nacht bricht herein / oder die grün=gezierte Erde / der gold=gestirnte Himmel / etc. Wäre es durchaus tadelhaftig / wie wol hierinnen nicht wenige ihnen (‚sich') *gefallen / in Meinung sie reden zierlich und prächtig. Da dieses alles hingegen einen Vers oder Reim zieren und angesehen machen würde* (a. a. O., S. 51 f). Man dürfe auch, eher nach griechischem als lateinischem Vorbild, mehrere Epitheta häufen, *doch gar selten / und meistentheils / wenn sie dem Substantivo hinten nach gesetzt werden: ...*

Die Jugend liebet ihren Sinn /
Frech / ungezähmt / auf lauter Lust gewendet.

Anderer gestalt (‚bei anderer Stellung im Satz', z. B. vor dem Substantiv) *kann es nicht so füglich geschehen / man wolte denn den Vers gleich als schwülstig und vollbrätig* (‚üppig, überladen') *machen* (a. a. O., S. 53). Lange bevor der Begriff *Schwulst* von GOTTSCHED und vor allem von LESSING stilkritisch abwertend verwendet wird, wird hier von einem Barockpoetiker durch die Bezeichnung *schwülstig* vor einem aufgeblasenen, überladenen Stil gewarnt.

Als echter Sohn seiner Zeit weiß aber auch BUCHNER selbst den Schwulst nicht zu vermeiden. Er erörtert ausführlich das Stilmittel der Metapher (a. a. O., S. 62 ff):

So kann ich sagen / wenn ich den Himmel umbschreiben will: Der schöne Himmelsbau / das Haus der Götter / die Himmels=burg / das Gewelbe des Himmels / und dergleichen. Um dieses Stilmittel zu demonstrieren, fährt er mit einem recht schwülstigen Beispiel eigener gelehrt-poetischer Produktion fort: *Bey einer solchen Umbschreibung des Himmels nun könnte ich mich solcher gestalt hören lassen:*

Ich will bemühet seyn / Herr eurer Thaten Preiß /
Und wolverdientes Lob / durch meiner Feder Fleiß /
Zu heben in die Höh / weit über diesen Haufen /
Der immer sterblich ist / biß da die Sternen laufen
Durchs blaue Himmels=feld / der güldnen Sonnen Pracht
Sich breitet durch die Erd / und alles sehend macht.

Allerdings ist dieses mittelmäßige Gedicht mit seinem Wortschwall zum Zwecke der Belehrung eingefügt, und gerade dadurch erlaubt es einen Einblick in die Ausübung der stilistischen Sprachkunst. Sein Inhalt ist *so viel / als wenn ich schlecht sagte: Ich will / Herr / euer Lob von der Erde biß zu den Himmel erheben.* BUCHNER erläutert nun, wie er das Wort *Erde*, mittels einer Stilfigur, einer *Synecdoche* (Begriffsvertauschung), gedanklich durch *die Menschen* ersetzt, *die Menschen* aber durch die Umschreibung *diesen Haufen / der immer sterblich ist* weiter verschlüsselt habe.

Der Himmel aber wird so umbschrieben / daß ich ihn das blaue

Himmels=feld nenne, zugleich auch mich dabey etwas auslasse (‚ausführlicher werde') / *und sage / daß daselbst die Sonne und andere Gestirn ihren Lauf verrichten. Welches des Himmels adiuncta seyn.* Als *Adjuncta,* die mit einer Vorstellung verbundenen Begleiterscheinungen, erscheinen in diesem Gedicht u. a. zum *ich* die Nebenvorstellung *durch meiner Feder Fleiß,* zur *Sonne,* daß sie *alles sehend* (‚sichtbar') *macht.* Auf andere Stilfiguren, die kunstmäßig nach den Regeln der antiken Rhetorik verwendet werden (*Preiß und Lob* mit Epitheta für *Lob; der güldnen Sonne Pracht* für *Sonne*), geht der Autor an dieser Stelle nicht ein. Doch legt er auf die *Adjuncta* (lat. *adiungere* ‚anknüpfen') besonderen Wert: Man muß alles, was bei einer Vorstellung *vorfället und hergehet / mit fleiß und genau wahrnehmen / hernach auslesen / was uns zuforderst* (‚in erster Linie') *dienlich / und das Werck ansehnlich machen mag* (a. a. O., S. 66).

Das Werk ansehnlich machen: Darauf kommt es an, und wie das Ziel zu erreichen ist, lernt man im Schul- und Universitätsunterricht oder aus Lehrbüchern. Reimlexika und Sammlungen poetischer Formeln wie die ‹Poetische Schatzkammer›, die ANDREAS TSCHERNING (1611–1659) seiner 1659 erschienenen Poetik als Anhang beigab, wurden sehr beliebt und ergänzten den Lehrstoff der Poetiken. Auf höchst rationale Weise entstand eine Unzahl von ‹Poemen›, alle nach dem Prinzip, daß ein schlichter Grundgedanke durch bewußt geübte Stilkünste zu einem ‹ansehnlichen Werk› verarbeitet wird. Wir haben im Anhang III (s. unten S. 387f) ein Sonett von JOHANN PETER TITZ (1619–1689), Professor für Eloquenz und Poesie in Danzig, abgedruckt, ein Hochzeits-Carmen des schlichten Inhalts, daß ein junges Paar zu Beginn des Winters Hochzeit hält. TITZ, der selbst eine Poetik veröffentlicht hat (1642), arbeitet das Thema antithetisch aus und befolgt in jeder Zeile die Regeln der Poetik, wie wir sie aus BUCHNER kennengelernt haben. Nur wenigen großen Barockdichtern, wie z. B. FLEMING oder GRYPHIUS, gelingt es, obwohl auch sie die strenge Schulung nicht verleugnen, sich über die Rationalität solchen Schaffens zu erheben und echte Gefühlstöne anzuschlagen. Das unterscheidet den Dichter vom ‹Poeten› und das Gedicht vom ‹Poem›.

Auch unter den Erzählern sind Naturtalente wie GRIMMELSHAUSEN nur ganz selten zu finden, und selbst bei den besten hemmt oft genug die Vorschrift der Poetik den freien Fluß der Erzählung; leicht artet die Kunstprosa zu einer frostigen Sprachartistik aus. Allzu sehr steht in diesen ersten Jahrzehnten der neuen Sprachperiode das rein Formale im Vordergrund. Das Streben nach Sprachrichtigkeit wird zuweilen in das Prokrustesbett abstruser Normvorstellungen gespannt, und der Zierlichkeit der Sprache glaubt man am besten zu dienen, indem man ihr ‹ein Ansehen gibt›. Affektiert und gravitätisch schreitet diese Sprache oft einher. Ihrem formalen Prunk merkt man die Beflissenheit der Schulstuben an. Und doch ist diese erste Phase einer neuen Sprachübung unerläßlich notwendig. Die Lehr- und Streitschriften über Richtigkeit und Zierlichkeit der Sprache, die Grammatiken, die zahlreichen Stillehren, Reimwörterbücher, Sammlungen von Metaphern und sonstigen Stilmitteln lassen die Mühsal der Anfänge erkennen. Zunächst mußte erlernt werden, was späteren Generationen zu sicherem, ausbaufähigem Besitz wurde.

III. ZWISCHEN BAROCK UND AUFKLÄRUNG
(ca. 1680 bis 1730)

Schon den frühen Humanisten und dann der Fruchtbringenden und den anderen Sprachgesellschaften hatte sich die Pflege der deutschen Sprache als eine nationale Aufgabe dargestellt. Deutsch war nach der Auffassung SCHOTTELS, der darin bereits Vorgänger hatte, eine in der Sprachverwirrung beim Turmbau zu Babel entstandene Ursprache, war in seinem Wortschatz, seinen Möglichkeiten der Wortbildung, seiner Ausdrucksfähigkeit dem klassischen Griechisch eines HOMER oder PINDAR gleichzusetzen, wenn nicht gar überlegen, und stand mit seinen reichen Ausdrucksmöglichkeiten hoch über dem Lateinischen und den romanischen Sprachen.

In der patriotischen Überzeugung von Alter, Wert und Würde der Muttersprache waren sich die Grammatiker und Stillehrer, von denen oben die Rede war, einig. Doch blieb ihr Kreis beschränkt. Die Mitglieder der Sprachgesellschaften (die gegen Ende des 17. Jahrhunderts den Höhepunkt ihres Sprachstrebens längst überschritten hatten), eine Anzahl von Professoren der Poesie und Rhetorik an den Universitäten, etliche Rektoren von Gymnasien und redegewohnte Geistliche ereiferten sich für die Erneuerung der deutschen Sprache. Die sprachgeschichtliche Bedeutung ihrer Bemühungen darf nicht verkleinert werden. Aber sie strebten, wie wir gesehen haben, danach, durch Nachahmung rhetorischer und poetischer Stilmittel der Antike zu einer kunstvollen deutschen Literatursprache zu gelangen. Dieses Streben setzte eine volle, allenfalls von Akademikern erreichbare Beherrschung der alten Sprachen voraus. Es war der Wirklichkeit allzu fern, um in weiteren Kreisen Anklang zu finden. Zwar hatte schon SCHOTTEL den ‹Verfall› *der teutschen Haubt- und Heldensprache* beklagt, die Aufspaltung in viele Dialekte, den vulgären Charakter der gesprochenen Mundarten, den Gebrauch unzähliger Fremdwörter oder gar die Übernahme fremder Sprachen in den gehobenen Gesellschaftsschichten und den Gebrauch des Lateinischen oder des Französischen unter den Gelehrten. An katholischen Höfen, vor allem am Wiener Kaiserhof, herrschten das Spanische und das Italienische vor, und unter den Protestanten stand das Französische als Sprache der Hofgesellschaft hoch im Kurs. Daran hatten die Bemühungen des engen Kreises der Deutschgesinnten kaum etwas ändern können, und auch im 18. Jahrhundert konnte das Deutsche nur langsam in die Hofkreise eindringen. Der aufgeklärteste Monarch seiner Zeit, König FRIEDRICH II., der Große, von Preußen (geb. 1712, Kg. 1740–1786), der bis an sein Ende das Französische bevorzugte, ist dafür der beste unter vielen Beweisen.

Die Bevorzugung des Französischen in den höchsten Gesellschaftskreisen, des Lateinischen unter den Gelehrten, die Sprachmengerei in der Umgangssprache wird bis tief in das 18. Jahrhundert hinein von vielen beklagt. Aber anderseits erkennt man auch, daß der deutsche Wortschatz zum Ausdruck abstrakter Vorstellungen noch nicht hinlänglich entwickelt sei. Außerdem kündigt sich mit der intellektuellen Neugier der beginnenden Aufklärungszeit auch ein Unbehagen an dem prunkvollen Stil der Barockzeit an, der das Verständnis erschwert, ebenso wie an dem volkstümlich derben Stil eines GRIMMELSHAUSEN oder SANCTA CLARA, der von manchen als unordentlich und unwürdig angesehen wird. Überhaupt verschärft sich der Streit um das in der Schriftsprache Erforderliche und Zulässige. Man ringt weiter um die Anerkennung von Normen, und die Vorherrschaft des ‹Meißnischen› bleibt nach wie vor umstritten.

Über den Sprachzustand seiner Zeit klagt GOTTFRIED WILHELM LEIBNIZ (1646–1716) in der Schrift ‹Unvorgreiffliche Gedancken, betreffend die Ausübung und Verbesserung der Teutschen Sprache›, die erst 1717 postum gedruckt wurde, aber vermutlich 1697 entstanden ist: *Anitzo scheinet es, daß bey uns (das) übel ärger worden, und hat der Mischmasch abscheulich überhand genommen, also daß die Prediger auff der Cantzel, der Sachwalter auff der Cantzley, der Bürgersmann im Schreiben und Reden, mit erbärmlichen Frantzösischen sein Teutsches verderbet; Mithin es fast das Ansehen gewinnen will, wann man so fortfähret, und nichts dargegen thut, es werde Teutsch in Teutschland selbst nicht weniger verlohren gehen, als das Engelsächsische in Engelland* (LH 60, S. 266). Zwar habe der gemeine Mann sein Deutsch auf eine Höhe gebracht, die die Sprache zum Ausdruck alltäglicher Dinge geschickter als alle andern Sprachen mache, doch hätten die *vornehmen und gelehrten Leute* es am Willen fehlen lassen, ihrer Sprache auch die abstrakten Regionen des Geistigen, Seelischen und Sittlichen zu erobern. (Vgl. Anhang Nr. IV, unten S. 388.)

LEIBNIZ, der übrigens SCHOTTELS ‹Ausführliche Arbeit› von 1663 sehr gut kennt und daraus Anregungen zieht, macht mancherlei Vorschläge zur Besserung. Vordringlich erscheint es ihm, Wörter zu schaffen, *die sich auff das Sitten-wesen, Leidenschafften des Gemüths, gemeinlichen Wandel, Regierungs-Sachen, und allerhand bürgerliche Lebens- und Staats-Geschäfte ziehen* (LH 60, S. 263). Man solle dazu ältere, fast vergessene Wörter aufsuchen und wieder beleben, solle aber auch, *wo sich dergleichen nichts ergeben will, einigen guten Worten der Ausländer das Bürger-Recht . . . verstatten* (ebda. S. 264). *Letztens (wo kein ander Mittel)* wäre dem Mangel abzuhelfen *durch wolbedächtliche Erfindung oder Zusammensetzung neuer Worte, so vermittelst des Urtheils und Ansehens wackerer Leute in Schwang gebracht werden müsten* (ebda. S. 290). LEIBNIZ sieht sehr wohl, was not tut, und die hohe Meinung von der deutschen Sprache kommt auch zum Ausdruck in seiner Abhandlung von 1682, ‹Ermahnung an die Teutschen, ihren Verstand und Sprache besser zu üben›. Auf sein Betreiben hatte König FRIEDRICH I. die ‹Societät der Wissenschaften›, d. h. die Berliner Akademie, gegründet, und seit 1710 bestand dort eine eigene Sektion für die deutsche Sprache. Aber die Sprache ihrer Verhandlungen und Veröffentlichungen war anfangs das Lateinische, das nach dem Regierungsantritt FRIEDRICHS II. durch das Französische verdrängt wurde, und auch LEIBNIZ selbst hat zur Besserung des Sprachzustandes nichts Weiteres beigetragen. Seine anderen Schriften und die Mehrzahl seiner Briefe sind lateinisch oder französisch abgefaßt. (Über LEIBNIZ als Aufklärer s. unten S. 285f.)

Gegen skeptische Meinungen über die Eignung der deutschen Sprache setzte sich als erster CHRISTIAN THOMASIUS (1655–1728) energisch zur Wehr. Als junger Dozent der Rechtswissenschaft hielt er im Jahre 1687 an der Universität Leipzig die erste Vorlesung in deutscher Sprache. Dazu verfaßte er eine Einladungsschrift ‹Welcher Gestalt man denen Frantzosen in gemeinem Leben und Wandel nachahmen solle?›. Darin kritisiert er unter anderem das Unterrichtswesen seiner Zeit. Es sei schädlich, lange Jahre Latein lernen zu müssen, bevor man ein Studium überhaupt aufnehmen könne, *weil durch die durchgehends gewöhnliche Lehr=Art viel ungegründet und ohnnöthig zeug nebst dem Latein in die Gemüther der Lehrlinge eingepräget wird, welches hernachmahls so feste klebet, ..., daß das tüchtige und gescheide nicht hafften will* (LH 109, S. 237). Auf diesem Gebiet wie überhaupt in der Lebensart (s. unten S. 276f) könne man die Franzosen zum Vorbild nehmen, die ihre Sprache zu höchster Vollkommenheit entwickelt hätten.

In diesem Zusammenhang geißelt er die Auffassung derer, die meinen, *unsere Sprache sey nur zu denen Handlungen in gemeinen Leben nützlich, oder schicke sich, wenn es auffs höchste kömmt, zu nichts mehr, als Histörgen und neue Zeitungen darinnen zu schreiben, nicht aber die Philosophischen oder derer höhern Facultäten Lehren und Grund-Regeln in selbiger fürzustellen* (a. a. O., S. 228). Aber auch THOMASIUS gibt zu, daß die deutsche Sprache weniger ausgebildet sei. Das liege unter anderem daran, daß die besten Köpfe der Franzosen sich nicht gescheut hätten, die antiken Autoren zu übersetzen, *mit guten bedacht und scharffen nachsinnen, so gar das mancher der ... wohl in die zwantzig Jahr damit zugebracht, sich nicht verdriessen lassen, alles zuzerreissen und von vornen anzufangen, wenn ihm eine bessere methode gezeiget worden* (a. a. O., S.

226). Solche Übersetzer hätten *ihre Namen unsterblich gemacht*. In Deutschland aber gelte für ungelehrt, wer sich einer Übersetzung bediene. Daher seien hier *die meisten Übersetzungen ... von Schul=leuten verfertiget worden, die ... öffters mehr famis sedandae als famae acquirendae gratia* (‚mehr um den Hunger zu stillen als um Ruhm zu erwerben') *die Feder ergreiffen müssen* (a. a. O., S. 229). Das habe zu lächerlichen Verhunzungen der Originale wie auch der deutschen Sprache geführt.

Die Erkenntnis, daß ein verantwortungsbewußtes Übersetzen der Ausbildung der eigenen Sprache nur förderlich sein könne, gewann im Laufe des 18. Jahrhunderts viele Anhänger; auch FRIEDRICH DER GROSSE, der die deutsche Literatur seiner Zeit, darunter auch GOETHES ‹Götz›, sehr abfällig beurteilte, erhoffte sich davon eine Vervollkommnung der deutschen Sprache (1780; LH 109). Sie kam allerdings, dem gewandelten Zeitgeist entsprechend, weniger der antiken als der modernen französischen und englischen Literatur zugute. Dabei scheint in der ersten Jahrhunderthälfte besonders der englische Prosastil der literarischen Zeitschriften einen günstigen Einfluß ausgeübt zu haben (s. unten S. 299f), und späterhin dünkten sich auch Männer wie WIELAND, HERDER, GOETHE nicht zu gut, um vorbildliche Übersetzungen zu liefern.

Aber zurück zu THOMASIUS! Er ließ bald erkennen, daß er über die Förderung der deutschen Sprache hinaus ein höheres Ziel im Auge habe. Im Jahre 1691 veröffentlichte er seine ‹Einleitung zu der Vernunfft=Lehre›, d. h. eine Einführung in die Logik, *Worinnen durch eine leichte / und allen vernünfftigen Menschen / waserley Standes oder Geschlechts sie seyn / verständliche Manier der Weg gezeiget wird* (LH 63). THOMASIUS wendet sich nicht nur an Gelehrte oder an Studenten; jedermann soll seiner Darstellung folgen können. Denn: *Die Weltweißheit ist so leichte / daß dieselbige von allen Leuten ... begriffen werden kan* (a. a. O., S. 13). Der Erfolg seiner späteren deutschen Schriften, die wiederholt aufgelegt wurden, beweist, daß er einen breiten Leserkreis erreicht hat. Damit leitete er eine Entwicklung ein, die von etwa 1680 an bis 1730 immer mehr zunahm. Es waren jene Jahrzehnte, in denen der Wissensdurst des Publikums erwachen und die bis dahin nur von einem kleinen Kreis von Eingeweihten gehütete und gepflegte neue deutsche Sprache ihren Durchbruch zu breiter Wirkung erleben sollte. Das aber konnte ohne tiefgreifende Wandlungen nicht geschehen.

Aus der Barockzeit übernimmt das 18. Jahrhundert den Anspruch, Normen, d. h. verbindliche Regeln, für den Sprachgebrauch festzusetzen. Daß es eine *Grund-Richtigkeit* geben müsse, wird nicht in Zweifel gezogen. Aber es wandeln sich die Auffassungen darüber, wie die Norm beschaffen sein müsse. Unter mehreren Gesichtspunkten erhebt sich Kritik an der Sprachauffassung des Hochbarock. Einerseits wird die Frage laut, ob die strikte Beschränkung des Wortschatzes auf das durch Autoritäten Gesicherte nicht die Ausdrucksfähigkeit beeinträchtige. Kann man sich auf einen Kanon von Grundwörtern beschränken? Muß man alles als dialektal Geltende meiden? Sind die Fremdwörter in Bausch und Bogen zu verdammen? Solche Fragen werden durchaus nicht einheitlich beantwortet, aber sie werden erneut gestellt. Anderseits richtet sich die Polemik gegen vieles, was der Barock unter dem Begriff *Zierlichkeit* als stilistische Norm hingestellt hatte. Man darf ja *Zierlichkeit* nicht im modernen Sinne als ‹Anmut, Zartheit› oder gar ‹Verspieltheit› mißverstehen. Das haben die vorhergehenden Erörterungen gezeigt. *Zierlichkeit* übersetzt vielmehr den Fachausdruck *ornatus* (‚Redeschmuck') der lateinischen Poetiken, und dem erhabenen Stil (*genus grande*) der Dichtung entspricht ‹schwerer Schmuck›. Der Barock hatte gesucht, *was das Werck ansehnlich machen mag* (s. oben S. 268), und das war ein auf Wirkung berechneter Sprachprunk, erkünstelt und oft nur wenigen Eingeweihten verständlich. Eine Zeit, die in zunehmendem Maße nach klaren Erkenntnissen, nach ‹Aufklärung› und nach Gemeinverständlichkeit strebt, muß solcher Künstelei allmählich überdrüssig werden.

Auch der gravitätische, verschrobene Satzbau des Hochbarock wird zum Angriffsziel. Wie der schwere Schmuck der Redefiguren stellen auch die langatmigen, oft durch Einschübe unterbrochenen Perioden (vgl. das Beispiel unten S. 279) hohe Anforderungen an Konzentrationsfähigkeit und Geduld des Lesers, ja sie müssen einem schlichten, nicht an akademischen Stil gewöhnten Publikum geradezu unverständlich sein. Wer von vielen verstanden werden will, muß nicht nur auf kunstvollen, oft erkünstelten Redeschmuck verzichten; er muß auch leichtflüssige, durchschaubare Sätze bilden, in denen die Gedanken sich nicht verschachtelnd häufen, sondern in guter Ordnung nacheinander ablaufen. Das führt gegenüber dem Stil des Barock zu neuen, schlichteren syntaktischen Formen.

Schon die Rücksicht auf ein breiteres Lesepublikum deutet auf soziologische Wandlungen hin, und überhaupt ändern sich die geistes- und sozialgeschichtlichen Bedingungen in der Übergangszeit vom Barock zur Aufklärung. Das kann nicht ohne Wirkung auf die Sprachentwicklung bleiben. Der altväterisch steifen Würde des auf Universitäten gebildeten Akademikers wird das Ideal des weltgewandten, *galanten* Menschen entgegengestellt. Gegen den erstarrten Dogmatismus der protestantischen Landeskirchen richtet sich im *Pietismus* eine neue, individualistische Frömmigkeit. Zugleich ringt die *Wissenschaft* um die Befreiung von bevormundender Tradition und strebt nach der Errichtung neuer, durch vernünftiges Denken begründeter Systeme.

Die Welt des Geistes und des Geldes

DEUTSCHLAND

«Wer alles beschreiben will …

... baut der Sprache die Fenster zu.»

Ernst Jünger, «Blätter und Steine»

So wollen auch wir nicht im einzelnen darlegen, auf welche Arten man Geld verdienen kann – ein entscheidender Hinweis mag reichen.

Die geistigen, religiösen und kulturellen Fragen der Zeit bewegen nicht nur den kleinen Kreis derer, die durch ihre gesellschaftliche Stellung oder durch Amt und Beruf zur Auseinandersetzung mit ihnen gezwungen sind. Was so gegensätzliche Richtungen wie die der Galanten und der Pietisten über Lebensführung, Sitte und Moral zu sagen haben, mit welchen Argumenten sie an den tradierten Ordnungen rütteln, was Philosophie und Fachwissenschaften zur Auseinandersetzung beitragen, das stößt jetzt auf die lebhafte Anteilnahme eines breiten Publikums. Die literarischen Zeitschriften, die seit dem Ende des 17. Jahrhunderts in Mode kommen (s. unten S. 299f), sind Anzeichen dafür. Sie finden vor allem in der städtisch-bürgerlichen Gesellschaftsschicht weite Verbreitung, und das Interesse an ihren Inhalten vermittelt ihrem großen Leserkreis zugleich auch die Vertrautheit mit der neuen Sprache.

Das Ideal des Weltmannes

Im Zeitalter des Absolutismus stellt die Hofgesellschaft, mit dem Fürsten an der Spitze, die führende Gesellschaftsschicht dar. Aber diese Gesellschaft setzt sich, wie oben S. 252 erörtert, nicht mehr allein aus der Schicht des Erbadels zusammen. Vielmehr gehören zu ihr auch die führenden Staats- und Hofbeamten, einschließlich der Hofgeistlichen, die zum großen Teil aus der Schicht der bürgerlichen Akademiker stammen. Auch wenn man sie oft durch Adelstitel äußerlich gleichstellt, so können doch die meisten weder ihre bürgerliche Herkunft und Erziehung noch auch die Gravität ihrer auf Universitäten erworbenen Umgangsformen verleugnen. Oft genug mögen sie durch steifleinenes Gehabe und altväterische Betonung ihrer Würde den Spott der Hofgesellschaft alten Schlages hervorgerufen haben. Die Weltfremdheit des Buchgelehrten hatte in der Hofgesellschaft, aber auch in der absolutistischen Staatsverwaltung keinen Platz. Von einsichtigen Beobachtern wird die Praxisferne der Universitätsausbildung gerügt, die Pedanterie der Gelehrten dem Gelächter preisgegeben. Jetzt werden Welterfahrung und Weltgewandtheit gefordert, nach dem Vorbild des italienischen *galanthuomo* und des französischen *galant homme,* der dort auch als *honnête homme* und als *homme d'un bel esprit* bezeichnet wird.

Weltgewandtheit wird zur idealen Lebensform. Der erste, der diesem Streben der Zeit Ausdruck gibt, ist Christian Weise (1642–1708), seit 1670 Professor der Beredsamkeit und Poesie am Gymnasium in Weißenfels, seit 1678 Rektor in Zittau. Durch seine zahlreichen Schriften will er *politische Klugheit* verbreiten, will den *politen Menschen* heranbilden (diese Ausdrücke verwenden auch andere,

z. B. auch THOMASIUS). Was aber dem Zittauer Rektor zu platter Nützlichkeitslehre gerät, macht THOMASIUS zum Gegenstand kritisch-wissenschaftlicher Untersuchung und des Universitätsunterrichts. Dem diente unter anderem seine Vorlesung *über des Gracians Grund-Reguln / Vernünfftig / klug und artig zu leben,* in der er sich mit den weltmännischen Lehren des spanischen Jesuiten BALTASAR GRACIAN (1601–1658) auseinandersetzt. Dazu verfaßte er die obenerwähnte Einladungsschrift von 1687, in der er über das neue Lebensideal sagt, daß *die Eigenschafft der Galanterie ... etwas gemischtes sey, so aus ... der guten Art etwas zu thun* (d. h. aus natürlicher Anmut), *aus der manier zu leben, so am Hoffe gebräuchlich ist, aus Verstand, Gelehrsamkeit, einen guten iudicio* (,klarem Urteilsvermögen'), *Höfflichkeit, und Freudigkeit zusammen gesetzet werde, und deme aller Zwang, affectation, und unanständige Plumpheit zuwider sey* (LH 109, S. 223). Gezeichnet wird hier der umgängliche, weltgewandte Mensch, der auf Grund natürlicher Veranlagung die höfischen Umgangsformen zwanglos beherrscht, der erworbenes Wissen verständig und urteilsfähig anzuwenden weiß, höflich und wohlgemut ist und der zwischen affektierter Verschrobenheit und roher Derbheit ungezwungen die rechte Mitte einzuhalten weiß.

An Studenten richten sich diese Erläuterungen. Denn aus ihnen gehen die künftigen Hof- und Staatsdiener hervor, wie THOMASIUS an anderer Stelle deutlich zum Ausdruck bringt. Auch dort geht es ihm um das rechte Maß. Zuviel Galanterie, hier als *Decorum* bezeichnet, ist ebenso von Übel wie der völlige Verzicht darauf: *Christus giebt Lehren von Decoro, Christus hat des Landes Sitte niemahls so nachdrücklich getadelt oder dafür gewarnet als für denen Sitten der ... Pharisäer. Spannet man das Decorum zu weit aus* (,übertriebene Weltläufigkeit'), *so krigt der Landes-Fürst von der Universität so wohl in die Kirche als in das gemeine Wesen* (,in Kirche und Staatsverwaltung') *Leute die beydes ... über Halß und Kopff ruiniren. Spannet man es zu eng ein, so werden die Länder von denen Universitäten mit Leuten besetzt, die man zu gar nichts brauchen kan, die sich selbst und andern eine Last sind, die weder Gott noch Menschen Nutzen, die alles reformiren und bessern wollen, und für sich selbst die elendesten Leute sind, mit denen man nicht vernünftig umgehen kan ... Mit einem Wort das liederliche und lasterhaffte decorum ist die Pest des Staats, die unter dem Deckel des Christenthums oder der Gottseligkeit intendierte Abschaffung alles decori ist eine Kranckheit, die dem Staat langsam abzehret, daß er nach und nach sich ruiniret* (LH 64, S. 23).

Diese Worte sind einer Einladungsschrift von 1701 entnommen, die den Titel trägt: ‹Wegen neuer Lectionum publicarum (,öffentlicher Vorlesungen') de jure decori oder von Recht derer Sitten und

Gewohnheiten›. In einer Zeit, in der sich in Frankreich bereits erste Zweifel am Recht des Monarchen regen, wird, wie diese Stelle zeigt, in Deutschland der Landesherr als unbestrittene Autorität anerkannt; revolutionäre Gedanken liegen noch in sehr weiter Ferne. Auch zeigen sich Staat und Gesellschaft hier noch fest im traditionellen Christentum verwurzelt. Offenbar fällt es aber der Zeit ebenso schwer, zwischen einem in engstirniger Dogmatik erstarrten und einem weltläufig oberflächlichen Christentum die rechte Mitte zu halten wie zwischen der Ungeschliffenheit und der lächerlichen Affektiertheit im geselligen Betragen. Nicht wenige, zu denen auch THOMASIUS gehört, bewundern die Franzosen wegen ihrer feinen, gewandten Umgangsformen; aber man ist sich des Abstandes bewußt. Ein Zeitgenosse, der Jurist und Professor der Poesie und Beredsamkeit BENJAMIN NEUKIRCH (1665–1729), schreibt in seiner ‹Anweisung zu Teutschen Briefen› von 1721: Galante Menschen, *die in allen Dingen etwas artiges; aber doch freyes und ungezwungenes haben . . . sind in unsern ländern noch etwas seltsam: und ungeachtet das wort galant bey uns viel gemeiner, als in Frankreich ist* (LH 64, S. 32). THOMASIUS hatte sich schon 1687 darüber lustig gemacht, daß das Wort galant *bey uns Teutschen so gemein und so sehr gemißbrauchet worden, daß es von Hund und Katzen, von Pantoffeln, von Tisch und Bäncken, von Feder und Dinten, und ich weiß endlich nicht, ob nicht auch von Aepffel und Birn zum öfftern gesagt wird* (LH 109, S. 223).

Ein Modewort also! Und Galanterie ist gewiß auch im gesellschaftlichen Leben eine Modeströmung – aber eine notwendige und heilsame. Sie erlaubt nicht mehr die Umkehr zu älteren gesellschaftlichen Zuständen, sondern führt geradewegs in die aufgeklärte Lebensform des 18. Jahrhunderts hinein. Das galante Wesen trägt das Seine dazu bei, gegenüber dem starren Zeremoniell der alten, in sich abgekapselten Gesellschaftsschichten neue, ungezwungenere und elegantere Lebensart durchzusetzen und die Kluft zwischen der höfischen und der bildungsbürgerlichen Schicht zu verringern. Wenn dann gelegentlich satirisch betont wird, daß auch Schuster und Schneider sich der Galanterie befleißigten, so beweist das immerhin, daß die Auflockerung des Lebensstils auch in die unteren sozialen Schichten Eingang fand.

Auch die Weiterentwicklung der Sprache wird von dem Streben nach neuer Lebenshaltung stark beeinflußt. In allen Schriften der Zeit wird hervorgehoben, daß der Mann von Welt in der Lage sein müsse, sein Wort zu machen und in allen Gesellschaftskreisen angemessen zu reden. ERDMANN NEUMEISTER (1671–1756), seit 1715 Hauptpastor in Hamburg, Verfasser geistlicher Lieder und einer galanten Poetik (1707), schreibt in einem dort eingereihten Lehrgedicht:

Man lerne doch nur reden,
Und spare keinen Fleiß.
Was ist ein Kerl, der diese Kunst nicht weiß?
. . .
Denn reden ist, was uns zu Menschen macht.
Wer das nicht kan, wird Lebens-lang veracht.

(LH 64, S. 116)

Das gesellige Gespräch, Rede als Gesellschaftskunst ist die Forderung an alle, die danach streben, galant zu sein. Die Handbücher der Zeit lehren, man solle sich beim Reden kurz fassen, solle einen leichtverständlichen, flüssigen Satzbau anstreben, solle *artige gedancken* und Scherze einflechten und nach pointiertem Ausdruck suchen. Seinen Gegenpart findet das Gespräch im galanten Briefwechsel, also im geschriebenen Wort, und groß ist die Zahl der ‹Sekretariats-Künste› oder Briefsteller der Zeit, die ihren Lesern zum Erwerb eines galanten Briefstils verhelfen wollen. Dabei wird der oberflächliche Naturalismus eines CHRISTIAN WEISE im allgemeinen abgelehnt, der sich damit begnügte, den Konversationston des geselligen Gesprächs in den Schreibstil zu übernehmen. Im Gegensatz dazu gibt der schon erwähnte BENJAMIN NEUKIRCH dem *Cavalier* die Anweisung: *Schreibet er endlich briefe, so muß er seine gedancken, ehe er sie zu papier bringet, wol untersuchen: wenn sie aber geschrieben seyn, so müssen sie scheinen, als ob er sie ohne bemühung geschrieben hätte* (LH 64, S. 34). Hier wird also ein sorgsam durchdachter, aber scheinbar kunstloser Stil gefordert im Gegensatz zu den Stilistiken des Barock, die allen Wert darauf legen, das geschriebene Wort durch auffallende Stilmittel *ansehnlich* zu machen.

Allerdings hatten sich die Stillehren des Barock, wie schon früher angedeutet, an den kleinen Kreis derjenigen gewendet, die durch entsprechende Studien die Kunst der Rhetoren und Poeten auf Grund der seit der Antike tradierten Regeln erlernen wollten. Jetzt aber ist jedermann aufgerufen, der das Zeug zum *galant homme* in sich fühlt. Die Kunst des Schreibens, vorher nur wenigen dazu Berufenen vorbehalten, wird zu einer Fähigkeit verallgemeinert, die jeder, der in der gebildeten Gesellschaft eine Rolle zu spielen wünscht, beherrschen soll. Damit ändern sich aber auch die Anforderungen an die Kunst: *Ein galanter Mensch muß in allem seinem thun natürlich seyn: derowegen muß er auch natürlich schreiben* (a. a. O., S. 34; vgl. auch Anhang Nr. V, unten S. 389).

Die Autoren der Zeit, die mit einem galanten Lesepublikum rechnen, müssen auch ihrerseits bestrebt sein, einen lockeren, eleganten Stil zu schreiben. Die Lockerheit fällt zwar einem banalen Vernünftler wie CHRISTIAN WEISE nicht schwer. Dafür zeuge eine Stilprobe aus seinen ‹Curiösen Gedancken von Deutschen Versen› von 1692. Darin verlangt er, daß der Satzbau eines Gedichts sich nicht von dem der Prosa unterscheiden dürfe: *Welche Construction in prosâ nicht gelitten wird / die sol man auch in Versen darvon lassen. Das Fundament dieser Regel muß e natura germanicae linguae* (‚aus der Beschaffenheit der deutschen Sprache') *gesucht werden. Denn daß andere Sprachen / sonderlich die Lateinische mit den Worten* (d. h. mit der Wortfolge) *etwas frey umgehen kan / solches kömmt daher / weil sie auch in prosâ dergleichen Freyheit zugebrauchen pflegen.* Das Deutsche müsse sich dagegen *genau an die rechte Construction binden,* weil sonst *ein grosses Stücke der Liebligkeit abgehen muß / wenn die Wort so eines hefftigen Zwanges gewohnen sollen* (LH 48, S. 242). Dem Gedankengang ist leicht zu folgen; die damals noch üblichen Verschachtelungen werden gemieden. In dieser Hinsicht konnte WEISE seiner und der folgenden Zeit wohl Vorbild sein, nicht aber in dem sorglos saloppen Satzbau, von dem obiges Zitat auch einiges verrät (*Sprachen ... kan ... pflegen*).

Die um Erkenntnis ringenden Denker haben es da schwerer: ERIC A. BLACKALL (LH 76, S. 32f), dem dieses und das folgende Kapitel manche Anregung verdanken, hat es an einigen Beispielen von THOMASIUS demonstriert. Ein Satz aus seiner ‹Einleitung zur Sittenlehre›, die ebenfalls 1692 erschien, lautet: *Die Bescheidenheit ist eine Tugend, die den Menschen antreibet, daß er allen Menschen, sie mögen seyn von was Stande sie wollen, freundlich und als Menschen, die in diesem Stück seines gleichen sind, begegnet, sie gleiches Recht mit sich geniessen läst, und sich nicht mehr hinaus nimmt, als ihme von Rechtswegen gebühret.* Allzuviel Aussagegehalt wird in diesen einzigen Satz gepfercht. Der Leser kann dem Hauptgedanken nur mit Mühe folgen, weil er mehrfach durch Einschübe abgelenkt wird. (Siehe auch unten S. 282 eine Stilprobe aus dem Pietismus.) Das ist noch der gelehrte Stil des Barock, und BLACKALL gibt ein frappierendes Beispiel dafür, wie viel eleganter ein jüngerer Zeitgenosse, der Philosoph CHRISTIAN WOLFF (1679–1754; s. unten S. 292f), im Jahre 1720 den gleichen Sachverhalt auszudrücken weiß: *Wer sich nicht über andere erhebet, sondern einem jeden soviel Ehre giebet, als ihm gebühret, der ist bescheiden. Und also ist die Bescheidenheit eine Tugend jedermann seine gebührende Ehre zu geben.*

WOLFF steht keineswegs in dem Ruf, einen galanten Stil zu schreiben, und die knappe Präzision seiner Sätze entspringt anderen Wurzeln. Dennoch darf man annehmen, daß auf diesen Wandel der Satzstruktur die Vorstellungen und die Bemühungen der Galanten, aber auch eines CHRISTIAN WEISE, nicht ohne Einfluß geblieben sind. Bei THOMASIUS selbst ist zu beobachten, daß er wiederholt nach flüssigem, eingängigem Satzanfang doch bald wieder in den tradierten

Schachtelstil verfällt – ein Beweis dafür, wie schwierig es ist, sich von überkommenen Stiltraditionen zu lösen, und welcher Anstrengung es bedarf, neue Stilvorstellungen zu verwirklichen.

Wenn wir gleichwohl CHRISTIAN THOMASIUS mit besonderem Nachdruck herausstellen, so nicht, weil er der einzige Verfechter eines galanten Schreibstils gewesen wäre. Aber er ragt unter seinen Zeitgenossen hervor, weil er einer der wenigen Universitätslehrer seiner Zeit war, der bewußt und mit bestimmtem Ziel seine Vorlesungen in deutscher Sprache abfaßte. Wie ungewöhnlich das damals war, geht aus dem Schicksal seiner ‹Einleitung zu der Vernunft-Lehre› hervor. Der Zensor der stockkonservativen Universität Leipzig verbot 1689 die Publikation mit der Begründung, *dass er mit guten Gewissen keine Schrifft censiren könte, darinnen philosophische Lehren in teutscher Sprache tractiret würden, und dieses sey conclusum totius Facultatis Philosophicae* (‚Beschluß der gesamten Philosophischen Fakultät'). Dies berichtete THOMASIUS später selbst (LH 109, S. 206f), nachdem er die Schrift 1691 in Halle, wo ein freierer Geist wehte, veröffentlicht hatte.

Groß ist die Vorliebe der galanten Autoren für das Ausland, besonders für Frankreich und seine Schriftsteller, die ihre Sprache galant modernisierten. Kaum einer schränkt seine Bewunderung so kritisch ein wie THOMASIUS in seiner Schrift von 1687. Fast jeder nennt französische Autoren als Beispiele galanten Stils. Auf Stil und Geisteshaltung, nicht auf die Sprache kommt es den Galanten an. Deutsch genießt keinen Vorrang; JOHANN CHRISTIAN WÄCHTLER (1652–1732) empfiehlt zur Schulung des eigenen Stils die Lektüre *derer schönsten Romanen in derselbigen Sprache, derer man kündig ist* (LH 64, S. 15). Das darf also Deutsch sein – empfohlen wird als Vorbild TALANDER (AUGUST BOHSE; 1661–1742) aus Halle, erster deutscher Vertreter des galanten Romans –, aber ebensowohl auch Spanisch, Italienisch oder vor allem Französisch. Ein kultureller Nationalismus ist dieser Generation fremd, und der Gebrauch der französischen Konversationssprache nimmt in Hof- und gehobenen bürgerlichen Kreisen sogar noch zu. Fremdwörter, wenn sie nur gemeinverständlich genug sind, werden eher gesucht als gemieden, wenn auch das törichte Alamode-Wesen des 17. Jahrhunderts zur Zielscheibe der Satire wird. Die patriotische Herausstellung der *teutschen Haubt- und Heldensprache* des 17. Jahrhunderts liegt dieser weltmännischen Generation fern. Wenn sie trotzdem in der geschichtlichen Weiterentwicklung der deutschen Sprache ihre bedeutende Rolle spielt, so dadurch, daß die Galanten den künstlichen Sprachprunk des Hochbarock verachten. In ihrem Streben nach eindeutiger Aussage, in der Vorliebe für schlichte Worte und in dem Bemühen um einen leicht fließenden Satzbau liegt ihre Bedeutung. Mit dieser neuen

Sprachhaltung befreien sie sich von den Fesseln erstarrter Traditionen. Damit gewinnen sie einen neuen breiten Leserkreis und bereiten damit den Boden für die Ausbreitung des neuen Hochdeutsch. Die Sprache der gelehrten Grammatiker beginnt sich zur allgemeinen Literatursprache zu wandeln.

Der Pietismus

Wirkten die Galanten durch Zeitschriften, Romane, Briefsteller und theoretische Schriften für die Gewöhnung bestimmter Leserkreise an die neue hochdeutsche Sprache, so erreichte die protestantische Bewegung des Pietismus durch Kirchenlieder, Lehr- und Erbauungsschriften eine vielleicht noch breitere Wirkung auf jene Gesellschaftsschichten, denen eine vertiefte religiöse Innerlichkeit anstelle der erstarrten Orthodoxie der Landeskirchen zum Bedürfnis wurde. Das Ziel des Pietismus (der übrigens im katholischen Quietismus ein in mancher Hinsicht vergleichbares Seitenstück hatte) war es, neben dem kirchlichen Gottesdienst freiere und individuelle Wege zu Gott zu suchen.

Der bedeutendste Kopf der Bewegung war der Elsässer Philipp Jacob Spener (1635–1709) aus Rappoltsweiler (Ribeauvillé). Er hatte eine Zeitlang als freier Prediger am damals protestantischen Straßburger Münster gewirkt und war von 1666 bis 1686 Pastor und Senior der Geistlichkeit in Frankfurt am Main. Seit 1686 Oberhofprediger in Dresden, mußte er der dortigen Orthodoxie weichen und folgte 1691 einem Ruf des Kurfürsten von Brandenburg nach Berlin. Unter seinen vielen Schriften zur Reform von Theologie und Kirche, besonders auch gegen die einseitig dogmatische Ausbildung der Geistlichkeit sind die ‹Pia Desideria› (s. auch Anhang Nr. VI), Frankfurt 1675, besonders hervorzuheben. Er breitet in dieser an die *geliebte Vätter und Brüdere*, also an die Geistlichkeit, gerichteten Reformschrift aus, *was mich / seyt der Zeit ich durch Gottes Willen und Gnade in seinem Weinberg arbeite / offters hertzlich betrübet / das Gewissen beschwehret / und viele Sorgen gemacht hat* (LH 61, S. 3). Den Amtsgenossen werden Wege zu vertiefter Seelsorge in den Gemeinden gewiesen. Sie sollen u. a. auch die Mitglieder der Gemeinde zu besserem Verständnis christlichen Glaubens und Lebens anhalten. Als Weg dahin wird intensive Beschäftigung mit der Bibel empfohlen. Weit über die gottesdienstlichen Schriftlesungen hinaus soll die Gemeinde die gesamte Heilige Schrift kennen. Spener selbst setzte dafür ein tätiges Beispiel, das in den folgenden Jahrzehnten vielerorts eifrig nachgeahmt wurde. In seinem Frankfurter Pfarrhause versammelte er regelmäßig seine Gemeindemitglieder in den sog. *Collegia pietatis* zu Schriftlesung und -erklärung und zu stillem Gebet. Er fand sehr viel Zulauf und sah sich deshalb seit 1682 veranlaßt, die Versammlungen in die Kirche zu verlegen.

In den pietistischen Konventikeln wird die Bibel einfachen Menschen vorgelesen und erklärt, und sie werden auch zu Fragen und Meinungsäußerungen aufgefordert. Das alles muß in schlichten, gemeinverständlichen Formen geschehen. So werden die pietistischen Gemeinden und ihre Seelsorger mit der hochdeutschen Sprachnorm mehr und mehr vertraut und in ihrem Gebrauch geübt.

Im schriftlichen Sprachgebrauch fällt es SPENER und seiner Generation noch schwer, die Fülle der Gedanken anders als in dem herkömmlichen verschachtelten Stil der Barock-Gelehrten auszudrücken, in krassem Gegensatz zu dem eleganten, flüssigen Stil der Galanten. Dafür sei der folgende Satz aus den ‹Pia Desideria› eines von zahlreichen Beispielen. Es ist die Rede von Mißständen innerhalb der protestantischen Kirche, so daß viele *auff die gedancken gekommen: Wir steckten noch so wol in Babel / als die Römische Kirche.* Die Unsicherheit verhindere viele am Übertritt zur Kirche LUTHERS: *Hingegen ist dieses recht die vornehmste hinderung / daß viele gute gemüther / die unter andern irrglaubigen gemeinden sonderlich aber der Römischen kirchen noch befindlich sind / und diesen greuel ziemlicher massen erkennen / (sogar / daß in der äusserlichen Römischen kirchen / welches unglaublich solte scheinen / einige sich befinden / die warhafftig den Pabst und seinen stuhl vor den von GOTT verkündigten Antichrist erkennen / und zuweilen ihres hertzens=grund in wehemütigen klagen blicken lassen) sich nicht / gleichwie sonsten geschehen würde / zu uns verfügen* (LH 61, S. 39; vgl. auch Anhang Nr. VI, unten S. 390, mit allerdings durchsichtigerem Satzbau). Der Gedanke ‹Viele werden am Übertritt zu uns (d. h. zur protestantischen Kirche) gehindert› erscheint als untergeordneter daß-Satz, was nicht zur Klarheit beiträgt. Diese Aussage wird durch den inhaltreichen Relativsatz (*gemüther) die . . . befindlich sind und erkennen* und gegen Schluß noch einmal durch den Vergleichsatz *gleichwie sonsten geschehen würde* in ihrem Fluß gehemmt. Die stärkste Unterbrechung besteht aber in der hinter *erkennen* eingeschobenen Parenthese, die auch ihrerseits als weitläufige Periode gebaut ist. Im übrigen ist der daß-Satz mit seinen Einschüben und Unterbrechungen nicht etwa der Hauptgedanke. Er ist vielmehr Attribut zu *hinderung,* und man hat zu verstehen: ‹Folgendes (*dieses*) ist das allerbedeutendste Hindernis dafür, daß sie nicht zu uns übertreten.› Das einleitende *dieses* weist über den ganzen langen Satz hinaus auf die nächstfolgende, hier nicht zitierte Periode hin, aus deren ebenso verwickeltem Bau sich der Grundgedanke herausschält ‹sie meinen, *es müsse keine reine kirche mehr auff der welt seyn*› (a. a. O., S. 40). Der Inhalt der beiden umfangreichen Sätze läßt sich also auf die knappe Formel bringen: Der beklagenswerte Zustand der protestantischen Kirche hindert auch enttäuschte Katholiken am Übertritt. SPENER fällt mit dieser wortreichen Darstellung, die viele Inhalte ineinander verschachtelt, in den komplexen statischen Prosastil der Barock-Gelehrsamkeit zurück, obwohl das Streben nach eingängigeren Ausdrucksformen in seinen Schriften an vielen Stellen erkennbar ist. Ähnliches war ja auch schon am Schreibstil des THOMASIUS zu beobachten (oben S. 279f), und auch andere Theoretiker des galanten Stils verfallen trotz offensichtlicher Bemühung immer wieder dem Zwang der stilistischen Tradition.

Die jüngere Generation weiß sich den Stilvorstellungen der neuen Zeit schon besser zu fügen. Dafür möge die in Anhang Nr. VII (unten S. 390f) abgedruckte Textprobe aus einer pietistischen Lehrschrift zeugen. Ihr Verfasser ist der in Lübeck geborene AUGUST HERMANN FRANCKE (1663–1727). Auch er, der sich an der Universität Leipzig habilitiert hatte, war dort wie SPENER den Anfeindungen der sächsischen Orthodoxie ausgesetzt und erhielt 1691 durch SPENERS Fürsprache eine Professur in Halle und gleichzeitig eine Pfarrstelle im benachbarten Glaucha. Als energischer Verfechter eines tätigen Christentums nahm er sich vor allem der Jugenderziehung an. Die Gründung des Waisenhauses, einer Armenschule, eines Gymnasiums mit Internat (*Paedagogium*) und eines Lehrerseminars (*Seminarium praeceptorum*) erregten weithin Aufsehen und fanden Nachahmer. Deshalb waren auch seine zahlreichen Schriften pädagogischen und theologischen Inhalts viel begehrt und weit verbreitet. Seine Vorlesungen an der Universität hielt er meist in deutscher Sprache, was ihn mit THOMASIUS und einigen andern Hallenser Professoren verband. Vermutlich gelang ihren gemeinsamen Anstrengungen, was einer allein und auf sich selbst gestellt kaum erreicht hätte. Auch daß an der 1701 gegründeten Universität Göttingen die deutsche neben der lateinischen Vorlesungssprache widerstandslos hingenommen wurde, wäre ohne das hallesche Vorbild kaum denkbar gewesen. Triumphierend konnte THOMASIUS im Jahre 1717 schreiben: *durch Gottes Gnade sei bißher der nützliche Gebrauch der Teutschen Sprache so weit durchgedrungen, daß man nicht allein zu Halle, sondern auch auf andern Protestirenden Universitäten angefangen, publice und privatim in Teutscher Sprache zu lesen* (zitiert nach LH 76, S. 9).

In der Gewöhnung des allgemeinen wie auch des gelehrten Publikums an den Gebrauch einer zur Norm strebenden hochdeutschen Sprache liegt im Verein mit anderen Zeitgenossen eines der sprachhistorischen Verdienste der Pietisten. Sonderleistungen eines einzelnen sind kaum hervorzuheben. Das gilt von SPENER und FRANCKE; dasselbe gilt von dem Mystiker und frühen Vorläufer des Pietismus JOHANN ARNDT (1555–1621), dessen ‹Vier Bücher vom wahren Christentum›, erschienen 1605–1609 und um 1700 mehrfach neu aufgelegt, von den Pietisten hoch geschätzt und oft ausführlich zitiert wurden, wie auch von dem Epigonen des Pietismus, NIKOLAUS LUDWIG GRAF VON ZINZENDORF (1700–1760). Keiner von allen ist ein sprachlicher Neuerer, wenn auch besonders ZINZENDORFS Sprache nicht der Originalität entbehrt.

Wohl aber kommt der Gruppe der pietistischen Autoren insgesamt eine sprachgeschichtliche Bedeutung zu. In ihrem Streben nach einer individuellen Frömmigkeit und einem persönlichen, nicht durch die Kirche vermittelten Verhältnis zu Gott nehmen die Pietisten alte mystische Bestrebungen wieder auf. Das führt in der Sprache ihrer Schriften zur Ausprägung eines stark gefühlsbetonten Wortschatzes für den Gesamtbereich des seelischen Lebens. Auch auf diesem Gebiet sind sie, von Ausnahmen abgesehen, nicht eigentlich selbstschöpferisch. Aber sie übernehmen von allen ihnen dienlich erscheinenden Seiten zugleich mit den Gedanken ein Sprachgut, das in der Prunksprache des Barock, im kühlen Rationalismus der Jahrhundertwende und in der weltlichen Eleganz der Galanten fast ganz verschüttet war. Vor allem bei der mystischen Sprache des JOHANN TAULER (vgl. Sprachgesch. oben Bd. 1, S. 456), den auch LUTHER verehrt hatte und dessen Werke von Mitarbeitern SPENERS neu herausgegeben wurden, machten die Pietisten reiche Anleihen, ebenso bei LUTHER gerade aus jenen Schriften, die von der Orthodoxie weniger beachtet waren. Auch LUTHERS Bibelsprache wirkt sich stark auf die pietistische Literatur aus. Geistige Bande verknüpften die deutschen Pietisten mit ähnlich gearteten religiösen Strömungen Hollands, Englands und Frankreichs und führen zu einer lebhaften Übersetzungstätigkeit, die ebenfalls nicht ohne sprachliche Folgen bleibt. Auf eine Darstellung des pietistischen Wortschatzes darf hier unter Hinweis auf die profunden Untersuchungen von AUGUST LANGEN (LH 67 und 5, Sp. 998–1005) verzichtet werden. LANGEN bezeichnet ‹das Drama zwischen Gott und Seele, das Zueinanderstreben . . . bis zur Vereinigung› als das ‹Grunderlebnis› des deutschen Pietismus. Gott gibt durch seine Einwirkung den Anstoß. ‹Von seiner ‚Kraft' und ‚Fülle', von seinem ‚Nahesein' geht alles aus. Er ‚zieht, beruhigt, erquickt, begabt' die Seele, ‚erprobt' und ‚läutert' sie.› ‹Gott ‚öffnet' die Seele für die Einwirkung seiner Gnade . . . Daraus ergibt sich die . . . Terminologie von ‚aufschließen', ‚Aufschluß' und ihrer Sippe. Anderseits findet sich die ‚unerweckte' Seele im Zustand der ‚Selbstheit' und des ‚Eigengesuchs', in ‚Dürre, Trockenheit' und geistlichem ‚Tod'. Durch Gottes Gnade ‚löst' sie sich von der Welt, ‚verfremdet' sich und ‚entsinkt' ihr. Der Wortschatz des Pietismus ist gekennzeichnet durch viele dynamische Verbalkomposita, die das ‚Her, Hernieder', das ‚Hinauf, Empor', das ‚Ein, Hinein' Gottes in die Seele (‚einsprechen, eindringen, einfließen'), und vor allem das ,Durch' (,durchbrechen, durchdringen, sich durchkämpfen') zum Ausdruck bringen› (Belege und Zitate aus LANGEN, LH 67, S. 376 ff).

Die Pietisten sind, abgesehen von vielen Verbalkomposita, nicht eigentlich die Schöpfer des Seelen- und Gefühlswortschatzes. Ihre Bedeutung liegt vielmehr darin, daß sie schon fast versiegte Quellen wieder zum Strömen gebracht haben. Ihre mystische Versenkung der Sprache in seelische Tiefen führt zu einer Intimität der Sprache, die dem Lesepublikum zu Herzen geht, und die es sich zu eigen machen kann. Hervorzuheben ist dabei ihre eindringliche Bildersprache, die jedermann begreift, und ihr ausgesprochen dynamischer Verbalstil. Dem neuen Hochdeutsch, dessen erste Verfechter eher einem gelehrten Nominalstil zuneigten, wird damit eine neue Dimension lebhaft bewegter Ausdrucksmöglichkeiten eröffnet.

IV. AUFKLÄRUNG UND EMPFINDSAMKEIT
(ca. 1720 bis 1770)

Zwei geistige Strömungen hatten, wie im vorhergehenden Kapitel dargestellt wurde, um die Jahrhundertwende die Gemüter in Deutschland tief erregt und hatten damit auch auf die innere Entwicklung der hochdeutschen Literatursprache beträchtlichen Einfluß genommen – die zunehmende Bewertung der Weltklugheit und anderseits die religiöse Bewegung des Pietismus. Beide, obwohl in ihren Bestrebungen diametral entgegengesetzt, waren doch Erscheinungen des gleichen Zeitraums und haben schon deshalb auch mancherlei Gemeinsamkeiten. Im westlichen Europa, besonders in Frankreich und den Niederlanden, hatte in der zweiten Hälfte des 17. Jahrhunderts die neue, mit Tradition und Herkommen brechende Philosophie der Aufklärung das Feld erobert. Deutschland war einstweilen noch nicht voll davon ergriffen worden; aber die weltoffenen Denker, insbesondere auch THOMASIUS, hatten doch zum Teil schon westliches Gedankengut aufgegriffen und dürfen insoweit als ‹Frühaufklärer› bezeichnet werden. Selbst die Pietisten konnten sich dem Zuge der Zeit nicht völlig entziehen, und auch ihre Schriften sind nicht frei von aufklärerischen Gedanken.

Längst hatten Denker wie NICOLAUS KOPERNIKUS (1473–1543), GALILEO GALILEI (1564–1642), JOHANNES KEPLER (1571–1630) durch ihre naturwissenschaftlichen Entdeckungen das mittelalterliche Weltbild in seinen Grundfesten erschüttert, und eben hatte ISAAK NEWTON (1643–1727) mit seinem Gravitationsgesetz den Grund zur modernen Physik gelegt. Ihre Lehren wie auch die neue auf mathematische Grundlagen gestellte Philosophie eines RENÉ DESCARTES (1596–1650) oder BARUCH SPINOZA (1632–1677) wurden zwar von deutschen Gelehrten kontrovers diskutiert, aber selbst die Universitäten zeigten sich im allgemeinen noch wenig beeindruckt. Erst GOTTFRIED WILHELM LEIBNIZ (1646–1716) wurde in Deutschland zum eigentlichen Begründer der Aufklärung. Die gewaltigen Denkanstöße, die er gab, führten in der deutschen Geistesgeschichte eine neue Epoche herauf. Seine Anhänger und Gegner, die zum großen Teil erst der auf LEIBNIZ folgenden Generation angehörten, rezipierten zugleich mit seinem Werk auch die Schriften des aufgeklärten Auslandes. Da sie nun ihre Streitigkeiten wie auch ihre eigenen Beiträge zur Weiterentwicklung des neuen Gedankengutes zu einem nicht geringen Teil in deutscher Sprache austrugen, fanden ihre Schriften das höchste Interesse einer sich rasch verbreiternden Bildungsschicht.

LEIBNIZ baut seine Philosophie auf den naturwissenschaftlichen Erkenntnissen seiner Zeit auf. In die menschliche Vernunft setzt er unter Berufung auf die Erkenntnisfähigkeit der großen Naturforscher und Philosophen sein volles Vertrauen. Sie (von denen wir soeben nur die bedeutendsten genannt haben) konnten kraft vernünftiger Einsicht die im Makrokosmos und im Mikrokosmos waltenden Gesetzmäßigkeiten aufdecken. Dennoch zweifelt LEIBNIZ keinen Augenblick an der Existenz Gottes. In seiner Monadenlehre erkennt er Gott als die Urmonade, von der alle Schöpfung ausgeht. Der Kosmos, und in ihm der Mensch, ist ein gesetzmäßig wirkender Zusammenhang von Monaden, denen allen die Kraft zur Erkenntnis Gottes und seiner Schöpfung innewohnt. Nur durch das Maß der Klarheit, mit der sie wahrnehmen, unterscheiden sich die Monaden voneinander. Durch ihre Gottbezogenheit können sie alle, also auch jeder Mensch, den Weg zu immer deutlicherer Wahrnehmung, das heißt aber: zu immer höheren Stufen der Vollkommenheit, beschreiten.

Diese optimistische Philosophie stellt die christliche Gottesauffassung nicht in Frage. Aber nicht durch die Heilige Schrift, sondern kraft seiner gottgegebenen Verstandeskräfte gelangt LEIBNIZ zur Gotteserkenntnis. Bis dahin hatten selbst freie Geister wie THOMASIUS noch fest auf dem Boden des tradierten Christentums gestanden. Jetzt entwickelt sich in Auswirkung des LEIBNIZschen Systems eine ‹Physiko-Theologie›, welche die überlieferte Offenbarungsreligion durch eine ahistorische, auf naturphilosophische Spekulationen gegründete Vernunftreligion ersetzt. Gott wird aus dem Kosmos erkannt, den er geschaffen hat. Die Natur wird zum Tempel Gottes. Die Sünde wird als eine durch Einsicht korrigierbare Unvollkommenheit verstanden. Das bedeutet eine geistige Revolution. Die Abkehr vom mittelalterlichen Weltbild ist vollzogen. Der vernunftbegabte Mensch wird autonom; fortan ist er selbstverantwortlich für alle irdische Ordnung.

Hingerissen blicken die Aufklärer auf die neue Welt, die sich hier auftut, und auf die Aufgaben und Möglichkeiten des autonomen Menschen in dieser Welt. Das neue Denken, Hoffen und Fühlen verlangt nach Ausdruck, wie auf anderen Gebieten, z. B. in der bildenden Kunst, vor allem auch in der Sprache.

Die sprachliche Situation im 18. Jahrhundert

Dieses Jahrhundert, das mit unsicherem Tasten nach Weltoffenheit beginnt und das in seinen letzten Jahrzehnten in der Klassik den kulturellen wie sprachlichen Höhepunkt erreicht, ist in seinem ganzen Verlauf wesentlich durch die Auseinandersetzung mit der Gedankenwelt der Aufklärung bestimmt. Das gilt auch für die Entwicklung der Sprache. Aber die Aufklärung, mag sie auch die alles durchdringende Kraft des Zeitalters sein, ist nicht alleinherrschend. Sie verändert die Lebensordnungen der Zeit, aber sie nimmt dabei die älteren

Forderungen nach Weltoffenheit und Eleganz der galanten Zeit in sich auf. Wenn ihre Theologie auch in offener Abkehr von der Tradition eine Naturreligion verkündet, so bestehen doch daneben der Pietismus und auch die Orthodoxie fort, wirkungsmächtig durch das ganze Jahrhundert hindurch und – wenn auch allmählich an Einfluß verlierend – noch im 19. Jahrhundert und bis in die unmittelbare Gegenwart hinein. Aus der gottbezogenen Innerlichkeit des Pietismus entwickelt sich um die Jahrhundertmitte in der sogenannten ‹Empfindsamkeit› (s. unten S. 302ff) eine säkularisierte Betrachtungsweise, die nicht minder emphatisch, als der Pietismus die Beziehung zwischen Gott und der Einzelseele gesucht hatte, jetzt innerweltlich dem Bezug von Mensch zu Mensch, von Menschenseele zu Menschenseele nachforscht. Galanter Stil, Empfindsamkeit und eine idyllisch verniedlichte Antike verbinden sich endlich gegen Ende des hier betrachteten Zeitraums zu der Schäferwelt des Rokoko.

Die mannigfachen Zeitströmungen bilden sich auch in ihrer Sprache ab, bereichern und fördern die hochdeutsche Literatursprache insgesamt und führen sie, mehr und mehr konvergierend, bis an die Schwelle der klassischen Periode um 1800. Die Jahrzehnte, deren Sprache hier darzustellen ist, sind die sprachhistorisch wichtigste Periode innerhalb der neuhochdeutschen Epoche. Hier reifen die Früchte, die die Klassik – unbeschadet ihrer kulturellen und sprachlichen Eigenbedeutung – ernten wird. Unsere Darstellung der sprachlichen Kräfte, die in diesen Jahrzehnten so verschiedenartig hervortreten, stellt uns vor Schwierigkeiten. Denn wo in der kulturhistorischen Realität eins ins andere greift, müssen hier im Interesse der Deutlichkeit die einzelnen Stränge der Entwicklung isoliert betrachtet werden. Möge der Leser dennoch nicht aus dem Auge lassen, daß die Sprachwirklichkeit der Zeit es mit fortwährenden Interrelationen zwischen den hier nacheinander abgehandelten Kräften zu tun hat.

Neue Sprache – neues Publikum

Wir haben früher dargestellt, wie sich ein neues Schriftdeutsch ausgebildet hatte, das mit keiner deutschen Mundart übereinstimmte. Niemand hatte anfangs dieses Deutsch gesprochen, und auch an seinen schriftlichen Gebrauch mußten sich die Zeitgenossen im Wechsel mehrerer Generationen erst allmählich gewöhnen. Diese Aneignung einer neuen Schriftsprache und die (mehr oder minder unvollkommene) Übernahme ihrer Formen und Normen in die mündliche Rede sind soziologische Vorgänge, und das 18. Jahrhundert ist nicht nur für die Sprachentwicklung selbst, sondern für die Soziologie der neuen deutschen Sprache von allergrößter Bedeutung.

Denn die Pflege des Hochdeutschen war, nachdem Eifer und Einfluß der Sprachgesellschaften nachgelassen hatten, den wenigen deutschgesinnten Gelehrten und Dichtern in die Hand gegeben, und deren Streben war nicht auf große Breitenwirkung gerichtet. Die Galanten suchten vornehmlich die Aristokratie der Hofkreise und eine städtische Akademikerschicht zu erreichen. Nur der Pietismus sprach zu den Frommen aller Stände, aber doch nur, soweit sie ihn vernehmen wollten.

Das änderte sich in der Zeit der Aufklärung von Grund auf. Man spricht von der unermeßlichen ‹intellektuellen Neugier› dieser Zeit, und ein sehr breites Publikum stürzt sich mit einem wahren Lesehunger auf jedes gedruckte Wort, das seinem Verständnis zugänglich ist. Freilich die Höfe und die ihnen zugewandte Aristokratie verweigern sich immer noch der Aufnahme der deutschen Sprache (wiewohl auch dort manch einzelner in Heimlichkeit zu deutschen Büchern gegriffen haben mag). An den protestantischen Fürstenhöfen herrscht das Französische als Gesellschafts- und Konversationssprache vor, und im katholischen Süden wußte an den Höfen auch das Italienische, das das ältere Spanisch der Habsburger abgelöst hatte, seinen Platz zu behaupten. Sehr bezeichnend für die Ablehnung des Deutschen ist etwa die Haltung des Preußenkönigs Friedrichs des Grossen, der bei aller Mißachtung der deutschen Literatur und ihrer Sprache doch jedenfalls Goethes ‹Götz› gelesen hatte und dessen Abhandlung ‹De la Littérature Allemande› von 1780 auch ein einigermaßen eingehendes Studium von Thomasius' deutschen Schriften und anderer Werke erkennen läßt.

Es war vielmehr eine breite, nach unten kaum abgrenzbare, nach oben hin wohl manchen Aristokraten einschließende Schicht des Bürgertums, die wir als die soziologisch bedeutendste Lesergruppe dieser Periode ansehen dürfen. Es gibt zahlreiche, nicht unverächtliche Zeugen für diese Behauptung. Daß die deutsche Bibel zum meistgelesenen Buch der Zeit wurde, wenn sie es nicht bereits vorher war, liegt nicht allein an der noch ungebrochenen Frömmigkeit breiter Volksschichten. Zum mindesten unterstützend hatte daran auch verlegerische Initiative ihren Anteil. Ganz im Sinne der Pietisten, denen eifriges Lesen der Bibel als Grundlage allen Christentums galt, faßt der westfälische Baron Carl Hildebrand von Canstein (1667–1719) einen Plan, *wie Gottes Wort um einen sehr wohlfeilen Preis den Armen in die Hände gebracht werden könte*. Durch Rationalisierung des Herstellungsverfahrens (‹Stehsatz›) und hohe Auflagen konnte er das Neue Testament von 1712 an für zwei Groschen, seit 1713 die ganze Bibel für sechs Groschen verkaufen. Bis zu seinem Tode erlebte Canstein selbst noch 28 Auflagen der Gesamtbibel. Bis Ende 1739 hatte die inzwischen mit dem Waisenhaus in Halle verbundene ‹Cansteinische Bibelanstalt› insgesamt 926000 Bände (68 Auflagen des NT, 96 Auflagen der Bibel) verkauft (LH 84, S. 16 f), und der Verkauf hielt auch weiterhin an.

Aber auch andere, streng spezialisierte Bücher hatten große Verkaufserfolge. Die ‹Deutsche Logik› des Aufklärers CHRISTIAN WOLFF (s. unten S. 292 f), ein anspruchsvolles wissenschaftliches Werk, erschien zwischen 1713 und 1754 in nicht weniger als 14 Auflagen mit 8000 Exemplaren (LH 71 Bd. 1, Einführung S. 99), und ein so trockenes Lehrbuch wie JOHANN CHRISTOPH GOTTSCHEDS ‹Deutsche Sprachkunst›, die deutsche Grammatik der Aufklärungszeit (s. unten S. 311), brachte es zwischen 1748 und 1776 immerhin auf sechs Auflagen. Bemerkenswert ist auch die große Zahl wissenschaftlicher Handbücher, die trotz ihrer oft umständlichen Darstellungsweise viele wißbegierige Leser fanden. Auch für schwere geistige Kost zeigte sich also das Lesepublikum des 18. Jahrhunderts aufnahmebereit.

Vor allem aber findet der Leser Nahrung für sein Informationsbedürfnis in zahllosen, meist kurzlebigen Zeitschriften, vor allem in den sogenannten Moralischen Wochenschriften, die um 1720 zu erscheinen begannen. Diese rechnen mit einem breiten bürgerlichen Leserkreis, und viele geben sich ausgesprochen antiaristokratisch. Sie ziehen satirisch gegen Hofsitten, gegen das Glücksspiel des Hofadels und manche andere höfische Lockerheit zu Felde und leiten zu praktischer Lebensführung nach dem gesunden, d. h. hausbacken bürgerlichen Menschenverstand an. Nach unten hin ist, wie schon erwähnt, der Leserkreis kaum abzugrenzen. Wie der Ratsherr und der Steuereinnehmer sollen auch Schuster und Schneider hier unterhaltsame Belehrung finden. Die ‹Discourse der Mahlern›, 1721–1723 von JOHANN JACOB BODMER (1698–1783) und JOHANN JACOB BREITINGER (1701–1776) in Zürich herausgegeben, wollen sogar von Schweizer Bauern gelesen sein, obwohl ihr altertümlich komplexer Stil dem Allgemeinverständnis im Wege steht.

Etwa seit der Mitte des Jahrhunderts wenden sich auch die Romane, die bis dahin die Tradition des 17. Jahrhunderts als schwere Bürde mitgeschleppt hatten, populären Stoffen zu. Sie verbreiten auf ihre Weise Bildung und Unterhaltung, wie sie die Zeit verlangt, in leicht eingängiger Sprache. Ihre Zahl (seltener die Qualität) schwillt gegen Ende des Jahrhunderts zu wahren Fluten an. Die Gewohnheit, diese Werke auf mehrere schmale Bände oder gar Halbbände zu verteilen, wird von den Zeitgenossen satirisch begrüßt. Ein kleines Buch flöße weniger Respekt ein als ein dicker Wälzer und finde deshalb mehr Leser. Vor allem könnten auch die Damen so ein Bändchen bequem während der Sitzung beim Coiffeur durchlesen. Zieht man weiterhin noch die zahlreichen Lehrschriften, darunter auch Lehrgedichte von hohem poetischem Rang, in Betracht und dazu die schier unermeßliche Fülle der Erbauungsbücher, so gewinnt man eine ungefähre Vorstellung davon, wieviel in diesem Jahrhundert gelesen wurde und wie vielseitig die angebotene Lektüre war.

Als besonders umworbene Lesergruppe werden von Wochenschriften und Romanen, aber auch von den Dichtern, die Frauen hervorgehoben. Dabei lassen allerdings die ‹Romane beim Coiffeur› vermuten, daß hier vor allem die Damen höherer Gesellschaftskreise gemeint sind, die – dem Alltag des Haushalts enthoben – in Muße lesen und korrespondieren konnten. Ihre Neigung zu gepflegter Unterhaltung wird oft betont; die literarischen Salons kündigen sich an. Auf das Ganze gesehen, ist die sprachgeschichtliche Bedeutung des Zugewinns breitester Leserschichten offensichtlich. Im 17. Jahrhundert nur von einer verhältnismäßig engen Bildungsschicht gepflegt, wurde die hochdeutsche Schriftsprache infolge der popularisierenden Tendenzen der Aufklärungszeit zum sprachlichen Gemeingut aller am geistigen Leben Interessierten. Zum mindesten als Leser wurden die Vielen mit der Schriftsprache vertraut, und schon diese passive Vertrautheit ist von großer Bedeutung. Aber auch die Autoren, die die Sprache zu aktivem Gebrauch erwerben, fangen als Leser an und wissen bereits, wenn sie zu schreiben beginnen, was sprachüblich ist. Gerade in der Zeit der Aufklärung arbeiten ferner besonders viele Autoren selbstkritisch an der Vervollkommnung ihrer Sprache, und da das nun auf der Grundlage einer bereits vertrauten und eingeübten Norm geschieht, führt es zu Festigung und Ausbau der gemeinsamen Sprache.

Sprache der Wissenschaft

Die neu erblühende Wissenschaft wird zur führenden geistigen Kraft der Aufklärungszeit, und ihr Streben wirkt auch auf Gehalt und Form der Sprache ein.

Wie schon erwähnt, kennzeichnen intellektuelle Neugier und ein unbändiger Forscherdrang die Zeit der Aufklärung. Dabei wird unter dem Eindruck einer Philosophie, die den Kosmos als ein nach erforschbaren Gesetzen geordnetes System erkennt, auch im Bereich der erkennenden Wissenschaften eine klare Systematik angestrebt. So entstehen die einzelnen Fachwissenschaften, deren immer weitergehende Spezialisierung sich seither kontinuierlich fortsetzt. Der ‹Polyhistor›, der auf allen Wissensgebieten beschlagen ist, wird seit der Aufklärungszeit mehr und mehr durch den Fachgelehrten verdrängt. Damit bilden sich zugleich auch die Fachsprachen heraus, d. h. eine Fachterminologie, die damals begriffliche Ordnung schuf, in der modernsten Entwicklung allerdings nur noch von den Spezialisten des

Einzelfaches voll beherrscht wird.

Die Anfänge dieser Entwicklung gehen weit in das lateinische Mittelalter zurück. Theologen (im Mittelalter zugleich Philosophen), Juristen und Ärzte sind längst zu einer lateinischen Fachterminologie gelangt, und seit der Renaissance versuchen Gelehrte, die sich der deutschen Sprache bedienen, die lateinischen Fachausdrücke auch in der Muttersprache wiederzugeben. Das geschieht aber anfangs ganz unreflektiert und führt zu einem terminologischen Wirrwarr, der der Verständigung keineswegs förderlich ist.

Hier sucht die Aufklärung Abhilfe zu schaffen, und führend wird auf diesem Wege CHRISTIAN WOLFF (1679–1754). Dieser, als Sohn eines Handwerkers in Breslau geboren, bezog 1699 die Universität Jena, sollte Theologie studieren, fühlte sich aber mehr zur Mathematik und Philosophie hingezogen. In Leipzig erwarb er 1703 den Magistergrad. Durch seine Dissertation wurde LEIBNIZ auf ihn aufmerksam, und durch dessen Fürsprache wurde WOLFF Ende 1706 als Professor der Mathematik und Naturlehre nach Halle berufen. Über seine Streitigkeiten mit THOMASIUS und seinen Anhängern und seinen späteren Streit mit den Pietisten um AUGUST HERMANN FRANCKE, die ihn des Atheismus beschuldigten, braucht hier nicht berichtet zu werden. Bezeichnend ist die pietistische Polemik gegen WOLFFS Übersetzung von lat. *philosophia* durch *Welt-Weisheit. Denn dieses Wort machet jemand gleich eine Idee von einer falschen Weisheit, so bey Welt-gesinnten Leuten anzutreffen / und welche zu ihrem Gegenstand irdische und eitle Dinge hat* (zitiert nach LH 71, Bd. 1, S. 94). Der pietistische Kritiker fragt, wer die Philosophie *also getäuffet hat,* und antwortet: *das hat der Feind* (d. h. ‚der Teufel') *getan* (ebda.). In dieser Polemik lebt die alte Unterscheidung zwischen göttlicher und weltlich-unvollkommener Weisheit wieder auf, die im philosophischen Sprachgebrauch längst geschwunden war. Insofern beweist sie die terminologische Verwirrung der Zeit. WOLFF hatte den Ausdruck so gebraucht, wie es die Philosophen zu tun pflegten.

WOLFF selbst legt auf eine exakte Fachterminologie den größten Wert. Nach Möglichkeit wählt er deutsche Fachausdrücke: Er nennt sie *Kunst=Wörter,* nicht weil sie künstlich geschaffen sind, sondern weil sie in den Bereich der *artes,* d. h. *Künste,* gehören, wie man die Wissenschaften (‹die sieben freien Künste›) traditionsgemäß bezeichnete. Über seinen Wortgebrauch schreibt er: *Unerachtet ich deutsche Kunstwörter gebraucht, so werden doch dadurch meine Schrifften nicht dunckel und schwer zu verstehen. Denn ich habe alle Wörter vorher erkläret, ehe ich sie gebraucht, und dannenhero können sie zu keiner Zweydeutigkeit und Mißverständnis Anlaß geben. . . . Hätte ich lateinische Kunst=Wörter gebraucht, so wäre eben dieses nöthig, woferne man nicht dieselben nach seinem eigenen Gefallen auslegen wolte* (a. a. O., Bd. 9, S. 35 f).

Die genaue Erklärung jedes Fachausdrucks ist das Vorbildliche und Folgenreiche an Wolffs Verfahren. Indem sein Vorbild weiterwirkt, führt es zu einer Disziplinierung der Ausdrucksweise, die fortan nicht nur der wissenschaftlichen, sondern auch der schönen Literatur zu präziserer Darstellung verhilft. Ein Zitat aus Wolffs ‹Vernünfftige Gedancken von den Kräften des menschlichen Verstandes› (1712; oft als ‹Wolffs Deutsche Logik› zitiert) möge sein Vorgehen veranschaulichen: 1. *Die Welt=Weisheit ist eine Wissenschaft aller möglichen Dinge, wie und warum sie möglich sind.* Hiermit wird eine Inhaltsbestimmung der *Welt=Weisheit = Philosophia* unternommen, und zu diesem Zweck werden die einzelnen Elemente des Prädikats genau bestimmt: 2. *Was Wissenschaft ist. Durch die Wissenschaft* (d. i. unter der Bezeichnung ‚Wissenschaft') *verstehe ich eine Fertigkeit des Verstandes, alles, was man behauptet, aus unwidersprechlichen Gründen unumstößlich darzuthun. Welche Gründe unwidersprechlich sind, wird* (im weiteren Verlauf der Abhandlung) *dargethan werden.* 3. *Was möglich ist. Möglich nenne ich alles, was seyn kan, es mag entweder würcklich da seyn, oder nicht.* 4. *Alles hat seinen Grund, warum es ist* (s. oben 1: *wie und warum*). *Weil von nichts sich nichts gedencken lässet; so muß alles, was seyn kan, einen zureichenden Grund (oder eine raison) haben, daraus man sehen kan, warum es vielmehr ist, als nicht ist: welches an seinem Ort (§ 30.31.) weiter erwiesen wird* (LH 71, Bd. 1, S. 115). Nachdem auf diese Weise Schritt für Schritt erklärt ist, was er unter Philosophie versteht, geht Wolff nun zur Beschreibung des Philosophen über: 5. *Solchergestalt* (d. h. unter der Voraussetzung der §§ 2–4) *muß ein Welt=Weiser nicht allein wissen, daß etwas möglich sey, sondern auch den Grund anzeigen können, warum es seyn kan* (a. a. O.). Diese Feststellung führt weiter zur Unterscheidung der *gemeinen Erkäntniß* (die keinen Grund für das Mögliche anzugeben weiß) *von der Erkäntniß eines Welt-Weisen* (a. a. O., § 6). So geht eine Deduktion aus der anderen hervor.

Wolff ist sich der Absichten, die er mit seinem Denk- und Schreibstil verfolgt, sehr genau bewußt. *Ich schreibe mit Gedancken,* sagt er in der ‹Nachricht von seinen deutschen Schriften›, *und gebe einem jeden Worte seine abgemessene Bedeutung, bey der ich beständig verbleibe* (LH 71, Bd. 9, S. 36). Zwar weiß er, *daß man insgemein eine Unbeständigkeit im Reden liebet,* daß man also, um der Eintönigkeit zu entgehen, gern den Ausdruck variiert. *Allein dieses gehet nicht an, wo man in einer beständigen Verknüpffung mit einander einen Satz aus dem andern herleiten soll* (a. a. O., S. 37). Er beruft sich dabei auf das Beispiel der Mathematiker. Wolff selbst hat viel zur Festigung auch der mathematischen Terminologie beigetragen; aber gerade auf diesem Gebiet hatten andere schon gute Vorarbeit geleistet, und WOLFF weiß das zu würdigen. Er weiß auch sehr wohl zwischen den sprachlichen Ansprüchen der Wissenschaft und der Literatur zu unterscheiden: *Wissenschaften sind keine Historien und Mährlein, daß man, was zu ihnen gehörig und gründlich ausgeführet wird, wie diese lesen kan* (a. a. O., S. 40f). Die Wortkunst der Erzählung hat in wissenschaftlichen Darstellungen keinen Platz.

Weiterhin legt WOLFF auch über seinen Stil hinsichtlich des Satzbaus Rechenschaft ab: *Endlich muß ich von meiner Schreib=Art noch dieses erinnern, daß ich niemahls mehr Worte gebraucht, als die Sache erfordert, und mich aller verblümten und hochtrabenden Redens=Arten enthalten. Denn ich handele Wissenschafften ab und suche . . . durch kräfftige Gründe den Leser von der Wahrheit dessen, das ich vortrage, zu überzeugen. Ich verlange niemanden etwas zu bereden* (‚ich will niemand etwas einreden') . . . *Deswegen brauche ich keine Künste den Leser durch Worte einzunehmen. Meine Worte fallen, wie ich dencke. Und ich setze keines vergebens . . .* (a. a. O., S. 51 f). Aus solchen Prinzipien ergibt sich ein schmuckloser, oft trockener Schreibstil. Aber es gibt kaum eine Stelle in WOLFFS deutschen Schriften, die unklar bliebe. (Vgl. auch Anhang Nr. VIII, unten S. 391 f.)

Sein Denkstil und sein Schreibstil haben die wissenschaftlichen Schriften der Aufklärungszeit nachhaltig beeinflußt. Das läßt sich – um viele andere Zeugnisse zu übergehen – besonders deutlich nachweisen an dem einleitenden Absatz der berühmten Schrift von IMMANUEL KANT (1724–1804) ‹Beantwortung der Frage: Was ist Aufklärung?› von 1784. KANT schreibt: *Aufklärung ist der Ausgang des Menschen aus seiner selbstverschuldeten Unmündigkeit. Unmündigkeit ist das Unvermögen, sich seines Verstandes ohne Leitung eines anderen zu bedienen. Selbstverschuldet ist diese Unmündigkeit, wenn die Ursache derselben nicht am Mangel des Verstandes, sondern der Entschließung und des Mutes liegt, sich seiner ohne Leitung eines andern zu bedienen. Sapere aude! Habe Mut, dich deines eigenen Verstandes zu bedienen! ist also der Wahlspruch der Aufklärung* (LH 72, Bd. 9, S. 53). Hier liegt dasselbe Nacheinander der Deduktionen, der eindeutige Wortgebrauch und die klare Durchsichtigkeit des Satzbaus vor, wie WOLFF es angestrebt hat. Aus der Klarheit des Denkens ergibt sich die Klarheit der Sprache.

Nur wenige wissen diesen Stil so strikt und knapp zu gestalten wie KANT. Den meisten gelehrten Aufklärern geraten in ihrem Bemühen, die Kausalketten Schritt für Schritt darzustellen, ihre *vernünftigen Gedanken* zu lähmend langweiliger Breite. Das gilt vor allem für die große Zahl der Popularphilosophen, für die Lehrdichtungen und selbst für die meisten der in didaktischer Absicht geschriebenen Romane. Auch die Bibel wird mehrfach im rationalistischen Geiste übersetzt (z. B. die ‹Wertheimer Bibel› von 1735), und die Übersetzung greift zu wortreicher Umschreibung, um die Gedankenfolgen sorgfältig zu explizieren.

Entsprechend dem neuen Selbstgefühl der Menschen dieser Zeit ist in den Schriften der Aufklärung oft von der Freiheit des Geistes, von der *Denkfreiheit* (1739; vgl. SCHILLERS *Gedankenfreiheit* 1785) und vom *Freigeist* die Rede. *Menschenwürde* und *Menschenrecht* werden betont, *Toleranz* und *Humanität* werden gefordert. Als Eigenschaften des aufgeklärten *Weisen* (im Gegensatz zum *Toren*) gelten *Zufriedenheit, Gelassenheit, Standhaftigkeit, Großmut.* Seine geistige Tätigkeit besteht im *Forschen, Unterscheiden, Messen, Schließen, Bestimmen* und *Einsehen.* Er wählt einen *Gesichtspunkt, Standpunkt, Augenpunkt, bezeugt,* was er *erkannt* hat, und *rückt es ins Licht,* das er *angezündet* hat. Diese geringfügige Auswahl muß genügen, um wenigstens anzudeuten, wie sehr die Philosophie und Wissenschaft der Aufklärung zugleich mit den neuen Vorstellungen auch die Sprache bereichert haben.

Das Ringen um einen neuen Prosastil

Wenn CHRISTIAN WOLFF betont, er habe in seinen Schriften kein überflüssiges Wort gebraucht, und wenn sein Denken ihn zu schrittweisem Fortschreiten und einem knappen Satzbau zwingt, so steht er damit, bewußt oder unbewußt, mitten in dem Ringen seiner Zeit um einen neuen Sprachstil. Wir sahen schon, wie die Galanten, zunächst allerdings ohne besonderen Erfolg, einem neuen Sprachstil zustrebten, einem Sprachstil, der bei ihnen vor allem den Satzbau betraf. Die mit Sprache befaßten Fachleute, die Professoren der Beredsamkeit (Rhetorik) und Poesie, verkündeten das gleiche Ziel, fochten aber zugleich untereinander auch einen erbitterten Streit um Rang und Würde der Wörter aus.

Wir greifen zurück in die Generation der BUCHNER-Nachfolger (s. oben S. 275 ff), wenn wir hier unseren Ausgang von CHRISTIAN WEISE (1641–1708) nehmen, dem Rektor in Zittau, der dort die Aufführungen des Schultheaters organisierte und von dem nicht weniger als 61 bühnenwirksame Dramen erhalten geblieben sind. Mit diesen Werken und ihren Aufführungen durch Schüler wollte er die Jugend zu ‹politischen› Menschen erziehen, ein Ziel, dem auch die Galanten zustrebten. Während aber diese die aristokratische Hofgesellschaft im Auge hatten, bleibt WEISE dem Höfischen gegenüber indifferent. Zu gegnerischer Haltung ringt er sich nicht durch. Immerhin erkennt er Gefahren des Hoflebens und zeigt sie auf, steht auch dem Ideal des politischen Menschen nicht ohne Kritik gegenüber. Er meldet sogar in seinen Romanen einen Führungsanspruch des Bürgertums an, eines Bürgertums allerdings, dessen Handeln von platter Nützlichkeit und banal alltäglicher Lebenserfahrung bestimmt wird.

Dem entsprechen auch seine Sprachvorstellungen. Seinen Roman ‹Die drey ärgsten Ertz-Narren› (1673) eröffnet er wie folgt:

Dieß Buch hat einen närrischen Titul, und ich halte wohl, daß mancher meinen wird, er wolle seine Narrheit daraus studieren. Doch es geht hier wie mit den Apothecker Büchsen, die haben außwendig Satyros oder sonst Affengesichte angemahlt, inwendig aber haben sie Balsam oder andre köstliche Artzneyen verborgen. . . . Über Fürsten und Herren haben andere gnug geklaget und geschrieben: hier finden die Leute ihren Text, die entweder nicht viel vornehmer sind, als ich, oder die zum wenigsten leiden müssen, daß ich mich vor ihnen nichts entsetze (‚vor deren sozialem Rang ich keine Scheu habe'). *Den Leuten bin ich von Hertzen gut: daß aber etliche Laster so beschaffen sind, daß ich sie weder loben noch lieben kan, solches geht die Leute so eigentlich nicht an. Es ist auch keiner gemeint, als wer sichs annehmen will. Und diesem wünsch ich gut Glück zur Besserung, vielleicht wirckt die Possierliche Apothecker=Büchse bey etlichen mehr, als wenn ich den Catonem* (eine schon im Mittelalter weitverbreitete Sammlung von Sinnsprüchen zur Sittenlehre) *mit großen Commentariis hätte auflegen lassen* (zit. nach LH 76, S. 115).

Eine recht banale Einführung und Zwecksetzung des sehr umfangreichen Romans: Hinter närrischer Einkleidung verberge sich gute Lehre, und es gehe nicht darum, fürstliche Laster zu tadeln, sondern es werde Leuten ‹wie du und ich› der Spiegel vorgehalten. Ich trete keinem zu nahe, aber wer sich darin selbst erkennt, der möge sich bessern. Ein kurzweiliges Buch verhilft dazu vielleicht besser als eine gewichtige Sittenlehre.

Platt wie der Inhalt ist auch der Stil. Weise bekämpft den zu seiner Zeit noch vielbewunderten hochtrabenden Prunkstil des Barock. Aber die Art von ‹Natürlichkeit›, die er anstrebt, verfällt in den entgegengesetzten Fehler. Denn als ‹natürlich› gilt ihm die unüberlegte, lockere Redesprache. Entsprechend nachlässig ist auch der Satzbau (z. B. *solches geht die Leute so eigentlich nicht an*). Auch das Allerweltswort *Leute* der Umgangssprache ist in literarischer Prosa in diesem Zusammenhang, wo *Leser* angeredet werden, nicht recht am Platz, und *sie finden ihren Text*, d. h. ‚die auf sie gemünzte Strafpredigt', ist eine umgangssprachliche Redensart. Aber eben dies ist Weises Stilvorstellung. Der Stil sei darauf ausgerichtet, schreibt er in seinen ‹Curiösen Gedancken von deutschen Versen› (1692), daß *kein Wort mit unterläufft / das sich nicht . . . in sermone familiari* (‚im häuslichen Gespräch') *füglich anbringen läst* (LH 48, S. 240). Entsprechend simpel soll auch der Satzbau sein, selbst im Gedicht. In den ‹Curiösen Gedancken› heißt es darüber: *Welche Construction in prosâ nicht gelitten wird, die sol man auch in Versen darvon lassen* (s. oben S. 279). Auch die Sprache der Poesie darf kein Sonderrecht für sich in Anspruch nehmen.

Als Reaktion gegen barocke Sprachkünstelei wird WEISES Haltung zwar verständlich. Aber sein Rückzug auf die ungezügelte ‹Natürlichkeit› der familiären Alltagsrede ging doch zu weit und erregte in der ersten Generation der Aufklärer, zu denen WEISE noch nicht gehörte, einhelligen Widerstand. Einer seiner schärfsten Gegner, der WEISES Stilvorstellungen als *niedrig und niederträchtig* (‚nach unten strebend') brandmarkt, ist JOHANN CHRISTOPH GOTTSCHED (1700–1766), über dessen Bedeutung als normativer Grammatiker in anderem Zusammenhang zu handeln sein wird (s. unten S. 311ff, 317). Auch er strebt in seinem ‹Grundriß zu einer Vernunftmäßigen Redekunst› (1729) und im ‹Versuch einer Critischen Dichtkunst vor die Deutschen› (1730, 4. Aufl. 1751) nach einem natürlichen Sprachstil, der vor allem eindeutig und klar sein soll. Aber man dürfe nicht *einem wilden Vogel gleich werden, der da singet wie ihm der Schnabel gewachsen ist.* Nähe zur gesprochenen Sprache schwebt auch ihm vor, und anfangs empfiehlt er sogar WEISE als Vorbild, von dem er aber sehr bald abrückt. In seiner ‹Deutschen Sprachkunst› (1748) schreibt er: *Die beste Mundart eines Volkes ist insgemein diejenige, die an dem Hofe, oder in der Hauptstadt eines Landes gesprochen wird.* Dazu macht er die Anmerkung: *Man meynet hier aber nicht die Aussprache des Pöbels in diesen Residenzen, sondern der Vornehmern und Hofleute.* Allerdings hat *eine jede Mundart in dem Munde der Ungelehrten ihre gewissen Mängel. . . . Daher muß man auch den Gebrauch der besten Schriftsteller zu Hülfe nehmen . . .: denn im Schreiben pflegt man sich viel mehr in Acht zu nehmen, als im Reden* (LH 93, S. 3). Zugleich tritt er auch für die Reinheit der Sprache ein und warnt vor der Unart von *vielen heutigen Schriftstellern bey uns, die uns mit englischen und französischen Redensarten, auch wohl mit lateinischen und griechischen, die Sprache verderben. Jenes ist ein Fehler der Hofleute, dieses aber insgemein der Gelehrten, sonderlich der Schulleute* (a. a. O., S. 5).

GOTTSCHED tritt in seiner ‹Vernunfftmäßigen Redekunst› von 1729 (erweitert 1736 als ‹Ausführliche Redekunst›) für einen *natürlichen* Stil ein, der ohne rhetorischen Schmuck und Künstlichkeit leicht fließend und in knappen, klaren Sätzen verlaufen soll. Er unterscheidet davon den *sinnreichen* Stil, in dem scharfer Verstand sich mit bewußter, aber maßvoller Formkunst verbindet. Aber auch er soll sich in übersichtlichen, klaren Sätzen ausdrücken, sie nicht durch Bindewörter sprachlich-formal zu langen Perioden ausgestalten, sondern sie gedanklich verknüpft aufeinander folgen lassen. Er kennt und nennt auch den *beweglichen* Stil, der in starken Worten und mit allen Mitteln der Rhetorik zu wirken sucht; doch rückt er selbst von dieser Schreibart ab. Er bevorzugt den *natürlichen* Stil und sagt über den Satzbau: *Es ist besser drey oder vier kleine Sätze so vorzutragen, daß mich jeder versteht; als alles zusammen zu schmeltzen, und meinen Leser dadurch zu verwirren* (LH 94, 1. Aufl., S. 65).

Den Wortgebrauch betreffend mahnt er, daß alle Wörter *verständlich* für jedermann sein sollen. Zu meiden sind deshalb *Provinzialwörter* (mundartlich beschränkte Ausdrücke), *gar zu alte Wörter* (obwohl er die Erneuerung brauchbarer älterer Wörter fördert), *fremde Wörter, neugemachte Wörter* (vgl. unten S. 304), *Kunstwörter* (Fachausdrücke; außer in wissenschaftlichen Schriften) *und zweideutige Reden* (Wörter mit mehrfacher Bedeutung). Wie im Satzbau steht also auch im Wortgebrauch die Gemeinverständlichkeit im Vordergrund. Vor allem bekämpfte GOTTSCHED, der in allen seinen Auffassungen unter dem Einfluß französischer Stiltheoretiker der Aufklärungszeit stand, das Streben nach *malerischer Bildlichkeit* und hier vor allem den Gebrauch von Metaphern. Sie verdunkeln nach seiner Meinung die Aussage, *wo man deutlich und verständlich reden soll,* und führen sogar zu Widersprüchen, entsprechen also nicht den Ansprüchen vernünftiger Klarheit, und *was nicht vernünftig ist, das taugt gar nicht* (a. a. O., S. 330; vgl. auch Anhang Nr. IX, unten S. 392).

Die enge, strenge Wortwahl und die Verketzerung der Metapher trug GOTTSCHED die erbitterte Kritik der Schweizer Autoren BODMER und BREITINGER ein. BODMER (1698–1783) betonte die schöpferische Phantasie, die Erregung der Gefühle und das Irrational-Wunderbare als die Grundelemente der Poesie, zu deren Ausdrucksformen in erster Linie das malerische Bild und die Metapher zu rechnen seien. Mit solchen Ansichten stellte er sich in bewußten Gegensatz zum Rationalismus GOTTSCHEDS und der Leipziger Schule. Er fand deren Sprache *nervenlos* und empfahl den Gebrauch von *markigen* und *herzbeweglichen* Wörtern, wie sie seine alemannische Mundart in Fülle anbot. Sein Mitarbeiter BREITINGER (1701–1776) steuerte in seiner ‹Critischen Dichtkunst› (1740) die theoretischen Grundlagen zu der Schweizer Sprachauffassung bei, verteidigte auch in einer eigenen Schrift die *Schweitzerische Muse* des Berners ALBRECHT VON HALLER (1708–1777), dessen philosophisch-moralische Lehrdichtungen (bes. ‹Die Alpen›, 1732) weithin bewundert, von den Leipzigern aber ihrer Sprache wegen heftig kritisiert wurden.

Der Streit der Schweizer mit GOTTSCHED währte von 1740 bis 1760 und artete in offene Feindschaft aus. Ein Sieger war zunächst nicht zu erkennen. GOTTSCHEDS formale Lehren blieben weiterhin anerkannt. Aber besonders durch KLOPSTOCK (1724–1803) wurden später die Schweizer Stilvorstellungen für die Weiterbildung und Vertiefung der Literatursprache wirksam und fruchtbar. Auch WIELAND (1733–1803), der sich wie KLOPSTOCK längere Zeit als Gast bei BODMER aufgehalten hatte, nahm dort Anregungen für seine eigene Sprachgestaltung auf.

Während GOTTSCHED stark unter dem Einfluß französischer Stiltheoretiker stand, war BODMER als Übersetzer von MILTONS ‹Paradise Lost› (1667) in praktische Berührung mit der englischen Literatur getreten. MILTONS ausdrucksstarke, bilderreiche Sprache wirkte auch auf BODMERS Vorstellungen von einer deutschen Dichtersprache ein. Zugleich wurde man durch das Interesse für England in der Schweiz auch auf neue von dort ausgehende Literaturbestrebungen aufmerksam. Von zwei Mittelpunkten aus verbreitete sich so die Aufnahme jüngster englischer Anregungen, vom Zürcher See und von Hamburg her, Nord und Süd in gemeinsamen literarischen Interessen verbindend.

In Hamburg nämlich hatte sich früh ein besonderes Interesse an neuartigen Unternehmungen der englischen Literatur, nämlich an den sogenannten Moralischen Wochenschriften geregt. Der Hamburger JOHANN MATTHESON (1681–1764) gründete im Jahre 1713 die Zeitschrift ‹Der Vernünfftler›, die es auf 100 Nummern brachte und der viele andere nachfolgen sollten. Vorbilder waren ihm dabei vor allem die von JOSEPH ADDISON (1672–1719) und RICHARD STEELE (1672–1729) herausgegebene Zeitschrift ‹The Tatler› (1709–1711), auf die, ebenfalls von beiden herausgegeben, der vielgelesene ‹Spectator› (1711–1713) folgte, der dann durch ‹The Guardian› abgelöst wurde. Viele der Artikel im ‹Vernünfftler› sind geradezu Übersetzungen aus dem Englischen (vgl. Anhang Nr. X, unten S. 393). Aber gerade das erweist sich für die Weiterentwicklung der deutschen Stilkunst als besonders fruchtbar. Sowohl ADDISON wie STEELE schrieben einen sehr eleganten, flüssigen Stil. Indem MATTHESON mit feinem Stilempfinden den lockeren Satzbau seiner Vorbilder nachahmt, gelingt auch ihm die endgültige Abkehr vom Kanzleistil und vom dort beliebten Schachtelsatz, der der Generation der THOMASIUS und FRANCKE noch so viel zu schaffen gemacht hatte. Andere deutsche Zeitschriften arbeiteten nach den gleichen Vorbildern und in gleicher Richtung.

Als das Ziel des ‹Vernünfftler› gibt MATTHESON in der ersten Nummer an, *die heutigen corrumpierten Welt=Sitten bescheidentlich und gelinde durchzuziehen, auch, wo müglich, einiger massen zu reformiren* (LH 76, S. 44). Damit ist jedenfalls ein Programmpunkt ausgesprochen, den nahezu alle Moralischen Wochenschriften haben, die – meistens kurzlebig – im Laufe des 18. Jahrhunderts erscheinen. Aus der Fülle wären etwa zu nennen die schon erwähnten ‹Discourse der Mahlern› (oben S. 290), 1721–1723 von BODMER und BREITINGER herausgegeben, ‹Der Patriot›, den 1724–1726 BROCKES, RICHEY u. a. in Hamburg herausgaben, und GOTTSCHEDS ‹Die Vernünfftigen Tadlerinnen› (1725 bis 1726), die allerdings nicht unter englischem Einfluß stehen.

Die noch ungelenke, wenn auch bemühte Sprache der Zürcher ‹Discourse› wird von BLACKALL (LH 76, S. 52–66) ausführlich mit der Prosa des ‹Patrioten› verglichen, ‹die großzügig und klar, mit außerordentlichem Formgefühl und oft ausgesprochen vornehm geschrieben› sei (a. a. O., S. 61). Die dort mitgeteilten Stilproben überzeugen von der Richtigkeit dieses Urteils. Anders als GOTTSCHED, der nur die Vernunft gelten lassen will, sucht der ‹Patriot› – den Zeitgenossen darin weit voraus – eine Synthese zwischen Gefühl und Verstand: *Schreibet nicht anders, als* (d. h. ‚schreibt nur'), *wenn ihr auffgeräumt* (‚froh gestimmt'), *und von eurer Sache gantz eingenommen, oder darauff erhitzet seyd. Sehet es aber nach* (‚lest es kritisch durch'), *wenn ihr euch etwas kaltsinnig, oder verdrießlich, und zum schreiben selbst nicht geschickt, befindet* (a. a. O., S. 65). Zum Schreiben also gehört Erregung des Gefühls, zur Prüfung der nüchterne Verstand. Übrigens sind die beiden kurzen Sätze ein Muster des ausgewogenen Stils. Die Hauptgedanken ‹Schreibt – Prüft›, die Sätze einleitend, werden durch je drei Bedingungen modifiziert, wobei die genauen Antithesen *auffgeräumt – verdrießlich* und *erhitzt – kaltsinnig* (‚kühl, nüchtern') chiastisch angeordnet sind. Das ist eine Kunst der Prosa, die leicht auf rhetorischen Prunk verzichten kann.

Nicht alle Zeitschriften erreichen diesen ausgewogenen Stil, der trotz sorgfältig überlegter Gestaltung doch ganz ungezwungen natürlich erscheint. Aber die besseren unter ihnen streben doch in gleicher Richtung. Eine Sprache wie die des ‹Patrioten› ist weit entfernt von dem Pathos BODMERS. Sie steht auf der Seite GOTTSCHEDS, übertrifft aber dessen vernünftige Nüchternheit dadurch, daß sie auch der Gefühlswärme Raum gewährt. Die Sprache des ‹Vernünfftlers› und des ‹Patrioten› hatte ihre Natürlichkeit unter englischem Einfluß erworben. Aber auch das Französische der Aufklärungszeit hatte, freilich auf andere Weise als das Englische, einen leichten, kultivierten Stil erworben. Ließ schon GOTTSCHEDS eigene Prosa das ahnen, so trat diese Seite des französischen Einflusses bei seinem Leipziger Schüler und späteren Kollegen CHRISTIAN FÜRCHTEGOTT GELLERT (1715–1769) noch deutlicher hervor. Allerdings ist dies nicht die einzige Quelle, aus der GELLERTS Sprachkunst fließt. Er stand in lebhaftem Gedankenaustausch mit seinem Leipziger Freund GOTTLIEB WILHELM RABENER (1714–1771), dem heiteren Satiriker, und den anderen Mitarbeitern der ‹Neuen Beiträge zum Vergnügen des Verstandes und Witzes›, einer bedeutenden literarischen Zeitschrift, die von 1745 bis 1748 in Bremen erschien und daher als ‹Bremer Beiträge› bekannt ist. Ihre Herausgeber waren fast alle ehemalige Schüler GOTTSCHEDS, die sich, wie auch GELLERT, der literarischen und sprachlichen Unduldsamkeit des Meisters entzogen hatten. Sie nahmen, zu GOTTSCHEDS Entrüstung, auch Beiträge der Schweizer (A. v. HALLER) auf, veröffentlichten anakreontische Poesien (s. weiter unten) und ließen im letzten der vier Jahrgänge (1748) auch die ersten drei Gesänge von KLOPSTOCKS ‹Messias› erscheinen. Das bedeutete einen sprachlichen Liberalismus, den GOTTSCHED als Verrat empfand. Die Beiträger selbst pflegten einen wenig individuellen Sprachstil, der aber leicht verständlich und sehr eingängig war. Auch in ihnen fand GELLERT Geistesverwandte und Vorbilder für seine eigene Sprachauffassung. Diese wurde endlich noch, wie seine wiederholten Zitate beweisen, auch durch die volkstümliche Beredsamkeit des Kanzlers der Göttinger Universität und bewunderten pietistischen Predigers LORENZ VON MOSHEIM (1694–1755) beeinflußt.

Aus so vielen Einflüssen kann keine besonders prägnante Sprache entstehen. Aber gerade das ist um die Mitte des 18. Jahrhunderts ein Vorzug. GELLERTS Liebe gehört dem bürgerlichen Mittelstand, aber die sanfte Lebensweisheit, die er in seinen Fabeln und Erzählungen, und überhaupt in seinen Werken, verkündet, spricht jedermann an, und der geschmackvollen Schlichtheit seiner Sprache öffnet sich jedes Ohr. Fürsten und Bürger und Bauern bezeugten ihm ihre Dankbarkeit, und seine Schriften fanden auch in Österreich weite Verbreitung, wo sonst die strenge Zensur die Einfuhr von Schriften aus dem protestantischen Norden verhinderte. Sein Wirken als Volksschriftsteller, der allerorten und bei jedermann begehrt war, leistete durch die Eingängigkeit seiner Sprache mehr für die Ausbreitung des neuen Hochdeutsch als mancher hochgerühmte, hervorragende Dichter. (Als Beispiel seines Sprachstils vgl. Anhang Nr. XI, unten S. 393 f.)

Wieder auf andere Weise wird die Sprache durch die literarische Bewegung der ‹Anakreontik› bereichert. Der altgriechische Dichter ANAKREON (6. Jh. v. Chr.), von dem nur drei echte, aber sehr viele ihm zugeschriebene Lieder erhalten sind, hatte entgegen dem sonstigen Ernst der Antike die Liebe, den Wein und die Lebensfreude in heiteren Versen besungen. In einer Zeit, in der sich das verspielte Rokoko schon ankündigt, und als Gegenwirkung gegen den vernunft- und moralbeschwerten Ernst der Zeit regt sich die Erinnerung an den leichtbeschwingten Seitentrieb der Antike. Schon bei FRIEDRICH VON HAGEDORN (1708–1754) klingen in liebenswürdiger Leichtigkeit anakreontische Töne an. Die eigentliche Kerntruppe der Anakreontik sind aber die Hallenser Studienfreunde LUDWIG GLEIM (1719–1803),

Johann Peter Uz (1720–1796) und Johann Nikolaus Götz (1721–1781). Auch Lessing und Goethe zeigen sich in ihren Jugendjahren von der Anakreontik berührt. Hier ist nicht der Ort, auf die literarische Bedeutung dieser Bewegung einzugehen. Für die Sprachgeschichte wird sie dadurch wichtig, daß sie zwar aus der Aufklärung kommt, daß sie aber doch Gemüt und Intellekt zu vereinen sucht. In tändelnden Formen und einfacher Sprache besingt sie, ohne Leidenschaft, die Freuden des Lebens, und sie zielt dabei intellektuell auf die Schlußpointe, den Witz, der aber ebenso maßvoll ist wie das gebändigte Gefühl. Nur als Kostprobe stehe hier eine Strophe aus Hagedorns Lied ‹Die Schule›:

«Ach, liebte meine Phyllis mich!»
Seufzt Damon, seine Zärtlichkeiten
Anzudeuten.
Und Phyllis sagt: «Erkläre dich!»
Allein bey ihren süßen Blicken
Bringt Damon weiter nichts hervor:
O der Thor!
Man muß ihn in die Schule schicken.

In acht Strophen, die immer in den gleichen zweizeiligen Refrain ausmünden, werden Schüchternheit und Eitelkeit belacht. Man bemerkt aber auch, wie die Sprache in der Schule der Anakreontiker an leichter Lebhaftigkeit gewinnt. Auch das ist ein Beitrag des 18. Jahrhunderts zu ihrer Ausbildung.

Sprache der Seele

Die Sprache der Aufklärer ist eine Sprache der Vernunft, der Belehrung durch überzeugende Argumente. Wenn sich schon bei Bodmer, Breitinger und Haller oder auf ganz andere Weise später bei den Anakreontikern andere Töne einmischen, so stammen sie bei den Schweizern aus einer anderen Sprachauffassung, die dem Intellekt nicht den obersten Rang einräumt, bei Hagedorn, Gleim und ihresgleichen aus Überdruß an der Vernünftelei. Bei Gellert schließlich kommt noch der pietistische Einfluß bereichernd hinzu. Auch die um die Jahrhundertmitte stärker hervortretende geistige und literarische Bewegung der ‹Empfindsamkeit› ist aus dem Pietismus herzuleiten. Sie überträgt die Sprache des Gefühls- und Empfindungslebens und der Seelenerforschung, die der Pietismus ausgebildet hatte, in weltliche Bereiche und eröffnet der Sprache damit ein neues, weites Feld.

Wir haben aber schon erkannt, daß vielerlei sprachliche Anregungen aufeinander einwirken. So ist auch die Empfindsamkeit nicht allein vom Pietismus beeinflußt. Sie steht mitten in ihrer Zeit, und vor allem verdankt sie sehr vieles den Anregungen von FRIEDRICH GOTTLIEB KLOPSTOCK, der 1724 in Quedlinburg geboren wurde und 1803 in Hamburg starb. KLOPSTOCK, der lebenslang seine pietistische Erziehung nicht ganz verleugnen konnte, obwohl er sich als Weltmann gab, war als selbständiger Denker, Dichter und Sprachschöpfer zu groß, als daß man ihn einer der herrschenden Kultur- und Geistesströmungen seiner Zeit zuordnen könnte. Er war gewiß kein aufklärerischer Rationalist, und wenn die Literaturwissenschaft ihn als ‹Irrationalisten› bezeichnet, so will sie ihn damit auf die Seite des Pietismus und der Empfindsamkeit stellen, ohne ihn doch diesen Richtungen zu subsumieren. (Vgl. auch unten S. 325ff.)

KLOPSTOCKS poetisches Schaffen und auch seine poetische Sprache sind von höchster Individualität. Sie läßt sich in kein zu seiner Zeit bekanntes Schema pressen. Geschult an der Dichtung der Antike, vor allem an der griechischen Poesie, sucht er doch nicht deren gemessene Sachlichkeit. Er ist von BODMER tief beeindruckt, und wie den Schweizern kommt es ihm in seinen Poesien auf den lyrischen Ausdruck hoher Gefühle an. Die ersten Zeilen seines ‹Messias› lauten:

Sing, unsterbliche Seele, der sündigen Menschen Erlösung,
Die der Messias auf Erden in seiner Menschheit vollendet.

Damit schließt er sich an den Eingang der homerischen Epen an, die beide mit einem Musenanruf beginnen. Während aber dort HOMER die Muse bittet, sie möge ihm erzählen, läßt KLOPSTOCK es im ungewissen, wessen Seele er anredet, und LESSING trifft das Richtige, wenn er spottend erläutert, *Ich unsterblicher Klopstock* sei gemeint (LH 5, Sp. 1070). Die eigene Seele, Sitz des Gefühllebens, soll sich aussprechen. Empfindung, nicht anschauliche, epische Darstellung ist das Ziel dieses hymnischen Stils. Als ein Beispiel für diese Unanschaulichkeit möge die folgende Stelle aus dem 19. Gesang des ‹Messias› stehen. Nach Mark. 17,7–13 erwarten die Jünger und die drei Frauen in Galiläa die Ankunft des Auferstandenen. KLOPSTOCK macht die Wartenden zu einer großen Gemeinde und entwickelt das Warten zu einer langen Redeszene. Darin heißt es:

Komm', du Toderweckter, du Mächtiger, komm', der das Leben
Wiederbrachte, gesegnet mit allen Segen des Vaters!
Komm', wir schauen nach dir hinab in die Thale, gen Himmel,
Auf die Gebirg' umher, mit innigem Blicke der frommen
Süßen Erwartung, o, komm' zu deiner ersten Gemeine.

Die konkrete Landschaft wird hier nicht dargestellt; sie verflüchtigt sich in die unanschauliche Reihe *Thale – Himmel – Gebirg*. Nicht die Person *Christus* oder der *Herr* wird beschworen, sondern der *Toderweckte, der Mächtige, der vom Vater Gesegnete*, Attribute seines Wirkens. Auch die Blicke der Wartenden werden, wie alles andere, durch die Attribute *innig, fromm, süß* aus der Anschaulichkeit in die Sphäre der religiösen Empfindungen entrückt, und das immer dringlicher wiederholte *komm* drückt die Sehnlichkeit der Erwartung aus.

Gegen die Auffassung von Weise, Gottsched und vielen Rationalisten betont Klopstock, daß ein großer Unterschied zwischen der Sprache der Dichtung und schlichter Prosa zu machen sei. Die Dichtung solle nicht nur *vielseitigere, schönere und erhabenere Gedanken als die Prosa haben*. Sie müsse auch *Wörter wählen, die sie* (die Gedanken) *ganz ausdrücken*. Wünschenswert sind *edle Wörter von ausgemachter Stärke*, d. h. Ausdruckskraft. Der Poet darf – auch das entgegen den Lehren vieler Aufklärer – neue Wörter schaffen: *Die deutsche Sprache, die nun anfängt, gebildet zu werden, hat noch neue Wörter nötig*. Ihr poetischer Wert hängt *von der ungezwungenen Ableitung oder Zusammensetzung* ab. (Alle Zitate aus LH 110, Bd. 10.) Besonders die Zusammensetzung wird von Klopstock sehr bevorzugt. *Toderweckter* ist dafür ein Beispiel. Aber man dürfe auch geläufigen Wörtern durch geringfügige Veränderung einen poetischen Klang geben. Dem entspricht in obigen Versen das Abstoßen der Endung in *Gebirg'* (wodurch außerdem der Hiat vermieden wird) oder der altertümliche Plural *Thale* statt *Thäler*.

Auch die Syntax zieht Klopstock in Erwägung, und entgegen den aufklärerischen Sprachmeistern betont er ausdrücklich, daß die *Leidenschaften, . . .* (die) *in einem guten Gedichte herrschen sollen, . . . eine nothwendige Veränderung der eingeführten* (d. h. in Prosa üblichen) *Wortfügung erfordern*. Damit erkämpft er der Poesie eine neue, von den Aufklärern bestrittene Freiheit. Das ist um so bemerkenswerter, als Klopstock selbst ein Meister der kurzen, strikten Prosa ist. Er erkennt eben, entgegen aller aufklärerischen Nüchternheit, den wesensmäßigen Unterschied zwischen Poesie und Prosa und wird dadurch zum Wegbereiter einer die Aufklärung überwindenden Sprach- und Literaturtheorie. (Ausführliche Darstellung von Klopstocks Sprache und Stil in LH 5, Sp. 1070–1081.)

Wir kommen zurück zu der als ‹Empfindsamkeit› bezeichneten literarischen Richtung und ihrer sprachgeschichtlichen Bedeutung. Sie steht in engster Beziehung zum Pietismus und seiner Sprache. Im Einzelfall ist aber oft nicht zu entscheiden, ob nicht etwa Klopstocks Vorbild den sprachlichen Anstoß gegeben hat. (Vgl. über Klopstocks sprachliche Bedeutung auch unten S. 326 ff.)

Wie schon erwähnt (s. oben S. 287 f), bestehen unter den Protestanten während des 18. Jahrhunderts sehr unterschiedliche Richtungen. Auf die Sprache hat von den drei Hauptströmungen die aufklärerische Naturreligion den geringsten und nur mittelbaren Einfluß. Nur indem ihre Denker die Vorstellungen der Naturphilosophie in ihre Predigt einbeziehen, machen sie auch die zugehörige Ausdrucksweise bekannt. Stärker ist die sprachliche Wirkung der Orthodoxie. Indem sie sich fest auf LUTHER, den Wortlaut seiner Bibelübersetzung und seiner Schriften stützt, verharrt sie konservativ bei einem schon veralteten Sprachzustand, rettet damit aber manch kräftiges Wort, das (oft nicht mehr als lutherisch erkannt) auch heute noch in der deutschen Sprache weiterlebt. Die Orthodoxie aktiviert den Ausdrucksvorrat der vielen gläubigen Bibelleser, die ohne den Anstoß der Predigt nicht aussprechen würden, was sie lesend aufgenommen haben.

Weitaus am stärksten ist aber der sprachliche Einfluß der Pietisten – ein Einfluß übrigens, der sich zeitlich kaum beschränken läßt. Was mit SPENER begann, setzt sich verstärkt im 18. Jahrhundert fort. Aber auch noch durch das ganze 19. Jahrhundert hindurch bekennen sich viele evangelische Geistliche zu pietistischen Auffassungen (von den vielen Sekten und Konventikeln ganz zu schweigen), und mit den Gedanken verbreiten sie zugleich auch immer erneut die Sprache, in der diese ihren Ausdruck finden. Wir brauchen hier nicht nochmals auf die oben S. 282ff knapp charakterisierte Sprache des Pietismus einzugehen. Wichtiger ist hier die Feststellung, daß diese Sprache sich erst in der ersten Hälfte des 18. Jahrhunderts weit auszubreiten begann. Zahlreiche Erbauungsbücher, die in diesen Jahrzehnten erschienen, bahnten ihr den Weg, und die erbaulichen Schriften nahmen ihren Vorstellungs- und Wortschatz zum großen Teil aus den vielen pietistisch gefärbten Bibelauslegungen der Zeit. Denn dem großen Zentralthema des Pietismus, dem mystischen Weg der Einzelseele zu Gott, taten die älteren Kommentare nicht Genüge.

Dem intensiven Bibelstudium, das der Pietismus von allen Gläubigen verlangte, genügte allzuoft auch LUTHERS Übersetzung nicht mehr. Mehrere neue, z. T. weitläufig kommentierte Übersetzungen entstanden aus pietistischem Geist. Einige modernisierten LUTHERS Text, andere strebten von Grund auf neue Übersetzungen aus den Urtexten an (LH 84, S. 3ff). Zu diesen gehört der Pfarrer JOHANN HEINRICH REITZ (1655–1720). Er ließ im Jahre 1703 in Offenbach eine neue Übersetzung des Neuen Testaments, auf der Grundlage einer kritischen Neuausgabe, *des zu Ochsenfurt* (Oxford) *in Engelland gedruckten grichischen exemplars* herausgehen. Er sagt über seine Übersetzung in der Vorrede: *Zierlichen teutsches aber hat man sich umb so viel weniger befleissen können / weil man eben hiemit der einfalt des Geistes Gottes . . . widersprechen / u. vom wahren sin u.*

zweck abirren würde. Zwar sieht er voraus, *daß einige / die an die alte teutsche übersetzungen* (vor allem an LUTHER) *gewöhnt / im anfang des lesens diser version / wegen der darinn behaltenen red=arten des H*(eiligen) *Geistes / werden sagen; der alte wein ist milder.* Einsichtige Leser würden die neue Übersetzung auch nicht mit der Begründung tadeln, *diß oder jenes sey ein Hebraismus oder eine eigne red=art der Hebraeer; gestalten sie* (,da sie doch') *darfür halten / daß die Hebraeische Scribenten ihre manieren von geistlichen dingen zu sprechen / vom H. Geist / und nit dieser von jenen genomen habe. Gottes worte sind immer hart dem natürlichen menschen / der sie nicht fassen / noch seine vernunfft in die schule u. einfalt Christi gefangen nehmen kan* (alle Zitate aus LH 84, S. 6f). In den letzten Worten liegt eine deutliche Spitze gegen die Frühaufklärer und den Vernunftglauben des *natürlichen menschen.* Was die Sprache angeht, bedeutet diese Übersetzung mit ihrem verbohrten Glauben an die wörtliche Inspiration einen Rückschritt bis weit hinter LUTHER. Die Ablehnung des *zierlichen teutsches* entspringt hier ganz anderen Gründen als bei Gelehrten wie CHRISTIAN WOLFF (s. oben S. 293f), und die Kunstlosigkeit führt nicht zu nüchterner Klarheit, sondern zu hölzerner Starre.

Was aber den pietistischen Geist der Übersetzung angeht, so kann schon eine einzelne Stelle aufschlußreich sein. Den griechischen Versikel Joh. 1, 14 übersetzt LUTHER: *Vnd das Wort ward Fleisch / vnd wonet vnter vns.* Dafür setzt REITZ: *U. das wort ward fleisch / u. richtete eine wohn=hütte in uns auf* (LH 84, S. 9). Dieses *richtete eine wohn=hütte auf* entspricht weder dem lateinischen *habitavit* noch dem griechischen Text, den LUTHER hier wörtlich übersetzt. Aber entgegen LUTHERS *vnter vns* entspricht das *in uns* von REITZ genau dem lateinischen *in,* griechisch *en* des Urtextes. Die ‹Hütte in uns› dient vermutlich der Verdeutlichung der Vorstellung, daß der Logos in der menschlichen Seele Wohnung bezieht – ein Beispiel der pietistischen Betonung der Innerlichkeit. LUTHER deutet ‹mitten unter uns Christen›, der Pietist versteht ‹in jeder einzelnen Christenseele›.

Beide Standpunkte scheint die (katholische) Fürstin AMALIA VON GALLITZIN (1748–1806), ohne sich dessen bewußt zu sein, zu vereinigen, wenn sie in ihr Tagebuch einträgt: *Wir haben einen, der mit und in uns ist, beständig* (LH 82, S. 84). Aber jedenfalls zielt das auf Christus und ist im religiösen Sinne geschrieben.

Etwa gleichzeitig schreibt FRIEDRICH HEINRICH JACOBI (1743–1809), der zur Fürstin GALLITZIN und ihrem Kreis in Beziehung stand, 1775 in einem Briefroman: *Wahr, – du hast den Himmel in dir selber, und wer wird dich nicht deswegen selig preisen?* (a. a. O., S. 72). Das sind die Worte des Pietismus, aber sie dienen hier als Metaphern; die Vorstellungen sind auf die menschliche Welt bezogen, sind säkularisiert. Nicht mehr ist – tiefstes religiöses Erlebnis – *Gott in dir,* sondern ein verweltlichter *Himmel,* auch dieser nur Metapher, ein übertragener bildlicher Ausdruck zur Beschreibung eines irdischen Glücksempfindens, und auch das *selig preisen* steht nur noch metaphorisch für die Mitfreude derer, die diesen Glückszustand nachempfinden.

Die Empfindsamkeit greift die religiösen Vorstellungen über die Beziehungen zwischen Gott und der Seele des im pietistischen Sinne gläubigen Gottsuchers auf, überträgt sie aber auf innerweltliche seelische Vorgänge und auf die seelischen Beziehungen von Mensch zu Mensch. Dafür noch ein paar weitere Beispiele. Der Pfarrersohn und Theologe JOHANN MARTIN MILLER schreibt 1776 ebenfalls einen empfindsamen Briefroman. Auch hier geht es thematisch um die Darstellung seelischen Erlebens. Aber der Autor ist nach Herkunft und Lebensstellung Pietist geblieben. Er schreibt z. B. *Ich glaube, daß man fast nur in der Einsamkeit dazu gelangen, seine Seele reinigen, vom Irrdischen abziehen, und in Gottes Liebe versenken kann* (LH 84, S. 61). Das ist aus pietistischer Religiosität gesprochen. Die *Seele* muß sich von allem *Irdischen abziehen* (‚zurückziehen'), sie muß ganz *rein* und *leer* sein, damit sie sich in Gott, oder Gott sich in sie *versenken* kann. So meint es auch der Staatsmann FRIEDRICH KARL MOSER (1723–1798), der 1763 dichtet: *Du Geist des Herrn! mit Deiner Fülle Versencke Dich in meinen Geist* (LH 67, S. 68). Die *Fülle* Gottes kann sich nur in die *Leere* einer ganz und gar gereinigten Seele *versencken.* Dieser mystische Vorgang des *sich Versenkens* oder *Versinkens* spielt im Pietismus eine sehr bedeutende Rolle. Und gerade diese Vorstellung wird von der Empfindsamkeit gerne übernommen. SOPHIE VON LA ROCHE (1731–1807) schreibt 1772: *Ihre Seele versenkte sich ganz in die Vorstellung ihres Glükes, und weihete ihrem künftigen Gatten die . . . unveränderlichste Zärtlichkeit* (LH 82 S. 62). Hier ist die Seele ganz mit sich selbst beschäftigt. Sie bedarf auch nicht der *Veränderung,* die für den Pietisten, um die Begegnung mit Gott vorzubereiten, unerläßlich ist, und sie kann dem irdischen Partner etwas *weihen,* wie es vorher nur im sakralen Bereich möglich war.

Was hier nur an wenigen Beispielen verdeutlicht werden kann, ist ein sprachgeschichtlicher Vorgang von ungemeiner Tragweite. Die Empfindsamkeit teilt mit dem Pietismus das Interesse am menschlichen Seelenleben und an seiner Zergliederung bis in die feinsten, verborgensten Seelenregungen hinein. Der Unterschied dabei ist der religiöse Bezug auf Gott, der zwar der Empfindsamkeit nicht völlig fehlt (viele empfindsame Autoren sind religiös im Sinne der aufklärerischen Naturreligion, manche sind selbst Pietisten), aber doch hinter die Seelenerforschung weit zurücktritt. Man erforscht die Seelenregungen des Freundes oder der Geliebten. Die eigene Seele wird nur zum Gegenstand der Beobachtung in ihren Reaktionen auf Handeln und Verhalten des anderen. Stärker noch als im Pietismus ist also der Partnerbezug vorhanden; aber er wird säkularisiert. Die Geliebte wird zum *Engel*, die Begegnung mit ihr, aber auch mit dem Freunde, bedeutet die *himmlische* Freude einer *seligen* Stunde und ruft *heilige* Gefühle *inniger* Verbundenheit wach. In schwärmerischer *Andacht versenkt sich* der Freund in die Seele des anderen, wähnt sich dabei im *Himmel* oder im *Paradise*, findet sein *Himmelreich auf Erden* und fühlt sich durch Enttäuschungen in die *Hölle* verstoßen oder erduldet doch *Martern*. Hain und Wald werden zu *Tempeln*, zu *Heiligtümern*, in der man der Freundschaft *Altäre* aufrichtet und ihr *Opfer*, z. B. in Form empfindsamer Briefe und Gedichte, *darbringt*. Dabei werden die Beteiligten zu *Priestern* und *Priesterinnen* der Freundschaft. Bei *Tempel, Altar, Priester(in)* könnten allerdings auch Assoziationen an den Sakralbereich der Antike vorliegen, und bei Adjektiven wie *heilig* ist auch an KLOPSTOCKS Vermittlung zu denken.

Die Säkularisierung nimmt der Fülle der religiösen Vorstellungen und ihres sprachlichen Ausdrucks nichts weg. Je nach dem Kontext bleiben die Bezeichnungen auch weiterhin in sakraler Sprache verständlich und verwendbar. Für die weltliche Literatur dagegen bedeuten sie eine unermeßliche Bereicherung. Denn der religiöse Erfahrungsschatz wird nunmehr in seiner ganzen Breite und Tiefe auch der weltlichen Betrachtung und ihrer Sprache zugänglich.

Endergebnis aller sprachlichen Bemühungen des 18. Jahrhunderts ist das Hervortreten der in sich gefestigten neuhochdeutschen Schriftsprache. Man darf diese Zeit deshalb als das für die neuhochdeutsche Sprachgeschichte wichtigste Jahrhundert ansehen, – Grund genug, ihm in der vorliegenden Darstellung besonders breiten Raum zu gewähren. Der Ausbildung der inneren Sprachform galt das vorhergehende Kapitel; jetzt ist aber auch die Festigung der äußeren Form, die sich in diesem Jahrhundert vollzieht, zu beschreiben. Auch dazu tragen die Autoren selbst das Beste bei, indem sie die neue Sprache in ihren Schriften gebrauchen. Einer lernt vom andern, und aus der fortgesetzten Übung entsteht bereits eine weitgehende Übereinstimmung über das, was in literarischer Sprache üblich, zulässig und wünschenswert ist. Der Konsens wird dadurch erleichtert, daß fast alle bedeutenderen Autoren der Zeit Protestanten sind und aus Mittel- oder Niederdeutschland stammen und daß die Niederdeutschen schon seit LUTHER ihr Hochdeutsch von den ‹Meißenern› gelernt haben. (Noch jetzt sagt man dort von einem Landsmann, der versucht, hochdeutsch zu sprechen: *He snackt missingsch*, d. h. ‚er spricht meißnisch'. Allerdings ist damit heutzutage ein Gemisch aus Hoch- und Plattdeutsch gemeint, und der Bezug auf Meißen ist längst vergessen.) So ergibt sich eine breite Basis für den neuen Sprachgebrauch, und auch die Schweizer sind in dieser Hinsicht bei weitem nicht so widerborstig wie in ihrem Prinzipienstreit mit GOTTSCHED und seinen Leipziger Parteigängern.

Die theoretische Grundlegung für den neuen Sprachgebrauch konnten die Schriftsteller gemeinhin nicht geben. Ihr Bereich war die Sprachpraxis; die Theorie mit Normen und Regeln hatten die Grammatiker beizusteuern, von denen freilich der eine oder andere, z. B. GELLERT und GOTTSCHED, auch als Poeten hervortraten, während umgekehrt bedeutende Schriftsteller wie KLOPSTOCK, LESSING und HERDER sich auch Gedanken über die Grammatik und über sprachliche Normen machten.

Die erste große deutsche Grammatik hatte JUSTUS GEORG SCHOTTELIUS im Jahre 1663 mit seiner ‹Ausführlichen Arbeit Von der Teutschen HaubtSprache› geschaffen (vgl. oben, S. 200ff). Seither waren eine Anzahl von grammatischen Arbeiten erschienen, z. B. von dem Polyhistor DANIEL GEORGE MORHOF (1639–1691) ein ‹Unterricht von der Teutschen Sprache und Poesie› (1682), und von dem Rektor des Cölnischen Gymnasiums in Berlin, JOHANN BÖDIKER aus Stettin (1641–1695), die ‹Grund=Sätze der Deutschen Sprache ...; Der studierenden Jugend und allen Deutschliebenden zum Besten› (1690). Diese auf Vollständigkeit angelegte Grammatik hat ihre Verdienste, ist aber zu breit und ganz unsystematisch angelegt. SCHOTTELS Werk konnte sie auch in der Überarbeitung (1723) des Rektors des Berliner Gymnasiums zum Grauen Kloster, JOHANN LEONHARD FRISCH (1666–1743), nicht ersetzen. Dieser wollte mit der Neuauflage das Andenken BÖDIKERS ehren, *da man sonst wohl imstande gewesen wäre, unter andern Titel dergleichen Sachen vorzutragen* (LH 14, Bd. I, S. 205). Diese Versicherung glaubt man dem gelehrten Mitglied der Berliner Societät der Wissenschaften (s. oben S. 272) gern; er war ein vorzüglicher Kenner vieler Sprachen, stand mit LEIBNIZ in gelehrtem Briefverkehr, und sein ‹Teutsch-Lateinisches Wörter = Buch› (1741) war das erste wissenschaftliche Werk dieser Art.

Inzwischen hatte KASPAR STIELER aus Erfurt (1632–1707) schon im Jahre 1691 das erste inhaltreiche deutsche Wörterbuch, ‹Der Deutschen Sprache Stammbaum und Fortwachs›, veröffentlicht und ihm eine ‹Kurze Lehrschrift von der Hochteutschen Sprachkunst› angefügt. Als erster hatte er darin u. a. der deutschen Wortstellung eine systematische Untersuchung gewidmet. Erwähnt sei aus dieser Zeit auch die ‹Kurtze und gründliche Anweisung zur Deutschen Sprache› (1724) des Schlesiers CHRISTIAN ERNST STEINBACH (1699–1741), der seine Grammatik als Lehrbuch für Ausländer anlegte und sie deshalb trotz des deutschen (aber lateinisch wiederholten) Titels in lateinischer Sprache abfaßte. In Unkenntnis der Arbeit STIELERS entwarf er darin abermals eine Wortstellungslehre, deren Systematik den Grund zur weiteren Entwicklung legte. Weitere Namen zu nennen, verbietet der Raum. (Ausführlich darüber LH 14, Bd. I, S. 184–227.)

Johann Christoph Gottsched (1700–1766)

Die Zahl der grammatischen Schriften, die nach SCHOTTEL erschienen, war gewiß nicht gering. Aber vieles war für den einführenden Schulgebrauch entworfen, anderes verlor sich in Einzelfragen, manche Arbeiten kamen durch die Art der Veröffentlichung um ihre Wirkung, so STIELERS einem anderen Werk angehängte ‹Lehrschrift› oder STEINBACHS lateinische Darstellung. Schriften solcher Art wurden wohl im Kreise der Fachgelehrten bekannt, aber sie wirkten nicht ins Weite. So fehlte in den Jahrzehnten von 1720 bis 1740, die für die Weiterentwicklung der Sprache so wichtig waren, die große zeitgemäße deutsche Grammatik. Die Lücke zu schließen, schien GOTTSCHED prädestiniert.

GOTTSCHED, 1700 in der Nähe von Königsberg geboren, hatte schon als kaum Fünfzehnjähriger an der dortigen Universität zu studieren begonnen. Auf der Flucht vor den Werbern des Preußenkönigs, die ihn wegen seiner Körpergröße zu der Garde der ‹Langen Kerls› pressen wollten, kam er 1724 nach Leipzig, wo er sich bald darauf für Philosophie und die Schönen Wissenschaften (Ästhetik) habilitieren konnte. 1730 wurde er außerordentlicher, 1734 ordentlicher Professor der Universität, deren Rektor er späterhin mehrmals war. Im Jahre 1726 wurde er Senior der ‹Deutschübenden Poetischen Gesellschaft›, eines literarischen Zirkels. GOTTSCHED gestaltete sie um zur ‹Deutschen Gesellschaft›, in der von nun an Sprache, Redekunst und Poesie gepflegt wurden. Nach diesem Beispiel wurden bald an vielen Orten ‹Deutsche Gesellschaften› gegründet, die mit Leipzig in engem Kontakt standen. Schon 1725 hatte GOTTSCHED auch mit den ‹Vernünftigen Tadlerinnen› seine erste populäre Zeitschrift gegründet, der bis fast an sein Lebensende weitere folgen sollten. Anspruchsvoller und für die Begründung seiner Autorität in Fragen der Sprache wichtiger waren GOTTSCHEDS ‹Beiträge zur kritischen Historie der deutschen Sprache, Poesie und Beredsamkeit›, die seit 1732 erschienen. Inzwischen hatte er sich auch bereits mit seiner ‹Redekunst› (1728) und dem ‹Versuch einer Critischen Dichtkunst› (1730) einen Namen gemacht (s. oben S. 296f). Dabei erwähnen wir beide Werke nur im Hinblick auf ihre sprachgeschichtliche Bedeutung. Auf GOTTSCHEDS wichtige Position als Literaturtheoretiker und sein Wirken für eine Reform des Theaters ist hier nicht einzugehen.

Jedenfalls hatte GOTTSCHED durch sein Wirken für Literatur und Theater und durch sein energisches Eintreten für eine Hebung der deutschen Sprache längst Aufsehen erregt, und er hatte den Höhepunkt seines Ruhmes als Gelehrter schon erreicht, als er im Jahre 1748 seine ‹Grundlegung einer deutschen Sprachkunst› veröffentlichte. Wie vorher dargestellt, bestand für eine neue, den SCHOTTEL ersetzende Grammatik ein ausgesprochener Bedarf. So wurde die neue ‹Sprachkunst› aus der Feder eines so viel gerühmten Mannes rasch bekannt und sehr weit verbreitet. Noch zu GOTTSCHEDS Lebzeiten erlebte das Werk vier weitere Auflagen, und zehn Jahre nach dem Tode des Verfassers erschien 1776 eine sechste Auflage.

Der Hauptgrund für diesen Erfolg war das große Interesse der Gebildeten dieser Zeit an einer fest geregelten Sprache, und in dieser Hinsicht versprach der berühmte Name des Verfassers das Beste, was man erwarten konnte. Aber ein weiterer Grund kam hinzu. Schon im Untertitel der ersten Auflage deutet er sich an. Es heißt dort: *Nach den Mustern der besten Schriftsteller des vorigen und jetzigen Jahrhunderts abgefasset.* Zweierlei ist damit angesprochen: Die Abkehr von LUTHER als der sprachlichen Autorität und der Verzicht – wenigstens im Titel – auf den Herrschaftsanspruch des Meißnischen, der immer im Süden und Westen des Sprachgebiets böses Blut gemacht hatte.

Über die Auswahl der vorbildlichen Autoren entscheidet – wie GOTTSCHED jedenfalls vorgibt – die Meinung der einsichtigen Leser selbst: *Die besten Schriftsteller eines Volkes, werden durch den allgemeinen Ruhm, oder durch die Stimmen der klügsten Leser bekannt* (LH 93, S. 4). Allerdings darf nicht der Stoff über die Auswahl entscheiden: *Doch müssen sie nicht in Ansehung der Sachen, sondern wegen der Schreibart und Sprache berühmt seyn. Es dörfen aber diese Scribenten nicht eben alle aus derselben Landschaft gebürtig seyn.* (a. a. O.) – ein wichtiger Grundsatz; er nimmt jene, die ein Übergewicht des Meißnischen fürchten, für GOTTSCHED ein. Und vielleicht, um die Meißner zu beschwichtigen, argumentiert er, daß auch die besten Autoren der alten Griechen und Römer, der Italiener und der Franzosen nicht alle nur aus einer Landschaft stammten. *Eben das wird man auch in Deutschland bemerken, wenn man darauf Achtung geben will. War Opitz ein Schlesier, und Flemming ein Meißner, so war Dach ein Preuß, Rist ein Niedersachs . . . u. s. w.* (a. a. O.). Als *meine classischen Schriftsteller* (deren Namen heute nur noch der Fachmann kennt) nennt GOTTSCHED den Brandenburger FRIEDRICH VON CANITZ (1654–1699), den Dresdener Hofdichter JOHANN BESSER (1654–1729) aus Kurland, die Schlesier BENJAMIN NEUKIRCH (1655–1729) und JOHANN GÜNTHER (1695–1729), die Preußen JOHANN JACOB MASCAU (MASCOV; 1689–1761), einen Historiker, der seit 1719 in Leipzig gelebt und an der Universität gelehrt hatte, und JOHANN VALENTIN PIETSCH (1690–1733), den Niedersachsen LORENZ MOSHEIM (1694–1755; s. oben S. 301) und den Sachsen (von GOTTSCHED als ‹Meißner› bezeichnet) HEINRICH GRAF VON BÜNAU (1697–1762), einen Staatsmann und Historiker in sächsischen Diensten. Er könnte noch einen Schlesier nennen, fügt GOTTSCHED hinzu. *Allein, er lebet noch; und ich fliehe den Verdacht der Schmäucheley* (a. a. O., S. 21). Die Niedersachsen, Preußen und Meißner, sagt GOTTSCHED, die Schlesier auslassend, in diesem Zusammenhang, *haben die nächsten Ansprüche auf die Schönheit der hochdeutschen Sprache*. Dabei erkennt er nicht – oder verschweigt –, daß die Niedersachsen und die niederdeutschen Brandenburger und Preußen seit der Aufnahme der Reformation durch die meißnische Schule gegangen sind, wohingegen das schlesische Hochdeutsch wiederholt mit dem meißnischen im Streit gelegen hatte.

Auch GOTTSCHED selbst war preußischer Herkunft, und man hat zu bedenken, daß das gesamte ursprünglich niederdeutsche Sprachgebiet seit der Reformation beständig unter dem Einfluß jener hochdeutschen Sprachform gestanden hatte, die anfangs als ‹lutherisch›, später als ‹meißnisch› bezeichnet wurde. Man spricht von der ‹ostmitteldeutschen› Grundlage der neuhochdeutschen Schriftsprache. Aber der Einfluß des in diesen Bereich gehörigen Schlesischen auf die

Entwicklung der Schriftsprache blieb ganz unbedeutend. Was sich durchsetzte, war die Schreibtradition Thüringens und Sachsens, politisch bezeichnet: die Tradition der Wettinischen Lande, zusammengefaßt unter dem Sprachbegriff ‹Meißnisch›. Dieses Hochdeutsch meißnischer Prägung, wie es GOTTSCHED verkündete, mag in der ersten Hälfte des 18. Jahrhunderts einigermaßen nüchtern stilisiert worden sein, wie es die Schweizer BODMER und BREITINGER, aber auch andere Oberdeutsche, dem von GOTTSCHED gelehrten Sprachideal vorwarfen.

Das hat mehrere Gründe. GOTTSCHED und seine Anhänger wollten im Geiste der verstandesklaren Aufklärung aus der Poesie alles Irrationale und unerklärlich Wunderbare verbannen, und dementsprechend verkündeten sie auch eine nüchterne Zwecksprache des Intellekts, aus der nicht nur Metaphern und bildhafte Ausdrucksweisen verbannt sein sollten. Auch die bildhaft kräftigen Ausdrücke der Mundarten sollten gemieden werden, weil sie entweder die intellektuelle Deutlichkeit der Gedankenführung beeinträchtigen konnten oder aber nicht gemeinverständlich waren. Schon dadurch mußte die Schriftsprache an Ausdruckskraft verlieren, was die Schweizer sehr deutlich als einen Mangel empfanden. Gerade dieser Mangel aber trat in den Schriften der ursprünglich niederdeutschen Autoren vor KLOPSTOCK besonders deutlich hervor. Für sie war das Hochdeutsche gewissermaßen eine Fremdsprache, deren Gebrauch man mühsam und nach vorwiegend Meißner Sprachmustern erlernte. Die Kluft zwischen heimischer Mundart und hochdeutscher Schriftsprache war nicht zu überbrücken. Daher konnten sie in ihren hochdeutschen Schriften nicht aus dem frischen Born ihrer niederdeutschen Mundarten schöpfen, kannten aber auch die hochdeutschen Dialekte zu wenig, um aus ihnen zu schöpfen und ihrer Sprache daraus Farbe und Kraft zu gewinnen. So konnte das Hochdeutsch GOTTSCHEDscher Prägung sich zwar im Aufbau seiner Sätze und Texte jener Leichtigkeit rühmen, die unter englischem Einfluß (s. oben S. 299ff) – und bei GOTTSCHED selbst auch nach französischen Mustern – bereits errungen war; im Wortgebrauch hingegen blieb es farblos, abstrakt und unanschaulich.

In den Jahrzehnten vor dem Erscheinen von GOTTSCHEDS ‹Deutscher Sprachkunst› war sich auch schon der vorwiegend katholische Süden seiner schriftsprachlichen Rückständigkeit bewußt geworden. Während der gesamte protestantische Bereich der Mitte und des Nordens sich in einer verhältnismäßig einheitlichen Schriftsprache darstellen konnte, herrschten im Süden und Südwesten immer noch die regionalen Schreibsprachen vor. Es fehlte dort an einer sprachgewaltigen Autorität, die die regionale Vielfalt auf den Weg zu einer überregionalen Einheit hätte führen können.

Ein Entwurf zu sprachlicher Einigung war freilich schon früh gemacht worden. Der aus Stockholm gebürtige deutsche Katholik Karl Gustav Heräus (1677 bis ca. 1730), seit 1709 kaiserlicher Rat und Hofdichter in Wien, hatte der Regierung Kaiser Karls VI. (reg. 1711–1740) die Gründung einer Sprachakademie unter Schirmherrschaft des Kaisers vorgeschlagen und auch bereits deren Satzungen ausgearbeitet, in denen eine starke Berücksichtigung der im protestantischen Mitteldeutschland schon erreichten Fortschritte vorgesehen war. Doch wurde dieser Entwurf zu den Akten gelegt. Zu groß war die Abneigung gegen die Protestanten und wohl auch gegen ihre schon einigermaßen gefestigte Schriftsprache. So wurde der Gedanke, im Mittelpunkt der kaiserlichen Herrschaft eine Sprachakademie nach dem Muster der Académie Française zu gründen, nicht weiter erwogen.

Seither aber hatten sich die Zeiten gewandelt. Das zeigte sich äußerlich bereits in der großen Zahl von Schriften über die deutsche Sprache und ihre Grammatik, die nach 1748, dem Erscheinungsjahr von Gottscheds ‹Sprachkunst›, überall in Oberdeutschland einschließlich Österreichs veröffentlicht wurden. Jetzt endlich regte sich auch hier ein lebhaftes Interesse an einer geregelten deutschen Schriftsprache. Dabei suchten die Einsichtigen Anschluß an die Mitte und den Norden Deutschlands. Gottscheds Grammatik, die sich nicht mehr auf die Schriften des Erzketzers Luther berief und die außerdem durch die Heranziehung von Autoren aus verschiedenen Landschaften dem Anschein nach die Vorherrschaft des Meißnischen beseitigte, konnte hier als die Goldene Brücke gelten. Kurze Zeit nach ihrem Erscheinen wurde sie am kaiserlichen Hof als Lehrbuch eingeführt, und damit war ihr der Weg zu weiter Verbreitung in Süddeutschland geöffnet. Die neue Schriftsprache lutherisch-meißnisch-mitteldeutschen Ursprungs gewann fortan auch im katholischen Süden mehr und mehr Anhänger.

Natürlich vollzog sich diese Entwicklung nicht reibungslos. Schon der Oberpfälzer Karl Friedrich Aichinger (1717–1782) hatte in seinem ‹Versuch einer teutschen Sprachlehre› (1753) heftig gegen Gottsched polemisiert. Er habe den Stoff allzu summarisch behandelt: *Denn die Mühe, allerley Kleinigkeiten aufzulesen, ist keine Sache für grosse Gelehrte* (LH 14, Bd. I, S. 250), wie er ironisch sagt. Im übrigen habe Gottsched dem Meißnischen allzusehr den Vorzug gegeben, was allerdings verständlich sei. Denn in Sachsen werde am meisten deutsch geschrieben. Gegenüber den von Gottsched gesetzten Normen verlangt Aichinger wiederholt die Berücksichtigung oberpfälzischer Formen.

Von anderem Standpunkt aus und wesentlich schärfer wird an Gottsched Kritik geübt von dem Benediktiner Augustin Dorn-

BLÜTH aus dem badischen Kloster Gengenbach. Dieser richtet sich in seinen ‹Observationes oder Gründliche Anmerckungen eine gute Übersetzung ... zu machen› (1755) zwar gegen die katholischen Übersetzer, weil *alle bißherige zum Vorschein gekomene Übersetzungen, und ... auch die mehreste andere teutsche Bücher ... unnatürlich gesetzt seyen* (LH 14, Bd. I, S. 263). Aber das rühre von Nachahmung des sächsischen Schreibstils her, der die kurzen Sätze der Franzosen imitiere: *Darneben ist auch an der gantzen Schreib=Art Gottschedens nicht nur nichts zierliches oder stattliches; sondern sogar nicht einmahl etwas natürliches, mannliches oder ernsthafftes; welches doch wenigist die Vorreden und Vorbericht erfordereten. Wegen seinem Französlen, komt alles heraus, als wan er immer schertzete* (a. a. O., S. 264). GOTTSCHEDS Sprache enthält nichts *zierliches oder stattliches*. Wir verstehen, daß DORNBLÜTH die ‹Zierde› des barocken rhetorischen Schmucks vermißt. Dem Gegner fehle die *copia verborum*, die prunkende Fülle der Wörter. Das ist richtig; aber es ist kein Mangel, sondern entspricht dem Stilideal der Aufklärung. So trifft auch der Vorwurf des *Französlens* nicht ins Ziel. Denn damit sind die lockeren, leichten Satzfügungen gemeint, die sich GOTTSCHED und GELLERT nach französischem Vorbild, andere nach englischem Muster zu eigen gemacht hatten. Dem eifernden Mönch scheint das allerdings nur dem niederen Stil, wo man lockere Reden führen und *scherzen* darf, angemessen, und eine Grammatik wird nicht zur Kurzweil geschrieben. DORNBLÜTH selbst, in der Kanzlei seines Klosters geschult, hängt noch dem herkömmlichen Kanzleistil mit seiner *copia verborum* und seinen *transitiones*, den sorgfältig verknüpften Übergängen, an. Hier steht alte Tradition des Barock dem Sprachstil der neuen, aufgeklärten Zeit gegenüber; der Kampf gegen GOTTSCHED richtet sich weniger gegen den Protestanten als gegen den Vertreter eines modernen Sprachstils.

Im ganzen überwiegen aber im oberdeutschen Bereich die Stimmen, die zum Anschluß an die im Norden bereits erreichte Einheit raten. Diesen Standpunkt nimmt z. B. der Jesuit IGNAZ WEITENAUER (1709–1783) ein, wenn er auch in seiner Schrift ‹Zweifel von der deutschen Sprache› (1764; wiederholt neu aufgelegt) vorsichtig vermittelnde Ratschläge gibt. Noch deutlicher wird der Bayer HEINRICH BRAUN (1732–1792), der zwar im mündlichen Sprachgebrauch ebenso wie WEITENAUER die Mundart bewahrt wissen will. Für den schriftlichen Gebrauch jedoch empfiehlt er in seinem Lehrbuch ‹Anleitung zur deutschen Sprachkunst. Zum Gebrauche der Schulen in den Churlanden zu Baiern› (1765) den Anschluß an den Norden: *Im Schreiben aber und im Drucke sehen wir gar nicht, warum man nicht in vielen Stücken jenen Landschaften nachgeben könnte, welche unstreitig besser deutsch reden und schreiben als wir* (LH 14, Bd. I, S.

269). Widerspruchslos wurden solche Neuerungen freilich nicht hingenommen, und als BRAUN in gleicher Gesinnung 1770 ein ‹Namen- und Buchstabierbüchlein› für den Unterricht in Volksschulen herausgegeben hatte, begannen aufgebrachte Bayern *aller Orten über die Schulreformation zusammen zu schreien und sich vor dem leidigen Lutheranismo in den deutschen Namen= und Buchstabierbüchlein zu fürchten* (LH 10, S. 241).

Mit rascherem Erfolg und gegen geringeren Widerstand setzte JAKOB HEMMER (1733–1790), Hofkaplan der katholischen Kurfürsten von der Pfalz in Mannheim, die neue von GOTTSCHED gelehrte Sprache durch. Zwar rief seine ‹Abhandlung über die deutsche Sprache zum Nutzen der Pfalz› von 1769 zunächst eine Reihe von Gegenschriften hervor. Aber diese konnten ihn nur zur Abfassung von weiteren eindringlichen Schriften veranlassen. Befriedigt kann er feststellen, daß sich seit Erscheinen seiner ‹Abhandlung› die Prediger auf der Kanzel um eine würdigere Sprache bemühten und daß die Lehrer die offizielle Einführung der neuen Schriftsprache verlangten (LH 10, S. 248). 1775 wurde nach Leipziger Muster in Mannheim die ‹Teutsch-Gesellschaft› gegründet, und 1777 auch das Nationaltheater. Die literarische und sprachliche Bedeutung der Deutschen Gesellschaft kommt darin zum Ausdruck, daß KLOPSTOCK, LESSING, WIELAND und später SCHILLER ihre Ehrenmitgliedschaft annahmen. In der Pfalz hatte die neue Sprache eine wichtige Pflegestätte gefunden.

Gegen mehr oder weniger starke Widerstände setzte sich die mitteldeutsche Norm in allen Landschaften durch. Allerdings dauerten die Streitereien um die ‹richtige› oder die ‹beste› Sprachform noch eine ganze Weile an. Erst unter dem Eindruck der Weimarer Klassiker wurde der Streit endgültig entschieden. Dem inneren Gewicht der neuen Literatursprache, ihrer Ausdruckskraft, ihrer stilistischen Schmiegsamkeit und ihrem Wohlklang konnte sich auch der deutsche Süden auf die Dauer nicht entziehen.

Die Dichter und nicht die Grammatiker, nicht ein abstraktes Regelwerk, sondern das Vorbild einer weit verbreiteten, überall anerkannten Literatur führten schließlich zur Durchsetzung einer allgemein akzeptierten, gemeinsamen Schriftsprache. Daß es nicht anders sein könne, wußte auch GOTTSCHED selbst: *Der Schwung einer jeden Sprache lernet sich bloß aus dem vielen Lesen der besten Schriftsteller, und aus dem Umgange mit gelehrten und wohlgesitteten Leuten; läßt sich aber durch Regeln nicht völlig bestimmen* (LH 14, Bd. I, S. 231). Insofern ist GELLERT als der erste Schriftsteller, dessen Werke im gesamten deutschen Sprachgebiet begierig gelesen wurden, von nicht geringerer Bedeutung als sein Zeitgenosse und Leipziger Kollege mit seiner Grammatik. Es ist auch zuzugeben, daß GOTTSCHEDS ‹Deutsche Sprachkunst› in vielen Einzelheiten nicht ohne Mängel war. Gleichwohl übertraf sie an Wirksamkeit alle anderen Grammatiken – die neben Vorzügen ebenfalls ihre Schwächen hatten –, denn der Ruhm des Verfassers verhalf auch diesem Werk, das gewiß nicht sein bestes war, zu sehr weiter Verbreitung. Die sechs Auflagen seiner ‹Grundlegung einer deutschen Sprachkunst› und die acht Auflagen einer daraus gezogenen kürzeren Fassung, die GOTTSCHED 1753 unter dem Titel ‹Kern der deutschen Sprachkunst› herausgab, reden eine deutliche Sprache. GOTTSCHED erlebte selbst noch zwei Übersetzungen seiner ‹Grundlegung› ins Französische und eine russische Übersetzung. Übersetzungen ins Lateinische, Niederländische und Ungarische erschienen nach seinem Tode (LH 14, Bd. I, S. 244).

Für Inländer (Zeugnisse vom Wiener Hof beweisen es) und Ausländer (vgl. die Übersetzungen) wurde GOTTSCHEDS Grammatik zum führenden Lehrbuch der deutschen Sprache. Darin liegt die große Bedeutung des Werkes. Auf die einzelnen Regeln und ihre etwaige Anfechtbarkeit kam es nicht sehr an, sondern darauf, daß der Benutzer hier eine zur Norm erhobene Sprachform kennenlernte, der er auch in der Literatur begegnete. Beides stützte sich gegenseitig. Die Literatur lieferte die praktischen Grundlagen für die grammatischen Normen, und die Grammatik erklärte, warum im Einzelfall der Schriftsteller so und nicht anders geschrieben hatte; sie wurde auch zum Maßstab, an dem etwaige regionale Abweichungen zu messen waren. Im Ursprungsgebiet der hochdeutschen Schriftsprache war eine solche gegenseitige Kontrolle kaum noch notwendig; aber überall dort, wo die neue Sprache sich noch durchzusetzen hatte, war der Vergleich zwischen literarischer Übung und grammatischer Norm nützlich und half, den noch ungewohnten Sprachgebrauch zu festigen.

Johann Christoph Adelung (1732–1806)

Mehr als drei Jahrzehnte hatte GOTTSCHEDS 1748 zuerst erschienene und 1776 zum sechsten Male aufgelegte ‹Sprachkunst› gegen viele Konkurrenten das Feld behauptet, bevor sie verdrängt wurde durch ADELUNGS ‹Deutsche Sprachlehre; zum Gebrauch der Schulen in den Königlich Preußischen Landen› (Berlin 1781; fünf weitere Auflagen bis 1816) und sein ‹Umständliches Lehrgebäude der Deutschen Sprache; Zur Erläuterung der Deutschen Sprachlehre für Schulen› (Leipzig 1782).

Auch JOHANN CHRISTOPH ADELUNG war niederdeutscher Herkunft. Er stammte aus der Umgebung von Anklam in Pommern, hatte in Halle Theologie studiert und war von 1759 bis 1761 Professor am Gymnasium in Erfurt gewesen. Wegen theologischer Streitigkeiten hatte er die Stadt verlassen und sich nach Leipzig gewendet. Dort hatte er hart um seinen Lebensunterhalt zu kämpfen und nahm bald nach dem Tode GOTTSCHEDS gern das Angebot des Verlegers BREITKOPF an, ein deutsches grammatisches Wörterbuch zu schaffen. GOTTSCHED hatte es geplant, aber bis auf einen Probebogen nicht mehr ausführen können. Nach langwieriger Vorbereitung erschien 1774 der erste Band, die weiteren folgten 1775, 1777, 1780 und 1786. Eine zweite Auflage erschien 1793 bis 1802.

Inzwischen hatte ADELUNG, der sich schon vor Beginn seiner Wörterbucharbeit mit sprachlichen Fragen befaßt hatte, neben anderen Schriften auch bereits die beiden obengenannten Grammatiken abgefaßt. Diese und das Wörterbuch sammeln und sichten die Ergebnisse der wichtigsten seit GOTTSCHED erschienenen Arbeiten, die dadurch entbehrlich werden und in Vergessenheit geraten. So wird ADELUNG zum Vermittler der nicht unbedeutenden älteren grammatischen Erkenntnisse an die Grammatiker des Neuhochdeutschen im 19. Jahrhundert.

Aber ADELUNG ist nicht nur Sammler und ein kritisch geschickter Bearbeiter des Überlieferten. Zwar war er kein bedeutender Forscher, aber durch seine langjährige Arbeit am Wörterbuch hatte er sich eine Kenntnis sprachlicher Tatsachen erworben, wie sie keiner seiner Vorgänger besessen hatte. Indem er sie in seine Grammatik einbrachte, legte er den sicheren Grund für seine Entscheidungen und sicherte damit auch die immer noch bedrohte Einheitssprache. GOTTSCHED hatte den Anspruch erhoben, das ‹richtige› Deutsch zu lehren, und war auf vielfachen Widerstand gestoßen; ADELUNG trat bescheidener auf und wurde dennoch für mehrere Jahrzehnte der unbestrittene Lehrmeister des ‹richtigen› Deutsch. Seine Sprachlehre wurde bereits ein Jahr nach ihrem ersten Erscheinen auch in Wien als Schulbuch eingeführt. Auch die großen deutschen Denker und Dichter erkannten sein Werk an. LESSING gab seine eigenen Vorarbeiten zu einem deutschen Wörterbuch nach Erscheinen von ADELUNGS Arbeit auf; GOETHE besaß und benutzte das Wörterbuch und zog sehr sorgsam immer wieder ADELUNGS ‹Vollständige Anweisung zur deutschen Orthographie› zu Rate, deren erste Auflage 1788 erschienen war. Vier kurz aufeinander folgende Auflagen erlebte auch sein 1785 erschienenes Buch ‹Über den deutschen Styl›.

ADELUNGS Erfolg ist nicht ohne den Blick auf die rasche literarische Entwicklung zu verstehen. GOTTSCHED hatte in seiner ‹Sprachkunst› 1748 zusammengefaßt, was die sprachlichen Bemühungen der ersten Jahrhunderthälfte erbracht hatten. Darüber war er auch in den späteren Auflagen nicht hinausgegangen. Er hatte es noch selbst erleben müssen, wie sein Ruhm als Stiltheoretiker und als Autorität in allen sprachlichen Fragen versunken war. Schon 1744 hatten sich mehrere frühere Schüler und Mitarbeiter durch die Gründung der ‹Bremer Beiträge› (s. oben S. 300f) von ihm losgesagt, und KLOPSTOCK hatte, sich auf die Seite der Schweizer Gegner GOTTSCHEDS schlagend, eine unerhört kühne, neue Dichtersprache gewagt. Als dagegen ADELUNG 1774 den ersten Band des Wörterbuchs erscheinen ließ, waren WIELAND, LESSING und der 1744 geborene HERDER bereits mit poetischen Werken, aber auch mit sprachkritischen Schriften hervorgetreten, und auch der junge GOETHE hatte bereits mit Gedichten, mit dem ‹Götz› und dem eben erscheinenden ‹Werther› Aufsehen erregt. (Vgl. dazu auch unten Kap. VII.) Einen so raschen Aufstieg der Literatur und ihrer Sprache hatte Deutschland seit der mittelhochdeutschen Blütezeit um 1200 nicht mehr erlebt, und schon deshalb mußte GOTTSCHED knapp dreißig Jahre nach Erscheinen seiner anfangs hochgerühmten ‹Sprachkunst›, seiner stiltheoretischen Schriften und seiner eigenen literarischen Versuche als veraltet erscheinen.

Auch ADELUNG war kein großer Geist. Aber er war äußerst sorgfältig im Kleinen, eine Eigenschaft, die dem hochfahrenden GOTTSCHED völlig gefehlt hatte. ADELUNG hatte die sprachtheoretischen und grammatischen Schriften seines Vorgängers und der anderen Autoren gründlich studiert, hatte sich von ihnen anregen lassen und in seine Grammatik aufgenommen, was er daraus an Erkenntnissen gewann. Vor allem aber hatte ihn HERDERS ‹Abhandlung über den Ursprung der Sprache› (1772) tief beeindruckt.

Die neue Art der Sprachbetrachtung, von HERDER philosophisch begründet, dringt durch ADELUNGS Fleiß in die Paragraphen der Grammatik und in die Artikel seines Wörterbuchs ein.

Für die Philosophen der Aufklärung und auch für GOTTSCHED war die menschliche Vernunft ein absoluter Wert gewesen, und der Rang einer Sprache war daran zu messen, wieweit sie die Erkenntnisse der für alle Menschen in gleicher Weise geltenden Vernunft auszudrükken vermöge. Demgegenüber äußert HERDER wiederholt, daß Vernunft nichts a priori Gegebenes sei; vielmehr seien Vernunft und Sprache voneinander abhängig. Die Anfänge der Sprache, die sich aus tierischen Ausdruckslauten entwickelt habe, seien Zeugnisse einer aufkeimenden Vernunft, und mit der Entwicklung der Sprache schreite auch die Vernunft fort. Für HERDER wird damit die Geschichte der generellen Sprachentwicklung und die Geschichte jeder einzelnen Sprache zugleich zu einer Geschichte der fortschreitenden Erkenntnisfähigkeit. Diese Gedanken macht sich ADELUNG zu eigen, und wiederholt betont er, daß der jeweilige Sprachzustand ein Spiegel der bis dahin erreichten Höhe der Kultur sei.

Solche Gedankengänge verweisen ADELUNG hinsichtlich der Sprache auf eine historische, bezüglich des sprachschaffenden Menschen auf eine psychologische Betrachtungsweise. (Vgl. Anhang Nr. XII, unten S. 394f.) Allerdings glaubt er nicht, daß der einzelne Mensch – und sei es der bedeutendste Schriftsteller – Wesentliches zur Sprachentwicklung beitragen könne; diese vollziehe sich vielmehr unterhalb der Bewußtseinsschwelle, sozusagen von selbst und ohne Zutun der Sprachteilhaber. Diese Auffassung kann überraschen, war doch die neuhochdeutsche Schriftsprache lange Zeit hindurch ein Kunstprodukt gewesen, geschaffen und normierend geregelt von Sprachmeistern und von Schriftstellern, unter denen die bedeutendsten zugleich auch Theoretiker der neuen Sprache waren. ADELUNG hat die Leistung vieler einzelner für die Herausbildung des Neuhochdeutschen im 16. und 17. Jahrhundert gründlich verkannt, und ebenso die Verdienste des 18. Jahrhunderts um seine Hebung und Festigung. Zugleich aber beweist seine Stellungnahme, daß die neue Schriftsprache am Ausgang des 18. Jahrhunderts bereits zu einem gesicherten Besitz geworden war. Denn solange der Werdeprozeß noch andauert, muß schon aus dem Für und Wider der Meinungen die persönliche Leistung des einzelnen hervorgehen. Sie nicht zur Kenntnis zu nehmen wird erst möglich, wenn ein nicht mehr umstrittener Zustand erreicht ist.

ADELUNG beschreibt den Zustand der Schriftsprache, wie er ihn vorfindet. Aber er verkennt nicht, daß die Sprache einer fortwährenden Veränderung unterliegt. Denn da der Sprachzustand ein Spiegel der Kultur ist und da diese sich fortentwickelt, kann auch die Sprache nicht in einem bestimmten Zustand verharren. Auch sie schreitet fort, aber das ist für ADELUNG, wie gesagt, ein ununterbrochener, immanenter Prozeß: *Alles, was einzele Glieder der Nation zur Verbesserung und Verfeinerung der Sprache beytragen können, bestehet darin, daß sie nach dem Maße ihrer Kräfte die Verbreitung der Kenntniß und des wahren und richtigen Geschmackes zu befördern suchen* (LH 14, Bd. I, S. 357). Die einzelnen – hier sind vor allem die Schriftsteller gemeint – haben also eine ästhetische (geschmacksbildende) und eine pädagogische Aufgabe (Verbreitung von Kenntnissen). Ihr Vorbild soll dazu anleiten, *nur das Gute und Schöne, was schon in der Sprache wirklich da ist, anzuwenden und nachzuahmen* (a. a. O., S. 358). Eine entsprechende Aufgabe hat auch der Sprachlehrer: *Er ist nicht Gesetzgeber der Nation* (was GOTTSCHED noch sein wollte), *sondern nur der Sammler und Herausgeber der von ihr gemachten Gesetze. . . . Er stellet die Sprache so dar, wie sie wirklich ist, nicht wie sie seyn könnte, oder seiner Einbildung nach seyn sollte* (a. a. O.). Diese Einstellung, die ADELUNG übrigens von HEMMER (s. oben S. 316) übernimmt, ohne dessen Namen zu nennen, bedeutet den Bruch mit der normativen, gesetzgebenden Grammatik der Aufklärungszeit. Indem ADELUNG den Gedanken des Pfälzers in seinem ‹Umständlichen Lehrgebäude› einigermaßen konsequent durchführt, vollzieht er den Übergang zur deskriptiven, beschreibenden Grammatik. Dabei unterlaufen ihm allerdings nicht selten Rückfälle in die normative Vorgehensweise, was aus der Situation der Zeit verständlich ist und hier nicht ausgeführt werden soll.

Interessanter ist ADELUNGS Bemühen, die von HERDER empfangenen Anregungen über den Ursprung der Sprache auf jedes einzelne Kapitel der Grammatik anzuwenden. Zur Veranschaulichung seines Vorgehens greifen wir ein willkürliches Stück heraus, seine Erörterungen über das ‹Geschlecht› der Substantiva. Hier hatte GOTTSCHED (LH 93, S. 203) sich mit der summarischen Behauptung begnügt, *daß die meisten Sprachen ihren Wörtern drey verschiedene Geschlechter beygeleget, nämlich das männliche, das weibliche, und (das) ungewisse. Dieses hat nun auch im Deutschen statt: und man muß diesen Unterschied hier durch Regeln zu bestimmen suchen.* Das normative Verfahren, nämlich der Zwang, Regeln zu setzen, wird hier offensichtlich. Zwar dürfe man *nicht fodern, daß diese Regeln nach dem Sinne aller Provinzen seyn sollen. Man wird dieselben nach der hier zu Lande herrschenden hochdeutschen, oder meißnischen Mundart einrichten.* Allerdings läßt er hier *allen übrigen Landsleuten . . . die Wahl, ob sie sich derselben bequemen, oder bey ihrer alten Art bleiben wollen* (a. a. O.).

Vorsichtiger als GOTTSCHED leitet ADELUNG sein Kapitel ‹Von dem Geschlechte der Hauptwörter› (LH 99, S. 343–369) ein: *Alle bekannte Sprachen, mit Gewißheit zur Zeit noch nicht eine ausgenommen, theilen ihre Hauptwörter nach den Geschlechtern in verschiedene Classen; ein Umstand, welcher . . . unerklärbar bleibt, sobald man den wahren Gesichtspunkt verfehlt, aus welchem man den Ursprung der Sprache . . . betrachten muß* (a. a. O., S. 343). In langatmiger Auseinandersetzung greift er nun spekulativ auf einen Urzustand der Menschheit zurück, in dem *den rohen und ganz sinnlichen Spracherfindern . . . alles belebt, alles beseelt ist . . . Da man nun einmahl alles . . . nach sich selbst zu beurtheilen pflegte, so war es sehr natürlich, ihnen auch das Geschlecht beyzulegen, welches man an sich und allen lebendigen Geschöpfen bemerkte* (a. a. O., S. 344). So sei zunächst die Klassifizierung der Substantive als männlich oder weiblich entstanden. Auf etwas höherer Stufe seien dann *so dunkele Begriffe* entstanden, *daß man ihnen mit überwiegender Gewißheit keines von beyden Geschlechtern beylegen konnte, und so entstand das dritte, das Genus Neutrum, oder das sächliche, welches von vielen Sprachlehrern sehr unschicklich das ungewisse genannt wird, indem es so gewiß und bestimmt als eines der beyden übrigen ist, wenn es gleich aus der Unwissenheit der ersten Spracherfinder seinen Namen haben sollte* (a. a. O., S. 345).

Man mag die krause Polemik gegen GOTTSCHED und andere, die in dem letzten Satz ohne rechte Logik vorgetragen wird, als Beispiel für die Ausdrucksschwäche ADELUNGS erkennen (gemeint ist, daß das Neutrum durch den Artikelgebrauch genauso deutlich charakterisiert ist wie Maskulinum und Femininum). Wichtiger ist es, aus Stellen wie dieser die Art der psychologischen und der historischen Beweisführung zu entnehmen, wie ADELUNG sie vertritt. Es ist eine spekulative Psychologie, die sich ein einigermaßen willkürliches Bild vom Urzustand der Menschheit macht, und eine nicht minder spekulative Sprachhistorie, die die Entfaltung der sprachlichen Strukturen aus den höheren Einsichten *bey mehr Cultur* (a. a. O.) zu erklären sucht. Allerdings ist bei weitem nicht alles, was ADELUNG zu erklären hat, so abstrus wie obige Stelle. Er besitzt, wie besonders sein Wörterbuch zeigt, solide Kenntnis der mundartlichen Unterschiede, hat einen Blick für etymologische Zusammenhänge und zieht wiederholt auch Beispiele aus dem Alt- und Mittelhochdeutschen wie aus anderen germanischen Sprachen zur Erläuterung seiner Auffassungen heran.

Zu rühmen ist auch die Sorgfalt, mit der ADELUNG das Sprachmaterial sammelt und ausbreitet. GOTTSCHED begnügt sich am Schluß des oben zitierten Abschnitts mit dem summarischen Hinweis, nicht alle Landschaften stimmten im Gebrauch des Genus überein; Beispiele führt er nicht an. ADELUNG hingegen scheut nicht die Mühe, auf acht Seiten (a. a. O., S. 362–369) eine lange, alphabetisch geordnete Liste aufzustellen, *wobey das Geschlecht voran stehet, welches im Hochdeutschen das gewöhnlichste ist* (S. 362). Hier einige Beispiele: *Der Bach, Oberd. die – Das Fräulein, im gemeinen Leben die – Das Gebirge, anderwärts der.*

Zwar ist das ‹Umständliche Lehrgebäude› mit vielerlei Mängeln behaftet. Dennoch stellt es gegenüber GOTTSCHED mehr als nur einen Fortschritt dar. Der Übergang von regelnder Vorschrift zur Beschreibung, die Einbeziehung von sprachhistorischen und sprachpsychologischen Erwägungen, so unzulänglich sie sein mögen, bedeuten eine entscheidende Wende. Es sind die ersten tastenden Schritte in Gebiete hinein, in denen die Sprachwissenschaft des 19. Jahrhunderts ihre großen Erfolge erringen sollte.

VI. WEG ZUR HÖHE
(ca. 1750 bis 1790)

Nun noch ein Wort von unserer Sprache . . . Sie ist, so sehr sie sich auch seit Gottscheds Zeiten bereichert hat, ich gestehe es, in manchen Betracht immer noch arm; aber das ist der Fehler aller Buchsprachen, und am mehrsten der französischen.

Diese Zeilen schrieb JUSTUS MÖSER (1720–1794) in seiner 1781 verfaßten Abhandlung ‹Über die deutsche Sprache und Litteratur› (LH 109, S. 190), einer Gegenschrift gegen FRIEDRICHS DES GROSSEN Buch ‹De la littérature allemande›.

Die Armut der deutschen und jeder anderen ‹Buchsprache› sieht MÖSER darin, daß sie *so sehr gereiniget, verfeinert und verschönert ist, daß man kaum ein mächtiges, rohes oder schnurriges Bild darinn ausdrücken kann, ohne wider ihren Wohlstand zu sündigen.* Denn: *Alle andre Buchsprachen* (außer der englischen; s. unten) *sind bloße Conventionssprachen des Hofes oder der Gelehrten, und das Deutsche was wir schreiben, ist so wenig der Meißner als der Franken Volkssprache, sondern eine Auswahl von Ausdrücken, so viel wir davon zum Vortrage der Wahrheiten in Büchern nöthig gehabt haben; so wie neue Wahrheiten darinn zum Vortrag gekommen sind, hat sie sich erweitert* (a. a. O.).

Ebendiese beschränkte Ausdrucksfähigkeit hatten schon BODMER und BREITINGER an dem von GOTTSCHED vertretenen Sprachideal auszusetzen gehabt. Der Dichter *läßt sein Herze reden* (LH 76, S. 210), hatte BODMER geschrieben, und er meinte damit, daß die poetische Sprache sich nicht in die engen Regeln einer rationalistischen Sprachtheorie einzwängen lassen dürfe. Weder könne der Dichter sich mit einem engen, alles Volkstümliche und Dialektale verbietenden Wortschatz begnügen, noch auf den Gebrauch der Metapher verzichten, den GOTTSCHED als der Klarheit hinderlich verpönt hatte. BREITINGER führte diese Gedankengänge in seiner ‹Critischen Dichtkunst› von 1740 aus. Die Sprache der Dichtkunst dürfe nicht einer *gereimten Prosa* gleichen, wie es WEISE (s. oben S. 297) geradezu verlangt hatte, und wovon GOTTSCHED nicht weit entfernt war. Sie müsse auch das Alltäglich-Allgemeine meiden, müsse beim Leser klare Vorstellungen erwecken, und dazu sei neben einer beweglichen, von der Norm der Prosa abweichenden Syntax der Gebrauch ungewöhnlicher und dadurch nachdrücklicher, ausdrucksstarker Wörter erforderlich. Er nennt sie *Machtwörter*, eine Bezeichnung, die späterhin viel benutzt wurde und die auch den oben aus MÖSER zitierten Ausdruck *ein mächtiges . . . Bild* erklärt.

BODMER und BREITINGER hatten ihre Vorstellungen aus ihrer Vorliebe für die kraftvolle alemannische Mundart und weiterhin auf

Grund der Dichtersprache JOHN MILTONS (1608–1674) entwickelt, dessen Epos ‹Paradise Lost› (1667, neu bearbeitet 1674) BODMER 1732 übersetzt hatte. Aus dieser Quelle, aus den von englischem Stil beeinflußten Moralischen Wochenschriften, besonders aber aus seiner Kenntnis Englands zieht MÖSER, der lange Zeit im Dienste der englischen Krone gestanden hatte, seine günstige Meinung: *Die englische Sprache ist die einzige, die wie die Nation nichts scheuet sondern alles angreifet, und gewiß nicht aus einer gar zu strengen Keuschheit, schwindsüchtig geworden ist, sie ist aber auch die einzige Volkssprache, welche in Europa geschrieben wird, und ein auf den Thron erhobener Provincialdialekt, der auf seinem eignen fetten Boden steht, nicht aber, wie unsre Buchsprachen, auf der Tenne dörret* (LH 109, S. 20).

Es ist die Lebensnähe, die MÖSER am englischen Wesen und der ihm angemessenen Sprache bewundert. *Indem der Deutsche schreiben muß, um Professor zu werden, geht der Engländer zur See, um Erfahrungen zu sammlen,* meint er (a. a. O., S. 18), und zur vollen Entwicklung einer lebendigen deutschen Sprache scheint ihm Vergleichbares unerläßlich: *Meiner Meinung nach müssen wir also durchaus mehr aus uns selbst und aus unserm Boden ziehen, als wir bisher getan haben* (a. a. O.). Der deutsche Dichter bedarf nicht der *Kunst unsrer Nachbaren;* er wird aufgefordert, *aus sich selbst zu schöpfen und seine Empfindungen allein auszudrücken.* Wir müssen es machen *wie Klopstock, der nicht erst den Milton laß, um seinen Meßias zu bilden* (a. a. O.).

Wir werden auf dieses Lob und auf andere Lobsprüche MÖSERS zurückkommen. Obwohl er die Sprache seiner Zeit noch für entwicklungsfähig hält (s. oben), erkennt er doch die neue Wende an: *Eine Dichtersprache hatten wir fast gar nicht, und wir würden auch nie eine erhalten haben, wenn Gottsched, den tapfern Schweizern, die sich seiner Reinigung widersetzten, obgesieget hätte. Haller* (auf dessen Werk wir nicht eingegangen sind) *ward unser erster Dichter, und wie Klopstock kam, begriffen wir erst völlig, was die Engländer damit sagen wollen, wenn sie den Franzosen vorwerfen, daß sie nur eine Sprache zum Versemachen nicht aber für die Dichtkunst hätten* (a. a. O., S. 22).

Im Rückblick erkennt man heute recht genau, was jene unmittelbar an der Entwicklung beteiligten Generationen kaum wahrzunehmen vermochten. Die ältere, in GOTTSCHED gipfelnde Phase war notwendig. Sie führte aus dialektalem Partikularismus die Einheit der deutschen Schriftsprache herauf, und das konnte ohne strikte Normen nicht gelingen. Hier liegen das oft unterschätzte Verdienst GOTTSCHEDS, aber auch die Grenzen seiner vielgeschmähten ‹Sprachtyrannei›. Er hatte eine ebenmäßige, fest geregelte Form der Sprache durchgesetzt, eine Sprache ohne Höhen und Tiefen, zu nüchterner Verständigung geeignet. Aber das Verständnis für dichterisches Schaffen ging ihm ab, und er widersetzte sich hartnäckig dem Streben, die Sprache über den Punkt der äußeren Festigung hinauszuführen.

Dichter machen Sprachgeschichte

Deshalb war die um 1740 einsetzende zweite Phase dieser Entwicklung nicht minder wichtig als die erste. Die Führung im Sprachgeschehen ging von den Professoren auf die Dichter über. Sie erkämpften der äußerlich jetzt geeinten Sprache die innere Freiheit. Die Orthographie GOTTSCHEDS übernahmen sie, wenn auch KLOPSTOCK in krausen Theorien auf Änderung sann und der junge GOETHE sie erst mühsam erlernen mußte; die morphologische Gestalt behielten sie bei, soweit sie ihrem poetischen Ausdruckswillen nicht im Wege stand. Aber in der Wortwahl und Wortbildung und in der Ausnutzung aller euphonischen, rhythmischen und syntaktischen Möglichkeiten befreiten sie sich vom Zwang der nüchternen Normen.

Das normierte Deutsch um 1740 war – salzlos und ungewürzt, wie es aus der Retorte der Rationalisten kam –, nach MÖSERS berechtigtem Urteil, allenfalls *eine Sprache zum Versemachen.* Erst in der nun beginnenden Entwicklungsphase wird es durch sprachmächtige Dichter zu einer lebensvollen, reichen Dichtersprache. Es beginnt eine Zeit, in der die Sprache nicht wildwachsend sich selbst überlassen bleibt, aber auch nicht am Spalier der Normen als künstliches Gebilde gezüchtet wird. Jetzt sind es Männer, Dichter, die Sprachgeschichte machen, kein Kollektiv, und sich keinen kollektiven Normen unterwerfend, sondern ausgeprägte Einzelpersönlichkeiten. Sie gebrauchen und fördern die Sprache jeder nach seiner Art. Solcher Individualismus hätte in dem zwischen SCHOTTELIUS und GOTTSCHED liegenden Jahrhundert die Einheit der Sprache ernsthaft gefährden können. Durch GOTTSCHED aber war die äußere Einheit für das gesamte Sprachgebiet fest gesichert. Der individuelle Ausdruckswille starker Persönlichkeiten bedeutete keine Gefahr mehr; er konnte die gemeinsame Sprache nur noch bereichern. Die sprachlichen Ausdrucksmittel, die die Dichter in überhöhter poetischer Sprache erprobten, begannen allmählich, ermäßigt und ohne poetischen Anspruch, auch in den allgemeinen Gebrauch der allgemeinen Schriftsprache einzugehen.

Wir tun gut, die Wirkung der großen poetischen Meister der Sprache knapp zu charakterisieren, und wenden uns zunächst noch einmal KLOPSTOCK (1724–1813) zu, dessen Dichtersprache in ihrem Gegensatz zur Sprache der Aufklärung schon oben S. 303 f ausführlich behandelt wurde. Sie ist nun im Hinblick auf die Entwicklung, die zum Sturm und Drang und weiter zur Klassik führt, nochmals zu erörtern.

Zeitlebens hat KLOPSTOCK sich über die deutsche Sprache Gedanken gemacht, vor allem über ihre Aufgaben in der Poesie, die eine erhöhte Sprache fordert. *Wenn man alle Stufen des prosaischen Ausdrucks hinauf gestiegen ist, so kömmt man an die unterste des poetischen. Die höchste prosaische und die letzte* (d. h. ‚unterste') *poetische scheinen sich in einander zu verlieren.* Denn der *Redner, wenn er in seinem stärksten Feuer ist,* muß sich *einige Schritte höher erheben, als er gewöhnlich soll. Auch der Poet darf,* wenn sein Gedicht dazu Veranlassung gibt, *sich ein wenig weiter herunterlassen, als es ihm überhaupt* (d. h. ‚im allgemeinen') *zu thun erlaubt ist. Allein niemals dürfen sie auf beiden Seiten zu weit gehn* (LH 110, Bd. 10, S. 204f). Über das Französische urteilt er: *Die Franzosen, welche die Prosa . . . mit der meisten Feinheit und vielleicht am besten in Europa schreiben, haben ihre poetische Sprache . . . am wenigsten von der prosaischen unterschieden* (a. a. O., S. 203).

In der Abhandlung ‹Von der Wortfolge› (1779), in der KLOPSTOCK die Freiheit der Wortstellung in der Poesie aus dem Zwang begründet, sich *poetisch = richtig auszudrücken,* bemüht er sich, Regeln dafür zu finden: *Ich nehme die völlig kalte Prosa zum Maßstabe an, nach welchem ich die auch regelmäßigen Abweichungen des Dichters bestimme. Ich weiß wohl, daß andere Prosa bisweilen auch abgeht. . . . Die kalte Prosa ist deshalb am geschicktesten Maßstab zu seyn, weil sie immer dieselbe bleibt* (LH 110, Bd. 9, S. 420).

Aus diesen Zitaten wird KLOPSTOCKS Opposition gegen GOTTSCHED deutlich. Dieser hatte keinerlei Unterschied zwischen prosaischer und poetischer Sprache gemacht. Er war jenem französischen Ideal gefolgt, dessen Unzulänglichkeit KLOPSTOCK tadelt, und *die völlig kalte Prosa* war es, die er seiner ‹Deutschen Sprachkunst› zugrunde gelegt hatte.

KLOPSTOCK hingegen bewundert nächst der griechischen und römischen die poetische Sprache der Engländer. In seinen theoretischen Schriften wie in seinen Oden nennt er MILTON, ADDISON, YOUNG und andere als seine Anreger und tadelt am *poetischen Ausdruck der Engländer,* den er sonst *für den stärksten halten* würde, nur, daß er *so viele fremde Wörter* zulasse (LH 110, Bd. 10, S. 204).

Aber KLOPSTOCK ist von dem hohen Rang seiner deutschen Dichtersprache überzeugt. In der Ode ‹Die beiden Musen› (1752) läßt er *Deutschlands Muse, die junge bebende Streiterin* zum Wettlauf gegen *die hohe Brittin* antreten, die sich schon mit den Musen der Griechen und der Römer gemessen hatte. Den Ausgang des *Streitlaufs* läßt der Dichter in der Schwebe:

Der Herold klang. Sie flogen mit Adlereil.
Die weite Laufbahn stäubte, wie Wolken, auf.
Ich sah: vorbei der Eiche wehte
Dunkler der Staub, und mein Blick verlor sie.

Dabei muß man wissen, daß durch die *Eiche* die Dichtkunst der germanischen Völker symbolisiert ist. Das Ziel, dem die beiden Musen zueilen, ist die *Palme*, Sinnbild der klassischen Kunst, als deren Meister ihm Homer und Pindar, erst in zweiter Linie die Römer Vergil und Horaz erschienen. Nach ihrem Vorbild, aber ohne sie nachzuahmen, sondern in eigener schöpferischer Leistung schuf sich Klopstock eine neue poetische Sprache, wie sie vor ihm niemand gewagt hatte. Diese Dichtersprache geschaffen zu haben, erfüllte ihn mit hohem Selbstgefühl. In der Ode ‹An Freund und Feind› (1781), in der es um den Nachruhm, die *Unsterblichkeit*, geht, rühmt er den ‹Messias› als sein dauerndes Denkmal.

Die Erhebung der Sprache,
Ihr gewählterer Schall,
Bewegterer, edlerer Gang,
Darstellung, die innerste Kraft der Dichtkunst,

Und sie, und sie, die Religion.
Heilig sie und erhaben,
Furchtbar und lieblich und groß und wahr,
Von Gott gesandt,

Haben mein Mal errichtet.

Ein Gottsched hätte Klopstocks Prosa vielleicht hingehen lassen, obwohl sie sich dem englischen Stilideal der kurzen, meist parataktischen Sätze anschließt. Sie wird vom Dichter selbst als ein ganz anderes sprachliches Medium behandelt als seine hoch erhobene Dichtersprache, strebt allerdings trotz ihres bewußt ‹niedrigen› Stils durch Wohlklang und rhythmische Satzschlüsse der Kunstprosa zu (vgl. außer den obigen Zitaten auch Anhang Nr. XIII, unten S. 395f). Aber die Sprache dieser Poesie mit ihrem tiefwellig bewegten Rhythmus, diese Sprache, in der sich *Wohlklang und Verstand* zur *Harmonie* verbinden (Ode ‹Die Sprache›; 1789), mußte einem Rationalisten in jeder Zeile zuwider sein. Gekürzte Wörter wie *Mal* für *Denkmal,* neu gebildete Komposita wie *Adlereil'*, noch dazu des Metrums wegen verkürzt, die absolut gebrauchten Komparative *wehte dunkler der Staub*, auch von Partizipien gebildet in *gewählterer Schall, bewegterer Gang*, die nachgestellten Adjektive, z. B. *die Religion, heilig sie und erhaben*, die Wiederholung von Satzelementen (*und sie, und sie*), die nur angedeuteten Vergleiche (*wie Wolken*), die von aller Prosa abweichende Wortfolge und vieles, vieles andere hatten die Verfechter einer *völlig kalten Prosa* um die Mitte des Jahrhunderts noch mit Abscheu abgelehnt. Doch zeigt die Begeisterung, mit der im Jahre 1748 die ersten drei Bücher des ‹Messias› aufgenommen wurden, daß die Zeit zur Überwindung des nüchternen Rationalismus reif geworden war. Mit KLOPSTOCK trat die Entwicklung der neuhochdeutschen Schriftsprache in ihre zweite Phase ein. Dabei ist es dichtungs- wie sprachgeschichtlich von gleicher Bedeutung, daß KLOPSTOCK im gesamten deutschen Sprachgebiet gelesen und anerkannt wurde. Sein religiöses Epos fand auch im katholischen Deutschland hohen Beifall, und auf seinen Spuren verbreiteten die Jesuiten MICHAEL DENIS (1729–1800), KARL MASTALIER (1731–1795) und JOHANN CHRISTOPH REGELSPERGER (1734–1797) mit den neuen poetischen Formen zugleich auch Kenntnis und Gebrauch der hochdeutschen Schriftsprache in den habsburgischen Landen.

Lessing

Überwand KLOPSTOCK durch seine begeisterte und begeisternde Dichtersprache die sprachliche Enge der Gottschedianer, so wirkte GOTTHOLD EPHRAIM LESSING (1729–1781) durch den ausgesprochen persönlichen Stil seiner Prosa befreiend. Kurz und prägnant erzählt er seine Fabeln, und seine Prosadramen sind durchsetzt von epigrammatisch zugespitzten Pointen. Am deutlichsten tritt die Eigenart seines Stils in den theoretischen Schriften hervor.

Um einen Eindruck von diesem sehr persönlichen Prosastil zu geben, sei aus dem Anfang des berühmten 17. Literaturbriefes (1759) ein Ausschnitt hier abgedruckt (vgl. auch Anhang Nr. XIV, unten S. 396):

‹Niemand›, sagen die Verfasser der Bibliothek (der schönen Wissenschaften und freyen Künste, 1757f; hg. von CHRISTOPH FRIEDRICH NICOLAI, 1732–1811, unter Mitwirkung von LESSING und MOSES MENDELSSOHN, 1729–1786), *‹wird läugnen, daß die deutsche Schaubühne einen großen Theil ihrer ersten Verbesserung dem Herrn Professor Gottsched zu danken habe.›*

Ich bin dieser Niemand; ich läugne es geradezu. Es wäre zu wün-

schen, daß sich Herr Gottsched niemals mit dem vermengt hätte. Seine vermeinten Verbesserungen betreffen entweder entbehrliche Kleinigkeiten, oder sind wahre Verschlimmerungen.

Als die Neuberin (die Schauspielerin FRIEDERIKE CAROLINE NEUBER; 1697–1760) *blühte, . . . sah es freilich mit unserer dramatischen Poesie sehr elend aus. Man kannte keine Regeln; man bekümmerte sich um keine Muster. . . . Dieses Verderbniß einzusehen, brauchte man eben nicht der feinste und größte Geist zu seyn. Auch war Herr Gottsched nicht der erste, der es einsah; er war nur der erste, der sich Kräfte genug zutraute, ihm abzuhelfen. Und wie ging er damit zu Werke? Er verstand ein wenig Französisch und fing an zu übersetzen; er ermunterte alles, was reimen und Oui Monsieur verstehen konnte, gleichfalls zu übersetzen; . . . kurz, er wollte nicht sowohl unser altes Theater verbessern, als der Schöpfer eines ganz neuen seyn. Und was für ein neues? Eines Französirenden; ohne zu untersuchen, ob dieses französirende Theater der deutschen Denkungsart angemessen sey, oder nicht.*

Er hätte aus unsern alten dramatischen Stücken, welche er (von der Bühne) *vertrieb, hinlänglich abmerken können, daß wir mehr in den Geschmack der Engländer, als der Franzosen einschlagen.*

Das ist eine Sprache, die für einen nicht besonders aufmerksamen modernen Leser nichts Auffälliges zu haben scheint. Dennoch zeigt sich gegenüber der vorausliegenden Sprache des 18. Jahrhunderts der erste ausgesprochene Personalstil eines Autors. Schon das einleitende Spiel mit dem Wort *niemand* bedeutet für jene Zeit einen neuen Einfall. Natürlich steht auch LESSING in einer Tradition, und die sehr prägnanten, meist kurzen Sätze verraten den Einfluß des englischen Stils, wie ihn die Moralischen Wochenschriften, besonders die ‹Bremer Beiträge›, gepflegt hatten. Das klare Nacheinander der Gedanken erinnert an den von CHRISTIAN WOLFF entwickelten Denkstil. Aber LESSING verfügt ganz frei darüber. Immer ist er im ‹Dialog› mit dem Leser. Dem dient das persönliche *Ich*, das er in all seinen theoretischen Schriften mit Vorliebe gebraucht. Es setzt eine Partnerschaft mit dem Leser voraus (‹Ich sage dir meine Ansicht; wie denkst du darüber?›). Lebhafte Fragen (*Wie ging er damit zu Werke? – Was für ein neues?*) sind nicht rhetorisch, nehmen nicht die Antwort voraus. Sie fordern vielmehr den Leser zum Mitdenken auf, halten sein Interesse wach und bereiten den nächsten Denkschritt vor. Oft wird der Leser auch angeredet und befragt. So im Schlußwort des 17. Literaturbriefes, wo dem Leser ein aus LESSINGS Feder stammendes, hier aber anonym mitgeteiltes ‹Faust›-Fragment vorgetragen wird: *Was sagen Sie zu dieser Scene? Sie wünschen ein deutsches Stück, das lauter solche Scenen hätte? Ich auch!* Das kritische Urteil des Lesers wird herausgefordert, und in dem abschließenden *Ich auch* stellt der Autor das Einvernehmen mit dem Partner fest.

LESSING hat ein starkes Empfinden für Wohlklang und Rhythmus. Das verbindet ihn mit KLOPSTOCK. Während aber dieser seraphische Monologe hält, steht LESSING in einem fortgesetzten Dialog mit seinen Lesern. Seine Abhandlungen sind Schrift gewordene Gespräche, und wenn der Partner nicht zu Worte kommt, so bleibt er doch stets beteiligt. Aus der gesprochenen Rede eines sehr beweglichen Temperaments schöpft LESSING die Stilmittel seiner Schriften. Dazu gehört auch seine Wortwahl. Anders als KLOPSTOCK bildet er nicht viele neue Wörter, hat uns aber immerhin die Metapher *Bücherwurm* für den Stubengelehrten gefunden und französisch *mémoires* durch *Denkwürdigkeiten* ersetzt. Er nimmt auch nicht Anstand, Mundartwörter, schlesische, meißnische, niederdeutsche, zu gebrauchen. Gern belebt er veraltete Wörter neu und gibt seiner Sprache auch durch die Verwendung von Sprichwörtern einen lebensnahen Stil. ADELUNG tadelt das *Unedle*, das solchen Wörtern anhafte; er will, GOTTSCHED folgend, nur den Wortschatz der Oberschicht gelten lassen. Welche Verarmung der Sprache darin liegt, hatten aber andere, z. B. die Schweizer Gegner GOTTSCHEDS, längst erkannt. Ihre Nachfolger und Anhänger begrüßten den freieren Sprachgebrauch, und MÖSER schreibt anerkennend in der oben schon erwähnten Schrift: *Leßing war der erste, der Provinzialwendungen und Wörter, wo es die Bedürfnisse erforderten, auf die glücklichste Art nationalisirte* (LH 109, S. 21), der also mundartliche Wörter und Wendungen in der allgemeinen Schriftsprache zu ansehnlicher Geltung brachte.

KLOPSTOCK und LESSING ergänzten sich in der Ausbildung der Schriftsprache. KLOPSTOCK hielt vom hohen Thron seiner Dichtkunst enthusiastische Monologe in einer erhabenen Kunstsprache voll neuer, gemessener Töne; LESSING traf in seinem dialogischen Schreibstil, mit seiner Verstandesklarheit und mit seinem dem Leben abgelauschten Ausdrucksschatz den Ton ungezwungener Rede. Beide wirkten auf Zeitgenossen und Nachwelt, KLOPSTOCK auf Dichter hoher Begeisterungsfähigkeit, allerdings auch auf heute vergessene Nachahmer, die Gedankenarmut und mangelndes Talent hinter einer tönenden Sprache zu verbergen suchten; LESSING auf die Prosa der geistigen Auseinandersetzung. Von ihm führen Wege über die Klassik in die gehobene Schrift- und Umgangssprache des 19. Jahrhunderts.

Wieland

CHRISTOPH MARTIN WIELAND (1733–1813) aus Biberach, wie LESSING aus einem Pfarrhause stammend, spielt in der Sprachgeschichte nicht dieselbe bedeutende Rolle, die ihm in der Literaturgeschichte zukommt. In seinen empfindsamen Anfängen ahmte er die Sprache KLOPSTOCKS nach. Während der Amtszeit als Kanzleiverwalter und Senator in Biberach übersetzte er 22 Dramen SHAKESPEARES (8 Bände; 1762–1766), die er im Sinne des französischen Klassizismus und GOTTSCHEDS ‹modernisierte›. Noch bevor er 1769 als Professor der Philosophie an die Universität Erfurt und 1772 als Prinzenerzieher nach Weimar berufen wurde, hatte er sich zu einem heiter skeptischen Schöngeist entwickelt. Unter französischem Einfluß bewegen sich seit den Jahren in Biberach viele seiner Schriften in dem Spannungsfeld zwischen hoher Geistigkeit und Sinnengenuß. Von nun an pflegt er eine gewandte, heitere Sprache. Sie kann sich – auch in ihrer Frivolität – zur Anmut des Rokoko aufschwingen, gerät aber viel breiter. Er bevorzugt lange Sätze mit zahlreichen Hypotaxen und Verschachtelungen; dabei unterbrechen weitschweifige Parenthesen den fortlaufenden Fluß der Gedanken. Mit LESSING verbindet ihn die Gesprächsnähe seines Stils. Während jener aber in strikt logischem Aufbau und oft in epigrammatischer Kürze das Gespräch führt, ist WIELAND eher der geistreiche Plauderer, der in behaglicher Geselligkeit einen ungezwungenen Konversationston anschlägt. Er erkennt allerdings diese Breite selbst gelegentlich als Schwäche und entschuldigt sie mit dem Streben nach Deutlichkeit und Bestimmtheit. Er sucht das sprachliche Zugleich, indem er beim Aufbau eines Satzes alle Nebenumstände mit einzubeziehen trachtet. (Vgl. Anhang Nr. XV, unten S. 397.)

WIELANDS sprachgeschichtliche Bedeutung liegt nicht darin, daß er die neue Sprache sonderlich bereichert hätte. Aber er wurde gern und weithin gelesen. GOETHE schreibt über ihn in den ‹Tag- und Jahresheften› (1794): *An Wieland schlossen sich . . . wenige persönlich: das literarische Zutrauen aber war grenzenlos; – das südliche Deutschland, besonders Wien, sind ihm ihre poetische und prosaische Kultur schuldig.* Das geht, wie die Adjektive zeigen, auf die Sprachkultur Wiens, und hier ergänzen sich WIELAND und KLOPSTOCK. An der hymnischen Sprache des Messiasdichters lernte der deutsche Süden die Ausdruckskraft der neuen Literatursprache bewundern; WIELAND lieferte die Vorbilder für eine Gemeinsprache, die für den anspruchsvollen Schriftsteller ebenso geeignet war wie für das gesellige Gespräch einer gebildeten Gesellschaft.

Herder

Ein jüngerer Zeitgenosse der Vorgenannten ist JOHANN GOTTFRIED HERDER (1744–1803) aus Mohrungen in Ostpreußen. Nach Studien in Königsberg und einer Tätigkeit als Lehrer und Prediger in Riga (1764–1769), wo er durch seine kritischen Schriften bereits Aufsehen erregt hatte, begab er sich auf eine Bildungsreise, landete nach langer Seefahrt in Nantes, reiste über Paris, Amsterdam und Hamburg (Begegnung mit LESSING und MATTHIAS CLAUDIUS; 1740–1815) nach Eutin. Eine Reise nach Italien als Begleiter des Prinzen von Holstein-Eutin brach er in Straßburg ab. Dort kam es im September 1770 zu der ersten Begegnung mit GOETHE, die für den literarischen Weg des Jüngeren höchste Bedeutung haben sollte. Nach einigen Jahren als Hofprediger in Bückeburg wurde HERDER 1776 durch GOETHES Vermittlung mit erweiterten Amts- und Ehrenpflichten nach Weimar berufen und hat dort, gegen Ende des Lebens verbittert und vereinsamt, bis zu seinem Tode gewirkt.

HERDER hat wie kein anderer Denker die junge Generation um 1770 angeregt. Viele seiner Zeitgenossen bekämpften wie er den nüchternen Rationalismus der Aufklärung; aber kein anderer verstand es, mit gleicher Leidenschaft der kalten Vernunft neue, die Phantasie mitreißende Vorstellungen entgegenzusetzen. Die irrationalen Seelenkräfte, Gefühle und Empfindungen und alles, was mit den Sinnen wahrgenommen wird, stellt er für das poetische Schaffen höher als die Vernunft. Aus den elementaren Erlebnissen aller Sinne soll der Dichter, das ‹Originalgenie›, die künstlerische Schöpferkraft für wahre Poesie gewinnen. Als Vorbilder für eine den sinnlichen Ursprüngen noch nahestehende Dichtung nennt HERDER die Epen HOMERS mit ihrer malerischen Anschaulichkeit und der unbefangenen Darstellung natürlicher Gefühle, die Dramen SHAKESPEARES in ihrer Leidenschaftlichkeit, die alle formalen Schranken des klassizistischen Theaters sprengt, und die naturnahe, in düsteren Stimmungen schwelgende Lyrik des angeblichen OSSIAN. Sie wurde von dem Schotten JAMES MACPHERSON (1736–1796) ‹herausgegeben›, der behauptete, die Dichtungen eines gälischen Sängers aus dem 3. Jahrhundert aufgefunden zu haben (1765, Vorläufer 1758), aber unter dessen Namen und unter Verwendung alter Stoffe seine eigenen Dichtungen veröffentlichte. In ihrer Sentimentalität, in der Schwermut ihrer Naturschilderung und ihrer Verherrlichung heldischen Trotzes trafen sie genau den Ton, durch den eine von der Aufklärung enttäuschte Zeit sich angesprochen fühlte. Die Fälschung wollte man trotz kritischer Stimmen nicht wahrhaben, und HERDER wußte sich im Einklang mit allen Irrationalisten seiner Zeit, wenn er den OSSIAN als Originalgenie und Vorbild feierte. Man glaubte in diesen Gesängen die urtümliche poetische Kraft zu finden, die der eigenen, nüchternen Zeit verlorengegangen war. Denn die großen Dichter sind *Schöpfer*, während auch die größten Philosophen nur *Zergliederer* sind. *Natur* und *Kraft*, Zauberworte der mit ihm einsetzenden ‹Geniezeit›, sah HERDER auch in der Vergangenheit des eigenen Volkes und seiner in verklärtem Licht gesehenen Helden. In seiner eigenen Zeit sah er die ursprüngliche Kraft jenseits der entnervten Bildungsschicht der Aufklärung im einfachen Volk noch lebendig. Er ist es, der den Begriff *Volkstum* prägt, und er ist auch der erste, der der *Volkspoesie* nachgeht. Die Fabel hält er für eine naive Volksschöpfung und ebenso das Volkslied, *Lieder des Volks, Lieder eines ungebildeten sinnlichen Volks,* wie er in seinen Briefen über ‹Ossian und die Lieder der Völker› (1773) schreibt. Mit der Sammlung ‹Stimmen der Völker in Liedern› (zuerst 1778/1779 unter dem Titel ‹Volkslieder› erschienen) unterbaut er später diese Auffassung.

In der allem Sinnenhaften offenen Volkspoesie sieht HERDER noch einen starken Abglanz der *Urpoesie,* und das hängt eng mit seiner Auffassung von Entstehung und Urgeschichte der menschlichen Sprache zusammen. Diese wurde zuerst in den Fragmenten ‹Über die neuere deutsche Literatur› (entstanden seit 1759, veröffentlicht 1767) und in systematischer Zusammenfassung in der von der Berliner Akademie gekrönten Preisschrift ‹Über den Ursprung der Sprache› (zum 1. 1. 1771 eingereicht, 1772 gedruckt) niedergelegt. Weiteres trug die schon erwähnte Arbeit über OSSIAN (1773) bei.

HERDER wagt es, der auf biblische Tradition gestützten Lehre, Gott habe den Menschen die Sprache gegeben, zu widersprechen. Der Mensch selbst hat sich seine Sprache geschaffen, zunächst durch ein lautliches Nachahmen von Sinneseindrücken, *da man noch nicht sprach, sondern tönete; da man noch wenig dachte, aber desto mehr fühlte* (1767). Aus diesen stammelnden Anfängen entwickelte sich, immer noch auf Grund der unmittelbaren sinnlichen Wahrnehmung, ein sprachliches Zeigen von höchster Ausdruckskraft. *Was also war die erste Sprache als eine Sammlung von Elementen der Poesie? Eine Nachahmung der tönenden, handelnden, sich regenden Natur; ... ein Wörterbuch der Seele ... eine beständige Fabeldichtung voll Leidenschaft und Interesse; was ist Poesie anders?* (1771; LH 113, Bd. 5, S. 56f).

Erst als der Mensch, sich weiterentwickelnd, lernte, von der Sinnenwahrnehmung zu abstrahieren, seine Gedanken zu ordnen und die ausdrucksstarken Machtwörter in Zusammenhänge zu stellen, entwickelte er eine Grammatik, und die Prosa entstand. Die Prosa *hat die Dichtung verdrungen, und diese nie wieder ihre vorige Höhe erreichen können.* Selbst als die Prosa noch jugendfrisch und *schön* war, *wuchs in Gedichten nichts als die Kunst,* d. h. eine künstliche Zierlichkeit gegenüber der ersten naturhaften Ausdruckskraft. *In der spätern Zeit hat man bloß versifizierte Philosophie oder mittelmäßige Poesie.* Vernunft, Logik und normierende Grammatik verderben die sinnliche Fülle der Sprache. Was die Sprache der Poesie vorher ausgezeichnet hatte, *die stärksten Machtwörter, die reichste Fruchtbarkeit, kühne Inversionen, einfache Partikeln, der klingendste Rhythmus, die stärkste Deklamation*: alles wurde der *Deutlichkeit* der Prosa geopfert. *Statt der Sprache der Leidenschaft* ward sie eine Sprache des *mittlern Witzes und endlich des Verstandes.* (Alle Zitate dieses Absatzes aus ‹Von den Lebensaltern einer Sprache›, LH 113, Bd. 1, 3; vgl. auch Anhang XVI, unten S. 397f.)

Leicht läßt sich aus solchen Theorien ablesen, was HERDER zur Wiedergewinnung einer kraftvollen Dichtersprache fordert: Auf dem Gebiet des Wortschatzes sind es die ausdrucksstarken *Machtwörter*, die es zu beleben gilt; der Entdecker des Volkstums empfiehlt die Aufnahme von kräftigen Mundartwörtern, der Patriot die Wiederbelebung von *Idiotismen* (Eigenheiten) der *alten schwäbischen Poesien*, d. h. des Mittelhochdeutschen, der Meistersinger und LUTHERS. Selbst OPITZ und der Epigrammatiker der Barockzeit FRIEDRICH VON LOGAU (1604–1655) geben dafür Beispiele her, und man sollte *insonderheit mehr von Klopstock lernen.* Auf dem Gebiet des Satzbaus fordert HERDER die *Inversionen*, womit jegliche Freiheit der Satzfügung vom Zwang rationalistischer Normen gemeint ist. Der Dichter schreibt für die Einbildungskraft: er will *Aufmerksamkeit, Empfindung, ja öfters Leidenschaft erregen.* Durch eine freiere Wortstellung, die übrigens auch dem Wohlklang dient, *bekommt die Prosa Munterkeit, die Poesie Feuer.* Bedenkt man, daß der Normenzwang auf französische Einflüsse zurückgeht, so wird auch der patriotische Schluß dieser Gedankenfolge verständlich: *Die Inversionen, die sich unsere guten Poeten haben erlauben können, gehören mit zur deutschen Freiheit* (LH 113, Bd. 1, 13).

Das sind nicht eben neue Forderungen. Bei BODMER und BREITINGER, stark ausgeprägt bei KLOPSTOCK, etwa gleichzeitig mit HERDER bei LESSING, bei WIELAND und auch bei MÖSER – von anderen zu schweigen – finden sich ganz ähnliche Vorstellungen. Aber HERDER liefert dazu in seinen Schriften die theoretische Begründung, und er wiederholt sie beharrlich, indem er sie von immer neuen Seiten beleuchtet. So wird er zur Autorität; die jungen dichtenden Zeitgenossen schwören auf seine Lehre und folgen ihr im Gefühle der eigenen genialischen Kraft. Viele suchen in Straßburg, in Bückeburg und in den ersten Weimarer Jahren seinen persönlichen Umgang. Von vielen wird die mitreißende Kraft seiner Gespräche bewundert, in denen oft ein leidenschaftliches Temperament zum Durchbruch kam. Allerdings ist er in seinem Schreiben und augenscheinlich auch in seinem Gespräch kein Dialogpartner wie LESSING. Eher verhält er sich – darin KLOPSTOCK ähnlich – wie ein Lehrer oder Kanzelredner, der sich in Monologen ausspricht. In der Jugendzeit schreibt er eine ziemlich breit angelegte Prosa, die er durch mancherlei von der Norm abweichende Stilmittel (seine *Inversionen*) lebhaft zu gestalten trachtet. Dabei hält sich sein Prosawortschatz ziemlich eng an die gebildete Umgangssprache seiner Zeit. Dies und das Streben nach wohlklingender Sprechbarkeit seiner Texte verbindet ihn mit WIELAND. Während aber dieser überall nach der geistreichen Formulierung sucht, läßt HERDER gern Gefühlsurteile als Argumente gelten, manchmal auf Kosten exakter Beweisführung. In seinen späteren Jahren suchte er den Ausgleich zwischen rationalen und irrationalen Kräften, büßte aber seinen früheren Einfluß ein, da er weder zur Klassik noch zur Romantik der jüngeren Generation einen eigenen Zugang fand.

Die Geniezeit

KLOPSTOCKS ‹Messias›, seine reimlosen, nach antiken oder freien Metren geschaffenen Oden, seine das vaterländische Altertum verherrlichenden ‹Bardengesänge›, überhaupt sein dichterisches Werk erregte bewunderndes Aufsehen bei allen, die der aufklärerischen Nüchternheit überdrüssig waren. Der Dichter hatte sich selbst vom Normenzwang der Aufklärungspoetik frei gemacht und hatte durch sein Vorbild jüngeren Dichtern den Weg zur poetischen Freiheit gewiesen. In ihrem Freiheitsdrang fühlten sie sich – soweit das noch nötig war – durch die theoretischen Schriften des jungen HERDER bestätigt. Sie protestierten gegen die überkommene kalte Poetik der Aufklärung, und sie schwelgten, wie es Protestlern oft ergeht, in hohem Selbstgefühl. Den Genie-Begriff der Zeit (nach HERDER ist *jeder Mensch von edlen lebendigen Kräften* ein Genie) nahmen sie für sich selbst in Anspruch und wollten – ob mit oder ohne Recht – gern als ‹Originalgenies› betrachtet werden. Deshalb wird in der Literaturwissenschaft diese Bewegung, die um 1775–1780 ihren Höhepunkt erreichte, oft als ‹Geniezeit› bezeichnet. Sie ist in sich nicht einheitlich; von ihren verschiedenen Richtungen ist der sogenannte ‹Sturm und Drang› die bedeutendste, da von ihr in der Persönlichkeit GOETHES der Weg zur hohen Klassik führte.

Viele dieser jungen Genies haben in der deutschen Geistes- und Literaturgeschichte ihren unumstrittenen Platz. Dagegen können sie in einer Sprachgeschichte, die nicht auf Personalstile ausgerichtet ist, nicht einmal mit Namen genannt werden. Hier darf es nur auf jene Spracherscheinungen ankommen, die zur Weiterbildung der allgemeinen Schriftsprache beigetragen haben. Das allerdings ist nicht wenig; denn die jungen Genies verstärken in vielstimmigem Chor die sprachliche Resonanz der geistig führenden Schriftsteller. Während diese mit ihren anspruchsvollen Dichtungen und theoretischen Schriften doch nur einen ziemlich engen Kreis hochgebildeter Leser erreichen, finden die sensationellen Schriften der Kraftgenies eine rasche und weite Verbreitung. So wird durch sie eine breite Leserschicht mit den neuen Ausdrucksformen der genialen Sprache bekannt. Zwar werden sie nicht kritiklos aufgenommen. Einander widersprechende Geschmacksurteile werden laut. Aber auch der Streit ist fruchtbar, weil er viele Leser überhaupt erst aufmerksam macht und dadurch zum Nachdenken über die Sprachgewohnheiten Anlaß gibt.

Die Sprache der Geniezeit ist ausgesprochen subjektiv. Jeder Dichter ist bestrebt, sich auch in seinem persönlichen Schreibstil als ein unverwechselbares Originalgenie auszuweisen. Dennoch gibt es gewisse Grundzüge, in denen sich alle gleichen. Sie alle verachten den nüchternen Verstand und schwelgen in Gefühlen. Daher lassen sie sich kaum von der Verstandessprache LESSINGS oder dem geistreichen Intellektualismus WIELANDS beeinflussen; ihr Vorbild ist die gefühlsbetonte Sprache KLOPSTOCKS und des jungen HERDER.

Die Sprache soll so ursprünglich natürlich klingen wie nur möglich. Schon darum verabscheut man die künstlich-traditionelle Norm der Schriftsprache. Die Sprache der Geniezeit ist durchaus gesprochene Sprache. Deshalb ist nächst der Lyrik das Drama die beliebteste poetische Ausdrucksform. Epos und Erzählung treten weit zurück, und wenn schon Prosa gebraucht wird, wie in den allermeisten Dramen, dann ist es im epischen Bereich der – auch früher schon beliebte – Brief; vgl. die mancherlei theoretisch kritischen Schriften, die sich in Briefform kleiden (z. B. die ‹Literaturbriefe› LESSINGS und vieler anderer), und die ‹Briefromane›, unter denen GOETHES ‹Werther› (1774) auf einsamer Höhe steht. Denn unter den schriftlichen Texten erlaubt der Brief die subjektivsten Äußerungen, und in seiner sprachlichen Gestaltung kann er dem persönlichen Gespräch am nächsten kommen.

Die Normen der Richtigkeit und der Zierlichkeit der Sprache, wie sie die Grammatiker von SCHOTTEL bis ADELUNG immer wieder gefordert hatten (ADELUNG war ja ein unmittelbarer Zeitgenosse der jungen Genies), wurden von den meisten verächtlich beiseite gesetzt; auf Kraft und leidenschaftlichen Ausdruck kam es an. In der Syntax erlaubte man sich jegliche Freiheit der Wortstellung (HERDERS Inversionen), locker gereihte Sätze statt hypotaktischer Fügung, Anakoluthe (nicht folgerechte Satzfügung), unvollendete und abgerissene Sätze, Auslassung von Wörtern und Wortverkürzungen. Alle diese Ausdrucksmittel wurden selten so taktvoll eingesetzt wie z. B. von dem jungen GOETHE: *Sah ein Knab ein Röslein stehn* mit der der Norm widersprechenden Anfangsstellung des Verbs (vgl. auch: *war so jung . . ., lief er schnell*) und mit der verkürzten Form *Knab* statt des normgerechten *Knabe* (vgl. auch das verkürzte Pronomen *sah's* für *sah es*). Auch die Ersparung des Artikels vor Substantiven (*Knabe sprach ..., Röslein sprach ...*) gehört zu den Besonderheiten der Geniesprache. Dazu sollte eine sehr lebhafte Interpunktion (häufige Ausrufzeichen und Gedankenstriche) den Eindruck bewegter Leidenschaftlichkeit verstärken.

Im Wortschatz sollten Kraft und Natürlichkeit durch die Bevorzugung volkstümlicher Elemente hervorgerufen werden. Kräftig wirkende Dialektwörter wurden geradezu gesucht, zum Teil auch Vulgarismen und grobe Derbheiten. Von großer Bedeutung war auch die Wiederentdeckung der Sprachgewalt LUTHERS durch KLOPSTOCK (nachdem GOTTSCHED ihn nicht mehr als Vorbild anerkannt hatte) und die Verklärung des deutschen Altertums durch KLOPSTOCK und HERDER. Sie lösten eine Welle patriotischen Stolzes auf die echte, alte Sprache der Deutschen aus. Eines der Kraftgenies, der Schwabe CHRISTIAN FRIEDRICH DANIEL SCHUBART (1739–1791), der Denken und Sprache des jungen SCHILLER stark beeinflußte, suchte die *Donnersprache aus Hermanns* (des Cheruskers) *und Luthers Zeiten* wiederzuerwecken (LH 5, Sp. 1085) und sprach damit den Stürmern und Drängern aus dem Herzen. Daß dabei ein Zeitraum von 15 Jahrhunderten gerafft wurde, störte ebensowenig wie die Tatsache, daß von der Sprache des Arminius nicht das mindeste bekannt war. Ihr Charakter schien aus dem OSSIAN und den Spekulationen HERDERS über den Ursprung der Sprache hinlänglich klar. Wirklich bekannt geworden waren mittlerweile die Lyrik der mittelhochdeutschen Minnesänger, das Nibelungenlied und einige Artusdichtungen. Mit Entlehnungen aus dem Minnesang versuchten besonders die Dichter des Göttinger Hainbundes, aber auch der alternde JOHANN WILHELM LUDWIG GLEIM (1719–1803), der als Aufklärer und danach Anakreontiker begonnen hatte, ihren Dichtungen einen archaisch kraftvollen Ausdruck zu verleihen. Im Elsaß versenkte sich der Straßburger Freundeskreis um HERDER in das Studium der mittelalterlichen deutschen Dichtung; nur GOETHE fühlte sich in Straßburg mehr vom 16. Jahrhundert angezogen. Der sogenannte ‹Urgötz› und ebenso der ‹Urfaust› sind aus solchen Studien hervorgegangen, und die ersten Entwürfe dazu tragen wie der ‹Urwerther› deutliche Sprachzüge des Sturmes und Dranges.

Neben der Wiederbelebung längst untergegangener Wörter erfreut sich die *Donnersprache* der Kraftgenies an der Schöpfung neuer Wörter. Sie folgt darin der poetischen Sprache KLOPSTOCKS und bildet vor allem gern neue Zusammensetzungen. Viele sind, wie die schon erwähnte *Donnersprache*, den elementaren Kräften der Natur entnommen: *Donnergedanke; Wetterbrand, Feuergeist; Flammenblick.* Andere drücken die Fülle der Gefühle aus, so z. B. *Groß-, Hoch-, Vollgefühl.* Auch *hochherzig, hochgeistig, Vollkraft* tauchen in dieser Zeit zum erstenmal auf; auf die Entdeckung des Volkstums weisen

Volksbeglücker, Volksbetrüger hin (zahlreiche Beispiele in LH 5, Sp. 1085 f; LH 81). Viele dieser Wörter, für den poetischen Augenblick geprägt, sind nur in ihrem Zusammenhang verständlich und finden keine Verbreitung, andere, wie die meisten der obigen Auswahl, erweisen sich als nützlich, werden in die Gemeinsprache aufgenommen und bereichern den Bestand. Auch wo poetische Prosa gestaltet wird, haben sie ihren legitimen Ort. Bemerkenswert ist aber, daß solche Neubildungen jetzt auch in die Sprache der Wissenschaft eindringen können. Das stellt August Langen (LH 5, Sp. 1133–1137) in einer knappen Stilanalyse der Werke Johann Kaspar Lavaters (1741–1801) eindringlich dar. Der Schweizer Lavater, Freund Herders und Goethes, ein wiederholt gegen die politische Tyrannei auftretender Geistlicher, ist der Nachwelt besonders als Begründer der Physiognomik bekannt geblieben. In seinen vierbändigen ‹Physiognomischen Fragmenten› (1775–1778) bedient er sich derselben Sprachmittel des Sturmes und Dranges wie in seinen erbaulichen Schriften und in seinen Dichtungen. Viel auffallender als bei Herder werden hier die Grenzen zwischen den Sprachen der Poesie und der Wissenschaft verwischt.

Vieles an der Sprache der jungen Genies ist zeitbedingt und geht mit ihnen wieder unter. Im Verein mit den Großen ihrer Zeit gebührt ihnen aber das Verdienst, die deutsche Schriftsprache aus dem Prokrustesbett der aufklärerischen Normen erlöst zu haben. Sie haben an der Schaffung einer frei beweglichen, ausdrucksstarken Literatursprache mitgewirkt, und die bedeutendsten unter ihnen, Goethe und Schiller, der in seiner Jugend (‹Die Räuber›, 1781) ebenfalls dem Sturm und Drang verschworen war, haben in ihren reiferen Jahren die befreite Sprache auf die Höhe der Klassik geführt.

VII. BESTIMMTHEIT HIER – GESTIMMTHEIT DORT
(ca. 1790 bis 1830)

Sprache der Klassik und der Romantik

Das letzte Viertel des 18. Jahrhunderts ist angebrochen. Die Aufklärung hat im Laufe des Jahrhunderts an Schwungkraft verloren; aber immer noch beherrscht sie das Denken der Bildungsschicht. Ihre Sprache – nicht in ihrer Nüchternheit, wohl aber in ihrem Streben nach Klarheit – setzt sich als eine starke Komponente auch in der Sprache der Klassik fort, so wie sie schon LESSING und WIELAND beeinflußt hat. Denn die Befreiung vom Normendiktat aufklärerischer Sprachmeister vom Schlage eines GOTTSCHED bedeutet ja noch nicht die Abkehr vom Denken der Aufklärung. Wenn ein so selbständiger Geist wie LESSING eigene Wege des Denkens einschlägt, wenn WIELAND entgegen rationalistischer Enge wieder die Haltung eines Weltmannes herauskehrt, so können sie doch beide nicht verleugnen, daß sie aus der Gedankenwelt ihrer aufgeklärten Zeit hervorgegangen sind.

Aus anderen Quellen schöpft KLOPSTOCK seine Kraft. Seine Geistigkeit ist durch den Pietismus geprägt, der ja neben dem Rationalismus als eine starke Unterströmung durch das ganze Jahrhundert fortwirkt. KLOPSTOCK steht als eine der führenden Persönlichkeiten mitten in der aus dem Pietismus abzweigenden Empfindsamkeit, und seine Sprache des Irrationalismus ist mehr als Auflehnung gegen die Leipziger Nüchternheit; sie drückt zugleich Abwehr gegen den Geist der Aufklärung selbst aus.

Daß ohne die Pionierleistung der Sprache KLOPSTOCKS auch die Sprachgestaltung LESSINGS und WIELANDS nicht zu verstehen ist, wurde im vorigen Kapitel ausgeführt. Aber nicht ihre, sondern KLOPSTOCKS Sprache fand durch Vermittlung des jungen HERDER begeisterte Aufnahme und (vielfach übersteigerte) Nachahmung in der Geniezeit und ging wie der Irrationalismus selbst in die Romantik ein.

Die Großen, KLOPSTOCK, LESSING und WIELAND, nahmen selbst an der Geniezeit und ihrer wirksamsten Ausprägung, dem Sturm und Drang, nicht teil. Das lag wohl in dem Unterschied der Generationen begründet. Denn der Sturm und Drang war eine ausgesprochene Jugendbewegung, und nur der junge HERDER (geb. 1744), der sich ebenfalls in späteren Jahren abwandte, stand der jüngeren Generation (LAVATER, geb. 1741, HEINSE 1746, BÜRGER 1747, den Brüdern STOLBERG 1748, 1750, HÖLTY 1748, GOETHE 1749, MALER MÜLLER 1749, VOSS 1751, LENZ 1751, KLINGER 1752, und den Nachzüglern MORITZ 1756 und SCHILLER 1759) im Lebensalter nahe genug, um sie zu neuem Aufbruch mitreißen zu können.

Auch ein auffallender sozialer Unterschied kündigt sich an. Nahezu alle bislang in der Sprachgeschichte des 18. Jahrhunderts genannten Namen bezeichnen Männer adliger oder großbürgerlicher Herkunft; viele waren Söhne von Pfarrern (vgl. LH 114). HERDERS Vater war ein vom Pietismus geprägter Dorfschulmeister, KLINGERS Vater war Polizist, der Vater von MORITZ ein Musikant, SCHILLERS Vater ein Regiments-Chirurgus, MALER MÜLLER stammte aus einem Wirtshaus, VOSS von einem Bauernhof. Ihre Bildung hatten die meisten aus eigener Kraft und nicht alle auf hohen Schulen erworben. Es war außerdem die Zeit, in der sich in Frankreich bereits Revolutionsgedanken ankündigten und in der die Forderung JEAN-JACQUES ROUSSEAUS (1712–1778), des Uhrmachersohnes, nach Rückkehr zur Natur auch in Deutschland ein vielfältiges Echo fand. Der Sturm und Drang war seinem Wesen nach revolutionär. So kämpfte der Pfarrerssohn JACOB REINHOLD LENZ (1751–1792), bis er in geistige Umnachtung versank, gegen die Aristokratie und den Absolutismus, und das revolutionäre Pathos in SCHILLERS Jugenddramen ‹Die Räuber› und ‹Kabale und Liebe› hat sich auch in seiner klassischen Periode nie ganz verloren.

Der Sturm und Drang bedeutete Revolution. Darum war er als literarische Erscheinung, deren Bedeutung für die deutsche Sprachgeschichte uns hier beschäftigen muß, nur kurzlebig. Den Revolutionär drängt es zur Tat. Aber die politische Tat ist dem Schriftsteller verwehrt. So enden die Enttäuschten in Verzweiflung wie LENZ, die Tatkräftigen geben, wie KLINGER, die literarische Laufbahn auf, oder sie erkennen, wie GOETHE und SCHILLER, die Grenzen des Dichtertums, wissen ihr poetisches Streben in geordnete Bahnen zu lenken und vereinbaren es mit einem tätig erfüllten, bürgerlichen Beruf.

Mag aber auch der Sturm und Drang kaum ein Jahrzehnt lang seine teils verwirrende, teils aufrüttelnde Rolle im literarischen Leben der Zeit gespielt haben, so überdauerten ihn doch die Wirkungen, die er ausgelöst hatte. Seine Vorstellungswelt und seine Sprache wurden in der Romantik geläutert fortgebildet, und die Auseinandersetzung mit ihm trägt Wichtiges zur Entstehung der Klassik bei.

Spracherfahrungen des jungen Goethe

JOHANN WOLFGANG VON GOETHE (1749–1832; 1782 geadelt) stammte aus einer Frankfurter Patrizierfamilie. Eine Schule hat er nie besucht; er empfing seine Schulbildung durch Privatlehrer im Elternhause. Die alte, freie Reichsstadt ruhte sicher in ihrem Wirtschafts- und altväterischen Kulturleben. An den großen geistigen Bewegungen der Zeit nahm sie wenig Anteil, und schon gar nicht an dem Ringen um eine neue deutsche Sprache. So blieb auch der heranwachsende Patriziersohn davon unberührt. Das zeigen einige zufällig erhaltene Schülerarbeiten in ihrem altmodisch verschränkten Stil und der krausen Orthographie. So heißt es über einen *Tauge-Nichts*, der dem Gerichtsurteil durch seinen Selbstmord zuvorkam: *Jener Selbst Mörder hat über seine Ruchlosigkeiten ein weit härteres Urtheil gefället, als er vielleicht von dem menschlichen Richter-Stuhl, alwo man öffters aus menschlicher Schwachheit, gelinder als billig, zu Wercke gehet, würde erfahren haben* (LH 124, S. 8). Besonders auf dem Gebiet der Rechtschreibung fühlte GOETHE sich unsicher. Später hat er ADELUNGS ‹Grundsätze der deutschen Orthographie› (1782) oft zu Rate gezogen, ebenso wie er dessen Wörterbuch gern benutzte.

Als der kaum sechzehnjährige junge Reichsstädter im Herbst 1765 in Leipzig eintraf, um die Rechte zu studieren, erregte er zunächst durch seine solide, aber altväterische Kleidung Aufsehen. Das veranlaßte ihn, alsbald seine *sämtliche Garderobe gegen eine neumodische, dem Ort gemäße, auf einmal umzutauschen, wodurch sie aber freilich sehr zusammenschrumpfte* (LH 123, Bd. 27).

So berichtet er im sechsten Buch von ‹Dichtung und Wahrheit›. Aber weit schwerer traf es ihn, daß er auch durch seine Sprache Anstoß erregte, *die man nicht so leicht ablegt oder umtauscht. Ich war nämlich in dem oberdeutschen Dialekt geboren und erzogen, und obgleich mein Vater sich stets einer gewissen Reinheit der Sprache befliß und uns Kinder ... zu einem besseren Sprechen vorbereitet hatte, so blieben mir doch gar manche tiefer liegende Eigenheiten, die ich, weil sie mir ihrer Naivetät wegen gefielen, mit Behagen hervorhob, und mir dadurch von meinen neuen Mitbürgern jedesmal einen strengen Verweis zuzog. Der Oberdeutsche nämlich, und vielleicht vorzüglich derjenige, der dem Rhein und Main anwohnt ..., drückt sich viel in Gleichnissen und Anspielungen aus, und ... bedient sich sprüchwörtlicher Redensarten. In beiden Fällen ist er öfters derb, doch, wenn man auf den Zweck des Ausdruckes sieht, immer gehörig; nur mag freilich manchmal etwas mit unterlaufen, was gegen ein zarteres Ohr sich anstössig erweist* (a. a. O.).

Hier wird der Gegensatz zwischen einer gewiß gepflegten, aber natürlich gewachsenen Umgangssprache und dem modischen Deutsch Leipzigs besonders deutlich. Im weiteren läßt GOETHE auch erkennen, daß er bereits an der Ausbildung seiner Sprache gearbeitet hatte: *Mir sollten die Anspielungen auf biblische Kernstellen untersagt sein so wie die Benutzung treuherziger Chroniken-Ausdrücke. Ich sollte vergessen, daß ich den Geiler von Kaysersberg* (vgl. Sprachgesch. oben, S. 157f) *gelesen hatte und des Gebrauchs der Sprüchwörter entbehren, die doch, statt vieles Hin- und Herfackelns, den Nagel gleich auf den Kopf treffen* (a. a. O.). Das waren allerdings sprachliche Vorbilder, die *das pedantische Regiment* der Gottschedianer nicht gutheißen konnte. Zwar hatte GOTTSCHED die Höhe seines Ruhmes längst überschritten, aber immer noch beherrschte er in Fragen der Sprache und Literatur den Geschmack der Leipziger Gesellschaft.

GOETHE hat ihn noch besucht, und er schildert mit hintergründigem Humor, wie er den Diktator überraschte, als er gerade eine gewaltige Perücke über das völlig kahle Haupt stülpte. Weit klaffte für einen Augenblick die Kluft zwischen dem majestätischen Schein und dem kärglichen Sein.

Auch GELLERT enttäuschte und verwirrte den jungen Studenten. GOETHE nahm an seinem ‹Practicum des deutschen Stils› teil, fand aber keine Gnade. Der Professor tadelte seinen Prosastil – *Verse behandelte er nur als eine traurige Zugabe* – als viel zu leidenschaftlich; denn *er ging über die gewöhnliche Prosa hinaus*. Auch mit seinen eigenen, anonym vorgetragenen Gedichten stieß GOETHE in der Leipziger Gesellschaft nur auf Ablehnung. Vergebens bleibt das Bemühen, sich anzupassen; er versucht sich in der literarischen Modeströmung der Anakreontik, deren Verspieltheit aber seinem poetischen Temperament nicht entspricht. Er verfällt in eine tiefe Krise, verbrennt alle Arbeiten und Entwürfe, die er nach Leipzig mitgebracht hat, und kehrt 1768 verzweifelt und krank ins Elternhaus zurück.

Befreiend wirkt die Begegnung mit HERDER in Straßburg, wohin GOETHE Anfang Juli 1770 aufbricht, um sein Studium zu vollenden. Eine neue Welt tut sich ihm auf. HERDER überläßt ihm das Manuskript seines ‹Ursprungs der Sprache›. Die neue, zu den Ursprüngen zurückstrebende Poesie, die HERDER in dieser Schrift nur erahnen kann, wird in GOETHES Schaffen geboren. Überwunden ist die kühl distanzierende, anakreontische Artistik; das Gedicht wird zur gültigen, überindividuellen Gestaltung des persönlich tief erlebten Augenblicks. Davon zeugen die Sesenheimer Lieder an FRIEDERIKE BRION. Das eigene Erleben verwandelt die Natur, belebt und beseelt sie:

Schon stand im Nebelkleid die Eiche,
Ein aufgetürmter Riese, da
Wo Finsternis aus dem Gesträuche
Mit hundert schwarzen Augen sah.

In der Liebe werden Nehmen und Geben in völligem Austausch eins:

Und doch, welch Glück, geliebt zu werden!
Und lieben, Götter, welch ein Glück!

So heißt es in ‹Willkommen und Abschied› (Frühjahr 1772). Man spürt, daß Welten diese erlebte Dichtung von dem anakreontischen Schäferspiel ‹Die Laune des Verliebten› trennen, das GOETHE, ebenfalls auf dem Hintergrund eines Liebeserlebnisses, 1768 in Leipzig konzipierte. Hier der Ausschnitt aus einer Szene:

Lamon: *Ich ging am Hügel hin, da rief mir Chloris zu.*
Da hab ich ihr den Hut mit Blumen schmücken müssen.
Egle: *Was gab sie dir dafür?*
Lamon: *Was? Nichts! sie ließ sich küssen.*
Mann thu' auch was man will, man trägt doch nie zum Lohn
Von einem Mädchen mehr als einen Kuss davon. (LH 124)

Unanschaulich berichtete Natur (*am Hügel hin*) und eine selbstische Liebesreflexion. Dazu eine konventionelle Sprache im konventionellen Versmaß des Alexandriners. Man sieht, welchen Einfluß die Begegnung mit dem Sturm und Drang auf die Erlebniswelt und auch auf die Sprache des jungen GOETHE hat. Allerdings ist auch zu erkennen, daß die leidenschaftlich erregte (oder auch still in Empfindung sich versenkende) Sprache der Sesenheimer Lieder viel stärker gebändigt bleibt als die wilden Ausbrüche anderer Stürmer und Dränger.

Nach GOETHES Rückkehr von Straßburg im August 1771 entstanden in seiner Frankfurter und Wetzlarer Zeit der ‹Werther› und der ‹Götz›, seine am deutlichsten vom Sturm und Drang geprägten Werke. Noch 1771 schrieb er in Frankfurt seinen Entwurf *Zum Schäkespears Tag.* Wir zitieren einige Zeilen daraus, um zu zeigen, wie die durch HERDER vermittelte Beschäftigung mit SHAKESPEARE ihn von Fesseln befreit hat und wie die Leipziger Erlebnisse noch nachzittern, zugleich aber auch, um auf die Sprache dieses mit eigener Hand geschriebenen Stückes Prosa aufmerksam zu machen:

Ich zweifelte keinen Augenblick dem regelmäsigen Theater zu entsagen. Es schien mir die Einheit des Ortes so kerkermäßig ängstlich, die Einheiten der Handlung und der Zeit lästige Fesseln unserer Einbildungskrafft. Ich sprang in die freye Lufft, und fühlte erst, dass ich Hände und Füsse hatte. Und iezo da ich sahe wieviel Unrecht mir die Herrn der Regeln in ihrem Loch angethan haben, wie viel freye Seelen noch drinne sich krümmen, so wäre mir mein Herz geborsten wenn ich ihnen nicht Fehde angekündigt hätte, und nicht täglich suchte ihre Türne zusammen zu schlagen (LH 124, S. 76).

Ein leidenschaftliches Empfinden drückt sich in dieser Sprache aus. Sie ist lebhaft bewegt, der Satzbau hält sich nicht überall an die tradierten Normen, und auch die ‹Machtwörter› fehlen nicht. Doch bewahrt GOETHE schon in dieser bis zum Weggang von Frankfurt, Ende 1775, andauernden Periode seines Lebens trotz aller inneren Spannungen in der Sprache mehr maßvolle Zurückhaltung als die meisten Stürmer und Dränger, denen er sich verbunden fühlt. Die poetischen Werke, die in dieser spannungsreichen Zeit entstehen, treffen in ihrer Thematik und in ihrer Sprache auf einen aufnahmebereiten Leserkreis und begründen den Ruhm des jungen Dichters. Als er sich in Weimar seit 1776 in strenger Selbsterziehung zum klassischen Ideal einer hohen, ebenmäßigen Humanität heranbildet, können ihm die meisten Zeitgenossen nicht mehr folgen. Sein Werk – und damit auch seine Sprache der späteren Jahre – verliert an volkstümlicher Wirkung.

Goethe in Weimar

Von Herzog KARL AUGUST (1757–1828), der am 3. September 1775 die Regierung angetreten hatte und dem GOETHE schon mehrmals vorher begegnet war, berufen, verließ GOETHE im November 1775 seine Vaterstadt, um dem Herzog, zu dem er eine tiefe Freundschaft empfand, als Geheimer Rat und bald als Minister zu dienen. In der Hofgesellschaft, in der er sich fortan bewegte, bemerkte er schnell die Grenzen, die seinem bisher gewohnten, sehr individuellen Lebensstil gesetzt waren. Aber anders als in den Leipziger Studentenjahren erkannte er jetzt den Zwiespalt zwischen persönlicher Freiheit und den Forderungen der Gesellschaft als eine immerwährende Aufgabe, die es zu lösen galt. Das bedeutete für ihn Ausbildung der Gesamtpersönlichkeit zu höchstmöglicher Vollkommenheit. Wie so viele seiner Zeitgenossen meinte auch GOETHE, daß die klassische Antike, daß vor allem die Griechen dem Ideal am nächsten gekommen seien. Längst hatte JOHANN JOACHIM WINCKELMANN (1717–1768), der Begründer der Klassischen Archäologie, die Zeitgenossen, soweit sie dafür empfänglich waren, eine neue Art des Sehens von Kunstwerken gelehrt. Ein sich tief versenkendes Anschauen soll zum Begreifen des Dargestellten und seiner Form, zum Empfinden von Schönheit und Harmonie führen. Der bildenden Kunst der Griechen gebührt der Vorrang. Sie ist das vollkommen Schöne; ihr muß alle Kunst nacheifern. *Edle Einfalt* und *stille Größe* sah er in den griechischen Statuen als ein Abbild des antiken Geistes verwirklicht.

Die Auffassungen WINCKELMANNS, die schon LESSING und HERDER beeindruckten und die auch GOETHE schon seit der Jugend im Elternhaus kannte, wurden ihm nun in Weimar zum Gegenstand tiefen Nachdenkens. Auch WINCKELMANNS Ringen um eine den großen Gegenständen angemessene Sprache kann dem Dichter nicht verborgen geblieben sein. Gerade in den ersten Weimarer Jahren GOETHES erschienen auch die ersten Übersetzungen des HOMER, die dem antiken Geist getreuer als alle früheren Versuche entsprachen. JOHANN HEINRICH VOSS (1751–1826) ließ im Mai 1777 die ersten Proben seiner ‹Odyssee›-Übersetzung erscheinen, denen 1781 die Gesamtübersetzung folgte. Die ‹Ilias› erschien im nächsten Jahr sogar zweimal, von BODMER und, dem antiken Werk näher, von FRIEDRICH LEOPOLD VON STOLBERG (1750–1819) übersetzt. Dieser stand aber noch unter dem Einfluß KLOPSTOCKS und übernahm auch dessen sich über das antike Maß hinwegsetzenden Hexameter. Anders VOSS, dessen ‹Ilias›-Übersetzung 1793 erschien. Er verstand es, seine deutschen Verse dem antiken Hexameter metrisch genau anzupassen. Damit hatte er die klassische Form der Antike für die deutsche Dichtung gewonnen, und GOETHE schloß sich ihm an. In ‹Hermann und Dorothea› (1797) schuf er ein Epos, in dem sich moderner Bürgergeist in der antiken Formtradition ausspricht.

Wir haben hier nicht dem Entwicklungsgang von GOETHES klassischer Humanität zu folgen, auch nicht seiner Begegnung mit der Antike während der ‹Italienischen Reise› (1786–1788). Uns hat nur die Entwicklung seiner Sprache zu interessieren. Sehr rasch streifte er in Weimar alle Übertreibungen des Geniestils ab. Die Sprache sollte in ihrer Bestimmtheit genau dem klar erkannten und durchdachten Thema entsprechen. *Der innere Gehalt des bearbeiteten Gegenstandes ist der Anfang und das Ende der Kunst*, schreibt er im siebenten Buch von ‹Dichtung und Wahrheit›. Der Gehalt macht das Wesentliche des Werkes aus. *Alles aus allem zu machen, ist ein Kunststück, kein Kunstwerk*, heißt es weiter in diesem Zusammenhang. Ist der Dichter nicht von seinem Gegenstand wirklich ergriffen, so bleibt alles artistische Spielerei. Bedeutende Stoffe sind die Voraussetzung, und es gilt, diese in einer genau treffenden Sprache zu behandeln. Aber das ist nicht allein eine Frage des Intellekts. Der ganze Mensch muß ergriffen sein, und *das Herz liegt uns näher als der Geist.* Warme, aber eine wahrhafte, geläuterte Empfindung muß das Kunstwerk durchseelen (alle Zitate aus LH 123, Bd. 27).

Zur *Wahrheit* der Sprache aber gehört die Stilisierung auf das Gemeingültige hin. Sie muß sich abkehren von allem, was aus individuellem, subjektivem Überschwang entsteht.

Wer Großes will, muß sich zusammenraffen:
In der Beschränkung zeigt sich erst der Meister,
Und das Gesetz nur kann uns Freiheit geben.

So schreibt GOETHE im Jahr 1802, und was er hier sagt, bezieht sich nicht nur auf die großen Gegenstände, sondern auch auf die Sprache, in der sie vorgetragen werden.

Noch vor der italienischen Reise bearbeitet GOETHE seine Jugenddichtungen für die erste Gesamtausgabe seiner Werke, die 1787–1790 im Verlag Göschen erschien. Die sprachlichen Änderungen, die er vornimmt, lassen den neuen Stilwillen erkennen. Überall geht es um eine Normalisierung auf die schriftsprachlich üblichen Formen hin. Archaische und mundartliche Wörter und Wortformen, auch Vulgarismen der Sturm-und-Drang-Zeit werden beseitigt, Verkürzungen ausgeglichen, der Satzbau wird geglättet. (Ein Überblick mit instruktiven Beispielen in LH 5, Sp. 1156ff.) Das klassische Stilideal wird besonders darin deutlich, daß GOETHE die Prosaentwürfe der ‹Iphigenie› und des ‹Tasso› zu Versdramen umschmilzt. Denn der strengen Beherrschtheit des klassischen Stils entspricht die gebundene Rede mit ihrem jetzt als wohltuend empfundenen Formzwang.

Aber auch der Prosastil des reifen GOETHE (vgl. Anhang Nr. XVII, unten S. 398ff) zeugt von der klassischen Gemessenheit. In nicht selten langen, aber stets durchsichtig klaren Sätzen werden die Sachverhalte (in unserem Beispiel: die Examensnöte des angehenden Juristen) dargestellt und begründet. Was er hier von den Vorbereitungen zum Examen sagt: *(Ich) überlegte das was ich behaupten, das Schema, wonach ich die einzelnen Elemente ordnen wollte*, das gilt von seinem Schreiben überhaupt. Auch unser Textstück verrät die vorausgegangene Überlegung hinsichtlich des Stoffes und der Ordnung des Vorzutragenden sehr deutlich. Erst nach solcher Vorbereitung, über die zahlreiche Notizen und Entwürfe Aufschluß geben, erst wenn der Geist das Thema ganz durchdrungen und geformt hat, gestaltet sich die Niederschrift in scheinbar spielerischer Leichtigkeit, oder häufiger noch das Diktat. Denn GOETHE liebte es, zu diktieren, weil ihm das gesprochene Wort das eigentliche Medium seines poetischen Schaffens war, die Schrift aber nur ein trauriges Surrogat. Sehr klar, sehr bestimmt ist dieser Stil, dabei anschaulich, lebhaft bewegt und immer von persönlicher Anteilnahme durchwärmt. Trotz seiner klassischen Mäßigung und bei aller Distanz, die GOETHE den Dingen und den Menschen gegenüber zu wahren pflegte, ist sein Sprachstil – ebenfalls oft distanzierend – doch ein ausgeprägter Personalstil, Beispiel und Muster für viele, aber in seiner Eigenart dennoch unnachahmlich.

Der Klassiker Schiller

FRIEDRICH (seit 1802: VON) SCHILLER (1759–1805), Sohn eines Wundarztes, Offiziers und späteren Leiters der herzoglichen Hofgärtnerei in Ludwigsburg. Wider seinen Willen hatte er auf Befehl des Herzogs

Karl Eugen (1728–1793) auf der Karlsschule (Ludwigsburg; 1775 nach Stuttgart verlegt) Medizin anstatt die Rechte studieren müssen, und hatte überhaupt unter der Willkürherrschaft des tyrannischen Herzogs persönlich viel zu leiden und viel Unrecht mit anzusehen. Sein Jugenddrama ‹Die Räuber› (1781; Uraufführung in Mannheim am 13. Januar 1782) richtet sich mit seinem Motto *In tyrannos* gegen die Herrscherwillkür und die Unmoral des Herzogs. Als dieser ihm nach der Aufführung der ‹Räuber› bei Strafe verbot, *Literarisches zu schreiben*, zog Schiller die Flucht aus dem Lande vor (September 1782). Viele Jahre hat er in völlig ungesicherten Verhältnissen leben müssen.

Noch aus der Sturm-und-Drang-Zeit stammen auch ‹Die Verschwörung des Fiesko zu Genua› (Uraufführung in Frankfurt am 8. Oktober 1783), mit der Hauptgestalt eines Tyrannenhassers, der selbst zum Tyrannen wird, und das Drama ‹Louise Millerin› (Uraufführung in Mannheim am 15. April 1784 unter dem Titel ‹Kabale und Liebe›), in dem ein soziales Problem, der Standesunterschied der Liebenden, zum tragischen Konflikt führt. Erst im ‹Don Karlos›, einem historischen Stoff, mit dem Schiller fünf Jahre lang gerungen hat (1787 vollendet), gelingt ihm der Durchbruch zur Klassik. Äußerlich zeigt sich das am Übergang zum jambischen Vers, zu gebundener Sprache also, die der Sturm und Drang als ‹unnatürlich› verabscheute, zu der sich aber auch Goethe um diese Zeit durchgerungen hatte.

Bestimmtheit und ein gedämpftes Maß sind auch für Schiller klassische Stilideale. Seit 1787 hielt er sich in Weimar auf und nahm von Wieland und Herder neue Anregungen hinsichtlich der Antike auf. Zu einer ersten flüchtigen Begegnung mit Goethe gelangte er im Sommer 1788 nach dessen Rückkehr aus Italien; viel später erst kam es zur Dichterfreundschaft und zur Zusammenarbeit im Sinne der deutschen Klassik. Aber dem leidenschaftlichen Temperament Schillers fällt es nicht leicht, sich dem Gesetz der klassischen Mäßigung zu beugen. Nur schwer bezwingt er den reichen Fluß der Worte, und allen seinen Werken, den poetischen wie auch der Prosa, haftet immer ein stark rhetorischer Grundton an. Ein hohes, idealistisches Pathos spricht aus allen seinen Werken. Weiträumige, wortreiche Perioden, geschliffene Antithesen und die Verdichtung gültiger Aussagen zur knappen Sentenz kennzeichnen diesen Stil.

Besonders das Drama der Klassik, in dem der einzelne Vers danach strebt, zugleich auch Sinneinheit zu sein, kommt der sentenzartigen Ausdrucksweise entgegen, und kein anderer hat wie Schiller diese Möglichkeit zu nutzen gewußt. In der berühmten Szene in ‹Wallensteins Tod›, in der Max Pikkolomini den Feldherrn beschwört, nicht zum Verräter zu werden (2. Akt, 2. Auftritt), beginnt Wallenstein eine Rede mit der Sentenz

Schnell fertig ist die Jugend mit dem Wort,

und die sentenzartige Antithese

Eng ist die Welt, und das Gehirn ist weit

wird antithetisch weiter ausgeführt in der bekannten Sentenz:

Leicht beieinander wohnen die Gedanken,
Doch hart im Raume stoßen sich die Sachen.

Diese Rede – und sie ist ein willkürlich herausgegriffenes Beispiel; jede andere zeigt ähnliche Stilzüge – enthält auch im weiteren lauter Formulierungen, die Sentenzen sind:

Wer nicht vertrieben sein will, muß vertreiben

oder:

Dem bösen Geist gehört die Erde, nicht dem guten

– alles Prägungen, die das 19. Jahrhundert als ‹Zitate› zu verwenden pflegt. Urheber und Zusammenhang werden dabei rasch vergessen. Wer weiß z. B., daß das heute noch viel gebrauchte

Mit der Dummheit kämpfen Götter selbst vergebens

aus der ‹Jungfrau von Orleans› (III, 6) stammt?

Rhetorik kennzeichnet auch den Stil der Prosa (vgl. Anhang Nr. XVIII, unten S. 400f). Hier sei noch ein kurzer Passus aus der Abhandlung ‹Über Naive und sentimentalische Dichtung› (1795) angeführt:

Die verwickeltsten Aufgaben muß das Genie mit anspruchsloser Simplizität und Leichtigkeit lösen . . . Dadurch allein legitimiert es sich als Genie, daß es durch Einfalt über die verwickelte Kunst triumphiert. Es verfährt nicht nach erkannten Prinzipien, sondern nach Einfällen oder Gefühlen; aber seine Einfälle sind Eingebungen eines Gottes (alles was die gesunde Natur tut ist göttlich – Sentenz), *seine Gefühle sind Gesetze für alle Zeiten und für alle Geschlechter der Menschen* (LH 125, Bd. 20, S. 424f).

Dabei erinnert die schrittweise vorgehende Führung der Gedanken: *Verwickelte Kunst* erklärt durch *Prinzipien*, dagegen antithetisch gesetzt *Einfälle oder Gefühle*, und diese dann eins nach dem andern erläutert, an die von WOLFF entwickelte Methode, die in KANT (s. oben

S. 294) ihren Fortsetzer fand; und auf KANT, der ihn stark beeinflußte, bezieht sich SCHILLER gerade in dieser Schrift besonders häufig.

Sehr eindrucksvoll ist auch der Beginn des nächsten Absatzes:

(Das Genie) ist schaamhaft, weil die Natur dies immer ist: aber es ist nicht dezent, weil nur die Verderbnis dezent ist. Es ist verständig, denn die Natur kann nie das Gegenteil sein: aber es ist nicht listig, denn das kann nur die Kunst sein. Es ist . . . (a. a. O.).

Die fein unterscheidenden Wort-Antithesen, von SCHILLER selbst durch Sperrdruck hervorgehoben, verbinden sich hier mit der aus der Rhetorik wohlbekannten Anapher: *es ist . . . aber es ist nicht . . .; es ist . . . aber es ist nicht,* die sich über das oben Zitierte hinaus noch mehrfach wiederholt. An Beispielen solcher Art verrät sich SCHILLERS in einer sehr konservativen Schule erworbene Übung in alter Tradition, wie denn auch in seinem Wortprunk sich manchmal barocke Züge wiederfinden. Auch SCHILLER schreibt wie GOETHE einen eigenen, sehr persönlichen Stil, aber anders als dieser kann er doch die tradierte, auf Wirkung berechnete Rhetorik alter Schulen nie verleugnen. Aber diese effektvoll imponierende Sprachgebärde bleibt bei ihm als Ausdruck großer Gedanken und starker Empfindungen doch immer echt. Er ist vom Humanitätsgedanken der Klassik durchdrungen, und weil er in seinem klassischen Streben nach dem Ausdruck des Allgemeingültigen sucht, sind seine Werke voller Sentenzen. Denn das ist eben das eigentümliche Wesen der Sentenz, daß sie, darin dem Sprichwort verwandt, sich über die individuelle Erfahrung hinaushebt und hinter den wechselnden Erscheinungen das Beständige sucht.

In den Werken SCHILLERS und GOETHES hat die deutsche Sprache ihre volle Freiheit und zugleich auch ihr Maß gefunden. Man darf es behaupten: Die beiden Weimarer Klassiker haben die deutsche Schriftsprache auf ihren höchsten Entwicklungsstand gebracht. GOETHE hat es erkannt und ausgesprochen. Wenige Wochen vor seinem Tode schrieb er am 22. Januar 1832 an einen jungen Dichter: *Die deutsche Sprache ist auf einen so hohen Grad der Ausbildung gelangt, daß einem jeden in die Hand gegeben ist, sowohl in Prosa als in Rhythmen und Reimen sich dem Gegenstande wie der Empfindung gemäß nach seinem Vermögen glücklich auszudrücken* (LH 123, Bd. 41, 2, S. 375). Schon vorher, in seinem Aufsatz ‹Deutsche Sprache› (1818), hatte er es als eine Folge des nunmehr erreichten Hochstandes beklagt, *daß nun jedes mäßige Talent sich der vorliegenden Ausdrükke als gegebener Phrasen mit Bequemlichkeit bedienen kann* (a. a. O., Bd. 41, 1, S. 113). Die Sprachbehandlung des 19. Jahrhunderts sollte diese Erkenntnis bestätigen.

Die Sprache der Klassiker ist auf Deutlichkeit, Genauigkeit, Bestimmtheit gerichtet. Ihr kommt es darauf an, die Außen- und die Innenwelt zunächst denkend und fühlend zu erfassen, hinter dem Individuellen, Einmaligen das Bleibende und Gültige zu erkennen und solche in geistigen Prozessen gewonnene Erkenntnis durch Sprache gestaltend darzustellen. Die Sprache ist ihnen Werkzeug, und der reife GOETHE beklagt wiederholt die Unzulänglichkeit dieser Sprache, die bei weitem nicht schmiegsam genug sei, die tiefsten Empfindungen des Dichters auszudrücken. Aber mag der Künstler, mag der Denker ihre Unzulänglichkeit empfinden, der Werkzeugcharakter, den sie der Sprache zuteilen, macht dieses von ihnen zu höchster Feinheit entwickelte Instrument geeignet, in der Folgezeit auf weit niedrigerer Ebene dem allgemeinen Gebrauch zu dienen.

Ganz anders die Sprachauffassung der Romantiker, mögen sie nun von der Empfindsamkeit oder vom Sturm und Drang herkommen. Mit HERDER teilen sie die Auffassung, daß Sprache und Geist eins sind, daß sich mit dem Geist die Sprache und mit der Sprache der Geist fort und fort weiterbilde, daß der Mensch sich durch die Sprache seine Welt erst erschaffe. Für einen der führenden Frühromantiker, AUGUST WILHELM SCHLEGEL (1767–1845), ist Poesie die *umfassendste aller Künste und gleichsam der in ihnen überall gegenwärtige Universal-Geist.* Denn: *Das Medium der Poesie ist dasselbe, wodurch der menschliche Geist überhaupt zur Besinnung gelangt und seine Vorstellungen . . . in die Gewalt bekömmt: die Sprache.* Und weil Poesie die Sprache, *Abdruck des menschlichen Geistes,* als Medium gebraucht, *ist sie auch nicht an Gegenstände gebunden, sondern sie schafft sich die ihrigen selbst* (‹Vorlesungen über schöne Lit. und Kunst›; zit. nach LH 5, Sp. 1173). Der Unterschied zur Auffassung der Klassiker wird deutlich: Hier Sprache als selbstschöpferischer Akt – dort Sprache als eine gestaltende, formende Leistung.

Aber diese romantische Sprachauffassung muß notwendigerweise in der Rationalität und abstrakten Gedankenblässe der bestehenden Sprachen einen Verfall erkennen, und mit HERDER muß sie suchen, die verschüttete Ursprache neu zu beleben. Wie die Musik, die rational nicht faßbar ist, soll die Sprache durch Klänge, durch Melodie die Ureinheit des Alls heraufbeschwören. Nicht begrifflich bestimmt soll das Wort gefaßt sein, sondern es soll unbestimmte, weite Assoziationen erwecken, soll als *magisches Zauberwort* gestimmt sein. In ihrer Lyrik legt die Romantik auf den Gehalt oftmals wenig Wert. *Zauberworte* führen in eine nur erfühlte Unendlichkeit, Klänge, z. B. Vokalspiele, und Sprachmelodie sollen, wie die Musik, fern aller Rationalität nur eine allgemeine, dem universalen, ureinen All nachfühlende Gestimmtheit erzeugen.

Eine Weltsicht, die das All-Eine so sehr betont, greift in ihrer Sprache gern zum Bildgebrauch der Metapher. Von den Aufklärern geradezu verpönt, weil sie die Deutlichkeit beeinträchtigt, von den Klassikern aus demselben Grunde nur zurückhaltend verwendet, wird die Metapher bei den Romantikern zum beliebtesten Ausdrucksmittel. Die Trennung von Geist- und Sinnenwelt, die die Romantiker so sehr beklagen, kann und soll durch den übertragenden Bildgebrauch überwunden werden. *Es baut sich . . . in der Sprache über der ersten Darstellung der Sinnenwelt* (in der verlorenen Ursprache) *eine zweyte unsrer unsinnlichen Anschauungen* (in den Abstraktionen der erreichbaren Kultursprachen), *und das Band zwischen beyden ist die Metapher* (a. a. O., Sp. 1177). Geist und Urnatur, das Einzelne und das All sollen in der Metapher ineinander verschmelzen.

Je älter die Poesie, desto näher muß sie dem Urzustande sein. Daher blicken die Romantiker rückwärts, aber nicht so sehr in die lichte und klare Antike der Klassiker als vielmehr in das damals noch wenig erforschte Dunkel der eigenen Nationalgeschichte. Dabei hat gewiß auch der Patriotismus der HERDER und KLOPSTOCK, bei den späteren Romantikern das Erlebnis der Befreiungskriege vom napoleonischen Joch und bei allen der Stolz auf die eigene, deutsche Sprache eine wichtige Rolle gespielt. Daher stammen die Archaismen in der Sprache vieler Romantiker und – auch bei ihnen – der Rückgriff auf die Bibelsprache LUTHERS, jetzt längst nicht mehr als lutherisch deklariert und deshalb auch dem katholischen Süden des Sprachgebiets unverdächtig. Im übrigen müssen auch JOHANN FISCHART, HANS SACHS, GRIMMELSHAUSEN und andere Quellen das Material für altertümliche Wörter und archaische Syntax liefern. Die meisten Archaismen sind – zeit- und stilbedingt, wie sie waren – mit der Romantik wieder untergegangen. Nur wenige wiederbelebte Wörter, wie z. B. die mittelalterlichen *Recke, Minne, Buhle, Brünne, Märe, Stegreif* oder, aus LUTHERS Wortschatz, wie *Schirm und Schild, in Harnisch bringen, Heerschar, Rotte, dräuen, gleißen, prangen,* haben sich bis in die Gegenwart gerettet, vor allem als poetische Ausdrücke; zu einem geringeren Teil sind sie auch in die Gemeinsprache aufgenommen worden. Es muß allerdings betont werden, daß eine gewisse historisierende Literatur des 19. Jahrhunderts die von der Romantik gehobenen Wort-Schätze reichlich auszuplündern verstand.

Wir dürfen es, unserer Zielsetzung gemäß, bei dieser knappen Charakteristik der romantischen Sprache bewenden lassen. Der Literaturwissenschaft wäre es aufgegeben, auch die Personalstile einer großen Fülle romantischer Dichter darzustellen. (Auf die vorzügliche, für jeden einzelnen Autor das Wesentliche hervorhebende knappe Darstellung von AUGUST LANGEN, LH 5, Sp. 1172–1260, sei hier mit

Nachdruck hingewiesen.) Aber eine allgemeine Sprachgeschichte, die sich nicht die Darstellung der Dichtersprachen zum Ziel gesetzt hat, braucht über Sprachwillen und Sprache der Romantiker nicht mehr zu sagen. Ihre Sprache hat gewiß auf Poeten bis in die Gegenwart hinein mancherlei Wirkungen ausgeübt. Aus dem von ihr wiedererweckten altdeutschen Wortschatz ist auch einiges wenige in die Gemeinsprache eingedrungen. Was aber ihren Einfluß auf den allgemeinen Sprachgebrauch des 19. und 20. Jahrhunderts angeht, kann sie sich mit der beispielgebenden Nachwirkung der Klassiker nicht im entferntesten messen.

VIII. SPRACHE DES BÜRGERTUMS
(ca. 1830 bis 1870)

In einem Aufsatz ‹Deutsche Sprache› (1818) hatte GOETHE geschrieben, man bedürfe nicht mehr einer fremden Sprache, wie des Lateinischen oder Französischen, um sich zu bilden. *Dies verdanken wir einzelnen vielseitigen Bemühungen des vorigen Jahrhunderts, welche nunmehr der ganzen Nation, besonders aber einem gewissen Mittelstand zu Gute gehn, wie ich ihn im besten Sinne des Wortes nennen möchte. Hiezu gehören die Bewohner kleiner Städte, deren Deutschland so viele wohlgelegene, wohlbestellte zählt, alle Beamte und Unterbeamte daselbst, Handelsleute, Fabrikanten, vorzüglich Frauen und Töchter solcher Familien, auch Landgeistliche, insofern sie Erzieher sind. Diese Personen sämtlich, die sich zwar in beschränkten, aber doch wohlhäbigen, auch ein sittliches Behagen fordernden Verhältnissen befinden, alle können ihr Lebens- und Lehrbedürfnis innerhalb der Muttersprache befriedigen* (LH 123, Bd. 41, 1, S. 115).

Das klingt nach Abschluß einer Periode, und so empfanden es auch die Zeitgenossen. Aber während die einen mit dem Olympier aus großer Höhe stolz auf das Erreichte zurückblickten und in seiner Bewahrung auch die Zukunft zu meistern hofften, nahmen die andern Anstoß an der Wirklichkeitsferne des klassischen Bildungs- und Lebensideals. Sie drängten auf Änderung der politischen Verhältnisse, wünschten ein neues geeinigtes und freiheitliches deutsches Reich, kämpften gegen Rückständigkeit, Reaktion und Kleinstaaterei und machten es besonders GOETHE zum bitteren Vorwurf, daß er niemals zu den Tagesfragen der Politik ernsthaft Stellung genommen hätte. Das Wartburgfest von 1817 zur Dreihundertjahrfeier der Reformation, von Studenten unter lautem Protest gegen Zopf und Reaktion gefeiert, wirkte als Fanal, und die Gründung der Deutschen Burschenschaft erregte schon deshalb die größte Besorgnis aller Obrigkeiten im deutschen Staatenbund, weil sie sich überterritorial organisierte und der Ländergrenzen nicht achtete.

Diejenigen nun, die mit den Waffen des Geistes und des Wortes für Freiheit und Einheit eintreten und mit den Waffen der Polizei und des Gesetzes der absoluten Herrscher und ihrer Helfer bekämpft werden, nennen sich ‹Bürger›, und als solche fühlen sich auch die nicht wenigen Adligen, die ihre Partei ergreifen. Bürger sind aber auch die andern, die am politischen Kampf nicht teilnehmen und ganz dem Erwerb, ihrer Bildung oder dem Wohlbehagen leben. Man nennt daher – für die deutschen Verhältnisse mit einigem Recht – das 19. auch das ‹bürgerliche› Jahrhundert. In dieser Bezeichnung klingt natürlich die gewandelte Bedeutung des Bürgerbegriffs unter dem

Einfluß des ‹Citoyen› der Französischen Revolution mit.

Diese Auffassung hat auch für die Betrachtung der deutschen Sprachgeschichte und ihre Einteilung in Zeitabschnitte ihre Bedeutung. Es soll nicht verschwiegen werden, daß in dieser Hinsicht Kontroversen bestehen. Manche Autoren sehen die Sprache des 19. Jahrhunderts begrenzt durch die französische Revolution von 1789 und die deutsche von 1918, so z. B. KURT WAGNER (LH 148, Bd. 2, S. 409). Ohne es ausdrücklich zu sagen, denkt er dabei natürlich an die ‹Sprache des Bürgertums› oder des ‹bürgerlichen Zeitalters›. Nun ist es richtig, daß Übergänge sich langsam vollziehen. ‹Bürgerlich› war schon die Aufklärung, waren LESSING, HERDER und nahezu alle sprachgeschichtlich einflußreichen Autoren des 18. Jahrhunderts. Der Beginn der französischen Revolution von 1789, so sehr er auch in Deutschland die Gemüter erregte, blieb doch für die Geschichte der deutschen Sprache ohne Bedeutung. Auch was seit 1815 an Aufrufen, Flugschriften, Essays der jungen Liberalen erschien, beeinflußte einstweilen den Gang der sprachlichen Entwicklung nur unterschwellig.

Wir halten es daher für richtig, den Weg der deutschen Sprache zur Höhe (vgl. oben Kap. VI und VII) als eine kontinuierliche Entwicklung darzustellen. Dagegen bedeutet GOETHES Tod am 22. März 1832 wirklich eine kulturelle und auch sprachliche Wende im literarischen Leben der Zeit. Von den jungen, revolutionären Schriftstellern des ‹Jungen Deutschland› (s. unten S. 358f) wurde dieses Ereignis geradezu als Befreiung empfunden. Einer von vielen, ALEXANDER VON UNGERN-STERNBERG (1806–1868), schrieb 1833: *Freut euch, Millionen der Erde! es gibt nichts mehr zu bewundern, nichts mehr zu verehren; der alte, adlige Sänger ist tot! es gibt keinen Unterschied der Stände und der Geister mehr; wir sind alle klein, glücklich, frei und gleich! O herrliches Jahrhundert!* (LH 142, S. 22; dort S. 21–29 auch weitere Stimmen zu GOETHES Tod; vgl. auch die Kritik HEINES, Anhang Nr. XX, unten S. 402.) Daß sich hier ein Angehöriger des Adels als Citoyen geriert und die Sprache der Französischen Revolution spricht, sei nur am Rande bemerkt. (Der Freiherr nahm später eine stark konservative Haltung an.) Weit wichtiger ist, daß diese Töne unter dem starken und nachhaltigen Eindruck der französischen Julirevolution von 1830 stehen. Dieses Ereignis führt auch in Deutschland zu einem neuen politischen und gleichzeitig literarischen Aufbruch der jungen Bürgergeneration. Das hat auch sprachlich bedeutende Wirkungen, und deshalb setzen wir in der Geschichte der deutschen Sprache nicht beim Jahre 1870, sondern bei den Jahren 1830 und 1832 einen Einschnitt.

Aber auch mit der anderen Grenze, die mit dem Jahr 1918 der deutschen Revolution gezogen werden soll, können wir nicht einverstanden sein. Gewiß war es das Bürgertum, das als Stütze von Thron und Altar fest zu Kaiser und Reich stand. Auch das Geistesleben, die Literatur und die Sprache waren – trotz mancherlei Auflehnungen und Empörungen – bürgerlich geprägt (und blieben es trotz der Revolution von 1918 auch in den zwanziger und dreißiger Jahren, und abgeschwächt bis in die unmittelbare Gegenwart). Aber das war ein anderes Bürgertum als jenes von 1830 und von 1848, das in der Paulskirche um Einheit und Freiheit rang. Man übersieht leicht, daß es 1830 den vierten Stand noch nicht gab. Zwar beginnt um diese Zeit die Industrie ganz allmählich zu wachsen, aber einstweilen doch noch in der organischen Entwicklung des Handwerks zum größeren Betrieb. Der Arbeiter ist noch vornehmlich Handwerker. Sind selbst damals schon nicht selten Ausbeutung, Armut und Not sein Los, so fühlt er sich doch noch als Bürger seiner Stadt. Noch lebt er in patriarchalischen Auffassungen, und erst langsam gelangt er zu dem Bewußtsein, einer neuen, sich erst konstituierenden Klasse anzugehören.

Unsere Auffassung, daß um die Mitte des 19. Jahrhunderts der Industriearbeiter noch nicht als ein besonderer, vierter Stand angesehen wird, läßt sich durch ein ‹Vollständiges politisches Taschenwörterbuch› bestätigen, das 1849 aus offenkundig liberaler Feder floß (LH 146). Da wird zwar unter dem Stichwort *Proletarier* der *Arbeiterstand* erwähnt; unter *Arbeiterunruhen* heißt es, *daß die Noth der arbeitenden Klasse wirklich auf eine schauderhafte Höhe gestiegen ist;* unter *St. Simonisten* ist von *Unzufriedenheit und Aufregung in der niedern und arbeitenden Klasse* die Rede, aber Stichwörter wie *Arbeiterklasse, Klasse* und sogar *Gesellschaft* fehlen ganz, sind also offenbar noch nicht als Begriffe politischen Inhalts erkannt. Zum Stichwort *Socialismus* heißt die Erläuterung (Auszug): *Vergesellschaftung, Gesellschaftslehre, das Bestreben, die vielen Verkehrtheiten und Ungerechtigkeiten in den socialen Zuständen radical zu beseitigen. Er fordert volle Freiheit in wissenschaftlicher, religiöser und bürgerlicher Hinsicht.* Ferner heißt es: *Socialisten sind . . . Anhänger derjenigen Partei, welche eine möglichst vollkommene Einrichtung der socialen Zustände zu erstreben suchen,* also auch dies eine theoretisch-wissenschaftliche Erläuterung, ohne Bezugnahme auf etwaige Träger der Bewegung oder irgendeine Anhängerschaft. Zum Stichwort *Bürger* endlich heißt es, nachdem zunächst der Stadtbürger in seiner Rechtsstellung dargestellt wird: *In weitester Bedeutung bezeichnet man mit Bürger theils den dritten Stand unter den gesammten Staatsmitgliedern, wo dann der Bauer mit eingeschlossen ist, im Gegensatz des Adels und der Geistlichkeit, theils alle und jede Glieder der Gesellschaft, welche den Staat bilden, die Staatsbürger.* Dieses letzte entspricht den von der Nationalversammlung in Frankfurt am 21. Dezember 1848 verabschiedeten *Grundrechten des deutschen Volkes,* die allerdings von den Regierungen der Länder nicht anerkannt wurden. In Art. 1, 2 heißt es: *Jeder Deutsche hat das deutsche Reichsbürgerrecht*, und in Art. 2, 7: *Der Adel als Stand ist aufgehoben. Alle Standesvorrechte sind abgeschafft.*

Um 1850 erkennen also weder die öffentliche Meinung noch die Industriearbeiter sich selbst als eine vom Bürgertum getrennte Schicht. (Vgl. auch Anhang Nr. XXI, unten S. 402f, aus dem hervorgeht, daß die Arbeiter sich durchaus als Bürger ansehen.) Erst mit wachsender Zahl, und aufmerksam geworden durch das teilnehmende Interesse der liberalen und radikalen Reformer, entsteht unter den Industriearbeitern das Bewußtsein, daß sie durch gemeinsame Not und gemeinsame Interessen verbunden sind. Die Wegbereiter, Karl Marx (1818–1883), Friedrich Engels (1820–1895), Ferdinand Lassalle (1825–1864), sind bürgerlicher Herkunft und wachsen in der Gedankenwelt des revolutionären Bürgertums auf. Theoretisch begründet wird die Solidarität des ‹Proletariats› und die Notwendigkeit des ‹Klassenkampfes› in dem von Marx und Engels 1847 verfaßten ‹Kommunistischen Manifest›. 1863 gründet Lassalle die erste sozialistische Partei der Welt, den ‹Allgemeinen Deutschen Arbeiterverein›, und 1864 wird in London unter Führung von Marx und Engels die ‹Internationale Arbeiter-Assoziation› gegründet.

Das alles sind Vorbereitungen, die im Laufe der Zeit einen immer größeren Widerhall finden. Aber anders als in England gibt es in Deutschland selbst in den sechziger Jahren noch keine nennenswerte Großindustrie. Erst durch den Zufluß der Goldmilliarden aus der französischen Kriegsentschädigung von 1871 entwickelt sie sich sprunghaft, zugleich mit dem überstürzten Anwachsen der Industriestädte und dem Zustrom unübersehbarer Arbeitermassen. Jetzt erst wird der Fabrikant zum Großindustriellen, zum ‹Kapitalisten›, der Bürger zum ‹Bourgeois›, der Industriearbeiter zum ‹Proletarier›, wenn auch *Bourgeois* und *Proletarier* schon vorher gelegentlich als politische Schlagwörter gebraucht wurden.

In dieser Entwicklung sehen wir auch für die Weiterbildung der Sprache einen bedeutenden Einschnitt, der mit dem Ende des Krieges von 1870/71 beginnt. Dagegen hat das politische Ereignis der Revolution von 1918, sprachlich gesehen, nur sekundäre Bedeutung. Wir begrenzen deshalb die kurze Zeitspanne, die wir – unzulänglich genug – als ‹Sprache des Bürgertums› bezeichnen wollen, auf die Jahre 1830–1870. Ihr politischer Inhalt ist das Ringen der aktiven Kräfte innerhalb des Bürgertums um die Einheit Deutschlands und die politische Freiheit. Stationen auf diesem Wege sind der Aufbruch um 1830 (in dem sich ältere Bestrebungen erneuern), die Nationalversammlung von 1848 in der Frankfurter Paulskirche und die Reichsgründung vom 18. Januar 1871, die allerdings die Wünsche der politischen

Bürger ohne ihre unmittelbare Mitwirkung und nicht in der erhofften Form nur zum Teil befriedigte.

Im Bürgertum dieser vierzig Jahre zeichnen sich – wenn wir die Vielfalt der Erscheinungen stark vereinfachend reduzieren – zwei Grundströmungen ab, die auch auf die Weiterbildung der Sprache von Einfluß sind. Die eine erblickt in dem Erreichten den Höhepunkt der geistigen Kultur und sieht ihre Hauptaufgabe darin, das humanistisch-humanitäre Erbe der deutschen Klassik pfleglich zu bewahren und fortzusetzen. Die andere strebt, ohne Wert und Gewicht der Humanität zu leugnen, neuen politischen und sozialen Zielen entgegen.

Goethe hatte in dem Zitat, mit dem wir dieses Kapitel eröffneten, von einem bürgerlichen ‹Mittelstand› gesprochen, der auch ohne die Kenntnis fremder Sprachen eine humanistisch-humanitäre Bildung erlangen könne. Er mag dabei an die Schriften Lessings, Herders und Schillers, gewiß auch an seine eigenen Werke gedacht haben, sicher auch an die meisterhaften Übersetzungen fremder Werke, in denen sich die Romantiker ausgezeichnet hatten. Aber was immer Goethe als ‹Mittelstand› angesehen haben mag: er hat es offenbar nicht zur Kenntnis genommen, daß schon zu seinen Lebzeiten die Schule, nämlich das humanistische Gymnasium, die Aufgabe übernommen hatte, die Jugend bildungsbeflissener Bürgerkreise unmittelbar an die Primärquellen der Antike heranzuführen.

Humanistische Erziehung

Obwohl die sprachhistorische Bedeutung des humanistischen Gymnasiums noch nicht untersucht ist, muß es hier mit Nachdruck erwähnt werden. Denn es ist bis tief in das 20. Jahrhundert hinein Ausgangs- und Sammelpunkt der bewahrenden Kräfte geblieben. Geschaffen wurde das moderne humanistische Gymnasium von Wilhelm von Humboldt (1767–1835), dem Staatsmann und Gelehrten, der Goethe respektierte und mit Schiller befreundet war. Er war erfüllt von den Idealen der Klassiker. Als liberaler Denker und ‹Bürger› im Sinne Goethes kam er rasch in Konflikt mit dem preußischen Staatsregiment; aber eine kurze Tätigkeit im Kultusministerium reichte doch aus zur Gründung der Berliner Universität und des neuen Schultyps. Das Gymnasium sollte durch Vermittlung des antiken Kulturguts – ganz im Sinne der Klassiker – zur Humanität erziehen, d. h. zu größtmöglicher menschlicher Vollkommenheit, zu gleichmäßiger Ausbildung der Geistes- und Gemütskräfte, zur Beherrschung der eigenen Leidenschaften und zur Hilfsbereitschaft gegenüber dem Mitmenschen, mit einem Wort: zur Bildung eines edlen Charakters. Der einzelne Mensch, also auch der Gymnasiast, soll nach Humboldt bestrebt sein, *soviel Welt, als möglich, zu ergreifen, und so eng, als er nur kann, mit sich zu verbinden.* Für jeden einzelnen gilt als Erziehungsziel *die zur Totalität herausgebildete Individualität.* Das Gymnasium, mit dem Schwergewicht auf dem Studium des Lateinischen und des Griechischen, soll dieser Selbstbildung den Weg bereiten. Über dem Studium der alten Sprachen soll dem Schüler die Erkenntnis der als Vorbild geltenden antiken Kultur und ihres Menschenbildes zu sicherem Besitz werden.

Die Schaffung dieses Schultyps, der nach dem preußischen Vorbild alsbald in nahezu allen 38 Staaten des Deutschen Bundes eingeführt wurde, beweist, welch starke Wirkung der aus der Antike geschöpfte Humanitätsgedanke der Klassiker auf die Zeitgenossen ausübte. Das Gymnasium wurde die Schule des gebildeten Bürgers, und nur seinen Absolventen stand fast bis zum Ende des Jahrhunderts das Recht zum Universitätsstudium zu. Wer im 19. Jahrhundert in Deutschland einen akademischen Beruf ausübte und die führenden Stellen in Staat und Öffentlichkeit innehatte, war nach einheitlichem Plan auf einer dieser Schulen erzogen worden. Das klassische Altertum stand im Vordergrund der Erziehung, und soweit unter dem Übergewicht des Lateinischen und Griechischen die deutsche Sprache und Literatur überhaupt eine Rolle spielten, galten die Klassiker als Vorbild. Dabei war es vornehmlich SCHILLER, dem nachgestrebt wurde und dessen Pathos sich daher bis in das 20. Jahrhundert hinein in literarischen Reminiszenzen bemerkbar macht; GOETHE trat demgegenüber weit zurück. Was aber die Pflege der deutschen Geisteskultur und Sprache insgesamt angeht, so verhielt sich das humanistische Gymnasium durchaus epigonisch. Seine Aufgabe war es, zu pflegen und zu bewahren. Wer über den allzu engen Kreis eines ganz individuellen Bildungsstrebens hinaustrat, tat es trotz der Schule. Aber die Mehrzahl der auf dem Gymnasium Gebildeten ließ sich leicht dazu verleiten, über den großen Humanitätsidealen – und der Aussicht auf einen gesicherten akademischen Beruf – den politischen Alltag zu mißachten und sich in biedermeierischer Behaglichkeit einzuschränken.

Das Junge Deutschland

Anders der aktive Teil dieser Jugend. Er sammelte sich unter dem Eindruck der Julirevolution in dem literarischen Kreis des ‹Jungen Deutschland›. Die jungen Schriftsteller dieses Kreises sind meist zwischen 1800 und 1810 geboren. Die etwas älteren LUDWIG BÖRNE (1786–1837) und HEINRICH HEINE (1797–1856) werden eher durch die Begeisterung, die die Jüngeren ihnen entgegenbringen, in den Kampf für politische, religiöse und moralische Freiheit hineingezogen. Wir haben hier nur die Sprache zu betrachten. Wie sehr aber der politische Kampf des Jungen Deutschland Ausdruck einer weiten Bewegung war, beweist das Ereignis des Hambacher Festes im Herbst 1832, das mit angeblich 30000 Teilnehmern zu einer gewaltigen Demonstration des Freiheitsverlangens wurde. Die verschreckte Obrigkeit reagierte darauf mit verschärfter Zensur, Presse- und Versammlungsverboten, und die Schriften der Jungdeutschen fielen diesen Verboten in großer Zahl zum Opfer. Die literarische Bewegung des Jungen Deutschland erreichte in raschem Anlauf zwischen 1830 und 1835 ihren Höhepunkt und flaute dann nach ähnlich kurzer Blüte, wie sie einst der Sturm und Drang erlebt hatte, ebenso rasch wieder ab. Aber ihr Geist lebte weiter und war auch in den Männern der Paulskirche lebendig.

Das Junge Deutschland stellte sich der rückwärtsgewandten Romantik feindselig entgegen, erkannte dagegen den humanitären Gedanken der Klassik an. LUDOLF WIENBARG (1802–1872), einer seiner Wortführer, schreibt 1834 in seinen ‹Ästetischen Feldzügen›, einer Vorlesung, die er als Kieler Privatdozent gehalten hatte: *Trägt die romantische Schönheit des Mittelalters auch in der Tat den Stempel der Humanität an sich, der uns als Ideal vorschwebt? . . . Da glaubten wir mit Nein antworten zu müssen, und ich denke, alles, was jung ist in Deutschland, steht auf unserer Seite und lebt der frohen Hoffnung, daß auch ohne Verjüngung mittelaltriger Formen eine Wiedergebärung der Nation, eine poetische Umgestaltung des Lebens, eine Ergießung des heiligen Geistes, alles Göttlichen und Menschlichen in uns möglich sei* (LH 143, S. 37f).

Nicht also der klassische Humanismus wird verachtet – im Gegenteil. Man stößt sich nur an der kühlen Distanziertheit GOETHES, den man als ‹Fürstendiener› schmäht. Der politische Geist SCHILLERS und seine flammende Rhetorik wird dem Jungen Deutschland hingegen zum großen Vorbild.

Auch die große Zahl der SCHILLERschen Prosaschriften kommt dem Stilwillen der Jungdeutschen entgegen. Denn sie verdächtigen den Vers als Zeichen der Unfreiheit, der Unterwerfung unter einen unnatürlichen Zwang. Darum wird ihnen die Prosa, die alle Freiheiten zuläßt, zur angemessenen Ausdrucksform. Aber die neue Prosa soll eine scharf geschliffene Waffe im Kampf für die Freiheit sein, beweglich, geistvoll, witzig und leicht eingängig. Die Prosa GOETHES und selbst des vom Jungen Deutschland hochverehrten JEAN PAUL (1763–1825) kann solche Ansprüche nicht mehr erfüllen. LUDOLF WIENBARG macht 1834 die veränderte Lage deutlich: *Welches Merkmal ist es, das die Ästetik der neuesten Literatur . . . von früherer Prosa unterscheidet? . . . (Es) ist die Behaglichkeit, die sichtbar aus der Goetheschen und Jean Paulschen Prosa spricht und die der neuesten fehlt. Jene früheren Großen unserer Literatur lebten in einer von der Welt abgeschiedenen Sphäre, weich und warm gebettet in einer verzauberten, idealen Welt. ... Die neuern Schriftsteller sind von dieser sichern Höhe herabgestiegen, ... sie schwimmen mitten im Strom der Welt* (LH 143, S. 117; vgl. auch Anhang Nr. XIX, unten S. 401).

Das berauschende Gefühl der politischen Schriftsteller, *mitten im Strom der Welt* zu schwimmen und *trocken und elegant auf dem Rücken eines Delphins wie Heine oder naß und bespritzt wie Börne den Gestaden der Zukunft entgegenzueilen* (a. a. O.; eine feine Charakteristik der beiden Autoren), macht diese politisch aktiven Söhne des Bürgertums zu Tagesschriftstellern, die, für eine Besserung der politischen und sozialen Zustände kämpfend, *der Zukunft entgegeneilen.* Sie alle sind, entweder vollberuflich oder mindestens als gelegentliche Beiträger, Journalisten. Unsere Anhänge Nr. XIX und Nr. XX weisen LUDOLF WIENBARG und HEINRICH HEINE als hervorragende Essayisten aus. Beide sind Meister einer satirischen, scharf zupackenden Prosa, und vergleicht man damit die Textproben Nr. XVI–XVIII, so erkennt man auch die aggressive und subjektive Stilhaltung, die eine Begleiterscheinung des zeitgenössischen *Schwimmens im Strom der Welt* ist. Dieser Stil ist in der neuen Zielsetzung begründet. ROBERT PRUTZ (1816–1872), zu jung, um selbst dem Jungen Deutschland angehören zu können, aber von dessen revolutionärem Wollen, schreibt 1859 in Rückblick auf diese Literatur: *Sie hörte auf, Selbstzweck zu sein, sie wollte den großen bewegenden Mächten des Lebens, der Geschichte, der Politik, der praktischen Entwicklung des Völkerlebens sich dienend anschließen* (LH 143, S. 353).

Diesem Ziel konnte der für den Tag arbeitende Journalist besser dienen als der tiefgründige kritische Denker der Vergangenheit. So wurden die Jungdeutschen aus innerer Überzeugung Journalisten. Aber erst ein äußerer Anstoß, der technische Fortschritt, ermöglichte die Wahl dieses neuen Berufs. Seitdem nämlich im Jahre 1812 die Schnellpresse erfunden war, wurden in den folgenden Jahrzehnten sehr viele Zeitungen und Zeitschriften aller politischen und kulturellen Richtungen neu gegründet, und jetzt erst konnte der Beruf des Journalisten entstehen, während bis dahin Schriftsteller und Gelehrte, oftmals ungeschickt genug und sozusagen mit der linken Hand, außer ihrer Haupttätigkeit auch noch um die Redaktion und Herausgabe unregelmäßig erscheinender Zeitschriften bemüht gewesen waren.

Die Presse

Im Bereich der Sprachgeschichte des 19. Jahrhunderts ist das Aufkommen der Tagespresse und der berufsmäßigen Tagesschriftstellerei das herausragende Ereignis. Denn durch die *Presse* (das Wort taucht zuerst um 1850 auf; LH 150) wurde die in zwei Jahrhunderten bis zur Höhe der Klassik entwickelte Schriftsprache in jedes Haus getragen, ein Vorgang, den man wohl als eine Demokratisierung der Schriftsprache bezeichnen darf. Im gesamten deutschen Sprachgebiet ist sie als die gültige Sprachform anerkannt, und sie bleibt nicht länger auf den Kreis bildungswilliger Leser beschränkt, sondern erfaßt nun Tag für Tag mit immer neuen Themen die breitesten Schichten des Volkes.

Es gibt auch zahlreiche Beweise dafür, daß immer weitere Kreise begannen, die bisher nur zu schriftlicher Reife gediehene Sprache unter mehr oder minder gelingender Verdrängung der Mundarten auch zu sprechen. Die politisch erregte Zeit, die öffentlichen Reden und die beginnenden parlamentarischen Auseinandersetzungen boten der Ausformung der gemeinsam gesprochenen Sprache einen fruchtbaren Nährboden. Der öffentliche und allgemeine Gebrauch der gefestigten Sprache in Wort und Schrift war eine bleibende Errungenschaft dieser vier Jahrzehnte.

Man darf, wie schon erwähnt, für diese Zeit Literatur und Presse in einem Atemzug nennen. Denn auch die besten Schriftsteller waren sich nicht zu gut, um – besonders in den ersten Jahrzehnten – ihre Arbeiten, oft in der Form von Essays, in Tageszeitungen und Zeitschriften zu veröffentlichen. So konnte die Presse anfänglich als eine Schule guter Prosa gelten. Denn guter alter Tradition gemäß arbeiten die Tagesschriftsteller und die Berufsjournalisten einstweilen noch an ihrer Sprache; noch ist ihnen Schreiben eine bewußt gestaltende Aufgabe. Von Anfang an allerdings tauchen in den Zeitungen sehr viele Fremdwörter und fremde Redensarten, meist englische oder französische, auf, und sie werden nicht, wie z. B. von HEINE, als Ausdrucksmittel bewußter Stilkunst gebraucht, sondern sollen nachweisen, wie gut der Autor sich in europäischen Angelegenheiten auskennt. Auch die Trivialliteratur der Zeit gewährt solcher Eitelkeit breiten Raum.

Aber der tägliche Zwang zum Schreiben verführt zu rascher Arbeit, zur Routine und zum Gebrauch von sprachlichen Klischees. Der Philosoph ARTHUR SCHOPENHAUER (1788–1860), selbst ein strenger Sprachmeister, erfindet kurz vor seinem Tode als Warnungszeichen den Ausdruck *Zeitungsdeutsch* und prangert mit Recht manche in Zeitungen übliche Sprachunarten, insbesondere den Hang zu verkürzendem Ausdruck, an. Aber wie es konservativen Sprachpflegern ergeht, verkennt er den ganz natürlichen Wandlungsprozeß, dem jede sich lebendig entwickelnde Sprache unterliegt. So ist es sehr zu bezweifeln, daß kürzende Zusammensetzungen wie *Hochschule* statt *Hohe Schule, Schillerhaus* statt *Haus, das Schiller bewohnt hat,* wirklich Erfindungen der Zeitungen sind, oder ob sie nicht vielmehr, ebenso wie die Adjektive *achtbar, bedauerlich, billig* für *achtenswert, bedauernswert, wohlfeil*, einer allgemeinen Tendenz der Gebrauchssprache entsprechen. Allerdings haben Journalisten – das war damals kaum anders als heute – ein feines Ohr für Neuartiges und greifen es rasch auf; so verbreitet sich durch Zeitungen rasch, was an Neuerungen in der Luft liegt, und ihr Einfluß auf die Umgangssprache ist sicher nicht gering zu schätzen. Er muß aber nicht schädlich sein. Und auf jeden Fall spiegelt die Sprache der Zeitungen unmittelbarer den Sprachzustand ihrer Zeit, als es jedes andere gedruckte Medium vermag, und ist daher für den Sprachhistoriker von Bedeutung.

In den Jahren um die Revolution und die Nationalversammlung von 1848 spiegelt die Presse vor allem das politische Geschehen der erregten Zeit wider und gibt wichtige Aufschlüsse über Stil und Wortschatz des politischen Tageskampfes. Wir brauchen darauf nicht weiter einzugehen, denn hier setzt sich die jungdeutsche Journalistik fort; allerdings entgegen deren leichtem, pointiertem Ton auch eine andere gravitätisch ernsthafte Berichterstattung umständlichen Stils, wie er auch von vielen würdigen Mitgliedern der Nationalversammlung in ihren politischen Reden gebraucht wurde. Da hört man dann das Amtsdeutsch von Staatsdienern und Juristen, breit ausgesponnene Theorien von Gelehrten und gelegentlich auch flammende Proteste von SCHILLERschem Pathos, in denen sich die überkommenen freiheitlichen Begriffe seltsam mit einem ganz neuen Vokabular mischen.

Der zeitgenössische Wortschatz wurde von einem stockkonservativen Autor unter die Lupe genommen, der allerdings leider in seinem ‹Lehrbuch der Demagogie›, 1848 (LH 147), nur die Ausdrucksweise und die Neuworte der politischen Gegner mit sarkastischem Spott behandelt. Immerhin erkennt man daraus, was die Zeit als neu im politischen Tageskampf betrachtet. Danach hätten die revolutionär Gesinnten ihre konservativen Gegner als *volksfeindlich, niederträchtig, verrucht, schuftig, bluttriefend* bezeichnet, die Staatsform als *vorsündflutlich, mittelalterlich, wurmstichig, morsch*. Minister werden *Prügeljungen der Fürsten, Achselträger, Würgengel der Freiheit, Speichellecker, Blutsauger, Rückwärtser* gescholten. Der *Drachensaat der alten Staatsgaukler*, dem *Pesthauch der Despotie* wird damit gedroht, daß *der Thron schon wankt, die Revolution an die Pforte klopft*, und daß *jetzt das Blei entscheidet*. Die eigenen Parteigänger dagegen spüren den *Atem der Freiheit* und den *Pulsschlag der Zeit*. Sie sind *unbestechliche Volkstribunen, verkannt, geschmäht, gehetzt*, aber *himmelanstrebend, gigantisch und todesmutig* (Auszug aus einer umfassenderen Liste LH 5, Sp. 1275). Die Wörter und Vorstellungen sind andere als heute, aber die Schwarzweißmalerei der politischen Auseinandersetzung von heute, die keine Zwischentöne kennt, bestimmte offenbar auch schon 1848 den Stil der Polemik.

Epigonische Sprachgestaltung

Der Zufall spielt mir den Jahrgang 1868 der ‹Gartenlaube› in die Hand, einer wöchentlich erscheinenden Familienzeitschrift. Darin finde ich (S. 137f) im Gedenken an die beginnende Auflehnung der noch nicht vereinigten Staaten, also der englischen Kolonien Nordamerikas, gegen die englische Krone ein ähnliches Beispiel der Schwarzweißmalerei, leider einseitig aus liberaler Sicht, so daß uns auch hier der Wortschatz der Konservativen entgeht. Der Sachwalter der Kolonien, BENJAMIN FRANKLIN (1706–1790), muß 1774 vor dem *Geheimen Staatsrath* in London erscheinen, wo er eine gerechte Sache vertritt, aber wie ein angeklagter Verbrecher behandelt wird. FRANKLIN ist diesem Bericht zufolge ein *verehrungswürdiger Greis, ein schlichter, ehrlicher Bürger, der besonnenste, ruhigste, gesetzlichste und ehrwürdigste Mann, dessen Charakter Güte, Wohlwollen, Menschenliebe war, der dem Könige* (dem er jetzt gegenüberstand) *unerschütterliche Treue bewahrte.* Er sollte eine Petition auf Abberufung von zwei *gewissenlosen, gewaltthätigen Statthaltern* (in Pennsylvania und Massachusetts) vertreten, eine Bittschrift, die 1773 der Krone zugestellt worden war. Die Statthalter, *diese Werkzeuge der nach absoluter Herrschaft in Amerika lüsternen königlichen Parthei waren natürlich schlechte, nichtswürdige, verrätherische Subjecte; denn ein ehrlicher Mensch gab sich nicht zum Handlanger einer Böses sinnenden Regierung her. Die frechsten dieser saubern Herrn waren . . .* usw. Geschichte aus der Froschperspektive, auch in diesem liberalen Zeitalter!

Derselbe Autor beginnt seinen Bericht, der die entlarvende Überschrift ‹Der moderne Prometheus auf der Anklagebank› trägt (Erinnerung an GOETHE und an KANT, der den Erfinder des Blitzableiters einmal scherzhaft so genannt hat), mit folgendem Absatz:

Es giebt Tage im Leben der Menschheit, an welchen sich irgend eine dem Anscheine nach unbedeutende Begebenheit vollzieht, auf die Niemand ein besonderes Gewicht legt, und eine Scene vorfällt, welche mit dem Gange der Ereignisse in keinem inneren Zusammenhange zu stehen scheinet, und diese Tage nehmen in der Folgezeit doch, man möchte sagen täglich und stündlich an historischer Wichtigkeit zu, sie wachsen immer bedeutender in die Geschichte hinein, bis sie den Nachkommen als leuchtende Heilstage erscheinen, wo eine großartige Geistesbefruchtung in der Stille vollzogen wurde, und zuletzt als große Nationalfesttage von allem Volk gefeiert werden.

Ein solcher Tag ist der 29. Januar 1774. (Das ist der Tag, an dem FRANKLIN vor dem Staatsrat auftrat.)

Man erkennt leicht, daß der Autor in die Schule SCHILLERS gegangen ist. Doch gelingt ihm weder die rollende Periode dieses Satzbeispiels, noch rechtfertigt der Fortgang des rhetorisch aufgeputzten, aber doch simplen Berichts das hohle Pathos dieses Anfangs, und der 29. Januar wurde niemals zu einem nationalen Gedenktag.

Da es hier um den Stil der Presse gegen Ausgang der bürgerlichen Sprachperiode geht, sei noch eine weitere Stilprobe aus demselben Jahrgang der ‹Gartenlaube› (S. 132) zitiert, in dem übrigens auch Schriftsteller von Ruf wie PAUL HEYSE (1830–1914), HEINRICH LAUBE (1806–1884), LEVIN SCHÜCKING (1814–1883) und andere mit zahlreichen Beiträgen zu Worte kommen. Hier beginnt die Skizze über den Umgang GOETHES mit dem Maler ADAM FRIEDRICH OESER (1717–1799) in Leipzig mit folgendem Absatz:

An der Nordseite des prächtigen Augustusplatzes in Leipzig erhebt sich, wetteifernd mit den vornehmsten Theatergebäuden Deutschlands, das der Thalia und Melpomene gewidmete imposante neue Haus, und der Platz hat damit den schönsten Abschluß gefunden. Das betriebsame Menschengewühl, das ihn während der Messen erfüllt, empfängt aus den bedeutendsten Umgebungen gleichsam die höhere Deutung, daß die Handelsstadt auch den höchsten Interessen der Menschheit auf die würdigste Weise dient. Die Hallen der Künste, der Wissenschaften, wie der Industrie bilden hier den erhabenen Rahmen um den bunten Markt.

Kunst und Kommerz, Markt und Musen! Diese Klitterung gehört nicht der deutschen Klassik, aber die stilistisch breit angelegte Schilderung ist deutlich GOETHE nachempfunden. Doch verraten die mißglückte Musenmetapher für das neue Theater und die ästhetisch wertenden, nicht eben anschaulichen Adjektive *schönsten, betriebsame, bedeutenden, höheren, höchsten, würdigste,* wie GOETHE sie allerdings gebraucht, aber nie in solcher Häufung und so vielen Superlativen, den allzu beflissenen Nachahmer. Im übrigen hat die breite Schilderung mit der folgenden Darstellung, deren Schauplatz ein älteres, an anderer Stelle errichtetes Theater war, mit GOETHE nur die eine Berührung, daß zur Eröffnung des Neuen Theaters im Januar 1868 *Iphigenie auf Tauris, das edelste Drama des großen Deutschen,* aufgeführt wurde.

Beide Texte sind nicht nur epigonisch, sie sind entlarvend. Indem der eine mit unechtem Pathos ein unscheinbares historisches Ereignis zu weltgeschichtlicher Bedeutung hinaufstilisiert, der andere einen städtischen Platz wie hundert andere zum Welttheater aufbläht, geben sie ihren Erzählungen einen falschen, aufgepfropften Glanz.

Von hier bis zur hohlen Phrase, die nichts bedeutet, sondern nur tönt, ist der Weg nicht mehr weit, ja die Grenze wäre bereits überschritten, dürfte man den Autoren nicht zugute halten, daß sie in dieser Stiltradition erzogen wurden. Mit großer Wahrscheinlichkeit darf man annehmen, daß beide ein humanistisches Gymnasium besucht hatten. Auf den konservativ bewahrenden Charakter dieser in der Vermittlung von Sprach- und Sachwissen unübertrefflichen Schulen haben wir bereits hingewiesen. Aber im Bewahren wird die schöpferische Kraft nicht entwickelt. Wer im lateinischen Aufsatz angehalten wird, dem unerreichbaren Ziel ciceronianischer Rhetorik wenigstens nachzustreben, der wird sich auch in seinen muttersprachlichen Produktionen leicht damit zufriedengeben, einem ihm empfohlenen Vorbild zu folgen. Selbst die bürgerlichen Schriftsteller der Zeit von 1830 bis 1870 und noch darüber hinaus stehen zum großen Teil in der SCHILLERnachfolge; seltener folgen sie GOETHE oder einem Romantiker. Auf die Darstellung ihrer Sprache müssen wir in dem uns gesteckten Rahmen verzichten. Wir verweisen auf die meisterhaft knappen Sprachstudien zu den bedeutenderen Autoren von AUGUST LANGEN (LH 5, Sp. 1264–1350).

Der Durchschnittsdeutsche lernt in der Zeit von 1830 bis 1870 die deutsche Schriftsprache kennen und gebrauchen. Wenn ihm die persönlichen Anlagen zu freiem Gebrauch des Geistes und der Sprache fehlen, bleibt er auf die von der Schule vermittelten Vorbilder angewiesen. Welche Gefahren darin liegen, zeigen die obigen Textbeispiele.

IX. SPRACHE IM WANDEL DER GESELLSCHAFT
(nach 1870)

Am 18. Januar 1871 wurde im Spiegelsaal des Schlosses von Versailles die Gründung des zweiten deutschen Kaiserreiches ausgerufen. *Dieser Augenblick war mächtig ergreifend,* schrieb Kronprinz FRIEDRICH, der Sohn des soeben zum Deutschen Kaiser proklamierten Königs von Preußen. *Ich beugte ein Knie vor dem Kaiser und küßte ihm die Hand, worauf er mich aufhob und mit tiefer Bewegung umarmte. Meine Stimmung kann ich nicht beschreiben, verstanden haben sie wohl alle, ja selbst den Fahnenträgern habe ich eine unverkennbare Gemütsbewegung angesehen* (LH 161, S. 23).

Diese an mittelalterliche Ereignisse erinnernde Huldigungsszene rechtfertigt es gewiß nicht, hier innerhalb der Sprache einen Einschnitt zu setzen, und auch die Reichsgründung selbst führt keine unmittelbare Änderung herbei. Aber sie bereitet doch den Boden für eine neue gesellschaftliche Entwicklung, und diese neue Gesellschaft, die mit dem Schlagwort ‹Industriegesellschaft› nur unzulänglich bezeichnet ist, schafft sich, je stärker sie sich durchsetzt, auch ihre eigenen sprachlichen Ausdrucksformen.

Darin, daß um diese Zeit ein neuer Abschnitt der sprachlichen Fortentwicklung beginnt, sind sich die meisten Forscher einig. Oft wird die Literatur des Naturalismus der achtziger Jahre als Ausgangspunkt angesehen (z. B. von LANGEN, LH 5, MACKENSEN, LH 170, MOSER, LH 167). Wir sehen darin eher ein Symptom des aufbrechenden Neuen, meinen insbesondere nicht, daß ein bestimmtes literarisches Ereignis wie der Theaterskandal, den die Berliner Uraufführung von GERHART HAUPTMANNS (1862–1946) ‹Vor Sonnenaufgang› 1889 hervorrief, als Ausgangspunkt geeignet wäre (LH 170). Schon im ersten Band dieser Sprachgeschichte (vgl. Bd. I, S. 19f) haben wir unserer Auffassung Ausdruck gegeben, daß über dem Kontinuum der allgemeinen Sprachentwicklung jeweils verschiedene soziale Gruppen sich zu Wort melden. Das aber hängt stark von der politischen und sozialen Situation jeder Zeit ab. An sich ist jede Grenzziehung, jede Einteilung des durch die Jahrhunderte fortfließenden Stroms der Sprache ein Willkürakt des Betrachters, und je mehr man sich der eigenen Zeit nähert, desto unschärfer werden die Konturen, desto willkürlicher die Entscheidungen. Wir halten es aber für zweckmäßig, dort, wo in der Nähe einer vermuteten Grenzlinie sprachlicher Entwicklung einschneidende politische Ereignisse liegen, bei diesen auch die sprachliche Abschnittsgrenze zu ziehen. Denn sicher wird Sprache als formbares Kommunikationsmittel einer Verkehrsgemeinschaft (vgl. Bd. I, S. 12ff) von der politischen Entwicklung weit mehr betroffen als von der Empörung einiger hundert Urheber oder Zeugen eines Bühnenskandals.

Aus diesem Grunde setzen wir den Anfang der neuen Entwicklung auf das Jahr 1871 oder, weil runde Zahlen dafür geeigneter sind, auf 1870 an. Daß wir geneigt sind – sicher ohne allseitige Zustimmung zu finden –, mit dem Ende des zweiten Weltkrieges oder, abermals um der Rundzahl willen, etwa beim Jahre 1950 wiederum eine Grenze zu ziehen, wird später zu begründen sein (s. unten S. 379f).

Abkehr von der Sprache des Bürgers

Äußerlich betrachtet, erscheint die Zeit nach 1870 eher als eine Periode der Konsolidierung der deutschen Sprache. Nachdem JACOB GRIMM (1785–1863) mit seiner ‹Deutschen Grammatik›, vier Bände, 1819–1837, die historische Sprachwissenschaft begründet hatte, erschien eine ganze Anzahl von systematischen Darstellungen, die die Grammatik von ADELUNG verdrängten. Genannt sei hier nur die wichtige, fünfbändige ‹Deutsche Grammatik› von HERMANN PAUL (1846–1921), die 1916–1920 erschien.

Die Orthographie, die schon von ADELUNG (1782) einigermaßen geregelt worden war, geriet um die Mitte des 19. Jahrhunderts im Kampf um das ‹historische› und das ‹phonetische› Prinzip abermals in Verwirrung. In Hannover, in Leipzig und in Württemberg wurden zwischen 1855 und 1861 verschiedene Regelungen für die Schulen verbindlich gemacht; und 1871 verfaßte KONRAD DUDEN (1829–1911), damals Direktor des Gymnasiums in Schleiz, Rechtschreibregeln für seine eigene Schule, die 1872 als ‹Deutsche Rechtschreibung› veröffentlicht wurden. Im Jahre 1876 fand auf Beschluß und unter Beteiligung aller Bundesländer in Berlin die erste Orthographie-Konferenz statt, der 1901 eine zweite folgte, an der sich auch Österreich und die Schweiz beteiligten. Mit dem Regelbuch von 1902 war die einheitliche Rechtschreibung erreicht.

Auch für Vereinheitlichung der Aussprache wurde gesorgt, wie es GOETHE schon 1803 in seinen ‹Regeln für Schauspieler› gefordert hatte. Dem Theater als ‹nationaler Anstalt› und seiner Sprache schenkte man nach der Reichsgründung besondere Beachtung. Im Laufe dieser Bestrebungen begann THEODOR SIEBS (1862–1941) in Zusammenarbeit mit Bühnenleitern und Germanisten eine Regelung der Bühnenaussprache zu erstreben. Aus den Ergebnissen der dazu einberufenen, gründlich vorbereiteten Konferenz entstand 1898 sein Buch ‹Deutsche Bühnenaussprache›. Das Buch erlebte viele Auflagen und wird heute, nicht mehr allein auf die Bühne bezogen, unter dem Titel ‹Deutsche Hochlautung› weitergeführt. Dazu, daß sie zur Norm werden konnte, haben die Schulerzieher und seit 1923 der Rundfunk sehr viel beigetragen.

Dies sind sehr wichtige Ordnungsfaktoren, die die äußere Form der geschriebenen und der gesprochenen Sprache seither bestimmt haben. Aber die Veränderungen der inneren Sprachstruktur konnten sie nicht aufhalten, und in dieser Hinsicht erscheinen uns die Jahre von 1870 bis 1950 als eine ausgesprochene Übergangszeit, ihre Sprache als die einer Gesellschaft im Wandel. Die Arbeiterschaft hatte zu sich selbst gefunden; in die 1869 von AUGUST BEBEL (1840–1913) und WILHELM LIEBKNECHT (1826–1900) gegründete ‹Sozialdemokratische Arbeiterpartei› setzte sie ihre Hoffnung. Nach dem Verbot durch das Sozialistengesetz von 1878 wurde die Partei 1900 als ‹Sozialdemokratische Partei Deutschlands› erneut gegründet; in ihr überwog jetzt die strikt marxistische, klassenkämpferische Richtung gegenüber den liberalen Auffassungen der Schule LASSALLES bei weitem. Die bürgerlichen Liberalen hatten indessen in der Reichsgründung ihre alten Hoffnungen von 1848 wenigstens zum Teil erfüllt gesehen und sich ganz auf die Seite der ‹Reichs- und Kaisertreuen› gestellt. Daher konnte es auch nach den Reichstagswahlen von 1913, aus der die SPD als weitaus stärkste Partei hervorging, nicht zu einer Koalition zwischen ihr und den Liberalen kommen. Diese Gegensätze ließen sich auch nach der Revolution von 1918 nicht unterdrücken und dauerten an, bis die Wortführer beider Richtungen in den Konzentrationslagern des Nationalsozialismus verdarben.

Die sprachliche Entwicklung dieser Jahrzehnte läßt freilich die politische Trennung nicht sofort erkennen. Im öffentlichen Leben herrscht zunächst die Sprachhaltung des Bürgertums wie zuvor. Auch die Führer der Sozialdemokratie, z. B. LASSALLE und MARX, denen nicht zuletzt wegen ihrer jüdischen Abstammung die angestrebte Universitätslaufbahn verschlossen blieb, oder ENGELS als Sohn eines rheinischen Großkaufmanns, waren bürgerlich und in der Sprache des Bildungsbürgertums erzogen, und Handwerker wie BEBEL oder FRIEDRICH EBERT (1871–1925), der nachmalige Reichspräsident, waren bestrebt, sich diesem Sprachgebrauch zu fügen.

Doch das ist die Oberfläche und betrifft die offizielle Sprache der Politik, der Schriftsätze und Reden im Parlament. Unterschwellig bahnt sich der Wandel bereits an. Als Zeugnis dafür mag ein Abschnitt aus dem Buch ‹Drei Monate Fabrikarbeiter und Handwerksbursche›, 1891, von PAUL GÖHRE (1864–1928) gelten. Der Verfasser, später im Reichstag Vertreter eines religiös gefärbten Sozialismus, hatte nach Abschluß seines Theologiestudiums einige Monate unerkannt in Chemnitz in einer Fabrik gearbeitet, um die Situation der Arbeiter zu studieren. Jeder Stadtbezirk habe *seinen sozialdemokratischen Wahlverein* gehabt, *dessen Mitglieder sich aus den überzeugtesten und zielbewußtesten Mitgliedern der Partei zusammensetzten.*

Man kann dreist behaupten, daß jeder sozialdemokratische Wahlverein eine Rednerschule für Anfänger ist. Wenigstens war das bei dem unseres Vororts ... wirklich der Fall. Darum lag immer auch auf den Debatten, die sich an den Vortrag ... oder die Vorlesung ... aus der sozialdemokratischen Volkstribüne knüpften, der von allen beherzigte Nachdruck. Ja der Vorsitzende unsers Vereins sprach das zu Beginn jeder Debatte geradezu aus ...: «Es wird gewünscht, daß j e d e r redet, j e d e r sich ausspricht ... Denn eben dazu sind wir allvierzehntägig hier zusammen, damit wir uns schulen, um in den großen Versammlungen unsern Gegnern mit Erfolg antworten zu können.» Und man kam dieser Aufforderung getreulich nach ... Oft in der holprigsten Form, in Sätzen, von denen kein einziger richtig gebaut war, Gedanken, die ein grauenhaftes Gemisch von Wissen und Unwissenheit ... und oft eine Verranntheit in Ansichten zeigten, über die selbst die klaren, klugen Köpfe unter den Genossen erschraken. Daneben aber zeigte sich unter uns auch eine Zahl so gewandter, so schlagfertiger, so scharf und praktisch urteilender Redner, daß ich im stillen voll Bewunderung und Scham diesen einfachen Webern, Schlossern, Handarbeitern zuhörte, deren Beredsamkeit und Sicherheit im Denken und Auftreten ... wohl nur eine kleine Zahl unserer Durchschnittsgebildeten gleichkommt (zitiert nach LH 162, S. 171f).

Hier beobachten wir die Ausbildung einer neuen Intelligenzschicht. Wer sich im engen Kreise als wortgewandt bewährt, wird bald in öffentlichen Diskussionen oder als Redner das Wort führen und zu Streitschriften die Feder ergreifen. Über Bildungs- und Sprachtradition der eingesessenen Bürger verfügt er nicht. Seine Bildung ist andersartig, seine Sprache fließt aus anderen Quellen. Sie mag einzelnes aus politischen Schriften und aus Parlamentsberichten übernehmen. Aber der Hauptstrom kommt aus der alltäglichen Umgangssprache, in der er aufgewachsen ist.

Diesen Weg nimmt nicht nur einer; ihn nehmen Hunderte, und bald sogar Tausende. Der Reichstag ist ja nur die herausragende Spitze. Die Länderparlamente, Kreistage, Gemeindevertretungen, dazu eine an Zahl und Einfluß wachsende Presse aller Parteien und der verschiedensten kulturellen Richtungen kommen hinzu, und überall meldet sich die neue soziale Gruppe zu Wort. In Verfolgung unserer These, daß sich die jeweilige Gesellschaft ihre Sprache formt, müssen wir annehmen, daß dasselbe auch für die Gegenwart und die jüngste Vergangenheit gilt.

Wir betrachten deshalb die Sprachperiode von 1870 bis 1950 als eine Zeit des Übergangs. Die Schriftsprache und ihr gesprochenes Äquivalent, die Hochsprache der öffentlichen Rede, werden anfangs noch von den bürgerlichen Traditionen beherrscht, wie sie sich zwischen 1830 und 1870 herausgebildet haben. Sie werden aber mehr und mehr von der ungezwungenen Umgangssprache der neuen, nach vorn strebenden Gesellschaftsschicht durchdrungen, eine Entwicklung, die in der ‹volksnahen› Sprache des Nationalsozialismus ihren Abschluß findet.

Statistisches zur Bevölkerungsbewegung

Im historischen Verlauf der gesellschaftlichen Entwicklung dieser Jahrzehnte, der die sprachliche folgt, sehen wir weniger den Untergang als vielmehr die Auflösung der bürgerlichen Gesellschaftsschicht. Sie wird von dem vierten Stand, den als ‹Proletariat› zu bezeichnen allzu eng wäre, nicht verdrängt, sondern allmählich durchdrungen. Das können Statistiken nicht beweisen, aber sie liefern die Grundlage, auf der interpretierende Erörterungen aufbauen können. Deshalb ist in unserem Zusammenhang ein Blick auf verschiedene Statistiken unerläßlich, wobei wir insbesondere die Zeit von 1870 bis 1910 ins Auge fassen.

Zunächst die Gesamtzahl der Bevölkerung Deutschlands. Für das Jahr 1820 wird sie auf 26,3 Millionen geschätzt. Bis 1870 hatte sie sich um die Hälfte auf 40,8 Millionen vermehrt, bis 1910 auf 64,9 Millionen. Das bedeutet zwischen 1870 und 1910 einen Zuwachs von 24 Millionen Menschen – in nur 40 Jahren eine sprunghafte Zunahme, nicht viel weniger, als das deutsche Reich bis 1820 in einer tausendjährigen Geschichte ganz allmählich erreicht hatte. Und diese 24 Millionen beanspruchen sozusagen alle zur gleichen Zeit Arbeitsplätze, Wohnung, Nahrung und Schulbildung.

Die Zahlen werden noch aufschlußreicher, wenn man die Bevölkerungsentwicklung in Stadt und Land vergleicht. Im Jahre 1852 hatten noch 67,3 Prozent der Gesamtbevölkerung in Gemeinden mit weniger als 2000 Einwohnern gewohnt. Bis 1870 war der Prozentsatz unerheblich auf 63,9 Prozent gesunken, in absoluten Zahlen ausgedrückt, sogar von 23,8 auf 26,1 Millionen, also um ein Zehntel, gestiegen. In diesen kleinen Gemeinden wohnten 1900 46,2 Prozent (26 Millionen), 1910 40 Prozent (25,9 Millionen) der Gesamtbevölkerung. An dem Zuwachs der Gesamtbevölkerung von 24,1 Millionen zwischen 1870 und 1910 hatte die Landbevölkerung, statistisch gesehen, also überhaupt keinen Anteil. Die Statistik verschweigt aber, daß die Geburtenzahl in der Landbevölkerung eher größer war als in der Stadt. Wenn die Zahl trotzdem stagniert, so bedeutet das nichts anderes, als daß vom jährlichen Geburtenüberschuß Jahr für Jahr eine erhebliche Anzahl Menschen in die Stadt abwanderten.

Schon die von der Nationalversammlung 1849 verabschiedete, aber nicht rechtskräftig gewordene ‹Verfassung des deutschen Reiches› hatte als eines der *Grundrechte des deutschen Volkes* bestimmt: *Jeder Deutsche hat das Recht, an jedem Ort des Reichsgebiets seinen Aufenthalt und Wohnsitz zu nehmen, . . . jeden Nahrungszweig zu betreiben, das Gemeindebürgerrecht zu gewinnen.* Dieses Recht auf ‹Freizügigkeit› war dann in der Verfassung des Norddeutschen Bundes von 1867 abermals ausgesprochen und auch in die Reichsverfassung von 1871 übernommen worden. Damit waren alle Überreste der Leibeigenschaft und alle von Guts- und Landesherren ausgeübten Einschränkungen der Bewegungsfreiheit beseitigt, und der Überdruck, unter dem der abhängige Teil der Landbevölkerung schon seit 1820 in zunehmendem Maße gelitten hatte, konnte sich nun wie in einer Explosion Luft machen.

Das zeigt sich in den wechselnden Bevölkerungszahlen der Städte. Dabei nahm die Bevölkerung der Kleinstädte mit 2000–20000 Einwohnern zwischen 1870 und 1910 mit einem Zuwachs von 9,8 auf 16,5 Millionen (von 24,1 Prozent auf 25,4 Prozent der Gesamtbevölkerung) um nicht viel mehr als die natürliche Vermehrungsrate zu. Die Kleinstadt war nicht das Ziel der Landflüchtigen. Schon viel stärker ist die Zunahme der Bevölkerung in den Mittelstädten; sie wuchs zwischen 1870 und 1910 von 3,1 auf 8,6 Millionen Menschen an, also fast auf das Dreifache.

Die Großstädte hingegen trugen Gewinn und Last der Bevölkerungsbewegung fast im Übermaß. Von 1,9 Millionen im Jahre 1871 stieg ihre Einwohnerzahl bis 1910 auf 13,8 Millionen, also um mehr als das Siebenfache. Natürlich entwickelten sich in dieser Zeit auch zahlreiche Mittelstädte zu neuen Großstädten. 1871 hatte es im ganzen Reichsgebiet nur 8 Großstädte gegeben; davon war Berlin mit 826000 Einwohnern die weitaus größte. Es folgten in weitem Abstand Hamburg (240000) und – in abnehmender Größe – Breslau, Dresden, München, Köln, Königsberg, Leipzig. Im Laufe der nächsten vier Jahrzehnte versechsfachte sich ihre Zahl; 1910 zählte man 48 Großstädte. Die Entwicklung ging unaufhaltsam weiter, und heute lebt in der Bundesrepublik weit mehr als die Hälfte aller Einwohner in Großstädten und sehr großen Mittelstädten, die sich der Einwohnerzahl von 100000 nähern. Dabei ist uns das Leben in der großen Stadt ganz selbstverständlich geworden, und wir machen uns gar nicht klar, wie jung diese Siedlungsweise und die mit ihr verbundenen Lebensformen eigentlich sind.

Für die Zeit um 1870 aber ergaben sich aus dem raschen Anwachsen der großen Städte sehr ernsthafte Probleme. Es gibt in den deutschen Industriegebieten Beispiele dafür, daß kleine Stadtgemeinden zwischen 1870 und 1890 eine um das Zwölffache vermehrte Einwohnerzahl aufzunehmen hatten und sozusagen über Nacht zu Großstädten wurden. Diese Massen mußten zunächst einmal untergebracht werden, und die öden, langen Straßenzeilen in den sogenannten Arbeitervierteln unserer Städte lassen noch heute erkennen, welche große Anzahl von Menschen innerhalb kürzester Zeit danach verlangte, wenigstens ein Dach über dem Kopf zu haben.

Das Schulwesen

Die üble soziale Situation der besitzlosen Massen ist hinlänglich bekannt. Sehr lange Arbeitszeiten, geringe Löhne, kein Kündigungsschutz, keinerlei Sicherung für den Fall von Krankheit, Invalidität und Alter. Sehr viel weniger wird eine andere Situation diskutiert, die uns für die Weiterentwicklung der Sprache besonders aufschlußreich erscheint, nämlich das Schulwesen. Es wird kaum bedacht, welchen Problemen die öffentliche Verwaltung angesichts der rapiden Zunahme der Bevölkerung auch auf diesem Gebiet gegenüberstand. Das städtische Schulwesen von 1870 war noch ganz auf die Bedürfnisse einer langsam und organisch wachsenden, vornehmlich bürgerlichen Gesellschaft eingestellt, und das blieb auch noch lange Zeit so. In den Landgebieten gab es nur die Dorfschulen, und man weiß aus vielen Berichten, wie unregelmäßig der Schulunterricht auf dem Lande damals war und wie leicht ein Kind der Schule auf Zeit oder auch auf Dauer mit dem Hinweis auf notwendige Feld- oder Hausarbeit entzogen werden konnte.

Kein Wunder, daß es nach der preußischen Volkszählung von 1871 unter den Einwohnern, die mehr als zehn Jahre alt waren, etwa 12 Prozent Analphabeten gab. Für die anderen Bundesländer gibt es nur Schätzungen, die für die einzelnen Länder zwischen 3 Prozent und 15 Prozent liegen. Der größte Teil derer, die nicht lesen und schreiben konnten, wird aus ländlicher Umgebung stammen, aber viele von ihnen müssen mit dem Zustrom der Neubürger auch in die wachsenden Städte eingezogen sein.

In den Städten hatte sich während des 19. Jahrhunderts ein dreistufiges Schulwesen ausgebildet. Die Volksschule bildete die breite Grundlage. Darüber standen die Realschulen (erster Ordnung mit, zweiter Ordnung ohne Latein), die den ‹Realien›, d. h. einem Elementarunterricht in modernen Fremdsprachen und den Naturwissenschaften, dienten, und darüber das humanistische Gymnasium, die ‹Gelehrtenschule›. Die Mädchenbildung oberhalb der Volksschulstufe lag meist in privater Hand und wurde von den um 1870 in großer Zahl gegründeten ‹höheren Töchterschulen› wahrgenommen, deren Lehrplan etwa dem der Realschulen entsprach.

Für das öffentliche Schulwesen liegt eine Statistik aus dem Jahre 1874 vor (LH 173, S. 25, mit Quellenhinweisen), die sehr aufschlußreich ist. Danach bestanden 1874 im ganzen damaligen Reichsgebiet rund 60000 Volksschulen, in denen 6 Millionen Schüler unterrichtet wurden, durchschnittlich also 100 pro Schule. Die Zahl der Lehrkräfte betrug 75000. Die weitaus größte Zahl der Schulen muß also einklassig gewesen sein, und jeder Volksschullehrer hatte im Durchschnitt 80 Kinder zu unterrichten. Nach der damaligen Verteilung der Bevölkerung müssen ungefähr zwei Drittel der 60000 Schulen Dorfschulen gewesen sein, mit einer vermutlich im Durchschnitt weit geringeren Schülerzahl. Die Überfüllung der Schulen und die dadurch eintretende Überlastung der wenigen Lehrer ist also eher ein Problem der allzu rasch wachsenden Städte, ein Problem, das nicht von heute auf morgen gelöst werden konnte.

Die Realschulen, deren erste Anfänge auf den Pietismus des 18. Jahrhunderts zurückgehen, hatten sich noch nicht recht durchsetzen können. 1874 bestanden im ganzen Reichsgebiet erst 257 Realschulen mit 82000 Schülern, also im Durchschnitt 320 Schülern pro Anstalt. (Die Zahl der Realschul- und Gymnasiallehrer wird in den Quellen, aus denen ich schöpfe, nicht mitgeteilt.) Die Realschulen nahmen allerdings bis 1910 beträchtlich zu, und unter Verlängerung der anfangs sechsjährigen Schulzeit (nach vorhergehender drei- bis vierjähriger Grundausbildung) auf neun Jahre entstanden aus den Realschulen erster Ordnung die Realgymnasien, aus denen der zweiten Ordnung die Oberrealschulen. Wie stark die Realschulen und ihre erweiterten Nachfolger in die bürgerliche Staatsordnung des Kaiserreiches einbezogen waren, geht aus dem Privileg hervor, daß ihre Absolventen nach sechsjährigem Schulbesuch ihrer Wehrpflicht als ‹Einjährig-Freiwillige› genügen durften und durch das Dienstjahr die Anwartschaft auf Ernennung zum ‹Reserve-Offizier› erwarben. Die Wehrpflicht betrug sonst, je nach Truppengattung, zwei bis drei Jahre. Für Ansehen und soziale Stellung in der bürgerlichen Gesellschaft des Kaiserreiches war die Zugehörigkeit zum Offizierskorps von größter Wichtigkeit. So wurde die Realschule ihrer eigentlichen Bildungsaufgabe entfremdet und von den Nichtprivilegierten als ‹Standesschule› angesehen.

Zum Universitätsstudium berechtigte immer noch allein das humanistische Gymnasium. Von diesen ‹Gelehrtenschulen› waren im Jahre 1874, einschließlich der 170 ‹Progymnasien›, die ihre Schüler nach sechs Jahren an die ‹Vollanstalten› abgaben, im Reichsgebiet 503 vorhanden. Sie bildeten damals 108000 Schüler aus, also 204 Schüler im Durchschnitt. Dabei ergibt sich bei den sechsklassigen Realschulen pro Klasse eine durchschnittliche Schülerzahl von 53, beim neunklassigen Gymnasium von 23, sicher ein sehr erheblicher Vorteil für die individuelle Ausbildung. (Zum Vergleich: 1931 existierten im durch Versailles verkleinerten Reichsgebiet 52900 Volksschulen mit

7,6 Millionen Schülern, 1472 Mittel-(Real-)Schulen mit 230000 Schülern, 2236 höhere Schulen mit 674000 Schülern, d. h., es gab 143 bzw. 156 bzw. 290 Schüler pro Anstalt; auf jeden Lehrer entfielen 40 bzw. 20 bzw. 21 Schüler; errechnet aus LH 173, S. 26, Anm. 21. Die unterrichtliche Situation hat sich also erheblich verbessert, der Drang nach höherer Schulbildung ist deutlich erkennbar. Von der gesamten Schülerzahl waren 1874 97 Prozent Volks-, 1,3 Prozent Real-, 1,7 Prozent Gymnasialschüler; der prozentuale Anteil der Schüler an den drei Schularten verschob sich bis 1931 auf 89,4 Prozent bzw. 2,7 Prozent bzw. 7,9 Prozent. Der Anteil der höheren Schüler ist seitdem noch erheblich gestiegen.)

Erst im Jahre 1882 erhielten die Realgymnasien, 1901 die Oberrealschulen das Recht der Reifeprüfung, die den Zugang zum Universitätsstudium eröffnet. Im Jahre 1874 hatten nur die 108000 Gymnasiasten dieses Privileg, oder genauer, da es sich ja um eine neunklassige Schule handelt: 12000 Abiturienten jährlich. In einem Volk von 41 Millionen Menschen waren diese 12000 die einzigen, die das Anrecht auf ein Studium hatten, die dann als Ärzte und Naturwissenschafter, als Theologen und Philologen oder als Juristen freie akademische Berufe ausüben oder als höhere Beamte in den Staatsdienst eintreten durften.

Schulbildung und Sprache

Seit Beginn der neuhochdeutschen Sprachperiode hatten fast ausschließlich Gelehrte die Ausbildung der deutschen Schriftsprache getragen. Im 18. Jahrhundert war diese Bewegung aufgegriffen worden durch Schriftsteller, die ebenfalls über eine gelehrte Bildung verfügten und zum großen Teil selbst beanspruchten, Gelehrte zu sein. Diese Tradition hatte, auch im sprachlichen Bereich, im 19. Jahrhundert das humanistische Gymnasium fortgeführt. Das ‹Volk› war sich selbst überlassen geblieben; für seine sprachlichen Bedürfnisse reichten die Mundarten aus.

Jetzt aber, 1870, pochen plötzlich die neuen Massen an die Türen aller öffentlichen Institutionen und verlangen Einlaß, Massen, denen eben noch ihre Mundart zur Bewältigung des dörflichen Alltags genügt hatte. Wer bis dahin zu öffentlichem Schreiben die Feder angesetzt hatte, war – mit sehr wenigen Ausnahmen – durch die Schule bürgerlicher Tradition gegangen. Jetzt mußten auch die Führer der neuen Massen öffentlich reden und schreiben, im Klassenkampf für das Recht der Unterdrückten eintreten, bald auch Positionen in Verwaltung und Wirtschaft einnehmen, die bei rasch wachsendem Personalbedarf von den wenigen Absolventen der privilegierten

Schulen allein nicht gedeckt werden konnten.

Die äußeren Sprachnormen, Rechtschreibung, sorgfältige Aussprache, grammatische Richtigkeit, konnte die Volksschule ihnen beibringen, und sie hat diese Aufgabe vortrefflich wahrgenommen. Aber sie konnte die geistigen Traditionen nicht vermitteln, die in langer Entwicklung, und durch die Literatur gefördert, zu Haltung und Stil der bürgerlichen Schriftsprache geführt hatten. Der Bericht von PAUL GÖHRE (s. oben S. 368f) zeigt, wo und wie etwa der Aufstrebende – fern aller bürgerlichen Tradition – sich sprachlich schulen konnte – durch Diskussion mit seinesgleichen und Weiterentwicklung einer natürlichen Rednergabe. Als sprachliche Medien kommen dafür nur die Umgangssprache des täglichen Alltags und vielleicht sogar der Dialekt in Betracht. Angelesenes mag hinzutreten, aber die Umgangssprache bleibt unter solchen Umständen doch die Grundlage für das geschriebene Wort.

Daraus ergibt sich das Charakteristikum der modernen Schriftsprache. Sie ist in ihren Strukturen (s. unten S. 377ff) der Umgangssprache angenähert, ohne deshalb mit ihr identisch zu werden. Die neue, traditionslose Schicht dringt, schon auf Grund ihrer weit überlegenen Zahl, in allen Bereichen des öffentlichen Lebens vor, und je größer ihr Anteil wird, desto stärker durchdringen auch ihre Sprachgewohnheiten – vom einzelnen unbemerkt und erst in der Rückschau erkennbar – den allgemeinen Sprachgebrauch.

Dagegen hat die Sprache der Literatur seit dem Ausgang des 19. Jahrhunderts – anders als zu Zeiten LESSINGS, SCHILLERS, GOETHES und selbst noch des Jungen Deutschland – kaum noch Einfluß auf die allgemeine Schriftsprache. Der Naturalismus, z. B. eines GERHART HAUPTMANN, konnte allenfalls auf das Bestehen vielschichtigen Jargons aufmerksam machen, stellte sich sogar in Gegensatz zur Schriftsprache, und die Sprache der Impressionisten, vor allem aber der Expressionisten war viel zu subjektiv gestaltet, als daß sie Vorbilder hätte abgeben können. Auch die bürgerlich konservative Sprache HERMANN HESSES (1877–1962) und die raffinierte, aus spätbürgerlichem Humanismus entwickelte Kunstsprache THOMAS MANNS (1875–1955) ergeben keine Normen für die allgemeine Schriftsprache, und selbst BERTOLT BRECHT (1898–1956), dessen Gedankenwelt der heutigen Zeit viel näher steht, liefert kaum mehr als ein paar Zitate.

Der Übergang zu der heute üblichen Sprachgestaltung vollzieht sich nur langsam. Wie die traditionelle und die umgangssprachlich beeinflußte Schreibweise nebeneinander bestehen, mögen zwei Zeitungsausschnitte zeigen. Beide nehmen kritisch zum Regierungsjubiläum Kaiser WILHELMS II. im Jahre 1913 Stellung.

Die liberale ‹Frankfurter Zeitung› schreibt dazu: *Der Kaiser, durch seine vielfältige Begabung verführt und durch Höflinge darin bestärkt, die Erreichung dessen, was ihm vorschwebte, für weit leichter zu halten, als es war, hat, durchdrungen von seinem Selbstverantwortlichkeitsgefühl, mit dem er sich so manchmal hat fortreißen lassen, die verfassungsmäßigen Schranken zu überschreiten, eine große Anzahl von Aktionen begonnen, die wegen der Nichtberücksichtigung der realen Faktoren und der natürlichen Hemmnisse scheitern mußten, und da er nicht der Mann des geduldigen Abwartens und der zähen Weiterarbeit ist, so ist es zu den vielen Widersprüchen gekommen, zu dem Zickzackkurs, der die Stetigkeit vermissen ließ und zu einem übergroßen Verbrauch von Zeit und Kraft geführt hat.*

Der Leser, der nicht längst die Geduld verloren hat, wird bemerkt haben, daß der ganze Absatz nur aus einem einzigen, vielverschachtelten Satz besteht, und dem Kenner könnte es nicht schwerfallen, den Satz ins Lateinische zu übersetzen (fast möchte man sagen: zurückzuübersetzen.) Die Eleganz der ciceronianischen Periode wäre hier allerdings kaum zu erreichen. Auch wird niemand, selbst 1913 nicht, den Stil dieses deutschen Satzes preisen oder gepriesen haben. Es ist aber das typische Produkt einer an antiken Mustern gebildeten Schreibweise, wie sie vom humanistischen Gymnasium gelehrt wurde.

Ganz anders schreibt der sozialdemokratische, radikale ‹Vorwärts›: *Der ‹vorübergehenden Erscheinung›* (ein Wort WILHELMS II.) *der Sozialdemokratie hat Wilhelm II. bittere Fehde geschworen, zerschmettern möchte er sie am liebsten, und sie wächst, blüht und gedeiht, sie hat rote Backen und pralle Muskeln und sieht aus wie das ewige Leben, und das tragische ist: jede der vielumstrittenen Reden des Kaisers hat ihr Tausende neue Anhänger zugetrieben. Die Blitze, mit denen Jupiter unsere Köpfe treffen wollte, haben nur unzählige neue Köpfe erleuchtet. Darum feiern wir, dankbaren Herzens, doch mit! Millionen, ‹viele Millionen vorübergehender Erscheinungen› grüßen den Träger* (der Krone) *heute mit dem Ruf: Es lebe die Republik!* (Die beiden Texte nach LH 163, S. 229ff.)

Der Unterschied in der Sprache wird auf den ersten Blick deutlich. Es ist zwar nicht auszumachen, aus welcher Bildungsschicht der Verfasser des zweiten Textes stammt. Das geistreiche Spiel mit den *Blitzen Jupiters,* die anstatt zu *treffen* nur *erleuchten,* und das *Wachsen, Blühen* und *Gedeihen,* in dieser Zusammenstellung damals vor allem von Korporationsstudenten im Munde geführt, lassen auf gymnasiale Bildung schließen, können aber auch auf anderem Wege erworben sein. Ganz sicher aber gehören die *roten Backen* und das Aussehen *wie das ewige Leben* dem Vorstellungs- und Ausdrucksschatz des Volkes an, und sie kontrastieren hier bewußt und geistreich mit den starken Ausdrücken *bittere Fehde* und *zerschmettern*, die der Kaiser selbst gern gebrauchte.

Wichtiger als diese Einzelheiten ist aber die Gesamthaltung des Textes, sind vor allem die kurzen, knappen Sätze. Zwar gebrauchen, je nach Personalstil, auch bürgerliche Autoren so knappe Fügungen; aber hier sind sie mit der deutlichen Absicht geschrieben, sich auch den minder Sprachgewandten verständlich zu machen. Sie sind nach Mustern der alltäglichen Umgangssprache gefügt und weichen damit von der bisherigen Tradition der Schriftsprache ab. Was aber in diesem Textstück offenbar bewußt als Ausdrucksmittel eingesetzt wird, vollzieht sich in hundert anderen Fällen ‹von selbst›: Der Autor gebraucht seine Sprache, wie sie ihm zu Gebote steht.

Umgangssprachliche Züge der neuen Schriftsprache

Dieser Einfluß der Umgangssprache, soziologisch begründet, bahnt sich, wie erwähnt, seit 1870 an. In den beiden Zeitungstexten von 1913 wird er deutlicher spürbar, und es gäbe schon aus damaliger Zeit genügend weitere Texte, die das beweisen. Was aber damals begonnen hat, wird mit der Zeit, je mehr sich die tradierte bürgerliche Sprachhaltung den neuen Sprachgewohnheiten anpaßt, nur deutlicher. Es ist daher methodisch zulässig, Texte aus viel späterer Zeit, in denen die neuen Sprachgewohnheiten voll ausgebildet sind, zu untersuchen und daraus Rückschlüsse auf die Anfänge zu ziehen.

Solche Untersuchungen sind an einer Vielzahl moderner Autoren (Journalisten und Verfasser populärwissenschaftlicher Schriften) vorgenommen worden (LH 172). Als allgemeine Merkmale der heutigen Schriftsprache haben sie ergeben, daß im heutigen Schriftdeutsch relativ kurze Sätze den Vorzug genießen gegenüber sehr viel wortreicheren Satzgebilden der älteren Tradition. Ferner wird die Anreihung kurzer Hauptsätze (Parataxe) der Fügung von Haupt- und Nebensätzen (Hypotaxe) bei weitem vorgezogen. Wenn aber Nebensätze gebraucht werden, was natürlich auch im heutigen Sprachstil oft der Fall ist, dann sind sie weit überwiegend von einfachster Art (Relativ- und daß-Sätze), und umfangreichere Perioden mit vielen Nebensätzen, in denen vor allem die Nachfolger SCHILLERS schwelgten (vgl. das oben zitierte Beispiel aus der ‹Frankfurter Zeitung› von 1913), kommen fast gar nicht mehr vor. Auch erlaubt man sich heute viele unvollständige, syntaktisch nicht ausgeformte Sätze, und die oft nachlässige Wortwahl weist auf geringe Sorgfalt beim Schreiben hin.

Das alles aber sind genau die Merkmale jeder Umgangssprache: kurze Sätze, Neben- statt Unterordnung, abgerissene Äußerungen, gedankenlose Verwendung des ersten Wortes, das dem Sprecher gerade einfällt. Wenn also die heutige Schriftsprache solche Züge zeigt, so ist es berechtigt, sie auf Einflüsse der gesprochenen Sprache zurückzuführen, während die Schriftsprache früherer Zeit den ihr eigenen Traditionen zu folgen pflegte und sich von der gesprochenen Sprache des Umgangs – allerdings zu verschiedenen Zeiten und je nach dem Sprachstil des einzelnen Autors verschieden weit – fernhielt.

Erkenntnisse über Unterschiede der Gewohnheiten im Satzbau sind freilich nur durch vergleichende statistische Untersuchungen zu gewinnen. Denn der einzelne Satz, wenn er grammatisch richtig gebaut ist, fügt sich den tradierten Stilregeln und läßt keinen Wandel erkennen. Auffällig sind dagegen schon auf den ersten Blick die Änderungen im Wortschatz. Daher suchen viele Sprachhistoriker die Sprache unserer Zeit durch Analysen des modernen Wortschatzes zu erfassen. Natürlich ist der Wortschatz wichtig, vor allem als Spiegel der Kultur einer bestimmten Zeit. Aber der Wortschatz wechselt mit den Vorstellungen und Einrichtungen jeder Zeit. Die Sprache hörte nicht auf, mittelhochdeutsch zu sein, als der Ritter gegen Ende des 12. Jahrhunderts die ideale Vorstellung *höfisch* gewann; im 19. Jahrhundert bedeuten Erfindungen und Wörter wie *Dampfmaschine* oder *Eisenbahn* keinen Einschnitt in der Sprache des nachklassischen Bürgertums.

Natürlich ist nicht zu leugnen, daß die rapide Entwicklung von Wissenschaft und Technik, der Wirtschaftsweise und der Verwaltungsorganisation die Sprache seit dem letzten Drittel des 19. Jahrhunderts mit Tausenden vorher unbekannter Wörter mehr erweitert als bereichert hat. Es ist daher auch oft von ‹Fachsprachen›, wie etwa ‹Sprache der Technik›, ‹Wirtschaftsdeutsch›, ‹Amts-Chinesisch› die Rede. Man sollte sich aber klarmachen, daß diese angeblichen ‹Sprachen› meist nur in einem je speziellen Wortschatz bestehen, der Außenstehende vom Verständnis ausschließt. Im übrigen verwenden sie den Wortschatz und die Fügungsregeln der allgemeinen Sprache. Ausschließen muß man nur die Formelsprache der Naturwissenschaften; aber diese baut auf altererbten Grundlagen weiter. In gewissem Umfange auszunehmen ist ferner die Verwaltungssprache der Behörden und Ämter. In dem Bestreben, alle Sachverhalte, alle Gebote und Verbote möglichst vollständig und exakt darzustellen, entwickelt sie außer Fachausdrücken auch syntaktische Formen, die dem allgemeinen Sprachgebrauch fremd geworden oder unbekannt sind. Mehr als aus allen anderen Sach- und Fachbereichen dringen von hier aus Wörter und Wendungen in die Allgemeinsprache ein, da das damit Bezeichnete jedermann angeht.

Wir wollen nochmals betonen, daß die moderne Schriftsprache sich zwar, was ihren Satzbau angeht, den Strukturen der gesprochenen Umgangssprache angenähert hat, aber niemals mit ihr identisch wurde oder sein wird. So muß sie sich z. B. freihalten von allen Zufälligkeiten mündlicher Rede. Sie kann nicht stottern, nicht plötzlich abbrechen, darf nicht den Faden verlieren. Vor allem aber muß sie, wo die Umgangssprache mit einem einzelnen Wort auf Umweltreize reagiert (*heiß!*), durch den Kontext erst diese Umwelt aufbauen (etwa, daß von einem Hochsommertag oder von einer eben aufgetragenen Speise oder von einer politischen Auseinandersetzung die Rede ist, bevor das *heiß* verständlich wird).

Die Annäherung der traditionellen Schriftsprache an die Umgangssprache vollzieht sich langsam. 1913 – das haben uns zwei Texte bewiesen – stehen beide Sprachformen noch unvermittelt nebeneinander. Erst nach der politischen Umwälzung von 1918 begann die bürgerliche Sprachtradition ganz allmählich zu weichen. Vieles mag dazu die Haltung der jungen aus dem Krieg zurückkehrenden Lehrer beigetragen haben. Sie waren schon in der sich wandelnden Gesellschaft aufgewachsen, hatten in der Jugendbewegung gegen Zopf und doppelte Moral protestiert; die Sprache der alten Generation war ihnen verdächtig und auf den Schlachtfeldern vollends untauglich geworden. ‹Schreib, wie du sprichst›, war ihre Parole, und sie meinten damit, die papierenen Phrasen zu unterbinden, die in den Aufsätzen der höheren Schulen – in der Nachfolge eines nicht verstandenen Schiller – nur allzu vernehmlich raschelten. Das konnte für den Großstadtschüler, der fern jeder kräftigen, natürlichen Mundart aufwuchs, nur bedeuten, daß er seinem Alltagsdeutsch in den schriftlichen Arbeiten und besonders im Aufsatz weiten Raum gewährte.

Diese Schüler von 1920 waren, als Hitler seine Gewaltherrschaft antrat, an die dreißig Jahre alt und standen mitten im öffentlichen Leben. Der schriftsprachliche Ausgleich in Richtung auf die Umgangssprache hin war damals wohl schon weit fortgeschritten. Was davon übriggeblieben war, nivellierten die Nazis, deren Haß die bürgerlichen ‹Intellektuellen› im gleichen Maße traf wie die Klassenkämpfer im anderen Lager. Zugunsten einer lärmenden Mittelmäßigkeit der Sprache wurde der Ausgleich zwischen den konkurrierenden Sprachformen erzwungen. Die sprachliche Übergangszeit war abgeschlossen.

Sprache der Großstadt; ein Ausblick

Damit stehen wir beim Jahre 1945, oder der Rundzahl wegen beim Jahre 1950. Abermals sind seitdem drei Jahrzehnte verflossen. Was bedeuten sie für die Sprachentwicklung? Freilich ist es äußerst schwierig, auf eine so kurze Spanne Zeit, die man selbst miterlebt hat, mit kritischem Abstand zurückzublicken. Aber es mag dem Verfasser, der noch ein kaiserliches Gymnasium besucht hat, während des ersten Weltkrieges von zurückgerufenen pensionierten Lehrern und Pastoren alter Tradition (sie waren fast alle vor 1850 geboren), später von den heimkehrenden Lehrern der jungen Generation unterrichtet wurde und der seit seiner Studienzeit sich fortwährend wissenschaftlich mit der deutschen Sprache beschäftigt hat, – es mag diesem Verfasser erlaubt sein, wenigstens einige ‹Unvorgreifliche Gedanken› zur jüngsten Sprachentwicklung zu äußern.

Gelegentlich wird unsere heutige Sprache als ‹Sprache der Großstadt› bezeichnet. Zwar wird niemals eine Erläuterung dazu gegeben, sowenig wie die ‹Sprache im technischen Zeitalter› oder ‹die Sprache der Massengesellschaft› – alles Ausdrücke, unter denen das heutige Deutsch verstanden wird – definiert sind. Doch lassen sich für ‹Sprache der Großstadt› einige Argumente und Beschreibungskriterien anführen.

Noch einmal lassen wir zwei Texte sprechen (entnommen aus LH 172 , S. 18f). Beide berichten über ein Attentat mit tödlichem Ausgang. Der eine wurde 1914, der andere 1971 geschrieben. Die ‹Vossische Zeitung› berichtet am 28. Juni 1914 in einem Extrablatt:

Als der Erzherzog Thronfolger Franz Ferdinand und seine Gattin, die Herzogin von Hohenburg, sich heute Vormittag zum Empfange in das hiesige Rathaus (von Sarajewo) *begaben, wurde gegen das erzherzogliche Automobil eine Bombe geschleudert, die jedoch explodierte, als das Automobil des Thronfolgers die Stelle bereits passiert hatte. In dem darauffolgenden Wagen wurde der Major Graf Boos-Waldeck von der Militärkanzlei des Thronfolgers und Oberstleutnant Merizzi, der Personaladjutant des Landeshauptmanns von Bosnien, erheblich verwundet. Sechs Personen aus dem Publikum wurden schwer verletzt. Die Bombe war von einem Typographen namens Cabrinowitsch geschleudert worden. Der Täter wurde sofort verhaftet. Nach dem festlichen Empfang im Rathaus setzte das Thronfolgerpaar die Rundfahrt durch die Straßen der Stadt fort. Unweit des Regierungsgebäudes schoß ein Gymnasiast der achten Klasse* (Primaner) *namens Prinzip aus Grabow aus einem Browning mehrere Schüsse gegen das Thronfolgerpaar ab. Der Erzherzog wurde im Gesicht, die Herzogin im Unterleib getroffen. Beide verschieden, kurz nachdem sie in den Regierungskonak gebracht worden waren, an den erlittenen Wunden. Auch der zweite Attentäter wurde verhaftet, die erbitterte Menge hat die beiden Attentäter nahezu gelyncht* (Sperrungen wie im Original).

In naher Vergangenheit, am 29. November 1971, berichtet die ‹Saarbrücker Zeitung› ebenfalls über ein Attentat:

Drei palästinensische Maschinenpistolenschützen haben am Sonntagnachmittag den jordanischen Ministerpräsidenten Wasfi El-Tele (51) erschossen, als er nach einer Sitzung des arabischen Verteidigungsrates das Kairoer ‹Sheraton›-Hotel betrat. (Im Original halbfett hervorgehoben.)
Die Männer in Zivilkleidung hatten die Ankunft des Ministerpräsidenten erwartet. Sie schossen auf ihn aus drei verschiedenen Richtungen. Tele brach unter dem Kugelhagel zusammen und starb auf der Stelle. Ein ägyptischer Leibwächter wurde am Bein verletzt. Die Attentäter wurden in kurzer Zeit festgenommen.

Als erstes fällt der Wortreichtum des Berichts von 1914 auf, der noch erstaunlicher wäre, wenn er wörtlich das *Telegramm unseres Korrespondenten* – so der Quellenvermerk – wiedergäbe. Dabei ist der Informationsgehalt der beiden Meldungen fast gleich. Die Namen der Getöteten, die Orte des Geschehens, die Tatzeit (*heute Vormittag – am Sonntagnachmittag*), die benutzten Waffen, Verletzungen Unbeteiligter, Tathergang: das alles wird in beiden Berichten genannt; nur die Namen der Attentäter verschweigt die jüngere Meldung.

Beim Lesen des ersten Berichts wird man unwillkürlich an die behäbige ‹alte Zeit› erinnert. Man hatte noch Muße, das Extrablatt gleich auf der Straße zu lesen, wo Pferdefuhrwerke gemächlich vorbeiklapperten und in den kleinen Läden die Kunden bei geruhsamem Einkauf ein Schwätzchen mit dem Kaufmann und untereinander fort und fort spannen.

Und hier liegt vermutlich tatsächlich der Unterschied, auch in der Sprachgestaltung. Die Anthropologen belehren uns, daß die menschliche Sprache unter anderem auch eine sehr wichtige Entlastungsfunktion habe. Der Mensch wird als das ungeschützte Wesen gedeutet, das, allen Reizen der Umwelt offen, diese ständig verarbeiten, sie ‹erledigen› müsse, um für eigene Strebungen und Handlungen frei zu sein. Die Sprache diene solcher Reizbewältigung. Denn schon indem der Reiz benannt und damit erkannt sei, sei er in den meisten Fällen auch schon erledigt und abgetan. (Man verzeihe die grob vereinfachende Darstellung eines sehr komplizierten Sachverhalts; vgl. auch LH 174 und grundlegend LH 164.) Nun hat ganz offensichtlich die Reizüberflutung, der der Mensch in der Großstadt (und nicht nur dort) seit 1914 ausgesetzt ist, ganz beträchtlich zugenommen, und vielleicht darf man behaupten, daß diese Entwicklung seit 1950 sich erheblich gesteigert hat. Man denke nur an das Gedränge von Menschen in den zentralen Großstadtstraßen, das vor dem letzten Kriege noch bei weitem nicht so groß war. Man denke auch an das Tempo und an den Lärm des modernen Straßenverkehrs, der selbst unsere Nachtruhe noch empfindlich stört, an die sich überschlagenden Reklamen auf tausend Plakaten und in Leuchtschrift, an Musik und Sprache, die aus tausend Lautsprechern dröhnen. Das alles sind Reize, vieltausendfache Reize, die tagtäglich über uns herfallen und ‹erledigt› werden wollen. Auch das moderne Berufsleben mit jeden Augenblick wechselnden Anforderungen und unterbrechenden, aber wichtigen Telefonanrufen und Fernschreib-Nachrichten ist in Betracht zu ziehen.

Ist die Sprache wirklich das wirksamste dem Menschen gegebene Organ der Reizbewältigung, dann muß sie auch auf die Großstadtreize entsprechend reagieren, und es scheint, daß das der Fall ist. Der zeitraubende Brief wird durch das Telefongespräch ersetzt, der geschriebene Text wird zur Notiz, der Roman schrumpft zur Kurzgeschichte zusammen. Aber auch die sprachlichen Strukturen selbst ändern sich. 1914 war es *ein Gymnasiast* (es folgen weitere die Person betreffende Angaben), der *aus einem Browning mehrere Schüsse . . . abgab.* 1971 waren es *drei . . . Maschinenpistolenschützen.* Dieses Wort findet man in keinem Wörterbuch; es ist für den Augenblick und im Aussagezusammenhang gebildet, und es ‹erledigt› in einem Wort eine Vielfalt von Einzelheiten (Reizen), zu deren ‹Bewältigung› der Autor von 1914 einen langen, wortreichen Satz verwendet hat. Der Beispiele für eine derartige beschleunigende Sprachgestaltung gibt es im heutigen Deutsch unzählige. Selbst wer mit *heiteren Urlaubsgedanken* umgeht, läßt sich nicht mehr für die wortreichere Muße, *heiter an den bevorstehenden Urlaub zu denken,* einfallen. Es kommt eine erstaunliche Wandelbarkeit in den Wortarten hinzu. Aus dem Substantiv *Film* werden das Adjektiv *filmisch* und das Verb *filmen.* Umgekehrt wird aus *teilen* zuerst *teilbar* und dann *Teilbarkeit.* Dieses Verfahren ist bei vielen Verben *anwendbar* (*kann angewendet werden*) und wird weidlich benutzt. Die Sprache erhält dadurch, daß man die gleiche Vorstellung bald verbal, bald adjektivisch, bald als Substantiv ausdrücken kann, eine vorher nicht vorhandene Wendigkeit. Denn die Vorstellung steht dadurch an jeder Stelle im Satz zur Verfügung, und man kann daher leicht, bequem und rasch ausdrücken, was ohne diese Wortbildungsmittel umfangreiche Sätze erfordern würde. Viele weitere Hinweise, die auf hastige Beschleunigung des Sprachablaufs deuten, können hier nicht erörtert werden.

Alle diese Ausdrucksmittel haben auch in früherer Zeit zur Verfügung gestanden. Entscheidend ist, daß die heutige Sprache sehr viel mehr Gebrauch davon macht. Moderne Sätze sind oft schwer verständlich. Sind sonst alle Voraussetzungen zum Verständnis gegeben (vor allem der Sachverstand), so liegt es meistens daran, daß der Verfasser allzu viel Vorstellungsinhalt in zu wenige, rasch gebildete Wörter zusammengefaßt hat. Solchem Tempo kann der Leser dann nicht folgen, aber es ist das Tempo unserer Zeit. Die Hast des Großstadtlebens schlägt sich in der Sprache nieder, und vielleicht ist die deutsche Sprache seit 1950 auf dem Wege, sich zur Sprache des Großstädters auszubilden.

ANHANG: TEXTPROBEN AUS NEUHOCHDEUTSCHEN QUELLEN

I. Texte des siebzehnten Jahrhunderts

A. Andreas Gryphius, aus der Einleitung zu ‹Cardenio und Celinde, Trauer=Spiel›, Breslauer Druck von 1657

(Text nach der Gesamtausgabe der deutschen Werke, Bd. 5, hg. von Hugh Powell, Tübingen 1965, S. 99)

Großgünstiger und Hochgeehrter Leser.
Als ich von Straßburg zurück in Niederland gelanget / vnd zu Ambsterdam bequemer Winde nacher Deutschland erwartet / hat eine sehr werthe Gesellschafft etlicher auch hohen Standes Freunde / mit welchen ich theils vor wenig Jahren zu Leiden / theils auff vnterschiedenen Reisen in Kundschafft gerathen (‚bekannt geworden war') / *mich zu einem Panquet* (‚Bankett') / *welches sie mir zu Ehren angestellet / gebeten. Als bey selbtem nach allerhand zugelassener Kurtzweilen / man endlich auff Erzehlung vnterschiedener Zufälle gerathen / vnd damit einen zimlichen Theil der Nacht verzehret / hab ich mich entschlossen Abschied zu nehmen / vnd in mein damaliges Wirthshaus zu eilen. Wolgedachte meine Liebesten wolten / was ich auch bitten oder einwenden möchte nicht vnterlassen mich biß nach Hause / durch die so weite Stadt zu begleiten / vnd geriethen so bald sie auff die Gassen kommen* (‚gekommen waren') *wieder auff jhr voriges Geschicht=Gespräch / dabey mir auff ihr anhalten* (‚auf ihr wiederholtes Bitten') *Anlaß gegeben / den Verlauff dieser zwey vnglücklich Verliebeten zu erzehlen. Die Einsamkeit der Nacht / die langen Wege / der Gang über den einen Kirch=Hof vnd andere Umbstände machten sie so begierig auffzumercken: Als frembde jhnen diese deß Cardenio Begebnüß / welche man mir in Italien vor eine wahrhaffte Geschicht mitgetheilet / vorkommen / daß sie auch nach dem ich mein Reden geendet / von mir begehren wollen jhnen den gantzen Verlauff schrifftlich mitzutheilen. Ich der nach vielem abschlagen / mich überreden lassen / Freunden zu gefallen eine Thorheit zu thun / hab endlich versprochen jhnen wie in andern Begnügungen also auch mit dieser nicht zu entfallen* (‚mich ihnen wie in Erfüllung anderer Wünsche auch hierin nicht zu versagen') / *bin aber doch bald anderer Meynung worden / vnd habe statt einer begehrten Geschicht=Beschreibung gegenwärtiges Trauer=Spiel auffgesetzet / bey welchem ich weil es durch vieler Hände gehen / vnd manch scharffes Urtheil außstehen wird / eines vnd andere nothwendig erinnern muß.*

B. Hans Jakob Christoffel von Grimmelshausen, aus dem ‹Abentheurlichen Simplicissimus Teutsch›, Nürnberger Druck von 1668

(Text nach Grimmelshausen, Gesammelte Werke in Einzelausgaben, hg. von Rolf Tarot, Tübingen 1967, S. 376)

Mit demselben (Paß) giengen wir bey Beschliessung deß Thors sampt einem getreuen Wegweiser auß der Statt / als wolten wir nach Rotweil / wandten uns aber kurtz durch Neben=Weg / und kamen noch dieselbige Nacht über die Schweitzerische Grentze / und den folgenden Morgen in ein Dorff / allda wir uns mit schwartzen langen Röcken / Pilgerstäben und Rosenkräntzen mondirten (‚ausstatteten', vgl. *Montur*) */ und den Botten mit guter Bezahlung wieder zurück schickten.*

Das Land kame mir so frembd vor gegen andern Teutschen Ländern / als wenn ich in Brasilia oder in China gewesen wäre / da sahe ich die Leute in dem Frieden handlen und wandlen / die Ställe stunden voll Viehe / die Baurn=Höf lieffen voll Hüner / Gäns und Endten / die Strassen wurden sicher von den Räisenden gebraucht / die Wirthshäuser sassen voll Leute die sich lustig machten (‚die sich belustigten, amüsierten') */ da war gantz keine* (‚ganz und gar keine') *Forcht vor dem Feind / keine Sorg vor der Plünderung / und keine Angst / sein Gut / Leib noch Leben zu verlieren / ein jeder lebte sicher unter seinem Weinstock und Feigenbaum / und zwar gegen andern Teutschen Ländern zu rechnen / in lauter Wollust und Freud / also daß ich dieses Land vor ein irdisch Paradis hielte / wiewoln es von Art rauch genug zu seyn schiene. Das machte* (‚Daher kam es') */ daß ich auff dem gantzen Weg nur hin und her gaffte / wenn hingegen Hertzbruder an seinem Rosenkrantz betete / deßwegen ich manchen Filtz* (‚Rippenstoß') *bekam / dann er wolte haben / ich solte / wie er / an einem Stück beten / welches ich aber nicht gewohnen* (‚woran ich mich nicht gewöhnen') *konte.*

C. Abraham a Sancta Clara, aus dem ‹Geflügelten Mercurius›, Wiener Druck von 1701

(Text nach Karl Bertsche, Der Ur-Merkur von 1701, Ausburg 1928, S. 18. Die Zeichensetzung wurde von B. modernisiert.)

Einer, wie oben gemeldt, hat sich in unserer Pfalz bey einem Tanz in ein ehrliches Mägdl verliebt, welcher dann, mit Namen Sigmund, dergestalten in der Lieb gebrunnen, daß er ohne Schaden nicht könnte bey einem Stroh=-Dach vorbey gehen. Er stellte derohalben auf tausenderley Weis besagter ehrlicher Tochter nach und plagte sie dermaßen, daß sie ihme endlich versprochen: er solle diese und diese Nacht (vgl. heutiges *In der und der N.*) *kommen; sodann woll sie ihn zwar nicht bey der Haus=Tür einlassen, damit es die Eltern nicht merken, sondern bey dem Zug* (‚Winde zum Aufziehen von Heu, Holz' usw.) *hinauf ziehen. Wer frohlockte mehr als dieser Gesell! Darum er gar richtig um die bestimmte Stund erschienen. Die Bäberle* (‚Barbara, Bärbel') *laßt nun das Seil herunter. Mein Narr von Limmelshofen* (erfundener Ortsname: Lümmels-) *setzt sich auf den Knöbel* (‚Knebel, Querholz'). *Die Bäberle ziecht ihn bis auf den mittlern Gatn* (‚Gaden, Stockwerk'); *alsdann bündet sie den Strick fest, sperrt das Fenster zu und läßt den Tölpl reiten ganzer vier Stund, mitten im Winter. Sie blüzlet* (‚blinzelt') *endlich zum Gugerl* (‚Guckloch') *heraus, zu sehen, wie es mit der Knöbel=Post beschaffen. Kaum daß er sie vermerkt, da hat er alsobald geschryen: «Bäberl, mein Engel!» Worauf sie überlaut: «Siegmund, mein Bengel!» «O Schätzerl, zieh auf!» sagt er. «O Narr, bleib unten!» schrye sie mehrmalen mit heller Stimm. «Nicht so laut, Bäberl!» bittet er; «Laß mich wenigst hinunter!»*

«Flegel, reit, wohin du willst!» schrye sie mehrmalen, was sie können hat. «Nicht so laut, Bäberl!» Unterdessen hat das große Geschrey die Leut im Haus aufgeweckt; desgleichen ist auch die Nachbarschaft zusammen geloffen. Männiglich schaute und nicht ohne höchsten Gelächter diesen seltsamen Knöbel=Reiter. Endlich nach langen und vielen Gespött laßt sie den armen Tremelanten (,Frostzitternden') *hinunter. Bevor er aber von seinem hölzenen Klepper abgestiegen, hat ihm der Knecht von oben herab zugeschryen: «Viel Glück auf die Reis! Und damit dir nichts Übles widerfahre, da hast ein Weyh=Brunn* (,Weihwasser')!» *Schütt ihm zugleich ein ganzes Schaff* (,Kübel') *Wasser übern Kopf, wordurch ihme die Lieb also verloschen, daß sich kein Funken mehr hat spüren lassen.*

D. Abraham a Sancta Clara, aus einer von ihm selbst um 1698 geschriebenen Predigt-Handschrift

(Text nach A. a S. Clara, Neun neue Predigten, hg. von Karl Bertsche, Halle 1930, S. 49f. Die Zeichensetzung wurde von B. modernisiert.)

Ist wohl ein frag, warvmb gleich Petrus ist babst worden: vndt er die schlissl zum himl bekhomen, warvmb nit ein andrer? zu dem sich andere schier besser vndt tauglicher erzeiget; Petrus hat ein weib gehabt, hat kinder ghabt, vndt Joannes ist ein heiliger vnverserter hocherleichter (,unberührter, hocherleuchteter') *Jingling gwest, Petrus der hat glogen, das sich die baim hetten Megen biegen* (,gelogen, daß sich die Bäume hätten biegen mögen'), *wie er forgeben, das er Christum den herrn nit khene; andere Apostl seint alzeit warhaffte leit gwest: Petrus der ist ein schläffriger kerl gwest vndt am Elberg* (,Ölberg') *geschnarcht, da sein herr wachte, Simondormis: Vndt ein schläffrigen zu einer Obrikeit sezen ist nit ratsam; ich wist* (,wüßte') *also nichts was sonderlichs, das Petrus so hoch promouirt* (,promoviert, befördert') *worden: wan mich nit vnder weiste* (,unterwiesen hätte') *der guldene mundt Chrisostomus*[1]*: vndt sagte, . . . die weilen* (,er wäre Papst geworden, weil') *Petrus der demietigste gwest, dan als Christus der herr for dem lesten abendt mahl sich mit einem handtuech vmbgirtet* (,-gürtet'), *ein wasser in ein bekhen* (,Becken') *gossen, vndt sich for den fiessen der Apostl nider gworffen, inen die kottige fiess abgwaschen; eim nach dem andern, entlich auch khomen zu Petro; Petrus der kunte das ding ime nit einbilden* (,konnte sich das Geschehen nicht vorstellen'): wert sich mit hend vndt fiess vndt wolt durch aus nit, das im sein herr solte die fiess waschen, tu mihi lauas pedes: du solst mir die fiess waschen, du Christe, du der du bist Gottes son, wie ich dich selbsten hab aufgeben (,erkannt habe'), *du der du bist ein herr aller herren, du der du bist der lengst versprochene Messias, du mir die fiess waschen mit den Jenigen henden, welche da haben geben den blinden das gesicht, den ausezigen* (,Aussätzigen') *die gsundtheit, den verstorbenen das leben, du mir die fiess waschen, mir der ich bin ein armer tropff, ein armer schluker, ein armer diener, ein armer sinder* (,Sünder'), *du mir, tu mihi lauas pedes: das khan ich nit gschehen lassen.*

1 Johannes Chrysostomos (d. h. Goldmund), ca. 345–407, griechischer Kirchenlehrer, 398–403 Patriarch von Konstantinopel.

II. Augustus Buchner, ‹Anleitung zur deutschen Poeterey›

(Text nach dem Faksimile-Abdruck der Ausgabe von 1665, hg. von Marian Szyrocki, Tübingen 1966, S. 14 ff)

Der Philosophus / und die da sonst lehren / sind begnüget (‚haben genug getan') / *wenn sie ihre Meinung / andern zum Unterricht / mit verständlichen klaren Worten vorgebracht; Ein Poet aber / wie wol er gleichfals dahin zu sehen hat / daß seine Rede verständlich sey / so hat er doch über dieses sich zu bemühen / wie er sie schön / lieblich / und scheinbar* (‚glänzend') *mache / damit er das Gemüth des Lesers bewegen / und in demselben eine Lust und Verwunderung ob den Sachen / davon er handelt / erwecken möge / zu welchem Zweck er allzeit zielen muß. Und ob zwar der Orator* (‚Redner') *ebener maßen auf Schmuck und Ansehen der Worte zu trachten hat / einem Historico* (‚Geschichtsschreiber') *auch sehr wol anstehet / wenn er sich einer hurtigen und lebhaften Art zu reden gebraucht / damit der dem Leser eine Lust mache / und zur Nachfolge rühmlicher Exempel / die er beschreibt aufwecken und reitzen möge: doch aber ist beyder Rede noch so beschaffen / daß sie / also zu sagen / vulgaris* (‚volkstümlich, gemeinverständlich') / *und neben dem Volck allzeit hergehe / und so gar etwas sonderlichs nicht* (‚keine stilistischen Besonderheiten') *habe / da hingegen der Poet ausstreicht* (‚über das Gewohnte hinausgreift') / *sich in die Höhe schwingt / die gemeine* (‚allgemeine') *Art zu reden unter sich trit* (‚unterdrückt') / *und alles höher / kühner / verblümter und frölicher setzt / daß was er vorbringt neu / ungewohnt / mit einer sonderbahren* (‚ganz besonderen') *Majestät vermischt / und mehr einem Göttlichen Ausspruch oder Orakel / . . . / als einer Menschen=Stimme gleich scheine.*

III. Johann Peter Titz, Sonett

(Text nach Paul Merker (Hg.), Deutsche Lyrik des Siebzehnten Jahrhunderts, Bonn 1913, S. 20)

Auff Reinhold Friedrichs und Hedwig Tönniessins Hochzeit

Der rauhe Herbst ist hier: der Winter wird sich finden.
Wie habt Ihr, Edles Par, es doch so wol bedacht
Daß Ihr Euch unterwerfft der Liebe starcken Macht,
Und Eure Hertzen laßt durch diese Flamm' entzünden!

Die angenehme Lust des Sommers mag verschwinden:
Der Felder schöne Zier, der Garten edle Pracht,
So uns bißher ergetzt, mag geben gute Nacht;
Ihr werdet doch bei Euch den Sommer stets empfinden.

Zeucht gleich die Sonn' itzund die Krafft der Strahlen ein:
Bey Euch wird dennoch Hitz' und lauter Sonne sein.
Liegt alles gleichsam todt: bei Euch wird alles leben.

Muß alle Blumen=Lust, muß Laub und Graß vergehn,
So bleibet Ihr doch stets in voller blüthe stehn,
Und werdet mit der zeit gewünschte Früchte geben.

IV. Gottfried Wilhelm Leibniz, aus: ‹Unvorgreiffliche Gedancken, betreffend die Ausübung und Verbesserung der Teutschen Sprache›

(Text nach G. W. Leibniz, Collectanea Etymologica, Hannover 1717; reprographischer Neudruck Hildesheim-New York 1970, S. 259f)

Ich finde, daß die Teutschen ihre Sprache bereits hoch bracht, in allen dem, so mit den fünff Sinnen zu begreiffen, und auch dem gemeinen Mann fürkommet; absonderlich in leiblichen Dingen, auch Kunst- und Handwercks-Sachen, weil nemlichen die Gelehrten fast allein mit dem Latein beschäfftiget gewesen, und die Mutter-Sprache dem gemeinen Lauff überlassen, welche nichts desto weniger auch von den so genandten Ungelehrten nach Lehre der Natur gar wohl getrieben worden. Und halt ich dafür, daß keine Sprache in der Welt sey, die (zum Exempel) von Ertz und Bergwercken reicher und nachdrücklicher Rede, als die Teutsche. Dergleichen kan man von allen andern gemeinen Lebens-Arten und Professionen sagen, als von Jagt- und Wäid-Werck, von der Schiffahrt und dergleichen. Wie dann alle die Europäer so auffm grossen Welt-Meer fahren, die Nahmen der Winde und viele andere Seeworte von den Teutschen, nehmlich von den Sachsen, Normannen, Osterlingen und Niederländern entlehnet.

Es ereignet sich aber einiger Abgang bey unserer Sprache in denen Dingen, so man weder sehen noch fühlen; sondern allein durch Betrachtung erreichen kan; als bey Ausdrückung der Gemüths-Bewegungen, auch der Tugenden und Laster, und vieler Beschaffenheiten, so zur Sitten-Lehr und Regierungs-Kunst gehören; dann ferner bei denen noch mehr abgezogenen und abgefeimten Erkäntnissen, so die Liebhaber der Weißheit in ihrer Denck-Kunst, und in der allgemeinen Lehre von den Dingen unter dem Nahmen der Logick und Metaphysick auff die Bahne bringen; welches alles dem gemeinen Teutschen Mann etwas entlegen, und nicht so üblich, da hingegen der Gelehrte und Hoffmann sich des Lateins oder anderer fremden Sprachen in dergleichen fast allein und in so weit zu viel beflissen; also daß es denen Teutschen nicht am Vermögen, sondern am Willen gefehlet, ihre Sprache durchgehends zu erheben. Denn weil alles was der gemeine Mann treibet, wohl in Teutsch gegeben, so ist kein Zweiffel, daß dasjenige, so vornehmen und gelehrten Leuten mehr fürkommt von diesen, wenn sie gewolt, auch sehr wohl, wo nicht besser in reinem Teutsch gegeben werden können.

V. ERDMANN NEUMEISTER, aus: ‹Die Allerneueste Art, Zur Reinen und Galanten Poesie zu gelangen›, Hamburg 1707

(Text nach CONRAD WIEDEMANN, Der Galante Stil 1680–1730, Tübingen 1969, S. 33 f. Die Zeichensetzung wurde von W. modernisiert.)

Von galanten und scharffsinnigen briefen

Wir kommen zu einer art von briefen, welche mehr, als alle die andern zu sagen haben. Denn es gehöret nicht allein kunst, sondern auch ein natürlicher und geschickter verstand dazu. Die Frantzosen nennen solche schreiben lettres galantes. Die Lateiner würden sie ingeniosas (,geistreich') *heissen: und wir können sie in unserer sprache nicht anders, als mit dem worte scharfsinnig, bedeuten. Wiewol beyde wörter die meynung der Frantzosen noch nicht erklären. Denn ein galanter brief ist zwar allzeit scharffsinnig; aber ein scharffsinniger ist nicht allzeit galant. Also haben viel Jesuiten eine art zu schreiben, welche genugsam von ihrem ingenio zeuget. Denn sie spielen nicht allein gerne mit worten; sondern sind auch so geschwinde im erfinden, daß sie über ein schlechtes* (,einfaches') *ding die allertiefsinnigste gedancken führen. Allein eben deswegen sind ihre gedancken nicht galant, weil sie allzu tiefsinnig, das ist, affectirt und gezwungen sind, und unterweilen so hoch steigen, daß wir sie mit unsrem verstande kaum erreichen können. Ein galanter Mensch muß in allem seinem thun natürlich seyn: derowegen muß er auch natürlich schreiben. Und gleichwol, so natürlich er ist, so muß er doch auch in allen dingen etwas besonders haben. Tantzet er, so muß er es ohne affectirung der kunst, aber doch mit verwunderung aller zuschauer thun. Singet er, so muß er gefallen: redet er, so muß er ergötzen: machet er verse, so müssen sie durchdringen: und schreibet er endlich briefe, so muß er seine gedancken, ehe er sie zu papier bringet, wol untersuchen: wenn sie aber geschrieben seyn, so müssen sie scheinen, als ob er sie ohne Bemühung geschrieben hätte. Verdrüßliche Dinge muß er angenehm, angenehme verdrüßlich machen; bey traurigen begebenheiten glück zu wünschen, bey glücklichen betrübt zu seyn oder auch wol verweise zu geben wissen. Mit wenigem: er muß alles drehen können, wie und wohin er will; Solches aber zu erlangen, muß er nicht allein klug und von guter erfindung, sondern auch lustig, artig, und ein meister seiner affecten seyn. Hieraus ist nun leicht zu schlüssen, was galante briefe seyn.*

Nemlich: . . . Galante briefe sind schreiben, in welchen etwas artiges verborgen steckt, so man weder beschreiben noch nennen kan. Denn es ist zu einem galanten briefe nicht eben allzeit vonnöthen, daß man etwas sonderliches und künstliches ersinne; sondern die freye und ungezwungene manier deren sich ein cavalier bedienet, und mit einem worte, der artige zug, mit welchem er seinen brief anfänget, fortführet und schlüsset, ist das fürnehmste, was ihn von gemeinen geistern unterscheidet, und seine schreib-art galant, und allen leuten beliebt und angenehm machet.

VI. Philipp Jacob Spener, aus: ‹Pia Desideria: oder Hertzliches Verlangen Nach Gottgefälliger Besserung der wahren Evangelischen Kirchen . . .›, Frankfurt 1676

(Text nach Kurt Aland, Pia Desideria, [3]Berlin 1964, S. 78f)

(Spener macht Vorschläge für eine bessere Vorbereitung der Theologie-Studenten auf ihr künftiges geistliches Amt.) *Vornehmlich aber in den Predigten sich also zu üben / daß ihnen bald* (‚frühzeitig') *gezeigt werde / wie sie alles in solchen Predigten zu der erbauung einzurichten. Wie ich dann jetzo noch dieses vor das 6. mittel* (‚als den sechsten Vorschlag'; fünf andere sind vorausgegangen) *anhänge / wodurch der Christlichen Kirchen zu besserm stand geholfen werden möchte / wo nehmlich die Predigten auch also von allen eingerichtet würden / daß der zweck deroselben / nehmlich glaube und dessen früchten / bey den Zuhörern bestmüglichst befördert werden. Es ist zwar freylich an dem / daß wenig Orth unserer Religion seyn werden / da mangel solte seyn / daß nicht gnug Predigten gehalten würden. Aber viel gottselige gemüther finden gleichwol nicht wenig mangel an vielen Predigten. Indem es solche Prediger gibt / welche offters ihre meiste Predigten mit dergleichen dingen zubringen / damit sie sich vor gelehrte leute darstellen / obs wol die Zuhörer nicht verstehen: Da müssen offt viele frembde Sprachen herbey / da etwa nicht ein einiger in der Kirchen ein wort davon weiß: Wie manche tragen wol etwa mehr sorge davor / daß ja das Exordium* (‚die Einleitung') *sich recht schicke / und die zusammenfügung artig; daß die Disposition kunstreich und etwa verborgen gnug; daß alle Theile recht nach der Redekunst abgemessen und aufgeziert seyen / als wie sie solche Materien wehleten und durch GOttes Gnade außführeten / darvon der Zuhörer im leben und sterben nutzen haben mag. So solle es nun nicht seyn / sondern weil die Cantzel nicht der jenige Ort ist / da man seine kunst mit pracht sehen lassen / sondern das Wort des HERRN einfältig aber gewaltig predigen / und dieses das Göttliche mittel seyn solte / die leute selig zu machen / so solle billich alles auch nach diesem zweck gerichtet werden. Und hat sich darinnen der Prediger vielmehr nach seinen zuhörern / weil sie nach ihm nicht können / zu richten: Allezeit aber mehr auff die einfältige / so den meisten theil machen als auff etliche wenige gelehrte / wo sich dergleichen antreffen lassen / zu sehen.*

VII. August Hermann Francke, aus: ‹Kurtzer und Einfältiger Unterricht / Wie Die Kinder zur wahren Gottseligkeit / und Christlichen Klugheit anzuführen sind / Halle 1702›

(Text nach Erhard Peschke, A. H. Francke, Werke in Auswahl, Berlin 1969, S. 132f)

Mit Lesung der heiligen Schrifft sind zwar einiger maasen verknüpffet die fleißigen Ermahnungn / doch ist hiervon etwas absonderlich (‚im besonderen') *zu melden / als von einem besondern Mittel / davon Paulus Eph. 6 schreibet: Zieht die Kinder auff in der Zucht und in der Vermahnung zum*

Herrn. Und zwar hierzu wird erfordert (a) daß sie deutlich und verständlich / damit sich die Kinder fein recht und eigentlich darnach zu richten wissen / fürgetragen werden. (b) Daß sie nicht mit Ungestüm und Pochen / sondern mit Sanfftmuth und Lindigkeit für gebracht werden / es sey dann / daß solches schon öffters geschehen / und die Umstände eine ernsthaffte / doch nicht verstellete Mine erfordern wolten. Sonst werden die Kinder gleich anfangs durch ein ungestümes Bezeugen erschrecket / daß sie die Ermahnung darnach nicht so eigentlich fassen / oder zum wenigsten nicht mit so gutem Willen auffnehmen. (c) Muß mann in solchen Ermahnungen nicht ermüden. Denn man soll nach der Vermahnung Pauli die Kinder in der Zucht und Vermahnung zum HErrn aufferziehen / welches nicht mit einer oder der andern Ermahnung gethan ist. Erinnert doch Paulus die Erwachsenen / daß sie sich ... alle Tage untereinander ermahnen sollen / damit nicht jemand unter ihnen verstocket werde durch Betrug der Sünde Hebr. III. 13. Wie solte solches nicht auch bey der unerfahrnen Jugend nöthig seyn. So der Informator nur hierinnen Verstand gebrauchet / mag Er wol auff so vielerley Art die Ermahnung einrichten / daß den Kindern solche öfftere Ermahnung nicht verdrüßlich wird / und sie auch dieselbe nicht ohne Auffmercksamkeit und Erbauung vorbey streichen lassen. (d) Ist auch daran viel gelegen / daß ein Informator die rechte Zeit zuermahnen wol beobachte. e. g. ist die Morgen und Abend-Zeit hierzu sehr bequehm. Jene weil das Gemüth noch nicht ermüdet ist; diese weil man da die beste Gelegenheit findet / ihnen fürzuhalten / worinnen sie es des Tages über versehen / dahin auch die Beschliessung einer jeden Woche gehöret. ... (e) ist auch sehr nützlich / daß man seine Ermahnungen auff die heilige Schrifft gründe / damit die Kinder immer sehen / daß es nicht nur ihres Informatoris / sondern GOttes Willen sey / daß sie es thun GOtt / und nicht Menschen zugefallen.

VIII. Christian Wolff, aus: ‹Ausführliche Nachricht von seinen eigenen Schriften, die er in deutscher Sprache von den verschiedenen Theilen der Welt=Weißheit heraus gegeben, Franckfurt am Mayn› (2. Aufl.), 1733

(Text nach dem Neudruck Christian Wolff, Gesammelte Werke. I. Abt. Deutsche Schriften Bd. 9, Hildesheim-New York 1973, S. 24f)

Daß ich aber von der Welt=Weisheit in deutscher Sprache schrieb, dazu hatte ich mehr als eine Ursache. Auf der Universität, wo ich die Welt=Weisheit lehrete (d. i. in Halle), *war es eingeführet, daß der Vortrag in den Collegiis in deutscher Sprache geschahe. Und also konte ich nicht wohl von dieser Gewohnheit abgehen, fand auch mehr Gründe vor mich, warum ich dabey verblieb, als daß ich davon abwiche, ob ich gleich in Leipzig gewohnet war mich der lateinischen Sprache in meinen Collegiis zu bedienen. Denn es ist nicht zu leugnen, daß heute zu Tage viele auf Universitaeten kommen, welche in der lateinischen Sprache es nicht so weit gebracht, daß sie den lateinischen Vortrag verstehen können, und die wenigsten sind darinnen so geübet, daß sie, was lateinisch vorgetragen wird, eben so wohl verstünden, als wenn man es ihnen in ihrer Mutter=Sprache vorgetragen hätte. Da es nun in Wissenschafften nicht auf die Worte, sondern auf die Sachen ankommet, und man nicht darauf zu sehen hat, wenn man sie andern vortragen soll, daß sie*

Worte ins Gedächtnis fassen, sondern daß man ihnen einen Begriff von der Sache beybringe; so ist es nicht unbillig sich in diesem Stücke nach der Fähigkeit der Zuhörer zu richten. Am allerwenigsten aber halte ich wohl gethan zu seyn, wenn man einige gar entweder versäumen, oder von der Erlernung der Wissenschafften wegtreiben wollte, weil sie das Unglück gehabt in ihren Schul=Jahren in der Latinität versäumet zu werden. Hierzu kam noch dieses, daß mir bekandt war, wie sich aus deutschen Schrifften auch andere erbauen, welche nicht studiret haben, und es öffters in Wissenschaften andern zuvor thun, die studiret haben. Und auf diese richtete ich zugleich mein Absehen, und mir sind auch Exempel bekandt, daß ich in diesem Stücke meinen Zweck erreichet habe.

IX. Johann Christoph Gottsched, aus: ‹Versuch einer Critischen Dichtkunst›, Leipzig 1730

(Text nach dem Neudruck der 4. Aufl. von 1751, Darmstadt 1962, S. 346f)

Nachdem wir nun alles Zubehör der poetischen Schreibart insbesondere nach einander erwogen haben: so müssen wir auch sehen, was aus Zusammenfügung alles dessen in der Poesie für ein Ganzes entsteht. Dieses ist die poetische Schreibart, die wir in diesem Hauptstücke abhandeln wollen. Was die Schreibart überhaupt sey, ist nach so vielen andern, auch von mir, in meiner Redekunst schon abgehandelt worden. Ich habe daselbst gewiesen, daß sie der Vortrag vieler zusammenhangenden Gedanken sey, welcher durch solche Sätze und Redensarten geschieht, daraus man ihre Verknüpfung deutlich wahrnehmen kann. Diese Erklärung gab mir damals Anlaß zu folgern, daß es in der Schreibart hauptsächlich auf die Art zu denken ankomme; und daß ein Scribent in seinen Schriften, wo nicht seine Gemüthsbeschaffenheit, zum wenigsten doch die Fähigkeit seines Verstandes abschildere. Denn kein Mensch kann besser schreiben, als er vorher gedacht hat. Ein wüster und leerer Kopf kann gar nichts; ein verwirrter nichts ordentliches; ein schläfriger nichts lebhaftes; ein finsterer Geist nicht deutlich; ein niederträchtiges Gemüth nicht edel; ein närrischer Phantast nicht vernünftig schreiben. Es ist also eine vergebliche Sache, wenn sich viel junge Leute auf eine schöne Schreibart legen wollen; ehe sie recht denken gelernt haben. Der Kopf muß erst recht in die Falten gerücket, von Unwissenheit, Irrthümern und Vorurtheilen befreyet, mit Wissenschaften, Liebe der Wahrheit und Erkenntniß des Guten erfüllet werden: so wird hernach die Feder schon von sich selbst folgen.

So deutlich dieses einem jeden in die Augen leuchtet; so sehr muß man sich wundern, daß es noch Leute giebt, die es in Zweifel ziehen, und sich bemühen zu behaupten: es käme bloß auf die Wörter und Ausdrückungen an, wenn etwas hoch, oder sinnreich, oder niedrig klänge. Man sollte es nicht denken, daß auch Scribenten, die eine ziemliche Einsicht blicken lassen, auf solche Einfälle gerathen können. Man sage mir doch einen niedrigen Gedanken, mit solchen Worten, daß er hoch, nicht nur scheine, sondern in der That sey; man sage mir auch einen hohen oder scharfsinnigen Gedanken, ohne Zusatz andrer Einfälle, mit solchen Worten, daß er niedrig herauskomme: so will ich mich gern gefangen geben.

X. Aus: ‹The Spectator› Nr. 10, und der deutschen Übertragung in: ‹Der Vernünfftler› Nr. 26

(Text nach Eric A. Blackall, Die Entwicklung des Deutschen zur Literatursprache 1700–1775; deutsch von Hans G. Schürmann, Stuttgart 1966, S. 46)

But there are none to whom this Paper will be more useful, than to the Female World. I have often thought there has not been sufficient Pains taken in finding out proper Employments and Diversions for the Faire ones. Their Amusements seem contrived for them rather as they are Women, than as they are reasonable Creatures; and are more adapted to the Sex than to the Species. The Toilet is their great Scene of Business, and the right adjusting of their Hair the principal Employment of their Lives. The sorting of a Suit of Ribbons is reckon'd a very good Morning's Work; and if they make an Excursion to a Mercer's or a Toy=-shop, so great a Fatigue makes them unfit for anything else all the Day after. Their more serious Occupations are Sowing and Embroidery, and their greatest Drudgery the Preparation of Jellies and Sweet=meats. This, I say, is the State of ordinary Women.

Allein niemand wird mit dem Vernünfftler mehr gedient seyn, als der weiblichen Welt. Ich habe offtmahls erwogen, daß man sich noch nicht gnugsahme Mühe gegeben, recht anständige Verrichtungen und Ergetzlichkeiten vor das schöne Geschlecht zu ersinnen. Ihr gemeiner Zeitvertreib scheinet ihnen nur zuzukommen, in sofern sie Frauensleute sind, nicht aber als vernünfftigen Geschöpffen: Und ihr gantzer Betrieb schickt sich mehr vor das Geschlecht denn vor die Species. Die Toilette ist ihre große Scene, und das Haar=Auffstekken die vornehmste Affaire ihres gantzen Lebens. Wenn ein Kleid mit zugehörigem Band ausgesucht wird, so ist der Morgen wohl angewandt; Und fährt man etwan in eines Seiden=Händlers oder Galanterie=Krämers Bude, o! so macht eine solche Fatigue die lieben Dinger den gantzen Tag müde und zu allen andern Sachen unlustig. Ihre allerernsthaffteste Verrichtungen sind, wenns hoch komt, das Nähen und Sticken, und die allersaureste Mühe, Gallart oder Confect, auch wohl, wenn sie es so weit gebracht, Gurcken einzumachen. Dieses, sage ich, ist der Zustand der lieben Kinder insgemein.

XI. Christian Fürchtegott Gellert, aus: ‹Wie weit sich der Nutzen der Regeln in der Beredsamkeit und Poesie erstrecke›, 1756

(Text nach: C. F. Gellerts Sämmtliche Schriften, Dritter Theil, Leipzig 1854, S. 464f)

Man kann . . . sicher sagen, daß die Werke der prosaischen und poetischen Beredsamkeit älter sind, als die Regeln dieser Künste; und daß sie, in ihrer Form betrachtet, nur Anleitungen sind, die man aus den Meisterstücken gezogen hat. Aber man kann auch von einer andern Seite behaupten, daß die Regeln älter sind, als die Meisterstücke. Sie waren in dem Geiste großer

Männer zugegen, ehe sie redeten und dichteten; wie würden wir sie sonst in ihren Arbeiten antreffen können?

Aus dieser Erklärung der Regeln läßt sich ihr Werth schon bestimmen. Sind sie nicht Vorschriften des Eigensinns, sind sie Befehle der Vernunft und der Empfindung, was werden wir denn ohne sie ausrichten können? Wollen wir auf gut Glück in der Beredsamkeit und Poesie arbeiten? Wollen wir weder an eine Anlage, noch an ihre Ausführung, weder an die Erfindung, noch an die Ausbildung unsrer Gedanken denken? Das heißt, wollen wir Absichten ohne Mittel erreichen? Wollen wir, ohne die Gesetze der Ordnung, der Deutlichkeit, der Gründlichkeit zu beobachten, unterrichten und nützen; ohne Anmut, ohne Schönheit gefallen; ohne Nachdruck, ohne Stärke, das Herz rühren oder bewegen ? Oder will man sich darauf verlassen, daß unser Verstand uns die Regeln bey unsern Arbeiten schon eingeben wird? Ja, die Regeln sind später, als die Werke selbst. Sie sind von den Alten gefunden worden; wir können sie auch finden. Aber sie sind nicht auf einmal, sie sind nicht von einem allein, sie sind durch eine lange Uebung, durch viel Erfahrung entdecket, bewähret und brauchbar gemacht worden. Was hofft ein Verächter aller Regeln, der nur seinem Genie folgen will? Hofft er nicht, daß ihm das allein glücken soll, was Vielen nach und nach kaum geglückt ist? Besitzt er den großen Geist, den jene besaßen, welche durch ihr Exempel der Welt die Regeln in diesen Künsten entdeckten? Ist er in so glückliche Umstände gesetzt, wie jene, sein Genie zu versuchen, zu üben und zu bilden? . . . Es ist Stolz und Unwissenheit, sich keine Kenntniß der Regeln erwerben mögen. Es ist Undank, sich die Anmerkungen der geistreichsten Männer nicht zu Nutze machen wollen. Es ist Verwegenheit, sich auf sich selbst verlassen, und doch nicht leugnen können, daß die Natur in vielen Jahrhunderten nur wenige . . . Geister hervorgebracht, die sie mit einer außerordentlichen und göttlichen Stärke des Verstandes, der Einsicht und des Geschmacks begabt hat.

XII. Johann Christoph Adelung, aus: ‹Umständliches Lehrgebäude der Deutschen Sprache›, Leipzig 1782 (Neudruck Hildesheim–New York 1971), S. 183f

(Adelung will die deutsche Etymologie untersuchen): *Es wird dabey vorausgesetzt: 1. Daß die Sprache von Menschen erfunden worden . . . 2. Daß der Mensch sie nicht von ungefähr und noch weniger zur Lust und aus lieber langen Weile erfunden, sondern daß das Bedürfniß zu sprechen auf das innigste mit seiner Natur und Bestimmung zum gesellschaftlichen Leben verbunden ist, so daß er ohne dasselbe nicht Mensch, und ohne eine erfundene und wenigstens zum Theil ausgebildete Sprache nicht vernünftiger Mensch sein kann. 3. Daß die Sprache nicht von ausgebildeten oder mit vorzüglichen Einsichten und Erkenntnissen begabten Menschen erfunden worden, sondern von dem einfachen ganz rohen und sinnlichen Sohne der Natur, so wie er aus den Händen seines Schöpfers kam, zwar mit Fähigkeit und Anlage zu allem, aber noch in keinem Stücke mit Ausbildung und Entwicklung versehen, welche ihm selbst überlassen blieb, und überlassen bleiben mußte, wenn nicht Wunder auf Wunder gehäufet werden sollen. Als Thier hatte dieser Sohn der Natur das Vermögen der willkührlichen Bewe-*

gung, und auch ohne klare Begriffe instinctmäßig für seine Nahrung zu sorgen; aber noch mehr als Thier hatte er auch das Vermögen, Sprache zu erfinden, und dadurch den in ihm liegenden Keim zur Vernunft thätig zu machen und zu entwickeln. Ohne Anlage zur Erkenntniß findet keine Sprache, aber ohne Sprache auch keine deutliche Erkenntniß Statt. Beyde gehen in gleichen Schritten neben einander und bilden sich wechselweise aus. Aber eben dieses macht die Untersuchung des Ursprunges der Sprache so schwer, weil es dem in der so sehr verfeinerten bürgerlichen Gesellschaft erzogenen Menschen überaus schwer fällt, sich in die Lage des noch ganz sinnlichen Naturmenschen zu versetzen, und auch nur wahrscheinlich zu bestimmen, wie derselbe die Gegenstände außer sich empfunden, und welchen Gang seine noch unausgebildete Seele genommen, wenn sie ihre Vorstellungen davon hörbar machen wollte.

XIII. Friedrich Gottlieb Klopstock, aus: ‹Fragmente über Sprache und Dichtung / Von der Wortfolge›, Hamburg 1779

(Text nach: Klopstocks Sämmtliche Werke, Bd. 9, Leipzig 1855, S. 423f)

Der Dichter hat vornämlich vier Ursachen, warum er die Wortfolge ändert:

1) ‹Er will den Ausdruck der Leidenschaft verstärken;

2) ‹etwas erwarten lassen;

3) ‹Unvermuthetes sagen;

4) ‹dem Perioden gewisse kleine Nebenschönheiten geben, wodurch er ‹etwa mehr Wohlklang, oder leichtere und freyere Wendungen bekömmt.›

Ich nenne dies die Grundsätze der L e i d e n s c h a f t, der E r w a r t u n g, des U n v e r m u t h e t e n, und der N e b e n a u s b i l d u n g.

Der e r s t e Grundsatz wird wohl so am kürzesten und deutlichsten ausgedrückt: Wessen das Herz am vollsten ist, davon geht der Mund am ersten über.

Nach dem z w e y t e n wird das Wovon weiter, als gewöhnlich ist, vom Anfange des Satzes entfernt. Es versteht sich, daß der Gegenstand verdienen müsse, so unterschieden zu werden.

Unsere Sprache zeigt schon darin einen Hang Erwartung zu veranlassen, daß sie das Beywort v o r die Benennung, und die Modifikazion vor das Modifizirte setzt. Als u n a u s s p r e c h l i c h elend.

Da, wegen des Nach und nach der Sprachen, erregtes Erwarten überhaupt in ihrer Natur liegt; so scheint mir diejenige Sprache Vorzüge zu haben, die auf diesem Wege weiter als andere fortgehen kann.

Nach dem d r i t t e n kömmt da noch etwas hinzu, wo die gewöhnliche Wortfolge nichts mehr vermuthen ließ. Als: Hermann richtete in der ersten Siegesfreude ein unordentliches Denkmal von Schilden, Schwertern und Lanzen auf, u n d v o n d e n A d l e r n d e r L e g i o n e n. Das Hinzukommende muß wichtig genug seyn, um so ausgezeichnet zu werden.

Ein Dichter, der den v i e r t e n Grundsatz nicht unrichtig anwenden will, muß viel kleine, aber genaue und wahre Unterschiede machen können, und stark in der Sprache seyn. Denn sonst mislingen ihm diese letzten Ründungen des Perioden so sehr, daß sie Auswüchse werden. Viele unserer neuesten, und in andern Betrachtungen schönen Werke sind voll von solchen Auswüchsen. Und das verunstaltet denn doch gleichwohl die größeren Schönheiten.

XIV. Gotthold Ephraim Lessing, aus: ‹Laokoon oder über die Grenzen der Malerei und Poesie›

(Text nach G. E. Lessing, Werke, Vollst. Ausgabe in fünfundzwanzig Teilen, hg. von Julius Petersen und Waldemar von Olshausen, Berlin 1925 [Nachdruck Hildesheim-New York 1970], Bd. 4, S. 321 ff. – Die Orthographie ist in dieser Ausgabe modernisiert.)

Virgils Laokoon ist in seinem priesterlichen Ornate, und in der Gruppe erscheinet er, mit beiden seinen Söhnen, völlig nackend. Man sagt, es gebe Leute, welche eine große Ungereimtheit darin fänden, daß ein Königssohn, ein Priester, bei einem Opfer, nackend vorgestellet werde. Und diesen Leuten antworten Kenner der Kunst in allem Ernste, daß es allerdings ein Fehler wider das Übliche sei, daß aber die Künstler dazu gezwungen worden, weil sie ihren Figuren keine anständige Kleidung geben können. Die Bildhauerei, sagen sie, könne keine Stoffe nachahmen; dicke Falten machten eine üble Wirkung; aus zwei Unbequemlichkeiten habe man also die geringste wählen, und lieber gegen die Wahrheit selbst verstoßen, als in den Gewändern tadelhaft werden müssen. Wenn die alten Artisten bei dem Einwurfe lachen würden, so weiß ich nicht, was sie zu der Beantwortung sagen dürften. Man kann die Kunst nicht tiefer herabsetzen, als es dadurch geschiehet. Denn gesetzt, die Skulptur könnte die verschiednen Stoffe ebensogut nachahmen, als die Malerei: würde sodann Laokoon notwendig bekleidet sein müssen? Würden wir unter dieser Bekleidung nichts verlieren? Hat ein Gewand, das Werk sklavischer Hände, ebensoviel Schönheit als das Werk der ewigen Weisheit, ein organisierter Körper? Erfordert es einerlei Fähigkeiten, ist es einerlei Verdienst, bringt es einerlei Ehre, jenes oder diesen nachzuahmen? Wollen unsere Augen nur getäuscht sein, und ist es ihnen gleich viel, womit sie getäuscht werden?

Bei dem Dichter ist ein Gewand kein Gewand; es verdeckt nichts; unsere Einbildungskraft sieht überall hindurch. Laokoon habe es bei dem Virgil, oder habe es nicht, sein Leiden ist ihr an jedem Teile seines Körpers einmal so sichtbar, wie das andere. Die Stirne ist mit der priesterlichen Binde für sie umbunden, aber nicht umhüllet. Ja sie hindert nicht allein nicht, diese Binde; sie verstärkt auch noch den Begriff, den wir uns von dem Unglücke des Leidenden machen. . . . Nichts hilft ihm seine priesterliche Würde; selbst das Zeichen derselben, das ihm überall Ansehen und Verehrung verschafft, wird von dem giftigen Geifer durchnetzt und entheiliget.

Aber diesen Nebenbegriff mußte der Artist aufgeben, wenn das Hauptwerk nicht leiden sollte. Hätte er dem Laokoon auch nur die Binde gelassen, so würde er den Ausdruck um ein Großes geschwächt haben. Die Stirne wäre zum Teil verdeckt worden, und die Stirne ist der Sitz des Ausdruckes.

XV. Christoph Martin Wieland, aus: ‹Der Schlüssel zur Abderitengeschichte› 1781

(Text nach Chr. M. Wieland, Ausgewählte Werke in drei Bänden, hg. von Friedrich Beissner, München o. J. [1964] Bd. 2, S. 897f.– Die Orthographie ist in dieser Ausgabe modernisiert.)

(Wieland gibt vor, er sei nur der Herausgeber; Verfasser der Romans ‹Geschichte der Abderiten› sei ein Ungenannter. Er beabsichtige, dessen Lesern) *die Geschichte der Entstehung desselben, unverfälscht und mit den eigenen Worten des Verfassers (eines zwar wenig gekannten, aber seit dem Jahr 1753 sehr stark gelesenen Schriftstellers)* – W.s erste Schriften waren 1752 erschienen – *mitzuteilen.*

Es war (so lautet sein Bericht) – es war ein schöner Herbstabend im Jahre 177; ich befand mich allein in dem obern Stockwerk meiner Wohnung und sah – (warum sollt ich mich schämen zu bekennen wenn mir etwas menschliches begegnet?) vor langer Weile zum Fenster hinaus; denn schon seit vielen Wochen hatte mich mein Genius gänzlich verlassen. Ich konnte weder denken noch lesen. Alles Feuer meines Geistes schien erloschen, alle meine Laune, gleich einem flüchtigen Salze, verduftet zu sein. Ich war oder fühlte mich wenigstens dumm; aber ach! ohne an den Seligkeiten der Dummheit Teil zu haben, ohne einen einzigen Gran von dieser stolzen Zufriedenheit mit sich selbst, dieser unerschütterlichen Überzeugung, welche gewisse Leute versichert, daß alles was sie denken, sagen, träumen und im Schlaf reden, wahr, witzig, weise, und in Marmor gegraben zu werden würdig sei – einer Überzeugung, die den echten Sohn der großen Göttin, wie ein Muttermal, kennbar und zum glücklichsten aller Menschen macht. Kurz, ich fühlte meinen Zustand, und er lag schwer auf mir; ich schüttelte mich vergebens; und es war (wie gesagt) so weit mit mir gekommen, daß ich durch ein ziemlich unbequemes kleines Fenster in die Welt hinaus guckte, ohne zu wissen was ich sah, oder etwas zu sehen das des Wissens oder Sehens wert gewesen wäre.*

Auf einmal war mir, als höre ich eine Stimme – ob es Wahrheit oder Täuschung war, will ich nicht entscheiden – die mir zurief: Setze dich und schreibe die Geschichte der Abderiten!

Und plötzlich ward es Licht in meinem Kopfe. – Ja, ja, dacht ich, die Abderiten! Was kann natürlicher sein? Die Geschichte der Abderiten will ich schreiben! Wie war es doch möglich, daß mir ein so simpler Einfall nicht schon längst gekommen ist?

XVI. Johann Gottfried Herder, aus: ‹Von den Lebensaltern einer Sprache›

(Text nach Bernhard Suphan, Herders Sämmtliche Werke, Bd. 1, Berlin 1877, S. 151f)

So wie der Mensch auf verschiedenen Stuffen des Alters erscheinet: so verändert die Zeit alles. Das ganze Menschengeschlecht, ja die todte Welt selbst, jede Nation, und jede Familie haben einerlei Gesezze der Veränderung: vom Schlechten zum Guten, vom Guten zum Vortreflichen, vom Vortreflichen zum Schlechtern, und zum Schlechten: dieses ist der Kreislauf aller Dinge. So ists mit jeder Kunst und Wissenschaft: sie keimt, trägt Knospen, blüht auf und verblühet. – So ists auch mit der Sprache. . . .

Eine Sprache in ihrer Kindheit bricht wie ein Kind einsylbichte, rauhe und hohe Töne hervor. Eine Nation in ihrem ersten wilden Ursprunge starret, wie ein Kind, alle Gegenstände an; Schrecken, Furcht und alsdenn Bewunderung sind die Empfindungen, derer beide allein fähig sind, und die Sprache dieser Empfindungen sind Töne, – und Geberden. Zu den Tönen sind ihre Werkzeuge noch ungebraucht: folglich sind jene hoch und mächtig an Accenten; Töne und Geberden sind Zeichen von Leidenschaften und Empfindungen, folglich sind sie heftig und stark: ihre Sprache spricht für Auge und Ohr, für Sinne und Leidenschaften: sie sind größerer Leidenschaften fähig, weil ihre Lebensart voll Gefahr und Tod und Wildheit ist: sie verstehen also auch die Sprache des Affects mehr, als wir, die wir dies Zeitalter nur aus spätern Berichten und Schlüssen kennen; denn so wenig wir aus unsrer ersten Kindheit Nachricht durch Erinnerung haben, so wenig sind Nachrichten aus dieser Zeit der Sprache möglich, da man noch nicht sprach, sondern tönete; da man noch wenig dachte, aber desto mehr fühlte; und also nichts weniger als schrieb.

So wie sich das Kind oder die Nation änderte: so mit ihr die Sprache. Entsezzen, Furcht und Verwunderung verschwand allmälich, da man die Gegenstände mehr kennen lernte; man ward mit ihnen vertraut und gab ihnen Namen, Namen, die von der Natur abgezogen waren, und ihr so viel möglich im Tönen nachahmten. Bei den Gegenständen fürs Auge muste die Geberdung noch sehr zu Hülfe kommen, um sich verständlich zu machen: und ihr ganzes Wörterbuch war noch sinnlich. Ihre Sprachwerkzeuge wurden biegsamer, und die Accente weniger schreyend. Man sang also, wie viele Völker es noch thun und wie es die alten Geschichtsschreiber durchgehends von ihren Vorfahren behaupten. Man pantomimisirte, und nahm Körper und Geberden zu Hülfe: damals war die Sprache in ihren Verbindungen noch sehr ungeordnet und unregelmäßig in ihren Formen.

XVII. Johann Wolfgang von Goethe, aus: ‹Dichtung und Wahrheit. Dritter Theil, Eilftes Buch. Vollständige Ausgabe letzter Hand. Sechs und zwanzigster Band. Unter des durchlauchtigsten deutschen Bundes schützenden Privilegien.› Stuttgart und Tübingen 1829. Zweiter Titel: ‹Es ist dafür gesorgt, daß die Bäume nicht in den Himmel wachsen.›

(Text nach: Goethes Werke. Hrsg. im Auftrage der Großherzogin Sophie von Sachsen. 28. Band, Weimar 1890, S. 39–42)

Da ich eigentlich nach Straßburg gegangen war, um zu promoviren, so gehörte es freilich unter die Unregelmäßigkeiten meines Lebens, daß ich ein solches Hauptgeschäft als eine Nebensache betrachtete. Die Sorge wegen des Examens hatte ich mir auf eine sehr leichte Weise bei Seite geschafft; es war nun aber auch an die Disputation zu denken: denn von Frankfurt abreisend hatte ich meinem Vater versprochen und mir selbst fest vorgesetzt, eine solche zu schreiben. Es ist der Fehler derjenigen die manches, ja viel vermögen, daß sie sich alles zutrauen, und die Jugend muß sogar in diesem Falle sein, damit nur etwas aus ihr werde. Eine Übersicht der Rechtswissenschaft und ihres ganzen Fachwerks hatte ich mir so ziemlich verschafft, einzelne rechtliche Gegenstände interessirten mich hinlänglich, und ich glaubte, da ich mir den braven Leyser zum Vorbild genommen hatte, mit meinem kleinen Menschenverstand ziemlich durchzukommen. Es zeigten sich große Bewegungen in der Jurisprudenz; es sollte mehr nach Billigkeit geurtheilt werden; alle Gewohnheitsrechte sah man täglich gefährdet, und besonders dem Criminalwesen stand eine große Veränderung bevor. Was mich selbst betraf, so fühlte ich wohl, daß mir zur Ausfüllung jener Rechts=Topik, die ich mir gemacht hatte, unendlich vieles fehle; das eigentliche Wissen ging mir ab, und keine innere Richtung drängte mich zu diesen Gegenständen. Auch mangelte der Anstoß von außen, ja mich hatte eine ganz andere Facultät mit fortgerissen. Überhaupt, wenn ich Interesse finden sollte, so mußte ich einer Sache irgend etwas abgewinnen, ich mußte etwas an ihr gewahr werden, das mir fruchtbar schien und Aussichten gab. So hatte ich mir einige Materien wohl gemerkt, auch sogar darauf gesammelt, und nahm auch meine Collectaneen vor, überlegte das was ich behaupten, das Schema, wonach ich die einzelnen Elemente ordnen wollte, nochmals, und arbeitete so eine Zeitlang; allein ich war klug genug, bald zu sehen, daß ich nicht fortkommen könne und daß, um eine besondere Materie abzuhandeln, auch ein besonderer und lang anhaltender Fleiß erforderlich sei, ja daß man nicht einmal ein solches Besondere mit Glück vollführen werde, wenn man nicht im Ganzen wo nicht Meister, doch wenigstens Altgeselle sei.

Die Freunde, denen ich meine Verlegenheit mittheilte, fanden mich lächerlich, weil man über Theses eben so gut, ja noch besser als über einen Tractat disputiren könne; in Straßburg sei das gar nicht ungewöhnlich. Ich ließ mich zu einem solchen Ausweg sehr geneigt finden, allein mein Vater, dem ich deßhalb schrieb, verlangte ein ordentliches Werk, das ich, wie er meinte, sehr wohl ausfertigen könnte, wenn ich nur wollte, und mir die gehörige Zeit dazu nähme. Ich war nun genöthigt, mich auf irgend ein Allgemeines zu werfen, und etwas zu wählen, was mir geläufig wäre. Die Kirchengeschichte war mir fast noch bekannter als die Weltgeschichte, und mich hatte von jeher der Conflict, in welchem sich die Kirche, der öffentlich anerkannte Gottesdienst, nach zwei Seiten hin befindet und immer befinden wird, höchlich interessirt. Denn einmal liegt sie in ewigem Streit mit dem Staat, über den sie sich erheben, und sodann mit den Einzelnen, die sie alle zu sich versammeln will. Der Staat von seiner Seite will ihr die Oberherrschaft nicht zugestehen, und die Einzelnen widersetzen sich ihrem Zwangsrechte. Der Staat will alles zu öffentlichen allgemeinen Zwecken, der Einzelne zu häuslichen, herzlichen, gemüthlichen. Ich war von Kindheit auf Zeuge solcher Bewegungen gewesen, wo die Geistlichkeit es bald mit den Obern, bald mit der Gemeine verdarb. Ich hatte mir daher in meinem jugendlichen Sinne festgesetzt, daß der Staat, der Gesetzgeber, das Recht habe, einen Cultus zu bestimmen, nach welchem die Geistlichkeit lehren und sich benehmen solle, die Laien hingegen sich äußerlich und öffentlich genau zu richten hätten; übrigens sollte die Frage nicht sein, was jeder bei sich denke, fühle oder sinne. Dadurch glaubte ich alle Collisionen auf einmal gehoben zu haben. Ich wählte deßhalb zu meiner

Disputation die erste Hälfte dieses Themas: daß nämlich der Gesetzgeber nicht allein berechtigt, sondern verpflichtet sei, einen gewissen Cultus festzusetzen, von welchem weder die Geistlichkeit noch die Laien sich lossagen dürften.

XVIII. Friedrich von Schiller, aus: ‹Ueber den moralischen Nutzen ästhetischer Sitten›. In: Die Horen, eine Monatsschrift, hg. von Schiller. 5. Band, Tübingen 1796. 3. Stück, S. 78–91

(Text nach der ‹Nationalausgabe› von Schillers Werken. Bd. 21: Philosophische Schriften, 2. Teil, Weimar 1963, S. 35–37)

Wenn nun von der menschlichen Natur – so lange sie menschliche Natur bleibt, nie und nimmer zu erwarten ist, daß sie ohne Unterbrechung und Rückfall gleichförmig und beharrlich als reine Vernunft handle, und nie gegen die sittliche Ordnung anstoße – wenn wir bey aller Ueberzeugung sowohl von der Nothwendigkeit als von der Möglichkeit reiner Tugend uns gestehen müssen, wie sehr zufällig ihre wirkliche Ausübung ist, und wie wenig wir auf die Unüberwindlichkeit unserer beßern Grundsätze bauen dürfen – wenn wir uns bey diesem Bewußtsein unserer Unzuverläßigkeit erinnern, daß das Gebäude der Natur durch jeden unserer moralischen Fehltritte leidet – wenn wir uns alles dieses ins Gedächtniß rufen, so würde es die frevelhafteste Verwegenheit seyn, das Beste der Welt auf dieses Ohngefähr unserer Tugend ankommen zu lassen. Vielmehr erwächst hieraus eine Verbindlichkeit für uns, wenigstens der physischen Weltordnung durch den Inhalt unserer Handlungen Genüge zu leisten, wenn wir es auch der moralischen durch die Form derselben nicht recht machen sollten – wenigstens als vollkommene Instrumente dem Naturzwecke zu entrichten, was wir, als unvollkommene Personen der Vernunft schuldig bleiben, um nicht vor beyden Tribunalen zugleich mit Schande zu bestehen. Wenn wir deßwegen, weil sie ohne moralischen Werth ist, für die Legalität unsers Betragens keine Anstalten treffen wollten, so könnte sich die Weltordnung darüber auflösen, und ehe wir mit unsern Grundsätzen fertig würden, alle Bande der Gesellschaft zerrissen seyn. Je zufälliger aber unsre Moralität ist, desto nothwendiger ist es, Vorkehrungen für die Legalität zu treffen, und eine leichtsinnige oder stolze Versäumniß dieser letztern kann uns moralisch zugerechnet werden. Eben so, wie der Wahnsinnige, der seinen nahenden Paroxysmus ahnet, alle Messer entfernt und sich freiwillig den Banden darbietet, um für die Verbrechen seines zerstörten Gehirnes nicht im gesunden Zustand verantwortlich zu seyn – eben so sind auch wir verpflichtet, uns durch Religion und durch ästhetische Gesetze zu binden, damit unsre Leidenschaft in den Perioden ihrer Herrschaft nicht die physische Ordnung verletze.

Ich habe hier nicht ohne Absicht Religion und Geschmack in Eine Klasse gesetzt, weil beide das Verdienst gemein haben dem Effekt, wenn gleich nicht dem innern Werth nach, zu einem Surrogat der wahren Tugend zu dienen, und die Legalität da zu sichern, wo die Moralität nicht zu hoffen ist. Obgleich derjenige im Range der Geister unstreitig eine höhere Stelle bekleiden würde, der weder die Reize der Schönheit noch die Aussichten auf eine Unsterblichkeit nöthig hätte, um sich bey allen Vorfällen der Vernunft gemäß zu betragen, so nöthigen doch die bekannten Schranken der Menschheit selbst den rigidesten Ethiker, von der Strenge seines Systems in der Anwendung etwas nachzulassen, ob er demselben gleich in der Theorie nichts vergeben darf, und das Wohl des Menschengeschlechts, das durch unsre zufällige Tugend gar übel besorgt seyn würde, noch zur Sicherheit an den beiden starken Ankern, der Religion und des Geschmacks, zu bevestigen.

XIX. Ludolf Wienbarg, aus: ‹Wanderungen durch den Tierkreis›, Hamburg 1835

(Text nach Jost Hermand, Das Junge Deutschland, Stuttgart 1974, S. 324f)

Damals, ich meine im Jahr 1813, ließen Metternich und Hardenberg die deutsche Freiheit los gegen die Franzosen. Der alte Leu, er hatte bis dahin jahrhundertelang in verschiedenen deutschen Staatsgefängnissen, nämlich deutschen Staaten, ruhig an der Kette gelegen und geschlummert. Er fühlte sich sehr abgespannt nach der dreißigjährigen Selbstzerfleischung. Da brannte ihm die Französische Revolution eine Rakete unter der Nase ab. Er erwachte von dem feurigen Geprassel, um sogleich mißmutig wieder einzuschlafen. Da trat Napoleon ihm höhnisch auf den Schweif und spie ihm verächtlich ins Gesicht. Und das war ihm zuviel. Er erhob sich. Deutschlands Fürsten traten hinan an das königliche Tier, streichelten ihm herablassend gnädig die zorngesträubte, teutonischgelbe Mähne und drückten ihm in ihrer Herzensangst unter den schönsten Versprechungen die grobe, treue Pfote. Und der alte Löwe erhob seinen Schweif, wie Ziska seinen mit eisernem Morgenstern gegürteten Dreschflegel, und sprang brüllend über den frohlockenden Rhein und schlug dem korsischen Adler beide Flügel ab. Darauf wurde der Adler zu Schiff nach einem einsam fernen Felsen gebracht und auf dem kahlen Gipfel niedergesetzt und von Sir Hudson Lowe zu Tode gefüttert.

Gleich nach des Löwen Heimkunft nahm Metternich die Fürsten beiseite und flüsterte ihnen zu, schauen's, wie erhitzt unser alter Löwe aussieht, wie unerlaubt jugendlich er an den Stangen der Turnplätze hinanklettert, wie hartnäckig, ja drohend er seine kaum wiedergewonnene Stimme erhebt, um uns an die Erfüllung unserer Versprechungen zu mahnen. Ich beschwöre eure Majestäten, auf diese ehemals so gesetzlich schläfrige und gutmütige, nun aber gefährlich alterierte Bestie ein wachsames Auge zu halten und dero geheiligte Personen nicht durch unvorsichtiges Annähern in Gefahr zu setzen. Inzwischen werde ich die zweckdienlichsten Maßregeln ergreifen, um das arme Tier aus seiner fieberhaften Muskelspannung in den verscheuchten wohltätigen Schlaf zurückzuführen.

Und die deutsche Freiheit, Dank sei es jenen Maßregeln, schlief wieder ein.

XX. Heinrich Heine, aus: ‹Die romantische Schule›, Hamburg 1836

Text nach Jost Hermand, Das Junge Deutschland, Stuttgart 1974, S. 27)

Freilich, auch Goethe besang einige große Emanzipationsgeschichten, aber er besang sie als Artist. Da er nämlich den christlichen Enthusiasmus, der ihm fatal war, verdrießlich ablehnte und den philosophischen Enthusiasmus unserer Zeit nicht begriff oder nicht begreifen wollte, weil er dadurch aus seiner Gemütsruhe herausgerissen zu werden fürchtete: so behandelte er den Enthusiasmus überhaupt ganz historisch, als etwas Gegebenes, als einen Stoff, der behandelt werden soll, der Geist wurde Materie unter seinen Händen, und er gab ihm die schöne, gefällige Form. So wurde er der größte Künstler in unserer Literatur, und alles, was er schrieb, wurde ein abgerundetes Kunstwerk.

Das Beispiel des Meisters leitete die Jünger, und in Deutschland entstand dadurch jene literarische Periode, die ich einst als ‹die Kunstperiode› bezeichnet und wobei ich den nachteiligen Einfluß auf die politische Entwickelung des deutschen Volkes nachgewiesen habe. Keineswegs jedoch leugnete ich bei dieser Gelegenheit den selbständigen Wert der Goetheschen Meisterwerke. Sie zieren unser teueres Vaterland, wie schöne Statuen einen Garten zieren, aber es sind Statuen. Man kann sich darin verlieben, aber sie sind unfruchtbar: die Goetheschen Dichtungen bringen nicht die Tat hervor wie die Schillerschen. Die Tat ist das Kind des Wortes, und die Goetheschen schönen Worte sind kinderlos. Das ist der Fluch alles dessen, was bloß durch die Kunst entstanden ist. Die Statue, die der Pygmalion verfertigt, war ein schönes Weib, sogar der Meister verliebte sich darin, sie wurde lebendig unter seinen Küssen, aber soviel wir wissen, hat sie nie Kinder bekommen.

XXI. Aus dem Manifest des Deutschen Arbeiterkongresses in Berlin an die Konstituierende Versammlung in Frankfurt (2. September 1848)

(Text nach Harry Pross (Hg.), Deutsche Politik 1803–1870, Frankfurt 1963, S. 38f)

(Die Arbeiter) haben nunmehr leider die Überzeugung erlangt, daß auch in der Verfassungsurkunde für Deutschland die soziale Frage ebensowenig wie in andern Verfassungsarbeiten eine Stelle finden könne. . . .

Da uns aber ein solches Nichtanstehen oder Nichteingehen auf die Lebensfrage eines großen Teils der europäischen Bevölkerung seitens der Staatsmänner und Volksvertreter fast allenthalben entgegentritt, so müssen wir uns wohl fragen, was die Augen einsichtsvoller Männer in diesem Stücke verdunkle und ihre Einsicht beschränke? Die Antwort auf diese Frage liegt uns nahe, sie lautet: wir Arbeiter und unsre Angelegenheiten stehen den Augen der Staatsmänner, wie diese bisher durch das Staatsleben gebildet wurden, zu fern, ja für die meisten waren die Arbeiter eigentlich gar nicht als Staatsbürger sichtbar, sondern nur als Ziffern in den Bevölkerungslisten und in den Berechnungen der Volksmacht.

Der Staat kennt nur den Besitz, als etwas Bleibendes, und die Besitzenden, als bereits verschiedentlich organisierte und leiblich vorhandene Staatsbürgerkaste; diese Massen liegen dem Staatsmanne, der über eine neue Konstitution verhandelt, lebendig vor Augen, sind durch spezielle Gesetze organisiert und seine neue Arbeit hat es nun bloß damit zu tun, den Umständen gemäß da und dort einige Umgestaltungen anzubringen.

Die Gesamtheit der Arbeiter steht dagegen nicht als eine bestimmte Staatsbürgermasse, welche einen Besitz habe und in diesem geschützt oder besser geordnet werden müsse, vor den Augen der Gesetzgeber. Die Gesetzgebung ist gegen sie nur beschränkend und maßgebend gewesen; an die Stelle des Schutzes stellt sie bei ihnen den Grundsatz: ‹Dem Arbeiter ist erlaubt, in aller Freiheit und aus allen Kräften zu arbeiten und von dem Lohn der Arbeit zu leben.›

Der Staat verfährt in diesem Stück gewissermaßen richtig; denn solange der Arbeiter nur als eine zerstreute Menschenmenge zu betrachten ist, läßt sich auch nichts gesetzlich Bestimmtes für ihn als Ganzes, oder für Glieder desselben, als Ganze, zur Beschützung von Rechten begründen.

Dieses konnte nur von den Arbeitern selbst ausgehen. Es war bisher versäumt worden, ist aber von uns, soweit es der Augenblick zuläßt, nachgeholt worden, und die Organisation der Arbeiter Deutschlands, wie sie jetzt im Leben steht, liegt in den Grundzügen ihres Verfassungsstatuts einer hohen Nationalversammlung vor Augen. . . . So organisiert . . . treten wir jetzt unter unsere Mitbürger und vor den gesetzgebenden Körper unserer Wahl . . .

. . .

Wir, die Arbeiter, sind von Natur die Stützen der Ruhe und der Ordnung, denn wir wissen sehr wohl, daß wir zum Leben vor allem der Ruhe und Ordnung bedürfen. Wir reichen unseren Mitbürgern und unseren Gesetzgebern die Hand und die Verheißung unseres Worts: Ja! wir wollen die Ruhe und Ordnung der Staaten aufrechterhalten, – wir können es verheißen, denn wir haben die Kraft dazu und sind uns unserer politischen Bedeutung bewußt.

LITERATURHINWEISE ZUM VIERTEN BUCH

Abgekürzt zitierte Zeitschriften und Sammelwerke

Aufr	Deutsche Philologie im Aufriß, hrsg. von Wolfgang Stammler. 3 Bde. und Registerband, Berlin ²1957–1969
DVjS	Deutsche Vierteljahrsschrift für Literaturwissenschaft und Geistesgeschichte, Stuttgart
GRM	Germanisch-Romanische Monatsschrift, Heidelberg
LGL	Lexikon der Germanistischen Linguistik, hrsg. von Hans Peter Althaus, Helmut Henne, Herbert Ernst Wiegand, Tübingen 1973
MuS	Muttersprache. Zeitschrift zur Pflege und Erforschung der deutschen Sprache, Mannheim–Zürich
NdJb	Niederdeutsches Jahrbuch, Neumünster
PBB	Beiträge zur Geschichte der deutschen Sprache und Literatur (Pauls und Braunes Beiträge), (West) Tübingen, (Ost) Halle
WW	Wirkendes Wort. Deutsches Sprachschaffen in Lehre und Leben. Düsseldorf
Wortgesch	Deutsche Wortgeschichte, hrsg. von Friedrich Maurer und Heinz Rupp. 3 Bde., Berlin–New York ³1974ff
ZdB	Zeitschrift für deutsche Bildung, Frankfurt a. M.
ZfDK	Zeitschrift für Deutschkunde, Leipzig–Berlin
ZMaf	Zeitschrift für Mundartforschung, Wiesbaden
ZfdPh	Zeitschrift für deutsche Philologie, Berlin
ZdS	Zeitschrift für deutsche Sprache. Fortführung der von Friedrich Kluge begr. Zeitschrift für deutsche Wortforschung, Berlin
ZdU	Zeitschrift für den deutschen Unterricht, Leipzig–Berlin
ZfdW	Zeitschrift für deutsche Wortforschung, Straßburg
Fs	Festschrift
Jb	Jahrbuch
ND	Nachdruck/Neudruck
TB	Taschenbuch

Sprachgeschichte

1 Bach, Adolf, Geschichte der deutschen Sprache. Heidelberg ⁸1965

2 Behaghel, Otto, Geschichte der deutschen Sprache. Berlin–Leipzig ⁵1928

3 Rückert, Heinrich, Geschichte der neuhochdeutschen Schriftsprache. 2 Bde. Leipzig 1875

4 Socin, Adolf, Schriftsprache und Dialekte im Deutschen nach Zeugnissen alter und neuer Zeit. Beiträge zur Geschichte der deutschen Sprache. Heilbronn 1888

5 Langen, August, Deutsche Sprachgeschichte vom Barock bis zur Gegenwart. In: Aufr 1, Berlin ²1957, Sp. 931–1396

6 Deutsche Wortgeschichte. Bd. II, hrsg. von Friedrich Maurer und Heinz Rupp. Berlin–New York ³1974

7 Burdach, Konrad, Vorspiel. Gesammelte Schriften zur Geschichte des deutschen Geistes. Bd. I, 2 und II. Halle 1925–1926

8 –, Die nationale Aneignung der Bibel und die Anfänge der germanischen Philologie. In: Fs für Eugen Mogk. Halle 1924, S. 231–334

9 Newald, Richard, Probleme der neuhochdeutschen Schriftsprache. In: ZdB 8 (1932), S. 177–185

10 Kluge, Friedrich, Von Luther bis Lessing. Leipzig [5]1918

11 Stammler, Wolfgang, Kleine Schriften zur Sprachgeschichte. Berlin 1954

11a Eggers, Hans, Deutsche Sprache und Gesellschaft in historischer Sicht. In: Handbuch zur Geschichte der deutschen Sprache und ihrer Erforschung. Berlin–New York 1984

Grammatik

12 Grimm, Jacob, Deutsche Grammatik. 4 Bde. Göttingen 1819–1837

13 Paul, Hermann, Deutsche Grammatik. 5 Bde. Halle 1916–1920, ND Tübingen 1968

14 Jellinek, Max Hermann, Geschichte der neuhochdeutschen Grammatik von den Anfängen bis auf Adelung. 2 Halbbände. Heidelberg 1913–1914

15 Brinkmann, Hennig, Die deutsche Sprache. Gestalt und Leistung. Düsseldorf [2]1971

16 Erben, Johannes, Deutsche Grammatik. Ein Abriß. München [11]1972

17 Glinz, Hans, Die innere Form des Deutschen. Eine neue deutsche Grammatik. Bern–München [4]1965

17a Admoni, Wladimir, Der deutsche Sprachbau. München [4]1982

17b Engel, Ulrich, Syntax der deutschen Gegenwartssprache. Berlin 1977

17c von Polenz, Peter, Deutsche Satzsemantik. Grundbegriffe des Zwischen-den-Zeilen-Lesens. (Slg. Göschen 2226). Berlin–New York 1985

17d Bausinger, Hermann, Deutsch für Deutsche; Dialekte, Sprachbarrieren, Sondersprachen. Frankfurt a. M. 1984 (Fischer-TB 6491)

Stilistik

18 Kayser, Wolfgang, Das sprachliche Kunstwerk. Eine Einführung in die Literaturwissenschaft. Bern [16]1973

19 Lausberg, Heinrich, Handbuch der literarischen Rhetorik. 2 Bde. München 1960

20 Seidler, Herbert, Allgemeine Stilistik. Göttingen [2]1963

21 Schneider, Wilhelm, Stilistische deutsche Grammatik. Die Stilwerte der Wortarten, der Wortstellung und des Satzes. Freiburg–Basel–Wien [5]1969

22 –, Ausdruckswerte der deutschen Sprache. Eine Stilkunde. Darmstadt [2]1968

23 Engel, Eduard, Deutsche Stilkunst. Wien–Leipzig [30]1922

24 Reiners, Ludwig, Stilkunst. Ein Lehrbuch deutscher Prosa. München 1955

25 Riesel, Elise G., und E. I. Schendels, Deutsche Stilistik. Moskau 1975

26 Silman, Tamara I., Übungsbuch zur Stilanalyse deutscher Dichtung. Leningrad 1969

27 SOWINSKI, BERNHARD, Deutsche Stilistik. Beobachtungen zur Sprachverwendung und Sprachgestaltung im Deutschen. Frankfurt a. M. 1973 (Fischer-TB 6147)

28 GRIMM, JACOB und WILHELM, Deutsches Wörterbuch. 32 Bde., hrsg. von der Dt. Ak. d. Wissenschaften zu Berlin. Leipzig 1854–1954 (ND 1984)

29 PAUL, HERMANN, Deutsches Wörterbuch. 5., völlig neubearbeitete und erweiterte Auflage von Werner Betz. Tübingen 1966, [6]1966 (Studienausgabe)

30 TRÜBNERS Deutsches Wörterbuch. Im Auftrag der Arbeitsgemeinschaft für deutsche Wortforschung hrsg. von Alfred Götze. 8 Bde. Berlin 1939–1957

31 Wörterbuch der Deutschen Gegenwartssprache, hrsg. von Ruth Klappenbach und Wolfgang Steinitz. Bd. Iff. Berlin (DDR) 1964ff

32 DORNSEIFF, FRANZ, Der deutsche Wortschatz nach Sachgruppen. Berlin [5]1959

33 WEHRLE, HUGO, und HANS EGGERS, Deutscher Wortschatz. Ein Wegweiser zum treffenden Ausdruck. Stuttgart [13]1967

Weitere Literaturhinweise

zu Kapitel I:

34 JUSTUS GEORG SCHOTTELIUS, Ausführliche Arbeit Von der Teutschen HaubtSprache. Braunschweig 1663

35 –, Friedens Sieg, hrsg. von Friedrich E. Koldewey. Halle 1900

36 GEORG PHILIPP HARSDÖRFFER, Frauenzimmer Gesprächspiele, hrsg. von Irmgard Böttcher. Bd. I. Tübingen 1968 (Faksimile des Druckes von 1643)

37 PAUL GERHARD, Geistliche Andachten, hrsg. von Friedhelm Kemp. Bern–München 1975 (Faksimile des Druckes von 1667)

38 ANGELUS SILESIUS, Heilige Seelenlust, hrsg. von Georg Ellinger. Halle 1901

39 JOHANN RIST, Sämtliche Werke, hrsg. von Eberhard Mannack. Bd. II. Berlin–New York 1972

39a VAN WYK, N., Hochdeutsch, Niederdeutsch. In: ZfdW 12 (1910), S. 239f

40 HANKAMER, PAUL, Die Sprache. Ihr Begriff und ihre Deutung im 16. und 17. Jahrhundert. Ein Beitrag zur Frage der literarhistorischen Gliederung des Zeitraums. Bonn 1927

41 –, Deutsche Gegenreformation und deutsches Barock. Die deutsche Literatur im Zeitraum des 17. Jahrhunderts. Stuttgart 1935

42 MOSER, VIRGIL, Frühneuhochdeutsche Studien. 5.: Zur Sprache der Lutherbibel im 17. Jahrhundert. In: PBB 47 (1923), S. 384–398

43 MERKEL, GOTTFRIED, Vom Fortleben der lutherischen Bibelsprache im 16. und 17. Jahrhundert. In: ZdS 23 (1967), S. 2–12

44 HENNE, HELMUT, Das Problem des Meißnischen Deutsch. In: ZMaf 35 (1968), S. 109–129

45 HIRSCH, ARNOLD, Bürgertum und Barock im deutschen Roman. Köln–Graz [2]1957

zu Kapitel II:

46 MARTIN OPITZ, Buch von der Deutschen Poeterey. Breslau 1624

47 AUGUST BUCHNERS Anleitung Zur Deutschen Poeterey, hrsg. von Marian Szyrocki. Tübingen 1966 (Faksimile des Druckes von 1665)

48 Poetik des Barock, hrsg. von Marian Szyrocki. Reinbek 1968 (Rowohlts Klassiker Nr. 508/509; Textsammlung)
49 Deutsche Lyrik des 17. Jahrhunderts, hrsg. von Paul Merker. Bonn 1913
50 Hans Christoffel von Grimmelshausen, Gesammelte Werke in Einzelausgaben, hrsg. von Rolf Tarot. Tübingen 1967
51 Andreas Gryphius, Gesamtausgabe der deutschsprachigen Werke, hrsg. von Marian Szyrocki und Hugh Powell. 8 Bde. Tübingen 1963–1972
52 Neun neue Predigten von Abraham a Sancta Clara, hrsg. von Karl Bertsche. Halle 1920
53 Der Ur-Merkur von 1701, ein neu entdecktes Werk von Abraham a Sancta Clara, hrsg. von Karl Bertsche. Augsburg 1928
54 Sperber, Hans, Die Sprache der Barockzeit. In: ZfDK 43 (1929), S. 670–684
55 Viëtor, Karl, Über den Stil der Barockdichtung. In: Probleme der deutschen Barockliteratur. Leipzig 1928
56 Haller, Elisabeth, Die barocken Stilmerkmale in der englischen, lateinischen und deutschen Fassung von Dr. Thomas Burnets Theory of the earth. Bern 1940
57 Szyrocki, Marian, Die deutsche Literatur des Barock. Reinbek 1968 (rde Bd. 300/301)
58 Schuchardt, Wolfgang, Studien zu Grimmelshausen, insbesondere seinen Sprachstil. Berlin 1928
59 Borcherdt, Hans Heinrich, Augustus Buchner und seine Bedeutung für die deutsche Literatur des siebzehnten Jahrhunderts. München 1919

zu Kapitel III:
60 Gottfried Wilhelm Leibniz, Collectanea Etymologica. Hannover 1717, ND Hildesheim–New York 1970
61 Philipp Jacob Spener, Pia Desideria: oder Hertzliches Verlangen / Nach Gottgefälliger Besserung der wahren Evangelischen Kirchen, hrsg. von Kurt Aland. Berlin [3]1964
62 August Hermann Francke, Werke in Auswahl, hrsg. von Erhard Peschke. Berlin 1969
63 Christian Thomasius, Einleitung zu der Vernunfft-Lehre. Hildesheim 1968 (Faksimile des Druckes von 1691)
64 Der Galante Stil 1680–1730, hrsg. von Conrad Wiedemann. Tübingen 1969
65 Kaiser, K., Mundart und Schriftsprache. Versuch einer Wesensbestimmung in der Zeit zwischen Leibniz und Gottsched. Leipzig 1930
66 Aland, Kurt, Spener-Studien. Berlin 1943
67 Langen, August, Der Wortschatz des deutschen Pietismus. Tübingen [2]1968
68 Nickisch, Reinhard, Die Stilprinzipien in den deutschen Briefstellern des 17. und 18. Jahrhunderts. Mit einer Bibliographie zur Briefschreiblehre (1474–1800). Göttingen 1969
69 Kramer, G., Beiträge zur Geschichte August Hermann Franckes. Halle 1861
70 –, Neue Beiträge zur Geschichte August Hermann Franckes. Halle 1875

zu Kapitel IV:

71 Christian Wolff, Gesammelte Werke. 1. Abteilung: Deutsche Schriften, Bd. 1–16, hrsg. von Hans Werner Arndt. Hildesheim–New York 1963–1975

72 Immanuel Kant, Werke in 10 Bänden, hrsg. von Wilhelm Weischedel. Darmstadt 1968

73 Johann Jacob Breitinger, Critische Dichtkunst. Zürich–Leipzig 1740, ND Stuttgart 1966

74 Christian Fürchtegott Gellerts Sämmtliche Schriften. Neue rechtmäßige Ausgabe in 6 Theilen. Leipzig 1853–1854

75 Friedrich Heinrich Jacobi, Eduard Allwills Papiere. Stuttgart 1962 (Faksimile des Erstdrucks im ‹Teutschen Merkur› von 1776)

76 Blackall, Eric A., Die Entwicklung des Deutschen zur Literatursprache 1700–1775. Stuttgart 1966

77 Sperber, Hans, Beiträge zur Geschichte der deutschen Sprache im 18. Jahrhundert. In: ZfdPh 52 (1927), S. 331–345

78 –, Die Sprache der Aufklärung. In: ZfDK 43 (1929), S. 777–794

79 –, Der Einfluß des Pietismus auf die Sprache des 18. Jahrhunderts. In: DVjS 8 (1930), S. 497–515

80 Hafen, Hans, Studien zur Geschichte der deutschen Prosa im 18. Jahrhundert. St. Gallen 1952

80a Gessinger, Joachim, Sprache und Bürgertum; zur Sozialgeschichte sprachlicher Verkehrsformen im Deutschland des 18. Jahrhunderts. Stuttgart 1980

81 Langen, August, Der Wortschatz des 18. Jahrhunderts. In: Wortgesch II, Berlin–New York [3]1974, S. 31–244

82 Lappe, Claus, Studien zum Wortschatz empfindsamer Prosa. (Diss.) Saarbrücken 1969

83 Antoni, Olga, Der Wortschatz der deutschen Freimaurerlyrik des 18. Jahrhunderts in seiner geistesgeschichtlichen Bedeutung. (Diss. Saarbrücken) München 1968

84 Urlinger, Josef, Die geistes- und sprachgeschichtliche Bedeutung der Berleburger Bibel. (Diss.) Saarbrücken 1969

85 Piur, Paul, Studien zur sprachlichen Würdigung Christian Wolffs. Halle 1903

86 Merkel, Gottfried F., Gellerts Stellung in der deutschen Sprachgeschichte. In: PBB-H 82 (1961), S. 395–412 (Sonderband: Fs für Elisabeth Karg-Gasterstädt)

87 Gundolf, Friedrich, Shakespeare und der deutsche Geist. Godesberg 1947

88 Schöffler, Herbert, Protestantismus und Literatur. Neue Wege zur englischen Literatur des 18. Jahrhunderts. Göttingen [2]1958

89 Erämetsä, Erik, Englische Lehnprägungen in der deutschen Empfindsamkeit des 18. Jahrhunderts. Helsinki 1955

90 Philippi, Wolfgang, Das Werden der Aufklärung in theologiegeschichtlicher Sicht. Göttingen 1957

91 Schatzberg, Walter, Scientific Themes in the Popular Literature and the Poetry of the German Enlightenment 1720–1760. (Diss.) Baltimore 1966

92 Richter, Karl, Literatur und Naturwissenschaft. Eine Studie zur Lyrik der Aufklärung. München 1972

zu Kapitel V:
93 Johann Christoph Gottsched, Deutsche Sprachkunst. Leipzig 1748 [hier benutzt die 6. Auflage, Leipzig 1776]
94 –, Grundriß einer vernunftmäßigen Redekunst. Hannover 1728; ND der 5. Auflage Leipzig 1759, Berlin–New York 1975
95 –, Versuch einer Critischen Dichtkunst. Leipzig 1730; ND der 4. Auflage Leipzig 1751, Darmstadt 1962
96 Carl Friedrich Aichinger, Versuch einer teutschen Sprachlehre. Frankfurt–Leipzig 1753–1754, ND Hildesheim–New York 1972
97 Augustinus Dornblüth, Observationes oder Gründliche Anmerckungen über die Art und Weise eine gute Übersetzung besonders in die teutsche Sprache zu machen. Augsburg 1755, [2]1768
98 Jakob Hemmer, Deutsche Sprachlehre, zum Gebrauch der kurpfälzischen Lande. Mannheim 1775
99 Johann Christoph Adelung, Umständliches Lehrgebäude der Deutschen Sprache. 2 Bde. Leipzig 1782, ND Hildesheim–New York 1971
100 –, Versuch eines vollständigen grammatisch-kritischen Wörterbuches der Hochdeutschen Mundart, mit beständiger Vergleichung der übrigen Mundarten, besonders der oberdeutschen. 5 Bde. Leipzig 1774–1786
101 –, Vollständige Anweisung zur Deutschen Orthographie, nebst einem kleinen Wörterbuche für die Aussprache, Orthographie, Biegung und Ableitung. Leipzig 1788
102 Joachim Heinrich Campe, Wörterbuch der deutschen Sprache. 5 Bde. Braunschweig 1807–1811
103 Wechsler, Gerhard, Johann Christoph Gottscheds Rhetorik. (Diss. Heidelberg) Lucka bei Leipzig 1933
104 Schimansky, Gerhard, Gottscheds deutsche Bildungsziele. (Diss.) Königsberg 1939
105 Peuckert, Hermann, Missingsch. In: PBB-H 82 (1961), S. 245–261 (Sonderband: Fs für Elisabeth Karg-Gasterstädt)
106 Müller, Max, Wortkritik und Sprachbereicherung in Adelungs Wörterbuch. Ein Beitrag zur Geschichte der neuhochdeutschen Schriftsprache. Berlin 1903, ND New York–London 1967
107 Holz, Guido, Joachim Heinrich Campe als Sprachreiniger und Wortschöpfer. (Diss. masch.) Tübingen 1951

zu Kapitel VI:
108 Deutsche Literatur in Entwicklungsreihen. Reihe: Deutsche Selbstzeugnisse, Bd. 9: Empfindsamkeit, Sturm und Drang, hrsg. von Marianne Beyer. Leipzig 1936
109 Friedrich der Grosse, De la littérature allemande. Ergänzt durch Justus Möser, Über die deutsche Sprache und Literatur. Christian Thomasius, Von Nachahmung der Franzosen. Darmstadt 1969
110 Klopstocks Sämmtliche Werke. 10 Bde. Leipzig 1854–1855; darin: Bd. 1 und 2: Der Messias; Bd. 9: Von der Wortfolge; Bd. 10: Von der Sprache der Poesie
111 Gotthold Ephraim Lessing, Werke. Vollständige Ausgabe in 25 Teilen, hrsg. von Julius Petersen und Waldmar von Olshausen. Berlin 1925, ND Hildesheim–New York 1970

112 Christoph Martin Wieland, Ausgewählte Werke in drei Bänden, hrsg. von Friedrich Beißner. München o. J. [1964]
113 Herders Sämmtliche Werke, hrsg. von Bernhard Suphan. 33 Bde. Berlin 1877–1913: darin: Bd. 1: Ueber die neuere Deutsche Litteratur. Fragmente
114 Schöne, Albrecht, Säkularisation als sprachbildende Kraft. Studien zur Dichtung deutscher Pfarrersöhne. Göttingen 1958
115 Brauer, Walter, Geschichte des Prosabegriffs von Gottsched bis zum Jungen Deutschland. Frankfurt a. M. 1938
116 Jellinek, Max Hermann, Bemerkungen über Klopstocks Dichtersprache. In: Vom Geiste neuer Literaturforschung. Fs für Oskar Walzel. Wildpark-Potsdam 1924, S. 42–49
117 Langen, August, Klopstocks sprachgeschichtliche Bedeutung. In: WW 3 (1952/53), S. 330–346; wieder abgedruckt in: WW Sammelband III: Neuere deutsche Literatur. Düsseldorf 1963, S. 240–256
118 Schmidt, Erich, Lessing. Geschichte seines Lebens und seiner Schriften. 2 Bde. Berlin [4]1923
119 Beissner, Friedrich, Poesie des Stils: Wieland. In: Vier Biberacher Vorträge 1953. Wiesbaden 1954
120 Hofmann, Reinhold, Justus Möser und die deutsche Sprache. In: ZdU 21 (1907), S. 209–232
121 Kohlschmidt, Werner, Herder-Studien. Untersuchungen zu Herders kritischem Stil und seinen literarischen Grundeinsichten. Berlin 1929
122 Beissner, Friedrich, Studien zur Sprache des Sturms und Drangs. Eine stilistische Untersuchung der Klingerschen Jugenddramen. In: GRM 22 (1934), S. 417–429

zu Kapitel VII:

123 Goethes Werke (Weimarer Ausgabe), hrsg. im Auftrage der Großherzogin Sophie von Sachsen. Weimar 1887–1920; darin: I. Abt., Bd. 26–29: Dichtung und Wahrheit; I. Abt., Bd. 41.1 und 41.2: Aufsätze zur Literatur
124 Johann Wolfgang von Goethe, Jugendwerke. Bd. III: Prosaschriften 1757–1775, hrsg. von der Deutschen Akademie der Wissenschaften zu Berlin. Berlin 1956
125 Schillers Werke (Nationalausgabe). 42 Bde. Weimar 1943–1975
126 Strich, Fritz, Deutsche Klassik und Romantik. Oder Vollendung und Unendlichkeit. Ein Vergleich. Bern [4]1949
127 Kommerell, Max, Der Dichter als Führer in der deutschen Klassik. Klopstock – Herder – Goethe – Schiller – Jean Paul – Hölderlin. Berlin 1928; [2]Frankfurt a. M. o. J.
128 Evers, Hans Gerhard, Studien zu Winckelmanns Stil. (Diss.) Göttingen 1924
129 Schwentner, E., Johann Heinrich Voß' Wortschatz. In: NdJb 44 (1918), S. 51–56
130 Petersen, Julius, Goethe und die deutsche Sprache. In: Jb der Goethe-Gesellschaft 17 (1931), S. 1–26
131 Hübner, Arthur, Goethe und die deutsche Sprache. Langensalza 1933
132 Maurer, Friedrich, Die Sprache Goethes im Rahmen seiner menschlichen und künstlerischen Entwicklung. Rede zur Goethefeier, gehalten am 3. Juli 1932. Erlangen 1932

133 GAUCHAT, LOUIS, Studentensprache. Festrede, gehalten an der 93. Stiftungsfeier der Universität Zürich am 29. April 1926. In: Rektoratsrede und Jb. Zürich 1925/1926, S. 3–15
134 BURDACH, KONRAD, Die Sprache des jungen Goethe. In: K. B., Vorspiel. Bd. II: Goethe und sein Zeitalter. Halle 1926, S. 38–60
135 –, Goethes Sprache und Stil im Alter. Ebda., S. 61–72
136 TRUNZ, ERICH, Goethes Altersstil. In: WW 5 (1954/55), S. 134–139
137 PFLEIDERER, WILHELM, Die Sprache des jungen Schiller in ihrem Verhältnis zur neuhochdeutschen Schriftsprache. In: PBB 28 (1903), S. 273–424
138 BÖCKMANN, PAUL, Die pathetische Ausdrucksform in Schillers Jugenddramen. In: P. B., Formgeschichte der deutschen Dichtung. Bd. I: Von der Sinnbildsprache zur Ausdruckssprache. Der Wandel der literarischen Formensprache vom Mittelalter zur Neuzeit. Hamburg 1949, S. 668–694
139 MAHL, ILSE, Der Prosastil in den Märchen Clemens Brentanos. Berlin 1931
140 PRADEL, JOHANNES, Studien zum Prosastil Clemens Brentanos. Halle 1939
141 JAEGER, HANS PETER, Hölderlin – Novalis. Grenzen der Sprache. Zürich 1949

zu Kapitel VIII:

142 Deutsche Politik 1803–1870. Dokumente und Materialien, hrsg. von Harry Pross. Frankfurt a. M. 1963 (Fischer-TB 415)
143 Das Junge Deutschland, hrsg. von Jost Hermand. Stuttgart 1974 (Reclam UB 8303–8307)
144 MUNDT, THEODOR, Die Kunst der deutschen Prosa. Ästhetisch, literargeschichtlich, gesellschaftlich. Göttingen 1969 (Faksimile der 1. Auflage Berlin 1837)
145 LADENDORF, OTTO, Historisches Schlagwörterbuch. Ein Versuch. Straßburg–Berlin 1906
146 HOFFMANN, C. T. L., Vollständiges politisches Taschenwörterbuch. Leipzig 1849, ND Düsseldorf 1972
147 RADIKE, JAKOB FRIEDRICH, Lehrbuch der Demagogie. Leipzig 1848
148 WAGNER, KURT, Das 19. Jahrhundert. In: Wortgesch II. Berlin–New York ³1974, S. 493–528
148a CHERUBIM, DIETER, Zur bürgerlichen Sprache des 19. Jahrhunderts. WW 33 (1983), S. 398–422
149 THOMAS, ROBERT, Wandlungen der deutschen Sprache seit Goethe und Schiller. Vortrag. Augsburg 1922
150 FELDMANN, WILHELM, Die deutsche Journalistensprache. In: ZfdW 13 (1911/12), S. 282–300
150a KIRKNESS, ALAN, Zur Sprachreinigung in Deutschland 1789–1871; eine historische Dokumentation. 2 Teile. Tübingen 1975
150b GRUNERT, HORST, Sprache und Politik; zum Sprachgebrauch der Paulskirche. Berlin–New York 1974
151 BERKHOUT, ADRIANUS PIETER, Biedermeier und poetischer Realismus. Stilistische Beobachtungen. (Diss.) Amsterdam 1942
152 KAINZ, FRIEDRICH, Grillparzer als Sprachtheoretiker. In: GRM 27 (1939), S. 368–383
153 HRADEK, L., Studien zu Grillparzers Altersstil und die Datierung des Estherfragments. Prag 1915, ND Hildesheim 1973

154 Walther, Heinrich, Grillparzers Altersstil. Dargestellt an einem Vergleich zwischen ‹Sappho› und ‹Jüdin von Toledo›. (Diss. masch.) Hamburg 1951
155 Kunisch, Hermann, Adalbert Stifter. Mensch und Wirklichkeit. Studien zum Klassischen Stil. Berlin 1950
156 Solms-Salomon, Erika, Hebbels Beziehung zur Sprache. Berlin 1926
157 Hasse, Heinrich, Schopenhauers Bedeutung für die deutsche Sprache. In: Von deutscher Sprache und Art. Beiträge zur Geschichte der neueren deutschen Sprache, zur Sprachkunst, Sprachpflege und zur Volkskunde, hrsg. von Max Preitz. Frankfurt a. M. 1925, S. 83–111
158 Olzien, Otto, Nietzsche und das Problem der dichterischen Sprache. Berlin 1941
159 Meyer, Richard M., Nietzsches Wortbildungen. In: ZfdW 15 (1914), S. 98–146
160 Vitens, Siegfried, Die Sprachkunst Friedrich Nietzsches in ‹Also sprach Zarathustra›. Bremen 1951

zu Kapitel IX:

161 Die Zerstörung der Deutschen Politik. Dokumente 1871–1933, hrsg. von Harry Pross. Frankfurt a. M. 1959 (Fischer-TB 264)
162 Versäumte Lektionen. Entwurf eines Lesebuchs, hrsg. von Peter Glotz und Wolfgang R. Langenbucher. Frankfurt a. M. [4]1973 (Fischer-Tb 463)
163 Hill, Claude, 200 Jahre deutscher Kultur. New York–London 1966
164 Gehlen, Arnold, Der Mensch. Seine Natur und seine Stellung in der Welt. Frankfurt a. M. [10]1974
165 Buchner, Rudolf, Deutsche Geschichte im Europäischen Rahmen. Darmstadt 1975
166 Weisgerber, Leo, Vom Weltbild der deutschen Sprache. 2 Bde. Düsseldorf [2]1953/1954
167 Moser, Hugo, Neuere und neueste Zeit. Von den 80er Jahren des 19. Jahrhunderts zur Gegenwart. In: Wortgesch II. Berlin–New York [3]1974, S. 529 bis 645
168 Eggers, Hans, Deutsche Standardsprache des 19./20. Jahrhunderts. In: LGL. Tübingen 1973, S. 437–442
169 Glinz, Hans, Deutsche Standardsprache der Gegenwart. Ebda., S. 442–455
170 Mackensen, Lutz, Die deutsche Sprache unserer Zeit. Zur Sprachgeschichte des 20. Jahrhunderts. Heidelberg [2]1971
171 –, Sprache und Technik. 2 Vorträge. Lüneburg 1954
172 Eggers, Hans, Deutsche Sprache im 20. Jahrhundert. München 1973 (Serie Piper Nr. 61)
173 –, Deutsche Sprache der Gegenwart im Wandel der Gesellschaft. In: Sprache der Gegenwart. Bd. 5. Düsseldorf 1969, S. 9–29
174 –, Anthropologische Faktoren des Sprachwandels im heutigen Deutsch. In: Dichtung, Sprache, Gesellschaft. Akten des IV. Internationalen Germanisten-Kongresses 1970. Frankfurt a. M. 1971, S. 385–392; wieder abgedruckt in: Universitas 30 (1975), S. 391–398
175 Stave, Joachim, Das Sprachbarometer. 10–12: Zehn Jahre Nachkriegsdeutsch I–III. In: MuS 1955, S. 373–376, 426–430, 465–470

176 Korn, Karl, Sprache in der verwalteten Welt. Frankfurt a. M. 1958
176a Mogge, Birgitta und Ingulf Radke, (Hrsg.), Der öffentliche Sprachgebrauch. 3 Bde. Stuttgart 1980–1982
177 Daniels, Karlheinz, Substantivierungstendenzen in der deutschen Gegenwartssprache. Nominaler Ausbau des verbalen Denkkreises. Düsseldorf 1963
178 Martini, Fritz, Das Wagnis der Sprache. Interpretation deutscher Prosa von Nietzsche bis Benn. Stuttgart [6]1970
179 Hess, Mathilde, Der Prosastil Rainer Maria Rilkes. (Diss. masch.) Frank furt a. M. 1925 [1926]
180 Forsting, Brigitte, Rainer Maria Rilkes Verhältnis zur Sprache. (Diss. masch.) Berlin 1952
181 Wellershoff, Dieter, Untersuchungen über Weltanschauung und Sprachstil Gottfried Benns. (Diss. masch.) Bonn 1952

NACHWORT

In diesem zweiten Band unserer Deutschen Sprachgeschichte war von der zweiten, der ‹neudeutschen› Sprachepoche zu handeln, die die Perioden des ‹Frühneuhochdeutschen› und des ‹Neuhochdeutschen› umfaßt. Dabei betonen wir, daß wir mit dem Epochenbegriff einen weit stärkeren Einschnitt im historischen Ablauf bezeichnen wollen als mit dem der Periode, bei der wir eher an flüssige, kontinuierliche Übergänge denken.

Kontinuität kommt der Entwicklung der Mundarten zu, deren äußere Sprachformen, z. B. auf dem Gebiet der Laut- und Formenbildung oder der Intonation, der sogenannten Satzmelodie, sich in ungebrochener Linie von Anfang an bis in die Gegenwart fortentwickelt haben. Dagegen ist die Kontinuität der Schriftsprache auf anderem Gebiet, dem der inneren Sprachform, zu suchen. Nicht die Geschichte der deutschen Mundarten, sondern die Darstellung der schriftlich fixierten Kultursprache haben wir darzustellen versucht und haben dabei unser Augenmerk vor allem auf die kulturellen Strömungen und die soziologischen Kräfte gerichtet, die jeweils an der schriftlichen Weiterentwicklung dieser Kultursprache ihren besonderen Anteil haben.

In althochdeutscher Zeit (750–1050) hatten gelehrte Geistliche in Auseinandersetzung mit der christlichen Latinität den Grund zu einer ausdrucksfähigen, kultursprachlichen Entwicklung gelegt. Sie schrieben zwar die verschiedenen Mundarten ihrer klösterlichen Tradition, aber gemeinsam war ihnen die Wiedergabe lateinischer Inhalte in deutscher Sprache aufgegeben. In der mittelhochdeutschen Periode (1050–1350) entstand auf dieser Grundlage eine hochkultivierte, ausdrucksfähige Sprache, die auch in ihren äußeren Formen bereits die Merkmale einer im Entstehen begriffenen schriftsprachlichen Einheit an sich trug. Zwar erlebte diese von den höfischen Dichtern (und kaiserlichen Kanzlern) entwickelte, von den Mystikern vertiefte Sprachform nur eine kurze Blüte. Was sie aber an Ausdrucksfähigkeit gewonnen hatte, wurde späterhin von den Erben dankbar benutzt.

Die mittelhochdeutsche Schriftsprache, auch wenn sie nur in Ansätzen verwirklicht wurde, beruhte auf den oberdeutschen, vornehmlich alemannischen Sprachvorstellungen der höfischen Dichter, die sie im Dienst der (schwäbischen) Hohenstaufen-Kaiser geschaffen hatten. Dagegen erwuchs die neuhochdeutsche Schriftsprache auf Grundlagen, die man allzu eng, doch insgesamt nicht unberechtigt als ‹ostmitteldeutsch› bezeichnet. Diese Tatsache verdient viel stärker, als es meist geschieht, hervorgehoben zu werden. Ein solcher Sprung von der einen zur anderen Dialektgrundlage kann, jedenfalls was die äußeren Sprachformen angeht, nicht als kontinuierliche Weiterentwicklung gedeutet werden. In den äußeren Formen liegt hier vielmehr ein deutlicher Bruch vor. Anders als die Mundarten hat sich die deutsche Schriftsprache nicht aus bescheidenen althochdeutschen Anfängen bis heute stetig weiterentwickelt. Vielmehr gibt es einen ‹altdeutschen› Entwicklungsweg, der nach der mittelhochdeutschen Periode nicht mehr fortgesetzt wurde, und einen ‹neudeutschen›, der von ganz andersartiger Dialektgrundlage und von anderen deutschen Landschaften aus seinen Ausgang nahm. Nicht in den äußeren Sprachformen liegt die Kontinuität der schriftsprachlichen deutschen Entwicklung, sondern vielmehr in dem sprachlich kontinuierlichen Kulturerbe. Was die altdeutsche Zeit an Ausdrucksschatz und Ausdrucksmöglichkeiten geschaffen hatte, ging nicht wieder ganz verloren. Es gab viele hervorragende Menschen, die – bewußt oder nicht – auf dem alten sprachlichen Kulturerbe weiterzubauen wußten. Das ‹Neudeutsche› bedeutet einen Bruch in den äußeren Sprachformen, Kontinuität aber im weiteren Ausbau der überkommenen inneren Sprachform.

Fragen wir zunächst, wie es überhaupt zu einem solchen Umbruch, zum Übergang in eine neue Epoche der Sprachentwicklung, kommen konnte. Wie schon früher dargestellt (vgl. besonders Bd. 1, S. 12–16), ist die Sprachentwicklung von den Verkehrsgemeinschaften derer, die die Sprache sprechen und weiterbilden, abhängig, letztlich also von den politischen Verhältnissen. Nun ging die deutsche politische Reichseinheit, die zugleich die Verkehrsgemeinschaft der an der Kultursprache beteiligten sprachschaffenden Kräfte verkörperte, in der späteren Stauferzeit zugrunde. An die Stelle der Reichsgewalt, in die sich der Kaiser mit einer überschaubaren Zahl großer Stammesherzogtümer zu teilen hatte, trat im 13. Jahrhundert die politische Vielfalt der Territorialherrschaften mit vielen großen und kleinen Fürsten, die nach immer größerer Unabhängigkeit von der zentralen Reichsgewalt strebten. Was die sprachlichen Folgen angeht, so hat die Mundartforschung nachweisen können, daß sich bis heute hin die regionalen Ausformungen der Mundartgrenzen zum nicht geringen Teil mit den politischen Territorialgrenzen decken, die im 13. und 14. Jahrhundert entstanden. Einen besseren Beweis für die sprachbildende Wirkung der Verkehrsgemeinschaften kann es nicht geben. Denn die auf ihre Unabhängigkeit pochenden Territorien, die sich nach außen hin ängstlich abschirmten, stellen nun an Stelle der früheren großen Stammesgebiete lauter eigene, eng geschlossene Verkehrsgemeinschaften dar.

Hier muß an eine äußerst folgenreiche Tatsache erinnert werden, die allerdings zu Beginn der frühneuhochdeutschen Periode um 1350 im wesentlichen abgeschlossen war. Schon seit dem 10. Jahrhundert hatte die Ostbewegung, die sogenannte Kolonisation, die Besiedelung der von slawischen Stämmen dünn besiedelten Gebiete außerhalb der alten Reichsgrenze an Trave, Elbe und Saale begonnen. Teils waren es deutsche Fürsten wie der Erzbischof von Magdeburg, teils einheimische slawische Herrscher, die deutsche Siedler ins Land riefen. Im Süden geschah diese Landnahme in der Form der sogenannten Nachbarschaftssiedlung, indem von Bayern aus landhungrige Bauern die benachbarten Landstriche sozusagen Schritt für Schritt in Besitz nahmen. Daher ist bis heute hin der bairisch-österreichische Sprachraum auch jenseits der alten Grenzen eine mundartlich ziemlich geschlossene Einheit geblieben. Folgenreicher war die ‹Fernsiedlung›. Mit Hilfe von Krediten der im nördlichen Rheinland schon früh aufblühenden kapitalkräftigen Städte beauftragten die Herren der Ostgebiete sogenannte Lokatoren, die von der Maas und Schelde und besonders aus der Eifel und vom Hunsrück gewaltige Siedlerzüge anwarben und in die weiten Gebiete des Ostens führten. Nur große, kreditwürdige Fürsten konnten solche Pläne verwirklichen, und dadurch entstanden im Kolonialland die großen Flächenstaaten wie Brandenburg, Mecklenburg, Pommern, Böhmen und Schlesien, die an Macht und Reichtum die kleinen, durch Erbteilungen usw. immer mehr geschwächten Territorien des Altlandes bei weitem übertrafen.

So erwuchsen auf Kolonialboden die großen, gut organisierten und planmäßig verwalteten Flächenstaaten, deren politisches und wirtschaftliches Übergewicht seit Beginn der frühneuhochdeutschen Periode sich geltend machte. Dort im Osten entwickelten sich im täglichen Verkehr neue großräumige Dialekte, in Brandenburg, Mecklenburg, Pommern und im Baltikum auf niederdeutscher, in Thüringen und in Sachsen auf mitteldeutsch-fränkischer Grundlage. Das Mittelfränkische lieferte auch den Hauptbestandteil der neuen Mundart in Böhmen und Mähren, wo allerdings auch ostfränkische Einflüsse aus der Gegend von Bamberg, Nürnberg und Eger spürbar werden, und der mittelfränkische Dialekt Schlesiens wurde stark vermischt mit Einflüssen aus dem bairisch-österreichischen Sprachraum. Gegenüber dem mundartlichen Zerfall in den kleinen Territorien des Altreichs herrschten dagegen auf Kolonialboden großflächige Mundarträume, die, abgesehen von den Ostseeländern, mehr oder weniger die mittelfränkischen Ursprünge weiterentwickelt hatten. Spätestens seit der aus luxemburgischem Hause stammende König von Böhmen Karl IV. 1346 zum deutschen König gewählt wurde, bildeten die Flächenstaaten des Ostens das politische Übergewicht im Reich, und auf der Basis der in den großen Kanzleien in Prag und in Meißen gepflegten Sprachform – wie man ein wenig vereinfachend sagt: auf ostmitteldeutscher Grundlage – entwickelte sich allmählich die einheitliche neuhochdeutsche Schriftsprache.

Zunächst allerdings, im 13. Jahrhundert, muß man vom Zerfall der altdeutschen Sprachüberlieferung reden. Einen wesentlichen Anteil daran hat die Änderung der Rechtspflege, die mit der Entstehung der Territorien Hand in Hand ging. Im Gerichtsverfahren begann man vom Beweis durch lebende Zeugen zum urkundlichen, d. h. zum schriftlich vorgelegten Beweisverfahren überzugehen. Deshalb wurden in den vielen hundert Territorien und in den großen und kleinen Städten Kanzleien eingerichtet, deren Akten- und Urkundenschreiber allerorten eine emsige

Tätigkeit entfalteten. Den vielen Schreibern, die dafür benötigt wurden, mangelte es gemeinhin an der sprachlichen Bildung, um den Gedanken einer verbindlichen, überregionalen Schriftsprache auch nur zu erfassen. So kommt es zu einer völligen Zersplitterung im schriftlichen Sprachgebrauch. Es entstehen zahllose Schriftdialekte, die meist auf den örtlich gesprochenen Mundarten beruhen. Das letzte Jahrhundert der mittelhochdeutschen Periode darf man als das Ende der Bemühungen um eine einheitliche Schriftsprache ansehen.

Eine weitere, äußerst folgenreiche politisch-soziale Entwicklung kommt hinzu. Spätestens seit dem 12. Jahrhundert hatten die Städte an Zahl und Bedeutung immer mehr zugenommen. Die agrarwirtschaftliche Ordnung der mittelalterlichen ständischen Gesellschaft wurde durch die Städte in Frage gestellt und schließlich aus den Angeln gehoben. Mit ihrer Wirtschaftskraft und dem Reichtum an beweglichem Kapital gewannen sie mehr und mehr Einfluß auf das Wirtschaftsleben. Die selbstbewußten, auf ihre Leistung pochenden Städter aber finden in der tradierten ständischen Dreigliederung der adligen Geistlichkeit, des weltlich-ritterlichen Adels und der (freien oder unfreien) Bauernschaft keinen Platz. Da das überkommene Sozialgefüge nicht geschmeidig genug ist, um die Städter zu integrieren, müssen diese – noch ohne eigene ständische Tradition – ihren sozialen Rang in der Gesamtgesellschaft erst erkämpfen. Das ergibt ein langwieriges Ringen um Anerkennung. Erst allmählich wird man sich selbst der sozialen Andersartigkeit bewußt. Da aber die wirtschaftliche Kraft und damit der politische Einfluß der Städte immer mehr zunimmt, entsteht innerhalb der Stadt eine neue Kultur- und Sozialordnung, die schließlich zur Aushöhlung der hergebrachten feudalen Gesellschaftsordnung führt.

Zwar sind auch die Stadtbewohner unter sich vielfach geschichtet – die oft mit dem Landadel eng versippten Patrizier, die Handwerker, die Akkerbürger, die besitzlosen Tagwerker stellen sehr unterschiedliche soziale Gruppen dar. Aber gemeinsam ist ihnen doch gegenüber der Agrargesellschaft, daß merkantiler Erwerbsfleiß ihr Leben bestimmt und auch in den höchsten städtischen Gesellschaftsschichten die nüchterne Alltäglichkeit den Lebensrhythmus beherrscht. Durch die Rebellionen der Zünfte, die vor allem im 14. Jahrhundert Anteil am Stadtregiment verlangten und vielerorts auch erhielten, war ein weiterer bedeutender Schritt zur Formierung einer städtischen Gesellschaft getan. Diese blieb zwar weiterhin in sich sozial differenziert, doch sie wurde einheitlich durch die städtischen Lebensformen geprägt und unterschied sich dadurch von der agrarischen Feudalgesellschaft deutlich.

Die Annehmlichkeiten und die größere Sicherheit des städtischen Lebens ziehen auch den ländlich-ritterlichen Adel an; besonders die Fürsten, für die moderne Staatsverwaltung auf Kanzleien und zahlreiche Hofbeamte angewiesen, wissen Möglichkeiten und Komfort städtischer Hofhaltung zu schätzen. Damit unterliegen sie mit ihrem Hofstaat aber auch der Anziehungskraft städtischer Lebensformen und Lebensanschauung.

Die vielfältigen politischen, wirtschaftlichen und sozialen Wandlungen, die sich in der aufgehenden mittelhochdeutschen Zeit vollziehen, sind auch kulturell und auf die Entwicklung der Sprache nicht ohne Einfluß geblieben. Wo – wie im städtischen Leben, das immer stärkere Anziehungskraft ausübt – der harte, nüchterne Alltag herrscht, da wird sich auch die Sprache in nüchternen Formen präsentieren. Genau das ist die Situation, in der sich das Frühneuhochdeutsche anfangs zeigt. Für die raffinierte Sprachkunst der höfischen Dichter ist kein Raum mehr, der Tiefsinn mystischen Denkens und Sprechens bleibt einzelnen Spätlingen der schon vergangenen höfischen Kultur vorbehalten. Der zeitgemäße Schreiber ergeht sich in einer nüchternen, knappen, oft geradezu primitiven Sprache. Er bildet einfache Sätze und legt auch seine Worte nicht auf die Waagschale. Der gerade, alltägliche, unverblümte, oft derbe Ausdruck ist ihm eben recht. Denn damit weiß er sich überall verstanden. Man sollte nicht von der Sprache des ‹Bürgers› reden, denn der Bürger-Begriff ist für uns durch Assoziationen vorbelastet, die aus dem 19. Jahrhundert stammen. Wohl aber ist es – soweit man überhaupt Vereinfachungen gelten lassen will – gerechtfertigt, das Frühneuhochdeutsche als die ‹Sprache des Städters› zu bezeichnen. Nur muß man sich dabei bewußt bleiben, daß dieser ‹Städter› seine eigene städtische Ausdrucksform auch im Sprachlichen zunächst noch zu suchen hat.

Wie gesagt, die städtische Gesellschaft ist vielschichtig, und auch in ihr gibt es Traditionalisten. Es gibt Literaten, die auch weiterhin wähnen, in den Spuren der höfischen Dichtung zu wandeln. Aber bei ihnen haben die alten höfischen Begriffe ihren Gehalt eingebüßt, es sind nur noch hohle Klänge, ihre Sprache ist schal geworden. Auch der ‹geblümte Stil› mancher Poeten und vieler ‹Meistersinger›, Handwerker, die ein abgesunkenes Kulturgut recht und schlecht weiter pflegen, ist in seiner abstrusen Künstlichkeit unzeitgemäß und ohne Zukunft. Die durchschnittliche Sprache des ersten frühneuhochdeutschen Jahrhunderts ist durch die unbekümmerte Alltäglichkeit ihres Ausdrucksschatzes und die primitive Einfachheit ihres Satzbaus bestimmt. Das bedeutet allerdings keinen neuen Anfang, wie er sich in der äußeren Sprachform durch den Übergang von oberdeutschen zu ostmitteldeutschen formalen Grundlagen zeigt. Hier gelangt vielmehr eine kontinuierlich fortentwickelte Sprachschicht endlich ans Licht. Es ist die Sprache des schlichten, einfachen Mannes, die nun nicht mehr nur gesprochen, sondern auch geschrieben wird, nachdem vorher der adlige Geistliche (im Althochdeutschen) und der höfische Ritter (im Mittelhochdeutschen) die Feder geführt hatten.

Auf diese ‹Grundschicht› des Frühneuhochdeutschen, die später durch Martin Luther in gebändigter Form zu vollem Ausdruck kommt, werden wir zurückzukommen haben. Es ist aber klar, daß aus solcher von Ort zu Ort verschiedenen Sprachgestaltung kaum eine einheitliche Grundlage für eine neue Schriftsprache erwachsen kann. Dies verdanken wir vielmehr den großen Kanzleien, die die alten stilistischen Traditionen bewahren. Im schriftlichen Gebrauch rücken sie mehr und mehr von den mundartlichen Sprachformen ab und sind bemüht um einen dialektal nicht gebundenen Sprachausgleich. Im Streben nach Vereinheitlichung der Schreibsprachen sind vor allem die führenden Kanzleien von großem Einfluß. Damit rückt die Prager Kanzlei KARLS IV. ins Blickfeld. Dort werden bei Bewahrung des alten Kanzleistils die neuen ‹ostmitteldeutschen› Schreibformen verwendet. Diese mußten durch den ausgedehnten Schriftverkehr des Kaisers bis in die äußersten Winkel des deutschen Sprachgebiets wenigstens bekannt werden, wenn sie auch nicht sogleich nachgeahmt wurden (im Verkehr mit Rom bediente sich die Prager Kanzlei der lateinischen Sprache). Aber auch die Geschäftssprache der Prager Kanzlei war nicht ohne Tradition. EMIL SKÁLA (LH Buch 3, 67 und noch ungedruckte Vorträge) hat nachweisen können, daß dieselben Züge, die man an der Prager Geschäftssprache wahrnimmt, vorher schon in den Kanzleien von Nürnberg, Eger und vermutlich auch von Regensburg zu beobachten sind. Mithin hat sich in dem ostfränkisch-böhmischen Raum schon zu Beginn des 14. Jahrhunderts eine relativ einheitliche Schreibsprache ausgebildet, der die Prager Kanzlei sich nur anzuschließen brauchte, als Prag im Jahre 1346 zum Herrschersitz des deutschen Kaisers wurde. Von dort aus konnten die schreibsprachlichen Neuerungen dann allerdings viel weiter ausstrahlen als von den Handelsstädten, in denen sie zuerst Geltung erlangt hatten.

Über den Weg der Entwicklung, an dem die kaiserlichen Kanzleien in Prag und danach in Wien, späterhin auch die Meißnische Kanzlei bedeutenden Anteil hatten, ist hier nicht zu handeln; auch die wichtige Rolle großer städtischer Kanzleien wie Nürnberg, Augsburg, Leipzig sei nur angedeutet. Doch ist hervorzuheben, daß die Meißner Kanzlei in ihrer schreibsprachlichen Entwicklung viel stärker von Nürnberg und Leipzig beeinflußt wurde, vermutlich auch von der Reichskanzlei, als durch irgendeine in Ostmitteldeutschland gesprochene Mundart. Nirgends vollzog sich die Entwicklung der Schreibsprachen von Mund zu Mund. Sie ging auf dem Papier vor sich, die Schreibfeder und bald auch die Druckerpresse waren hier die Werkzeuge des Fortschritts.

Das Verdienst der Kanzleien und der Buchdrucker liegt darin, daß sie an der äußeren Regelung der Sprachformen mitwirken. So führen sie – jeweils zu verschiedener Zeit – die sogenannte neuhochdeutsche Diphthongierung (vgl. Buch 3, Kap. III) ein, merzen allmählich dialektale Sonderformen aus und arbeiten auf eine immer einheitlicher werdende Orthographie hin.

Die großen Kanzleien setzen also alte Tradition fort, denen sich die Drucker anschließen, aber sie bedienen sich dazu neuer, ostmitteldeutscher Sprachformen. Um die innere Entwicklung der Sprachformen, wie sie sich in den Städten bereits durchgesetzt haben, zu fördern, sind ihre Schreibkünste jedoch zu weltfremd. Die Höherentwicklung des städtischen Umgangsjargons geht von einer im 15. Jahrhundert erst entstehenden städtisch geprägten sozialen Gruppe aus. Wie schon einmal in althochdeutscher Zeit sind es wieder die Gelehrten, diesmal aber der vorwiegend weltliche Stand der frühen Humanisten, die an der Entwicklung der inneren Sprachform arbeiten. Ihre Versuche, die deutsche Sprache in das Prokrustesbett lateinischer Regeln zu zwingen, führen zwar oft zu unerträglicher Künstlichkeit. Aber sie geben doch Richtlinien und machen klar, daß bewußte Sprachgestaltung eine lohnende Aufgabe ist.

Die Synthese wird von Martin Luther erreicht. Er hat dem Mann auf dem Markt, der Mutter im Hause ‹aufs Maul geschaut›. Das bedeutet, daß er in all seinen Schriften bemüht ist, so einfach zu schreiben, daß jedermann sein Deutsch verstehen kann. Aber er beherrscht auch alle Regeln der von den Humanisten tradierten formalen Sprachkunst. Besonders seine Bibelübersetzung ist durchaus Kunstprosa, gestaltet mit allen Mitteln bewußt geübter literarischer Rhetorik. Dabei verfehlt er aber niemals den volkstümlichen Ton, durch den sich jeder unmittelbar und in seiner eigenen Sprache angeredet fühlt. In dieser Synthese führt Luther das neue Deutsch auf eine neue Höhe.

In der Auseinandersetzung mit ihm festigen sich im letzten Jahrhundert der frühneuhochdeutschen Zeit die äußeren und inneren Sprachformen, die in anderthalb Jahrhunderten vorbereitet, durch Luthers Sprachgewalt ihren bündigen Ausdruck gefunden hatten. Abermals bemächtigen sich Gelehrte dieser neuen Sprachform, und in Schottels deutscher Grammatik, der ersten, die diesen Namen wirklich verdient – sie wurde im Jahre 1641 erstmals veröffentlicht –, sehen wir den Abschluß dieser dritten Epoche der deutschen Sprachgeschichte.

Sprachliche Übergänge vollziehen sich nicht von heute auf morgen. Es bedarf einer gewissen Zeit, bis die anfangs schüchternen Neuansätze deutlich hervortreten. Gewiß brach die mittelalterliche Herrlichkeit des Reichs schon 1254 zusammen, gewiß hatte der Aufstieg der Städte, hatte die Emanzipation der Fürsten sogar schon früher begonnen. Aber was zunächst sprachlich sichtbar wird – in den mannigfachen Schriftdialekten der vielen Kanzleien –, ist anfangs nur Auflösung und Verfall. Die neuen Sprachformen treten äußerlich zuerst in den Urkunden Karls IV. deutlich hervor; an seinem Hof regt sich gleichzeitig das erste Bemühen, zu einer neuen, kunstreichen inneren Sprachform zu gelangen. Wir glauben uns deshalb berechtigt, mit seinem Regierungsantritt um das Jahr 1350 eine neue Epoche der deutschen Sprache beginnen zu lassen. Wir nennen sie ‹frühneuhochdeutsch›, und sie geht kontinuierlich in die Periode des ‹Neuhochdeutschen› über. Den Abschluß des Frühneuhochdeutschen, das um 1350 mit der Tätigkeit der Prager Kanzlei beginnt, setzen wir lieber mit dem Ende als mit dem Anfang des Dreißigjährigen Krieges gleich, also etwa um das Jahr 1650. Denn die dann abermals gewandelte Gesellschaft, in der noch einmal die Fürsten und ihre (von Bürgern durchsetzten) Höfe den Ton angeben, kann sich doch erst nach Einkehr friedlicher Zeiten voll entfalten. Auch sehen wir den Grammatiker SCHOTTELIUS, obwohl sein Werk für die Sprachtheorie einen neuen Ansatz- und Ausgangspunkt bedeutet, doch mehr als den Vollender an, indem er nämlich das, was in LUTHER seine Krönung gefunden hatte, erstmalig mit seiner grammatischen Theorie durchdringt und darstellt. Seine Grammatik will den rechten Sprachgebrauch lehren. Aber sie gewinnt ihre Lehre aus der Beobachtung dessen, was in den drei Jahrhunderten von 1350 bis 1650 allmählich entstanden ist.

Mit dem Frühneuhochdeutschen war in zweierlei Hinsicht eine entscheidende Wende in der historischen Entwicklung der deutschen Schriftsprache eingetreten: Die politische und wirtschaftliche Macht, die auch die Fortentwicklung von Kultur und Sprache tiefgreifend beeinflußte, hatte sich aus dem ‹Altreich› in die großen modernen Flächenstaaten östlich der Elbe, der Saale und des Lechs verlagert. Und hatte zuvor die Adelsgesellschaft – die gebildete Geistlichkeit in althochdeutscher, dazu das Rittertum in mittelhochdeutscher Zeit – den Aufstieg des Deutschen zu einer christlichen Kultursprache bestimmt, so war es jetzt die städtische Gesellschaft, die die Führung übernahm (vgl. oben, S. 26ff, besonders S. 38–44). Durch den alles übertreffenden Einfluß MARTIN LUTHERS waren dann die ostmitteldeutschen Züge der thüringisch-sächsischen Schreiblandschaft in den Vordergrund getreten, und das ‹Meißnische Deutsch› galt der protestantischen Partei seither als vorbildlich. JUSTUS GEORG SCHOTTEL, der Grammatiker, der 1641 und 1663 die Ernte der frühneuhochdeutschen Sprachentwicklung einbringt (vgl. oben, S. 199–202), erkennt zwar die Unterschiede im Sprachgebrauch der deutschen Landschaften an, doch ist ihm in allen wichtigen Fragen LUTHER die entscheidende Autorität.

So nimmt das ‹Meißnische Deutsch› zu Beginn der im engeren Sinne neuhochdeutschen Sprachperiode gegen Ende des Dreißigjährigen Krieges eine beherrschende Stellung ein. Zwar hat sich die protestantische Partei nur mit Mühe behaupten können, aber in sprachlicher Hinsicht behält sie auch weiterhin die Führung. Sprachmächtige Autoren wie der Rheinfranke GRIMMELSHAUSEN, der sich nicht allzu weit vom meißnischen Standard entfernt, wenn er auch seiner Mundart Platz einräumt, oder der streitbare Prediger ABRAHAM A SANCTA CLARA, der sich in der habsburgischen ‹Reichssprache› und oft auch im österreichischen Dialekt bewegt, setzen dem sprachlichen Befund farbige Lichter auf, haben aber keinen entscheidenden Einfluß. Es sind sächsische, schlesische und meißnisch schreibende niederdeutsche Schriftsteller, z. B. aus der Mark Brandenburg, aus Niedersachsen und aus Hamburg, deren Sprachgebrauch in die Zukunft weist. Die protestantischen Universitäten werden zu wichtigen Zentren der Pflege und auch der theoretischen Beschäftigung mit der neuen deutschen Sprache. Zuerst ist es die Universität Leipzig, die, eng mit dem sächsischen Hof verbunden, in ihren wissenschaftlichen Bestrebungen konservativ und zuweilen zopfig anmutet, dann aber vor allem die vom Kurfürsten von Brandenburg im Jahre 1694 gestiftete Universität Halle. (Die Stadt war 1680 mit dem gesamten Erzstift Magdeburg in brandenburgischen Besitz übergegangen.) Hier setzte sich von Anfang an neben der lateinischen auch die deutsche Sprache im akademischen Unterricht durch.

Schon unter dem Einfluß der Reformation hatte das gebildete protestantische Bürgertum, hatte vor allem der auf Universitäten ausgebildete Bürger die Führung in der Förderung der deutschen Sprache übernommen, und er behielt diese Führungsrolle bis tief in das 19. Jahrhundert hinein. Auf lange hinaus blieb die soziale Schicht des akademisch gebildeten Bürgers – mit Ausnahme weniger Männer, die selbstbewußt ihre bürgerliche Unabhängigkeit hervorkehrten – den regierenden Fürsten und ihren Höfen eng verbunden. Noch KLOPSTOCK erfreute sich einer Pension, die ihm der König von Dänemark gewährte, und der Weimarer Kreis der WIELAND, HERDER, GOETHE und SCHILLER ist ohne die Förderung durch den Herzog KARL AUGUST nicht denkbar. Aber auch die Fürstenhöfe modernisierten sich im Zuge des aufgeklärten Absolutismus. Der entstehende Beamtenstaat bedurfte gut ausgebildeter und zugleich weltläufiger Männer an der Spitze der Verwaltung. Der verzopfte Kanzleirat alten Schlages war dafür nicht geeignet. So kam gegen Ende des 17. Jahrhunderts das Bildungsideal des ‹galanthuomo›, des Weltmannes, auf, und das hatte auch auf sprachlichem Gebiet seine Folgen. Der barocke Sprachstil mit seinem kalten Prunk wurde durch einen beweglicheren, geistreichen Stil verdrängt, was besonders der Kunst der Prosa zugute kam.

Auf so vorbereitetem Boden können in der ersten Hälfte des 18. Jahrhunderts die Aufklärung und der Pietismus, die beiden damals weltbewegenden Geistesmächte, ihren sprachlichen Ausdruck finden und ihrerseits die Sprache unermeßlich bereichern. Die Aufklärung setzt in ihrem Drängen auf begriffliche Klarheit einen Schatz an wohldefinierten Fachausdrücken durch. Dadurch wird manche Einzelwissenschaft gefördert, vor allem die Philosophie. Und da diese auf ein weitverbreitetes Publikumsinteresse stößt, dringt ihr neuer Wortschatz auch in die Gemeinsprache ein. Besonders tragen dazu die zahlreichen ‹Moralischen Wochenschriften› bei, die im Geiste der Aufklärung durch Belehrung zu bilden und zu bessern suchen. Vornehmlich beeinflußt von englischen Vorbildern und an den galanten Stil anknüpfend, gelingt ihnen oft eine sehr lebhafte Sprache, und vor allem ihr durchsichtiger, leicht gefügter Satzbau wird für die Zeitgenossen zur Stilschule.

Sucht die Aufklärung auf alle Weise die Verstandeskräfte zu wecken und zu fördern, so wendet sich der Pietismus als eine mystisch-religiöse Bewegung an die seelischen Kräfte des Gefühls. Die Sprache empfängt dadurch eine Fülle feinst nuancierter Ausdrucksmöglichkeiten für die weite Welt irrationaler Gotteserfahrung. Dieser im Pietismus gottbezogene Ausdrucksschatz wird in der Empfindsamkeit der zweiten Jahrhunderthälfte säkularisiert. Im Kult der schönen Seele, der schwärmerischen Freundschaft und Liebe wird er zur Darstellung irdischer, zwischenmenschlicher Empfindungen fähig.

Der Zugewinn an intellektuellen Ausdrucksmitteln durch die Aufklärung, an psychischen durch Pietismus und Empfindsamkeit kann nicht hoch genug eingeschätzt werden. Indem die starken geistigen Strömungen um den angemessenen Ausdruck für ihre Erkenntnisse und Erfahrungen ringen, wird die deutsche Sprache zu einer modernen europäischen Kultursprache ausgebildet. Die Saat, die hier aufgeht, wird um 1800 von der deutschen Klassik und Romantik eingebracht werden.

Dazu muß allerdings auch die äußere Entwicklung beitragen. Im Jahre 1748 erscheint JOHANN CHRISTOPH GOTTSCHEDS ‹Deutsche Sprachkunst›, die große deutsche Grammatik, die nach mehr als hundert Jahren das Werk des SCHOTTELIUS ersetzt. Dieser hatte sich auf die Schriften LUTHERS gestützt; GOTTSCHED dagegen leitete seine Normen und Regeln aus den Werken sächsischer, schlesischer und märkischer Schriftsteller der jüngsten Vergangenheit ab. Das öffnet seiner Sprachlehre einen breiten Weg in die katholischen Länder des deutschen Südens, Länder, in denen man sich, von Ausnahmen abgesehen, den sprachlichen Einigungsbestrebungen nicht grundsätzlich verschloß, aber das ältere meißnische Schriftdeutsch als lutherisch verdächtigte – was es ja auch war – und deshalb abgelehnt hatte. Ihnen baute der Leipziger Professor goldene Brücken; seine Grammatik wurde, wieder mit Ausnahme einiger Eigenbrötler, allgemein anerkannt, so daß sich allmählich auch im Süden die ostmitteldeutsche Gestalt der Schriftsprache durchsetzte.

Weniger glücklich war GOTTSCHED in seinen sprachtheoretischen Forderungen, denen er in zahlreichen sprach- und literaturkritischen Schriften Geltung zu verschaffen suchte. Nach seiner Meinung hatte die deutsche Sprache ihren Höhepunkt erreicht; eine Weiterentwicklung betrachtete er als Verfall und setzte sich deshalb für strikte Innehaltung der Regeln ein, die er selbst aufgestellt hatte. Die Beweglichkeit des Satzbaus war ihm verdächtig, den Gebrauch des Partizips verpönte er als undeutsch, und als größtes Übel bekämpfte er die Metaphern und alle bildhaften Ausdrücke. Sie konnten nach seiner aufklärerischen Auffassung anstatt klarer Erkenntnis nur nebelhafte Vorstellungen erwecken.

Gegen diese nüchterne Pedanterie regten sich starke Abwehrkräfte. Vor allem die Schweizer BODMER und BREITINGER liefen gegen den Normenzwang Sturm, und von ihnen angeregt, rettete KLOPSTOCK in seinem vielbewunderten ‹Messias› und durch seine Oden die bedrohte Freiheit der Sprachgestaltung. Von aufklärerischer Seite her setzte LESSING durch seinen wandlungsfähigen Stil den Leipziger Pedanten ins Unrecht, und selbst dessen jüngerer Leipziger Kollege GELLERT, auch er ein Aufklärer, bevorzugte in seinen Fabeln und Erzählungen einen ungezwungenen Stil und trug durch die Beliebtheit und weite Verbreitung seiner Schriften viel zur Durchsetzung der freieren Sprachbehandlung bei.

Die eben erst gesicherte Freiheit drohte im ‹Sturm und Drang› zu zügelloser Willkür subjektiven Sprachgebrauchs auszuarten. Aber diese Bewegung war von kurzer Dauer. Die Dichter der Klassik und der Romantik, die selbst zum Teil ihre Sturm-und-Drang-Periode durchlitten hatten, lenkten in ruhigere Bahnen ein. Beide Richtungen waren aus der Gedankenwelt der Aufklärung hervorgegangen, beide hatten sich auch mit dem Irrationalismus der Empfindsamkeit auseinanderzusetzen, und beide teilten das historische Interesse an der Vergangenheit. Dabei versenkte sich die Romantik, u. a. durch die patriotische Liebe zum eigenen Volkstum geleitet, in das deutsche Mittelalter oder auch, wo irrationale Spekulation überwog, in die Fernen einer phantasievoll ausgemalten Urzeit. Die Klassik suchte, indem sie sich an die Wiege der europäischen Kultur zurückversetzte, eine Ergänzung zum Gegenwarts- und Zukunftsoptimismus der Aufklärung. Zugleich überwand sie deren einseitig intellektuelles Bildungsideal und stellte ihm das Ideal einer ausgewogenen geistigen, seelischen und leiblichen Bildung gegenüber. Im Menschenbild der Antike glaubte sie dieses Ideal bereits verwirklicht vorzufinden. Daher fand ihr Humanismus sein Vorbild in der Kultur und Kunst, auch in der Sprachkunst, des klassischen Altertums.

Was den Beitrag der beiden die Gesamtkultur mächtig beeinflussenden Richtungen zur weiteren Ausbildung der deutschen Sprache angeht, so wirkte die Romantik vor allem durch ihre hohe Bewertung des eigenen Volkstums. Sie verschaffte den erdigen, bildkräftigen Ausdrucksweisen der Mundarten Eingang in die Schriftsprache, was die nüchterne Aufklärung in falscher Auffassung von ‹Reinheit› der Sprache strikt abgelehnt hatte. Auch erweckte sie manches Wort aus der ritterlichen Dichtung des Mittelalters zu neuem Leben. Vor allem aber verteidigte die Romantik das Recht zu beweglicher Äußerung der subjektiven Empfindungen. Darin folgte sie dem Sturm und Drang; aber die Romantik gebrauchte eine durch geläuterten Geschmack gebändigte, maßvollere Sprache. Ihr Vorbild wurde im 19. Jahrhundert von der literarisch-politischen Richtung des ‹Jungen Deutschland› aufgenommen und trug dadurch zur Ausbildung einer Sprache der Politik sowohl der revolutionären wie der konservativen Richtung bei.

Die stärkere Wirkung auf die allgemeine Schriftsprache des 19. Jahrhunderts ging jedoch von der Klassik aus. Das humanistische Ideal, den Menschen durch Unterricht und eigenes Streben zu vollkommener Bildung zu erziehen, erwies sich innerhalb der bürgerlichen Gesellschaft als die mächtigste Bewegung der Zeit. Den Idealtyp stellten die Klassiker in ihren Werken dar, und sie suchten ihm auch in möglichst vollkommener Ausbildung ihrer Sprache nahezukommen. Der reife GOETHE meidet alles Laute und Grelle. In dem ruhigen Fluß seiner Sprache strebt er nach maßvoller Ausgewogenheit zwischen Verstand und Empfindung, ganz seiner gemessen abwägenden Geisteshaltung entsprechend. SCHILLERS leidenschaftliches Temperament schlägt im Kampf um die humanistischen Ideale stärkere Töne an. Der tiefwellige Rhythmus seiner Sprache kann sich zum Pathetischen steigern, und er zieht alle Register einer rhetorischen Kunst, die zweifellos in der Nachfolge seiner auf sehr alten Traditionen beruhenden Schulerziehung steht.

Die Werke der Klassiker und Romantiker, wie vorher schon die der späten Aufklärer und ihrer empfindsamen Zeitgenossen, wurden im ganzen deutschen Sprachgebiet von dem bildungshungrigen Saeculum mit Eifer gelesen und diskutiert. Daraus ergab sich anfangs eine gefühlsmäßige, weiterhin aber durch Gewöhnung und Übung eine tatsächliche Gemeinsamkeit im Gebrauch der Schriftsprache. Was kein Theoretiker hatte erzwingen können, war infolge des Bildungseifers der bürgerlichen Gesellschaft wie von selbst Wirklichkeit geworden.

Die zur Höhe entwickelte Schriftsprache wurde fortan zur Gemein- und Gebrauchssprache dieser Gesellschaft. Damit war über ihr weiteres Schicksal entschieden. Literarische Richtungen wie das ‹Junge Deutschland›, das etwa gleichzeitige ‹Biedermeier› oder späterhin der ‹Realismus› lassen sich zwar ihrer je besonderen Sprachgestaltung nach charakterisieren; aber sie erreichen die bereits konventionell gewordene allgemeine Schriftsprache nicht mehr. Im humanistischen Gymnasium, der Standesschule des ‹Bildungsbürgers›, wird zwar das Bildungsideal der Klassik getreulich konserviert, aber es wird nicht mehr lebendig weiterentwickelt. Konserviert wird auch die Sprache der Klassiker (die jüngeren literarischen Strömungen nimmt die Schule nicht zur Kenntnis), und dabei nimmt die Sprache epigonale Züge an. Der (Schul-)Gebildete soll seine Schriftsprache nach dem Vorbild der Großen gestalten. Aber die Ausgewogenheit GOETHES, der übrigens von den Schulen mit Zurückhaltung aufgenommen wird, gerät dem Schüler leicht zu fader Glätte und das Pathos SCHILLERS zur Phrasendrescherei. Diese Sprache, bis zum Ende des Kaiserreichs, 1918, immer mehr verflachend, fließt jedem Gebildeten mühelos, aber auch ohne Konturen, aus der Feder. Sie nährt sich von literarischen Traditionen, deren bewegende Kraft nicht mehr erlebt wird.

Immerhin wird im letzten Viertel des 19. Jahrhunderts im formalen Bereich nachgeholt, was man bis dahin versäumt hatte. Zwar hatte sich schon die Reformationszeit um die Rechtschreibung bemüht, und GOTTSCHED und nach ihm ADELUNG hatten umfangreiche Anweisungen zur Rechtschreibung herausgegeben. Aber das blieben private, nicht allgemein anerkannte Versuche, und im 19. Jahrhundert herrschte auf dem Gebiet der Rechtschreibung viel Verwirrung. Sie war so groß, daß Schulbehörden und sogar einzelne Schuldirektoren zur Selbsthilfe griffen. Die Schulkollegien der Länder Hannover (1855) und Württemberg (1861) sowie eine Kommission der Real- und Bürgerschulen in Leipzig (1857) gaben untereinander stark abweichende Regelhefte heraus, und KONRAD DUDEN, damals Gymnasialdirektor in Schleiz, verfaßte 1871 Rechtschreibregeln für die eigene Schule, aus denen 1872 eine für weitere Kreise bestimmte ‹Deutsche Rechtschreibung› entstand. Er hatte sich darin den gemäßigten Reformvorschlägen RUDOLF VON RAUMERS (1863) angeschlossen.

Nach der Reichsgründung von 1871 berief auf Beschluß der Bundesländer der preußische Kultusminister im Jahre 1876 eine Orthographie-Konferenz nach Berlin ein. Sie wurde zum Fehlschlag, da die radikalen Reformen, die hier empfohlen wurden, bei den meisten Bundesländern auf Ablehnung stießen. Bayern brachte, gestützt auf RAUMERS Arbeiten, 1879 ein eigenes Regelheft heraus, dem sich Österreich sofort anschloß. Der preußische Kultusminister gab Anweisung zur Abfassung eines Regelbuches, das sich möglichst eng an das bayrische Vorbild anlehnen sollte. Es erschien 1880 und wurde durch ein von KONRAD DUDEN verfaßtes ‹Vollständiges orthographisches Wörterbuch› ergänzt. Mit dieser Wortsammlung war der erste ‹Duden› geschaffen, der bis heute in vielen immer wieder erweiterten und verbesserten Auflagen das Handbuch der deutschen Rechtschreibung geblieben ist.

Unter Beteiligung Österreichs und der Schweiz fand im Jahre 1901 eine zweite ‹Orthographische Konferenz› statt, die mit einigen Vereinfachungen (z. B. Abschaffung des *th* als Dehnungszeichen, wie in *Rath, Thür*, Beschränkung des *ph* auf Fremdwörter, z. B. nicht mehr *Rudolph*, und Ersetzung des *c* in Fremdwörtern durch *k* bzw. *z*, z. B. *Zirkus* statt *Circus*) das bayrisch-österreichisch-preußische Rechtschreibsystem übernahm. Damit war eine einheitliche Rechtschreibung für das gesamte, übernationale deutsche Sprachgebiet geschaffen. Soll diese Einheit nicht wieder verlorengehen, so ist die Durchführung weiterer Reformen von der Zustimmung aller deutschsprachigen Staaten abhängig. Das ist einer der Gründe, weshalb die neuerdings wieder aufgelebte Diskussion um eine Reform der Rechtschreibung noch nicht zu Ergebnissen geführt hat.

Die gesprochene Version der Schriftsprache – wenn man die dialektfreie ‹Hochsprache› so nennen darf – wurde ebenfalls gegen Ende des 19. Jahrhunderts normativ festgelegt. GOETHE hatte schon in seinen ‹Regeln für Schauspieler› (1803) eine einheitliche Bühnensprache gefordert, und die Bemühungen um diese hatten im Laufe des 19. Jahrhunderts bereits erhebliche Fortschritte gemacht. Auf Initiative des Germanisten THEODOR SIEBS kam eine Konferenz zustande, an der die Leiter führender Bühnen beteiligt waren und die die ‹Feststellung des bestehenden Gebrauchs› zum Ziel hatte. Die Aussprachereglen der bedeutendsten Bühnen wurden zur Norm erhoben und von SIEBS unter dem Titel ‹Deutsche Bühnenaussprache› 1898 veröffentlicht. Diese Norm hat hinfort als ‹Hochlautung› starke Wirkungen auf die Schulerziehung ausgeübt und ist ferner seit den zwanziger Jahren unseres Jahrhunderts durch den Rundfunk, dann auch durch Tonfilm und Fernsehen weithin wirksam geworden.

Als in den Jahren 1898 und 1901 die Normen für das äußere Erscheinungsbild der modernen deutschen Sprache in Wort und Schrift festgelegt wurden, war damit ein entscheidender Schritt für eine einheitliche deutsche Schrift- und Hochsprache getan. Aber zu dieser Zeit war die von ‹Bildungsbürgern› getragene, den Klassikern nacheifernde innere Form der deutschen Schriftsprache – von den Zeitgenossen unbemerkt – schon ernsthaft in Frage gestellt. Ein Gesellschaftswandel, der nur mit dem Übergang von der Adels- zur stadtbürgerlichen Gesellschaft in frühneuhochdeutscher Zeit verglichen werden kann, hatte im 19. Jahrhundert – übrigens nicht allein in Deutschland – eingesetzt. Das Industriezeitalter, das in England schon vorher eingesetzt hatte, begann in Deutschland in den vierziger Jahren des 19. Jahrhunderts zögernd, brach dann aber seit etwa 1870 mit voller Wucht herein und brachte eine rapide Veränderung der sozialen Verhältnisse mit sich. Innerhalb weniger Jahre strömte ein Millionenheer von Menschen aus den übervölkerten Agrargebieten in die noch in bürgerlich behaglicher Ordnung lebenden Städte, um in den neu entstehenden Industriewerken Arbeit und Unterhalt zu suchen. Daß die hergebrachten städtischen Ordnungen durch diesen Zuwachs vor die schwierigsten Probleme gestellt wurden, kann hier nicht erörtert werden. Auch das Schulwesen entsprach nur notdürftig den Bildungsinteressen der Zugewanderten, deren Zahl an Orten mit wachsender Industrie die der Alteingesessenen bald um ein Vielfaches übertraf. Das Gymnasium war für eine schmale Bildungselite geschaffen; die Realschulen, aus denen unter dem Zwang der Verhältnisse bis zur Jahrhundertwende die Realgymnasien und Oberrealschulen entstehen sollten, spielten um 1870 innerhalb des Schulwesens noch kaum eine Rolle, und den Kindern der Neubürger standen, auch aus wirtschaftlichen Gründen, nur die Volksschulen zur Verfügung, deren Zahl sprunghaft anwuchs.

Für das bürgerliche Bildungsideal des Humanismus brachten die Zuwanderer, die meist die Dorfschule – wenn überhaupt eine Schule – besucht hatten, nicht das mindeste Verständnis mit, und in ihren von vielfacher Not bedrängten Lebensumständen war für Versenkung in das Gedankengut der Antike und überhaupt in die Grundlagen der bürgerlichen Bildungstradition kein Raum.

Je eindringlicher aber die neue soziale Schicht zum Selbstverständnis gelangte, je stärker sie sich politisch und gewerkschaftlich organisierte, desto energischer mußte sie auch ihre Ansprüche öffentlich in Wort und

Schrift vertreten. Daraus ergaben sich auch für die Weiterentwicklung der Sprache bedeutsame Folgen. Das war zwar bis zum Untergang des Kaiserreichs noch wenig spürbar. Denn anfangs stammten viele Führer der Arbeiterbewegung aus der bürgerlichen Bildungsschicht, und sie verfügten auch über deren Sprachmittel. Die andern, die aus der Arbeiterschaft selbst kamen, sahen sich durch die Zwänge des öffentlichen Lebens, zumal der parlamentarischen Auseinandersetzungen, genötigt, sich dieser Sprachtradition anzupassen. Deutlichere Spuren des Wandels zeigten sich erst nach 1918. Unter den vielen, die seitdem zu Trägern der Politik, der Staatsverwaltung und auch der Propaganda berufen waren, hatte die bürgerlich gebildete Schicht nur noch wenige Vertreter. Wer aber für die Öffentlichkeit redet oder schreibt, bedarf der sprachlichen Muster, und der neuen Führungsschicht bedeuteten die bürgerlichen, aus der Klassik abgeleiteten Sprachtraditionen nichts mehr. Daher stand ihr als Sprachmuster kaum etwas anderes als die eigene Alltagsrede zu Gebote.

Es kann hier nicht darauf ankommen, die weitere, noch wenig erforschte Sprachentwicklung darzustellen, an der außer dem gesellschaftlichen Wandel auch der Wandel im Schul- und Bildungswesen und der Einfluß der ‹Medien› (Presse, Hörfunk, Theater, Film und Fernsehen) ihren Anteil haben. Sicher ist jedenfalls, daß die Schriftsprache spätestens seit dem Kriegsende von 1945 immer deutlicher in Satzbau und Wortwahl den Gewohnheiten der alltäglich gesprochenen Sprache folgt. Das bedeutet nicht, daß beide identisch geworden wären. Nur der äußere syntaktische Rahmen, die Vorliebe für kurze, einfache Sätze und für Nebenordnung statt Unterordnung, auch die Sorglosigkeit der Wortwahl sind bei beiden gleich. Im übrigen aber hat die Schriftsprache in ihrer Neigung zu spontaner Wortbildung und in gewissen syntaktischen Einzelheiten neue Ausdrucksformen entwickelt, die keineswegs der Alltagssprache eigen sind, die sich aber auch nicht aus der schriftsprachlichen Tradition der Klassik herleiten lassen. Auf diesen und anderen Teilgebieten geht die moderne Schriftsprache neue Wege eigener Art, und seit 1962 (Duden) ist auch die strenge Norm der Siebsschen ‹Bühnenaussprache› einer ‹gemäßigten Hochlautung› gewichen. Das heutige Deutsch ist nicht mehr – oder doch nur noch in Resten – von der bürgerlich humanistischen Sprachtradition bestimmt.

Es ist zu früh, der Schriftsprache unserer Tage bereits ihren festen Platz in der Geschichte der deutschen Sprache zuzuweisen. Doch hat unsere gesamte Darstellung die Geschichte der deutschen Sprache als von den jeweils führenden Gesellschaftsschichten beeinflußt angesehen. Uns erschienen, um es generalisierend zusammenzufassen, die alt- und mittelhochdeutsche Sprachperiode als vom Adel, die frühneuhochdeutsche und die neuhochdeutsche als vom Bürgertum geprägt. Das Bürgertum in dem hier gemeinten Sinne existiert heute nur noch in Resten; es wird in zunehmendem Maße in eine nicht mehr ständisch gegliederte Gesamtgesellschaft integriert. Daher liegt die Vermutung nahe, daß auch die bürgerliche Periode der deutschen Sprachgeschichte nach einer etwa 1870 beginnenden Übergangsperiode seit dem Ende des Zweiten Weltkriegs, also etwa seit 1950, hinter uns liegt. Dieser Übergang läßt sich in mancher Hinsicht mit dem von der altdeutschen zu der neudeutschen Epoche vergleichen. Doch verbieten es die gefestigten Normierungen der Jahrhundertwende, die weiterhin gelten, von einer neuen Epoche zu sprechen. Die Übergänge vollziehen sich in äußerlich geregelten Bahnen. Wohl aber scheint es angebracht, das Neuhochdeutsche als eigene, soziologisch definierte Sprachperiode als um 1950 beendet anzusehen. Wir ständen damit am Beginn einer neuen Periode der deutschen Sprache, für die wir einstweilen noch keinen bezeichnenden Namen haben. Denn Bezeichnungen wie die oft gebrauchten ‹deutsche Gegenwartssprache› oder ‹modernes Deutsch› wandern mit ihrer jeweiligen Zeit und sind deshalb zur Kennzeichnung einer bestimmten Sprachperiode nur Notbehelfe.

REGISTER ZU BAND 2

Personenregister

Sachregister

Wortregister

a. Mittelhochdeutsch

b. Frühneuhochdeutsch
(Substantiva hier zur besseren Unterscheidung mit großem Anfangsbuchstaben)